御製

佛光恩照　三千大千　隨緣徧滿
恒沙法界　普度衆生　悉證菩提
身心安泰　年時豐稔　風雨調順
日月升恒　乾坤清寧　百昌蕃熾
上下樂利　中外協和　庶物咸亨
萬善圓成　情與無情　同登正覺
大清雍正十三年四月初八日

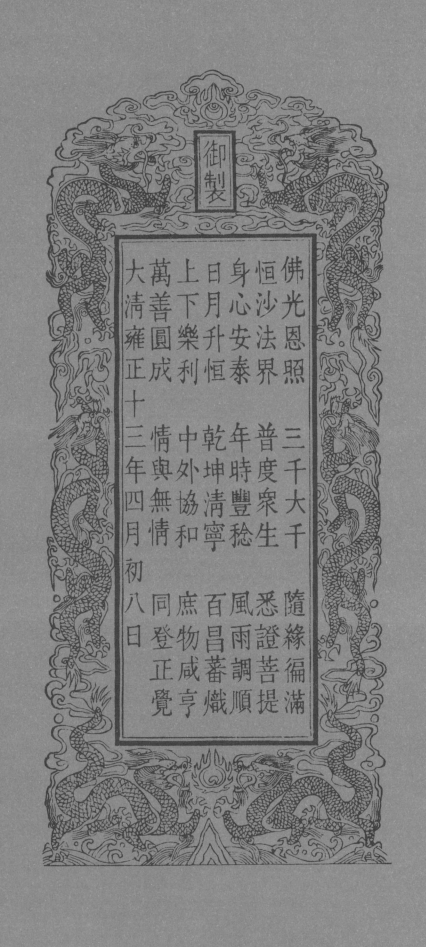

第三九册　大乘經　五大部（八）

深密解脫經

元魏天竺三藏法師菩提留支譯

清刻龍藏佛說法變相圖

深密解脫經序

沙門都釋曇寧造

夫至迹虛微理包言像之外幽宗沖祕旨絕名相之域是以大聖秉獨悟之靈姿鏡寰中之妙趣實相廓然與虛無齊其量法性憺爾與幽冥同其源神輝潛映而不滅萬相俱應而不生然此生也生所不能生此之滅也滅所不能滅顯既非有隱豈爲無寂焉而動動焉而寂出没無方教迹星羅者矣蓋深密解脫經者乃兆聖之玄神億善之淵府論其旨也則眞相不二語其教也則湛然理一義盡沖籍文窮祕典妙絕熈怡包括羣藏自非詮于理教何以顯玆深致但東西音殊理憑翻譯非翻非譯文義斯壅所以久藴而不顯者良俟嘉運而光通矣大魏皇帝總六合以統

天包百王以馭宇道邁羲唐德超古哲而每
遊神覺典妙翫大乘思在翻演鴻宣遐代時
有北天竺三藏法師菩提留支魏音道晞曾
爲此地之沙門都統也識性内融神機外朗
沖文玄藏罔不該洞以永熈二年龍次星紀
月呂蕤賓詔命三藏於顯陽殿高陞法座披
匣揮麈口自翻譯義語無滯皇上尊經祇法
執翰輪首下筆成句文義雙顯旨包羣籍之
祕理含衆典之奥但萬機淵曠無容終訖捨
筆之後轉授沙門都法師慧光曇寧在永寧
上寺共律師僧辯居士李廓等遵承上軌歲
常翻演新經諸論津悟恒沙帝亦時紆尊儀
飾兹玄席同事名儒招玄大統法師僧令沙
門都法師僧澤律師慧顒等十有餘僧緇俗
詵詵法事隆盛一言三覆慕盡窮微是使深
容祕藏光宣於景運解脱妙義永流於遐劫
理教淵廓罔測其源旨趣中絶焉究其宗所
謂鹿苑之唱再興祇園之風更顯者也寧雖
識昧忝廁倫末敢罄庸管祇記云爾

深密解脱經卷第一

元魏天竺三藏法師菩提留支譯

序品第一

歸命釋迦牟尼佛

如是我聞一時婆伽婆住法界殿如來境界處衆寶赫焰一切莊嚴第一之處徧至無量諸世界處放大光明普照之處無量善巧差別住處無有分齊過分齊處過諸一切三界境界出世間上上善根境界成就之處善得清淨無礙解脱自在之處諸佛如來神力住持之處無量菩薩衆所行處無量諸衆天龍夜叉乾闥婆阿修羅迦樓羅緊那羅摩睺羅伽人非人等之所行處是大法界究竟滿足喜樂之處畢竟能與一切衆生利益之處離諸一切煩惱垢處離諸一切諸魔怨敵諸佛住持之處莊嚴之處大法意者之所明處奢摩他毗婆舍那大乘之處入空無相無願大解脱樂處無量功德衆大寶蓮華王之所莊嚴處婆伽婆住如是等不可思議自在之處諸佛如來善覺所覺離於二行到無相處行諸佛行得諸如來一切平等到無障礙之所去處能到一切不退法輪能到不可降伏境界不可思議體能到一切三世平等能到一切諸世界身能到諸法無疑之處能到一切究竟智行能到法智無疑境界得諸一切無分别身能答一切菩薩問智能到無二行之彼岸能到諸佛無有差别解脱智處能到無邊無中三昧境界廣大如法界究竟如虚空盡未來際與諸無量聲聞衆俱心善調伏皆是佛子善得心解脱善得慧解脱善得清淨

戒求法者與樂成就多聞住持多聞具足多聞善思所思善説所説善作所作善得一切速疾般若善得一切疾去般若善得一切猛利般若具足三明見第一法得究竟行能作清淨受大施主具足成就寂靜威儀畢竟成就忍辱柔和善受佛教能如説行時諸無量大菩薩衆皆從無量種種佛土而來集會是諸菩薩皆住一切所求大處畢竟能取無上大法得一切衆生平等之心離諸一切分別降伏一切諸魔怨敵離諸一切聲聞辟支佛之所念處得大法味喜樂具足過五怖畏得不退地一乘之體現前能滅一切衆生怖畏之地如是等不可説不可思不可稱不可量不可數菩薩衆俱

聖者善問菩薩問品第二

爾時婆伽婆百千萬阿僧祇大衆前後圍繞爲諸菩薩説甚深法時大衆中有聖者菩薩摩訶薩名曰善問在衆而坐即依無言無有二相第一義諦問聖者深密解脱菩薩言佛子言一切法不二一切法不二者何者爲一切法云何名不二爾時深密解脱菩薩告善問菩薩言善男子言一切法者有二種何等爲二一者有爲法二者無爲法善男子有爲法者非有爲非無爲無爲法者非有爲非無爲善問菩薩言佛子云何有爲法非有爲非無爲云何無爲法非有爲非無爲深密解脱菩薩言善男子言有爲法者惟是如來名字説法所言如來名字説法者惟分別言語名爲説法善男子若惟名字分別言語名説法者但集種種名字言語成常不如是是故我

說非有爲善男子言無爲者惟言語體善男子假使離於有爲無爲者彼法亦如是善男子雖無言語而不空說事佛子何者爲事而言不空說所謂聖人知聖人見聖智知聖智見無言所證爲欲說彼無言證法依相說彼有爲無爲善男子言無爲者惟是如來名字說法名字說法者是分別相分別相者即言語相善男子言語相者即是名字之所集法名字集者是虛妄法虛妄法者常無如是體種種分別名字不成即言語相是故我說非無爲善男子言有爲者但是名字若離有爲無爲法者彼亦如是善男子而非無事說彼言語善男子何者爲事而言聖智知聖智見無言證法爲彼無言證法故說名非有爲善問菩薩言佛子云何彼事無言所證聖智知聖智見而言爲彼無言證法說彼有爲無爲言語深密解脫菩薩言善男子譬如幻師幻師弟子住四衢道積聚草木枝葉瓦石在於一處示現種種幻術所作所謂象馬車步諸兵摩尼眞珠瑠璃珂貝珊瑚琥珀硨磲瑪瑙錢財穀帛庫藏諸物示如是等種種異事善男子有諸愚癡無智凡夫見聞彼事不知彼是草木瓦石生如是心實有此諸象馬車步摩尼眞珠瑠璃珂貝珊瑚琥珀硨磲瑪瑙錢財穀帛庫藏等物以現見故彼愚癡人如是見聞即取修行畢竟爲實餘者虛妄善男子彼人復更須求上上法善男子復有智慧非愚癡者見象馬等知是草木瓦石等體彼人見聞生如是心彼諸如是象馬車等我見非實此幻所作有此象馬車步兵等虛妄之相

種種異事幻惑人眼彼智慧人如所見聞不取爲實亦不執著亦不取此畢竟爲實餘者虛妄而知爲義取彼言語此人不須更觀勝法善男子凡夫衆生未得聖人出世間智亦復如是凡夫愚癡不如實知無言語法見聞有爲無爲之法生如是心有此有爲無爲之法如我見聞是故彼人如所見聞畢竟而取執著爲實如所見聞如是受行此畢竟實餘著虛妄彼人更須觀察勝法善男子復有衆生非是愚癡見於實諦得諸聖人出世間智如實能知一切諸法證無言語真實法體而彼衆生見聞有爲無爲之法生如是心如所見聞無如是等有爲無爲名字等法復作是念有此有爲無爲言說從虛妄分別行相而生如彼幻法迷惑於智以生有爲無爲差異名相彼人了知不如見聞如是取著此是真實餘者虛妄爲顯彼義而取言語彼人不須更觀勝法善男子如是彼事聖人智知聖人智見無言所證爲欲證彼無言之法說彼有爲無爲名相爾時深密解脫菩薩而說偈言

深義無言語　諸佛說不二　癡人依無明
戲論著二法　長行世間道　往來無休息
生於畜生中　以離第一義

聖者曇無竭菩薩問品第三

爾時聖者曇無竭菩薩摩訶薩依於如實第一義諦過諸一切世間覺觀境界之相白佛言世尊我憶過去世復過彼過去世離此世界七十七恒河沙世界過彼無量恒河沙世界已有佛國土號名稱世界彼中有佛名毗摩羅吉諦如來住彼國土我於爾時遊化衆

生往彼世界爾時見有一外道師止住一處有七萬七千弟子聚集其所依第一義相思惟諸法彼諸外道遞共推覔第一義相稱量第一義相觀察第一義相觀察不見第一義相生異異意異異見異異執著立異朋黨起於諍論口力交諍出不善言迭共相亂起散而去世尊我於爾時即生心念希有諸佛如來出世以依如來出世間故今得見聞過於一切世間境界第一義相得證第一義相見第一義相證一切滅相爾時世尊告曇無竭菩薩言曇無竭如是如是我覺過諸世間境界第一義相如是覺已而爲人說以示於人顯示於人建立是法何以故我爲聖人說我內身自所證法爲諸凡夫說覺觀境界遞共所知曇無竭汝今當依此義而知所謂過諸世間境界是第一義相復次曇無竭我說第一義者是過一切諸相境界覺觀者是名諸相境界如是我說第一義者是無言境界覺觀者是言說境界曇無竭我說離諸言語是第一義相覺觀名字是世諦相如是我說離諸諍論是第一義相覺觀名字是諍論相曇無竭依此義相汝今應知過諸世間覺觀境界是第一義相曇無竭譬如有人盡於一形噉辛苦味樂辛苦味彼人不能知不能覺不能量不能信石蜜阿娑婆等甘美之味曇無竭有人長夜信貪欲樂樂著貪欲爲貪欲火燒其內心身不能知不能覺不能量不能信離諸一切色聲香味觸無貪欲樂曇無竭有人長夜信分別樂樂於分別不能知不能覺不能量不能信內身寂靜無分別樂曇無竭

有人長夜樂見聞覺知樂信樂而行彼人不能知不能覺不能量不能信内身寂滅離見聞覺知樂曇無竭如人長夜取我我相樂信樂而行彼人不能知不能覺不能量不能信北鬱單越無我我所樂曇無竭如是覺觀之人不能知不能覺不能量不能信離諸覺觀第一義相爾時世尊而説偈言

我説身證法　第一離言境　離覺觀諍相

無言第一義

聖者善清淨慧菩薩問品第四

爾時聖者善清淨慧菩薩摩訶薩依第一義過一異相白佛言世尊世尊善説希有妙法第一義諦微細極微細甚深之義過一異相所謂難證之法世尊我憶往昔在於一處見住信行地諸菩薩等集坐一處思有爲行第一義諦爲一爲異有諸菩薩言有爲行相異第一義復有菩薩作如是言非有爲行異第一義而作是言有爲之行不異第一義復有菩薩生於疑心而起異意作如是言此諸菩薩中何者是實説何者虚妄説何者是正念修行法何者是邪念修行法世尊我見彼諸菩薩作是思惟此諸善男子等皆是愚癡非善黠慧不善知法墮邪念中何以故以不能知有爲之行微細無相過一異相第一義相故爾時佛告善清淨慧菩薩摩訶薩言善清淨慧如是如是彼諸一切善男子等皆是愚癡不善黠慧不知正法墮邪念中何以故以不能知有爲行相過一異相第一義相故何以故善清淨慧若有爲行不異第一義相者一切愚癡諸凡夫等悉亦應見第一義諦即

凡夫身亦應得彼無上清涼涅槃之樂亦應得彼阿耨多羅三藐三菩提善清淨慧若有爲行不異第一義相者見第一義諦時應見有爲行相若有爲行相是有相者相即是縛不應得解脱若見實諦不離相縛者不應得解亦不得脱煩惱之縛以不離彼二種縛故不應得彼無上清涼涅槃之樂亦不應得阿耨多羅三藐三菩提善清淨慧以是義故愚癡凡夫不見實諦亦非即此凡夫之身得彼無上清淨涅槃亦非即彼凡夫之身能得阿耨多羅三藐三菩提是故見實諦者不應見彼有爲無爲一異行相是故彼人見有爲行相第一義相一異之義不成一異善清淨慧汝當應知彼諸菩薩言有爲之行第一義相是一是異者彼諸菩薩非正念是邪念復次善清淨慧若有爲行相第一義相二不異者如有爲行墮在染相第一義相亦應墮染善清淨慧若有爲行相離第一義相異者如是一切有爲之行不應與彼第一義同善清淨慧第一義諦不墮一切煩惱染中以是得言有爲之行第一義諦得言同相是故善清淨慧汝不應言有爲行相第一義諦有一有異復次善清淨慧若有爲行相第一義相二不異者第一義諦不異有爲一切諸行如是一切有爲之行亦應不異第一義相而彼有爲異第一義若不異者如實行者見聞覺知有爲行相不應更求無上勝法善清淨慧若有爲行相第一義相不異者即有爲行應名無我無自體相是第一義相善清淨慧復有過失謂於一時差别異相此是染相此是淨相

是故善清淨慧第一義相異有爲行相而非不異有爲行相是故彼諸如實行者見聞覺知更求勝法以如實知有爲行故得於無我第一義名而不一時有染有淨二相差別是故離彼有爲行相第一義相不一不異義亦不成善清淨慧彼諸菩薩作如是言有爲行相第一義相不一不異者彼諸菩薩不名善說善清淨慧汝當應知彼諸菩薩不名正念如實修行是名邪念善清淨慧譬如珂白不可說一不可說異如是金黃箜篌妙聲沉水香味蓽茇辛味訶黎勒苦味甘蔗甜味兜羅柔輭酥乃至醍醐不可說一不可說異善清淨慧如是一切有爲行體無常之相不可說一不可說異一切有漏所有苦相不可說一不可說異一切法中無我之相不可說一不可說異貪嗔癡染不寂靜相不可說一不可說異善清淨慧如是一切有爲之行第一義相不可說一不可說異善清淨慧如是我得細微細深甚深難證極難證過一異相第一義諦覺覺已爲人說示開示現示建立爾時如來而說偈言

有爲界實諦　一異相離相　若分別一異
彼癡非正念　彼人爲相縛　及爲煩惱縛
修毗婆舍那　奢摩他得脫

慧命須菩提問品第五

爾時世尊依一切處一味等味第一義諦告慧命須菩提言須菩提汝知一切衆生界中幾所衆生依我依慢說我所得須菩提汝知一切衆生界中幾所衆生離我離慢說我所得須菩提白佛言世尊我於衆生界中實少

見衆生離我我慢說我所得世尊而我實見無量阿僧祇不可說衆生於衆生界中依我我慢說我所得世尊如我憶念過去世時住於一處阿蘭若園爾時多有諸比丘等依於我所四面而住世尊我於爾時見彼比丘於日西下聚集一處取種種法相說爲證法世尊有諸比丘取於陰相說爲證法有諸比丘見陰生相說爲證法有諸比丘見陰滅相說爲證法有諸比丘說陰滅法有諸比丘說陰滅現證法有諸比丘見於入相說爲證法有諸比丘取十二因緣相說爲證法有諸比丘取起行相說爲證法有諸比丘取於諦相說爲證法有諸比丘取諦因相說爲證法有諸比丘取知諦相說爲證法有諸比丘取離諦相說爲證法有諸比丘取證諦相說爲證法有諸比丘取修行諦相說爲證法有諸比丘取界法相說爲證法有諸比丘取於界相說爲證法有諸比丘取種種界相說爲證法有諸比丘取無量界相說爲證法有諸比丘取滅界相說爲證法有諸比丘取滅界證相說爲證法如是諸比丘取四念處相說爲證法有諸比丘取四念相說爲證法有諸比丘取四念處對治相說爲證法有諸比丘取四念處修行相說爲證法有諸比丘取未生四念爲生四念處修行相故說爲證法有諸比丘取已生四念處爲不失修行相故說爲證法有諸比丘取已生四念處爲增廣修行相故說爲證法如是諸比丘取四正勤四如意足五根五力七覺分八正道未生爲生爲住爲不忘失爲增廣取相說爲證法世尊我見彼

諸比丘生如是念是諸比丘以著我相取我慢相如是說證何以故以不能知第一義諦一味等味相是故世尊我作是念世尊出世希有希有善說勝法一切處第一義一味等味微細甚深難覺難知何況外道而能得解佛告須菩提如是如是如汝所說我所證法細微極細微甚深極甚深難覺極難覺一切處一味等味相第一義諦是我所證證已爲人開示演說示極示開示現示何以故須菩提所謂陰界入因緣起行實諦境界念處正勤如意根力覺道等須菩提我說五陰中清淨觀三十七品是第一義相一切陰界入念處正勤如意根力覺道一味等味相須菩提依於此義汝今應知一切處一味等味第一義相復次須菩提如實修行比丘如實知一陰如第一義諦法無我於餘界入因緣起行界念處正勤如意根力覺道等更不別觀眞如第一義法無我惟依隨順眞如依止不二法證一切處一味等味第一義相須菩提汝依此義應如是知所謂一味等味第一義相復次須菩提如彼陰界入因緣起行界念處正勤如意根力覺道等彼彼差別若眞如第一義諦法無我有差別相者眞如證法第一義諦亦應有因若有因者應從因生若從因生應是有爲若是有爲不應得名第一義諦若非第一義諦者應更推求第一義諦須菩提是故眞如第一義諦法無我非從因生亦非有爲法亦非不第一義諦亦非爲彼第一義諦更求第一義諦惟是常常時恒恒時如來出世若不出世法性常住法體常住法界

常住須菩提汝依此義應知此諸一切法相一味等味第一義諦須菩提譬如無量種種色相無量差別無相無有分別無有差異一切處虛空等味一相無相須菩提一切諸法自相差別一切處一味等味第一義相無有分別爾時世尊而說偈言

如來應說法　一切一味相　不離第一義

見別是憍慢

聖者廣慧菩薩問品第六

爾時聖者廣慧菩薩摩訶薩依於心相白佛言世尊如來說諸菩薩善知心意意識深密法者世尊云何菩薩善知心意意識深密之法世尊以何義故如來說諸菩薩善知心意意識深密之法爾時世尊告廣慧菩薩言善哉善哉廣慧汝今乃能問於如來如此深義廣慧汝能爲與一切衆生安隱樂具悉令滿足廣慧汝爲哀愍一切天人多所安樂多所饒益乃能問我如是之義善哉廣慧諦聽諦聽我爲汝說心意意識深密之義廣慧於諸六道生死之中何等何等衆生卵生胎生濕生化生受身生身及增長身初有一切種子心性和合不同差別增長廣所成就依二種取何等二種一者謂依色心相取二者依於不分別相言語戲論熏習而取廣慧色界中依二種取生無色界中非二種取生廣慧彼識名阿陀那識何以故以彼阿陀那識取此身相應身故廣慧亦名阿梨耶識何以故以彼身中住著故一體相應故廣慧亦名爲心何以故以彼心爲色聲香味觸法增長故廣慧依彼阿陀那識能生六種識所謂眼耳鼻

舌身意識身廣慧若一境界現前一識身起無分別意識即共眼識一時俱生廣慧若二三四五境界現前五識身起無分別意識即與五識一時俱生廣慧譬如流水若一緣起即生一波若二若三乃至衆多因緣俱起即生衆波廣慧而彼流水亦不斷絶復次廣慧譬如無垢清淨明鏡若有一像因緣現前即見一像若有二三衆多像現即能具見衆多異像廣慧而彼明鏡爲彼種種諸像不異廣慧如彼流水明鏡像等依止阿陀那識住持阿陀那識若一眼識因緣現前即一意識共彼眼識同時取境廣慧若五識身五種因緣一時現前無分別意識即共五識一時取境廣慧如是菩薩摩訶薩依法住智如實善知心意意識深密之法廣慧而佛不說諸菩薩等是善解知心意意識深密之法廣慧若菩薩不見內外阿陀那不見阿陀那識能如實知不見阿梨耶不見阿梨耶識不戲論心不見眼不見色不見眼識不見耳不見聲不見耳識不見鼻不見香不見鼻識不見舌不見味不見舌識不見身不見觸不見身識廣慧菩薩不見內外意不見內外法不見內外意識能如實知廣慧我說如是諸菩薩等善知第一義廣慧是故我說菩薩應知心意意識深密之法廣慧菩薩如是解知心意意識深密法已我說是人是眞菩薩爾時世尊而說偈言

諸種阿陀那　能生於諸法　我說水鏡喻
不爲愚人說

深密解脫經卷第一

音釋

序

沖直弓切深也 憺徒感切恬憺也 括古活切包括也 壅於隴切壅塞也

馭魚據切統御也 邁莫拜切過也 羲許羈切伏羲也 道晞晞許衣切道晞法師名也 融余中切明之咸也 蕤儒佳切蕤賓五月律名 軌居洧切法度也 慧顒顒魚容切慧顒律師名也 緇莊持切帛黑色也 詵所臻切詵詵衆多也 廁初吏切間也次也 罄苦定切盡也

經

分齊分扶問切齊在詣切分齊限量也 怨敵怨於袁切讎也敵徒歷切仇也 奢摩他梵語也此云止奢詩遮切 毗婆舍那梵語也此云觀毗頻脂切 箜篌箜苦紅切篌戶鉤切箜篌樂器也 蓽茇蓽畢吉切茇北末切 柔輭輭而兗切 醍醐醍杜奚切醐戶孤切醍醐酥之精液也

深密解脫經卷第二

元魏天竺三藏法師菩提留支譯

聖者功德林菩薩問品第七

爾時聖者功德林菩薩摩訶薩依一切法相白佛言世尊世尊說諸菩薩善知法相世尊菩薩善知諸法相者云何名善知諸法相世尊菩薩能知幾種法故名爲善知一切法相而如來說菩薩善知一切法相爾時佛告功德林菩薩摩訶薩言善哉善哉功德林汝今乃能問佛此義功德林汝能爲與一切衆生安隱樂具悉令滿足功德林汝能哀愍一切人天多所安樂多所饒益乃能問我如是之義善哉善哉功德林汝今一心諦聽諦聽我爲汝說功德林一切法相有三種相何等爲三所謂虛妄分別相因緣相第一義相功德林何者虛妄分別相所謂名相所說法體及種種相名用義等功德林何者諸法因緣之相所謂十二因緣依此法生彼法謂依無明緣行乃至生大苦聚處功德林何者是諸法第一義相所謂諸法眞如之體諸菩薩等正念修行至心修行證不二法證彼法已乃至得成就阿耨多羅三藐三菩提功德林譬如有人目中有翳是眼識過功德林虛妄分別亦復如是功德林譬如有人眼中有翳見毛輪蠅及胡麻子青黃赤白等相現前功德林因緣之相亦復如是功德林譬如有人眼淨無濁離眼翳過即彼眼見自性境界不生迷惑功德林第一義相亦復如是功德林譬如世間清淨瑠璃置青色中即因陀羅青色出大因陀羅摩尼寶光明因陀羅青色大因陀

羅摩尼之寶光明現前迷惑衆生以爲青寶功德林即彼清淨瑠璃之體置赤色中即出赤波頭摩尼之寶光明現前迷惑衆生以爲赤寶功德林即彼清淨瑠璃之體置緑色中即出緑色摩尼之寶光明現前迷惑衆生以爲緑寶功德林即彼清淨瑠璃之體置黄色中即出金色摩尼之寶光明現前迷惑衆生以爲金寶功德林如彼清淨瑠璃之中種種異色如是他力因緣相中虚妄分別名字章句熏習之體亦爾應知功德林如彼清淨瑠璃因陀羅青色大因陀羅青色因赤色緑色黄色爲金等寶種種現前迷惑衆生皆以爲寶功德林如是他力因緣相中虚妄分別名字章句亦爾應知功德林如彼清淨白瑠璃體他力因緣亦爾應知功德林即彼清淨瑠璃之體無彼因陀羅青色大因陀羅青色無彼青寶赤緑黄金等寶如是寶體常常時恒恒時無如是等一切寶體功德林即彼他力因緣相中彼虚妄分別名字章句常常時恒恒時無如是等虚妄分別名字章句體相應知功德林而依名相因緣分別因緣相應知功德林依虚妄因緣執著名相是故見他力因緣功德林依他力因緣執著虚妄分別之相見第一義相功德林菩薩於彼因緣相中如實能知是知虚妄分別之相菩薩爾時名爲能知諸法無相功德林菩薩若知因緣法相如實知諸因緣法已能如實知諸法染相能如實知染相法已能知第一義相能如實知第一義相已能如實知清淨法相功德林菩薩若於他力因緣法中能如實知無相之

法如實知已遠離染法離染法已得證一切清淨法相功德林菩薩如實能知虚妄法相能知他力因緣法相能知第一義相無相如實能知染相淨相離染法相證淨法相功德林菩薩摩訶薩應當如是善知諸法是故佛說菩薩摩訶薩善知諸法爾時世尊而說偈言

如實知諸法　即捨染法相　捨染法相已
證於清淨法　不觀有爲過　懈怠放逸害
諸法常不動　離相名菩薩

聖者成就第一義菩薩問品第八

爾時聖者成就第一義菩薩依無體相第一義相白佛言世尊世尊我獨在於空閑之處生覺觀心作如是念如來種種說於諸陰自體相法所謂能知生滅之相離於如是諸入因緣而起諸行如是說諸諦自體相所謂知離證修如是說諸界自體相種種別相種種界相無量界相如是說諸念處正勤如意根力覺道自體對治修行未生令生已生令增廣世尊復說一切法本來無體一切法本來不生一切法本來不滅一切法本來寂靜一切法本來自性涅槃世尊是故我問如來此義如來何意作如是說爾時佛告成就第一義菩薩言善哉善哉成就第一義汝能如是正念思惟生此覺觀復言善哉成就第一義汝今乃能問佛此義何以故汝爲安樂一切衆生安隱一切衆生爲欲利益一切衆生安隱一切天人故問此義成就第一義汝一心聽我意何故作如是說一切法本來無體相一切法本來不生一切法本來不滅一切法

本來寂靜一切法本來涅槃成就第一義我意依彼一切諸法三種無體相故說言一切諸法無自體何等爲三所謂依諸法無自體相無生體相第一義諦無自體相成就第一義諸法無自體相者諸分別相何以故以彼諸法隨名相說非有自體是故我言無自體相成就第一義何者諸法無生體相謂因緣法無自體相何以故以彼法生依他力因緣非自體相是故我說無生體相成就第一義何者是第一義無體相成就第一義第一義無體相者一切諸法本無生體是故我說一切諸法無自體相以彼依於因緣生故以依第一義無體相故何以故成就第一義於諸法中清淨觀相我說彼是第一義相成就第一義以他力相中清淨觀故是故我說第一義諦無自體相成就第一義一切諸法無成就相是故我說第一義諦無自體相何以故成就第一義一切諸法無我無我體相是故我說一切諸法無自體相成就第一義以是彼法依無體得名是故我說第一義諦無自體相成就第一義如空中華無自體相一切諸法無自體相亦復如是是故我說一切諸法無自體相法應如是成就第一義譬如幻師幻作一切種種色像諸因緣法無自體相亦復如是是故我說諸因緣法無自體相成就第一義如空中華無自體相第一義諦無自體相亦復如是是故我說第一義諦無自體相成就第一義我意依此三種法無自體相故說言諸法無自體相復次成就第一義我意依相無自體相說言諸法無自體相一

切諸法本來不生一切諸法本來不滅一切諸法本來寂靜一切諸法本來涅槃何以故成就第一義若一切法無自體相彼法不生若法不生彼法不滅若法不滅不生彼法本來寂靜若法本來寂靜彼法本來清淨若法本來清淨彼法本來涅槃若如是彼法無有少法可滅令入涅槃成就第一義是故我意依彼相說一切諸法無自體相是故我說一切諸法本來不生復次成就第一義第一義者依無我得名是故我意依第一義無體相故說言諸法本來不生何以故成就第一義以第一義法無我得名是故名爲第一義諦無自體相常常時恒恒時一切法體常住謂無爲體離諸一切煩惱相應若法常常時恒恒時依彼法體住彼法不生不滅以無爲故

若法無爲彼法本來寂靜若法本來寂靜彼法本來涅槃以遠離一切煩惱毒相應故是故第一義法無我得名我說諸法無自體相一切法本來不生一切法本來不滅一切法本來寂靜一切法本來涅槃成就第一義一切衆生衆生界中不知不覺虛妄分別法體差別亦不能知他力因緣法體差別亦復不見第一義諦法體差別是故我說三種法無自體相成就第一義而諸衆生虛妄分别諸法體相他力法體第一義體虛妄分别名字體相說因緣法第一義法成就第一義一切衆生如是如是說如是受用依名字心依隨順心依名用使心依彼分别名字體相執著他力因緣法體第一義體成就第一義如是如是執著如是如是依他力法虛妄執著因

緣法體依彼因緣生未來世他力法體爲煩惱染業染生染流轉六道長夜受苦不能出離生死苦縛所謂地獄畜生餓鬼阿脩羅天人諸趣成就第一義隨所有衆生不種善根不能清淨一切罪業不能成就諸善根力不多信法不集功德智慧之業我爲彼說諸法不生彼諸衆生聞我所說因緣和合有爲行生彼衆生知諸法無常不恒不可歸依異異轉滅於諸一切有爲行中生驚怖心生遠離心生驚怖心生遠離心已彼諸衆生不行惡法修行善法修行善法者依善法因不種善根者種諸善根不清淨罪業者清淨罪業不成熟諸根者能令成熟依彼成熟善根力故能多信法多信法者能集功德智慧之藏成就第一義彼諸衆生雖種善根乃至能集一切功德智慧之藏成就第一義而彼衆生於彼因緣諸法之體無生體相及第一義無體相法不如實知不如實知故於諸一切有爲行中不能生厭不能遠離是故彼諸一切衆生不得解脫煩惱染業染生染成就第一義如來爲彼諸衆生故重說彼法所謂因緣無體第一義無體令彼衆生於有爲行生厭離心爲得解脫煩惱染業染生染彼諸衆生聞我所說於彼諸法無生相中於一切法虛妄分別中第一義諦無體相中能生正信思惟彼法如實覺知於他力中不生執著虛妄分別諸法體相但知惟是名用得名惟是隨順名用得名惟是隨順名用諸使煩惱得名是故彼諸一切衆生能滅他力因緣諸相依於現法智慧之力斷彼未來一切因緣是故依

彼因緣正見能離一切有爲諸行厭離一切有爲行已得正解脱遠離業染煩惱染生染成就第一義聲聞性衆生依此道依此法得聲聞涅槃緣覺性衆生亦復如是依此道依此法得緣覺涅槃佛乘性衆生亦復如是依此道依此法得阿耨多羅三藐三菩提成就第一義是故我説聲聞緣覺菩薩一清淨道成就第一義惟一清淨道更無第二我意依此故説一乘成就第一義而衆生界中非無種種性輭中上根衆生成就第一義寂滅聲聞性人一切諸佛盡力教化不能令其坐於道場得阿耨多羅三藐三菩提何以故成就第一義以彼自性本來陋劣一向少於慈悲之心一向怖畏一切諸苦以少慈悲一向捨於利益衆生成就第一義若一向畏苦一向離諸有爲之行彼人遠離利益衆生遠離能度諸衆生業是故我説彼人不能證阿耨多羅三藐三菩提我説名爲寂滅聲聞成就第一義發菩提心聲聞人者而我説彼名爲菩薩何以故以彼菩薩先離煩惱障得慧解脱後離智障得心解脱彼菩薩如來初化依自身利益而得解脱是故我説彼是聲聞性人菩薩成就第一義我善説法中善如意法中善毗尼法中善清淨法中清淨法中不錯依種種性説種種法相成就第一義是故佛意依此三種無體相法説不了義修多羅法所謂諸法本來不生本來不滅本來寂靜本來涅槃成就第一義若有衆生種諸一切增上善根清淨罪業成就諸根多信諸法善集一切善根智慧彼諸衆生聞我法音能如實知

彼諸衆生信我法信我義智慧觀察能如實覺依彼證法隨順行力速得究竟阿耨多羅三藐三菩提我依彼諸一切衆生能於我身生恭敬心作如是言此是正覺知一切法是故名爲應正徧知成就第一義若有衆生不種一切增上善根不能清淨一切罪業不能淳熟一切善根不多信法無增上心不集功德智慧之藏直心體性不能觀察是法非法是法可取是法可捨依自心見執著而行彼諸衆生雖聞我法亦復不知依何意説而彼衆生信於我法恭敬我法而作是言我信諸佛如來所説修多羅甚深甚深相依空相應難見難覺不可覺形相不可覺微細極微細黠慧人智慧境界如來説諸修多羅義我不能知默然而信而作是言諸佛如來菩提甚深諸法體相亦復甚深惟佛所知非我境界諸佛如來隨諸衆生種種信心説種種法以諸如來無量智慧所知如海而我知見如牛跡水是故衆生於彼修多羅若能至心受持書寫寫已任持讀誦供養爲他人説常讀常誦隨喜施他而彼衆生不能於中如實修行以未知我甚深之意以不覺故成就第一義彼諸衆生依因彼故功德智慧增長滿足亦復令彼未淳熟心令得淳熟成就第一義復有衆生衆生界中不能種諸一切善根乃至不能成就功德智慧之業無直心無直意而彼衆生知是法是非法是可取是可捨自智生見是可取是可捨而彼衆生聞我所説甚深之法不知我意是故不知如實之法不知如實法故不能覺知一切諸法聞聲執著義

亦如是是故彼諸一切衆生説如是言諸法無體相一切法本來不生一切法本來不滅一切法本來寂靜一切法本來涅槃而彼衆生依因此見於諸法中起於邪見無諸法相墮於邪見以見諸法無無相以見諸法無無相故而謗一切諸法爲無所謂虛妄分別相因緣法體相第一義法體相何以故成就第一義依彼他力因緣體相依於第一義諦體相有名字相成就第一義若衆生見因緣體相第一義相言是無相彼衆生謗假名名字相是故我説彼諸衆生謗三種相成就第一義彼諸衆生於無法中起法相於無義中生義相無法依法住持無義依義住持成就第一義彼諸衆生依我信法增長善法而取非義爲義智不增長智不增長者離諸善法於

聞法衆生住持是法住持非義爲義墮於邪見彼諸衆生以取無法法相無義義相以取法法非義義相是故令諸一切衆生依不正見離諸善法應知成就第一義復有衆生於彼邪見人邊聞法説如是言諸法無體不生不滅寂靜涅槃驚懼怖畏而説是言此非佛語是魔所説是故彼諸邪見衆生謗諸修多羅説諸修多羅毀諸修多羅言是非法而彼衆生因彼謗法得無量罪成就無量極惡罪業成就第一義是故我説謗法衆生見無諸法亦無於義依義説法成就無量極惡罪業亦令無量諸衆生等多生罪業成就第一義若有衆生不種善根不清淨罪業不熟身業多不善法不能集彼功德智慧不直心不隨順直心而依自見邪智分別是法非法是法

可取是法可捨彼諸衆生雖聞我法不得我意不生信心亦復不能如實知我所說之意是故彼諸一切衆生於諸非法生於法想於諸非義生於義想執著非法生是法想執著非義生是義想而作是言此非佛語是魔所說而彼邪智如是解故而謗諸法不順諸法毀呰諸法輕論諸法於正法中加置邪法爲滅修多羅爲壞修多羅爲不行修多羅爲不說修多羅於信修多羅者生怨家想彼諸衆生先有無量罪業重障復因謗法而謗於人轉更增長無量罪障而彼罪障根本之罪不可說盡何況復加謗法之罪墮大地獄無有出期乃至無量百千萬億阿僧祇劫說其歲數亦不能盡成就第一義我今善說如是諸法善示善清淨善說衆生如是種種異信種種異見爾時世尊而說偈言

無法體不生　本寂靜不滅　自性涅槃法
是故我說常　三種無體相　第一義無體
若能知我意　是人得解脱　一道法進趣
諸衆生解脱　是故一乘法　隨聞差別說
諸衆生無量　爲身求涅槃　如來甚希有
安隱諸衆生　若證無漏法　平等無二相
成就佛諸義　彼人離煩惱

爾時成就第一義菩薩白佛言希有世尊未曾有未曾聞如來所說如是微細極微細甚深極甚深難覺極難覺諸佛如來意趣難知世尊我知如來所說義意所謂分別境界彼依分別有爲行相於名字中說彼色陰自體相相名爲勝相所謂色陰生色陰滅離色陰知色陰是故如來依彼法相說彼諸法爲無

體相世尊彼分別境界依彼分別境界行相是他力相是故如來依於彼法而說諸法不生諸法無體亦依彼法說第一義言無體相世尊我知世尊所說法義謂即依彼分別境界虛妄分別有爲行相即彼虛妄分別之相無如是相即彼無體相無體相法無我眞如清淨觀相是第一義是故如來依第一義說彼諸法名無體相世尊如一色陰餘陰亦如是如是十二入十八界一一入一切法亦如是世尊我知如來所說法義所謂分別境界中虛妄分別有爲行相所謂苦諦知苦諦依於名字說自體相勝相虛妄分別如來依彼說言諸法無有體相世尊彼分別境界相依止分別有爲行相名因緣相世尊是故我說我知如來所說法義何以故世尊即彼分別境界分別諸相依止虛妄行相而生而彼虛妄分別行相無如是體無如是相是法無我眞如清淨觀名第一義是故如來依彼法說第一義無體相世尊如苦諦餘諦亦如是如是四念處四正勤四如意足五根五力七覺分八聖道以要言之一切諸法亦復如是世尊我知世尊所說法義於分別境界中依虛妄分別有爲行相正覺三昧對治對治生正三昧生三昧已而復住持不忘不失修行增長名字所說法相勝相是分別相是故如來依彼法相說言諸法無有體相世尊彼分別境界依止他力因緣行相是他力相是故如來依彼法相說言諸法無有體相亦說第一義是無體相世尊我知世尊所說義相依止分別名字境界即彼分別名字行相無如是

相即彼無相體真如法無我清淨觀相即第一義相是故世尊說言諸法無有體相是第一義相世尊譬如毗舒婆藥草著諸藥中一切食中世尊如來說法亦復如是諸法無體相諸法不生諸法不滅諸法寂靜諸法自性涅槃說了義修多羅置於一切不了義修多羅中世尊譬如畫地種種一相所謂青黃赤白能了別彼種種畫相世尊如來說法亦復如是諸法無體相不生不滅寂靜自性涅槃了義言教置於一切不了義中成一味相亦能了別彼不了義修多羅等名字故世尊譬如一切諸飲食中若置熟酥生增上味佛說此法亦復如是依一切法無有體相不生不滅寂靜自性涅槃說此了義修多羅置諸一切了義中能生增上歡喜踊躍世尊譬如虛

空一切處等於諸一切種種作業無有障礙皆悉能成世尊如來亦爾說言諸法無有體相諸法不生諸法不滅諸法寂靜諸法自性而是涅槃說了義經於諸一切不了義經等同一味成就一切聲聞辟支佛大乘修行作無障礙爾時世尊告成就第一義菩薩言善哉成就第一義復作是言善哉善哉成就第一義汝實能知諸佛如來說法之意汝今善說此義譬喻如彼毗舒婆藥草畫地置酥虛空等譬成就第一義如是如是如汝所說不異汝說如是受持爾時成就第一義菩薩白佛言世尊如來初成應等正覺於波羅奈城仙人集處諸禽獸遊處爲諸修行聲聞行人一轉四諦希有法輪世間一切沙門婆羅門天人魔梵無能轉者若有能轉依法相應無

有是處世尊此第二轉法輪說上法相可入法相分別彼諸不了義修多羅爲住大乘衆生說於諸法無有體相諸法不生諸法不滅諸法寂靜諸法自性涅槃希有之中復是希有世尊此是第三轉法輪爲住一切大乘衆生說諸法無體相不生不滅寂靜自性涅槃善說四諦差別之相希中希有無人能入無人能對無人能諍更無有上更無有勝了義修多羅無有論處爾時成就第一義菩薩白佛言世尊若善男子善女人聞如來說諸法本來無體相本來不生本來不滅本來寂靜本來自性涅槃正信書寫寫已受持供養施與他人爲自說自讀自誦修行隨喜彼善男子善女人得幾所功德爾時世尊告成就第一義菩薩摩訶薩言彼善男子善女人成就無量阿僧祇功德與成就第一義彼之功德無有譬喻可以況說以要言之略說少分成就第一義譬如指甲上土依大地土百分不及一迦羅分不及一憂波尼沙陀分不及一乃至筭數譬喻不能及一成就第一義譬如牛跡中水依大海水百分不及一千分不及一迦羅分不及一憂波尼沙陀分不及一乃至筭數譬喻亦不及一成就第一義如是我說信不了義修多羅乃至修行不了義修多羅所得功德依此所說了義修多羅中於信心乃至修行所得功德受持讀誦彼不了義修多羅百分不及一千分不及一萬分不及一迦羅分不及一憂波尼沙陀分不及一乃至筭數譬喻所不能知爾時成就第一義菩薩白佛言世尊此深密解脱修多羅中此法

門名爲何等法云何奉持佛言成就第一義此法門名說第一義了義修多羅汝應如是受持佛說此法門時六千衆生發阿耨多羅三藐三菩提心三百千聲聞遠塵離垢得法眼淨復有五百千聲聞得無漏心解脱十萬五千菩薩得無生法忍

深密解脱經卷第二

音釋

蠅余陵切青蠅也 陿劣陿胡夾切隘也劣力輟切弱也 毀呰毀許委切謗也呰將此切譏也

深密解脱經卷第三

元魏天竺三藏法師菩提留支譯

聖者彌勒菩薩問品第九

爾時聖者彌勒菩薩摩訶薩依奢摩他毗婆舍那所攝法相白佛言世尊世尊菩薩依止何法住持何法於大乘中修行奢摩他毗婆舍那佛告彌勒菩薩言彌勒依説諸法差别之相及能住持阿耨多羅三藐三菩提心彌勒如我所説四種觀法菩薩依彼四種觀法修行大乘奢摩他毗婆舍那何等爲四一者分别觀二者無分别觀三者事别四者所作成就彌勒菩薩問佛言世尊有幾種奢摩他觀佛言彌勒惟有一種奢摩他觀所謂無分别觀彌勒菩薩復白世尊可有幾種毗婆舍那觀佛言彌勒惟有一種所謂差别觀彌勒菩薩復言世尊有幾數名向二觀佛言彌勒有於二種一者事别二者事成就彌勒菩薩言世尊云何菩薩依四種法修行奢摩他毗婆舍那觀善知奢摩他毗婆舍那佛言彌勒如我爲諸菩薩所説差别法相所謂修多羅祇夜和伽羅那伽陀憂陀那尼陀那阿婆陀那伊帝憂多伽闍多伽毗佛略阿浮陀檀摩憂婆提舍彌勒一切菩薩於如是等修多羅中應善諦聽口常善誦心常善知智常善觀慧如實覺彌勒諸菩薩等於彼修多羅中善思惟已於空閑處獨坐觀察觀察彼心内常隨順如是觀心如是不斷心彼菩薩得身樂心樂彌勒是名我説菩薩修行奢摩他法彼菩薩得身心樂已依身心樂觀所説法如向思惟一切諸法觀察内心三昧境界像能信

諸法離於思惟彌勒諸菩薩等如是觀彼三昧鏡像可知彼義覺觀思惟恐怖見意知覺現前彌勒是名我說菩薩修行毗婆舍那彌勒諸菩薩等應當如是善知毗婆舍那爾時聖者彌勒菩薩白佛言世尊世尊菩薩未得内心觀像未得身樂未得心樂佛說彼觀名何等觀佛言彌勒非奢摩他是隨順奢摩他是故我說名爲隨順信奢摩他彌勒菩薩言世尊菩薩未得身樂心樂觀於内身三昧境界思惟彼法如是觀心佛說彼觀名何等觀佛言彌勒我說彼觀非毗婆舍那名隨順信毗婆舍那彌勒菩薩言世尊說奢摩他行毗婆舍那行爲一爲異佛言我說非異非不異彌勒以何義故我說不異毗婆舍那觀不離奢摩他是故不異彌勒以何義故我說是異以觀分別鏡像差別是故爲異彌勒菩薩言世尊毗婆舍那三昧境界爲異彼心不異彼心佛言彌勒我說不異何義不異以惟是心觀彼鏡像何以故我說但是心意識觀得名故彌勒菩薩言世尊若彼心鏡像不異於心云何心即能觀於心佛言彌勒彼處無有一法能觀一法而彼心生如是現見彌勒譬如清淨明鏡依因鏡像能見鏡像而不作心我見鏡像依彼鏡像現見鏡像彌勒如彼心生不離於心離心見境彼三昧鏡像現見境界彌勒菩薩言世尊一切衆生所有心法色等境界爲異於心爲不異心佛言彌勒不異於心而諸凡夫顛倒智取不能識知但是心法以不如實知彼種種鏡像顛倒取顛倒法彌勒菩薩言世尊云何菩薩一向修行毗婆舍

那佛言彌勒若菩薩隨順觀彼心相不斷如是菩薩一向修行毗婆舍那彌勒菩薩言世尊云何菩薩一向觀彼奢摩他法佛言彌勒若菩薩隨順觀彼心相不斷如是菩薩一向觀彼奢摩他法彌勒菩薩言世尊云何菩薩奢摩他毗婆舍那二法和合一時修行佛言彌勒若菩薩觀心一心如是奢摩他毗婆舍那一時修行彌勒菩薩言世尊何者是心相佛言彌勒所謂分別三昧境界鏡像觀毗婆舍那是名心相彌勒菩薩言世尊何者是心無間佛言彌勒謂觀像心奢摩他觀是名心無間彌勒菩薩言世尊何者是心而言一心佛言彌勒所謂觀彼三昧鏡像覺知是心覺知是心已修眞如觀彌勒是名一心彌勒菩薩言世尊毗婆舍那行有幾種佛言彌勒毗婆舍那有於三種何等三種一者相二者修行三者觀彌勒何者是相毗婆舍那所謂但觀三昧境界分別鏡像是名相毗婆舍那彌勒何者是修行毗婆舍那所謂智慧善見彼彼法相是名修行毗婆舍那彌勒何者是觀毗婆舍那所謂彼彼法中智慧善觀彼彼法相而不證彼寂滅解脱彌勒是名善觀察修行毗婆舍那彌勒菩薩復言世尊奢摩他行有幾種佛言彌勒依前法後三種亦如是應知復次彌勒奢摩他有八種所謂初禪奢摩他如是二禪三禪四禪無邊空處無邊識處見少處非想非非想處復次彌勒有四種奢摩他謂慈奢摩他悲奢摩他喜奢摩他捨奢摩他彌勒菩薩言世尊如世尊説依止奢摩他毗婆舍那不依止奢摩他毗婆舍那世尊

何者是依止法何者是不依止法佛言彌勒如所聞法隨順法相彌勒是名依止法奢摩他毗婆舍那彌勒離所聞法思惟取法依他教觀奢摩他毗婆舍那義所謂觀彼諸相青黄赤白臭爛一切有行無常苦一切法無我一切法寂靜一切法涅槃如是等奢摩他毗婆舍那彌勒是名不依止法奢摩他毗婆舍那應知彌勒所謂依止法奢摩他毗婆舍那而我爲彼隨順法相我説名爲利根菩薩彌勒依止奢摩他毗婆舍那隨順他故我説名爲鈍根菩薩彌勒菩薩言世尊如世尊説差别觀奢摩他毗婆舍那法不差别觀奢摩他毗婆舍那法世尊何者是差别觀奢摩他毗婆舍那法何者不差别觀奢摩他毗婆舍那法佛言彌勒若菩薩一一觀修多羅等法如

聞如取思惟諸法修行奢摩他毗婆舍那是名差别觀奢摩他毗婆舍那法彌勒若菩薩即彼修多羅等法作一段一分一聚如是思惟此一切法隨順眞如流順眞如隨向眞如隨順彼眞如隨順菩提隨順涅槃隨心識轉隨順彼法隨向彼法如實能知無量阿僧祇諸善法相彌勒是名無差别觀奢摩他毗婆舍那法彌勒菩薩言世尊如世尊説少相差别觀奢摩他毗婆舍那法大相差别觀奢摩他毗婆舍那法無量相差别觀奢摩他毗婆舍那法世尊何者是少相差别觀奢摩他毗婆舍那法何者是大相差别觀奢摩他毗婆舍那法何者是無量相差别觀奢摩他毗婆舍那法佛言彌勒若菩薩差别觀修多羅一一乃至憂波提舍作一段思惟彌勒是名少

相差別觀奢摩他毗婆舍那法彌勒若菩薩即彼修多羅等不差別作一段思惟彌勒是名大相差別觀奢摩他毗婆舍那法彌勒若菩薩諸佛如來說無量法無量名字無量章句無量上上智慧樂說辯才作一段思惟是名無量差別觀奢摩他毗婆舍那法彌勒菩薩言世尊云何菩薩證得差別觀奢摩他毗婆舍那法佛言彌勒有五種觀觀彼法何等五種所謂思惟奢摩他毗婆舍那念念滅一切煩惱身離種種相得法樂如實知十方無量無畔齊知無量法光明所作成就相應清淨分無分別相現前爲得成就法身證上上勝勝因彌勒菩薩言世尊何處隨順修行差別觀奢摩他毗婆舍那法何處證得差別觀奢摩他毗婆舍那法佛言彌勒初歡喜地菩薩摩訶薩隨順證少於第三光明地菩薩善證得應知彌勒初學菩薩亦修行此差別觀奢摩他毗婆舍那法學思惟不休息故彌勒菩薩言世尊何者奢摩他毗婆舍那有覺有觀三昧何者是無覺有觀三昧何者是無覺無觀三昧佛言彌勒若菩薩隨如所聞攝受諸法於一切法覺觀相麤細隨順能生奢摩他毗婆舍那法是名有覺有觀三昧彌勒若菩薩於彼法相不了了麤細相隨順彼法修行而得彼法光明正念心隨順細觀察奢摩他毗婆舍那彌勒是名無覺有觀三昧彌勒若菩薩離一切相自然隨順法思惟觀察奢摩他毗婆舍那是名無覺無觀三昧復次彌勒初修行奢摩他毗婆舍那是名有覺有觀三昧彌勒若菩薩觀一切法是名無覺有觀

三昧彌勒若菩薩觀無差別法三昧是名無覺無觀三昧彌勒菩薩言世尊何者是奢摩他相何者是取相奢摩他何者是捨相奢摩他佛言彌勒若菩薩掉動心疑心中生驚畏心或欲遠離思惟諸法而不斷絕是名奢摩他相彌勒若菩薩心沉没沉没相疑思惟於法生歡喜心是名取相奢摩他彌勒若菩薩一向於奢摩他道一向毗婆舍那道雙觀二道煩惱不染於心自然思惟自然隨順彼法修行是名捨相奢摩他彌勒菩薩言世尊如世尊說菩薩修行奢摩他毗婆舍那法如實知法如實知義世尊云何菩薩知法知義佛言彌勒若菩薩知五種觀法名如實知法何等爲五一者名二者句三者字四者差别五者同彌勒何者是名謂於染法淨法中觀自

體相說法相彌勒是名爲名彌勒何者是句即彼法種種名相聚染法淨法義爲名用依止住持是名爲句彌勒何者是字即彼名句依彼二法名是名爲字彌勒何者是差別謂一一法别異觀是名差别彌勒何者是同所謂無差别觀汝說名爲同彌勒若菩薩如是觀者名爲如實知法彌勒云何菩薩觀義彌勒菩薩觀義有十種何等爲十一者所應修行者修行二者修行至究竟處三者知能取義四者知可取義五者知住持義六者知受用義七者知顛倒義八者知不顛倒義九者知染義十者知淨義彌勒若菩薩染淨法中一切種差别修行謂陰五種數内入六種數外入六種數如是等差别修行彌勒是名菩薩所應修行者修行彌勒若菩薩於染淨法

中如實知眞如彌勒是名菩薩修行至究竟處復次彌勒眞如有七種何等爲七所謂無始有爲行相眞如相眞如所謂我空法空惟識眞如知有爲行惟是識心執著眞如所謂我說苦諦邪行眞如所謂我說集諦清淨眞如所謂我說滅諦正修行眞如所謂我說道諦彌勒行相眞如執著眞如邪行眞如此三眞如一切衆生平等無差別彌勒相眞如惟識眞如此二眞如一切法平等無差別彌勒清淨眞如聲聞緣覺菩薩阿耨多羅三藐三菩提平等無差別彌勒正修行眞如如聞妙法差別觀奢摩他毗婆舍那攝取般若平等無差別彌勒菩薩知能取義者所謂五種入相及心意意識心數法是名知能取義彌勒可取義者所謂外六入彌勒能取義者即是可取義是名知能取可取義彌勒菩薩知住持義者所謂世界衆生住處依彼住處衆生可見所謂聚落田地彼百聚落地彼千聚落地彼千萬聚落地名盡海畔地彼百千彼百千閻浮提彼百千彼百千萬名爲一千世界彼一千世界百倍彼百倍千倍彼千倍百千倍名爲二千中世界彼二千中世界百倍千倍百千倍名爲三千大千世界彼三千大千世界百倍彼復千倍彼千倍復百千萬倍彼百千萬倍名爲一億彼一億百倍彼百倍復千倍彼千倍復一億彼一億復千億復千百億名爲一阿僧祇彼百億千億彼千億百千億彼百千億阿僧祇彼阿僧祇百阿僧祇彼百阿僧祇千阿僧祇彼百千阿僧祇百千萬三千大千百千萬阿僧祇世界百千萬微塵

數十方世界無量世界彌勒是名菩薩知住持義彌勒何者菩薩知資生義所謂我爲衆生說種種資生所受用故彌勒何者是菩薩知顛倒義彌勒即彼取受用於無常義中生常相顛倒心相顛倒見相顛倒於苦中生樂相顛倒不淨中生淨相顛倒於無我中生我相顛倒心相顛倒見相顛倒彌勒是名菩薩知顛倒義彌勒何者是菩薩知非顛倒義彌勒即遠離彼四顛倒是名菩薩知非顛倒義彌勒何者是菩薩知染相義彌勒於三界中有三種染相所謂煩惱染業染生染彌勒是名菩薩善知染義彌勒云何菩薩知淨義彌勒即遠離彼三種染修行菩提分法彌勒是名菩薩知淨義彌勒此卜種義攝取一切義應知彌勒是名菩薩如實知義相復次彌勒若菩薩知五種法彼菩薩名善知義何等爲五一者可知境界二者可知義三者知法四者依知得證果五者如實受彼法彌勒何者是可知法彌勒一切境界所謂五陰內諸入外諸入等是名知境界彌勒何者是可知義彌勒無量種觀如實知彼法所謂世諦第一義諦功德法過咎法因緣法三世法生法住法滅法病等諸法苦集等法眞如法實際法法界法略法廣法一向差別說問答法置答法祕密法直說法彌勒如是等可知義應知彌勒何者是知法彌勒能生彼知三十七品所謂四念處乃至八聖道彌勒是名知法彌勒何者是菩薩依知得證法所謂滅貪瞋癡煩惱遠離貪瞋癡煩惱得四沙門果所謂我說聲聞如來世間出世間一切功德彼諸功

德如實證知彌勒是名菩薩依智證果法彌勒何者是菩薩如實受彼法彌勒即彼所證法知解脱受解脱復爲一切衆生廣説示現開發彌勒此五法攝取一切義應知復次彌勒菩薩知四種觀名如實知義何等爲四所謂知心生義知受用義知隨心義知染淨義彌勒菩薩畢竟得四種義亦名攝取一切義應知復次菩薩如實知三種法名爲如實知義何等爲三所謂字義義義界義彌勒何者字義所謂名身等應知彌勒是名字義彌勒何者義義彌勒義義有十種何等爲十所謂實相知相遠離相證相修行相即彼實相等種種差別相依止所依止相應相即彼知相等障礙相隨順法相不知過咎相知利益相彌勒是名菩薩知義義相彌勒何者是菩薩

知界義相彌勒界義相有五種所謂世界衆生界法界可化界可化方便界彌勒此五種界攝取一切義應知爾時彌勒菩薩白佛言世尊所言聞慧思慧修慧奢摩他毗婆舍那三種修行義此三種慧云何差別佛言彌勒聞慧修行者依止名字如聞不稱意非現前解脱隨順解脱彌勒是名聞慧修行義彌勒思慧修行義者彌勒思慧亦依名字惟如聞不如是隨順心非現前解脱而轉轉隨順解脱非現證解脱彌勒是名思慧修行義彌勒修慧修行義者彌勒菩薩依名字不依名字如依如聞不依如聞隨順心隨智可知法三昧境界像現前轉轉隨順解脱增長解脱彌勒是名修慧修行義彌勒是名三慧異相義彌勒菩薩言世尊菩薩修行奢摩他毗婆舍

那何等爲智何等爲見佛言彌勒我應說彼無量智見相以略言之於差別法相中奢摩他毗婆舍那般若是名爲智彌勒觀諸法無差別相是名爲見彌勒菩薩言世尊菩薩修行奢摩他毗婆舍那以何等心觀何法相佛言彌勒眞如觀心修行法相義相亦不見名亦不見名體相亦不見彼名字因相如是句字一切義應知乃至不見十八界自體相亦不見彼因相修行奢摩他毗婆舍那是名修行奢摩他毗婆舍那義應知彌勒菩薩言世尊菩薩修行眞如義相亦修行彼相不佛言彌勒眞如形相無相可見若無相者云何修行彌勒菩薩修行眞如相者降伏一切法一切法義相而彼諸法不能降伏眞如義相彌勒菩薩言世尊世尊常說器不清淨鏡不清淨諸水等濁不見面相清淨器等能見面相如是世尊不修行如實心者不能見諸一切法相修行者見世尊依何等心觀何等眞如觀說如是義佛言彌勒我依三種觀說如是義何等爲三所謂聞慧思慧修慧三種觀心能識眞如彌勒我依如是義說彌勒菩薩言世尊菩薩如是解諸法義修行諸法相幾法相難修行以何等法何等觀觀彼難修行佛言彌勒有十種難修行相依十八空觀彼難修行相何等爲十彌勒觀法義相種種名字相依一切法空斷彼難修行相彌勒取如實義相受用所謂生相滅相住相異相相應行相依相空無始空斷彼難修行相彌勒取能取義相所謂依身相依我相依內空依不見空斷彼難修行相彌勒取可取相所謂資生

相依外空斷彼難修行相彌勒取受用義男女相種種資生所謂内外清淨相依内外空自性空斷彼難修行相彌勒取住持義有無量相依大空斷彼難修行相彌勒取無色修行相内寂靜解脱相依有爲空斷彼難修行相彌勒取眞如相義所謂我空法空惟是心第一義相依本空無物空自體空無體自體空第一義空斷彼難修行相彌勒取清淨眞如無爲相義離諸相無異相依無爲空不異空斷彼難修行相彌勒取彼無爲空無異空爲斷彼空相對治無爲空無異空依空空斷彼二空彌勒菩薩言世尊菩薩如是修行十種相於何等縛相而得解脱佛言彌勒修行三昧境界見形像相染縛煩惱中而得解脱即觀彼鏡像不取境界相是名斷彼難修行

相彌勒當知差別而言是諸空等對十種相非一一空不能對治斷十種相彌勒譬如無明不能生生乃至老死染煩惱等但依本言無明緣行生依近因緣故如是説彌勒此義如是應知彌勒菩薩言世尊何者是略空相菩薩知彼略空相不失一切空相離諸一切憍慢空相爾時世尊告彌勒菩薩言善哉彌勒善哉彌勒汝今乃能問佛此義彌勒汝能爲於諸菩薩等不失空相故如是問善哉是問何以故彌勒若菩薩不知空相則失一切大乘法相彌勒汝今諦聽我爲汝説略相空義彌勒於他力相第一義相一切法中無染淨相彼虚妄分別相常離彼相不見有相是名大乘中説略相空彌勒菩薩言世尊奢摩他毗婆舍那攝幾種三昧佛言彌勒我説種

種三昧所謂聲聞菩薩如來三昧攝取彼諸一切三昧應知彌勒菩薩言世尊奢摩他毗婆舍那能成何等法因佛言彌勒能成清淨戒因能成聞慧思慧見因彌勒菩薩言世尊彼清淨戒聞思慧因成何等果佛言彌勒能成心清淨果智慧清淨果復次彌勒能成一切世間出世間善法一切聲聞菩薩諸佛奢摩他毗婆舍那果應知彌勒菩薩言世尊奢摩他毗婆舍那作何等業佛言彌勒遠離二種縛何者爲二所謂遠離相縛遠離煩惱縛彌勒是名奢摩他毗婆舍那業彌勒菩薩言世尊佛說五種障幾種障奢摩他幾種障毗婆舍那幾種向二障佛言彌勒惜身資生此二種障奢摩他彌勒聖人所說一切善法得聞不喜此障毗婆舍那彌勒喜憒閙處得少爲足此二障奢摩他毗婆舍那應知彌勒喜憒閙處不能發修行法得少爲足不能畢竟得究竟處彌勒菩薩言世尊如來說五種蓋幾是奢摩他障幾是毗婆舍那障幾是向二障佛言彌勒掉悔是奢摩他障睡疑是毗婆舍那障欲瞋二種是向二障彌勒菩薩言世尊云何善清淨奢摩他道佛言彌勒善伏睡眠如是名爲善能清淨奢摩他道彌勒菩薩言世尊云何善清淨毗婆舍那道佛言彌勒若能善斷掉悔二蓋如是則名善能清淨毗婆舍那道彌勒菩薩言世尊菩薩修行奢摩他毗婆舍那行有幾種法能知心散亂不名相應佛言彌勒菩薩知五種法所謂正念散亂外心散亂內心散亂相散亂煩惱散亂彌勒若菩薩捨正念大乘相應相隨念聲聞辟

支佛相應相彌勒是名菩薩正念散亂彌勒若菩薩著外五欲樂憒閙處著諸覺觀隨順煩惱相念是名外心散亂彌勒若菩薩爲睡不眠心著三昧及餘三昧三摩婆提染於所染彌勒是名內心散亂彌勒若菩薩依外相內身三昧境界相思惟是名相散亂彌勒若菩薩依內心思惟因緣生覺觀煩惱如是心是我彌勒是名煩惱散亂心彌勒菩薩言世尊奢摩他毗婆舍那從初菩薩地乃至如來地對治何等法佛言彌勒奢摩他毗婆舍那於初地中對治惡道業生煩惱染第二地中對治微細過失第三地中對治欲得善法過第四地中對治愛三摩跋提心過第五地中對治世間涅槃一向現前不一向現前過第六地中對治諸相行過第七地中對治微細相行過第八地中對治無相行自然行過第九地中對治一切種說法不得自在過第十地中對治未得滿足法身過彌勒第十一地中對治微細極微細智障彌勒菩薩斷彼一切障已得無障礙一切智處成就所求法得清淨法身彌勒菩薩言世尊云何菩薩修行奢摩他毗婆舍那得阿耨多羅三藐三菩提佛言彌勒菩薩修行奢摩他毗婆舍那依七種眞如爲本如聞思法入於定心即念彼法如聞思慧善思惟內心差別觀彼眞如菩薩觀彼眞如之法尚捨微細修行之心何況麤法彌勒何者是微細修行心相所謂生心識受心識染淨識內外及彼二修行利益一切衆生眞如智苦集滅道有爲無爲常無常苦集不異自性業有爲相一切人無我法無我

相如是等法修行捨心彌勒菩薩如是發心修行如是多修行刹那刹那離一切蓋得清淨心得清淨心已入七種眞如內身證彼七種覺相應知彌勒是名菩薩摩訶薩善得見道菩薩得彼見道智已名定聚菩薩生在佛家受用初地利益歡喜是菩薩先已修行奢摩他毗婆舍那道於此始得事究竟觀是菩薩復於上上地中修行念彼二種觀故離諸微細相彌勒譬如有人巧以細榍出彼麤榍彌勒菩薩修行亦復如是觀內心相離彼一切諸染相分離染相分已離取一切諸善法相離取一切諸善法相已離一切相如是次第上上地中念相似法內心清淨乃至證阿耨多羅三藐三菩提得所作修行觀行成就彌勒菩薩如是修行得阿耨多羅三藐三菩提

深密解脱經卷第三

音釋

毗佛略（梵語也此云方廣 毗頻彌切）　掉（徒弔切搖也）　憍慢（憍舉喬切恣也慢莫晏切倨也）　憒鬧（憒古對切亂也 鬧奴教切不靜也）　三摩跋提（梵語也此云等持 跋蒲末切）　榍（先結切木屑也）

深密解脱經卷第四

元魏天竺三藏法師　菩提留支　譯

彌勒菩薩問品第九之餘

彌勒菩薩言世尊云何菩薩摩訶薩修菩薩行現得菩薩諸勝妙果佛言彌勒若菩薩如實能知六種法者是人能得菩薩妙果何等六種所謂善知心生善知心住善知心起善知法來善知善法增長善知巧方便彌勒云何菩薩善知心生彌勒若菩薩知十六種心生所謂不覺不知不動器世間識譬如阿陀那識取種種相觀識譬如一時取色等可取境界無分別意識知内外色一念間入無量三昧見無量佛國土見無量諸佛彌勒少相觀相應識譬如欲界相相應識彌勒大相觀相應識譬如色界相相應識彌勒無量相觀相應識譬如一切虚空一切識相相應識彌勒細相觀相應識譬如少相相應識彌勒徧相觀相應識譬如非想非非想相相應識彌勒極細相觀相應識譬如出世間相相應識彌勒苦相觀相應識譬如惡道識彌勒雜相受相觀相應識譬如欲界識彌勒喜相觀相應識譬如初禪二禪識彌勒樂相觀相應識譬如第三禪識彌勒不苦不樂相觀相應識譬如第四禪乃至非想非非想識彌勒染相觀相應識譬如染煩惱隨順煩惱識彌勒善法相觀相應識譬如修行信等相應識彌勒無記相觀相應識譬如遠離彼二法識彌勒是名菩薩知諸法生彌勒云何菩薩如實知諸法住彌勒若菩薩如實能知惟是識體是名菩薩知諸法住彌勒云何菩薩善知諸法

起彌勒若菩薩如實能知二種相煩惱縛若知彼巳作是思惟應捨此法彌勒菩薩如是名善知諸法起彌勒云何菩薩善知法來彌勒若菩薩善知彼煩惱對治心增長知諸法增長巳是名菩薩善知我法增長彌勒云何菩薩善知諸法下彌勒若菩薩知彼對治法煩惱染相心下損善知諸法損彌勒是名善薩善知諸法下彌勒云何菩薩善知巧方便彌勒若菩薩觀察解脫勝處一切入彌勒是名菩薩善知巧方便彌勒菩薩摩訶薩善知如是修行菩薩行者能得菩薩最勝妙果彌勒過去一切菩薩亦如是未來一切菩薩亦如是現在一切菩薩亦如是修行菩薩行得菩薩妙果彌勒菩薩言世尊如來常說無餘涅槃界中一切受滅盡無餘世尊何者是彼受相而言一切受相滅佛言彌勒略說二種受滅所謂見身受相滅受彼果境界受相滅彌勒身受相滅者有四種受應知何等四種所謂依止色受相依止非色受相成就果受相不成就果受相彌勒成就果受相者謂現前受相不成就果受相者謂未來世因受彼果報境界受相亦有四種所謂住持受相資生受相受用受相對受相彌勒有餘涅槃界中非成就受相果明觸受相受是故依彼對一切受相未滅以有餘受相彌勒成就果相受相一切種彼二受相滅但有明觸受相受無餘涅槃界中彼受亦滅以無餘涅槃界中更無明觸相是故我說無餘涅槃界中滅一切受相爾時世尊告彌勒菩薩摩訶薩言善哉善哉彌勒汝依如實修行故問滿足清淨

菩薩行相彌勒汝於如實修行法中善學具
足是故問我如實行法彌勒我已善說菩薩
滿足清淨修行法應知彌勒過去諸佛亦如
是說未來諸佛亦如是說現在諸佛亦如是
說過去未來現在一切諸善男子亦如是問
是故一切諸善男子善女人等應當至心行
菩薩行爾時世尊而說偈言
此說法中行　若人不放逸　智人正思惟
能得無上道　若人取法相　欲得彼法體
彼離如實行　空地不相應　見爲衆生怯
利衆生勇猛　得無染著相　一切出世間
爲求欲說法　彼人還得法　彼得無價寶
乞求行世間　解脫諸戲論　精進行堅固
爲利益衆生　修行此實行
爾時彌勒菩薩摩訶薩白佛言世尊此深密
解脫經中當何名此法門云何奉持佛言彌
勒此法門名爲如實修行了義修多羅汝當
奉持說是如實修行了義修多羅時六千衆
生發阿耨多羅三藐三菩提心三千聲聞遠
塵離垢得法眼淨十萬五千聲聞離諸漏得
心解脫七萬五千菩薩得大乘如實修行觀
成就
聖者觀世自在菩薩問品第十
爾時聖者觀世自在菩薩摩訶薩白佛言世
尊世尊爲諸菩薩說十地差別所謂歡喜地
離垢地光明地焰地難勝地現前地遠行地
不動地善慧地法雲地第十一佛地世尊有
幾種清淨攝此諸地有幾種分佛言觀世自
在有四種清淨十一分攝此諸地應知觀世
自在增上清淨攝初地增上戒清淨攝二地

增上心清淨攝三地增上慧清淨攝四地乃至上上勝妙從四地乃至佛地觀世自在是名四種清淨攝諸地應知觀世自在何者十一分攝諸地義觀世自在從菩薩起信行地修行十種信心能善思惟菩薩乘彼信行地行過彼信地入於定聚滿足彼分觀世自在彼諸菩薩雖滿彼分於微細行中而猶不能如實修行彼諸菩薩不滿彼分爲滿足故修行進求得滿彼分雖滿彼分而猶不能如實滿足世間三昧三摩跋提及未滿足聞持陀羅尼彼諸菩薩不滿彼分爲滿足故修行進求得滿彼分雖滿彼分如菩提分而猶不能如實修行心不能捨三昧愛法彼諸菩薩不滿彼分爲滿足故修行進求得滿彼分雖滿彼分而猶不能如實觀察一切諸諦亦不能

捨方便所攝修菩提分世間涅槃一向現前一向不現前彼諸菩薩不滿彼分爲滿足故修行進求得滿彼分雖滿彼分而猶不能如實知諸世間生死現見修行及無相正念不能多修彼諸菩薩不滿彼分爲滿足故修行進求得滿彼分雖滿彼分而猶不能如實而知無間不斷無相正念不能多修彼諸菩薩不滿彼分爲滿足故修行進求得滿彼分雖滿彼分而猶不能捨無相行自然而行無相行中不得自在彼諸菩薩彼分不滿爲滿足故修行進求得滿彼分雖滿彼分而猶不能於彼種種名字諸相無礙而說一切諸法及不能得說法自在彼諸菩薩不滿彼分爲滿足故修行進求得滿彼分雖滿彼分而不能得滿足法身及不能得受樂法身彼諸菩薩

不滿彼分爲滿足故修行進求得滿彼分雖滿彼分而不能得於諸一切境界相中無障無礙智慧具足彼諸菩薩不滿彼分爲滿足故修行進求得滿彼分得滿彼分已名爲滿足一切菩提分得滿菩提菩薩名之爲佛觀世自在如是十一種分攝諸地應知觀世自在菩薩白佛言世尊世尊何故菩薩初地說名歡喜地乃至佛地說名佛地佛言觀世自在菩薩初離生死得出世間大利清淨勝妙歡喜踊躍是故初地名歡喜地遠離一切微細破戒障故是故第二名離垢地依無量智光明照曜照諸三昧及聞持陀羅尼而得自在能作光明是故第三名光明地智火焰熾燒菩提分煩惱習垢是故第四名爲焰地即彼菩提分方便修行難勝得勝是故第五名難勝地正念思惟諸有爲行現前證知諸法無相是故第六名現前地無間無斷無相正念遠入妙行近清淨地是故第七名遠行地無有諸相自然修行相不能動是故第八名不動地說一切法一切種智無礙自在得廣大智無不降伏是故第九名善慧地衆生煩惱過患之身如虛空等如來法身猶如大雲覆衆生界說法示現是故第十名法雲地離一切無明微細習氣離一切境界智障習氣無障無礙於一切法中而得自在是故第十一名爲佛地觀世自在菩薩白佛言世尊世尊此諸地有幾種無明幾種障對佛言觀世自在有二十二種無明十一種對觀世自在於初地中執著人我法我無明惡道煩惱染相無明迷沒彼二是故名對於二地中微細

過無明種種業道無明迷没彼二是故名對於三地中求欲法無明滿足聞持陀羅尼無明迷没彼二是故名對於四地中愛三摩跋提無明愛法無明迷没彼二是故名對於五地中於世間正念思惟非一向背世間非一向現世間無明於涅槃正念思惟非一向背涅槃非一向趣涅槃無明迷没彼二是故名對於六地中不如實知有爲行現前無明多集諸相無明迷没彼二是故名對於七地中微細相行無明一向思惟方便無明迷没彼二是故名對於八地中無自然無相無明諸相不得自在無明迷没彼二是故名對於九地中無量説法無量名句上上樂説智慧陀羅尼無明樂説辯才自在無明迷没彼二是故名對於十地中大通無明入微細密無明迷没彼二是故名對於佛地中於一切境界極微細無明他障無明迷没彼二是故名對觀世自在是名二十二種無明十一種對説諸地差別觀世自在而阿耨多羅三藐三菩提此諸法不相應觀世自在菩薩言希有世尊阿耨多羅三藐三菩提大利大果彼諸菩薩破大無明迷没羅網亦滅一切虚妄對稠林得阿耨多羅三藐三菩提觀世自在菩薩白佛言世尊世尊説此諸地有幾種殊勝佛言觀世自在有八種清淨所謂直心清淨慈清淨悲清淨波羅蜜清淨見諸佛供養清淨教化衆生清淨生清淨力清淨觀世自在於初地中直心清淨乃至力清淨復有上上地乃至佛地直心清淨力清淨彼清淨極清淨增上清淨應知觀世自在除佛地生清淨所

謂初地諸功德彼諸地功德乃至上上地彼初地功德平等無差別而地地有勝功德應知觀世自在菩薩白佛言世尊世尊何故説一切諸生中菩薩摩訶薩生爲最勝佛言觀世自在有四種法所謂善集諸善根清淨故得内心方便故起大慈悲救諸一切諸衆生故自無染故能令一切衆生無染觀世自在菩薩白佛言世尊世尊何故説諸菩薩能發一切妙願勝願殊勝力願佛言觀世自在有四種法菩薩能如實知涅槃妙樂故速得阿耨多羅三藐三菩提復有捨彼速得菩提勝妙樂行不爲報恩而發大心爲利衆生於六道中長夜受諸種種苦惱觀世自在是故我説諸菩薩摩訶薩妙願勝願殊勝力願觀世自在菩薩白佛言世尊世尊菩薩摩訶薩有幾種學事佛告觀世自在菩薩言觀世自在菩薩學事有六種何等爲六所謂檀波羅蜜尸羅波羅蜜羼提波羅蜜毗棃耶波羅蜜禪波羅蜜般若波羅蜜觀世自在菩薩白佛言世尊此六種學幾增上戒學幾增上心學幾增上慧學佛言觀世自在初三學檀波羅蜜尸波羅蜜羼提波羅蜜增上戒學禪波羅蜜增上心學般若波羅蜜增上慧學毗棃耶波羅蜜徧諸波羅蜜觀世自在三種增上攝六種學事應知觀世自在菩薩白佛言世尊此六種修行幾功德莊嚴幾智慧莊嚴佛言觀世自在增上戒學功德莊嚴增上慧學智慧莊嚴精進波羅蜜禪波羅蜜徧諸波羅蜜應知觀世自在菩薩白佛言世尊世尊菩薩云何學此諸學佛言觀世自在有五種觀法學

此諸學何等爲五所謂依諸波羅蜜說法依菩薩藏初至心信次有十種法行如實修行聞思修慧智故護諸菩提心故親近善知識故不休息修行一切諸善根故觀世自在是名菩薩學諸學事應知觀世自在菩薩白佛言世尊世尊此諸學事何故說六種數佛言觀世自在有二種義何等爲二所謂攝取一切衆生故對治諸障故觀世自在三種學攝取衆生利益故三種學對治諸障故觀世自在菩薩修行檀波羅蜜資生利益攝取衆生菩薩修行尸波羅蜜不惱不害以無畏施攝取衆生菩薩修行羼提波羅蜜無報怨心攝取衆生觀世自在以此三學攝取衆生觀世自在菩薩修行毗棃耶波羅蜜動諸煩惱殺害諸使修行分中不爲一切煩惱所動菩薩修行禪波羅蜜縛諸煩惱菩薩修行般若波羅蜜斷一切使觀世自在是三種波羅蜜對治所治煩惱故觀世自在菩薩白佛言世尊世尊何故說餘四波羅蜜但有四數佛言觀世自在爲成就彼六波羅蜜伴故說餘四波羅蜜觀世自在菩薩三波羅蜜攝取衆生攝事方便攝取衆生置善法中是故我說方便波羅蜜與三波羅蜜爲伴觀世自在菩薩現身依多煩惱而亂其心不能修行如實之法而復信樂少行少法微薄直心不能攝取內心正定聞菩薩藏如聞而觀不能入定而不能起出世間智但修少分功德智慧莊嚴之相依彼少分智慧莊嚴爲薄未來煩惱作願是菩薩願波羅蜜願未來世諸煩惱薄能成精進波羅蜜是故我說願波羅蜜與毗棃耶

波羅蜜爲伴觀世自在菩薩親近善知識故聽聞正法如實思惟而能隨順如實修行轉彼薄心增長善力於彼眞如法界之中得增上力是菩薩力波羅蜜得内心定是故我說力波羅蜜與禪波羅蜜爲伴觀世自在菩薩依於菩薩藏故聞慧正觀修禪波羅蜜是菩薩智波羅蜜依智波羅蜜能生出世般若波羅蜜是故我說智波羅蜜與般若波羅蜜爲伴觀世自在菩薩白佛言世尊世尊何故說六波羅蜜如是次第佛言觀世自在依前後上上轉勝故觀世自在菩薩遠離受用欲心受持淨戒受持淨戒已能忍諸惡能忍諸惡已能成精進能成精進已能入諸禪能入諸禪已能得出世間智慧觀世自在是故我說六波羅蜜如是次第應知觀世自在菩薩白佛言世尊世尊說諸波羅蜜各有幾種差別佛言觀世自在諸波羅蜜各有三種差別觀世自在檀波羅蜜有三種所謂法施財施無畏施尸羅波羅蜜有三種所謂離諸惡行戒修諸善行戒利益衆生戒羼提波羅蜜有三種所謂忍諸惡忍諸苦忍諸法忍毗黎耶波羅蜜有三種所謂發起精進修行善法精進利益衆生精進禪波羅蜜有三種所謂無分別寂靜極寂靜對治煩惱受樂行禪起諸功德禪起利益衆生禪般若波羅蜜有三種所謂觀世諦般若觀第一義諦般若觀利益衆生般若觀世自在是名諸法波羅蜜各有三種差別應知觀世自在菩薩白佛言世尊以何義故說諸波羅蜜名波羅蜜佛言觀世自在有五種義說名波羅蜜所謂不著不

希望無過不分別迴向觀世自在菩薩不著者所謂不著諸波羅蜜相違事不希望者於諸波羅蜜受用果報報恩中無求心無過者遠離諸波羅蜜無方便雜染法不分別者諸波羅蜜中不如所聞執著自相迴向者諸波羅蜜所作所集迴取大菩提果故觀世自在是故我說名波羅蜜觀世自在菩薩白佛言世尊諸波羅蜜相違事有幾種佛言觀世自在波羅蜜相違事有六種何等爲六所謂樂於五欲資生自在我受樂見功德利益自在故隨身口意行自在故於他輕惱心不堪忍故著自身樂故專念世間散亂行故於世間中見聞覺知名字分別爲勝功德故觀世自在是名諸波羅蜜相違事觀世自在菩薩白佛言世尊世尊何者是諸波羅蜜果報佛言觀世自在諸波羅蜜果報有六種應知何等爲六所謂得富財故趣善道故無怨敵故不壞多喜樂故常爲衆生主故不害自身大威德力故觀世自在是名諸波羅蜜六種果報觀世自在菩薩白佛言世尊何者是諸波羅蜜雜染法佛言觀世自在諸波羅蜜有四種不如法行名爲雜染何等爲四所謂無慈心行故不正念行故不斷惡行故不至心行故觀世自在菩薩白佛言世尊何者是不正思惟佛言觀世自在所謂修行諸波羅蜜離餘波羅蜜行是名不正思惟觀世自在菩薩白佛言世尊何者是菩薩無方便修行佛言觀世自在若菩薩修波羅蜜行攝取衆生但施飲食資生等樂以爲滿足而不能令離不善處置於善處是名菩薩無方便修行何以故

觀世自在非施飲食如是等樂名爲利益觀世自在譬如糞穢若多若少無人能令生香美氣觀世自在如是一切有爲行苦一切衆生自性諸苦飲食資生攝取衆生不可爲樂觀世自在若置衆生在於第一上善法中究竟樂處名爲攝取與大利益觀世自在菩薩白佛言世尊世尊此諸波羅蜜有幾種清淨佛言觀世自在我不說離五種清淨更有清淨觀世自在而我依此五種清淨略廣說諸波羅蜜清淨之相觀世自在何者是略說諸波羅蜜清淨之相觀世自在一切波羅蜜有七種清淨何等爲七所謂菩薩離我說法復於他邊不求智慧故此見諸法不生執著知一切法能取大菩提故不生異意異疑故不自讚歎不毀他人故不欺不憍慢不放逸故得少善法不生滿足心故得此諸法於他人邊不生嫉妬慳悋心故觀世自在是名略說諸波羅蜜七種清淨應知觀世自在我復廣說諸波羅蜜清淨之相依彼七種說諸波羅蜜清淨何等七種觀世自在我說諸菩薩摩訶薩檀波羅蜜七種清淨如實修行何等爲七所謂依悲心施清淨施清淨即戒清淨見清淨心清淨口清淨智清淨意清淨是名檀波羅蜜七種清淨應知觀世自在如是戒波羅蜜有七種清淨何等爲七所謂菩薩摩訶薩於菩薩受持戒如實知一切戒如常能知離諸過法彼法恒持堅固戒至心戒常隨順戒於諸學中如實持戒觀世自在是名戒波羅蜜七種清淨應知觀世自在如是羼提波羅蜜有七種清淨何等爲七所謂菩薩自信

業報於諸一切不饒益事心不瞋恨若駡若瞋若打一切惡事來加其身不生報心不懷結恨若彼求悔應時即受不令他惱不求他求不爲有畏不爲飲食而行忍辱於受他恩不忘還報觀世自在是名忍辱波羅蜜七種清淨應知觀世自在毗棃耶波羅蜜有七種清淨何等爲七所謂菩薩如實知精進平等故不爲精進自高下他故身體安住如山不動故常勤精進故心不怯弱故所行堅固故於諸善法起精進心不休息故觀世自在是名毗棃耶波羅蜜七種清淨應知觀世自在禪波羅蜜有七種清淨何等爲七所謂菩薩善決定知諸相三昧禪波羅蜜滿足三昧禪波羅蜜如實知三分三昧禪波羅蜜如實知隨順三昧法禪波羅蜜不依止三昧禪波羅蜜善練諸業所作善三昧禪波羅蜜觀菩薩藏無量三昧禪波羅蜜觀世自在是名禪波羅蜜七種清淨應知觀世自在般若波羅蜜有七種清淨何等爲七所謂離有無謗中道般若依般若力如實能知三解脫義謂空無相無願如實能知三種分別他力第一義諦如實能知三種名相生相第一義相自體如實能知世諦五明處如實能知第一義諦於七種眞如不分別不戲論一味多修行無量差別觀法奢摩他毗婆舍那隨聞如實修行成就觀世自在是名般若波羅蜜七種清淨應知觀世自在菩薩白佛言世尊世尊此五種觀一一觀有何等業佛言觀世自在此五種觀各有五業應知何等爲五所謂菩薩不著現報常至心行諸波羅蜜不放逸故不希

望報恩攝取未來不放逸故無諸過失能善滿足善清淨善白淨修諸波羅蜜故依無分別巧方便速滿諸波羅蜜故依迴向力一切生處得善果報依彼如實修行諸波羅蜜不盡乃至得阿耨多羅三藐三菩提故觀世自在是名菩薩諸波羅蜜差别業應知觀世自在菩薩白佛言世尊世尊此諸波羅蜜何者最勝佛言觀世自在所謂不吝資財不著果報迴向大菩提觀世自在是名最勝應知觀世自在言世尊何者是無染法佛言所謂無諸過無分别是名無染法應知觀世自在菩薩白佛言世尊何者爲明妙佛言所謂緣滅諸法應知觀世自在菩薩白佛言世尊世尊何者是菩薩不動地佛言觀世自在菩薩入初歡喜地具足大力不退諸法是名菩薩不動地應知觀世自在言世尊何等法是菩薩清淨法佛言所謂滿足十地乃至滿足佛地應知觀世自在菩薩白佛言世尊世尊何故菩薩諸波羅蜜不盡愛樂果報亦不盡佛言所謂遞相因生妙樂果應知

深密解脱經卷第四

深密解脱經卷第五

元魏天竺三藏法師　菩提留支　譯

聖者觀世自在菩薩問品第十之餘

聖者觀世自在菩薩白佛言世尊世尊何故諸菩薩心不多樂諸波羅蜜果報而多樂諸波羅蜜行佛言觀世自在有五種法何等爲五所謂樂於增上歡喜樂故攝取自利利他故樂未來世樂報恩故不染諸法故不失彼法故應知觀世自在菩薩白佛言世尊世尊此諸波羅蜜各有幾種勝妙之力佛言觀世自在此諸波羅蜜各有四種妙力應知何等爲四一謂菩薩修行諸波羅蜜遠離慳嫉心遠離破戒心遠離瞋心遠離懈怠心遠離散亂心遠離諸見心故能成就阿耨多羅三藐三菩提諸功德故現身攝取自身他身故於未來世能得廣大無盡愛果報故觀世自在菩薩白佛言世尊世尊此諸波羅蜜何等爲因何等爲果何等爲力佛言觀世自在大悲爲因愛樂攝取衆生爲果能滿足菩提爲力應知觀世自在菩薩白佛言世尊世尊若諸菩薩一切資財隨心所用不可窮盡菩薩復有大悲慇心何故世間貧窮衆生受種種苦佛言觀世自在此諸衆生自業罪過菩薩大悲常欲與諸一切衆生無盡富樂常懷憐愍堅固不動觀世自在若諸衆生無自罪障世間無有貧窮衆生觀世自在譬如一切諸餓鬼等爲渴逼惱往見一切諸河大海悉皆乾竭此非諸河大海過咎是諸餓鬼自罪業報諸菩薩等施諸衆生一切資財如彼大海無有過咎而諸衆生受貧窮苦如彼餓鬼自作

惡業有如是報非菩薩過觀世自在菩薩白佛言世尊世尊菩薩何等波羅蜜取諸法無體相佛言觀世自在般若波羅蜜取諸法無自體相觀世自在言世尊若菩薩般若波羅蜜取諸法無體相者世尊何故般若波羅蜜不取諸法有體相佛言觀世自在我說取無體相無體相者汝當莫著言語何以故無體相法離諸一切名字言語內身證法不可以名字章句說我依名字說言般若取諸法無體相觀世自在菩薩白佛言世尊如世尊說諸波羅蜜隨近波羅蜜大波羅蜜世尊何者是波羅蜜何者是近波羅蜜何者大波羅蜜佛言觀世自在菩薩從無量劫來修行布施等諸波羅蜜畢竟能得一切善法而彼菩薩具煩惱性現行於心而彼煩惱不能染菩薩而菩薩能降伏煩惱謂信行地於輭中信心而修諸行是名波羅蜜觀世自在復有無量劫時畢竟修行增上善法心行煩惱而彼菩薩能伏煩惱煩惱不能降伏菩薩謂未入初地應知觀世自在是名近波羅蜜復次觀世自在菩薩於無量劫畢竟修行上上善法彼菩薩一切煩惱不行於心所謂初地至八地第十地觀世自在是名大波羅蜜應知觀世自在菩薩白佛言世尊世尊此諸地中有幾種使煩惱佛言觀世自在有三種使煩惱何等爲三所謂害伴使煩惱薄使煩惱微細使煩惱觀世自在何者害伴使煩惱謂從初地乃至第五地不俱生煩惱俱生煩惱伴彼菩薩害伴使煩惱不行於心是故我說害伴使煩惱觀世自在何者是薄使煩惱謂六地七

地中微細無明使煩惱菩薩修行薄彼無明煩惱是名薄使煩惱觀世自在何者是微細極微細煩惱謂八地上上地一切無明使煩惱不行於心惟有一切境界微細障觀世自在是名三種使煩惱應知觀世自在菩薩白佛言世尊世尊說菩薩斷一切過得斷諸使世尊菩薩斷幾種過名斷諸使佛言觀世自在菩薩斷三種過能斷諸使何等爲三所謂皮膚及骨觀世自在初斷皮障離第一過次斷膚障離第二過次斷骨障離第三過我說一切使盡是名佛地應知觀世自在菩薩白佛言世尊世尊幾阿僧祇劫斷彼諸過佛言觀世自在三大阿僧祇劫無量時無量月無量半月無量夜無量晝日無量念無量刹那無量無睺多無量羅婆劫斷彼諸過應知觀世自在菩薩白佛言世尊此諸地中諸菩薩有何等煩惱相何等功德而我應知願爲我說佛言觀世自在無有染相生諸煩惱有無量功德生諸煩惱應知何以故菩薩於初地中自性證於一切法界善能覺知一切法界是故菩薩如實能知生諸煩惱非爲不知是故於自身中無有染相以不能生諸苦過故無有諸過爲衆生界斷因果故菩薩無量功德生諸煩惱觀世自在菩薩白佛言希有世尊是大菩提能大利益以諸菩薩生諸煩惱降伏一切聲聞緣覺一切善根何況諸餘無量功德觀世自在菩薩白佛言世尊如世尊說聲聞乘大乘是爲一乘世尊何意作如是說佛言觀世自在我聲聞乘中說種種法所謂五陰內六入外六入如是等我說彼法界

一味而彼聲聞不能覺知是故我說有種種乘觀世自在如有衆生聞說如是分別執著彼人不知一乘之體取種種乘而證彼法異異而取遞共諍論我意如是應知爾時世尊而說偈言

種種諸法相　我依一理說　生於下劣解
我說名二乘　如聞聲分別　而不知彼義
故諸乘相違　憍慢衆生諍　知諸地妙相
及諸願生處　此勝相對治　我說是大乘

爾時觀世自在菩薩白佛言世尊深密解脫修多羅中此法門者名爲何等云何奉持佛告觀世自在菩薩言觀世自在此修多羅名地波羅蜜了義法門汝今應當如是受持說此地波羅蜜了義經時七萬五千菩薩得大乘光明三昧

聖者文殊師利法王子菩薩問品第十一

爾時聖者文殊師利法王子菩薩摩訶薩依如來所作住持業差別白佛言世尊世尊如來法身有何等相佛告文殊師利如實修行十地波羅蜜轉身成就得妙法身是名諸佛如來法身相應知文殊師利彼佛法身有二種相不可思議何等爲二所謂法身離諸戲論離諸一切有爲行相而諸衆生執著戲論有爲行相文殊師利白佛言世尊聲聞緣覺轉身所得爲是法身爲非法身佛告文殊師利非法身也文殊師利白佛言世尊若非法身是何等身佛言文殊師利名解脫身非法身也依解脫身聲聞緣覺諸佛如來其身平等而佛法身差別殊勝法身勝者勝彼一切聲聞緣覺無量無邊阿僧祇功德奇特殊勝

不可爲譬爲分別顛倒對治彼人說如來生如經文殊師利白佛言世尊諸佛生世有何等相佛告文殊師利化身生相隨世界相一切種一切功德莊嚴住持相相應即是化身生世間相應知文殊師利而佛如來法身不生文殊師利白佛言世尊我云何知化身所作現方便相佛告文殊師利一切佛國土三千大千世界中大勢力家及福田家一時退入胎住胎出胎生已增長受五欲樂而行大捨出家苦行證菩提轉法輪入涅槃文殊師利是應化身所作方便示現應知文殊師利白佛言世尊世尊依如來法身住持力幾種語爲衆生說法如來說法依可化衆生未熟者令熟已熟者令得解脫佛言文殊師利如來有三語何等爲三謂說修多羅毗尼摩得勒伽文殊師利是爲三種應知文殊師利言世尊何等修多羅何等毗尼何等摩得勒伽佛言文殊師利我所說少事法是名修多羅少事法者謂四種事九種事二十九種事文殊師利所言四種事者謂聞事歸依事學事菩提事是名四種事文殊師利所言九種事者謂施設事衆生向受用事向生事向生住事向染淨事向種種事能說事可說事眷屬事是名九種事文殊師利所言二十九事者謂依煩惱對染諸行事隨順事何者是隨順事謂隨順彼人相未來世生因事故依法相未來行因事依淨分觀事即彼處修行事令心住事現身受樂法行事過一切苦觀行事即如實知彼事彼事有三種依顛倒住持故依衆生相外觀邪行住持相故內心無憍慢

住持故修行住事現證事修行事作向堅固事向觀彼九種事觀察遠離不遠離方便事向散亂事不散亂不失事修行無障礙事修行利益事向堅固事向彼實證事具足得涅槃事如來善說毗尼法世間正見出諸外道一切勝事不修行彼法退事何以故文殊師利若於如來善說毗尼法中不能修行令善法退非邪見過文殊師利言世尊何者是毗尼相文殊師利毗尼相者我爲聲聞及諸菩薩說波羅提木叉及波羅提木叉相應法是名毗尼事文殊師利言世尊菩薩有幾種法攝波羅提木叉佛言文殊師利菩薩有七種法攝波羅提木叉何等爲七所謂菩薩知說受持法知說波羅夷事知說過事知說過事體知說無過事體知說起過事知說受持法失事文殊師利是名菩薩七種法攝波羅提木叉應知文殊師利言世尊何者是摩得勒伽文殊師利我所說十一種相示現了義經是名摩得勒伽文殊師利言世尊何等是摩得勒伽十一種相佛言文殊師利所謂世諦相第一義諦相觀菩提分法相彼法相自體相彼法果相受彼法說相彼法障相彼法隨順相彼法過失相彼法利益相文殊師利言世尊何者是世諦相文殊師利世諦相者有三種何等爲三說人相說分別體相觀諸法思惟作種種業相應知文殊師利言世尊何者第一義諦相文殊師利第一義諦相有七種如七種眞如中說文殊師利言世尊何者是觀菩提分法相文殊師利觀菩提分法相者所謂觀一切種事應知文殊師利言世尊

何者是彼法相文殊師利彼法相者如八種觀中應知文殊師利言世尊何等八種觀文殊師利所謂依實諦住諦過失功德通相形相相應相廣略說相文殊師利實諦相者所謂眞如住諦相者所謂人相分別相差別體一句答相隨問分別答相置答相密事示現相過失相者所謂我說諸法染過功德相者所謂我說一切淨法無量利益相通相者有六種應知何等六種謂眞實義通得通說通離二邊通不可思議通意通形相者所謂三世三有爲相四種因緣相應相者有四種應知何等爲四謂相待相應能作所作相應生相應法體相應相待相應者謂何等因何等緣能生有爲行名字等用是名相待相應能作所作相應者何等因何等緣能得法能生法能生法已能成辦業是名能作所作相應生相應者謂何等因何等緣知法說法示法能成能正覺知是名生相應法體相應者略說有二種何等爲二謂一者淨二者不淨文殊師利淨有五種相不淨有七種相文殊師利何者淨五種相一者彼現前見相二者依彼現前見相三者自相譬喻相四者成就相五者說清淨阿含相文殊師利何者是彼現前見相謂一切有爲行無常一切有爲行苦一切法無我世間現前見法如是等是名彼現前見相應知文殊師利何者是依彼現前見相所謂一切諸有爲行一相故不失未來善不善業依彼麤法現見故依種種業見種種衆生現見故依善不善業受苦受樂現見故於現見法中譬喻如是等彼依止現見相

應知文殊師利自相譬喻相者所謂內外一切世間現見譬喻因緣如是等名爲自相因緣譬喻應知如是依彼現見相依止彼現見相譬喻相一向成就彼事名爲成就相應知文殊師利何者是說清淨阿含相所謂一切智人說彼寂靜涅槃之相如是等名清淨阿含相應知文殊師利汝應如是深觀察五種清淨相深觀察已知清淨知清淨已如是修行文殊師利白佛言世尊有幾種法知一切智人相佛言文殊師利有五種法知一切智人相何等爲五有人出世於諸一切天人世間名一切智有人畢竟成就三十二大人之相得十力法能斷一切衆生疑具四無畏降伏一切諸魔怨敵說法更無能作礙難於說法中善說八聖菩提道分現證成就四沙門果文殊師利如是依生依相斷疑降伏無人能難現見沙門五種法現前是名一切智人相應知文殊師利此依生成相應現見相應量相應比智相應聖人說法相應知五種相是名清淨相應知文殊師利何者是七種不清淨相所謂彼相似見相彼不相似見相有一切相似見相一切不相似見相自譬喻異相不成相說法不清淨阿含相文殊師利何者是有一切相似見相謂一切法依意識知同相如是等名爲一切法相似同見相文殊師利何者是一切法不相似見相謂法相體相業法因果異相一一相異相畢竟彼彼相待異相如是等是名一切不相似不同見相文殊師利何者是自譬喻異相謂彼相似見相譬喻中有一切不相似不同相爲成彼事

一向不成是故我説彼不成相文殊師利自彼不相似見相譬喻中有一切相似同相爲成彼事一向不成是故我説不成相若不成相者彼法不清淨若法不清淨者不應修行是故我説不清淨阿含相以自性不清淨應知文殊師利何者是法體所謂如來出世及不出世法住法體法界是名法界體相應知文殊師利言世尊何者是略廣相文殊師利所謂略説一句彼一句上上句差别無量句乃至説應至處是名略説應知文殊師利言世尊何者是得相文殊師利謂取諸法見觀菩提分法我説菩提分法四念處等是名彼法自體相共世間出世間遠離染相彼法果起世間出世間功德是名彼得相文殊師利即彼法依解脱智受用應知廣爲人説示現是名彼法隨順示現相文殊師利即彼修行菩提分法離道相違染法是名向障法應知文殊師利爲彼法多生增長是名隨順彼法相文殊師利障諸法是名過相文殊師利隨順彼法功德是名利益相應知爾時文殊師利菩薩白佛言世尊惟願世尊爲諸菩薩更重略説修多羅毗尼摩得勒伽義不共一切外道二乘陀羅尼相諸佛如來説甚深法諸菩薩得甚深意得已能入一切佛法佛告文殊師利汝今諦聽我當爲汝略説陀羅尼義諸菩薩等聞我法已能得我意得我意已入於我法文殊師利何者略説陀羅尼義所謂我説一切染法一切淨法彼一切法不覺相無作相無分別相無我相如是如是法我説不覺無作無分別無我相以一切無覺無我

相是故染法非先是染後時得淨諸淨法者亦非先淨後得名染愚癡凡夫依虛妄染身執著我法計自體相依因邪見而言有我所謂我能見我聞能齅得味能觸我能知我能食我染我淨生如是等諸邪見行若人如是如實能知離煩惱身彼人能得離諸煩惱斷諸戲論畢竟清淨得無爲身無有一切諸有爲行文殊師利是名略說陀羅尼義應知爾時世尊而說偈言

諸法本無染　後時不清淨　染及於清淨
是諸法無我　染身見有我　生於我所想
我染及清淨　我見及以養　若能如是知
彼人離煩惱　能得無染身　是故名無爲

文殊師利菩薩白佛言世尊世尊如來心生有何等相願爲我說佛告文殊師利如來非心意識得名而無諸行心生得名依應化身說名爲生文殊師利言世尊若法身離於諸行云何離作心行而能生心佛言文殊師利依本方便般若修行自然而生文殊師利譬如睡眠無心覺起而能覺起文殊師利如入滅盡定而無起心依本作心自然而起文殊師利如睡滅定二無起心依本而起如是如來心生依本般若方便修行成就應知文殊師利菩薩白佛言世尊世尊說如來應化所作化身爲是有心爲是無心佛言文殊師利得言有心得言無心何以故以自心不得自在故言無心假他力故言有心文殊師利白佛言世尊如世尊說如來行處如來境界此二種法有何差別佛言文殊師利言如來行處者一切諸佛功德平等不可思議無量功

德莊嚴清淨佛之國土是名諸佛如來行處文殊師利言如來境界者有五種何等爲五所謂衆生界世界法界可化衆生界方便界文殊師利如來行處如來境界如是差別應知文殊師利菩薩白佛言世尊世尊如來得大菩提轉大法輪入大涅槃此三種相云何差別我云何知佛告文殊師利言文殊師利無有二相不證菩提非不證菩提不轉法輪非不轉法輪非入大涅槃非不入大涅槃文殊師利言世尊我解世尊所說之義何以故如來法身本來常清淨故應化身示現故文殊師利言世尊衆生見彼應化之身聞應化身觸應化身供養讚歎應化之身得諸功德於何身得佛言文殊師利以能正念如來身故以應化身依如來法身住持力得文殊師

利白佛言世尊世尊等無心無作無行何義故如來法身爲諸衆生出大光明及出無量應化鏡像而諸聲聞辟支佛等解脫之身無如是相佛言文殊師利等無心無作譬如日月摩尼珠等爲諸衆生出大光明及種種物而水瑠璃玻瓈珠等無心無作不出一切光明等物何以故依大衆生住持力故依諸衆生增上業故文殊師利譬如善巧鍊治珠寶能出影像餘不善者不出光明文殊師利諸佛如來亦復如是依無量法正觀修行方便般若作諸善業集諸善根依佛法身方便智慧出諸光明及出無量應化色像聲聞緣覺解脫之身不能修習一切善根故不能出文殊師利菩薩白佛言世尊世尊說依諸佛菩薩住持力故一切衆生成就世間功德之身

所謂生於剎利婆羅門大長者家欲界色界無色界一切處一切身一切功德果報成就皆依諸佛及諸菩薩住持力得世尊何意作如是說佛言文殊師利如來住持之力及菩薩力隨說何等道何等修行若有人能依於彼道如實修行彼人一切生處一切身一切世間果報成就文殊師利若人不能信於彼道又復不能如實修行謗我法諍我法而於我身生惡瞋心彼人命終一切生處常得一切下劣惡身受惡果報文殊師利依於此義汝今應知非但成就上妙勝身及勝果報依佛如來住持力得下劣惡身及惡果報亦依如來住持力得文殊師利白佛言世尊世尊不淨國土中何法易得何法難得世尊淨佛國土中何法易得何法難得佛告文殊師利言文殊師利不淨國土中有八事易得二事難得何等爲八所謂外道易得受苦衆生易得生下姓家勢力敗壞易得惡行衆生易得破戒衆生易得入惡道衆生易得發下品心小乘衆生易得發菩提心菩薩陋劣心易得文殊師利何者二事難得高心修行菩薩難得諸佛如來出世難得文殊師利淨佛國土中八事難得二事易得應如是知爾時文殊師利法王子菩薩白佛言世尊此深密解脱修多羅中此法門當名何等云何奉持佛告文殊師利法王子菩薩言文殊師利此法門名說諸佛如來住持力了義經文殊師利如來所說了義修多羅其義如是汝當奉持說此如來住持力了義經時七萬五千菩薩得滿足法身文殊師利法王子菩薩摩訶薩及

諸一切天人阿脩羅大衆歡喜奉行

深密解脫經卷第五

音釋

波羅提木叉梵語也此云解脫摩得勒伽梵語也此云智母以生智慧故齅許救切以鼻擸氣鬥齅也[illegible]歷德切鍊治鍊連彥切鍛鍊也治直吏切理也攻也

解深密經

唐三藏法師玄奘奉　詔譯

清刻龍藏佛說法變相圖

解深密經卷第一

唐三藏法師玄奘奉　詔譯

序品第一

如是我聞一時薄伽梵住最勝光曜七寶莊嚴放大光明普照一切無邊世界無量方所妙飾間列周圓無際其量難測超過三界所行之處勝出世間善根所起最極自在淨識爲相如來所都諸大菩薩衆所雲集無量天龍藥叉健達縛阿素洛揭路荼緊捺洛牟呼洛伽人非人等常所翼從廣大法味喜樂所持現作衆生一切義利蠲除一切煩惱纏垢遠離衆魔過諸莊嚴如來莊嚴之所依處大念慧行以爲遊路大止妙觀以爲所乘大空無相無願解脫爲所入門無量功德衆所莊嚴大寶華王衆所建立大宮殿中是薄伽梵

最清淨覺不二現行趣無相法住於佛住逮得一切佛平等性到無障處不可轉法所行無礙其所安立不可思議遊於三世平等法性其身流布一切世界於一切法智無疑滯於一切行成就大覺於諸法智無有疑惑凡所現身不可分別一切菩薩正所求智得佛無二住勝彼岸不相間雜如來解脫妙智究竟證無中邊佛地平等極於法界盡虛空性窮未來際與無量大聲聞衆俱一切調順皆是佛子心善解脫慧善解脫戒善清淨趣求法樂多聞聞持其聞積集善思所思善說所說善作所作捷慧速慧利慧出慧勝決擇慧大慧廣慧及無等慧慧寶成就具足三明逮得一切現法樂住大淨福田威儀寂靜無不圓滿大忍柔和成就無減已善奉行如來聖教復有無量菩薩摩訶薩衆從種種佛土而來集會皆住大乘遊大乘法於諸衆生其心平等離諸分別及不分別種種分別摧伏一切衆魔怨敵遠離一切聲聞獨覺所有作意廣大法味喜樂所持超五怖畏一向趣入不退轉地息一切衆生一切災橫地而現在前其名曰解甚深義密意菩薩摩訶薩如理請問菩薩摩訶薩法涌菩薩摩訶薩善清淨慧菩薩摩訶薩廣慧菩薩摩訶薩德本菩薩摩訶薩勝義生菩薩摩訶薩觀自在菩薩摩訶薩慈氏菩薩摩訶薩曼殊室利菩薩摩訶薩等而爲上首

勝義諦相品第二

爾時如理請問菩薩摩訶薩即於佛前問解甚深義密意菩薩摩訶薩言最勝子言一切

法無二一切法無二者何等一切法云何爲無二解甚深義密意菩薩謂如理請問菩薩曰善男子一切法者略有二種所謂有爲無爲是中有爲非有爲非無爲無爲亦非無爲非有爲如理請問菩薩復問解甚深義密意菩薩言最勝子如何有爲非有爲非無爲無爲亦非無爲非有爲解甚深義密意菩薩謂如理請問菩薩曰善男子言有爲者乃是本師假施設句若是本師假施設句即是徧計所集言辭所說若是徧計所集言辭所說即是究竟種種徧計言辭所說不成實故非是有爲善男子言無爲者亦墮言辭設離有爲無爲少有所說其相亦爾然非無事而有所說何等爲事謂諸聖者以聖智聖見離名言故現正等覺即於如是離言法性爲欲令他現等覺故假立名相謂之有爲善男子言無爲者亦是本師假施設句若是本師假施設句即是徧計所集言辭所說若是徧計所集言辭所說即是究竟種種徧計言辭所說不成實故非是無爲善男子言有爲者亦墮言辭設離無爲有爲少有所說其相亦爾然非無事而有所說何等爲事謂諸聖者以聖智聖見離名言故現正等覺即於如是離言法性爲欲令他現等覺故假立名相謂之無爲爾時如理請問菩薩摩訶薩復問解甚深義密意菩薩摩訶薩言最勝子如何此事彼諸聖者以聖智聖見離名言故現正等覺即於如是離言法性爲欲令他現等覺故假立名相或謂有爲或謂無爲解甚深義密意菩薩謂如理請問菩薩曰善男子如善幻師或彼

弟子住四衢道積集草葉木瓦礫等現作種種幻化事業所謂象身馬身車身步身末尼真珠瑠璃螺貝璧玉珊瑚種種財穀庫藏等身若諸衆生愚癡頑鈍惡慧種類無所知曉於草葉木瓦礫等上諸幻化事見已聞已作如是念此所見者實有象身實有馬身車身步身末尼真珠瑠璃螺貝璧玉珊瑚種種財穀庫藏等身如其所見如其所聞堅固執著隨起言說唯此諦實餘皆愚妄彼於後時應更觀察若有衆生非愚非鈍善慧種類有所知曉於草葉木瓦礫等上諸幻化事見已聞已作如是念此所見者無實象身無實馬身車身步身末尼真珠瑠璃螺貝璧玉珊瑚種種財穀庫藏等身然有幻狀迷惑眼事於中發起大象身想或大象身差別之想乃至發起種種財穀庫藏等想或彼種類差別之想不如所見不如所聞堅固執著隨起言說唯此諦實餘皆愚妄爲欲表知如是義故亦於此中隨起言說彼於後時不須觀察如是若有衆生是愚夫類是異生類未得諸聖出世間慧於一切法離言法性不能了知彼於一切有爲無爲見已聞已作如是念此所得者決定實有有爲無爲如其所見如其所聞堅固執著隨起言說唯此諦實餘皆癡妄彼於後時應更觀察若有衆生非愚夫類已見聖諦已得諸聖出世間慧於一切法離言法性如實了知彼於一切有爲無爲見已聞已作如是念此所得者決定無實有爲無爲然有分別所起行相猶如幻事迷惑覺慧於中發起爲無爲想或爲無爲差別之想不如所見

不如所聞堅固執著隨起言說唯此諦實餘皆癡妄爲欲表知如是義故亦於此中隨起言說彼於後時不須觀察如是善男子彼諸聖者於此事中以聖智聖見離名言故現正等覺即於如是離言法性爲欲令他現等覺故假立名相謂之有爲謂之無爲爾時解甚深義密意菩薩摩訶薩欲重宣此義而說頌曰

佛說離言無二義　甚深非愚之所行
愚夫於此癡所惑　樂著二依言戲論
彼或不定或邪定　流轉極長生死苦
復違如是正智論　當生牛羊等類中

爾時法涌菩薩摩訶薩白佛言世尊從此東方過七十二殑伽沙等世界有世界名具大名稱是中如來號廣大名稱我於先日從彼佛土發來至此我於彼土曾見一處有七萬七千外道并其師首同一會坐爲思諸法勝義諦相彼共思議稱量觀察徧尋求時於一切法勝義諦相竟不能得唯除種種意解別異意解變異意解互相違背共興諍論口出矛穳更相穳刺惱壞既已各各離散世尊我於爾時竊作是念如來出世甚奇希有由出世故乃於如是超過一切尋思所行勝義諦相亦有通達作證可得說是語已爾時世尊告法涌菩薩摩訶薩曰善男子如是如是如汝所說我於超過一切尋思勝義諦相現正等覺現等覺已爲他宣說顯現開解施設照了何以故我說勝義是諸聖者内自所證尋思所行是諸異生展轉所證是故法涌由此道理當知勝義超過一切尋思境相法涌我

說勝義無相所行尋思但行有相境界是故法涌由此道理當知勝義超過一切尋思境相法涌我說勝義不可言說尋思但行言說境界是故法涌由此道理當知勝義超過一切尋思境相法涌我說勝義絕諸表示尋思但行表示境界是故法涌由此道理當知勝義超過一切尋思境相法涌我說勝義絕諸諍論尋思但行諍論境界是故法涌由此道理當知勝義超過一切尋思境相法涌當知譬如有人盡其壽量習辛苦味於蜜石蜜上妙美味不能尋思不能比度不能信解或於長夜由欲貪勝解諸欲熾火所燒然故於内除滅一切色聲香味觸相妙遠離樂不能尋思不能比度不能信解或於長夜由言說勝解樂著世間綺言說故於内寂靜聖默然樂不能尋思不能比度不能信解或於長夜由見聞覺知表示勝解樂著世間諸表示故於永除斷一切表示薩迦耶滅究竟涅槃不能尋思不能比度不能信解法涌當知譬如有人於其長夜由有種種我所攝受諍論勝解樂著世間諸諍論故於北拘盧洲無我所無攝受離諍論不能尋思不能比度不能信解如是法涌諸尋思者於超一切尋思所行勝義諦相不能尋思不能比度不能信解爾時世尊欲重宣此義而說頌曰

內證無相之所行　不可言說絕表示
息諸諍論勝義諦　超過一切尋思相

爾時善清淨慧菩薩摩訶薩白佛言世尊甚奇乃至世尊善說謂世尊言勝義諦相微細甚深超過諸法一異性相難可通達世尊我

即於此曾見一處有衆菩薩等正修行勝解行地同一會坐皆共思議勝義諦相與諸行相一異性相於此會中一類菩薩作如是言勝義諦相與諸行相都無有異一類菩薩復作是言非勝義諦相與諸行相都無有異然勝義諦相異諸行相有餘菩薩疑惑猶豫復作是言是諸菩薩誰言諦實誰言虛妄誰如理行誰不如理或唱是言勝義諦相與諸行相都無有異或唱是言勝義諦相異諸行相世尊我見彼已竊作是念此諸善男子愚癡頑鈍不明不善不如理行於勝義諦微細甚深超過諸行一異性相不能解了說是語已爾時世尊告善清淨慧菩薩摩訶薩曰善男子如是如是如汝所說此諸善男子愚癡頑鈍不明不善不如理行於勝義諦微細甚深超過諸行一異性相不能解了何以故善清淨慧非於諸行如是行時名能通達勝義諦相或於勝義諦而得作證何以故善清淨慧若勝義諦相與諸行相都無異者應於今時一切異生皆已見諦又諸異生皆應已得無上方便安隱涅槃或應已證阿耨多羅三藐三菩提若勝義諦相與諸行相一向異者已見諦者於諸行相應不除遣若不除遣諸行相者應於相縛不得解脫此見諦者於諸相縛不解脫故於麤重縛亦應不脫由於二縛不解脫故已見諦者應不能得無上方便安隱涅槃或不應證阿耨多羅三藐三菩提善清淨慧由於今時非諸異生皆已見諦非諸異生已能獲得無上方便安隱涅槃亦非已證阿耨多羅三藐三菩提是故勝義諦相與

諸行相都無異相不應道理若於此中作如是言勝義諦相與諸行相都無異者由此道理當知一切非如理行不如正理善清淨慧由於今時非見諦者於諸行相不能除遣然能除遣非見諦者於諸相縛不能解脫然能解脫非見諦者於麤重縛不能解脫然能解脫以於二障能解脫故亦能獲得無上方便安隱涅槃或有能證阿耨多羅三藐三菩提是故勝義諦相與諸行相一向異相不應道理若於此中作如是言勝義諦相與諸行相一向異者由此道理當知一切非如理行不如正理善清淨慧若勝義諦相與諸行相都無異者如諸行相墮雜染相此勝義諦相亦應如是墮雜染相善清淨慧若勝義諦相與諸行相一向異者應非一切行相共相名勝義諦相善清淨慧由於今時勝義諦相非墮雜染相諸行共相名勝義諦相是故勝義諦相與諸行相都無異相不應道理勝義諦相與諸行相一向異相不應道理若於此中作如是言勝義諦相與諸行相都無有異或勝義諦相與諸行相一向異者由此道理當知一切非如理行不如正理善清淨慧若勝義諦相與諸行相都無異者如勝義諦相於諸行相無有差別一切行相亦應如是無有差別修觀行者於諸行中如其所見如其所聞如其所覺如其所知不應後時更求勝義若勝義諦相與諸行相一向異者應非諸行唯無我性唯無自性之所顯現是勝義相又應俱時別相成立謂雜染相及清淨相善清淨慧由於今時一切行相皆有差別非無差別

修觀行者於諸行中如其所見如其所聞如其所覺如其所知復於後時更求勝義又即諸行唯無我性唯無自性之所顯現名勝義相又非俱時染淨二相別相成立是故勝義諦相與諸行相都無有異或一向異不應道理若於此中作如是言勝義諦相與諸行相都無有異或一向異者由此道理當知一切非如理行不如正理善清淨慧如螺貝上鮮白色性不易施設與彼螺貝一相異相如螺貝上鮮白色性金上黃色亦復如是如箜篌聲上美妙曲性不易施設與箜篌聲一相異相如黑沉上有妙香性不易施設與彼黑沉一相異相如胡椒上辛猛利性不易施設與彼胡椒一相異相如胡椒上辛猛利性訶梨澁性亦復如是如蠹羅綿上有柔輭性不易施設與蠹羅綿一相異相如熟酥上所有醍醐不易施設與彼熟酥一相異相又如一切行上無常性一切有漏法上苦性一切法上補特伽羅無我性不易施設與彼行等一相異相又如貪上不寂靜相及雜染相不易施設此與彼貪一相異相如於貪上於瞋癡上當知亦爾如是善清淨慧勝義諦相不可施設與諸行相一相異相善清淨慧我於如是微細極微細甚深極甚深難通達極難通達超過諸法一異性相勝義諦相現正等覺現等覺已爲他宣說顯示開解施設照了爾時世尊欲重宣此義而說頌曰

行界勝義相　離一異性相　若分別一異
彼非如理行　衆生爲相縛　及爲麤重縛
要勤修止觀　爾乃得解脫

爾時世尊告尊者善現曰善現汝於有情界中知幾有情懷增上慢爲增上慢所執持故記別所解汝於有情界中知幾有情離增上慢記別所解爾時尊者善現白佛言世尊我知有情界中少分有情離增上慢記別所解世尊我知有情界中有無量無數不可說有情懷增上慢爲增上慢所執持故記別所解世尊我於一時住阿練若大樹林中時有衆多苾芻亦於此林依近我住我見彼諸苾芻於日後分展轉聚集依有所得現觀各說種種相法記別所解於中一類由得蘊故得蘊相故得蘊起故得蘊盡故得蘊滅故得蘊滅作證故記別所解如此一類由得蘊故復有一類由得處故復有一類得緣起故當知亦爾復有一類由得食故得食相故得食起故得食盡故得食滅故得食滅作證故記別所解復有一類由得諦故得諦相故得諦徧知故得諦永斷故得諦作證故得諦修習故記別所解復有一類由得界故得界相故得界種種性故得界非一性故得界滅故得界滅作證故記別所解復有一類由得念住故得念住相故得念住能治所治故得念住修故得念住未生令生故得念住生已堅住不忘倍修增廣故記別所解如有一類得念住故復有一類得正斷故得神足故得諸根故得諸力故得覺支故當知亦爾復有一類得八支聖道故得八支聖道相故得八支聖道能治所治故得八支聖道修故得八支聖道未生令生故得八支聖道生已堅住不忘倍修增廣故記別所解世尊我見彼已便作是念

此諸長老依有所得現觀各説種種相法記別所解當知彼諸長老一切皆懷增上慢爲增上慢所執持故於勝義諦徧一切一味相不能解了是故世尊甚奇乃至世尊善説謂世尊言勝義諦相微細最微細甚深最甚深難通達最難通達徧一切一味相世尊此聖教中修行苾芻於勝義諦徧一切一味相尚難通達況諸外道爾時世尊告尊者善現曰如是如是善現我於微細最微細甚深最甚深難通達最難通達徧一切一味相勝義諦現正等覺現等覺已爲他宣説顯示開解施設照了何以故善現我已顯示於一切蘊中清淨所緣是勝義諦我已顯示於一切處緣起食諦界念住正斷神足根力覺支道支中清淨所緣是勝義諦此清淨所緣於一切蘊中是一味相無别異相如於蘊中如是於一切處中乃至一切道支中是一味相無别異相是故善現由此道理當知勝義諦是徧一切一味相善現修觀行苾芻通達一蘊眞如勝義法無我性已更不尋求各别餘蘊諸處緣起食諦界念住正斷神足根力覺支道支眞如勝義法無我性唯即隨此眞如勝義無二智爲依止故於徧一切一味相勝義諦審察趣證是故善現由此道理當知勝義諦是徧一切一味相善現如彼諸蘊展轉異相如彼諸處緣起食諦界念住正斷神足根力覺支道支展轉異相若一切法眞如勝義法無我性亦異相者是則眞如勝義法無我性亦應有因從因所生若從因生應是有爲若是有爲應非勝義若非勝義應更尋求餘勝義

諦善現由此眞如勝義法無我性不名有因非因所生亦非有爲是勝義諦得此勝義更不尋求餘勝義諦唯有常常時恒恒時如來出世若不出世諸法法性安立法界安住是故善現由此道理當知勝義諦是徧一切一味相善現譬如種種非一品類異相色中虛空無相無分別無變異徧一切一味相如是異性異相一切法中勝義諦徧一切一味相當知亦爾爾時世尊欲重宣此義而說頌曰

此徧一切一味相　勝義諸佛說無異
若有於中異分別　彼定愚癡依上慢

心意識相品第三

爾時廣慧菩薩摩訶薩白佛言世尊如世尊說於心意識祕密善巧菩薩於心意識祕密善巧菩薩者齊何名爲於心意識祕密善巧菩薩如來齊何施設彼爲於心意識祕密善巧菩薩說是語已爾時世尊告廣慧菩薩摩訶薩曰善哉善哉廣慧汝今乃能請問如來如是深義汝今爲欲利益安樂無量衆生哀愍世間及諸天人阿素洛等爲令獲得義利安樂故發斯問汝應諦聽吾當爲汝說心意識祕密之義廣慧當知於六趣生死彼彼有情墮彼彼有情衆中或在卵生或在胎生或在濕生或在化生身分生起於中最初一切種子心識成熟展轉和合增長廣大依二執受一者有色諸根及所依執受二者相名分別言說戲論習氣執受有色界中具二執受無色界中不具二種廣慧此識亦名阿陀那識何以故由此識於身隨逐執持故亦名阿賴耶識何以故由此識於身攝受藏隱同安

危義故亦名爲心何以故由此識色聲香味觸等積集滋長故廣慧阿陀那識爲依止爲建立故六識身轉謂眼識耳鼻舌身意識此中有識眼及色爲縁生眼識與眼識俱隨行同時同境有分別意識轉有識耳鼻舌身及聲香味觸爲縁生耳鼻舌身識與耳鼻舌身識俱隨行同時同境有分別意識轉廣慧若於爾時一眼識轉即於此時唯有一分別意識與眼識同所行轉若於爾時二三四五諸識身轉即於此時唯有一分別意識與五識身同所行轉廣慧譬如大暴水流若有一浪生縁現前唯一浪轉若二若多浪生縁現前有多浪轉然此暴水自類恒流無斷無盡又如善淨鏡面若有一影生縁現前唯一影起若二若多影生縁現前有多影起非此鏡面轉變爲影亦無受用滅盡可得如是廣慧由似暴流阿陀那識爲依止爲建立故若於爾時有一眼識生縁現前即於此時一眼識轉若於爾時乃至有五識身生縁現前即於此時五識身轉廣慧如是菩薩雖由法住智爲依止爲建立故於心意識祕密善巧然諸如來不齊於此施設彼爲於心意識一切祕密善巧菩薩廣慧若諸菩薩於内各別如實不見阿陀那不見阿陀那識不見阿賴耶不見阿賴耶識不見積集不見心不見眼色及眼識不見耳聲及耳識不見鼻香及鼻識不見舌味及舌識不見身觸及身識不見意法及意識是名勝義善巧菩薩如來施設彼爲勝義善巧菩薩廣慧齊此名爲於心意識一切祕密善巧菩薩如來齊此施設彼爲於心意

識一切祕密善巧菩薩爾時世尊欲重宣此義而說頌曰

阿陀那識甚深細　一切種子如暴流
我於凡愚不開演　恐彼分別執爲我

解深密經卷第一

音釋

揭路荼 梵語也此云金翅鳥揭居謁切荼同都切
緊捺洛 梵語也此云疑神緊居忍切捺乃曷切
翼從 翼與職切翼衞也從疾用切侍從也
蠲除 蠲古玄切潔也亦除也
捷 疾葉切疾也
摧 徂回切折也
礫 郎擊切小石也
殑伽 梵語也此云天堂來河名也殑其陵切
矛穳 矛莫浮切厶兵也穳子筭切稍也
穳刺 穳七九切擲也刺七賜切直傷也
猶豫 猶以周切豫羊茹切猶豫獸名性多疑故以事不決者為猶豫
竊 千結切私也
頑鈍 頑五還切癡也鈍徒困切不利也
蠹 當故切

解深密經卷第二

唐三藏法師玄奘奉　詔譯

一切法相品第四

爾時德本菩薩摩訶薩白佛言世尊如世尊說於諸法相善巧菩薩於諸法相善巧菩薩者齊何名爲於諸法相善巧菩薩如來齊何施設彼爲於諸法相善巧菩薩說是語已爾時世尊告德本菩薩曰善哉德本汝今乃能請問如來如是深義汝今爲欲利益安樂無量衆生哀愍世間及諸天人阿素洛等爲令獲得義利安樂故發斯問汝應諦聽吾當爲汝說諸法相謂諸法相略有三種何等爲三一者徧計所執相二者依他起相三者圓成實相云何諸法徧計所執相謂一切法名假安立自性差別乃至爲令隨起言說云何諸法依他起相謂一切法緣生自性則此有故彼有此生故彼生謂無明緣行乃至招集純大苦蘊云何諸法圓成實相謂一切法平等眞如於此眞如諸菩薩衆勇猛精進爲因緣故如理作意無倒思惟爲因緣故乃能通達於此通達漸漸修習乃至無上正等菩提方證圓滿善男子如眩瞖人眼中所有眩瞖過患徧計所執相當知亦爾如眩瞖人眩瞖衆相或髮毛輪蜂蠅苣藤或復青黃赤白等相差別現前依他起相當知亦爾如淨眼人遠離眼中眩瞖過患即此淨眼本性所行無亂境界圓成實相當知亦爾善男子譬如清淨頗胝迦寶若與青染色合則似帝青大青末尼寶徧由邪執取帝青大青末尼寶故惑亂有情若與赤染色合則似琥珀末尼寶像由

邪執取琥珀末尼寶故惑亂有情若與緑染色合則似末羅羯多末尼寶像由邪執取末羅羯多末尼寶故惑亂有情若與黄染色合則似金像由邪執取真金像故惑亂有情如是德本如彼清淨頗胝迦上所有染色相應依他起相上徧計所執相言說習氣當知亦爾如彼清淨頗胝迦上所有帝青大青琥珀末羅羯多金等邪執依他起相上徧計所執相執當知亦爾如彼清淨頗胝迦寶依他起相當知亦爾如彼清淨頗胝迦上所有帝青大青琥珀末羅羯多真金等相於常常時於恒恒時無有真實無自性性即依他起相上由徧計所執相於常常時於恒恒時無有真實無自性性圓成實相當知亦爾復次德本相名相應以爲緣故徧計所執相而可了知依他起相上徧計所執相執以爲緣故依他起相而可了知依他起相上徧計所執相無執以爲緣故圓成實相而可了知善男子若諸菩薩能於諸法依他起相上如實了知徧計所執相即能如實了知一切無相之法若諸菩薩如實了知依他起相即能如實了知一切雜染相法若諸菩薩如實了知圓成實相即能如實了知一切清淨相法善男子若諸菩薩能於依他起相上如實了知無相之法即能斷滅雜染相法若能斷滅雜染相法即能證得清淨相法如是德本由諸菩薩如實了知徧計所執相依他起相圓成實相故如實了知諸無相法雜染相法清淨相法如實了知無相法故斷滅一切雜染相法斷滅一切染相法故證得一切清淨相法齊此名

爲於諸法相善巧菩薩如來齊此施設彼爲於諸法相善巧菩薩爾時世尊欲重宣此義而說頌曰

若不了知無相法　雜染相法不能斷
不斷雜染相法故　壞證微妙淨相法
不觀諸行衆過失　放逸過失害衆生
懈怠住法動法中　無有失壞可憐愍

無自性相品第五

爾時勝義生菩薩摩訶薩白佛言世尊我曾獨在靜處心生如是尋思世尊以無量門曾說諸蘊所有自相生相滅相永斷徧知如說諸蘊諸處緣起諸食亦爾以無量門曾說諸諦所有自相徧知永斷作證修習以無量門曾說諸界所有自相種種界性非一界性永斷徧知以無量門曾說念住所有自相能治所治及以修習未生令生生已堅住不忘倍修增長廣大如說念住正斷神足根力覺支亦復如是以無量門曾說八支聖道所有自相能治所治及以修習未生令生生已堅住不忘倍修增長廣大世尊復說一切諸法皆無自性無生無滅本來寂靜自性涅槃未審世尊依何密意作如是說一切諸法皆無自性無生無滅本來寂靜自性涅槃我今請問如來斯義惟願如來哀愍解釋說一切法皆無自性無生無滅本來寂靜自性涅槃所有密意爾時世尊告勝義生菩薩曰善哉善哉勝義生汝所尋思甚爲如理善哉善哉善男子汝今乃能請問如來如是深義汝今爲欲利益安樂無量衆生哀愍世間及諸天人阿素洛等爲令獲得義利安樂故發斯問汝應

諦聽吾當爲汝解釋所說一切諸法皆無自性無生無滅本來寂靜自性涅槃所有密意勝義生當知我依三種無自性性密意說言一切諸法皆無自性所謂相無自性性生無自性性勝義無自性性善男子云何諸法相無自性性謂諸法徧計所執相何以故此由假名安立爲相非由自相安立爲相是故說名相無自性性云何諸法生無自性性謂諸法依他起相何以故此由依他緣力故有非自然有是故說名生無自性性云何諸法勝義無自性性謂諸法由生無自性性故說名無自性性即緣生法亦名勝義無自性性何以故於諸法中若是清淨所緣境界我顯示彼以爲勝義無自性性依他起相非是清淨所緣境界是故亦說名爲勝義無自性性復有諸法圓成實相亦名勝義無自性性何以故一切諸法法無我性名爲勝義亦得名爲無自性性是一切法勝義諦故無自性性之所顯故由此因緣名爲勝義無自性性善男子譬如空華相無自性性當知亦爾譬如幻像生無自性性當知亦爾一分勝義無自性性當知亦爾譬如虛空惟是衆色無性所顯徧一切處一分勝義無自性性當知亦爾法無我性之所顯故徧一切故善男子我依如是三種無自性性密意說言一切諸法皆無自性勝義生當知我依相無自性性密意說言一切諸法無生無滅本來寂靜自性涅槃何以故若法自相都無所有則無有生若無有生則無有滅若無生無滅則本來寂靜若本來寂靜則自性涅槃於中都無少分所有

更可令其般涅槃故是故我依相無自性性密意說言一切諸法無生無滅本來寂靜自性涅槃善男子我亦依法無我性所顯勝義無自性性密意說言一切諸法無生無滅本來寂靜自性涅槃何以故法無我性所顯勝義無自性性於常常時於恒恒時諸法法性安住無爲一切雜染不相應故於常常時於恒恒時諸法法性安住故無爲由無爲故無生無滅一切雜染不相應故本來寂靜自性涅槃是故我依法無我性所顯勝義無自性性密意說言一切諸法無生無滅本來寂靜自性涅槃復次勝義生非由有情界中諸有情類別觀徧計所執自性爲自性故亦非由彼別觀依他起自性及圓成實自性爲自性故我立三種無自性性然由有情於依他起自性及圓成實自性上增益徧計所執自性故我立三種無自性性由徧計所執自性相故彼諸有情於依他起自性及圓成實自性中隨起言說如如隨起言說如是如是由言說熏習心故由言說隨覺故由言說隨眠故於依他起自性及圓成實自性中執著徧計所執自性相如如執著如是如是於依他起自性及圓成實自性上執著徧計所執自性由是因緣生當來世依他起自性由此因緣或爲煩惱雜染所染或爲業雜染所染或爲生雜染所染於生死中長時馳騁長時流轉無有休息或在那洛迦或在傍生或在餓鬼或在天上或在阿素洛或在人中受諸苦惱復次勝義生若諸有情從本已來未種善根未清淨障未成熟相續未多修勝解未能積

集福德智慧二種資糧我爲彼故依生無自性性宣說諸法彼聞是已能於一切緣生行中隨分解了無常無恒是不安隱變壞法已於一切行心生怖畏深起猒患心生怖畏深猒患已遮止諸惡於諸惡法能不造作於諸善法能勤修習習善因故未種善根能種善根未清淨障能令清淨未成熟相續能令成熟由此因緣多修勝解亦多積集福德智慧二種資糧彼雖如是種諸善根乃至積集福德智慧二種資糧然於生無自性性中未能如實了知相無自性性及二種勝義無自性性於一切行未能正猒未正離欲未正解脫未徧解脫煩惱雜染未徧解脫諸業雜染未徧解脫諸生雜染如來爲彼更說法要謂相無自性性及勝義無自性性爲欲令其於一切行能正猒故正離欲故正解脫故超過一切煩惱雜染故超過一切業雜染故超過一切生雜染故彼聞如是所說法已於生無自性性中能正信解相無自性性及勝義無自性性揀擇思惟如實通達於依他起自性中能不執著徧計所執自性相由言說不熏習智故由言說不隨覺智故由言說離隨眠智故能滅依他起相於現法中智力所持能永斷滅當來世因由此因緣於一切行能正猒患能正離欲能正解脫能徧解脫煩惱業生三種雜染復次勝義生諸聲聞乘種性有情亦由此道此行迹故證得無上安隱涅槃諸獨覺乘種性有情諸如來乘種性有情亦由此道此行迹故證得無上安隱涅槃一切聲聞獨覺菩薩皆共此一妙清淨道皆同此一

究竟清淨更無第二我依此故密意説言唯有一乘非於一切有情界中無有種種有情種性或鈍根性或中根性或利根性有情差別善男子若一向趣寂聲聞種性補特伽羅雖蒙諸佛施設種種勇猛加行方便化導終不能令當坐道場證得阿耨多羅三藐三菩提何以故由彼本來雖有下劣種性故一向慈悲薄弱故一向怖畏衆苦故由彼一向慈悲薄弱是故一向棄背利益諸衆生事由彼一向怖畏衆苦是故一向棄背發起諸行所作我終不説一向棄背利益衆生事者一向棄背發起諸行所作者當坐道場能得阿耨多羅三藐三菩提是故説彼名爲一向趣寂聲聞若迴向菩提聲聞種性補特伽羅我亦異門説爲菩薩何以故彼既解脱煩惱障已若蒙諸佛等覺悟時於所知障其心亦可當得解脱由彼最初爲自利益修行加行脱煩惱障是故如來施設彼爲聲聞種性復次勝義生如是於我善説善制法毗奈耶最極清淨意樂所説善教法中諸有情類意解種種差別可得善男子如來但依如是三種無自性性由深密意於所宣説不了義經以隱密相説諸法要謂一切法皆無自性無生無滅本來寂靜自性涅槃於是經中若諸有情已種上品善根已清淨諸障已成熟相續已多修勝解已能積集上品福德智慧資糧彼若聽聞如是法已於我甚深密意言説如實解了於如是法深生信解於如是義以無倒慧如實通達於此通達善修習故速疾能證最極究竟亦於我所深生淨信知是如來應正

等覺於一切法現正等覺若諸有情已種上品善根已清淨諸障已成熟相續已多修勝解未能積集上品福德智慧質糧其性質直是質直類雖無力能思擇廢立而不安住自見取中彼若聽聞如是法已於我甚深祕密言說雖無力能如實解了然於此法能生勝解發清淨信信此經典是如來說是其甚深顯現甚深空性相應難見難悟不可尋思非諸尋思所行境界微細詳審聰明智者之所解了於此經典所說義中自輕而住作如是言諸佛菩提爲最甚深諸法法性亦最甚深惟佛如來能善了達非是我等所能解了諸佛如來爲彼種種勝解有情轉正法教諸佛如來無邊智見我等智見猶如牛跡於此經典雖能恭敬爲他宣說書寫護持披閱流布慇重供養受誦溫習然猶未能以其修相發起加行是故於我甚深密意所說言辭不能通達由此因緣彼諸有情亦能增長福德智慧二種資糧於後相續未成熟者亦能成熟若諸有情廣說乃至未能積集上品福德智慧資糧性非質直非質直類雖有力能思擇廢立而復安住自見取中彼若聽聞如是法已於我甚深密意言說不能如實解了於如是法雖生信解然於其義隨言執著謂一切法決定皆無自性決定不生不滅決定本來寂靜決定自性涅槃由此因緣於一切法獲得無見及無相見由得無見無相見故撥一切相皆是無相誹撥諸法徧計所執相依他起相圓成實相何以故由有依他起相及圓成實相故徧計所執相方可施設若於依他

起相及圓成實相見爲無相彼亦誹撥徧計所執相是故說彼誹撥三相雖於我法起於法想而非義中起於義想由於我法起法想故及非義中起義想故於是法中持爲是法於非義中持爲是義彼雖於法起信解故福德增長然於非義起執著故退失智慧智慧退故退失廣大無量善法復有有情從他聽聞謂法爲法非義爲義若隨其見彼即於法起於法想於非義中起於義想執法爲法非義爲義由此因緣當知同彼退失善法若有有情不隨其見從彼欻聞一切諸法皆無自性無生無滅本來寂靜自性涅槃便生恐怖生恐怖已作如是言此非佛語是魔所說作此解已於是經典誹謗毀罵由此因緣獲大衰損觸大業障由是緣故我說若有於一切相起無相見於非義中宣說爲義是起廣大業障方便由彼陷墜無量衆生令其獲得大業障故善男子若諸有情未種善根未清淨障未熟相續無多勝解未集福德智慧資糧性非質直非質直類雖有力能思擇廢立而常安住自見取中彼若聽聞如是法已不能如實解我甚深密意言說亦於此法不生信解於是法中起非法想於是義中起非義想於是法中執爲非法於是義中執爲非義唱如是言此非佛語是魔所說作此解已於是經典誹謗毀罵撥爲虛僞以無量門毀滅摧伏如是經典於諸信解此經典者起怨家想彼先爲諸業障所障由此因緣復爲如是業障所障如是業障初易施設乃至齊於百千俱胝那庾多劫無有出期善男子如是於我

善説善制法毗奈耶最極清淨意樂所説善
教法中有如是等諸有情類意解種種差别
可得爾時世尊欲重宣此義而説頌曰
一切諸法皆無性　無生無滅本來寂
諸法自性恒涅槃　誰有智言無密意
相生勝義無自性　如是我皆已顯示
若不知佛此密意　失壞正道不能往
依諸淨道清淨者　惟依此一無第二
故於其中立一乘　非有情性無差别
衆生界中無量生　惟度一身趣寂滅
大悲勇猛證涅槃　不捨衆生甚難得
微妙難思無漏界　於中解脱等無差
一切義成離惑苦　二種異説謂常樂
爾時勝義生菩薩復白佛言世尊諸佛如來
密意語言甚奇希有乃至微妙最微妙甚深
最甚深難通達最難通達如是我今領解世
尊所説義者若於分别所行徧計所執相所
依行相中假名安立以爲色蘊或自性相或
差别相假名安立爲色蘊生爲色蘊滅及爲
色蘊永斷徧知或自性相或差别相是名徧
計所執相世尊依此施設諸法相無自性性
若即分别所行徧計所執相所依行相是名
依他起相世尊依此施設諸法生無自性性
及一分勝義無自性性如是我今領解世尊
所説義者若即於此分别所行徧計所執相
所依行相中由徧計所執相不成實故即此
自性無自性性法無我眞如清淨所緣是名
圓成實相世尊依此施設一分勝義無自性
性如於色蘊如是於餘蘊皆應廣説如於諸
蘊如是於十二處一一處中皆應廣説於十

二有支一一支中皆應廣說於四種食一一食中皆應廣說於六界十八界一一界中皆應廣說如是我今領解世尊所說義者若於分別所行徧計所執相所依行相中假名安立以爲苦諦苦諦徧知或自性相或差別相是名徧計所執相世尊依此施設諸法相無自性性若即分別所行徧計所執相所依行相是名依他起相世尊依此施設諸法生無自性性及一分勝義無自性性如是我今領解世尊所說義者若即於此分別所行徧計所執相所依行相中由徧計所執相不成實故即此自性無自性性法無我眞如清淨所緣是名圓成實相世尊依此施設一分勝義無自性性如於苦諦如是於餘諦皆應廣說如於聖諦如是於諸念住正斷神足根力覺支道支中一一皆應廣說如是我今領解世尊所說義者若於分別所行徧計所執相所依行相中假名安立以爲正定及爲正定能治所治若正修未生令生生已堅住不忘倍修增長廣大或自性相或差別相是名徧計所執相世尊依此施設諸法相無自性性若即分別所行徧計所執相所依行相是名依他起相世尊依此施設諸法生無自性性及一分勝義無自性性如是我今領解世尊所說義者若即於此分別所行徧計所執相所依行相中由徧計所執相不成實故即此自性無自性性法無我眞如清淨所緣是名圓成實相世尊依此施設諸法一分勝義無自性性世尊譬如毗濕縛藥一切散藥仙藥方中皆應安處如是世尊依此諸法皆無自性

無生無滅本來寂靜自性涅槃無自性性了義言教徧於一切不了義經皆應安處世尊如彩畫地徧於一切彩畫事業皆同一味或青或黃或赤或白復能顯發彩畫事業如是世尊依此諸法皆無自性廣說乃至自性涅槃無自性性了義言教徧於一切不了義經皆同一味復能顯發彼諸經中所不了義世尊譬如一切成熟珍羞諸餅果内投之熟酥更生勝味如是世尊依此諸法皆無自性廣說乃至自性涅槃無自性性了義言教置於一切不了義經生勝歡喜世尊譬如虛空徧一切處皆同一味不障一切所作事業如是世尊依此諸法皆無自性廣說乃至自性涅槃無自性性了義言教徧於一切不了義經皆同一味不障一切聲聞獨覺及諸大乘所修事業說是語已爾時世尊歎勝義生菩薩曰善哉善哉善男子汝今乃能善解如來所說甚深密意言義復於此義善作譬喻所謂世間毗濕縛藥雜彩畫地熟酥虛空勝義生如是如是更無有異如是如是汝應受持爾時勝義生菩薩復白佛言世尊初於一時在婆羅痆斯仙人墮處施鹿林中惟爲發趣聲聞乘者以四諦相轉正法輪雖是甚奇甚爲希有一切世間諸天人等先無有能如法轉者而於彼時所轉法輪有上有容是未了義是諸諍論安足處所世尊在昔第二時中惟爲發趣修大乘者依一切法皆無自性無生無滅本來寂靜自性涅槃以隱密相轉正法輪雖更甚奇甚爲希有而於彼時所轉法輪亦是有上有所容受猶未了義是諸諍論安

足處所世尊於今第三時中普為發趣一切乘者依一切法皆無自性無生無滅本來寂靜自性涅槃無自性性以顯了相轉正法輪第一甚奇最為希有于今世尊所轉法輪無上無容是眞了義非諸諍論安足處所世尊若善男子或善女人於此如來依一切法皆無自性無生無滅本來寂靜自性涅槃所說甚深了義言教聞已信解書寫護持供養流布受誦溫習如理思惟以其修相發起加行生幾所福說是語已爾時世尊告勝義生菩薩曰勝義生是善男子或善女人其所生福無量無數難可喻知吾今為汝略說少分如爪上土比大地土百分不及一千分不及一百千分不及一數筭計喻鄔波尼殺曇分亦不及一或如牛跡中水比四大海水百分不及一廣說乃至鄔波尼殺曇分亦不及一如是於諸不了義經聞已信解廣說乃至以其修相發起加行所獲功德比此所說了義經教聞已信解所集功德廣說乃至以其修相發起加行所集功德百分不及一廣說乃至鄔波尼殺曇分亦不及一說是語已爾時勝義生菩薩復白佛言世尊於是解深密法門中當何名此教我當云何奉持佛告勝義生菩薩曰善男子此名勝義了義之教於此勝義了義之教汝當奉持說此勝義了義教時於大會中有六百千衆生發阿耨多羅三藐三菩提心三百千聲聞遠塵離垢於諸法中得法眼淨一百五十千聲聞永盡諸漏心得解脫七十五千菩薩得無生法忍

解深密經卷第二

音釋

眩翳 眩黃絹切目無常主也翳於計切障也 苣藤 苣其呂切藤詩證切苣藤胡麻也 頗胝迦 梵語也此云水精頗普禾切胝張尼切 馳騁 馳直離切騁丑郢切馳騁奔走也 撥 比末切絶也 欻 許勿切忽也 婆羅痆斯 梵語也此云鹿苑痆女黠切

解深密經卷第三

唐三藏法師玄奘奉　詔譯

分别瑜伽品第六

爾時慈氏菩薩摩訶薩白佛言世尊菩薩何依何住於大乘中修奢摩他毗鉢舍那佛告慈氏菩薩曰善男子當知菩薩法假安立及不捨阿耨多羅三藐三菩提願爲依爲住於大乘中修奢摩他毗鉢舍那慈氏菩薩復白佛言如世尊說四種所緣境事一者有分别影像所緣境事二者無分别影像所緣境事三者事邊際所緣境事四者所作成辦所緣境事於此四中幾是奢摩他所緣境事幾是毗鉢舍那所緣境事幾是俱所緣境事佛告慈氏菩薩曰善男子一是奢摩他所緣境事謂無分别影像一是毗鉢舍那所緣境事謂有分别影像二是俱所緣境事謂事邊際所作成辦慈氏菩薩復白佛言世尊云何菩薩依是四種奢摩他毗鉢舍那所緣境事能求奢摩他能善毗鉢舍那佛告慈氏菩薩曰善男子如我爲諸菩薩所說法假安立所謂契經應頌記别諷誦自說因緣譬喻本事本生方廣希法論議菩薩於此善聽善受言善通利意善尋思見善通達即於如是善思惟法獨處空閑作意思惟復即於此能思惟心内心相續作意思惟如是正行多安住故起身輕安及心輕安是名奢摩他如是菩薩能求奢摩他彼由獲得身心輕安爲所依故即於如所善思惟法内三摩地所行影像觀察勝解捨離心相即於如是三摩地影像所知義中能正思擇最極思擇周徧尋思周徧伺察

若忍若樂若慧若見若觀是名毗鉢舍那如是菩薩能善毗鉢舍那慈氏菩薩復白佛言世尊若諸菩薩緣心爲境內思惟心乃至未得身心輕安所有作意當名何等佛告慈氏菩薩曰善男子非奢摩他作意是隨順奢摩他勝解相應作意世尊若諸菩薩乃至未得身心輕安於如所思所有諸法內三摩地所緣影像作意思惟如是作意當名何等善男子非毗鉢舍那作意是隨順毗鉢舍那勝解相應作意慈氏菩薩復白佛言世尊奢摩他道與毗鉢舍那道當言有異當言無異佛告慈氏菩薩曰善男子當言非有異非無異何故非有異以毗鉢舍那所緣境心爲所緣故何故非無異有分别影像非所緣故慈氏菩薩復白佛言世尊諸毗鉢舍那三摩地所行

影像彼與此心當言有異當言無異佛告慈氏菩薩曰善男子當言無異何以故由彼影像唯是識故善男子我說識所緣唯識所現故世尊若彼所行影像即與此心無有異者云何此心還見此心善男子此中無有少法能見少法然即此心如是生時即有如是影像顯現善男子如依善瑩清淨鏡面以質爲緣還見本質而謂我今見於影像及謂離質别有所行影像顯現如是此心生時相似有異三摩地所行影像顯現世尊若諸有情自性而住緣色等心所行影像彼與此心亦無異耶善男子亦無有異而諸愚夫由顛倒覺於諸影像不能如實知唯是識作顛倒解慈氏菩薩復白佛言世尊齊何當言菩薩一向修毗鉢舍那佛告慈氏菩薩曰善男子若相

續作意唯思惟心相世尊齊何當言菩薩一向修奢摩他善男子若相續作意唯思惟無間心世尊齊何當言菩薩奢摩他毗鉢舍那和合俱轉善男子若正思惟心一境性世尊云何心相善男子謂三摩地所行有分別影像毗鉢舍那所緣世尊云何無間心善男子謂緣彼影像心奢摩他所緣世尊云何心一境性善男子謂通達三摩地所行影像唯是其識或通達此已復思惟如性慈氏菩薩復白佛言世尊毗鉢舍那凡有幾種佛告慈氏菩薩曰善男子略有三種一者有相毗鉢舍那二者尋求毗鉢舍那三者伺察毗鉢舍那云何有相毗鉢舍那謂純思惟三摩地所行有分別影像毗鉢舍那云何尋求毗鉢舍那謂由慧故徧於彼彼未善解了一切法中爲

善了故作意思惟毗鉢舍那云何伺察毗鉢舍那謂由慧故徧於彼彼已善解了一切法中爲善證得極解脫故作意思惟毗鉢舍那慈氏菩薩復白佛言世尊是奢摩他凡有幾種佛告慈氏菩薩曰善男子即由隨彼無間心故當知此中亦有三種復有八種謂初靜慮乃至非想非非想處各有一種奢摩他故復有四種謂慈悲喜捨四無量中各有一種奢摩他故慈氏菩薩復白佛言世尊如說依法奢摩他毗鉢舍那復說不依法奢摩他毗鉢舍那云何名依法奢摩他毗鉢舍那云何復名不依法奢摩他毗鉢舍那佛告慈氏菩薩曰善男子若諸菩薩隨先所受所思法相而於其義得奢摩他毗鉢舍那名依法奢摩他毗鉢舍那若諸菩薩不待所受所思法相

但依於他教誡教授而於其義得奢摩他毗鉢舍那謂觀青瘀及膿爛等或一切行皆是無常或諸行苦或一切法皆無有我或復涅槃畢竟寂靜如是等類奢摩他毗鉢舍那名不依法奢摩他毗鉢舍那由依止法得奢摩他毗鉢舍那故我施設隨法行菩薩是利根性由不依法得奢摩他毗鉢舍那故我施設隨信行菩薩是鈍根性慈氏菩薩復白佛言世尊如說緣別法奢摩他毗鉢舍那復說緣總法奢摩他毗鉢舍那云何名爲緣別法奢摩他毗鉢舍那云何復名緣總法奢摩他毗鉢舍那佛告慈氏菩薩曰善男子若諸菩薩緣於各别契經等法於如所受所思惟法修奢摩他毗鉢舍那是名緣别法奢摩他毗鉢舍那若諸菩薩即緣一切契經等法集爲一團一積一分一聚作意思惟此一切法隨順眞如趣向眞如臨入眞如隨順菩提隨順涅槃隨順轉依及趣向彼若臨入彼此一切法宣說無量無數善法如是思惟修奢摩他毗鉢舍那是名緣總法奢摩他毗鉢舍那慈氏菩薩復白佛言世尊如說緣小總法奢摩他毗鉢舍那復說緣大總法奢摩他毗鉢舍那又說緣無量總法奢摩他毗鉢舍那云何名緣小總法奢摩他毗鉢舍那云何名緣大總法奢摩他毗鉢舍那云何復名緣無量總法奢摩他毗鉢舍那佛告慈氏菩薩曰善男子若緣各别契經乃至各别論義爲一團等作意思惟當知是名緣小總法奢摩他毗鉢舍那若緣乃至所受所思契經等法爲一團等作意思惟非緣各别當知是名緣大總法奢

摩他毗鉢舍那若緣無量如來法教無量法句文字無量後後慧所照了爲一團等作意思惟非緣乃至所受所思當知是名緣無量總法奢摩他毗鉢舍那慈氏菩薩復白佛言世尊菩薩齊何名得緣總法奢摩他毗鉢舍那佛告慈氏菩薩曰善男子由五緣故當知名得一者於思惟時刹那刹那融銷一切麤重所依二者離種種想得樂法樂三者解了十方無差別相無量法光四者所作成滿相應淨分別無分別相恒現在前五者爲令法身得成滿故攝受後後轉勝妙因慈氏菩薩復白佛言世尊此緣總法奢摩他毗鉢舍那當知從何名爲通達從何名得佛告慈氏菩薩曰善男子從初極喜地名爲通達從第三發光地乃名爲得善男子初業菩薩亦於是中隨學作意雖未可歎不應懈廢慈氏菩薩復白佛言世尊是奢摩他毗鉢舍那云何名有尋有伺三摩地云何名無尋惟伺三摩地云何名無尋無伺三摩地佛告慈氏菩薩曰善男子於如所取尋伺法相若有麤顯領受觀察諸奢摩他毗鉢舍那是名有尋有伺三摩地若於彼相雖無麤顯領受觀察而有微細彼光明念領受觀察諸奢摩他毗鉢舍那是名無尋惟伺三摩地若即於彼一切法相都無作意領受觀察諸奢摩他毗鉢舍那是名無尋無伺三摩地復次善男子若有尋求奢摩他毗鉢舍那是名有尋有伺三摩地若有伺察奢摩他毗鉢舍那是名無尋惟伺三摩地若緣總法奢摩他毗鉢舍那是名無尋無伺三摩地慈氏菩薩復白佛言世尊云何

止相云何舉相云何捨相佛告慈氏菩薩曰善男子若心掉舉或恐掉舉時諸可厭法作意及彼無間心作意是名止相若心沉没或恐沉没時諸可欣法作意及彼心相作意是名舉相若於一向止道或於一向觀道或於雙運轉道二隨煩惱所染汙時諸無功用作意及心任運轉中所有作意是名捨相慈氏菩薩復白佛言世尊修奢摩他毗鉢舍那諸菩薩衆知法知義云何知法云何知義佛告慈氏菩薩曰善男子彼諸菩薩由五種相了知於法一者知名二者知句三者知文四者知别五者知總云何爲名謂於一切染淨法中所立自性想假施設云何爲句謂即於彼名聚集中能隨宣説諸染淨義依持建立云何爲文謂即彼二所依止字云何於彼各别

了知謂由各别所緣作意云何於彼總合了知謂由總合所緣作意如是一切總略爲一名爲知法如是名爲菩薩知法善男子彼諸菩薩由十種相了知於義一者知盡所有性二者知如所有性三者知能取義四者知所取義五者知建立義六者知受用義七者知顛倒義八者知無倒義九者知雜染義十者知清淨義善男子盡所有性者謂諸雜染清淨法中所有一切品别邊際是名此中盡所有性如五數藴六數内處六數外處如是一切如所有性者謂即一切染淨法中所有眞如是名此中如所有性此復七種一者流轉眞如謂一切行無先後性二者相眞如謂一切法補特伽羅無我性及法無我性三者了别眞如謂一切行惟是識性四者安立眞如

謂我所說諸苦聖諦五者邪行眞如謂我所說諸集聖諦六者清淨眞如謂我所說諸滅聖諦七者正行眞如謂我所說諸道聖諦當知此中由流轉眞如安立眞如邪行眞如故一切有情平等平等由相眞如了別眞如故一切諸法平等平等由清淨眞如故一切聲聞菩提獨覺菩提阿耨多羅三藐三菩提平等平等由正行眞如故聽聞正法緣總境界勝奢摩他毗鉢舍那所攝受慧平等平等能取義者謂內五色處若心意識及諸心法所取義者諸外六處又能取義亦所取義建立義者謂器世界於中可得建立一切諸有情界謂一村田若百村田若千村田若百千村田或一大地至海邊際此百此千若此百千或一贍部洲此百此千若此百千或一四大洲此百此千若此百千或一小千世界此百此千若此百千或一中千世界此百此千若此百千或一三千大千世界此百此千若此百千或此拘胝此百拘胝此千拘胝此百千拘胝或此無數此百無數此千無數此百千無數或三千大千世界無數百千微塵量等於十方面無量無數諸器世界受用義者謂我所說諸有情類爲受用故攝受資具顚倒義者謂即於彼能取等義無常計常想倒心倒見倒苦計爲樂不淨計淨無我計我想倒心倒見倒無倒義者與上相違能對治彼應知其相雜染義者謂三界中三種雜染一者煩惱雜染二者業雜染三者生雜染清淨義者謂即如是三種雜染所有離繫菩提分法善男子如是十種當知普攝一切諸義復次

善男子彼諸菩薩由能了知五種義故名爲知義何等五義一者徧知事二者徧知義三者徧知因四者得徧知果五者於此覺了善男子此中徧知事者當知即是一切所知謂或諸蘊或諸内處或諸外處如是一切徧知義者乃至所有品類差别所應知境謂世俗故或勝義故或功德故或過失故緣故世故或生或住或壞相故或如病等故或苦集等故或眞如實際法界等故或廣略故或一向記故或分别記故或反問記故或置記故或隱密故或顯了故如是等類當知一切名徧知義言徧知者當知即是能取前二菩提分法所謂念住或正斷等得徧知果者謂貪恚癡永斷毗奈耶及貪恚癡一切永斷諸沙門果及我所說聲聞如來若共不共世出世間所有功德於彼作證於此覺了者謂即於此作證法中諸解脫智廣爲他說宣揚開示善男子如是五義當知普攝一切諸義復次善男子彼諸菩薩由能了知四種義故名爲知義何等四義一者心執受義二者領納義三者了别義四者雜染清淨義善男子如是四義當知普攝一切諸義復次善男子彼諸菩薩由能了知三種義故名爲知義何等三義一者文義二者義義三者界義善男子言文義者謂名身等義義當知復有十種一者眞實相二者徧知相三者永斷相四者作證相五者修習相六者即彼眞實相等品類差别相七者所依能依相屬相八者即徧知等障礙法相九者即彼隨順法相十者不徧知等及徧知等過患功德相言界義者謂五種界

一者器世界二者有情界三者法界四者所調伏界五者調伏方便界善男子如是五義當知普攝一切義慈氏菩薩復白佛言世尊若聞所成慧了知其義若思所成慧了知其義若奢摩他毗鉢舍那修所成慧了知其義此何差別佛告慈氏菩薩曰善男子聞所成慧依止於文但如其說未善意趣未現在前隨順解脫未能領受成解脫義思所成慧亦依於文不惟如說能善意趣未現在前轉順解脫未能領受成解脫義若諸菩薩修所成慧亦依於文亦不依文亦如其說亦不如說能善意趣所知事同分三摩地所行影像現前極順解脫已能領受成解脫義善男子是名三種知義差別慈氏菩薩復白佛言世尊修奢摩他毗鉢舍那諸菩薩衆知法知義云何爲智云何爲見佛告慈氏菩薩曰善男子我無量門宣說智見二種差別今當爲汝略說其相若緣總法修奢摩他毗鉢舍那所有妙慧是名爲智若緣別法修奢摩他毗鉢舍那所有妙慧是名爲見慈氏菩薩復白佛言世尊修奢摩他毗鉢舍那諸菩薩衆由何作意何等云何除遣諸相佛告慈氏菩薩曰善男子由眞如作意除遣法相及與義相若於其名及名自性無所得時亦不觀彼所依之相如是除遣如於其名於句於文於一切義當知亦爾乃至於界及界自性無所得時亦不觀彼所依之相如是除遣世尊諸所了知眞如義相此眞如相亦可遣不善男子於所了知眞如義中都無有相亦無所得當何所遣善男子我說了知眞如義時能伏一切法

義之相非此了達餘所能伏世尊如世尊說濁水器喻不淨鏡喻撓泉池喻不任觀察自面影相若堪任者與上相違如是若有不善修心則不堪任如實觀察所有眞如若善修心堪任觀察此說何等能觀察心依何眞如而作是說善男子此說三種能觀察心謂聞所成能觀察心若思所成能觀察心若修所成能觀察心依了別眞如作如是說世尊如是了知法義菩薩爲遣諸相勤修如行有幾種相難可除遣誰能除遣善男子有十種相空能除遣何等爲十一者了知法義故有種種文字相此由一切法空能正除遣二者了知安立眞如義故有生滅住異性相續隨轉相此由相空及無先後空能正除遣三者了知能取義故有顧戀身相及我慢相此由內空及無所得空能正除遣四者了知所取義故有顧戀財相此由外空能正除遣五者了知受用義男女承事資具相應故有內安樂相外淨妙相此由內外空及本性空能正除遣六者了知建立義故有無量相此由大空能正除遣七者了知無色故有內寂靜解脫相此由有爲空能正除遣八者了知相眞如義故有補特伽羅無我相法無我相若惟識相及勝義相此由畢竟空無性空無性自性空及勝義空能正除遣九者由了知淸淨眞如義故有無爲相無變異相此由無爲空無變異空能正除遣十者即於彼相對治空性作意思惟故有空性相此由空空能正除遣世尊除遣如是十種相時除遣何等從何等相而得解脫善男子除遣三摩地所行影像

相從雜染縛相而得解脫彼亦除遣善男子當知就勝說如是空治如是相非不一一治一切相譬如無明非不能生乃至老死諸雜染法就勝但說能生於行由是諸行親近緣故此中道理當知亦爾爾時慈氏菩薩復白佛言世尊此中何等空是總空性相若諸菩薩了知是已無有失壞於空性相離增上慢爾時世尊歎慈氏菩薩曰善哉善哉善男子汝今乃能請問如來如是深義令諸菩薩於空性相無有失壞何以故善男子若諸菩薩於空性相有失壞者便爲失壞一切大乘是故汝應諦聽諦聽當爲汝說總空性相善男子若於依他起相及圓成實相中一切品類雜染清淨徧計所執相畢竟遠離性及於此中都無所得如是名爲於大乘中總空性相

慈氏菩薩復白佛言世尊此奢摩他毗鉢舍那能攝幾種勝三摩地佛告慈氏菩薩曰善男子如我所說無量聲聞菩薩如來有無量種勝三摩地當知一切皆此所攝世尊此奢摩他毗鉢舍那以何爲因善男子清淨尸羅清淨聞思所成正見以爲其因世尊此奢摩他毗鉢舍那以何爲果善男子善清淨心善清淨慧以爲其果復次善男子一切聲聞及如來等所有世間及出世間一切善法當知皆是此奢摩他毗鉢舍那所得之果世尊此奢摩他毗鉢舍那能作何業善男子此能解脫二縛爲業所謂相縛及麤重縛世尊如佛所說五種繫中幾是奢摩他障幾是毗鉢舍那障幾是俱障善男子顧戀身財是奢摩他障於諸聖教不得隨欲是毗鉢舍那障樂相

雜住於少喜足當知俱障由第一故不能造修由第二故所修加行不到究竟世尊於五蓋中幾是奢摩他障幾是毗鉢舍那障幾是俱障善男子掉舉惡作是奢摩他障惛沉睡眠疑是毗鉢舍那障貪欲瞋恚當知俱障世尊齊何名得奢摩他道圓滿清淨善男子乃至所有惛沉睡眠正善除遣齊是名得奢摩他道圓滿清淨世尊齊何名得毗鉢舍那道圓滿清淨善男子乃至所有掉舉惡作正善除遣齊是名得毗鉢舍那道圓滿清淨世尊若諸菩薩於奢摩他毗鉢舍那現在前時應知幾種心散動法善男子應知五種一者作意散動二者外心散動三者内心散動四者相散動五者麤重散動善男子若諸菩薩捨於大乘相應作意墮在聲聞獨覺相應諸作

意中當知是名作意散動若於其外五種妙欲諸雜亂相所有尋思隨煩惱中及於其外所緣境中縱心流散當知是名外心散動若由惛沉及以睡眠或由沉没或由愛味三摩鉢底或由隨一三摩鉢底諸隨煩惱之所染汙當知是名内心散動若依外相於内等持所行諸相作意思惟名相散動若内作意爲緣生起所有諸受由麤重身計我起慢當知是名麤重散動世尊此奢摩他毗鉢舍那從初菩薩地乃至如來地能對治何障善男子此奢摩他毗鉢舍那於初地中對治惡趣煩惱業生雜染障第二地中對治微細悮犯現行障第三地中對治欲貪障第四地中對治定愛及法愛障第五地中對治生死涅槃一向背趣障第六地中對治相多現行障第七

地中對治細相現行障第八地中對治於無相作功用及於有相不得自在障第九地中對治於一切種善巧言辭不得自在障第十地中對治不得圓滿法身證得障善男子此奢摩他毗鉢舍那於如來地對治極微細最極微細煩惱障及所知障由能永害如是障故究竟證得無著無礙一切智見依於所作成滿所緣建立最極清淨法身慈氏菩薩復白佛言世尊云何菩薩依奢摩他毗鉢舍那勤修行故證得阿耨多羅三藐三菩提佛告慈氏菩薩曰善男子若諸菩薩已得奢摩他毗鉢舍那依七眞如於如所聞所思法中由勝定心於善審定於善思量於善安立眞如性中內正思惟彼於眞如正思惟故心於一切細相現行尚能棄捨何況麤相善男子言細相者謂心所執受相或領納相或了別相或雜染清淨相或內相或外相或內外相或謂我當修行一切利有情相或正智相或眞如相或苦集滅道相或有爲相或無爲相或有常相或無常相或苦有變異性相或苦無變異性相或有爲異相相或有爲同相相或知一切是一切已有一切相或補特伽羅無我相或法無我相於彼現行心能棄捨彼既多住如是行故於時時間從其一切繫蓋散動善修治心從是已後於七眞如有七各別自內所證通達智生名爲見道由得此故名入菩薩正性離生生如來家證得初地又能受用此地勝德彼於先時由得奢摩他毗鉢舍那故已得二種所緣謂有分別影像所緣及無分別影像所緣彼於今時得見道故更

證得事邊際所緣復於後後一切地中進修修道即於如是三種所緣作意思惟譬如有人以其細楔出於麤楔如是菩薩依此以楔出楔方便遣內相故一切隨順雜染分相皆悉除遣相除遣故麤重亦遣永害一切相麤重故漸次於彼後後地中如鍊金法陶鍊其心乃至證得阿耨多羅三藐三菩提又得所作成滿所緣善男子如是菩薩於內止觀正修行故證得阿耨多羅三藐三菩提心慈氏菩薩復白佛言世尊云何修行引發菩薩廣大威德善男子若諸菩薩善知六處便能引發菩薩所有廣大威德一者善知心生二者善知心住三者善知心出四者善知心增五者善知心減六者善知方便云何善知心生謂如實知十六行心生起差別是名善知心生十六行心生起差別者一者不可覺知堅住器識生謂阿陀那識二者種種行相所緣識生謂頓取一切色等境界分別意識及頓取內外境界覺受或頓於一念瞬息須臾現入多定見多佛土見多如來分別意識三者小相所緣識生謂欲界繫識四者大相所緣識生謂色界繫識五者無量相所緣識生謂空識無邊處繫識六者微細相所緣識生謂無所有處繫識七者邊際相所緣識生謂非想非非想處繫識八者無相識生謂出世識及緣滅識九者苦俱行識生謂地獄識十者雜受俱行識生謂欲行識十一喜俱行識生謂初二靜慮識十二樂俱行識生謂第三靜慮識十三不苦不樂俱行識生謂從第四靜慮乃至非想非非想處識十四染汙俱行識

生謂諸煩惱及隨煩惱相應識十五善俱行識生謂信等相應識十六無記俱行識生謂彼俱不相應識云何善知心住謂如實知了別眞如云何善知心出謂如實知出二種縛所謂相縛及麤重縛此能善知應令其心從如是出云何善知心增謂如實知能治相縛麤重縛心彼增長時彼積集時亦得增長亦得積集名善知增云何善知心減謂如實知彼所對治相及麤重所雜染心彼衰退時彼損減時此亦衰退此亦損減名善知減云何善知方便謂如實知解脫勝處及與徧處或修或遣善男子如是菩薩於諸菩薩廣大威德或已引發或當引發或現引發慈氏菩薩復白佛言世尊如世尊說於無餘依涅槃界中一切諸受無餘永滅何等諸受於此永滅善男子以要言之有二種受無餘永滅何等爲二一者所依麤重受二者彼果境界受所依麤重受當知有四種一者有色所依受二者無色所依受三者果已成滿麤重受四者果未成滿麤重受果已成滿受者謂現在受果未成滿受者謂未來因受彼果境界受亦有四種一者依持受二者資具受三者受用受四者顧戀受於有餘依涅槃界中果未成滿受一切已滅領彼對治明觸生受領受共有或復彼果已成滿受又二種受一切已滅惟現領受明觸生受於無餘依涅槃界中般涅槃時此亦永滅是故說言於無餘依涅槃界中一切諸受無餘永滅爾時世尊說是語已復告慈氏菩薩曰善哉善哉善男子汝今善能依止圓滿最極清淨妙瑜伽道請問如

來汝於瑜伽已得決定最極善巧吾已爲汝宣說圓滿最極清淨妙瑜伽道所有一切過去未來正等覺者已說當說皆亦如是諸善男子若善女人皆應依此勇猛精進當正修學爾時世尊欲重宣此義而說頌曰

於法假立瑜伽中　若行放逸失大義
依止此法及瑜伽　若正修行得大覺
見有所得求免難　若謂此見爲得法
慈氏彼去瑜伽遠　譬如大地與虛空
利生堅固而不作　悟已勤修利有情
智者作此窮劫量　便得最上離染喜
若人爲欲而說法　彼名捨欲還取欲
愚癡得法無價寶　反更遊行而乞匃
於諍諠雜戲論著　應捨發起上精進
爲度諸天及世間　於此瑜伽汝當學

爾時慈氏菩薩復白佛言世尊於是解深密法門中當何名此教我當云何奉持佛告慈氏菩薩曰善男子此名瑜伽了義之教於此瑜伽了義之教汝當奉持說此瑜伽了義教時於大會中有六百千衆生發阿耨多羅三藐三菩提心三百千聲聞遠塵離垢於諸法中得法眼淨一百五十千聲聞諸漏永盡心得解脫七十五千菩薩獲得廣大瑜伽作意

解深密經卷第三

音釋

伺察 伺息利切候也察初鎋切審也 瑩 縈定切正作鎣磨鎣也 青瘀 瘀依倨切青瘀謂血積瘀而色青也 膿爛 膿奴冬切腫血也爛郎肝切腐爛也 積 正作積子智切積也聚也 懈廢 懈古隘切怠也廢放吠切捨也 撓 而沼切攪也 楔 先結切木楔也 瞬息 瞬舒閏切瞬息謂動目呼吸氣也 乞匃 匃居太切乞請也

解深密經卷第四

唐三藏法師玄奘奉　詔譯

地波羅蜜多品第七

爾時觀自在菩薩白佛言世尊如佛所說菩薩十地所謂極喜地離垢地發光地焰慧地極難勝地現前地遠行地不動地善慧地法雲地復說佛地爲第十一如是諸地幾種清淨幾分所攝爾時世尊告觀自在菩薩曰善男子當知諸地四種清淨十一分攝云何名爲四種清淨能攝諸地謂增上意樂清淨攝於初地增上戒清淨攝第二地增上心清淨攝第三地增上慧清淨於後後地轉勝妙故當知能攝從第四地乃至佛地善男子當知如是四種清淨普攝諸地云何名爲十一種分能攝諸地謂諸菩薩先於勝解行地依十法行極善修習勝解忍故超過彼地證入菩薩正性離生彼諸菩薩由是因緣此分圓滿而未能於微細毀犯誤現行中正知而行由是因緣於此分中猶未圓滿爲令此分得圓滿故精勤修習便能證得彼諸菩薩由是因緣此分圓滿而未能得世間圓滿等持等至及圓滿聞持陀羅尼由是因緣於此分中猶未圓滿爲令此分得圓滿故精勤修習便能證得彼諸菩薩由是因緣此分圓滿而未能令隨所獲得菩提分法多修習住心未能捨諸等至愛及與法愛由是因緣於此分中猶未圓滿爲令此分得圓滿故精勤修習便能證得彼諸菩薩由是因緣此分圓滿而未能於諸諦道理如實觀察又未能於生死涅槃棄捨一向背趣作意又未能修方便所攝菩

提分法由是因緣於此分中猶未圓滿爲令此分得圓滿故精勤修習便能證得彼諸菩薩由是因緣此分圓滿而未能於生死流轉如實觀察又由於彼多生厭故未能多住無相作意由是因緣於此分中猶未圓滿爲令此分得圓滿故精勤修習便能證得彼諸菩薩由是因緣此分圓滿而未能令無相作意無缺無間多修習住由是因緣於此分中猶未圓滿爲令此分得圓滿故精勤修習便能證得彼諸菩薩由是因緣此分圓滿而未能於無相住中捨離功用又未能得於相自在由是因緣於此分中猶未圓滿爲令此分得圓滿故精勤修習便能證得彼諸菩薩由是因緣此分圓滿而未能於異名衆相訓辭差別一切品類宣說法中得大自在由是因緣於此分中猶未圓滿爲令此分得圓滿故精勤修習便能證得彼諸菩薩由是因緣此分圓滿而未能得圓滿法身現前證受由是因緣於此分中猶未圓滿爲令此分得圓滿故精勤修習便能證得彼諸菩薩由是因緣此分圓滿而未能得徧於一切所知境界無著無礙妙智妙見由是因緣於此分中猶未圓滿爲令此分得圓滿故精勤修習便能證得由是因緣此分圓滿此分滿故於一切分皆得圓滿善男子當知如是十一種分普攝諸地觀自在菩薩復白佛言世尊何緣最初名極喜地乃至何緣說名佛地佛告觀自在菩薩曰善男子成就大義得未曾得出世間心生大歡喜是故最初名極喜地遠離一切微細犯戒是故第二名離垢地由彼所得三摩

地及聞持陀羅尼能爲無量智光依止是故第三名發光地由彼所得菩提分法燒諸煩惱智如火焰是故第四名焰慧地由即於彼菩提分法方便修習最極艱難方得自在是故第五名極難勝地現前觀察諸行流轉又於無相多修作意方現在前是故第六名現前地能遠證入無缺無間無相作意與清淨地共相隣接是故第七名遠行地由於無相得無功用於諸相中不爲現行煩惱所動是故第八名不動地於一切種說法自在獲得無礙廣大智慧是故第九名善慧地麤重之身廣如虛空法身圓滿譬如大雲皆能徧覆是故第十名法雲地永斷最極微細煩惱及所知障無著無礙於一切種所知境界現正等覺故第十一說名佛地觀自在菩薩復白佛言於此諸地有幾愚癡有幾麤重爲所對治佛告觀自在菩薩曰善男子此諸地中有二十二種愚癡十一種麤重爲所對治謂於初地有二愚癡一者執著補特伽羅及法愚癡二者惡趣雜染愚癡及彼麤重爲所對治於第二地有二愚癡一者微細誤犯愚癡二者種種業趣愚癡及彼麤重爲所對治於第三地有二愚癡一者欲貪愚癡二者圓滿聞持陀羅尼愚癡及彼麤重爲所對治於第四地有二愚癡一者等至愛愚癡二者法愛愚癡及彼麤重爲所對治於第五地有二愚癡一者一向作意棄背生死愚癡二者一向作意趣向涅槃愚癡及彼麤重爲所對治於第六地有二愚癡一者現前觀察諸行流轉愚癡二者相多現行愚癡及彼麤重爲所對治

於第七地有二愚癡一者微細相現行愚癡二者一向無相作意方便愚癡及彼麤重爲所對治於第八地有二愚癡一者於無相作功用愚癡二者於相自在愚癡及彼麤重爲所對治於第九地有二愚癡一者於無量說法無量法句文字後後慧辯陀羅尼自在愚癡二者辯才自在愚癡及彼麤重爲所對治於第十地有二愚癡一者大神通愚癡二者悟入微細祕密愚癡及彼麤重爲所對治於如來地有二愚癡一者於一切所知境界極微細著愚癡二者極微細礙愚癡及彼麤重爲所對治善男子由此二十二種愚癡及十一種麤重故安立諸地而阿耨多羅三藐三菩提離彼繫縛觀自在菩薩復白佛言世尊阿耨多羅三藐三菩提甚奇希有乃至成就

大利大果令諸菩薩能破如是大愚癡羅網能越如是大麤重稠林現前證得阿耨多羅三藐三菩提觀自在菩薩復白佛言世尊如是諸地幾種殊勝之所安立佛告觀自在菩薩曰善男子略有八種一者增上意樂清淨二者心清淨三者悲清淨四者至彼岸清淨五者見佛供養承事清淨六者成熟有情清淨七者生清淨八者威德清淨善男子於初地中所有增上意樂清淨乃至威德清淨後後諸地乃至佛地所有增上意樂清淨乃至威德清淨當知彼諸清淨展轉增勝惟於佛地除生清淨又初地中所有功德於上諸地平等皆有當知自地功德殊勝一切菩薩十地功德皆是有上佛地功德當知無上觀自在菩薩復白佛言世尊何因緣故說菩薩生

於諸有生最爲殊勝佛告觀自在菩薩曰善男子四因緣故一者極淨善根所集起故二者故意思擇力所取故三者悲愍濟度諸衆生故四者自能無染除他染故觀自在菩薩復白佛言世尊何因緣故說諸菩薩行廣大願妙願勝願佛告觀自在菩薩曰善男子四因緣故謂諸菩薩能善了知涅槃樂住堪能速證而復棄捨速證樂住無緣無待發大願心爲欲利益諸有情故處多種種長時大苦是故我說彼諸菩薩行廣大願妙願勝願觀自在菩薩復白佛言世尊是諸菩薩凡有幾種所應學事佛告觀自在菩薩曰善男子菩薩學事略有六種所謂布施持戒忍辱精進靜慮智慧到彼岸觀自在菩薩復白佛言世尊如是六種所應學事幾是增上戒學所攝幾是增上心學所攝幾是增上慧學所攝佛告觀自在菩薩曰善男子當知初三但是增上戒學所攝靜慮一種但是增上心學所攝慧是增上慧學所攝我說精進徧於一切觀自在菩薩復白佛言世尊如是六種所應學事幾是福德資糧所攝幾是智慧資糧所攝佛告觀自在菩薩曰善男子若增上戒學所攝者是名福德資糧所攝若增上慧學所攝者是名智慧資糧所攝我說精進靜慮二種徧於一切觀自在菩薩復白佛言世尊於此六種所學事中菩薩云何應當修學佛告觀自在菩薩曰善男子由五種相應當修學一者最初於菩薩藏波羅蜜多相應微妙正法教中猛利信解二者次於十種法行以聞思修所成妙智精進修行三者隨護菩提之心

四者親近眞善知識五者無間勤修善品觀自在菩薩復白佛言世尊何因緣故施設如是所應學事但有六數佛告觀自在菩薩曰善男子二因緣故一者饒益諸有情故二者對治諸煩惱故當知前三饒益有情後三對治一切煩惱前三饒益諸有情者謂諸菩薩由布施故攝受資具饒益有情由持戒故不行損害逼迫惱亂饒益有情由忍辱故於彼損害逼迫惱亂堪能忍受饒益有情後三對治諸煩惱者謂諸菩薩由精進故雖未永伏一切煩惱亦未永害一切隨眠而能勇猛修諸善品彼諸煩惱不能傾動善品加行由靜慮故永伏煩惱由般若故永害隨眠觀自在菩薩復白佛言世尊何因緣故施設所餘波羅蜜多但有四數佛告觀自在菩薩曰善男子與前六種波羅蜜多爲助伴故謂諸菩薩於前三種波羅蜜多所攝有情以諸攝事方便善巧而攝受之安置善品是故我說方便善巧波羅蜜多與前三種而爲助伴若諸菩薩於現法中煩惱多故於修無間無有堪能羸劣意樂故下界勝解故於内心住無有堪能於菩薩藏不能聞緣善修習故所有靜慮不能引發出世間慧彼便攝受少分狹劣福德資糧爲未來世煩惱輕微心生正願如是名願波羅蜜多由此願故煩惱微薄能修精進是故我說願波羅蜜多與精進波羅蜜多而爲助伴若諸菩薩親近善士聽聞正法如理作意爲因緣故轉劣意樂成勝意樂亦能獲得上界勝解如是名力波羅蜜多由此力故於内心住有所堪能是故我說力波羅蜜

多與靜慮波羅蜜多而爲助伴若諸菩薩於菩薩藏已能聞緣善修習故能發靜慮如是名智波羅蜜多由此智故堪能引發出世間慧是故我說智波羅蜜多與慧波羅蜜多而爲助伴觀自在菩薩復白佛言世尊何因緣故宣說六種波羅蜜多如是次第佛告觀自在菩薩曰善男子能爲後後引發依故謂諸菩薩若於身財無所顧悋便能受持清淨禁戒爲護禁戒便修忍辱修忍辱已能發精進發精進已能辦靜慮具靜慮已便能獲得出世間慧是故我說波羅蜜多如是次第觀自在菩薩復白佛言世尊如是六種波羅蜜多各有幾種品類差別佛告觀自在菩薩曰善男子各有三種施三種者一者法施二者財施三者無畏施戒三種者一者轉捨不善戒二者轉生善戒三者轉生饒益有情戒忍三種者一者耐怨害忍二者安受苦忍三者諦察法忍精進三種者一者被甲精進二者轉生善法加行精進三者饒益有情加行精進靜慮三者一者無分別寂靜極寂靜無罪故對治煩惱衆苦樂住靜慮二者引發功德靜慮三者引發饒益有情靜慮慧三種者一者緣世俗諦慧二者緣勝義諦慧三者緣饒益有情慧觀自在菩薩復白佛言世尊何因緣故波羅蜜多說名波羅蜜多佛告觀自在菩薩曰善男子五因緣故一者無染著故二者無顧戀故三者無罪過故四者無分別故五者正迴向故無染著者謂不染著波羅蜜多諸相違事無顧戀者謂於一切波羅蜜多諸果異熟及報恩中心無繫縛無罪過者謂於

如是波羅蜜多無間雜染法離非方便行無分别者謂於如是波羅蜜多不如言詞執著自相正迴向者謂以如是所作所集波羅蜜多迴求無上大菩提果世尊何等名爲波羅蜜多諸相違事善男子當知此事略有六種一者於喜樂欲財富自在諸欲樂中深見功德及與勝利二者於隨所樂縱身語意而現行中深見功德及與勝利三者於他輕懱不堪忍中深見功德及與勝利四者於不勤修著欲樂中深見功德及與勝利五者於處憒閙世雜亂行深見功德及與勝利六者於見聞覺知言說戲論深見功德及與勝利世尊如是一切波羅蜜多何果異熟善男子當知此亦略有六種一者得大財富二者往生善趣三者無怨無壞多諸喜樂四者爲衆生主五者身無惱害六者有大宗葉世尊何等名爲波羅蜜多間雜染法善男子當知略由四種加行一者無悲加行故二者不如理加行故三者不常加行故四者不殷重加行故不如理加行者謂修行餘波羅蜜多時於餘波羅蜜多遠離失壞世尊何等名爲非方便行善男子若諸菩薩以波羅蜜多饒益衆生時但攝財物饒益衆生便爲喜足而不令其出不善處安置善處如是名爲非方便行何以故善男子非於衆生惟作此事名實饒益譬如糞穢若多若少終無有能令成香潔如是衆生由行苦故其性是苦無有方便但以財物蹔相饒益可令成樂惟有安處妙善法中方可得名第一饒益觀自在菩薩復白佛言世尊如是一切波羅蜜多有幾清淨佛告觀

自在菩薩曰善男子我終不說波羅蜜多除上五相有餘清淨然我即依如是諸事總别當說波羅蜜多清淨之相總說一切波羅蜜多清淨相者當知七種何等爲七一者菩薩於此諸法不求他知二者於此諸法見已不生執著三者即於如是諸法不生疑惑謂爲能得大菩提不四者終不自讃毀他有所輕懱五者終不憍傲放逸六者終不少有所得便生喜足七者終不由此諸法於他發起嫉妬慳悋别說一切波羅蜜多清淨相者亦有七種何等爲七謂諸菩薩如我所說七種布施清淨之相隨順修行一者由施物清淨行清淨施二者由戒清淨行清淨施三者由見清淨行清淨施四者由心清淨行清淨施五者由語清淨行清淨施六者由智清淨行清淨施七者由垢清淨行清淨施是名七種施清淨相又諸菩薩能善了知制立律儀一切學處能善了知出離所犯具常尸羅堅固尸羅常作尸羅常轉尸羅受學一切所有學處是名七種戒清淨相若諸菩薩於自所有業果異熟深生依信一切所有不饒益事現在前時不生憤發亦不反罵不瞋不打不恐不弄不以種種不饒益事反相加害不懷怨結若諫誨時不令恚惱亦復不待他來諫誨不由恐怖有染愛心而行忍辱不以作恩而便放捨是名七種忍清淨相若諸菩薩通達精進平等之性不由勇猛勤精進故自舉凌他具大勢力具大精進有所堪能堅固勇猛於諸善法終不捨軛如是名爲七種精進清淨之相若諸菩薩有善通達相三摩地靜慮有

圓滿三摩地靜慮有俱分三摩地靜慮有運轉三摩地靜慮有無所依三摩地靜慮有善修治三摩地靜慮有於菩薩藏聞緣修習無量三摩地靜慮如是名爲七種靜慮清淨之相若諸菩薩遠離增益損減二邊行於中道是名爲慧由此慧故如實了知解脫門義謂空無願無相三解脫門如實了知有自性義謂徧計所執若依他起若圓成實三種自性如實了知無自性義謂相生勝義三種無自性性如實了知世俗諦義謂於五明處如實了知勝義諦義謂於七眞如又無分別離諸戲論純一理趣多所住故無量總法爲所緣故又毗鉢舍那故能善成辦法隨法行是名七種慧清淨相觀自在菩薩復白佛言世尊如是五相各有何業佛告觀自在菩薩曰善男子當知彼相有五種業謂諸菩薩無染著故於現法中於所修習波羅蜜多恒常慇重勤修加行無有放逸無顧戀故攝受當來不放逸因無罪過故能正修習極善圓滿極善清淨極善鮮白波羅蜜多無分別故方便善巧波羅蜜多速得圓滿正迴向故一切生處波羅蜜多及彼可愛諸果異熟皆得無盡乃至無上正等菩提觀自在菩薩復白佛言世尊如是所說波羅蜜多何者最廣大何者無染汙何者最明盛何者不可動何者最清淨佛告觀自在菩薩曰善男子無染著性無顧戀性正迴向性最爲廣大無罪過性無分別性無有染汙思擇所作最爲明盛已入無退轉法地者名不可動若十地攝佛地攝者名最清淨觀自在菩薩復白佛言世尊何因緣

故菩薩所得波羅蜜多諸可愛果及諸異熟常無有盡波羅蜜多亦無有盡佛告觀自在菩薩曰善男子展轉相依生起修習無間斷故觀自在菩薩復白佛言世尊何因緣故是諸菩薩深信愛樂波羅蜜多非於如是波羅蜜多所得可愛諸果異熟佛告觀自在菩薩曰善男子五因緣故一者波羅蜜多是最增上喜樂因故二者波羅蜜多是其究竟饒益一切自他因故三者波羅蜜多是當來世彼可愛果異熟因故四者波羅蜜多非諸雜染所依事故五者波羅蜜多非是畢竟變壞法故觀自在菩薩復白佛言世尊一切波羅蜜多各有幾種最勝威德佛告觀自在菩薩曰善男子當知一切波羅蜜多各有四種最勝威德一者於此波羅蜜多正修行時能捨慳

恪犯戒心憤懈怠散亂見趣所治二者於此正修行時能爲無上正等菩提眞實資糧三者於此正修行時於現法中能自攝受饒益有情四者於此正修行時於未來世能得廣大無盡可愛諸果異熟觀自在菩薩復白佛言世尊如是一切波羅蜜多何因何果有何義利佛告觀自在菩薩曰善男子如是一切波羅蜜多大悲爲因微妙可愛諸果異熟饒益一切有情爲果圓滿無上廣大菩提爲大義利觀自在菩薩復白佛言世尊若諸菩薩具足一切無盡財寶成就大悲何緣世間現有衆生貧窮可得佛告觀自在菩薩曰善男子是諸衆生自業過失若不爾者菩薩常懷饒益他心又常具足無盡財寶若諸衆生無自惡業能爲障礙何有世間貧窮可得譬如

餓鬼爲大熱渴逼迫其身見大海水悉皆涸竭非大海過是諸餓鬼自業過耳如是菩薩所施財寶猶如大海無有過失是諸衆生自業過耳猶如餓鬼自惡業力令無有果觀自在菩薩復白佛言世尊菩薩以何等波羅蜜多取一切法無自性性佛告觀自在菩薩曰善男子以般若波羅蜜多能取諸法無自性性世尊若般若波羅蜜多能取諸法無自性性何故不取有自性性善男子我終不說以無自性性取無自性性然無自性性離諸文字自内所證不可捨於言說文字而能宣說是故我說般若波羅蜜多能取諸法無自性性觀自在菩薩復白佛言世尊如佛所說波羅蜜多近波羅蜜多大波羅蜜多云何波羅蜜多云何近波羅蜜多云何大波羅蜜多佛

告觀自在菩薩曰善男子若諸菩薩經無量時修行施等成就善法而諸煩惱猶故現行未能制伏然爲彼伏謂於勝解行地輭中勝解轉時是名波羅蜜多復於無量時修行施等漸復增上成就善法而諸煩惱猶故現行然能制伏非彼所伏謂從初地已上是名近波羅蜜多復於無量時修行施等轉復增上成就善法一切煩惱皆不現行謂從八地已上是名大波羅蜜多觀自在菩薩復白佛言世尊此諸地中煩惱隨眠可有幾種佛告觀自在菩薩曰善男子略有三種一者害伴隨眠謂於前五地何以故善男子諸不俱生現行煩惱是俱生煩惱現行助伴彼於爾時永無復有是故說名害伴隨眠二者羸劣隨眠謂於第六第七地中微細現行若修所伏不

現行故三者微細隨眠謂於第八地已上從此已去一切煩惱不復現行惟有所知障爲依止故觀自在菩薩復白佛言世尊此諸隨眠幾種麤重斷所顯示佛告觀自在菩薩曰善男子但由二種謂由在皮麤重斷故顯彼初二復由在膚麤重斷故顯彼第三若在於骨麤重斷者我說永離一切隨眠位在佛地觀自在菩薩復白佛言世尊經幾不可數刦能斷如是麤重佛告觀自在菩薩曰善男子經於三大不可數刦或無量刦所謂年月半月晝夜一時半時須臾瞬息刹那量刦不可數故觀自在菩薩復白佛言世尊是諸菩薩於諸地中所生煩惱當知何相何失何德佛告觀自在菩薩曰善男子無染汙相何以故是諸菩薩於初地中定於一切諸法法界已善通達由此因緣菩薩要知方起煩惱非爲不知是故說名無染汙相於自身中不能生苦故無過失菩薩生起如是煩惱於有情界能斷苦因是故彼有無量功德觀自在菩薩復白佛言甚奇世尊無上菩提乃有如是大功德利令諸菩薩生起煩惱尚勝一切有情聲聞獨覺善根何況其餘無量功德觀自在菩薩復白佛言世尊如世尊說若聲聞乘若復大乘惟是一乘此何密意佛告觀自在菩薩曰善男子如我於彼聲聞乘中宣說種種諸法自性所謂五蘊或內六處或外六處如是等類於大乘中即說彼法同一法界同一理趣故我不說乘差別性於中或有如言於義妄起分別一類增益一類損減又於諸乘差別道理謂互相違如是展轉遞興諍論如

是名爲此中密意爾時世尊欲重宣此義而說頌曰

諸地攝想所對治　殊勝生願及諸學
由依佛說是大乘　於此善修成大覺
宣說諸法種種性　復說皆同一理趣
謂於下乘或上乘　故我說乘無異性
如言於義妄分別　或有增益或損減
謂此二種互相違　愚癡意解成乖諍

爾時觀自在菩薩摩訶薩復白佛言世尊於是解深密法門中此名何教我當云何奉持佛告觀自在菩薩曰善男子此名諸地波羅蜜多了義之教於此諸地波羅蜜多了義之教汝當奉持說此諸地波羅蜜多了義教時於大會中有七十五千菩薩皆得菩薩大乘光明三摩地

解深密經卷第四

音釋

資糧 資即移切行用也糧呂張切糧食也　輕懱 懱莫結切輕懱謂輕易陵懱也　軛 於革切　憤 房吻切懣也

解深密經卷第五

唐三藏法師玄奘奉　詔譯

如來成所作事品第八

爾時曼殊室利菩薩摩訶薩白佛言世尊如佛所說如來法身如來法身有何等相佛告曼殊室利菩薩曰善男子若於諸地波羅蜜多善修出離轉依成滿是名如來法身之相當知此相二因緣故不可思議無戲論故無所爲故而諸衆生計著戲論有所爲故世尊聲聞獨覺所得轉依名法身不善男子不名法身世尊當名何身善男子名解脱身由解脱身故說一切聲聞獨覺與諸如來平等平等由法身故說有差別如來法身有差別故無量功德最勝差別筭數譬喻所不能及曼殊室利菩薩復白佛言世尊我當云何應知如來生起之相佛告曼殊室利菩薩曰善男子一切如來化身作業如世界起一切種類如來功德衆所莊嚴住持爲相當知化身相有生起法身之相無有生起曼殊室利菩薩復白佛言世尊云何應知示現化身方便善巧佛告曼殊室利菩薩曰善男子徧於一切三千大千佛國土中或衆推許增上王家或衆推許大福田家同時入胎誕生長大受欲出家示行苦行捨苦行已成等正覺次第示現是名如來示現化身方便善巧曼殊室利菩薩復白佛言世尊凡有幾種一切如來身所住持言音差別由此言音所化有情未成熟者令其成熟已成熟者緣此爲境速得解脱佛告曼殊室利菩薩曰善男子如來言音略有三種一者契經二者調伏三者本母世

尊云何契經云何調伏云何本母曼殊室利若於是處我依攝事顯示諸法是名契經謂依四事或依九事或復依於二十九事云何四事一者聽聞事二者歸趣事三者修學事四者菩提事云何九事一者施設有情事二者彼所受用事三者彼生起事四者彼生已住事五者彼染淨事六者彼差別事七者能宣說事八者所宣說事九者諸衆會事云何名爲二十九事謂依雜染品有攝諸行事彼次第隨轉事即於是中作補特伽羅想已於當來世流轉因事作法想已於當來世流轉因事依清淨品有繫念於所緣事即於是中勤精進事心安住事現法樂住事超一切苦緣方便事彼徧知事此復三種顛倒徧知所依處故依有情想外有情中邪行徧知所依處故內離增上慢徧知所依處故修依處事作證事修習事令彼堅固事彼行相事彼所緣事已斷未斷觀察善巧事彼散亂事彼不散亂事不散亂依處事修習劬勞加行事修習勝利事彼堅牢事攝聖行事攝聖行眷屬事通達眞實事證得涅槃事於善說法毗奈耶中世間正見超昇一切外道所得正見頂事及即於此不修退事於善說法毗奈耶中不修習故說名爲退非見過失故名爲退曼殊室利若於是處我依聲聞及諸菩薩顯示別解脫及別解脫相應之法是名調伏世尊菩薩別解脫幾相所攝善男子當知七相一者宣說受軌則事故二者宣說隨順他勝事故三者宣說隨順毀犯事故四者宣說有犯自性故五者宣說無犯自性故六者宣說出

所犯故七者宣說捨律儀故曼殊室利若於是處我以十一種相決了分別顯示諸法是名本母何等名爲十一種相一者世俗相二者勝義相三者菩提分法所緣相四者行相五者自性相六者彼果相七者彼領受開示相八者彼障礙法相九者彼隨順法相十者彼過患相十一者彼勝利相世俗相者當知三種一者宣說補特伽羅故二者宣說徧計所執自性故三者宣說諸法作用事業故勝義相者當知宣說七種眞如故菩提分法所緣相者當知宣說徧一切種所知事故行相者當知宣說八行觀故云何名爲八行觀耶一者諦實故二者安住故三者過失故四者功德故五者理趣故六者流轉故七者道理故八者總別故諦實者謂諸法眞如安住者謂或安立補特伽羅或復安立諸法徧計所執自性或復安立一向分別反問置記或復安立隱密顯了記別差別過失者謂我宣說諸雜染法有無量門差別過患功德者謂我宣說諸清淨法有無量門差別勝利理趣者當知六種一者眞義理趣二者證得理趣三者教導理趣四者遠離二邊理趣五者不可思議理趣六者意趣理趣流轉者所謂三世三有爲相及四種緣道理者當知四種一者觀待道理二者作用道理三者證成道理四者法爾道理觀待道理者謂若因若緣能生諸行及起隨說如是名爲觀待道理作用道理者謂若因若緣能得諸法或能成辦或復生已作諸業用如是名爲作用道理證成道理者謂若因若緣能令所立所說所標義得

成立令正覺悟如是名爲證成道理又此道理略有二種一者清淨二者不清淨由五種相名爲清淨由七種相名不清淨云何由五種相名爲清淨一者現見所得相二者依止現見所得相三者自類譬喻所引相四者圓成實相五者善清淨言教相現見所得相者謂一切行皆無常性一切行皆是苦性一切法皆無我性此爲世間現量所得如是等類是名現見所得相依止現見所得相者謂一切行皆刹那性他世有性淨不淨業無失壞性由彼能依麤無常性見可得故由諸有情種種差別依種種業現可得故由諸有情若樂若苦淨不淨業以爲依止現可得故由此因緣於不現見可爲比度如是等類是名依止現見所得相自類譬喻所引相者謂於內外諸行聚中引諸世間共所了知所得生死以爲譬喻引諸世間共所了知所得生等種種苦相以爲譬喻引諸世間共所了知所得不自在相以爲譬喻又復於外引諸世間共所了知所得衰盛以爲譬喻如是等類當知是名自類譬喻所引相圓成實相者謂即如是現見所得相若依止現見所得相若自類譬喻所得相於所成立決定能成當知是名圓成實相善清淨言教相者謂一切智者之所宣說如言涅槃究竟寂靜如是等類當知是名善清淨言教相善男子是故由此五種相故名善觀察清淨道理由清淨故應可修習曼殊室利菩薩復白佛言世尊一切智者相當知有幾種佛告曼殊室利菩薩曰善男子略有五種一者若有出現世間一切智聲

無不普聞二者成就三十二種大丈夫相三者具足十力能斷一切衆生一切疑惑四者具足四無所畏宣說正法不爲一切他論所伏而能摧伏一切邪論五者於善說法毗奈耶中八支聖道四沙門等皆現可得如是生故斷疑網故非他所伏能伏他故聖道沙門現可得故如是五種當知名爲一切智相善男子如是證成道理由現量故由比量故由聖教量故由五種相名爲清淨云何七種相名不清淨一者此餘同類可得相二者此餘異類可得相三者一切同類可得相四者一切異類可得相五者異類譬喻所得相六者非圓成實相七者非善清淨言教相若一切法意識所識性是名一切同類可得相若一切法相性業法因果異相由隨如是一一異相決定展轉各各異相是名一切異類可得相善男子若於此餘同類可得相及譬喻中有一切異類相者由此因緣於所成立非決定故是名非圓成實相又於此餘異類可得相及譬喻中有一切同類相者由此因緣於所成立不決定故是名非圓成實相非圓成實故非善觀察清淨道理不清淨故不應修習若異類譬喻所引相若非善清淨言教相當知體性皆不清淨法爾道理者謂如來出世若不出世法性安住法住法界是名法爾道理總別者謂先總說一句法已後後諸句差別分別究竟顯了自性相者謂我所說有行有緣所有能取菩提分法謂念住等如是名爲彼自性相彼果相者謂若世間若出世間諸煩惱斷及所引發世出世間諸果功德

如是名爲得彼果相彼領受開示相者謂即於彼以解脱智而領受之及廣爲他宣説開示如是名爲彼領受開示相彼障礙法相者謂即於修善提分法能隨障礙諸染汙法是名彼障礙法相彼隨順法相者謂即於彼多所作法是名彼隨順法相彼過患相者當知即彼諸障礙法所有過失是名彼過患相彼勝利相者當知即彼諸隨順法所有功德是名彼勝利相曼殊室利菩薩白佛言惟願世尊爲諸菩薩略説契經調伏本母不共外道陀羅尼義由此不共陀羅尼義令諸菩薩得入如來所説諸法甚深密意佛告曼殊室利菩薩曰善男子汝今諦聽吾當爲汝略説不共陀羅尼義令諸菩薩於我所説密意言辭能善悟入善男子若雜染法若清淨法我説一切皆無作用亦都無有補特伽羅以一切種離所爲故非雜染法先染後淨非清淨法後淨先染凡夫異生於麤重身執著諸法補特伽羅自性差别隨眠妄見以爲縁故計我我所由此妄見謂我見我聞我齅我甞我觸我知我食我作我染我淨如是等類邪加行轉若有如實知如是者便能永斷麤重之身獲得一切煩惱不住最極清淨離諸戲論無爲依止無有加行善男子當知是名略説不共陀羅尼義爾時世尊欲重宣此義復説頌曰

一切雜染清淨法　皆無作用數取趣
由我宣説離所爲　染汙清淨非先後
於麤重身隨眠見　爲縁計我及我所
由此妄謂我見等　我食我爲我染淨

若如實知如是者　乃能永斷麤重身
得無染淨無戲論　無爲依止無加行

爾時曼殊室利菩薩摩訶薩復白佛言世尊云何應知諸如來心生起之相佛告曼殊室利菩薩曰善男子夫如來者非心意識生起所顯然諸如來有無加行心法生起當知此事猶如變化曼殊室利菩薩復白佛言世尊若諸如來法身遠離一切加行既無加行云何而有心法生起佛告曼殊室利菩薩曰善男子先所修習方便般若加行力故有心生起善男子譬如正入無心睡眠非於覺悟而作加行由先所作加行勢力而復覺悟又如正在滅盡定中非於起定而作加行由先所作加行勢力還從定起如從睡眠及滅盡定心更生起如是如來由先修習方便般若加行力故當知復有心法生起曼殊室利菩薩復白佛言世尊如來化身當言有心爲無心耶佛告曼殊室利菩薩曰善男子非是有心亦非無心何以故無自依心故有依他心故曼殊室利菩薩復白佛言世尊如來所行如來境界此之二種有何差別佛告曼殊室利菩薩曰善男子如來所行謂一切種如來共有不可思議無量功德衆所莊嚴清淨佛土如來境界謂一切種五界差別何等爲五一者有情界二者世界三者法界四者調伏界五者調伏方便界如是名爲二種差別曼殊室利菩薩復白佛言世尊如來成等正覺轉正法輪入大涅槃如是三種當知何相佛告曼殊室利菩薩曰善男子當知此三皆無二相謂非成等正覺非不成等正覺非轉正法

輪非不轉正法輪非入大涅槃非不入大涅槃何以故如來法身究竟淨故如來化身常示現故曼殊室利菩薩復白佛言世尊諸有情類但於化身見聞奉事生諸功德如來於彼有何因緣佛告曼殊室利菩薩曰善男子如來是彼增上所緣之因緣故又彼化身是如來力所住持故曼殊室利菩薩復白佛言世尊等無加行何因緣故如來法身爲諸有情放大智光及出無量化身影像聲聞獨覺解脫之身無如是事佛告曼殊室利菩薩曰善男子譬如等無加行從日月輪水火二種頗胝迦寶放大光明非餘水火頗胝迦寶謂大威德有情所住持故諸有情業增上力故又如從彼善工業者之所雕飾末尼寶珠出印文像不從所餘不雕飾者如是緣於無量法界方便般若極善修習磨瑩集成如來法身從是能放大智光明及出種種化身影像非惟從彼解脫之身有如斯事曼殊室利菩薩復白佛言世尊如世尊說如來菩薩威德住持令諸衆生於欲界中生刹帝利婆羅門等大富貴家人身財寶無不圓滿或欲界天色無色界一切身財圓滿可得世尊此中有何密意佛告曼殊室利菩薩曰善男子如來菩薩威德住持若道若行於一切處能令衆生獲得身財皆圓滿者即隨所應爲彼宣說此道此行若有能於此道此行正修行者於一切處所獲身財無不圓滿若有衆生於此道行違背輕毀又於我所起損惱心及瞋恚心命終已後於一切處所得身財無不下劣曼殊室利由是因緣當知如來及諸菩薩威

德住持非但能令身財圓滿如來菩薩住持威德亦令衆生身財下劣曼殊室利菩薩復白佛言世尊諸穢土中何事易得何事難得諸淨土中何事易得何事難得佛告曼殊室利菩薩曰善男子諸穢土中八事易得二事難得何等名爲八事易得一者外道二者有苦衆生三者種姓家世興衰差别四者行諸惡行五者毀犯尸羅六者惡趣七者下乘八者下劣意樂加行菩薩何等名爲二事難得一者增上意樂加行菩薩之所遊集二者如來出現于世曼殊室利諸淨土中與上相違當知八事甚爲難得二事易得爾時曼殊室利菩薩摩訶薩白佛言世尊於是解深密法門中此名何教我當云何奉持佛告曼殊室利菩薩摩訶薩曰善男子此名如來成所作事了義之教於此如來成所作事了義之教汝當奉持說是如來成所作事了義教時於大會中有七十五千菩薩摩訶薩皆得圓滿法身證覺

解深密經卷第五

佛說諫王經　劉宋居士沮渠京聲譯

如來示教勝軍王經　唐三藏法師玄奘譯

佛爲勝光天子說王法經　唐三藏法師義淨奉詔譯

寶積三昧文殊師利菩薩問法身經　後漢安息三藏法師安世高譯

清刻龍藏佛說法變相圖

四經同卷

佛說諫王經

如來示教勝軍王經

佛爲勝光天子說王法經

寶積三昧文殊師利菩薩問法身經

佛說諫王經

劉宋居士沮渠京聲譯

聞如是一時佛在舍衛國祇樹給孤獨園王名不離先尼出行國界道過佛所身蒙塵土解劒退蓋爲佛作禮世尊曰就坐王即坐佛問王王所從來身蒙塵土王即退坐稽首對諸屬行國界有灾異者佛告王曰王治當以政法無失節度常以慈心養育人民所以得霸治爲國王者皆由宿命行善所致統理民事不可偏枉諸公卿羣寮下逮凡民皆有怨

辭行不平等海内皆忿身死魂神當入太山地獄後雖悔之無所復及王治國平政常以節度臣民歎德四海歸心天龍鬼神皆聞王善死得上天後亦無悔王無好婬泆以自荒壞無以忿意有所殘賊當受忠臣剛直之諫夫與人言常以寬詳無灼熱之當以四意待於國民何謂爲四隨時廩與和意與語所有珍寶與民共之占視老病及諸鰥寡王如是者國中和平即得其福壽終上天所願自然王不可以常得自在人皆敬畏以之爲樂名象好馬寶車賢臣羣寮百官導從前後内藏珍寶倉庫百物皆當腐壞無長存者年少會老強健必病含血之類皆當歸死珍寶妻子家室内外不可常得如人夢見殿舍好園樹木生菓池水流泉遊戲其中快樂無極寤則霍然莫知所在覩世所有皆如人夢王寧見樹有華果華果不能常著樹青青之葉會有萎落天冠巾幘黼黻名服不能常好流水不能常滿放火曠野火盛炎赫不久則滅暴風疾雨雷電霹靂斯臾之間霍然不見日欲出時星無精光日之盛明照於天下不久復冥世間無常亦復如是喻如四面有大石山上下皆有六山俱到同時共合其中人物含血之類無有豪賤皆當糜碎人有四事不可得止老至體枯病來心惱身死神去所有珍寶皆當棄捐不可得保此四一至不可得離無避逃處非口所能守請陳謝不可財許求哀得解是時所有名象良馬珍寶壯士羣臣百官護導前後孰能爲王排却之者王寧見師子獸中最猛遥見羣鹿意欲所取便前搏撮

裂食其肉如斯之痛安可言乎命如師子取羣鹿時人命欲終身體不寧血脉爲消面色爲變命日欲促五臟不治不思飲食雖有神呪良醫善藥不能使愈口爲妄語其所索者家室恣之身體皆痛如被掠治手足狂攘骨節欲解口乾息極羸瘦困劣不能起居坐臥須人若得良藥糜粥甘食人當含之必復苦極筋脉欲絶但有出氣無復報入脣燥乾燋正氣竭盡邪氣在處舌稍却縮面目無色耳鼻閉塞不聞聲香手足拘攣筋急口噤欲言不能手或把空摸捺邊傍身汗目淚流出相續心意著痛識轉消滅無所復知温去身冷䰟神去矣所有珍寶父母兄弟妻子内外知識奴婢皆當棄捐隨行獨去不知所到世間雖樂不得久留王當是時當何恃怙唯有孝順慈養二親供事高行清潔沙門見凡老人當尊敬之所有財寶與民同歡當以慈心施惠於民無以讒言殘害民命爲王之法當宣聖道教民爲善唯守一心心存三尊王者如斯諸聖咨嗟天龍鬼神擁護其國生有榮譽死得上天身死神去當何所恃唯恃善耳火盛煒燁恃水滅之飢渴之人唯恃水穀老恃机杖盲恃有目冥恃燈火疾病困篤恃良醫藥船行巨海風浪盛猛恃彼榜櫓道有盜賊恃藏匿處身死神去唯恃修善猶逢彼難各恃其事以自拔濟宗室獲安王無以爲樂飲食極味遊居自在常得飽滿皆當消散不可常得好香塗身苾芬聒鼻珠璣瓔珞奕奕曜目水陸好華以爲校飾金鏤織成以爲名服白㲲衣文繡衣雜綵衣無極衣細疊衣細緻

衣錦綾衣此皆無常不可久保宮觀高臺華闕殿舍黄金白銀七寶牀榻氍毹毾毲綩綖細輭以藉身體七寶織成文繡綾綺以爲幃帳柱梁壁戸彫文刻鏤燒衆雜香遊戲其中斯皆無常不可久保琴瑟箏笛衆音集聚歌舞倡伎衆音盈耳快樂可言斯亦無常如幻如夢不得久保象馬寶車光目之觀王一出時椎鍾鳴鼓驛導前後王乘羽蓋之車侍者持幢翠毛葆羽彫文其柄以拂塵土治塡道路丹畫欄楯衆民所觀無不敬畏好華名香皆以迎王稱壽萬歲斯亦難保王寧見人欲死之時諸家内外聚會其邊椎胷呼天皆云柰何啣咿哽咽淚下交流嗚呼痛哉神靈獨逝吾如之乎聞之者莫不傷心覩之者莫不助哀載之出城捐於曠野飛鳥走獸𢶍掣食之身中有蟲還食其肉日炙風飄骨皆爲乾往昔諸王尊榮豪貴隱隱闐闐亦如大王今日霍然不復見之此皆無常之明驗也古尚如此況於今日王熟思之無念淫泆無受佞言誤入人罪當受忠諫治以節度當畏地獄酷治之痛諸含血之類皆貪生活不當煞之佛說經竟王意即解願爲弟子即受五戒頭面著地爲佛作禮

佛說諫王經

如來示教勝軍王經

唐三藏法師玄奘譯

如是我聞一時薄伽梵在室羅筏住逝多林給孤獨園與其無量大苾芻衆天人等俱爾時憍薩羅主勝軍大王尊位威德皆悉成就爲欲瞻仰請問佛故嚴駕出城往如來所乘至下處步進入園遥見世尊坐一樹下端嚴殊妙諸根閑寂其心晏然已能善得最上調順寂止究竟已能善到第一調順寂止彼岸善能密護降伏諸根爲丈夫龍丈夫牛王丈夫良馬清淨無撓如澄泉池威德熾盛光明照耀如大金山有三十二大丈夫相圓滿莊嚴八十隨好間飾支體時勝軍王遥見佛已心喜踴躍不能自勝便即脱去刹帝利種灌頂大王隨身所有五標尊飾一者頂上寶冠二者所執神劒三者衆寶傘蓋四者末尼扇拂五者織成寶履既去是已詣如來所到已頂禮世尊雙足右繞三帀退坐一面爾時勝軍大王坐一面已而白佛言大悲世尊惟願如來哀愍教授惟願善逝哀愍教誡令我長夜證於大義利益安樂爾時世尊告大王曰善哉善哉大王汝今乃能請問如來如是大義大王汝今爲大國主應以正法勿以邪法應隨法行勿隨非法所以者何大王當知若有國王或諸王等棄捨正法以諸邪法而作國王彼於現在爲諸聖賢之所訶毁後致憂悔身壞命終墮諸惡趣生地獄中受諸劇苦又若國王或諸王等棄捨邪法以其正法而作國王彼於現在爲衆聖賢之所稱讚後無憂悔身壞命終超昇善趣生諸天中受諸妙

樂大王譬如父母憐愍於子心常欲令離苦得樂王亦應爾於諸國邑所有衆生僮僕作使輔臣僚佐應以諸佛所説四攝而攝受之何等爲四一者布施二者愛語三者利行四者同事如是善攝國邑衆生僮僕作使輔臣僚佐攝於二義同事同歸何等二義一者現在二者未來大王當知譬如男子或諸女人於其夢中夢心所見可愛園林可愛山谷可愛國邑并諸異類彼夢覺已所見皆無如是大王國祚身命虚僞無常一切皆如夢之所見大王當知王富貴樂王自在樂王愛欲樂及餘所愛諸欲樂具所謂象馬車步諸軍宫殿后妃太子諸王輔臣僚佐防衛士衆父母兄弟姊妹妻妾男女大小僮僕作使國邑衆生金銀珍寶末尼眞珠衣服財穀庫藏等物

如是所有諸欲樂具於命終時皆當棄捨獨往後世無一相隨大王當知如上所説一切樂具非常非恒不可保信皆變易法迅速不停流轉移動終歸壞滅念念遷謝後爲灰燼究竟同趣滅盡之門是失壞法有諸怖畏有諸灾横多諸愁惱皆是墜墮零落斷壞離散之法亦復如是大王當知譬如樹林先見開華尋復結果後還無果先見其葉榮茂青翠尋復萎黄後皆凋落如是大王國祚身命王富貴樂王自在樂王愛欲樂及餘所愛諸欲樂具所謂象馬車步軍等廣説乃至皆是墜墮零落斷壞離散之法亦復如是大王當知如大火聚先見熾然復極熾然轉遍熾然後皆洞然雖久熾盛終歸滅盡如是大王國祚身命王富貴樂王自在樂王愛欲樂及餘所

愛諸欲樂具所謂象馬車步軍等廣說乃至皆是墜墮零落斷壞離散之法亦復如是大王當知如日月輪有大神用具大勢力放大光明以自莊嚴遍照世間終歸隱沒如是大王國祚身命王富貴樂王自在樂王愛欲樂及餘所愛諸欲樂具所謂象馬車步軍等廣說乃至皆是墜墮零落斷壞離散之法亦復如是大王當知譬如大雲遍覆虛空暴風疾雷掣電注雨震動天地須臾散滅如是大王國祚身命王富貴樂王自在樂王愛欲樂及餘所愛諸欲樂具所謂象馬車步軍等廣說乃至皆是墜墮零落斷壞離散之法亦復如是是故大王應善勤修隨無常觀隨盡滅觀於自命終常當驚懼爲大國王應以正法勿以非法應隨法行勿隨非法大王當知如四

大山從四方來牢固堅密無有缺漏無諸間隙周帀充遍總一合成上盡虛空下窮地際其中所有一切草木枝條華葉及諸有情蠢動之類皆被磨滅難以決勇而可逃避難以勢力而能抗拒難以呪術財貨藥物而可禁止如是大王世有四種大怖畏事各來磨滅一切衆生難以決勇而可逃避難以勢力而能抗拒難以呪術財貨藥物而能禁止云何四種大怖畏事大王當知一者老來逼害磨滅衆生少壯二者病來逼害磨滅衆生調適三者死來逼害磨滅衆生壽命四者衰來逼害磨滅衆生興盛大王當知譬如師子爲衆獸王入鹿羣中摶取一鹿若噉未噉自在無難其鹿爾時先所騰勇入師子口無復能爲如是大王一切衆生既入無常師子王口所

有勢力無復能爲大王當知譬如有人勇健多力毒箭所中一切威猛皆悉摧滅如是大王一切衆生剛強佷戾死箭所中無復勢力無復救護無所歸依無所投竄臨欲捨命解支節時血肉枯竭心胷熱惱燋渴所逼張口大息手足紛亂無所堪能無有勢力涎涕交流大小便利穢汚身體六根閉塞喉緊哽咽喘息逾急良醫拱手棄諸妙藥其所飲噉美味珍饌無不悉捨偃卧牀枕臨往異趣淪沒無際生老病死無常暴流至臨終位餘命無幾業有力故後有現前甚大怖畏琰魔王使廣大黑闇夜分所呑出息入息最後將滅唯獨一身無有第二及餘伴侶奄背此生歸於後世是大移轉趣大叢林入大黑闇遊大曠野泛大濵海業風所飄往無標記冥漠方所

當於爾時無異救護無異歸依無異投竄唯除正法大王彼於爾時唯有正法能爲救護能爲宫室能作歸依是所奔趣是所投竄能拔衆生出生死苦大王當知譬如有人寒苦所逼惟有煖火日光衣等所能止息而可獲安熱苦所逼唯林泉等若涉遠道惟清涼陰若渴所逼惟清冷水若飢所逼惟多美膳若病所逼惟良醫藥及供侍者若怖所逼惟強伴侶如是大王一切衆生死箭所中無復勢力無復救護無所歸依無所投竄臨欲捨命解支節時血肉枯竭心胷熱惱燋渴所逼張口大息手足紛亂無所堪能廣說乃至彼於爾時唯有正法能爲救護能爲宫室能作歸依是所奔趣是所投竄能拔衆生出生死苦所以者何大王當知如是身者雖加守護雖

久洗飾雖以衆多上妙飲食恣意飽滿及至臨終要當不免飢渴所逼而便捨命大王當知如是身者雖常澡浴塗香末香熏香華鬘隨意嚴飾由此自體穢漏成故臨捨命時終必歸於不淨臭穢大王當知如是身者雖以種種上妙衣服覆蔽纏裹由此自身諸不淨物所合成故於命終時要當不淨種種流出大王當知如是身者雖處宮室后妃婇女內宮美人眷屬圍繞作衆妓樂種種倡妓以自娛樂歡喜快樂臨命終時自見惡相要當驚怖憂悲苦惱大王當知如是身者雖處宮室綵飾塗畫殿閣樓臺戶牖軒窓重闟容掩種種香華以自嚴飾種種燈燭增光照明施設珍奇屏障帷幔燒衆名香散諸妙華香華寶瓶處處陳列安置種種金銀瑠璃衆寶牀座

敷設上妙氍毹錦繡文褥華氈牀座兩頭俱置冊枕覆以上妙綺帊錦衾寢寐安寢歡娛躭著於命終後無所覺知或送屍骸置於葬所烏鵲鵰鷲狐狼野干餓狗鵄梟諸惡禽獸爭共食噉骨肉膿血鬚髮糞穢流溢地上臭處可惡大王當知如是身者先常乘馭香象駿馬衆寶輦轝擊鼓吹貝作大音樂衆寶傘蓋隨侍於後執持扇拂掩映搖動無量勇健象軍馬軍車軍步軍導從前後防衛左右百千臣僚竭誠敬奉城邑士庶合掌驚歎雖受如是勝妙果報自在榮華不久要當瞑目辟手無復動搖橫尸偃仰喪車轝上衆人荷挽出大城門父母妻子兄弟姊妹作使僮僕臣僚輔佐親屬內人隨從左右心纏憂惱頭髮被散舉手拍頭椎胷悲噎哀感崩慟皆言苦

哉城邑國人覩之號慕隨送葬所或有露尸施諸禽獸烏鵲餓狗鵰鷲鵄梟狐狼野干及諸惡獸擒掣食噉骨肉狼籍風飄日曝雨灑霜封支節解散零落異所成有積薪以火焚葬觔骨燋爛血肉消化臭煙烽焞四面充塞火滅骨消灰飛塵散或有掘地埋殯墳陵經歷多時肉消骨腐大王當知此身如是變壞無常一切衆生及以諸行皆悉如是非常非恒不可保信皆變易法迅速不停流轉移動終歸壞滅念念遷謝後爲灰燼究竟同趣滅盡之門是失壞法有諸怖畏有諸灾橫多諸愁惱皆是墜墮零落斷壞離散之法是故大王應善勤修隨無常觀隨盡滅觀勿爲貪欲之所染汙勿爲瞋恚之所鼓動勿爲愚癡之所覆蔽勿復躭湺王富貴樂勿復躭湺王自在樂勿復躭湺王受欲樂勿復躭湺及餘所受諸欲樂具應當滅除財命憍逸應當驚懼無常死魔不與人期奄忽而至爲大國主應以正法勿以非法應隨法行勿隨非法應愍衆生皆如一子應當至誠護持佛法紹隆三寶勿復餘顧所以者何生死海中流轉無始唯佛正法是大津梁千萬億劫實難值故大王當知我終不說獲得世間諸欲樂具積聚受用名富貴者我說獲得諸佛正法聖慧財寶積聚受用乃名圓滿眞富貴者是故大王應當猒離世間所有諸欲樂具應當願求諸佛正法聖慧財寶時薄伽梵說是經已憍薩羅主勝軍大王及諸世間天人等衆聞佛所說皆大歡喜信受奉行

如來示教勝軍王經

佛爲勝光天子說王法經

唐三藏法師義淨奉詔譯

如是我聞一時薄伽梵在室羅伐城逝多林給孤獨園與大苾芻衆百千人俱皆是大阿羅漢諸漏已盡復與無量菩薩摩訶薩俱人中大龍一生補處爾時世尊在一樹下於勝妙座加趺而坐於大衆中普爲人天演說自證微妙之法所謂初中後善文義巧妙純一圓滿清淨鮮白梵行之相爾時憍薩羅國王勝光天子嚴駕侍從出室羅伐往逝多林欲禮世尊恭敬供養承事親近既至林所下車整衣詣大師處遥見如來坐於樹下爲衆說法顏貌端正調伏諸根意樂寂靜住增上定人中龍象如師子王亦如牛王如善智馬人中最上如白蓮華如池湛寂如妙高山安處大海具三十二相八十種好如妙金幢形色充遍亦如白日千光晃耀如盛月輪衆星圍遶時王見已生大歡喜身毛遍竪得未曾有灌頂大王有五盛事所謂如意髻珠白蓋白拂寶履寶劒悉皆棄捨著常人服從以大臣安詳正念諸根寂靜偏露右肩整理衣服曲躬合掌至世尊所禮佛雙足布上妙華燒衆名香爲供養已右遶三帀退坐一面時勝光王從座而起如常威儀合掌向佛作如是言惟願大師開悟於我善教於我爲國主法令於現在恒受安樂命終之後當生天上乃至菩提善心相續佛告大王善哉善哉當一心聽甚爲希有孰能致問求勝資粮當順法行蠲除惡事何以故大王若王大臣捨其善法行惡法者於現世中人所輕鄙不敢親附咸

生疑惑常見惡夢多有怨家復生懊悔命終之後墮地獄中大王若國王大臣遠離惡法修善法者於現世中人所欣仰皆來親附不生疑惑常見好夢除惡怨敵無復追悔命終之後得生天上乃至菩提證眞常樂大王譬如父母憐愛諸子常願安隱令無惱害遮其惡行勸修善業大王爲天子者亦復如是於諸臣佐乃至國人僕使之類咸以四攝而恩育之布施愛語利行同事時彼人王能於國界廣作如是大饒益已成就二種利益之事云何爲二王如父母愛念無差國人如子並懷忠孝復次大王作天子者情懷恩恕薄爲賦斂省其傜役設官分職不務繁多黜罰惡人賞進賢善不忠良者當速遠離順古聖王勿行刑戮何以故生人道者勝緣所感若斷其命定招惡報大王常當一心恭敬三寶莫生邪見我涅槃後法付國王大臣輔相當爲擁護勿致衰損然正法炬轉正法輪盡未來際常令不絕若能如是依教行者則令國中龍王歡喜風調雨順諸天慶悦豐樂安隱災横皆除率土太平王身快樂永保勝位福力延長無復憂惱增益壽命現在名稱遍滿十方外國諸王咸共讚歎其國天子仁讓忠孝以法教化拯恤黔黎於諸國中最爲第一我等今者咸當歸伏此大法王捨身之後得生天上受勝妙樂乃至菩提復次大王一切諸法體性空虛無常滅壞譬如有人於夜夢中見好園圃山河人衆茂林清泉堂舍樓閣皆可愛樂及其睡覺一無所見大王當知所紹王位及以壽命諸有勝樂自在尊貴五欲歡

娱象馬車步父母兄弟男女妃后所有國人乃至臣妾金銀珍寶衣服飲食及諸庫藏命終之際悉皆棄捨此等衆事皆是無常滅壞之法事難保守體是動揺終歸離散可怖畏處能生苦惱無我我所亦無主宰常應觀察勿爲放逸復次大王譬如大樹初生葉華次當結實果既熟已漸當墮落青葉次黄後悉零墜終至皆盡唯有空樹其樹乾枯有大火至熾然猛焰不久燒盡復次大王譬如日月有大威力具大光明能令黒闇悉皆除盡此亦不久終歸磨滅大王如是當觀無常無我滅壞之事應生怖懼而作國王當以法化勿行非法常修衆善不隨惡行復次大王譬如四面各有大山從四方來堅固一段無有空缺上陵太虚下磨地界於中所有草木叢林及諸生類無一飛走能得免者無有壯夫而爲拒敵亦無能以呪藥財物可令迴去大王人間四山亦復如是謂老病死及以失勢大王老若來時令人衰悴疾病若至能生苦惱死期現前必當命斷勢若失時滅其威力復次大王如師子王駿疾多力爪牙鋒利入鹿羣中隨意取食無能爲礙此諸獸類被他所懵無有自在大王當知一切衆生被死箭射無有豪強無歸無護命欲斷時骨節離解血肉乾燥口不能言手足撩亂勢力都盡涎唾便利遍汙其身眼等六根悉皆閉塞喉中氣逆飲食不通念念之間後識將盡無始時來生老病死苦海流轉隨業而去即於此時命根將斷隨所作業皆悉現前琰魔使人甚可怖畏黒闇長夜無能違逆出入之息溘然而

盡獨行無侶所向慞惶捨此人間趣於後世將墜大坑入深闇處唯涉險道無復資粮業風所吹不知前路爾時危難無別歸依於此時中隨業受報大王有陀羅尼名曰勝旛若人先時曾受持者於生死中能爲善伴共相救護大王善聽我今爲說呪曰

南謨釋迦牟柰曳　怛他揭多也　阿羅曷帝　三藐三勃陀也　怛姪他唵　苫謎苫謎　薩婆波跛　鉢羅苫末泥去　莎訶

佛告大王此陀羅尼諸佛所說於日日中清淨澡漱常誦七遍有大威神能爲救濟如遭極寒遇炎火聚如大熱時得清冷水盛夏尋路逢好樹陰如渴遇清泉如飢得美食如病蒙呪藥又復遇良醫如怯怖人得強壯伴大王如是有福之人臨欲死時有好瑞相而爲導引大王於此時中唯有善法共相護念爲作歸依唯此陀羅尼善能救濟是故大王常當日日誦此神呪能得消除一切罪障復能生長無量福因當善觀察無常滅壞究竟空無於死門中生大恐怖以善化世莫行惡法常修福業起大慈悲何以故然於此身常所愛護供以名厨上妙飲食隨時偃息無憂自在雖受如是殊勝之樂終歸不免臨死之際飢火來逼乏食而死復次大王所著衣服皆是微妙迦尸白氎錦綺綾羅涼燠順時任情受樂終歸不免臨死之際委卧牀席迴轉隨人垢膩縈身衾裳霑體能令見者生可惡心復次大王平生之日澡浴嚴身塗香末香種種莊飾熏香遍馥頂繫華鬘設受如此上妙樂具終歸不免漸將變壞復本形狀臭穢現

前澡沐塗香並皆虛設復次大王多處内宮婇女圍遶管絃代發歌舞隨情以樂送時不聞憂事終歸不免死苦來迫懷怖而終復次大王所居宮殿種種莊嚴戶牖疎通寒温適節暢情終日受樂通宵寧燎明燈多諸婇女疎籠散馥名華遍布七寶莊校所卧之牀氈褥重敷并安偃枕恣意而卧無復憂勞及其業盡終歸不免身亡之後送往寒林置之空野屍骸爛潰膿血横流骨肉分張人皆鄙賤被諸狐狼鵰梟鵰鷲之所餐食悲哉此身卒至於此復次大王嘉晨令節嚴駕出城往詣芳林縱情遊賞象馬車步前後陪隨意樂乗騎無不遂念諸臣侍從羽扇嚴儀幰帳高懸復持金蓋鼓樂並奏鈴鐸和鳴人皆敬奉如天帝釋若福命盡琰魔使來收録精神將至王所隨業分判無能免者唯有殘骸置之於地父母妻子及以國人咸共悲號椎胷懊惱靈轝送殯詣彼屍林或燒或埋或沉於水飛禽走獸魚鼈黿鼉聞其肉氣爭來餐食骨成塵粉與地無殊大王當知一切衆生稟識之類悉皆如是終爲無常之所滅壞體難保信念念遷移多諸煩惱無可愛樂誰有智者不生猒離是故大王當觀如是身爲患本無常所隨鎮被死王之所驅逼知是事已當爲法王不應恣情起貪瞋癡行於惡事何以故大王我不説有愚癡凡夫於五欲境色聲香味觸恒多積聚常樂親近如是之人能生猒足大王誰於欲境能發猒心謂賢聖人起勝智慧現在前時方生猒足漸當遠離證妙涅槃爾時勝光天子聞佛爲説安隱自身長保國

位利益含識名聞十方當得生天受勝妙樂
深心喜慶得未曾有合掌恭敬一心瞻仰白
佛言世尊如來大慈爲說如是微妙法義我
今頂戴常願流通舉國諸人皆令誦習佛言
善哉善哉大王前世修因今受勝報得爲天
子所願隨心當如說行勿爲放逸時勝光天
子及諸大衆皆大歡喜信受奉行禮佛而去

佛爲勝光天子說王法經

寶積三昧文殊師利菩薩問法身經

後漢安息三藏法師安世高譯

聞如是一時佛至羅閱祇耆闍崛山中與千二百五十比丘俱文殊菩薩往到佛所在門外住所以者何佛坐三昧未久佛覺見文殊便請入作禮而住佛言且坐文殊問佛屬坐三昧名曰何等佛言寶積文殊復問何故名寶積佛言譬如摩尼珠本自淨好復以水洗置其平地轉更明徹無不見者屬所入三昧見東方無央數阿僧祇刹土及佛已復悉不現住是三昧中無不見諸法本際其有住者以爲得印所語如言摩尼寶舍有四角從一角視悉見諸角無所缺減是故見諸本際佛問文殊知本際不則言知何所是報言我所處是爲本際諸所欲人異際在是際者亦不在法亦不在善惡諸法亦如是其知是者審以知之凡之知者以無所知從本傳習莫有作者是故無有底佛問文殊何謂是慧審是慧者是故慧復問何所道念名曰道報言所念道無念是故道佛語文殊以有念言無念當以何法敎新學若男子女人文殊言亦無所出亦無解淫怒癡無有極以是法敎一切以故無有根是故不可出不可解其言我能壞本際以不能其言我能斷生是亦不能不捨俗事不念近道作是者乃可敎於凡人文殊問佛持何法教學佛言我所敎不壞色痛癢思想生死識無所壞亦不敎壞婬怒癡令得不可計數法以是法教作佛道者我用是故自致得佛佛語文殊無所壞法故致佛無所得法能成佛佛者則法身諸種力無所畏

悉法身之所入所以者何莫能分一身者而爲法身法身無所有數何以故不言是凡人是不凡人法身等無差特無所散身是爲法身譬如四瀆悉歸於海合爲一味若干名法爲一法身諸所有種各各有名合會聚之名曰穀若俗事道事悉合爲一法身所以者何不可指示是爲俗事道事亦不可說是俗事身是爲法身亦不可見視如我所說法身其有信二知者所作衆惡悉以除盡文殊言於法身亦不見生天上亦不見在人間亦不見在三道亦不在泥洹佛語文殊今若所說乃爾若有人問汝者佛現說有五道當何以解之文殊言譬若如人卧中見入泥犁若作禽獸辟荔上在天上若在人中覺則無所見其法身無所著所以者何但有數故數者墮俗

若羅漢辟支佛上至佛俱等一法身所以者何不可分別故譬如若干種寶可別知法身而不別所以者何不可別故無生無死故法身無所生無所滅所以者何常住故亦無有垢亦無有淨所以者何無有過者亦無勝亦無所脫佛者無所不知復問文殊知法身不文殊言若得者可知佛問文殊乃知世間所在處不則言知佛言何所是文殊言其化人處世在是世間者但有名求如毛際而無爲我說者其世亦不離法身佛復問世所在何所文殊言譬如雲所在無所在亦不羸亦不強是則世世之相佛問文殊汝謂我滅不文殊言不何以故法身無有生若有生乃有滅法身者不生故知佛而不滅佛問文殊若聞已過去恒邊沙佛悉般泥洹汝信不則言信

佛言云何信文殊言其佛者悉佛所化化般泥洹故而信之佛問文殊汝見人臨死時知所趣向則答言而人不可知何況所趣向佛語文殊乃可聚會說法文殊言誰欲聽佛言欲聽聚會者文殊白佛當因何法有所說佛言說法身則言不見法身當何以說之佛語文殊若所說法身不可見其在會中未曉者聞其所言其心恐懼文殊言若恐懼其本際已恐懼佛言本際無恐懼未曉者亦不恐懼文殊言諸法無有恐懼者若金剛佛問何謂金剛答言無能截斷者以故名曰金剛佛不可議諸法亦不可議以是爲金剛佛言何所爲金剛者文殊言勝諸法故佛者法法之審故是爲金剛佛以何因爲金剛則答言所有無所有一一求之無所有故曰空空者是佛以是爲金剛一切諸法皆佛依無所依是故金剛何緣是爲金剛則言無所依者無所近是故爲金剛佛語文殊今我欲作感應令阿難來所以者何爲一切受法故文殊問佛囑所說法無所見無所得阿難來者當取何法佛言善哉善哉如文殊所說佛言我見東方無央數阿僧祇刹土諸佛皆悉說是舍利弗出其所止處到文殊所見而不在便至佛所於門外住佛謂文殊言呼舍利弗入文殊問佛本際法身有中有外有內當從何所得佛言不可得答言本際以無際復言舍利弗者亦在法身中不而所從來當所入佛語文殊若爲苦舍利弗爲不苦譬如諸聲聞在內與我俱語而若在外住不用時入是不爲煩答言雖在外住亦不苦亦不煩佛問若以何故

不苦不煩文殊言佛爲聲聞說法我亦如是
故不苦不煩所以者何諸佛所離法身故文
殊言譬如恒邊沙劫不見佛亦不得入亦不
苦不煩何以故佛所說法亦無增無減所以
者何諸法無有主以是故無苦無煩諸所有
名佛因是而教人所以者何佛以是教故佛
遥問舍利弗汝悉聞文殊所語不舍利弗言
唯佛勿以自勞顧樂於是往聽其法文殊白
佛可令舍利弗來入佛遥謂舍利弗前前已
作禮就坐文殊謂舍利弗於是法中何所而
尊欲入聽之聞說尊法愛樂欲聞故入欲聽
文殊言審如若所說是法實尊甚深甚深何
以故是法無有二心故所以者何非若所知
不在其中諸羅漢辟支佛亦復如是及求佛
道者何以故不可得故亦不從希望得以是
故無能在其中本清淨故諸法亦清淨舍利
弗問文殊所以羅漢不在其中文殊言婬怒
盡是爲羅漢無所住無所成當在何所中舍
利弗言故到人處不見以是故來至門但欲
聞深法故舍利弗言我從佛若從人聞其法
誠無猒極時文殊言於法無猒極如舍利弗
所語文殊問法身能有所受法不何故而無
猒極舍利弗言法身無所受其本際有所受
不舍利弗言無所受文殊答舍利弗本際無
所受故而若無猒極文殊言若本際受法汝
有猒極舍利弗言除佛所說我之所語無有
與等文殊言汝能自信其法至泥洹若自信
不至泥洹舍利弗言從本以悉般泥洹文殊
言寧自信常於是不動轉舍利弗言信復問
從何所信則答言法身無所生無所滅故知

無所動轉復問信羅漢盡無有餘無所復知不舍利弗言信從何所信其知以無所復有故無所知無所知者無所止故曰盡文殊言羅漢盡故如是何以故舍利弗言悉捨諸法無所得故文殊問汝信以恒邊沙佛般泥洹以不般泥洹舍利弗言信從何所信法身不生不死故不般泥洹文殊問信諸佛爲一佛不舍利弗言信從何所信之答曰一法身無有二故文殊問信諸所有刹土爲一刹土不舍利弗言信從何所信答言所有盡故文殊復問能信一切法無所識無所脱無所念無有證舍利弗言信從何所信無自然而知自然者故無所識無所脱無所念無有證亦不生不滅亦不見亦不有見本際無處所以故信文殊復問信法身住無所生無所滅無所止舍利弗言信從何所信之亦不是法有所生有所滅有所止以故信文殊問能信不可計法身所從出能知處不舍利弗言信從何所信答言法身者亦無婬怒癡故信之而無處復問舍利弗乃信諸法依佛依無所依等不答言信之從何所信答言無所止無所止者謂不可見之所依文殊言善哉善哉舍利弗如若之境界我悉問之若皆答其所知舍利弗語文殊今我所聞者以念不復忘佛謂舍利弗若有男子女人聞是法持諷誦讀爲一切人廣說爲解其義疾得所欲文殊語舍利弗今佛所說無有異舍利弗白佛以供養前佛者所以後者來悉得是耶是法名曰何等當云何行名曰問法身寶積持本際持無所處所持持一切諸法無所罣礙其從若聞

是者便因是法悉逮得其聞者復教詔餘人展轉相開導所以者何文少而解多佛說是經舍利弗文殊師利菩薩諸天人世間人民龍鬼神一切歡喜作禮而去

寶積三昧文殊師利菩薩問法身經

音釋

廩力稔切倉廩也　鰥古還切無婦曰鰥　萎於為切蔫也　幘側革切覆髻巾也　黼黻黼匪父切黻分勿切　霹靂霹普擊切靂郎擊切霹靂雷之急激者　搏撮搏補各切手擊也撮麄括切手挽也　狂攘狂巨王切攘如羊切狂攘急遽貌　筋舉欣切骨絡也　攣閭員切手拘攣也　噤渠禁切　摸索摸慕各切索桑各切摸索捫撫也　讒鋤銜切譖毀也　煒燁煒于鬼切燁弋輙切煒燁明盛也　机居矢切案屬　榜補曠切船師也　毳充芮切細毛布也　緻直利切密也　氍毹氍其俱切毹春朱切氍毹織毛縟也　毾㲪毾吐盍切㲪都滕切毾㲪罽屬　綩綖綩於阮切綖夷然切綩綖坐附也　鏤落候切雕刻也　葆羽葆博抱切合采羽為幢曰葆　喐咿喐於六切咿於祇切喐咿悲泣聲也　㺢挒㺢烏國切挒良傑切　飃紕招切與飄同　燼徐刃切火餘也　蠢尺尹切蟲動貌　嗓蘇朗切喉也　鬘莫還切　幄於角切覆帳也　褥如欲切裀也　氈諸延切扞毛為席也　綺帊綺墟几切文繒也帊普駕切襆也　鵰鷙鵰都聊切鷙也鷲疾救切大鵰也　鴟梟鴟赤脂切梟古堯切鴟梟惡鳥　馭牛居切乘駕也　轝羊諸切車也　噎於結切哽噎也　摣掣摣側加切手取也掣昌列切挽也　烽焞烽蒲紅切焞蒲沒切烽焞烟起貌　黔巨盐切黑也　懊於皓切恨也　愶虛業切威力相恐也　傜餘招切賦役也　溘口答切奄忽也　苫謎苫失廉切謎莫計切　燠乙六切煖也　臭尺救切穢氣也　燎力嶠切照也　潰胡對切壞也　幰許偃切車上張繒曰幰　鐸徒落切　鼈并列切　黿愚袁切　鼉徒何切　薜荔薜蒲計切荔力計切

佛說濟諸方等學經

西晋三藏法師竺法護譯

清刻龍藏佛說法變相圖

佛說濟諸方等學經

西晉三藏法師 竺法護 譯

聞如是一時佛遊王舍城靈鷲山與大比丘衆俱比丘六萬菩薩八十億摩竭國中衆優婆塞六百萬爾時世尊臨滅度時最後末年至羅閱祇初首新歲於時世尊即如其像三昧正受莊嚴於斯三千大千世界懸繒旛綵豎諸幢蓋散華燒香布諸蓮華其葉百千三千世界億梵天王各與無央數億百千眷屬往詣佛所稽首足下退住一面叉手自歸此大千界淨居身天威靈尊勢大神妙天王諸龍王鬼神王阿須倫王迦留羅王真陀羅王摩睺勒王各與無數億百千官屬往詣佛所稽首足下却住一面叉手自歸其於十方各江沙等諸佛世界神聖殊絶巍巍高節菩薩

大士來詣佛所稽首足下還住一面叉手自歸諸來會者應時周徧於此三千大千世界極於上界三十三天無有空缺間不容杖鍼不得入靡不稠密大神無極天龍鬼神阿須倫迦留羅眞陀羅摩睺勒各各住立瞻佛尊顏其身各異其心同一釋棄因緣等心歸佛爾時世尊安然庠序從三昧起三返觀察諸來衆會三返觀已三返自察師子頻申三頻申已三返出舌三出舌已三返以舌覆三千大千世界靡不周遍光明煌煌照於十方於時大聖還縮其舌重復顧眄諸來會者諸來會者僉然起住稽首作禮自歸命佛爾時世尊告於彌勒菩薩大士阿逸仁識知之正覺不乆當取滅度欲有所問今是其時應宜諮請諸有疑結志不解者前白如來無得後悔面值大聖何不決之彌勒菩薩前白佛言世尊知時明徹六通諸度無極靡不宣暢決一切疑善哉世尊隨時便宜頒宣經道令斯法目永得乆存於是大神妙天王與八十億淨居天人營從圍遶行詣佛所稽首足下叉手自歸前白佛言唯然世尊今斯經典其號名曰濟諸方等學過去諸佛如來至眞等正覺之所講說今日大聖惟當垂哀重爲散意多所愍哀多所安隱使如來法訓誨乆存時佛默然可大神妙天王所啓天王見佛默然可已退住一面爾時世尊告彌勒菩薩阿逸當知諸過去如來至眞等正覺無不講說此濟諸方等經典之要當來現在十方世界如來至眞皆亦說是其不宣斯謗佛違法毀諸聖衆所以者何若說此經有無益想謂不備悉

爲誹謗佛違失經典毀呰聖衆毀三寶者必歸地獄是故彌勒若族姓子及族姓女學菩薩乘通暢諸經衆他異法爾乃分別演衆經義若欲周備不闕文字隨正典教不自損已又仁彌勒宜當專精思惟是門然後末世攝護正法彌勒應曰唯然世尊誠如聖教當傳神旨不敢違命佛復告彌勒菩薩如來至眞其日於夜得逮無上正眞之道爲最正覺至於無餘泥洹界滅度日夜如來至眞寧有缺漏意誤忘乎宣惡念非瑕疵行耶彌勒報曰無也世尊復謂阿逸如來其夜成最正覺至滅度日所可講說皆實至誠順時應宜而無虛妄佛言或有愚人不別如來善權方便不覺眞實誠諦之言反傳狂語出意自說此事合義此義不合以是此類誹謗正道若誹謗經則爲謗佛吾謂此黨必歸地獄佛言彌勒當來末世五濁之俗餘五十歲當有四輩比丘比丘尼優婆塞優婆夷志學菩薩慕本所誓外異學意奉事如來見佛所說法律出家修爲沙門謙敬種姓其人所志唯求利養毀壞種姓貪嫉室家亂其居業面無好色志慕小意性不開解不能寬泰不壞情欲多求汲汲遠於一切諸法門行三昧正定常佳諛諂心念各異言行不同貪其種姓依有勢者見諸明智曉了法藏謂之無智已無所知自歎有慧已無聰明自歎聰明智因倚佛道建立其意等心衆生興發大哀又不忘捨善權方便依蒙佛力而已違越所講信樂於其學中或復說言若有經卷說聲聞事其行菩薩不當學此亦不當聽非吾等法非吾道義聲聞

所行也修菩薩者慎勿學彼辟支佛法亦復如是慎莫聽之佛語阿逸佛爲信樂開化諸天隨時說法教諸龍神阿須倫迦留羅眞陀羅摩睺勒揵沓和人與非人隨其本行志所應脫說法開化普至十方各江沙等導利衆生各隨本行隨宜當度利益衆生因斯志操須宣經道度脫一切皆使得道佛告彌勒當是世時菩薩學中志自懷結諸菩薩中剛强難化弊惡兇暴妄言兩舌尠聞智少宣傳佛道別爲兩分欲爲菩薩當學此法不當學是而懷是心誹謗於佛毀呰經典鬬亂聖衆壽終身散便墮地獄在彼見者當經無數劫痛罪猶不畢從地獄出當復還生貧匱之門所當經歷衆難之患極遠難量乃得受決雖得受決在五濁世乃成爲佛亦如我今遭難長遠無央數劫在五濁世成最正覺若聞其言而信聽受篤信思惟從其教者亦當如是歸於惡趣所以然者信惡親友故遭此患佛告阿逸過去久遠不可計劫爾時有佛號離垢焰成就功德如來至眞等正覺出現於世八十姟歲爲諸衆生頒宣經道時有比丘名淨命爲法都講宣若干教言辭柔和辯才至眞勸助發起無央數人顯揚等教多所歡悅時離垢成就功德如來囑累淨命比丘於後末世當護正法囑累已後乃取滅度如來至眞滅度之後彼比丘於億歲執法品宣佛教因得普入濟諸方等經典之要宣傳道化發起一切順諸衆生本心所樂應當解者而分別之周旋往返八萬城邑觀察衆生本願發意令得飽滿除去飢虛衆情之難於彼世時有

大國城名曰仁賢有八十億衆民居中亦觀根源而爲説法於時城中八十億家欣然受教化一億家發菩薩意七十九億立聲聞乘於是淨命比丘與萬菩薩同心俱往詣修道處出去未久時有比丘名曰爲法往來周旋遠他鄉來在仁賢城奉持方等千餘經卷現得四禪自以爲遠淨命比丘學方等經十四億卷及修餘經六百萬卷時爲法比丘在仁賢城唯但宣散一品法教不知隨時觀其本行講説經法也不能覺了達諸法界專以空法而開化之言一切法空悉無所有所可宣講但論空法言無罪福輕蔑諸行復稱已言如今吾説悉佛所教淨命比丘所可演者倚著雜碎志性不清爲人穢濁誰本爲彼比丘作字號淨命者實不清淨所以者何受取衆

華已而服食之亦受名香諸雜塗香亦服食之彼學愚冥癡無所知吾身學來久修梵行彼適新學而受其戒從來未久勿得信之又其比丘放逸自恣衆人横敬一心悦豫歸淨命比丘其法比丘作是謗毀宣其惡行衆人不信不從其教其法比丘用懷毒心誹謗智士壽終之後墮地獄中竟八十劫用誹謗佛毀呰正法在地獄中七十劫已加六十劫迷荒失志盡斯數已乃還前世本發道意香寶光明如來佛所其佛爲講更説法義勸發道意墮畜生中九百萬世後生人間六百萬世常遭貧厄所生之處常瘂無舌然於後世見六十三姟諸佛正覺在諸佛所常爲法師世世所生普成五通皆爲諸佛所見教勑悉解諸法説清淨義佛告阿逸欲知爾時淨命比

丘豈異人乎莫作斯觀所以者何是阿彌陀佛也其法比丘則我身是吾於彼世所更如是佛告阿逸衆事諸法難了難了義微如是吾以是故於五濁世得成正覺佛言阿逸若有菩薩説兩品法因是之故在五濁世當成佛道又其佛土多有諸魔數數興亂成佛道時若宣經法亦嬈亂之當爾之時諸來衆會咸皆嗅咿流淚于面各自説言莫令學人宣二品法講説經義勿令偏黨專愚放恣自是惡彼如法比丘爲諸比丘及在家學所分别説説是非法時彼會中有百菩薩尋從座起避席坐歔欷流淚於時世尊知此菩薩心念本末故復發問諸族姓子何故坐地歔欷流淚即白佛言我等世尊各自識察犯此殃釁佛言如是如是族姓子等所察念也錠光佛

時有一菩薩名曰智積佛滅度後逮爲法師諸賢者等求其缺漏從是已來未曾復與諸佛相見不識道心不得總持不逮三昧諸族姓子前世之時亦與我俱同發道意又族姓子是跋陀劫最後有佛名曰樓油當於彼世乃能逮得無所從生法忍然後三阿僧祇劫逮致無上正真之道爲最正覺是故族姓子菩薩菩薩展轉相見莫生異心相求短也若見菩薩當自念言令吾覩佛寺見佛正覺佛立吾前假使族姓子若有菩薩見餘菩薩發起異心視不如佛則自毀損由是之故莫懷瞋恨其見初發菩薩心者視不如佛輙爲侵欺諸佛世尊於今現在不可計數無限世界又族姓子今佛預覩將來末世餘五十歲有得總持若逮三昧皆是如來威神所致故族

姓子若誹謗法師求其短者爲謗如來如來滅度後若有曉了隨時之宜從衆生心本所信行而爲說法若於衆會有菩薩學一發意頃衣毛爲竪一返聞經尋即諷誦則當知之如來聖旨之所接也於彼世時有愚戇士無菩薩行自謂菩薩在諸菩薩亾竪自用分別經典譸張匿功獨謂已達以爲二行常自說言此人何知此何所解佛告彌勒我身現在所宣頌教行佛道時布施頭目肢體肌肉妻子國邑佛悉識念以一頌故布施天下是等愚惑求獲利養不往敬佛宣道教者不隨佛教違失道節佛言阿逸當以清和可奉此法不以諍訟阿逸且觀此黨衆生習隨瑕疵發起瞋恨不熟思惟識達義故也如吾所修成最正覺宣傳佛慧而爲說法便當說言莫傳此教於彼世時利供養故其法比丘講說方等千餘經卷興發四禪因是乃致如此艱難何況妄說違失義理不順道教若有比丘奉方等教宣方等藏欲發道心返更興心誹謗法師則爲誹謗諸佛經典甚懷慢恣求其瑕缺佛不謂此得至究竟盡生死源是等之類必墮地獄所以者何若有求取法師短者則爲嫌佛患猒經法其輕法師則不敬佛若不欲覩於法師者其人則爲不欲見佛若毀法師爲毀諸佛若興害心念初發意菩薩惡者從其發心害意諸無數劫若干劫失其道意以其惡眼視菩薩數更若干世世世生盲從本字數口宣誹謗說法師惡更若干劫瘖瘂無舌佛告阿逸佛普觀察見諸菩薩不因餘法速隨惡趣唯由惡心向餘菩薩想吾我人

貪住求法故墮惡趣佛言阿逸如來不謂宣傳經典隨顛倒教念在生死自恣放逸住我人想行若干法爲是菩薩因是之故故墮地獄是故阿逸菩薩遵習六波羅蜜能成佛慧無上正眞或有愚人口自宣言菩薩惟當學般若波羅蜜其餘經者非波羅蜜說其知之於阿逸意所趣云何本時國王所以持頭施與人者爲無智乎彌勒答曰不也世尊佛本所修六波羅蜜所爲至誠眞實行乎爲不行是得佛道耶彌勒報曰不也世尊佛語阿逸仁本宿世具六十劫行檀波羅蜜尸羼惟逮所修禪定般若波羅蜜亦復如是各六十劫而愚戇等各自發言當以一品行般若波羅蜜至於佛道奉隨顛倒無所慕樂是等之類雖口有言行不清白虛言反教常行倚著希望於空不肯作行但口發言以爲第一雖行甚遠貪妬懷嫉敬重種姓親屬知識吾本寧以頭施於人不用轉輪聖王之位斯等貪着衣食利養入他家居當說此言行道如是如是行者其理如是無復異義多有法師不了斯教利供養故多生害意念法師惡佛言阿逸佛不以是貪愛其命無道愚夫爲學道也正使百劫不得柔順法忍也況當獲致至佛道乎佛言阿逸行諛諂者悋惜貪嫉不行恭恪無有明智懷妬種姓造二品行爲求道也斯愚人等自謂智明想勝佛慧所以然者橫自發言如來說法言辭不爾是聲聞事佛亦不說聲聞之法爾時佛告賢者須菩提般若波羅蜜其源爲一無二行乎須菩提白曰唯然天中天又問須菩提菩薩所行捨衆妄想

無所著乎唯然世尊復問須菩提菩薩所修棄諸馳騁無放逸乎唯然世尊佛告須菩提豈見學士已不自修不知羞慚欲得希望功勲之報當致貧厄欲求勢姓慕得援助何甚愚哉佛復告阿逸菩薩假使聞說一切諸法皆聲聞法不當恐怖一切諸法皆緣覺法一切諸法皆爲佛法不當恐怖莫懷希望有所倚著一切諸法皆凡夫法一切諸法皆塵勞法設聞是言不當恐怖一切諸法皆瞋恚法一切諸法無瞋恨法設聞是言不當恐怖若有所受若無所受作與不作覆不覆清不清有心無心有念無念有罪無罪有福無福有報無報有安無安有脫無脫精進懈怠有行無行修賢聖法無賢聖法寂然不寂然受與不受至誠虛詐順念不順念住與不住於此

諸法永無所畏佛本學時在佛樹下所逹諸法成最正覺暢解一切衆生境界悉無顛倒曉了諸法皆爲自然不著無處故爲世人分別說此如來至眞不名諸法亦無所諍菩薩以故逮致聖光無極法曜興發總持稱舉法印爲諸法故無所上下佛語阿逸佛以法故爲四方域頒宣經道衆生各念如來爲我如是比類演出經義至二十四阿迦膩吒天次復開化第二方域至二十四天三千大千世界亦復如是衆生皆念如來生此而轉法輪講說經法如是比像無數方便至無央數無際世界開化衆生吾於明旦所周旋處興作佛事不可限量日中晡時亦復如是如來至眞常爾不廢目無蔽礙普見一切衆生境界一切佛土如是無限諸佛部界其亦然矣菩

薩皆當學如此義住在諸法妄想之處而開化之其住諸佛有所希望則以住在誹謗諸佛其以住在誹謗諸佛彼則住在墮於險谷其墮險谷則墮惡趣其住惡趣則住諸法諍訟之處是故阿逸當護如來善權方便佛自隨時說此法耳於是文殊師利告超聚福菩薩不虛見菩薩一辯心菩薩善了說心菩薩呵辯菩薩喜王菩薩離恐毛竪無畏行菩薩心願無量佛土菩薩光世音菩薩衆香首菩薩除諸陰蓋菩薩不置遠菩薩合百千德菩薩威神音菩薩心不捨諸慧菩薩宣名稱幢英菩薩念求諸義菩薩行不離佛界菩薩超月殿威灼灼菩薩嚴諸大界菩薩文殊師利告於此等二十菩薩復白佛言如是如是世尊誠如聖教吾詣東方過是六十江沙諸佛剎土禮諸世尊聞所說法亦如今日西南北佛土四維上下亦復如是遊觀七日轉復前行不見餘佛尋復還返來至此土稽首聽經爾時世尊告文殊師利仁且觀此如來聖慧無量若茲諸佛境界不可思議巍巍如是如來所入等無有侶靡不周悉或有愚騃不識義理趣自說言般若波羅蜜如來所行是諸如來無極修教餘經皆非佛語文殊菩薩行者無合會行乃是開士正真之行無等倫行則菩薩行無所受行爲菩薩行無所著行亦無不著是菩薩行如是文殊菩薩所行爲無輕慢吾已隨時分別宣法諸法難見亦難曉了是故文殊諸賢一切當修寂然無放逸行順從開士堅固之行常懷慈心不爲瞋害以住諸法修等行者則從佛教佛無數劫遵習

此道以權方便而須宣之有無智人各懷異意墮大艱難當與譏論謗訕經道非如來所宣毀呰法者不覺微失坐不護口或自心念是事佳快或謂不快故誹謗法已誹謗法則誹謗佛已誹謗佛則毀聖衆口横説言是事爲應是事不應如是言者爲誹謗法爲諸菩薩講説此事爲諸聲聞演如是教口説此言爲誹謗法諸菩薩等當學此法當捨此法不當習學也妄説如此爲誹謗法其有辯才其不辯才其性便利其性訥鈍妄有譏呵説經如是爲誹謗法若以宣言值佛世時可得總持不值佛世不得總持爲誹謗法雖以修行逮得總持未必清淨若説如是爲誹謗法求法師短瞻其法則所行缺漏爲誹謗法不信法師所行具足假使法師不應威儀爲誹謗法宣於法師放逸之業馳騁由已不能專一爲誹謗法禮節不備失經違節非所奉戒擾擾兇兇爲誹謗法所宣義理其明不廣妄有所講爲誹謗法言語不了辯才不暢欲傳道教爲誹謗法本學不勤所知甚尠明不廣遠欲宣道教爲誹謗法心自念言其不知限不了隨時當教開化達令至義爲誹謗法興發想念不護佛教懷抱危害爲誹謗法各護一卷文字經教各是所學諍經失義爲誹謗法各頌一偈諍其義理自説是非爲誹謗法其有信樂其不篤道其當得脱其不得脱爲誹謗法若講法時所言各異反其義理非其所講故來亂坐談語説事爲誹謗法是人應行是不應行其爲隨順其不隨順爲誹謗法其以隨時其不知時違失義理不從道節爲誹

謗法佛告文殊師利諸聲聞衆有所懷畏分別説者諸菩薩等聰明辯才有所頒宣皆承如來威神聖旨佛言文殊如來道教隨時之宜所誓如是斯等愚夫唯念毀呰求其長短不從佛教反非如來所念法師而譏謗之是等悉爲魔之所亂倚求利養故發此意當歸惡趣將護居家所依善友反不愼護住如來教倚其尊勢有勢位者王者長者梵志若使有人難問義者誦説義理咸共歎言善説此事所知佳快如佛所説所可須宣極有義理僉然勸助由是勸助墮誹謗法同等群黨出入進退然後及已俱墮惡趣佛復告文殊師利若有菩薩倚著諸行我不謂此爲菩薩也佛言阿逸其依種姓有豪居位佛不謂此爲清淨也其有宣傳兩品經義言行各異佛不謂此當得解脫必歸地獄假使有人專一品説謂義趣是莫能過者佛不謂此越度惡趣衆患之難其多辭説樂於衆鬧佛不謂此應清白行佛語文殊佛所須宣理諸顛倒進退法門如江沙等所宣法門樂著空者其數多少亦如江沙爲諸妄想而計有人宣法門教其限多少亦如江沙衆生亦如無相之業諸有相原無願之業諸有願本爲説法門亦如江沙有人無人有命無命有壽無壽有欲無欲有貪無貪有爲無爲其人慇懃隨從計常其不慇懃但念斷滅是樂隨俗是爲度世其貪欲門其瞋恚門其愚癡門如來皆使除此諸門故説法門矣佛語文殊若有修行平等之宜永無所著一切皆應般若波羅蜜教若有講説慧各各異心在見聞演不如慧則謗

如來也於是文殊師利復問佛言唯然世尊此等之類爲從惡友誤啓受教乃能興發如是譏謗以何方便現世自責能除罪法世尊即告文殊師利假使此人於七歲中晝夜各三悔過自責然後乃除所造謗罪微微消化當復會更十五劫行乃逮法忍佛言文殊菩薩習此經典之要不能曉了而妄宣傳欲解其事甚難得度文字之法散義不暢是故菩薩先善諦學然後能宣如是學者不自傷損佛言文殊菩薩有四法曉了諸行何謂爲四一曰等心慇於衆生二曰等解諸法而無偏黨三曰等於道義不倚邪正四曰所說平等不懷妄想是爲四若不解此四平等妄有所說則自傷損若族姓子及族姓女逮住四法不自傷損何謂爲四一曰不懷害心加於衆生二曰不與法師而共諍訟三曰已身少明不毀他人博達慧者四曰心自念言此一切義皆佛所說故當敬奉謙下恭順是爲四法不自傷損佛言文殊若有菩薩於江沙諸佛剎土滿中七寶如江沙劫一切供養十方諸佛日日各爾布施奉佛而不休息若復受此濟方等學經典之要書著竹帛一返宣說其福過彼供養諸佛所以然者布施持戒忍辱精進一心智慧皆不能及斯人善業濟方等學經典之要菩薩學是德無等倫獨步無侶說是經時三十江河沙等菩薩皆悉得無所從生法忍七十江河沙等菩薩普悉得立不退轉地當成無上正真之道六十億姟百千衆人生在於此三千大千國者聞是經典咸共勸助悉發道意僉然意解越八十劫生死

之難亦皆一時得不退轉佛説如是諸比丘及菩薩一切衆會天龍鬼神揵沓和阿須倫世間人民聞佛所説莫不歡喜作禮而去

佛説濟諸方等學經

音釋

鍼職深切與針同　眄莫甸切邪視也　瑕疵瑕胡加切玷也疵才支切黑纇也　訑諂訑羊朱切面從也諂丑琰切佞言也　揵沓和梵語也此云香陰揵巨言切和胡戈切　尠息淺切少也　蔑莫結切輕易也　噢於六切噢咿悲泣聲　歔欷歔朽居切欷香依切歔欷謂泣咽而抽息也　舋許覲切隙也　戇陟降切愚也　譸張譸竹尤切譸張誑也　瘖瘂瘖於金切瘂烏下切瘖瘂病不能言也　孱初限切　騁丑郢切馳騁奔走也　晡博胡切申時也　騃五駭切癡也　訕所晏切謗也　訥奴骨切言難也

大乘方廣總持經

隋天竺三藏毗尼多流支譯

清刻龍藏佛說法變相圖

大乘方廣總持經

隋天竺三藏毗尼多流支譯

如是我聞一時佛在王舍城耆闍崛山中與大比丘衆六萬二千人俱菩薩摩訶薩八十億衆摩伽陀國優婆塞六十億百千人爾時世尊夏安居已臨涅槃時入如法三昧入三昧已是時三千大千世界普徧莊嚴懸繒旛蓋置寶香瓶衆香塗飾處處徧散千葉蓮華爾時此三千大千世界億百千衆諸梵天王及億百千眷屬來詣佛所到佛所已頭面禮足合掌向佛却住一面復有億百千淨居天子自在天王大自在天王龍王夜叉王阿修羅王迦樓羅王緊那羅王摩睺羅伽王各與億百千眷屬來詣佛所到佛所已頭面禮足合掌向佛却住一面爾時十方如恒河沙大

威德菩薩摩訶薩來詣佛所到佛所已頭面禮足合掌向佛却住一面爾時此三千大千世界乃至有頂皆悉來集大衆充滿間無空處爾時復有餘大威力天龍夜叉乾闥婆阿修羅迦樓羅緊那羅摩睺羅伽等皆來集會爾時世尊正念現前從三昧起徧觀大衆欠呿頻申如師子王如是至三爾時世尊從其面門出廣長舌徧覆三千大千世界是時如來現神通已復觀大衆爾時一切大衆即從座起合掌作禮默然而住爾時佛告彌勒菩薩摩訶薩言阿逸多如來不久當入涅槃汝於諸法有所疑者我今現在欲有所問今正是時佛滅度後勿生憂悔爾時彌勒菩薩摩訶薩白佛言唯然世尊善自知時諸佛如來於一切法皆悉究竟惟願宣說令此法眼久住於世爾時會中有大自在天子及八十億淨居天衆眷屬圍遶頂禮佛足合掌恭敬而白佛言世尊此大乘方廣總持法門過去無量諸佛如來應供正徧知已曾宣說惟願世尊今復敷演利益安樂無量人天能令佛法久住世間爾時世尊默然而許是時大自在天子知佛許已歡喜踊躍合掌作禮却住一面爾時佛告彌勒菩薩摩訶薩言阿逸多此大乘方廣總持法門非我獨說過去未來及今現在十方世界無量諸佛亦常宣說若有衆生於佛所說言非佛說及謗法僧而此謗者當墮惡道受地獄苦爾時佛告彌勒菩薩摩訶薩言若有善男子善女人發菩提心於此大乘方廣總持經典受持讀誦復爲人說當知是人不墮惡道爾時世尊復告彌勒菩

薩摩訶薩言阿逸多我從成佛夜乃至將入無餘涅槃於其中間佛身口意所作所說所念所思惟頗有妄失起惡業不彌勒菩薩言不也世尊佛言彌勒如汝所說我從成道乃至涅槃於其中間所言所說皆悉眞實無有虛妄若有愚人不解如來方便所說而作是言是法如是是法不如是誹謗正法及佛菩薩我說是輩趣向地獄佛言阿逸多於我滅後五濁世中若有比丘比丘尼優婆塞優婆夷實非菩薩自謂菩薩是外道人曾於過去供養諸佛發願力故於佛法律而得出家隨所至處多求親友名聞利養恣行穢汙棄捨信心成就惡行不自禁制不自調伏貪諸利養於一切法門及出生堅固三昧皆悉遠離實無所知爲親屬故妄稱知解住於諂曲口說異言身行異行阿逸多我菩提道於一切衆生皆悉平等安住大悲以善方便正念不忘如來安住無等等力無障無礙而爲說法若有衆生作如是言佛爲聲聞所說經典諸菩薩等不應習學不應聽受此非正法此非正道辟支佛法亦不應學復作是言諸菩薩等所修行法聲聞之人亦不應學不應聽受辟支佛法亦復如是復作是言諸菩薩等所有言說聲聞辟支佛不應聽受彼此言行更相違背不與修多羅相應於如實說眞解脫法不能信受依彼法者不得生天何況解脫阿逸多我今說法隨其信心而調伏之如恒河沙阿逸多我今欲往十方世界隨順說法利益衆生不爲實非菩薩而作菩薩相者亦不爲毒惡欺誑少聞之人於我法中作二說

者其二說人或作是言是菩薩應學是不應學謗佛法僧是人身壞命終墮於地獄多百千劫不可得出設令得出生貧窮家至於後時雖得受記五濁惡世成等正覺如我今日於是生死五濁世中成於佛道以是因緣汝應諦聽應當信知隨順惡友所行如是阿逸多我念過去無央數劫彼時有佛名曰無垢焰稱起王如來應供正徧知明行足善逝世間解無上士調御丈夫天人師佛世尊出現於世是時彼佛壽命八萬那由他歲爲衆說法爾時無垢焰稱起王如來法中有一比丘名曰淨命總持諸經十四億部大乘經典六百萬部爲大法師言辭清美辯才無礙利益無量無邊衆生示教利喜爾時無垢焰稱起王如來臨涅槃時告彼比丘淨命言未來世

中汝當護持我正法眼爾時淨命受佛教已於佛滅後千萬歲中守護流通諸佛祕藏於此方廣總持法門受持讀誦深解義趣於彼世界八萬城中所有衆生隨其願樂廣爲宣說爾時有一大城名曰跋陀往彼城中爲八十億家隨其所樂而爲說法是時城中八十億人獲淨信心一億人衆住菩提道七十九億人住聲聞乘而得調伏爾時淨命法師復與十千比丘衆相隨俱往修菩提行爾時跋陀城中復有比丘名曰達摩於大乘經方廣正典受持千部獲得四禪唯以方廣空法化彼城中一切衆生不能以善方便隨欲而說作如是言一切諸法悉皆空寂我所說者眞是佛說彼淨命比丘所說雜穢不淨此比丘實非淨命而稱淨命何以故而此比丘所受

諸華不持供養而自受用塗香末香亦復如是淨命比丘愚癡無智不能知我久修梵行彼既年少出家未久我慢無信多諸放逸是諸人等無所知曉謂是淨命持戒比丘爾時達摩以其惡心謗持法者身壞命終墮於地獄經七十劫具受衆苦滿七十劫已墮畜生中過六十劫後值遇香寶光佛於彼法中發菩提心於九萬世猶生畜生中過九萬世已得生人中於六萬世貧窮下賤恒無舌根其淨命比丘於諸法中得淨信心爲人說法彼於後時得值六十三那由他佛恒爲法師具足五通勸請彼佛轉妙法輪阿逸多汝今當知過去淨命比丘者豈異人乎莫作異觀今阿彌陀佛是阿逸多汝今當知過去達摩比丘者豈異人乎莫作異觀今我身是由我過去愚癡無智毀謗他故受苦如是我以此業因緣故處五濁世成等正覺是故阿逸多若有菩薩於諸法中作二說者以是因緣後五濁世成於佛道其佛國中有諸魔等於說法時恒作障難爾時大衆聞佛說已皆悉悲泣涕淚交流俱發是言願於佛法莫作二說如達摩比丘爾時會中有百菩薩即從座起右膝著地悲號墮淚爾時世尊知而故問彼菩薩言善男子汝等何爲悲號如是爾時諸菩薩等異口同音俱白佛言世尊我等自觀亦應有此諸惡業障爾時世尊作如是言如是如是汝亦曾於過去然燈佛所在彼法中出家修道是然燈佛滅度之後時有比丘名曰智積汝等爾時謗是比丘因是已來不得見佛不能發菩提心不得陀羅尼及諸三昧後

共汝等同時安住菩提之道汝等善男子此賢劫最後佛所當獲無生法忍復於後時過三阿僧祇劫行菩薩道當得阿耨多羅三藐三菩提是故善男子若菩薩見餘菩薩不應生於彼此之心當如塔想如見佛想是故菩薩見餘菩薩莫作異念謂非佛想若起異念爲自侵欺當受持此莫作異想共相和合我今觀初發心菩薩不如佛想者我便欺誑十方現在一切無量阿僧祇諸佛是故善男子菩薩未來於五濁世中得陀羅尼三昧者一切皆是佛之威力是故善男子若有誹謗其法師者即爲謗佛等無有異善男子佛滅度後若有法師善隨樂欲爲人說法能令菩薩學大乘者及諸大衆有發一毛歡喜之心乃至暫下一滴淚者當知皆是佛之神力若有

愚人實非菩薩假稱菩薩謗眞菩薩及所行法復作是言彼何所知彼何所解彌勒我憶過去於閻浮提學菩薩時愛重法故爲一句一偈棄捨所愛頭目妻子及捨王位何以故以求法故如彼愚人專爲名聞躭著利養自恃少能不往如來傳法人所聽受正法彌勒若彼此和合則能住持流通我法若彼此違諍則正法不行阿逸多汝可觀此謗法之人成就如是極大罪業墮三惡道難可出離復次彌勒我初成佛以妙智慧廣爲衆生宣說正法若有愚人於佛所說而不信受如彼達摩比丘雖復讀誦千部大乘爲人解說獲得四禪以謗他故七十劫中受大苦惱況彼愚癡下劣之人實無所知而作是言我是法師明解大乘能廣流布謗正法師言無所解亦

謗佛法而自貢高若彼愚人於佛大乘乃至誹謗一四句偈當知是業定墮地獄何以故毀謗佛法及法師故以是因緣常處惡道永不見佛以曾誹謗佛法僧故亦於初發菩提心者能作障礙令退正道當知是人以大罪業而自莊嚴於無量劫身墮地獄受大苦報以惡眼視發菩提心人故得無眼報以惡口謗發菩提心人故得無舌報阿逸多我更不見有一惡法能過毀破發菩提心罪之重也以此罪故墮於惡道況復毀謗餘菩薩等若有菩薩爲諸衆生能如實說不起斷常言諸衆生定有定無亦不專執諸法有無阿逸多學菩薩者應如是住如是住者是諸菩薩清淨善業凡所修習皆不取著若有衆生起執著者當知是人生五濁世復有菩薩善隨根欲能爲衆生種種說法阿逸多菩薩如是具足修行六波羅蜜乃能成就無上菩提彼愚癡人信巳自執作如是說菩薩唯學般若波羅蜜勿學餘波羅蜜以般若波羅蜜最殊勝故作是說者是義不然何以故阿逸多往昔迦尸迦王學菩薩時捨所愛身頭目髓腦爾時此王豈無智慧彌勒白佛言世尊誠如聖說實有智慧佛告阿逸多我從昔來經無量時具足修行六波羅蜜若不具修六波羅蜜終不得成無上菩提如是世尊佛告阿逸多如汝所說我曾往昔於六十劫行檀波羅蜜尸羅波羅蜜羼提波羅蜜毗梨耶波羅蜜禪那波羅蜜般若波羅蜜各六十劫彼愚癡人妄作是說唯修一般若波羅蜜得成菩提無有是處彼懷空見故作如是不淨說法作此

說者身口意業與法相違雖解空法爲人宣說而於空法不如說行以無行故去空義遠心懷嫉妬深著利養踰於親戚阿逸多我於往昔作轉輪王捨諸珍寶頭目手足猶不得成無上菩提況彼愚人爲飲食故緣歷他家有所宣說唯讚空法言已所說是菩提道是菩薩行唯此法是餘法皆非復作是言而我所解無量法師悉皆證知彼爲名聞自讚已能憎妬明解阿逸多我見彼心規求利養以自活命雖有善行經於百劫尚不能得少法忍心何況能成無上菩提阿逸多我不爲心口相違誑惑之人而說菩提不爲嫉妬之人而說菩提不爲憿慢不敬之人而說菩提不爲無信之人而說菩提不爲不調伏人而說菩提不爲邪婬之人而說菩提不爲自是非他之人而說菩提阿逸多彼愚癡人以我慢故自謂勝佛謗佛所說大乘經典言是聲聞小乘所說爾時佛告尊者須菩提不應爲二見人說般若波羅蜜須菩提白佛言唯然世尊如佛所說佛言如是須菩提以無著心施是名菩提須菩提言如是世尊佛言須菩提不自讚毀他施是名菩提須菩提言如是世尊佛言須菩提汝觀愚人起我我見無慚無愧爲愛親戚貪求活命好受他施當知是人專造惡業復次阿逸多菩薩於一切法於一切菩薩法莫生恐怖於一切辟支佛法亦莫恐怖於一切聲聞法亦莫恐怖於一切凡夫法亦莫恐怖於一切煩惱法亦莫恐怖於一切盡法亦莫恐怖於難精進亦莫恐怖於是於非亦莫恐怖於作不作亦莫恐怖於畏不

畏亦莫恐怖於有於無亦莫恐怖於心非心亦莫恐怖於覺不覺亦莫恐怖於業非業亦莫恐怖於善不善亦莫恐怖於安不安亦莫恐怖於解脱不解脱亦莫恐怖於修不修亦莫恐怖於法非法亦莫恐怖於靜於亂亦莫恐怖於假於實亦莫恐怖於信不信亦莫恐怖於善念不善念亦莫恐怖於住不住亦莫恐怖如是菩薩於一切法莫生恐怖阿逸多我於往昔修如是等無畏法故得成正覺悉能了知一切衆生心之境界而於所知不起知想以我所證隨機演説能令聞法諸菩薩等獲得光明陀羅尼印得法印故永不退轉若於此法不如實知言無善巧終不得成無上菩提阿逸多我爲四天下衆生説此法時是諸衆生以佛神力各自見釋迦如來爲我説法如是次第乃至阿迦尼吒天彼諸衆生亦謂如來唯爲我説如一四天下乃至三千大千世界亦復如是此諸衆生咸作是念釋迦如來獨生我國唯爲於我轉大法輪阿逸多我以如是大方便力能於無量無邊世界常於晨朝徧觀衆生所應化者而爲説法於中及暮恒以法眼等觀衆生於彼世界而爲衆生説一切法如是無量諸佛境界所有衆生學菩薩者應如是修若彼愚人於佛所説謗非正法妄執自解用爲眞實若謗法者則不信佛以此惡業墮於地獄具受衆苦永不聞法復次阿逸多汝當受持如來密教以善方便廣爲人説爾時文殊師利童子福光平等菩薩現無疑惑菩薩定發心菩薩妙心開意菩薩光明菩薩歡喜王菩薩無畏菩薩心

念徧到無邊佛刹菩薩觀世音菩薩香象菩薩滅一切惡業菩薩住定菩薩百千功德莊嚴菩薩妙音遠聞菩薩一切智不忘菩薩大名遠震寶幢莊嚴菩薩求一切法菩薩住佛境界菩薩月光莊嚴菩薩一切世間大衆莊嚴菩薩如是等菩薩摩訶薩白佛言世尊如是如是誠如聖說我等於此東方過六十恒河沙佛刹於諸佛所恭敬禮拜一一佛刹唯見釋迦如來出現於世我等於其七日之中徧遊十方亦見釋迦如來出現於世不覩餘佛徧遊歷已還歸本土聽受正法爾時佛告文殊師利童子汝今諦觀如來智慧不可思議如來境界亦不可思議如是無等等是如來法彼愚癡人作如是說唯一般若波羅蜜是如來行是菩薩行是甘露行佛告文殊師利作此說者與法相違何以故菩薩行法具足甚難無著行是菩薩行無我我行是菩薩行空行是菩薩行無相行是菩薩行文殊師利如是等行是菩薩行學菩薩者如是受持若彼愚人心懷邪見當知是人不了我法文殊師利汝等諸菩薩守護身口於不善法勿令放逸堅固其心使不退轉爲諸衆生具足說法亦當自身住於法中我從久遠阿僧祇劫具足成就無上菩提以善方便廣爲人說令諸衆生遠離惡趣文殊師利若有愚人謗微妙法即是謗佛亦名謗僧又作此說此法是彼法非如是說者亦名謗法此法爲菩薩說此法爲聲聞說作是說者亦名謗法此是菩薩學此非菩薩學作是說者亦名謗法復作是言過去佛已滅未來佛未至現在佛無

住唯我獲得陀羅尼法作此說者亦名謗法以謗法故言得陀羅尼者是不淨法於真法師毀謗所修復謗法師雖有解慧不如說行復謗法師行違於道復謗法師身不持戒復謗法師心無智慧復謗法師意無明解復謗法師言無辯了復於如來所說文字心無信受復作是言此修多羅是此修多羅非此偈經是此偈經非此法可信此法不可信見正說者妄作異論於聽正法者爲作留礙此是行此非行此成就此非成就此是時此非時諸如此說皆名謗法復次文殊師利若聲聞說法若菩薩說法當知皆是如來威神護念力故令諸菩薩等作如是說文殊師利如彼愚人於佛現在猶生誹謗況我滅後受持我法諸法師等而不被謗何以故魔眷屬故當知是人墮於惡道如彼愚人貪求利養以活親屬於如來法心無信念而復破壞如來教法彼人親戚以朋黨心往婆羅門家及長者所作如是說讚彼愚人於法於義能知能解明達根欲善爲人說受他信施曾無慚愧以謗法故身及眷屬俱墮地獄文殊師利我終不爲無信之人說菩薩行亦不爲貪著在家之人說清淨法不爲二見之人說解脫法不爲一見之人說出世法不爲樂世之人說真淨法文殊師利我於恒河沙等法門以無著心爲人演說又於恒河沙等法門以有著心爲衆生說若有樂空衆生爲說空法若有樂智衆生爲說智法若有樂無相衆生爲說無相法若有樂有相衆生說有相法若有樂慈衆生爲說慈法若有樂因緣衆生說因緣法

若有樂無因緣衆生說無因緣法此是有威儀法此是無威儀法此是空法此是有法此是有爲法此是無爲法此是攝受法此是覆蓋法此是凡夫法此是聖人法此是色法此是不善法此是愚人法此是定法佛告文殊師利如是等一切法是般若波羅蜜道彼愚癡人在所言說不依如來眞淨敎法謗佛正法爾時文殊師利童子白佛言世尊如佛所說如是愚人以近惡友現身起謗如是世尊以何因緣能免斯咎佛告文殊師利我於往昔七年之中晝夜六時懺悔身口及與意業所作重罪從是已後乃得清淨經十劫已獲得法忍文殊師利當知此經是菩薩乘未覺悟者能令覺悟聞說此經若不信受以此謗因墮於惡道是諸菩薩明受我法然後乃可

爲人宣說如是受持能遠惡趣佛告文殊師利有四平等法菩薩當學云何爲四一者菩薩於一切衆生平等二者於一切法平等三者於菩提平等四者於說法平等如是等四法菩薩當知是四種法菩薩知已爲衆生說若有信者遠離惡趣若不信者當墮惡道若有善男子善女人住此四法當知是人不墮惡趣復有四法云何爲四一者於諸衆生心無退轉二者於諸法師而不輕毀三者於諸智人心不生謗四者於諸如來一切所說恒生尊重如是四法若有善男子善女人能善修學終不墮於諸惡趣中復次文殊師利菩薩以恒河沙等諸佛刹土滿中七寶於恒河沙劫日日奉施恒河沙等諸佛世尊若有善男子善女人能於如是大乘方廣微妙經典

乃至一句一偈讀誦三徧所獲功德勝前布施所得功德若有誦持此經典者所獲功德倍多於彼設復有人修行布施持戒忍辱精進禪定智慧六波羅蜜所得功德亦不能及文殊師利如此經典名義廣大無與等者汝諸菩薩摩訶薩應善修學受持讀誦廣爲衆生分別解說爾時一切大衆乃至十方諸來菩薩摩訶薩等俱白佛言世尊如是如是如佛所說我等受持說此法時三十恒河沙諸菩薩等得無生法忍七十恒河沙諸菩薩等於阿耨多羅三藐三菩提得不退轉復有六十三億百千那由他三千大千世界一切大衆聞佛所說心生歡喜於八十劫度生死流復於阿耨多羅三藐三菩提得不退轉經六十三劫已具足成就無上菩提彼諸菩薩及一切大衆天龍夜叉乾闥婆阿修羅迦樓羅緊那羅摩睺羅伽人非人等聞佛所說皆大歡喜作禮奉行

大乘方廣總持經

音釋

欠呿（呿丘加切欠呿謂氣壅滯欠呿而解也）誑（古況切詐也）慠（疑到切倨也）

太子須大拏經

乞伏秦三藏法師釋聖堅譯

清刻龍藏佛說法變相圖

太子須大拏經 出六度集經第二卷

乞伏秦三藏法師釋聖堅譯

聞如是一時佛在舍衛祇洹阿難邠坻阿藍時與無央數比丘比丘尼優婆塞優婆夷俱在四部弟子中央坐時佛微笑口中五色光出阿難從座起整衣服叉手長跪白佛言我侍佛以來二十餘年未甞見佛妄笑如今日也今佛爲念過去當來今現在佛乎獨當有意願欲聞之佛語阿難我亦不念去來今佛也我自念過去無央數阿僧祇劫行檀波羅蜜事耳阿難問佛言何等爲行檀波羅蜜事佛言往昔過去不可計劫時有大國名爲葉波其王號曰濕波以正法治國不枉人民王有四千大臣主六十小國八百聚落有大白象五百頭王有二萬夫人了無有子王自禱

祠諸神及山川夫人便覺有娠王自供養夫人牀卧飲食皆令細輭至滿十月太子便生宫中二萬夫人聞太子生悉皆歡喜踊躍乳湩自然出以是之故便字太子爲須大拏有四乳母養護太子中有乳太子者中有抱太子者中有洗浴太子者中有將太子行遊戲者太子至年十六書計射御及諸禮樂皆悉備工太子承事父母如事天神王爲太子别立宫室太子少小以來常好布施天下人民及飛鳥走獸願令衆生常得其福愚人慳貪不肯布施愚惑自欺無益於己智者居世則知布施爲德布施之士皆爲過去當來今現在佛辟支佛羅漢所共稱譽太子年遂長大王爲太子納妃妃名漫坻國王女也端正無雙以妙瑠璃金銀雜寶瓔珞其身太子有一男一女太子自思惟欲行檀波羅蜜事太子報王欲出遊觀王即聽之太子便出城天王釋下化作貧窮聾盲瘖瘂之人悉在道邊太子見之即迴車還宫大愁憂不樂王問太子出遊來還何故不樂太子白王言我適出遊見諸貧窮聾盲瘖瘂人是故愁憂耳我欲從王乞求一願不審大王當見聽不王答太子欲願何等在汝所索耳不違汝意太子言我願欲得大王中藏所有珍寶置四城門外及著市中以用布施在所求索不逆人意王語太子恣汝所欲不違汝也太子即使傍臣輩取珍寶著四城門外及著市中以用布施恣人所索八方上下莫不聞知太子功德者四遠人民有從百里來者千里來者萬里外來者人欲得食者與食欲得衣者與衣欲得金

銀珍寶者恣意與之在所欲得不逆其意時有敵國怨家聞太子好喜布施在所求索不逆人意即會諸臣及衆道士共集議言葉波國王有行蓮華上白象名須檀延者多力健鬬每與諸國共相攻伐此象常勝誰能往乞者諸臣咸言無能往得者中有道士八人即白王言我能往乞之當給我資粮王即給之王便語言能得象者我重賞汝道士八人即行持杖遠涉山川詣葉波國至太子宮門下俱拄杖翹一脚向門而立時守門者入白太子外有道士悉皆拄杖俱翹一脚住自説言故從遠來欲有所乞太子聞之甚大歡喜便出迎之前爲作禮如子見父因相勞問何所從來行道得無勤苦欲何所求索用翹一脚爲乎道士八人言我聞太子好喜布施在所求索不逆人意太子名字流聞八方上徹蒼天下至黄泉布施之功德不可量遠近歌誦莫不聞知人説太子實不妄也今爲天人之子天人所言終不欺也如今太子審布施不逆人意者欲從太子乞丐行蓮華上白象太子即時至象廄中令取一象去道士八人言我正欲得行蓮華上白象名須檀延者太子言此大白象是我父王之所愛重王視白象如視我無異不可以與卿若與卿者我即失父王意或能坐此象逐我令出國太子即自思惟念言我前有要願在所布施不逆人意今不與者違我本心若不以此布施者從何當得成無上平等度意聽當與之以成無上平等之度太子言諸大善願以相與即勑左右象被金銀鞍勒疾牽來出太子左右持水

澡婆羅門手右手牽象以授與之八人得象即呪願太子呪願畢已累騎白象歡喜而去太子語婆羅門言疾去王若知者便逐奪卿時婆羅門即便疾去國中諸臣聞太子以健白象布施怨家皆大驚怖從床而墮愁憂不樂念言國家但怙此象以却敵國耳諸臣皆往白王太子以國中却敵之寶象布施怨家大王聞愕然臣復白王今王所以得天下者有此象故也此象勝於六十象力而太子用乞怨家將恐失國當奈之何太子如是自恣布施中藏日空三四歲中臣恐舉國及妻子皆以與人王聞臣語益大不樂因呼一大臣而問之曰太子審持白象與怨家不大臣答言實以與之王聞臣言乃更大驚從床而墮悶不知人以水灑之良久乃甦二萬夫人亦皆不樂王與諸臣共議言當奈太子何中有一臣言以脚入象廄中者當截其脚手牽象者當截其手眼視象者當挑其眼或言當斷其頭諸臣共議各言如是王聞是語甚大愁憂語諸臣言兒大好道喜布施人奈何禁止拘閉之也中有一大臣嫌諸臣議不當爾也王唯有是一子耳甚愛重之此王之太子云何欲刑殘乃生是心耶大臣白王言臣亦不敢使大王禁止拘閉太子也但逐令出國安置野田山中十二年許當使慚愧王即隨此大臣所言即遣使者召問太子汝持白象與怨家不太子白王實以與之王問太子汝何故持我白象以與怨家而不白我太子白言前已與王自有要令諸所布施不逆人意是以不白王耳王言前所要者自謂珍寶白象

何預太子報言此皆是王之所有物何得獨不在中耶王語太子速出國去徙汝著檀特山中十二年太子白王言不敢違戾大王教令願復布施七日展我微心乃出國去王言汝正坐布施太劇空我國藏失我却敵之寶故逐汝耳不得復住布施七日速疾出去不聽汝也太子白言不敢違戾大王教命令我自有私財願得布施盡之乃去不敢復煩國家財寶二萬夫人共詣王所請留太子布施七日乃令出國王即聽之太子便使左右普告四遠其有欲得財物者悉詣宮門隨所欲得人有財物不可常保會當壞散四方人民皆來詣門太子爲設飯食施與珍寶恣意而去七日財盡貧者得富萬民歡喜太子語其妻疾起聽我言大王令逐我著檀特山中十

二年妃聞太子言愕然驚起曰太子有何過而王乃當至是乎太子報言用我布施太劇空虗國藏以健白象施與怨家王及傍臣用是之故恚共逐我耳漫坻言使國豐溢願令大王及諸傍臣吏民大小富樂無極但當努力共於山中求索道耳太子言人在山中恐怖之處致難爲心虎狼猛獸大可畏也汝快憍樂何能忍是汝在宮中衣即細輭止即幃帳飲食甘美恣口所欲今在山中卧即草蓐食則果蓏汝奈何樂是又多風雨雷電霧露使人毛豎寒則大寒熱則大熱樹木之間不可依止加地有蒺蔾礫石毒蟲汝何能忍是漫坻言我當用是細輭幃帳甘美飲食者爲何而與太子別乎我終不能相遠離也會當與太子相隨去耳王者以旛爲幟火者以烟

爲幟婦人者以夫爲幟我但依怙太子耳太子者我之所天太子在國時布施四遠我常與太子共之今太子遠去若有來乞丐者我當應之云何我聞人來索太子我當感死何疑太子言我好布施不逆人意有人從我乞兒索汝者我則不能不與之汝若不順我言即亂我善心可不須去漫抵言聽隨太子在所布施莫得休懈世間布施未有如太子者也太子言汝能爾者大善太子與妃及其二子共至母所辭別欲去白其母言願數諫大王以正法治國莫邪枉人民母聞太子辭別如是感激悲哀語傍人言我身如石心如剛鐵奉事大王未嘗有過今唯有一子而捨我去我心何能不破裂如死耶兒在腹中如樹木葉日夜長大養子適大而捨我去諸夫人皆當快我王不復敬我天不違我願使我子速還國耳太子與妃及其二子俱爲父母作禮於是而去二萬夫人以眞珠各一貫以與太子四千大臣作七寶珠華奉上太子太子從中宮北出城門悉以七寶珠華布施四遠來人即時皆盡國中吏民大小數千萬人共送太子者皆竊議言太子善人是國之神父母何能逐是珍寶之子乎觀者皆共惜之太子於城外樹下坐辭謝來送者可從此而還吏民大小垂淚而歸太子與妃二子共載自御而去前行已遠止息樹下諸婆羅門來乞馬太子即御車以馬與之以二子著車上妃於後推自於轅中步挽而去適復前行復逢婆羅門來乞車太子即以車與之適復前行復有婆羅門來乞太子言我不與卿有所愛

惜我財物皆盡婆羅門言無財物者與我身上衣太子即解寶衣與之更著一故衣適復前行復逢婆羅門來乞太子以妃衣服與之轉復前行復逢婆羅門來乞太子以兩兒衣服與之太子布施車馬錢財衣服了盡無所復有初無悔心大如毛髮太子自負其男妃負其女步行而去太子與妃及其二子和顏歡喜相隨入山檀特山去葉波國六千餘里去國遂遠行在空澤中大苦飢渴忉利天王釋即於曠澤中化作城郭市里街巷妓樂衣被飲食城中有人出迎太子便可於此留止飲食以相娛樂妃語太子行道甚極可暇止此不太子言父王徙我著檀特山中於此留者違父王命非孝子也遂便出城顧視不復見城轉復前行到檀特山山下有大水深不可渡妃語太子且當住此須水減乃渡太子言父王徙我著檀特山中於此住者違父王教非孝子也太子即入慈心三昧水中便有大山以堰斷水太子即與妃褰裳而渡渡已太子即心念言便爾去者水當澆灌殺諸人民及蜎飛蠕動太子即還顧謂水言復流如故若有欲來至我所者皆當令得渡太子語適已水即復流如故前到檀特山中太子見止嶔崟嵯峨樹木繁茂百鳥悲鳴流泉清池美水甘果鳧鴈鵁鶄翡翠鴛鴦異類甚衆太子語妃觀是山中樹木參天無折傷者飲此美泉噉是甘果而是山中亦有學道者太子入山山中禽獸皆大歡喜來迎太子山上有一道人名阿州陀年五百歲有絕妙之德太子作禮却住白言今在山中何許有好甘果

泉水可止處耶阿州陀言是山中者普是福地所在可止耳道人即言今此山中清淨之處卿云何將妻子來而欲學道乎太子未答漫坻即問道人言在此學道爲幾何歲道人答言止此山中四五百歲漫坻謂言計有吾我人者何時當得道耶雖久在山中亦如樹木無異不計吾我人者乃可得道道人言我實不及如此事也太子即問道人言頗聞葉波國王太子須大拏不道人言我數聞之但未曾見耳太子言我正是須大拏也道人問太子言所求何等太子答言欲求摩訶衍道人言太子功德乃爾令得摩訶衍不久也太子得無上正眞道時我當作第一神足弟子道人即指語太子所止處太子則法道人結頭編髮以泉水果蓏爲飲食即取柴薪作小草屋并爲漫坻及二小兒各作一草屋凡作三草屋男名耶利年七歲著草衣隨父出入女名罽拏延年六歲著鹿皮衣隨母出入山中禽獸悉皆歡喜來依附太子太子適一宿山中空池皆生泉水枯木諸樹皆生華葉諸毒蟲獸皆爲消滅相食噉者皆自食草諸雜果樹自然茂盛百鳥嚶嚶相和悲鳴漫坻出行採果以飼太子及其男女二兒亦復捨父母行在於水邊與禽獸共戲或有宿時時男耶利騎師子上戲師子跳踉便墮耶利小傷其面而便血出獼猴便取樹葉拭其面血將至水邊以水而洗太子亦遥見之

時鳩留國有一貧窮婆羅門年至四十乃取婦婦大端正婆羅門有十二醜身體黒如漆面上三䶌鼻正匾匿兩目復青面皺脣哆語

言謇吃大腹凸髖脚復繚戾頭復頌秃狀類似鬼其婦惡見呪欲令死婦行汲水道逢諸年少嗤說其壻形調笑之問言汝絕端正何能爲是人作婦耶婦語年少言是老公頭白如霜著樹朝暮欲令其死但無奈其不肯死何婦持水啼而且歸語其壻言我適取水年少曹輩共形調我當爲我索奴婢我有奴婢者便不復自行汲水人亦不復笑我壻言我極貧窮當於何所得奴婢耶婦言不爲我索奴婢者我便當去不復共居婦言我聞太子須大拏坐布施太劇故父王徙著檀特山中有一男一女可往乞之壻言檀特山去此六千餘里初不山行當於何所而行求之乎婦言不爲我求奴婢者我當自經死耳壻言寧殺我身不欲令汝死也壻言汝欲令我行者當給我資粮婦言便去無有資粮婆羅門自辦資粮涉道而去於是婆羅門逕詣葉波國至王宮門外問守門者曰太子須大拏今爲所在守門者即入白王言外有婆羅門來問索太子王聞人來索太子心感且恚自念言但坐是輩故逐太子今此人復來耶王便自說喻言如火自熾復益其薪令我愁憂譬如火熾人來問太子如益其薪婆羅門言我從遠來聞太子名上徹蒼天下至黃泉太子布施不逆人意故從遠來欲有所得王言太子獨處深山甚大貧窮當何以與汝耶婆羅門言太子雖無所有貴欲相見耳王即使人指示道徑婆羅門即行詣檀特山至大水邊但念太子即便得渡時婆羅門遂入山中逢一獵師問言汝在山中頗見太子須大拏不獵

者素知太子坐布施諸婆羅門故徙在山中獵者便取婆羅門縛著樹以捶鞭之身體悉破罵言我欲射汝腹用問太子爲婆羅門自念今當爲子所殺耶當作一詭語耳便言汝不當問我耶獵者問曰汝欲何説婆羅門言父王思見太子故遣我來追呼太子令還國耳獵者便解放逆辭謝之實不相知指示其處婆羅門即到太子所太子遥見婆羅門來甚大歡喜迎爲作禮因相勞問何所從來行道得無疲極何所索乎婆羅門言我從遠方來舉身皆痛又大飢渴太子即請婆羅門入坐出果蓏水漿著其前婆羅門飲水食果竟便語太子言我是鳩留國人也久聞太子好喜布施名聞十方我大貧窮欲從太子有所乞丐太子言我不與卿有所愛也我所有盡賜無以相與婆羅門言若無者與我兩兒以爲給使可養老者如是至三太子言卿故遠來欲得我男女奈何而不相與時兩兒行戲太子呼語兒言此婆羅門遠來乞汝我以許之汝便隨去兩兒走入父腋下淚出且言我數見婆羅門未嘗見是輩此非婆羅門爲是鬼耳今我母行採果未還而父持我與鬼作食定死無疑今我母來索我不得當如牛索其犢子便啼哭號泣愁憂太子言我已許之何從得止是婆羅門耳非是鬼也終不敢汝汝便隨去婆羅門言我欲發去恐其母來便不復得去卿持善心與我母來即敗卿善意太子報言我從生已來布施未嘗有悔也太子即以水澡婆羅門手牽兩兒授與之地爲震動兩兒不肯隨去還至父前長跪爲父言

我宿命有何罪今復遭值此乃以國王種爲人作奴婢向父悔過從是因緣罪滅福生世世莫復值遇是太子語兒言天下恩愛皆當別離一切無常何可保守我得無上平等道時自當度汝兩兒語父言爲我謝母今便永絶恨不面別自我宿罪當遭此苦念母失我憂苦愁勞婆羅門言我老且羸小兒各當捨我還其母所我當奈何得之當縛付我耳太子即反兩兒手使婆羅門自縛之繫令相連總持繩頭兩兒不肯隨去以捶鞭之血出流地太子見之淚出墮地地爲之沸太子與諸禽獸皆送兩兒不見乃還諸禽獸皆隨太子還至兩兒戲處號呼宛轉而自撲婆羅門竟持兩兒去兒於道中以繩繞樹不肯隨去冀其母來婆羅門以捶鞭之兩兒言莫復撾我

我自去耳仰天呼言山神樹神一哀念我今當遠去爲人作奴婢不見母別可語我母捨果蓏疾來與我相見母於山中左足下痒右目復瞤兩乳汁出母便自思惟未甞有是怪當用此果爲宜歸視我兒得無有他故便棄果走歸第二忉利天王釋知太子以兒與人恐妃敗其善心便化作師子當道而蹲妃語師子卿是獸中王我亦人中之王女共在山中願小相避使得過去我有二子皆尚幼小朝來無所食噉但望待我耳師子知婆羅門去遠乃起避道令妃得過妃還見太子獨坐不見兩兒自至其草屋中索之不見復至兒屋中索之不見復至兒常所戲水邊亦復不見但見兒所共戲禽獸麞鹿師子獼猴皆在漫坻前自撲號呼所戲池水爲之空竭漫坻

便還至太子所問太子兩兒爲何所在太子不應漫坻復言兒遥見我持果走來趣我躃地復起跳踉呼言阿毋來歸我坐時皆在左右見我肩上有塵土即爲拂去之今亦不見兒兒亦不來附我爲持與誰乎今不見之我心摧裂早語我處莫令我發狂如是至三太子不應漫坻益更愁毒言不見兩兒尚復可耳今太子不應益令我迷荒太子語言鳩留國有一婆羅門來從我乞兩兒便以與之妃聞太子語便感激躃地如太山崩宛轉啼哭而不可止太子言且止汝識過去提和竭羅佛時本要不耶我爾時作婆羅門子字鞞多衛汝作婆羅門女字須羅陀汝持華七莖我持銀錢五百買汝五華欲以散佛汝以二華寄我上佛而求願言願我後生常爲卿妻我爾時與汝要言欲爲我妻者當隨我意在所布施不逆人心唯不以父母施耳其餘施者皆隨我意汝爾時答我言可今以兒布施而反亂我善心耶妃聞太子言心意開解便識宿命聽隨太子布施疾得心所欲天王釋見太子布施如此即下試太子以欲何求化作婆羅門亦復有十二醜到太子前而自說言常聞太子好喜布施在所求索不逆人意故來到此願乞我妃太子言諾大善可得妃言今以我與人誰當供養太子者太子言今不以汝施者何從得成無上平等度意太子以水澡婆羅門手牽妃以授與之釋知太子了無悔意諸天讚歎天地大動時婆羅門便將妃去行至七步尋將妃還以寄太子莫復與人也太子言何爲不取豈有惡乎諸人婦中

是婦爲善現國王子其父唯有是一女耳是婦以我故自投湯火中飲食麤惡而尚不避所爲精進面貌端正卿今取去我心乃喜婆羅門語太子言我非婆羅門是天王釋故來相試耳欲願何等即復釋身端正姝好妃即作禮從索三願一者令將我兒去婆羅門還賣著我本國中二者令我兩兒不苦飢渴三者令我及太子早得還國天王釋言當如所願太子言願令衆生皆得度脫無復生死老病之苦天王釋言大哉所願巍巍無上若欲生天作日月中王世間帝王住延壽命我能相與如卿所說三界之特尊非我所及也太子言今且願我令得大富常好布施又勝於前令我父王及諸傍臣皆思見我天王釋言必如所願忽然不見鳩留國婆羅門得兒還歸家婦逆罵之何忍持此兒來還此兒國王種而無慈仁心撾捶令生瘡身體皆膿血促持行衒賣更求可使者壻便隨婦言即行衒賣之天王釋言行環市井言此兒貴無有能買者兒適飢渴天以自然氣令兒得飽滿天王化其意乃至葉波國國中大臣及諸人民識知是太子兒大王之孫舉國大小莫不悲哀諸臣即問所從得兒婆羅門言我自乞得用問我爲諸臣言卿來入我國我亦應問卿大臣人民便欲奪取婆羅門兒中有長者而諫之曰斯乃太子布施之心以至於此而今奪之不當顧違太子之本意耶不如白王王聞知者自當贖之於是乃止諸臣白王言大王兩孫今爲婆羅門之所衒賣王聞大驚即呼婆羅門便將兒入宮王與夫人及諸傍臣

後宮婇女遥見兩兒莫不哽咽王問婆羅門何緣得此兒婆羅門答言我從太子乞丐得耳王呼兩兒而欲抱之兒皆涕泣不肯就抱王問婆羅門賣兒索幾錢婆羅門未及得對男兒便言男直銀錢一千牸牛一百頭女直金錢二千牸牛二百頭王言男兒人之所珍何故男賤而女貴耶兒言後宮妓女與王無親或出微賤或但婢使王意所幸便得尊貴被服珍寶飲食百味王獨有一子而逐之於深山日日自與宮女相娛樂了無念子之意是以明知男賤而女貴也王聞是語感激悲哀號泣交逆言我大負汝汝何故不就我抱恚我乎畏婆羅門耶兒言不敢怨大王亦不畏婆羅門本是大王孫今爲人奴婢何有人奴婢而就國王抱是故不敢耳王聞是語倍增悲愴即如其言顧婆羅門更呼兩兒抱兒便就王抱王抱兩孫摩抄其身問兩兒言汝父在山中何所飲食被服何等兩兒答言食果蓏菜茹被褐爲服飾百鳥相娛樂亦無愁憂心王即遣婆羅門去男兒白王此婆羅門大苦飢渴願賜其一食王言汝不忿恚之耶何故復爲索食耶兒言我父好道無復財物可用布施者以我丐之則是我大家我尚未得爲之走使以副我父道意今何忍見其飢渴而無慈心我父乃以兒丐人大王何惜一食耶王即賜食婆羅門食畢歡喜還國王遣使者促迎太子還本國使者受敎往迎太子礙水不得渡但念太子即便得渡往到太子所便以王命而告太子宜速還國王思見太子太子答言王徙我著山中十二爲期年尚

有一年在年滿自當歸使者還白王具說太子語王更復作手書以與太子汝是智慧之人去者亦當忍來者亦當忍云何恚不還須汝飲食耳使者復賫書往太子所太子得書頭面著地作禮却遶七帀已便發視之山中諸禽獸聞太子當還跳踉宛轉自撲而號呼泉水爲空竭禽獸爲不乳百鳥皆悲鳴用失太子故太子即著衣與妃俱還敵國怨家聞太子當還即遣使者速被白象金銀鞍勒以金鉢盛銀粟銀鉢盛金粟逆於道中以還太子辭謝悔過言前乞白象愚癡故耳坐我之故遠徙太子今聞來還内懷歡喜今以白象奉還太子及上金銀之粟願垂納受以除罪咎太子答言譬如有人設百味食持有所上其人食已嘔吐在地豈復香潔可更食不今我布施譬亦若吐終不復還受便乘象去謝汝國王苦屈使者遠相勞問於是使者即乘象還白王如是因此象故敵國之怨化爲慈仁國王及衆皆發無上平等度意父王乘象出迎太子太子便前頭面作禮從王而歸國中人民莫不歡喜散華燒香懸繒旛蓋香汁灑地以待太子太子入宮即到母前頭面作禮而問起居王以寶藏以付太子恣意布施轉勝於前布施不休自致得佛佛告阿難我宿命所行布施如是太子須大拏者我身是也時父王者今現我父閱頭檀是也爾時母者今現我母摩耶是也時妃者今瞿夷是時山中道人阿州陀者摩訶目揵連是時天王釋者舍利弗是時射獵者阿難是時男兒耶利者今現我子羅雲是時女兒罽拏延者今

現羅漢末利母是乞兒婆羅門者今調達是時婆羅門婦者栴遮那摩是勤苦如是無央數劫作善亦無央數劫常持是經爲諸沙門一切說之菩薩行檀波羅蜜布施如是

太子須大拏經

音釋

邠坻（邠必隣切坻自離切）娠（失人切孕也）湩（觀勇切乳汁也）拏（女加切）翅（渠堯切舉足也）愕（五各切驚愕也）甦（桑姑切死而更生也）廏（居祐切象馬舍也）蒺藜（蒺秦悉切藜郎兮切蒺藜草名）礫（郎擊切小石也）幟（昌志切旗也）卸（司夜切）堰（於彥切壅也）褰（去乾切摳衣也）嶔崟（嶔綺金切崟宜金切嶔崟山高貌）鵁鶄（鵁古肴切鶄子盈切鵁鶄水鳥）罽（居刈切）嚶（於盈切鳥聲也）跳踉（跳田聊切踉呂張切跳踉跑躍也）⿰面𠂤（都回切醜面也）匾⿷匚虒（匾補典切⿷匚虒天兮切匾⿷匚虒薄貌）哆（市者切脣下垂也）謇吃（謇居偃切吃居乙切謇吃言難也）凸（徒結切不平也）髖（苦官切腓也）頟（苦骨切猶曲也）嗤（赤脂切笑也）撾（陟瓜切打也）痒（以兩切膚欲搔也）瞤（舒閏切目動也）蹲（祖尊切踞也）譍（於陵切答言也）⿰耒畀（房脂切）姝（春朱切美好也）衒（黃絹切鬻也）贖（石欲切購贖也）牸（疾置切）迸（北諍切涌也）摩挱（挱素何切摩挱捫摸也）褐（胡葛切毛布也）賷（祖稽切持也）嘔（烏后切吐也）

佛說如來智印經

僧祐録失譯人名開元附劉宋録

清刻龍藏佛說法變相圖

佛說如來智印經一名諸佛法身經

僧祐錄失譯人名開元附劉宋錄

如是我聞一時佛在王舍城迦蘭陀竹園與大比丘衆千二百五十人俱菩薩三萬億皆得陀羅尼住空無相無願三昧無著法門得陀羅尼門知一切衆生諸相具足及不具足又知衆生一切所行爾時世尊即入佛境界三昧無色無執無示無形無施設無根本無變無得無我無主作無不作無來無去無住無攀緣無爲非爲非相應非不相應無心非心行非實非不實非自在非近非雜諸法入是三昧時不見如來身及身相不見心及心相不見衣不見坐不見所坐不見行如是三昧生諸功德是佛境界即於此定放大光明遍照三千大千世界於此世界日月星辰妙

寶神珠火光電耀天宮釋宮乃至梵宮光悉不現如來三昧力故三千世界聞衆妙香無有餘天聞光香者一切世界中間幽冥之處佛光普照莫不大明斫迦羅山摩訶斫迦羅山須彌山王及諸名山其中衆生不見本相爾時三千大千世界七寶羅網彌覆其上現希有相一切世界生奇妙華迦蘭陀竹園及耆闍崛山通爲一會坦然平正生千葉蓮華大如車輪華上皆有七寶羅網莊飾嚴麗垂布如雲摩竭提界皆柔輭如迦陵伽衣爾時東方恒沙世界諸佛告萬阿僧祇菩薩皆一生補處汝往娑婆世界其國有佛名釋迦牟尼如來應供正徧知當說入一切佛境三昧名如來智印佛令入此定也若有菩薩聞此三昧勝百千劫行六波羅蜜汝應往聽彼諸菩薩各以神力如屈伸臂頃至娑婆世界迦蘭陀竹園前詣佛所頂禮佛足繞佛七帀坐蓮華座南西北方四維上下亦復如是時此三千大千世界聲聞緣覺及發大心者皆悉來集俱詣竹園共至佛所於此世界復有八十億菩薩於一念頃一時來集於四部衆次第而坐復有三十萬聲聞承佛禪定皆悉在會此三千大千世界釋提桓因護世四王乃至大自在天淨居天等一切龍王一切夜叉王一切乾闥婆王一切迦樓羅王一切和修那王各與眷屬無數圍繞而來集會頂禮佛足隨次就坐時此三千大千世界大威德衆皆悉雲集上至梵世無空缺處爾時舍利弗大目揵連摩訶迦葉摩訶俱絺羅摩訶迦旃延須菩提邠耨文陀尼子問文殊師利如來

今在何處以何色像見如來乎如來係念其相云何文殊答言汝諸聲聞大智成就三昧自在各以定力觀察佛身及係念處爲在何所諸大聲聞入三昧觀不見佛身及係念處時諸聲聞於此三千大千世界觀察推求不見佛身不見身相如是文殊師利不見如來及係念處我今云何得見佛身文殊答曰且待須臾自當見佛爾時世尊從三昧起三千世界即大震動佛身殊特威光顯曜爾時舍利弗白佛言世尊如來所入三昧以何爲相諸大聲聞慧眼觀察悉不能見此三昧者以何境界爾時佛告舍利弗此三昧者無緣無處是佛境界非一切聲聞緣覺所知如是舍利弗如來境界不可思議是佛神力舍利弗佛身真實非身非作非起非滅亦非長養非化非信寂滅無爲無跡無行無此無彼本性清淨無有一法非受非願非生非報非見非聞非覺非施設非襲非嘗非觸非惱非籌量非對非心非憶非思非非思非入非來非去去來道斷非影非瑕非斷非物非實非作非造非成就非取非覆非現非依非暗非明寂靜非寂靜常住靜定淨非淨本性清淨無有一法非生非起非愛寂住非處非動非患非語非法非非法非福田非不福田非盡非非盡捨諸著名爲空非違諍無音聲離名字捨憶想非相應非不相應非滅非不滅非量非不量非往非反非二非不二非此岸非彼岸非中流非分非非分非業非報非聽非思非量非障非相非非相非門非離非著樂行諸法法法同相如真實法度衆生實無所度解

未解者調未調者救未救者示無二法非等非非等非相似非不相似無等甘露等非空等無處等無得等寂滅盡滅善調伏行處轉不退輪決定無疑非雜異非二法所習清淨本行威儀解脱具足非長非短非方非圓非身相非陰相非入相非界相非有爲起非無爲起非無爲眞實非命非非命非生非現無有見者非實生非言説非忍身相不動非倒非摇非實非憶非和合非作非不作非明非相非涅槃不入涅槃非定非非定佛告舍利弗是名如來身相一切衆生皆依於相有能知此三昧者不唯然世尊一切相中不得佛身爾時世尊欲增廣如來智印三昧而説偈言

如身非身身解脱　無作無壞亦無得
法非相應不相應　是爲顯示善逝身
非合不合無染著　非執非捨非等長
非造非處非非處　此身非顯無所欲
非執非作無所有　非色非心非二一
無分非分無起滅　眞實無我現佛身
非強非弱亦非斷　非黙非願非盡供
非得非定非依止　實身無染如是現
非見非聞非齅觸　非依施設現影像
若有見者心歡喜　如是成就演説法
非陰非界非虛實　諸根非生非垢淨
非固不固水月現　次觀善逝身如是
從因緣生非眞實　非起非滅非動去
非現現三如幻師　如是觀佛無所依
非寂不寂非相應　非繫非欲非合散
猶如空拳實虛空　如是觀佛眞供養

十方世界千億土　積聚珍寶至梵世
無量劫施一切佛　若有書寫福勝彼
若有過於恒沙劫　修習四等遍世界
及持淨戒無能比　信解此經福最勝
無始生死至今身　普於衆生行忍辱
若有暫信智印經　彼如須彌芥子分
三界衆生若干種　於無量劫頂戴行
身不疲懈無悔恨　能忍此經福無比
百世界沙衆生數　於無量劫修禪定
一日一夜持此經　功德勝彼不可數
智捨二邊行中道　過於無量塵數劫
若於此經如說解　彼如大海一渧分
不應以色色相觀　勿如愚人思察佛
見我實者須菩提　三界福田最清淨

爾時世尊說是偈已告舍利弗是爲如來智
印三昧悉能滿足十方一切世界菩薩無礙
智慧舍利弗若欲速見十方諸佛及諸菩薩
晝夜精勤修此三昧悉皆得見舍利弗此三
昧是菩薩無量門遍行諸行陀羅尼能持法
界令不斷絶此陀羅尼執諸法門若成就此
相名爲菩薩能成三十二相八十種好具相
應行業行清淨出魔境界不動不出等行佛
行身口意業皆悉清淨欲解如來密法應當
修學如是三昧欲次第說法亦學此三昧欲
遍知諸法欲知眞諦欲解萬億生死作證欲
解十二因緣欲解一切衆生意趣所行欲取
淨妙佛國當學此三昧欲得妙光欲成就眷
屬欲爲衆生作依欲成就相好欲成就樂說
辯欲知諸法應學是三昧何以故舍利弗猶
如意珠隨衆所欲皆得滿願如是舍利弗此

三昧者是諸菩薩一切妙事悉能滿足一切
願行爾時世尊而說偈言
最勝智慧上智光　智光智富智富藏
智慧所作入智門　無量智印印此經
慧根智作智慧地　智起智光滅衆闇
慧不可盡慧開示　衆經日月照三界
平等等富等三昧　眞實法相斷諸結
一切三昧智印門　此是佛種四妙辯
滅垢無盡度彼岸　德藏福起福普應
是我所得快樂本　此三昧是善逝寶
如王愛國善執衆　盛勝妙寶隨應至
洗除貪欲及恚癡　寶海今說此經典
善寂能滅作意念　善除諸穢淨我見
如健執劒壞無壞　佛報得此總持印
智能覆護說衆生　智慧所作智滿富
智光普照無邊際　此經當得智慧門
自調調彼二想斷　滅六十二見愛等
得入如來甘露門　當成相好三十二
道及勝道次第道　助菩提法非助法
善能覺悟懈怠者　慧相無量不可盡
與法相應次第解　無量慧光陀羅尼
能入眞諦及十力　是陀羅尼如大海
檀波羅蜜得成就　尸羅羼提亦如是
毗梨禪那智無盡　住此智慧成諸度
勿畏業報及煩惱　亦勿畏魔衆惡趣
修習此經無障礙　隨其所念得成道
住賢劫中諸佛子　十方來會爲我證
不壞法器皆集此　悉應奉持此經法
此經能生過去佛　亦是未來諸佛母
又能生於現在佛　勤修此經佛兄弟

業淨無垢行不退　超出淤泥昇不動
應此經者住眞實　則得如來妙法藏
爾時世尊廣說是法三十恒沙菩薩得此三昧六十八億那由他菩薩已於百千劫淨修諸行於無上道得不退轉音聲無盡慧光陀羅尼復有六十萬天及人未發無上菩提心者今皆發意聞此三昧皆生隨喜生隨喜時即得阿毗跋致佛爲授記於未來世過三萬劫當得成佛號曰無畏復有久修行者得無生忍各於異國成無上道盡同一號爾時世尊四衆圍繞告文殊師利汝等住不住法不戲論不作行一切法無所依應當守護此無上道廣爲人說爾時文殊童子從座而起整衣服胡跪合掌白佛言世尊我觀一切法不可得我當護此無上菩提如世尊無上道無在無不在無處所不現不可執無得無失爾時會中三十億菩薩從座而起偏袒右肩合掌白佛言世尊我等亦欲守護如來無量阿僧祇那由他劫之所修習難得阿耨多羅三藐三菩提法各各脫身所著上衣奉獻如來發無上願爾時世尊告彌勒菩薩汝當善聽彌勒當知此是汝事於未來世後五十歲當護此經彌勒白佛唯然世尊我當守護佛告彌勒三十億菩薩中當有八千菩薩護持正法其餘菩薩未能自調不護正法於後末世於如來阿僧祇劫之所修習難得阿耨多羅三藐三菩提正法之中當起諍訟輕毀不說不能聽受不能護持彌勒有七法發菩提心何等爲七一者如佛菩薩發菩提心二者正法將滅爲護持故發菩提心三者見諸衆生

衆苦所逼起大悲念發菩提心四者菩薩教餘衆生發菩提心五者布施時自發菩提心六者見他發意隨學發心七者見如來三十二相八十種好具足莊嚴若聞發心彌勒如是七因緣發菩提心如佛菩薩發菩提心正法將滅爲護持故發菩提心見諸衆生衆苦所逼起大悲念發菩提心發此三心能爲諸佛菩薩護持正法又能疾得不退轉地成就佛道後四發心剛強難伏不能護法復次彌勒菩薩成就五法應當知是阿毗跋致何等爲五一者於諸衆生起平等心二者見他得利不生嫉妬三者見護法者寧失身命不說其過四者能捨一切利養五者信甚深法不信世間經書文頌彌勒菩薩成此五法名不退轉復次彌勒菩薩復有五法其心剛強能壞正法何等爲五一者起不善色二者信用鄙行三者貪著利養四者護惜檀越五者心懐諂曲行不真實口雖說空而行不稱是名爲五毀滅正法復次彌勒菩薩復有五法成就阿毗跋致何等爲五一者不得我二者不得衆生三者了達法界無得無說四者不得菩提五者不以色身觀於如來彌勒菩薩成就如是五法名爲阿毗跋致爾時世尊而說偈言

爲智興嫉妬　如烏蟲壞木　非言說信鄙
能護佛菩提　曠野修精進　深忍常宴默
如犀離眷屬　善護道不失　遠衆樂空閑
如驚鹿思靜　無著如空風　是行能持法
不惜身及命　於親不深愛　勤修空無我
是能成菩提　後世有衆生　說我行菩提

心輕躁諂曲　不能護正法　念然燈佛前
過八十億劫　有佛名月髻　演說此三昧
初會八十億　那由他菩薩　聞佛演說法
皆得不退轉　第二會說法　七十三由他
第三會聞法　七十億由他　佛壽無量劫
光六十由旬　僧九十九億　無生心自在
時有轉輪王　號名曰慧起　王領閻浮提
七十千由旬　并王四天下　婇女六十億
其王有千子　所住名樂光　百千城莊嚴
園觀悉具足　皆豐樂熾盛　猶如忉利天
其王夢聞音　月髻佛興世　百六十億衆
俱行詣佛所　時王聞此經　甚深法身定
即捨國奉佛　唯願隨所用　諸城起精舍
皆以妙栴檀　兼施衆僕使　金布經行地
時王供養佛　具滿八萬歲　專精不睡卧
無猒無悋惜　一日所設供　其數無有量
諸供奉施佛　爲求此三昧　閑居修靜念
三昧甚深妙　不以有相獲　亦非巧便得
即捨國出家　被以舍那服　繫念三千歲
思定不倚卧　佛於是中間　說法令開解
滅度後起塔　六萬四千億　各施五百蓋
七寶而莊嚴　一一百妓樂　照以八千燈
被服麤垢衣　七萬三千歲　常說此三昧
其心無所欲　稱歎不著名　不求世勝智
乞匃不受請　護法依止住　八萬億那由
佛所持淨戒　悉如上供養　具足此三昧
若欲得菩提　應當如佛學　勿信非道論
敬修此經者　後世說行道　而反毀禁戒
爲利不爲法　雖讀不解空　說空不解達
邪命不清淨　論空而取空　自言不疑道

爾時慧起王　阿彌陀佛是　時王千子者
則賢劫千佛　時同王出家　眷屬弟子等
於今在我前　此會四衆是　念億那由佛
出家聞正法　聞即能受持　得空無所倚
起無量方便　供養諸如來　不得菩提相
皆由行眞實　得見然燈佛　斷求獲平等
是時即受記　未來當成佛
時有女人名曰賢首頻婆羅王大夫人也又
彼夫人名曰金光拘達女也從座而起往詣
佛所皆以衣裓盛七寶華各五百裹以散佛
上幷以劫貝育衣價直百千奉上如來而白
佛言世尊我於此定信解受持有讀誦者我
當擁護隨其求欲供養所須我當以摩訶衍
法教化衆生不信是空是不空不但言説決
定受持必如説行不惜身命何況財寶亦當
如説展轉相教爾時頻婆羅王後宮八千女
人摩伽陀國六萬優婆夷悉發無上菩提之
心於此三昧皆生隨喜而發誓言於後末世
當護正法爾時世尊知其心念即便微笑衆
妙色光從口而出普照十方還從頂入爾時
賢首金光生信敬心即共同聲以偈頌曰
勝人德聚無如佛　功德華樹星中王
言輭怡悦次第味　十力世尊笑何縁
面圓如月開世眼　梵音清淨普樂聞
調柔剛強悦身心　人雄師子笑何因
和忍無濁言眞正　應聲圓滿衆味具
明了諸行無量義　願功德聚演笑意
八種妙音悉具足　六十莊嚴和雅聲
解衆言音七百種　通達義味六十億
八十億數相應音　十那由他聲亦然

不可限量無極尊　唯願演說笑因緣
衆山中最無能動　解相應義滅衆疑
能斷衆苦得安樂　寶聚如實說笑因
金山解說七寶乘　猶如華月衆所樂
獨步音聲如師子　願說放光微笑緣
三界特尊淨三垢　於無量劫善寂行
笑光充滿十方界　善利放演甘露明
琴瑟銅鈸簫笛聲　鼙鼓鳴貝衆妙音
緊陀羅聲迦陵伽　哀鸞鴻鶴拘翅羅
鞞節箜篌俱暢發　不及如來一妙音
如此十方來會衆　種種意見各不同
願如實說滅見愛　還彼國已滿衆願
十方各遣一億衆　皆爲正法來會此
笑因必爲雨法雨　演說何法令歡喜
賢首金光說此頌已爾時世尊以偈答曰

我念過去恒沙劫　佛號福光世間解
其壽七十六萬億　聲聞衆數無限量
有轉輪王名慧御　夫人月觀次名焰
捨離家愛求正法　於一億歲常護持
六十萬億三十萬　於此諸佛護正法
三十恒沙未來佛　護持正法不斷絶
時慧御王阿閦佛　汝等於彼常俱生
以護法緣捨女身　當生無量極樂國
此衆護法亦當生　法將欲滅爲已住
必生極樂千葉華　相好莊嚴爲佛子
既得生彼供正覺　莊嚴王劫無荊棘
於彼得成無上道　執持正法及天人
彼佛國土無魔事　無惡業報無胎生
日有無量菩薩集　又無聲聞緣覺名
不惜身命護佛道　不爲名譽而退轉

爲無上道速成就　又欲疾成一切國
汝等和合信敬佛　恭敬無依護菩提
大法將壞世末時　不應從彼貪利養
我於億劫妻子施　捨頭目髓求佛道
非法爲利説法過　悋惜施主生瞋嫉
八萬億人起悲涕　當護滅法依菩提
三千界動天雨華　愛敬此經壽命最
如此佛土恒沙等　滿中金施無量劫
若能信此智印經　恒沙寶施無與比
勿妄授與不樂道　聞佛希有生道心
應次第學此經典　如説而行成菩提
曠野持戒修恭敬　三業於衆如親想
修六和敬生佛想　欲求妙法學此經
若有書寫此法印　讀誦宣示爲人説
此功德身不可議　佛子當生極樂國

爾時彌勒菩薩白佛言世尊未來當有幾數菩薩受持此三昧佛告彌勒未來世中少有信樂多壞善根斷滅正法行此法者甚難甚難佛告彌勒我若盡説未來菩薩不相應行不可窮盡彌勒白佛唯願説之唯願説之愍我等故未來世中或有修習眞實行者得聞此經如説修行應無上道佛告彌勒如汝所説若有菩薩已於百佛發菩提心植諸善根於未來世忘失道心彌勒復有菩薩於千佛所發無上心植諸善根於未來世生菩提心不信大乘輕弄摩訶衍彌勒復有菩薩於萬佛所發菩提心植諸善根於未來世生菩提心信重大乘而不受持亦不讀誦彌勒復有菩薩於億佛所發菩提心植諸善根於未來世生菩提心能聽能書不解深義不能決定

彌勒復有菩薩於十億佛所發菩提心植諸善根於未來世生菩提心聽受大乘書寫讀誦而於菩提忍不成就彌勒復有菩薩三十億佛所發菩提心植諸善根於未來世生菩提心聞摩訶衍能聽能受書寫讀誦大忍成就於此三昧猶未相應不得應辯彌勒復有菩薩八十億佛所發菩提心植諸善根於未來世生菩提心聞摩訶衍能受能持書寫讀誦得此三昧忍力滿足解一切法廣說菩提魔不能壞無諸業障阿僧祇劫所作惡行頭熱心惱爲人誹謗輕弄嗤笑現世即除當於無量無數佛所恭敬供養終不退轉菩提之心得堅固志繫念不散如是菩薩先世惡業於未來世受惡色身衆罪即滅或多病苦爲人所憎生下賤家或生貧家或生邊地及邪見家惡友相得得不同志人不恭敬多諸憂惱爲王所忿值國荒壞聚落分散親族乖離知識殊越不遇法會諸所須欲人不惠施設有所得衆不貪樂或得少施貴者所棄貧者親敬欲修善業多諸乖礙頑闇散亂不達法次無諸僕使卧輒惡夢或復餘夢罪業即除往業所拘魔所障蔽虛妄取相爲魔得便不解諸法有利養處自生下心端正人衆形儀醜陋人不愛念見他得利心生憎嫉更相輕毀如是略說彌勒若有菩薩於百佛所共作功德不欲虧失以是因緣互相毀壞况不作者如是彌勒應堅精進以正憶念起大忍力成就深法妙智方便於未來世欲持此法當起精進爾時彌勒菩薩文殊師利菩薩喜王菩薩如是等六十菩薩爲上首白佛言世尊

我今聞此護法功德於未來世護持此經爾時世尊而說偈言
少欲無垢無邪諂　常正憶念遠離行
深忍堅固無動揺　爲護十力珍寶聚
威儀靜默無染著　無求無欲離諍訟
心等如空無轍跡　行應眞如體三昧
堅固菩提常現前　解了甚深名正覺
不觀憎愛無所著　乃能獲得此三昧
於怨親中心平等　於佛善友無異想
修六和敬戒清淨　是能速解此三昧
曉了世間最殊勝　應辯印法百億相
智慧照明喻日光　於此中說入智門
日月晝夜處虛空　又如雪山常處地
帝釋梵王轉輪王　如醫善治此亦然
此經淨心滅業報　此經降魔名甘露
此神足明知他心　一切異類若干應
此能憶知那由劫　此能滅除一切愛
此佛所讚如來印　此道相應如觀掌
此經選擇諸空義　此是空寂眞實住
有無二邊名戲論　永捨無著持正法
佛涅槃後有說言　我見諸法空如夢
諸法不起無作者　於中施設作想住
法空無生無作者　無見無來亦無動
凡所著法名法賊　而自說言我學空
若從彼聞名聞法　悲涕流淚衣毛竪
又自稱讚不退轉　後復說彼衆惡相
貴賤貧窮失財寶　我若得法獲衆利
我若出家榮親族　而於佛子生嫉恚
爲無上道故出家　欲行菩提而不住
如度大海彼岸遠　是於菩提無正念

靜住山澤威儀具　師友清淨眷屬善
爲利養故求親友　而自稱說眞出家
出家能應此正法　猶如蓮華無染著
此經相應次第行　是眞菩提常守護
喜王我今教戒汝　愼莫隨彼不善學
如法修行具佛德　汝等應當如我學
假使田如那由界　恒沙數種植其中
一種生於恒沙實　一切種生亦如是
如是展轉千萬種　彌綸繁茂滋别生
如其所種不可數　一切猶尚無計量
以是巧便盡東方　如是所種無有餘
一切諸方亦如是　是諸子數佛充滿
一一諸佛有百頭　一一佛頭有百舌
如是經歷無量劫　悉共讚歎應此經
書寫受持及讀誦　演說功德不可盡
如須彌山芥子分　滿虛空草一葉分
如大海水一渧分　當應此經離有行
爲聞受持書讀誦　是故我說如是偈

爾時喜王菩薩文殊師利法王子菩薩如是六十菩薩得無緣行而白佛言世尊所言法云何爲法佛告喜王所言法者無作無施設而有言說唯然世尊若法無作無施設何故而有言說佛言若法無作無施設無可得如是言說遍觀諸法不得不盡不起不滅不滅不貪無主無處無處所無彼無此非有爲非無爲假名非假名非心非非心非對非非對非相應非不相應等非等境界非境界分非分近非近非染非言說唯然世尊云何非染非言說佛言善男子非染非言說名涅槃爾時文殊師利法王子白佛言世尊若法如是

相何等法滅何法可護佛告文殊師利起法者著戲弄諸法戲弄諸法起有無二邊起二邊者此則滅法第一義中無法無法滅亦無有諍爾時世尊而説偈言

或有説實而不異　或復有異説無常
若有得法計二邊　是名戲論不相應
法無有作亦無壞　本不見自不見他
亦無相應施設念　若自説言我忍空
繫念於空不相應　是法不生妄思量
諸所施作皆魔綱　心無所緣名法印
若有思計名凡夫　諸法本無而妄取
籌量諸法計言聲　愚人妄取有無二
智求於智不得智　智慧終不生於智
演説有爲虛假相　亦非有智非無智
若法少分是實有　壞敗則成斷滅法
若使有法實住者　一切諸法則常住
愚人放捨復還得　是則壞陰乖法相
計著於我得我實　智人知法非有無
明與無明法無二　若聞演説則驚怖
此則繫念邊見相　有爲壞敗説涅槃
心不能知心實相　實相亦復不知心
一切諸法皆如夢　或説眞實著我見
法從緣起非眞諦　若法滅盡亦非諦
以是方便得眞實　起法若實佛應起
如來智慧不可得　雖説諸法無顯示
雖治衆病無解脱　如是名爲善寂解
若使涅槃有分者　諸佛聲聞應往彼
牆壁諸法無涅槃　智者不應生戲論
若能見實衆生者　亦無可示言説有
衆生自起可見相　此是涅槃無所著

或有說陰是眞諦　或說滅愛名爲道
唯一眞諦不生滅　或復演說四眞諦
推求不得一法本　況坐道樹見四諦
衆雜穢心共出家　轉壞我法妄起作
爲沙門果及名譽　勿近惡友親善友
如犀獨處在曠野　與此三昧義相應
八十億佛二足尊　護念書持此經者
見諦諸天亦護念　晝夜防衛不捨離
無量光照無窮盡　慧明導示百法門
於夢開悟令成就　持此三昧甚希有

爾時佛告文殊師利若欲成就佛菩提者於此三昧應專心學成就三十二相八十種好十力四無所畏大慈大悲成就佛眼自成菩提成聲聞衆成菩薩衆成佛國土成大智陀羅尼欲解一切衆生語言欲得應辯欲得決定辯欲得神足欲說不退法欲解一切相應法欲明解諸法應當修習如是三昧何以故菩薩與此三昧相應則得如上功德名爲佛名爲徧學名洲名救名爲應供名一切智名爲調伏名世間解名無上士名爲如來如說而行無等無等等名第一論實論爲最勝何以故文殊師利我住此三昧見然燈佛即得菩提文殊師利白佛言唯然世尊若世尊見然燈佛即得菩提何故阿僧祇劫在生死中修難行苦行佛告文殊師利我爲衆生作佛事化衆生令住三乘爲說本願文殊師利我於爾時亦持菩提亦入涅槃爾時世尊而說偈言

能與此相應　自覺福無量　十方百億佛
皆護念此人　不退轉甘露　不思顯百相

修習必獲得　無盡總持王　此智三昧定
解一切言音　能壞諸法相　解脫滅衆結
善寂不起滅　不著除衆疑　成十力相好
一切佛功德　善靜解衆音　種種異類聲
次第解令喜　淨有無二邊　決定智最勝
滅除一切結　若能學此經　決了道無疑
若於三七日　專心學此經　不懈不睡臥
不隨親愛樂　柔輭和悅言　慈悲不嫉妒
修習六和敬　持戒得三昧　等心具威儀
直心樂解脫　不造作緣起　知足垢不著
堅固不輕躁　不現邪僞相　如禽無繫著
必獲總持王　三千界震動　天奏衆樂音
雨散妙香華　幷幢蓋百千　又雨妙天冠
硨磲寶瓔珞　摩尼及真珠　圓寶光悅衣
於上無量天　諸龍金翅鳥　龍阿修羅王
比丘清信士　尼及清淨女　各脫身上衣
圓寶以散佛　願求無上道　我說無限量
亦不可顯示　若發菩提心　即得不退轉
調伏得羅漢　其數如恒沙　百世界衆生
聞法大歡喜

爾時世尊說是法時阿僧祇衆生皆發無上菩提之心八十那由他天及人皆得不退轉於無上道六萬三十億天人得無生法忍無數衆生得阿羅漢如是十方來會菩薩摩訶薩皆得此三昧佛說經已喜王菩薩文殊師利爲上首如是六十不可思議菩薩賢劫一切菩薩彌勒爲上首賢首金光如是十方來會菩薩諸大聲聞及四部衆天人乹闥婆阿修羅一切世間聞佛所說皆大歡喜

佛說如來智印經

音釋

斫之若切耆闍崛梵語也此云鷲頭闍時遮切崛渠勿切齅許救切以鼻檻氣也渧丁歷丁計二切水滴也匄居太切乞請也祴古得切衣前襟也劫貝梵語也此云細香㲲即木綿也轍直列切車迹也

佛說慧印三昧經

吳月支國優婆塞支謙譯

清刻龍藏佛說法變相圖

佛說慧印三昧經

吳月支國優婆塞支謙譯

聞如是一時佛在羅閱祇耆闍崛山中與摩訶比丘僧千二百五十比丘俱菩薩有三十億人皆逮得陀隣尼悉得諸三昧皆逮得空法皆得寂無相法悉逮得不動揺願悉逮得無所著陀隣尼行得無央數陀隣尼門佛爾時便三昧三摩越霍然無色不可見不可獲如虛空不可知無所住不可得無吾無作亦無來亦無去亦非住亦非止亦非偶亦非不偶亦非身亦非憂亦非喜亦非心亦非不隨心亦非行所語亦不有是語空亦非著佛爾時作是三昧三摩越便不見佛身亦不可得想佛身佛心意亦不可得想不見中衣外衣及與坐亦不見經行亦非聲爾時三昧威神

照三千大千日月於是三千大千佛刹諸日月光明皆爲覆蔽不見諸摩尼寶諸踰瑱寶諸天及天坐諸釋梵所有名香悉爲其歇是皆三昧威神力之所蔽隱三千大千刹土但聞是三昧香照於諸佛刹其中人民眼不爲遮迦和摩訶遮迦和及須彌山諸黒山之所覆蔽爾時便有七寶交露覆蓋三千大千刹土一切諸佛刹及與竹園耆闍崛山若干種華悉徧布滿其地悉平等地爲生蓮華其華大如車輪一華者有十萬葉其華上悉有七寶蓋摩竭提國界地悉爲柔輭如天綩綖有東方恒邊沙佛等遣無央數一生補處菩薩令到沙呵樓陀刹土有多呵竭阿羅呵三藐三佛名爲釋迦文今現在一切諸佛境界深入多呵竭慧印三昧三摩越若有菩薩積累功德奉行六波羅蜜百劫除優惒拘舍羅不如一時聞是三昧諸菩薩即受其佛教持神足飛到竹園中前爲佛作禮皆却坐蓮華上如是南方恒邊沙佛等亦復遣無央數菩薩西方北方東南方西南方西北方東北方上方下方如是恒邊沙諸佛等各復遣無央數一生補處菩薩令到沙呵樓陀刹有多呵竭阿羅呵三藐三佛名爲釋迦文今現在一切諸佛境界深入多呵竭慧印三昧三摩越若有菩薩積累功德奉行六波羅蜜百劫除優惒拘舍羅不如一時聞是三昧諸菩薩即受其佛教持神足飛到竹園中前爲佛作禮皆却坐蓮華上爾時於是三千大千刹土諸比丘僧及諸菩薩所在遠方皆來會於竹園在於佛前爾時無央數菩薩及三十億比丘菩

薩皆來會於竹園用是三昧威神故於是三千大千刹土諸釋梵諸摩夷亘天諸徧淨天一切諸龍王諸鬼神王諸揵陀羅王諸阿須倫王諸迦留羅王諸真陀羅王諸摩休勒王是諸王皆各從無央數官屬來到佛所前爲佛作禮却住一面爾時於是三千大千刹土諸天及人非人從下上至二十八天中無空缺皆悉遍滿尊弟子舍利弗羅摩訶目迦蘭拘提迦旃延邠耨文陀尼佛羅等即到文殊師利前問文殊師利言佛向者三昧三摩越今皆不見不知所至到處願爲吾等説之文殊師利答舍利弗羅言仁者智慧而具足何以不各各自三昧共推索無央數佛刹知佛身何如行即時舍利弗羅等各各自三昧共推索無央數佛刹了不見佛身亦不知所至到處舍利弗羅等即從三昧起復前問文殊師利言吾等已各各三昧推索無央數佛刹亦不見佛身亦不知所湊願欲聞知惟爲説之文殊師利言賢者舍利弗羅等不知佛所至到處者悉且安坐佛須臾頃自當來還爾時佛從慧印三昧起便動三千大千佛刹舍利弗羅等便前白佛言佛住何三昧吾等以智慧眼推索佛了無有能知其處者佛語舍利弗羅言佛所至到處非若阿羅漢辟支佛等所可知獨佛自知之耳所以者何無念不動不搖故舍利弗羅佛身有百六十二事難可得知何等百六十二事非身無作無起無滅未常有無有比亦無所比亦無行亦無所至不可知亦無習一切淨無所有亦不有亦不行亦不住亦非生亦非受亦非聞亦非見

亦非香亦非味亦非細滑亦非往啓亦無還答亦非啓答亦非心亦非念亦非心念離於心心等心無等無所與無來無去亦非潤亦非澤淨不復有亦非恐亦非懼亦非動亦非搖亦無造亦無成亦非滿亦非不滿亦非見亦非明亦非不明亦非冥亦非不冥亦非滅已離滅於滅中淨復淨清淨於色無所有無愛欲一切非我離於非我住無所住亦無處亦無從亦非無從亦非法亦非不法亦非福田亦非不福田亦不盡亦不可盡無所有離於無所有遠離於字遠離於響遠離於教遠離於行遠離於念亦非偶亦非不偶亦非量亦非不量亦非來亦非去亦非雙亦非不雙亦非猗亦非不猗亦非相亦非不相無有相能現相無諸入亦非著離諸著一切人令得信不受入住於諦諦復諦一切人非我度無所度淨無所淨度厄難爲無所度所說不說二無所等於等無所等無量等與空等無處等無生等不可得等所安無所安寂復寂寂中明復明於行無轉能轉行一切斷諸所著諸法諦無有二從本來無所有所覺者已諦覺已度於一切行行所度無所度亦非是亦非不是亦非長亦非短亦非圓亦非方亦非身亦非體亦非入亦無所入亦非世亦非世所有亦未曾見者亦未曾有知者亦非去亦非不去亦非世因緣亦非不世因緣如是身不可獲亦非有亦非無亦無有去亦無有來亦不念亦非憂亦非作亦非不作亦非淨亦非不淨亦非泥洹亦非不泥洹亦非行亦非不行是爲百六十二事佛告舍利弗羅言佛

身如是欲想視佛身無有能見者所以者何佛身不可以想見知佛爾時欲曠大慧印三昧於十方便説偈言

是身亦非身　於身已度脱　亦無作無有
懐亦無所得　一切諸法非　雙亦非不雙
欲見諸佛身　所處皆如是　不是非不是
非憂非不憂　不取亦不放　不等亦不長
不樂亦不住　一切無從生　佛身已如是
便能致安隱　亦無作不可　獲空無有想
亦非色心無　有我亦非一　於受無所受
於有無所有　一切諸正覺　其身諦如是
不剛亦不弱　無瑕亦無穢　不斷亦不連
不有亦不壞　亦無所得於　多少無所亡
欲見諸佛身　一切無塵垢　不見亦不聞
非香無細滑　不知亦不動　譬之若如影
住形於一切　曉諸著人心　佛已成其身
一切名如是　非身亦非體　非等亦非諦
非淨非不淨　諸根無所有　不藏非不藏
譬如水中月　欲見諸佛身　一切悉如是
身復與身從　因緣本自然　不生亦不滅
無來亦無往　不見於三界　然現若如幻
欲見諸佛身　不動亦不揺　非聲亦非諍
非默亦非寂　非獲未常有　不有亦無彼
譬若虚空本　自然無所有　見佛已如是
晝夜當供養　一切及十方　億千諸佛刹
上至廿八天　滿中諸珍寶　悉以供養佛
乃至無數劫　不如書是經　其福出彼上
譬如恒邊沙　復倍無數劫　展轉於其中
常等行慈心　不如曉了慧　解是印三昧
如是無數戒　其德過彼上　若在五道中

展轉無數劫　如是若干劫　一切悉能忍
不如一時慧　解是印三昧　其福如芥子
在於須彌邊　若人在三界　生已便長大
一切悉載之　能忍無數劫　其身不以勞
不用作勤劇　如是悉能忍　不如解三昧
譬人生悉遍　復多於劫數　其百劫中沙
一切以爲數　不如晝夜仂　行是印三昧
其福欲譬之　不可以比慧　其如是智者
常與行相隨　於無數劫中　譬之如一塵
能諦曉了是　慧印三昧者　其福欲譬之
若海取一渧　莫持色相好　想視欲見佛
莫如著有者　欲見多呵竭　如須菩提所
見者爲見佛　見佛已如是　一切無三千

如是舍利弗羅多呵竭慧印三昧諸菩薩摩訶薩於十方無所罣礙悉使願欲見諸佛當内至意晝夜行是三昧便見一切十方諸菩薩無央數行三昧門住無所罣礙法是爲陀隣尼所倚門從是中成其相從是中成其好如是行者諸罪蓋悉得除諸魔事悉已過佛所説皆審諦佛所住及所語無空缺悉具足身所行無瑕穢意所行淨無垢若欲曉佛所行欲解了一切人意令各得其所欲起願成其佛剎者當行是三昧欲得佛項中光明者欲起比丘僧者欲莊嚴其剎土者自在所欲作所欲行當奉行是三昧所以者何譬如一切藥樹在所求索悉具足是三昧亦如是菩薩於是三昧中所求索亦悉具足佛爾時便説偈言

無上慧爲慧王　慧能散諸欲著
是尊慧入慧門　是印經無量慧

知根行住智地　智無礙智去冥
智消著智説法　經如日照三界
當等行於三昧　一切著諦所斷
諸三昧慧印持　諸佛者等是種
欲得寶度無極　願福相福神足
志所願從是得　是三昧諸佛樂
王樂國及臣下　寶無上寶如來
婬怒垢悉消除　寶三昧説是經
從我學恭敬意　持清淨除吾我
勇猛慧壞生死　持諦法得三昧
慧能説所當説　持是慧智能多
慧能放光明遍　是經者慧之門
等能降盡吾我　六十二諸所疑
到佛門無恐懼　便從是相好具
三尊中佛爲尊　獨能説七覺意
爲懈怠示現法　是三昧不可盡
一切法當廣説　入無底陀隣尼
持是法入十方　陀隣尼譬如海
於是中成施與　戒忍辱及精進
禪智慧不可盡　住是經成無極
莫恐懼於罪垢　及諸魔與惡道
行三昧無能害　如所願得爲佛
菩薩住於是法　以十方爲明證
其來者索法器　持是經得法住
過去佛經是母　當來者亦從是
現在佛從是出　行是者爲佛子
罪垢除行不轉　過第七住法去
其有住是經者　便具足諸佛寶

説是法時三十恒邊沙等諸菩薩皆得是三昧六十八那術菩薩諸罪蓋皆除悉住阿惟

越致皆得不可盡陀隣尼所入聲六十億天與人從本已來未嘗起菩薩意今皆發阿耨多羅三藐三菩提心聞是三昧皆悉願樂願樂已後便住阿惟越致地當爲阿耨多羅三藐三菩提佛爾持便授其決却後三十億百千劫皆當爲佛號名離於恐怖諸菩薩各自起願便得無所從生法忍然後於其刹土悉得爲佛皆同一字佛爾時遍視衆會告文殊師利言以是故文殊師利菩薩欲護我法者當作無所著住當悔當持當廣說之常當清淨獨處不當有所倚文殊師利便從座起正衣服以頭面著地爲佛作禮白佛言我能忍護無所著法於菩薩道無吾無我不有亦未常有不見亦不聞不得亦不亡爾時衆會中三十億菩薩皆叉手起住白佛言我等能忍是無數阿僧祇劫擁護菩薩行諸菩薩各以身上衣供養佛便即起願佛語彌勒菩薩言念若本所願行於後當持是法於是三十億菩薩中八千菩薩能持是法耳其餘菩薩者皆剛強不能持法於後皆當亂我法亦不悔亦不持彌勒有七事起菩薩意何等爲七事一者起菩薩意二者法欲盡時護法使不盡起菩薩意三者爲十方人非人起哀發菩薩意四者見菩薩便起菩薩意五者施與起菩薩意六者見他人起菩薩意便効起菩薩意七者聞佛身有三十二相端正人向讚歎便起菩薩意彌勒是爲七事其可起多呵竭菩薩意其護法使不盡其哀十方人非人起菩薩意是三昧輩能護菩薩意疾得阿惟越致其四輩起菩薩意者皆爲剛強菩薩佛語彌

勤菩薩有五法住疾得阿惟越致何等爲五法一者等心於十方人非人二者無所適莫於他人財寶三者其有説經法者没命從後終不説其惡四者其有供養衣被若床卧具病瘦醫藥所當得者適無所慕五者深入微妙法中是爲五法菩薩住知是阿惟越致菩薩相復有五法菩薩住爲剛強何等爲五法一者面目無好色二者所作皆怯弱三者慳貪四者諛諂五者口但道空是爲五法住菩薩剛強相也復有五法菩薩住知是阿惟越致法何等爲五法一者無我二者無人三者不處法有二四者不著於菩薩五者不持想視佛是爲菩薩五法住疾得阿惟越致佛爾時便説偈言

不當貢高　及與嫉妬　妄造非説　索人長短
亦非口語　及與怯弱　如是曹人　不能護法
若有行者　在於空閑　能忍微妙　不但口言
譬若如犀　常樂獨處　如是曹輩　能護後法
常喜獨處　樂於清淨　譬如怖禽　樂在深山
不樂供養　譬如虚空　如是人者　能護尊法
朽棄軀體　及與壽命　何況世間　所有珍寶
仂行精進　於無所著　如是法器　能護後世
於後末世　當有是人　當自説言　我菩薩行
志意迷亂　著於世間　不能奉行　護於明法
我念宿命　提惒竭佛　過於爾時　八十億劫
爾時有佛　號爲光明　爲一切人　説是三昧
第一大會　八十那術　第二會六　十七那術
第三會七　十三那術　皆悉逮得　阿惟越致
其佛壽命　住二十億　項中光明　七十由旬
比丘僧數　九十九億　逮得自在　皆阿羅漢

爾時有王　典領人民　名爲慧上　是遮迦越
爾時縱廣　閻浮利地　其里數計　二萬由旬
四天其數　皆悉如是　王有婇女　六十億人
其子千人　皆悉具足　其國土名　極樂無猒
王治諸國　二萬郡縣　國中人民　各有戲園
常樂安隱　五穀自然　譬如天上　無所不有
爾時尊王　於夢中聞　有佛於世　名爲光明
從寤即起　便到佛所　從諸臣下　六十億乘
爾時從佛　聞是尊經　微妙三昧　諸佛奥藏
便以諸國　奉上與佛　所當供養　無所乏少
一切諸國　爲佛供養　立起講堂　用栴檀香
一切講堂　其人供養　所可經行　金薄布地
具足於八　萬四千歲　不起王事　但供於佛
不樂睡卧　勤伂事尊　亦不起俗　無愛於國
設使有人　説王功德　日日説之　不能究竟

所可供佛　不可稱數　所以者何　希望三昧
便即獨處　内自思惟　今是三昧　甚深微妙
今我不可　在於飲食　欲得希望　成是三昧
即便棄國　剃去鬚髮　因入深山　受行正戒
於三千歲　無有休息　行是三昧　未嘗睡卧
佛天中天　中間所道　所可説法　皆悉啓受
其光明佛　般泥曰後　國縣起塔　六十四億
諸塔供養　各五百蓋　七寶交露　及與香華
諸天繒綵　及與帳幔　挂樹燈火　各有八千
約省飲食　以爲節度　積累其數　八十萬歲
爲一切人　説印三昧　未曾從人　有所希望
若人讚歎　不用爲喜　何況於世　當有愛欲
若有請者　意常遠離　至心内行　常護後法
七十那術　與八十億　於是數中　世世逢佛
如是計數　供養無極　常遇明法　得是三昧

若有起意　護菩薩行　其欲學者　當如我學
不畜財寶　欲解微妙　內行至意　無有虛飾
後來世人　當自說言　我所作業　是菩薩行
欲得供養　非求法者　住在有中　言一切空
亦不曉空　何所是空　內意不除　所行非法
口但說空　住在有中　說菩薩行　我無所疑
時王慧上　阿彌陀是　爾時千子　是劫得佛
今大衆會　於我前者　時皆棄家　悉爲比丘
我念宿命　無數佛時　住於名字　常作沙門
佛所說經　皆悉諷誦　奉行空事　倚在有中
如是作行　不可稱數　持想倚住　供養諸佛
供養如是　不得慧行　轉意作行　便向慧門
却後與提　恕竭佛會　斷吾狐疑　便見平等
爾時封拜　得諦要決　當於後世　人中爲佛
爾時洴沙王第一夫人名爲跋陀斯利阿闍世之母也亘那臘者拘鄰之女也洴沙王第一夫人跋陀斯利便從座起前到佛所爲佛作禮以雜綵珠衣及五百七寶華蓋供養於佛便自說言我於後世來當解是三昧其有持法者比丘比丘尼優婆塞優婆夷當擁護之衣被飲食牀卧具病瘦醫藥教一切人發菩薩意不誹謗於空法不但口說空朽身不惜壽命何況世間所有爾時洴沙王宮中八千婇女及摩竭提國中六萬優婆夷聞是三昧皆發菩薩意皆悉願樂是三昧然其後世皆當持是法佛爾時便笑放若干種光明色色各異從口中出青黃赤白遍照無央數佛剎皆覆蔽日月光明還遶身三帀便從頂上霍然不見爾時跋陀斯利便於佛前讃歎佛而說偈言

在人中無有上　於行中無所等
今三界無有比　佛威神如盛華
若飛鳥在虚空　若欲笑一切可
所可説皆柔輭　悉飽滿於十方
口所説如蓮華　人中上悉與眼
今所説無不可　聲輭好如梵天
今佛笑當何感

佛爾時爲洴沙王夫人跋陀斯利亘那臘説偈言

我自念無央　數恒邊沙劫　爾時於世有
佛名爲福明　教授世間住　壽六十七劫
爾時法王衆　僧復無央數　時有遮迦越
王名爲慧剛　王有兩夫人　一名爲月明
於欲無所索　諸法無所著　棄家行學道
一億歲護法　如是不可計　於無數諸佛
法欲盡時生　彼護於後法　然後末世世
恒邊沙佛等　當復於彼處　生護於後法
遮迦越慧剛　王於阿閦佛　與諸夫人數
共生於彼國　悉已護法壽　終後爲男子
生須呵摩提　見阿彌陀佛　八千婇女及
摩竭優婆夷　若法欲盡時　常當護佛法
壽終後皆得　卅二相如佛　坐於蓮華到
阿彌陀佛前　是諸婇女供　養當如慧王
然於後來劫　一切無愛欲　便於後來劫
一劫當爲佛　教授諸天人　爲其説正法
於時佛刹中　亦無有魔事　其刹無愛欲
亦無三惡道　常以無央數　諸菩薩爲僧
亦不聞道有　阿羅漢之名　若有人欲護
於諸佛法者　不求欲得名　聞及與壽命
如是行住者　疾近爲菩薩　自在其意願

欲起何刹土　若等諸菩薩　當起恭敬意
我起恭敬意　無所倚護法　作是行者便
得去離生死　莫於世間作　習貪著於俗
我所以於無　數劫以妻子　捨國及頭目
用索佛法故　無行者用供　養故壞佛法
便展轉起諍　欲得供養故　時坐八十億
人垂淚而言　若法盡時吾　等當護後法
說經動三千　刹諸天散華　快善哉世間
人乃聞是經　一切恒邊沙　無數諸佛刹
滿中諸珍寶　悉以供養佛　不如一時信
解是印三昧　其德欲譬之　不可以比慧
不用力及強　可得菩薩行　聞佛尊正法
便起菩薩意　其有起恭敬　於是尊經法
作行如是者　便疾得爲佛
爾時彌勒菩薩白佛言後當有幾人能受持是三昧者佛語彌勒菩薩言彌勒若有後來世人持想起功德者設使我說若便不樂彌勒菩薩白佛言願佛愍傷一切人故惟爲說之若有諸菩薩諦欲學者菩薩當護其行令無缺減於阿耨多羅三藐三菩提心佛語彌勒菩薩言若有菩薩於百佛已起菩薩意然後壞敗菩薩行若有菩薩於千佛已起菩薩意然後亦復起菩薩意誹謗方等經亦不解若於十萬佛已起菩薩意然後亦復起菩薩意不誹謗方等經亦不諷誦讀之若於百萬佛已起菩薩意然後亦復起菩薩意不誹謗方等經亦不諷誦讀之若於一億佛已起菩薩意然後亦復起菩薩意聞方等經書之於其中不曉了若於十億佛已起菩薩意然後亦復起菩薩意得方等經書之諷誦讀之不

能得法忍亦不能得是三昧亦不樂是三昧若於八十億佛聞是三昧持之諷誦讀之已於八十億佛前皆起菩薩心得方等經持之書之諷誦讀之得是三昧堅持無瑕穢奉行之終不爲魔所得不爲罪所蓋若於阿僧祇劫中所作諸罪若頭痛便除其罪若亂意若見誹謗若見輕易若少得供養於一世皆畢其罪若供養阿僧祇佛然後終不怯弱心堅住內曉了若菩薩有惡道罪然後所生不端正便除其罪若多病瘦若不爲人所敬生卑賤家生於見輕易家生於貧窮家生於邊遠家生於慳貪家生於外道家與怨憎不可共會與不解意共會心多憂念在國國相攻伐處在郡郡相攻伐處在縣縣相攻伐處在聚聚相攻伐處生於種姓諸家相攻伐處生所可處相攻伐處生不見善知識不數聞法不能得衣被飲食床臥具病瘦醫藥既得少少耳所說可於凡人不可長者亦不能解了其意於功德不能致得增益數在於譴過中數爲他人所亂不能得所便供養若得聞法不解若見惡夢於夢中除其宿罪爲罪垢所可摧魔所可作不覺魔事常與不可共會若有好衣被飲一切諸可持與他人若於百佛手自作功德心無瑕穢爾時皆壞敗以是故諦復諦內起好心可當忍者一切僧那僧涅於深微妙法堅住於行於後來世人當持是法爾時可意王菩薩與文殊師利菩薩六十賢者留於後世令護後法佛爾時便說偈言

莫行諛諂　倚有所著　當正其意　持慧行住
深入微妙　住不動忍　當作是行　疾求三昧

莫作諂倚　遠離著垢　莫貪諸有　樂於所諍
當行平等　譬如虛空　如是行者　十種力寶
常當堅意　住於菩薩　當學微妙　佛之奥藏
一切諸愛　慧意無欲　已有是行　得寶三昧
常當等心　於諸憎愛　視善知識　如見諸佛
樂於施與　内行平等　有是行者　疾曉三昧
慧經光明　不可盡寶　住是三昧　不可稱數
是經之明　過於日光　故説是經　當入尊慧
譬如日月　諸寶燈明　若如冬月　髙山之雪
譬若釋梵　及與四天　是經光明　出於彼上
是經除結　及與意罪　降伏衆魔　便得安隱
神足徹視　得知宿命　曉知一切　人意所欲
我念宿命　無數劫時　愛欲悉盡　一切無餘
時佛讃歎　説是印經　當如我學　疾得不久
若有行者　諦知空虛　内意曉空　其本自然
作是行者　爲著於空　持法行者　遠離於空
我泥洹後　人當説言　一切諸法　視之若夢
若持諸法　欲有所譬　其意所起　故爲是著
空無有生　亦無作者　亦無來者　不見有往
不行是法　著於有中　便自説言　我已知空
得善知識　從其聞法　衣毛竪起　淚出而言
令師實尊　是賢者人　轉後便説　百惡之言
多有卑賤　貧窮之人　望供養故　便自稱譽
求安名聞　因作沙門　汚亂正教　持法弟子
倚於佛道　便作沙門　作菩薩行　不住菩薩
譬如海邊　遥視彼岸　行不具者　非是菩薩
若在空閑　言我行淨　於其内行　不住清淨
常望供養　親近厚善　便自説言　我是沙門
若於我道　作沙門者　住於佛法　如水蓮華
於是經中　行之如法　有是行者　能護佛法

今可意王當受我教莫作著行如世間人
遠離世俗可得佛好以故囑若可護後法
譬若那術刹土中人取恒邊沙皆悉種之
一一諸沙皆成爲實是一實者成一恒沙
如是計數千返種之如是計之諸恒邊沙
計數如是過若干刹舉一沙者以爲計數
以是計數東方如是是計沙數皆令使盡
十方一切皆悉如是如是刹數諸佛滿中
一一諸佛各數如是一切諸佛有萬種聲
於無央數恒邊沙劫説經功德無有盡時
若人有行於是經義常當内意住是經法
當諦奉行如上所説是經尊慧無有邊幅
譬如芥子在須彌頂若人從海取水一滴
説經功德其譬如是是經尊故作無著行
爾時可意王菩薩與文殊師利及六十賢者
白佛言法名爲法何等爲法寧可得知法貌
不佛語可意王菩薩與文殊師利及六十賢
者法名善男子無作之貌也無作者爲何等
貌也不可得之貌也不可得者爲何等貌不
可盡之貌也不可盡者爲何等貌無所起之
貌也無所起者爲何等貌無所滅之貌也無
所滅者爲何等貌無所獲之貌也無所獲者
爲何等貌無所倚之貌也無所倚者爲何等
貌無所處之貌也無所處者爲何等貌無所
出之貌也無所出者爲何等貌不動揺之貌
也不動揺者爲何等貌離於動揺之貌也離
於動揺者爲何等貌無心之貌也無心者爲
何等貌無念之貌也無念者爲何等貌無二
之貌也無二者爲何等貌平等之貌也平等
者爲何等貌非有之貌也非有者爲何等貌

無所住之貌也無所住者爲何等貌無所行之貌也無所行者爲何等貌無懈怠之貌也無懈怠者爲何等貌法無處所之貌也法無處所者爲何等貌泥洹之貌也文殊師利菩薩白佛言設使是法展轉不相知何所法當盡者令吾等護後法佛語文殊師利菩薩言起法法想者欲得度欲得度者住於法住於法者便處二法處二法者爲滅法之行也法亦不滅亦非不滅我今若等護是後法佛爾時便説偈言

已住吾我　便言有世　持想作行　欲脱於世
起是念者　爲住二法　爲是惑事　非正法行
法無作者　亦無壞者　不可見知　亦無人所
著於有者　因起想行　便自説言　我已忍空
起想念空　是爲非法　法無所有　便行有法
一切所起　爲無所有　於行寂然　是爲法印
於想有動　便即自縛　法本清淨　便起有法
一切諸法　譬若如響　著於有者　便處二法
清淨慧法　慧不得慧　於慧慧中　無有逮者
一切不見　可起習者　癡慧皆空　俱無所有
若使自然　當有所者　便可滅壞　就於泥洹
設使諸法　有所住處　人與非人　皆爲泥洹
著人於世　自取自放　是想非想　而求泥洹
自起吾我　一切皆爾　所起諸法　亦無識念
愚癡與智　於是二事　語從口出　爲無所有
起想行者　便惑其中　壞滅生死　欲求泥洹
心不知心　其本自然　於本自然　亦不知心
一切諸法　自然如夢　能欲起行　持有作諦
起有法者　非是諦行　滅行法者　非是諦法
假令滅行　爲是諦者　諸起有法　皆當爲佛

佛所覺者　爲無所覺　所可說法　爲無所說
所可度人　爲無所度　佛爲諦見　無所起法
設使泥洹　當爲是色　佛諸弟子　悉當在中
假令泥洹　爲當住法　大哀四等　皆成蠕動
一切人人　不能相見　於世自號　持我作人
諦視世間　無我無人　空無所著　是爲泥洹
偶比言者　自呼爲諦　壞敗滅愛　欲得爲道
已不起法　便爲一法　持有行法　處是四諦
諸佛所處　皆處一法　坐於佛樹　何有四諦
如是行者　不曉菩薩　作行如是　壞敗佛道
作沙門者　當如其法　所可愛欲　不當畜積
欲成三昧　諦其行者　譬若如犀　常樂獨處
八十億佛　人中之王　行是三昧　諸佛悉知
若有尊天　已見諦者　晝夜擁護　持法之人
經不可盡　照明一切　入是法藏　無端底門

其有信行是三昧者常於夢中與諸佛會佛爾時告文殊師利菩薩言若有人欲得菩薩道者菩薩當奉行是三昧若欲成相若欲成好十種力四無所畏十八不共法若大哀無所著欲得自然慧眼若欲成比丘僧若欲成菩薩若欲成佛刹若欲得慧陀隣尼一切人所可說聲欲離於世欲知一切人所可道欲得力欲得曉了三昧當奉行如上所教即爲如佛如將如大將如將中將爲一切上爲一切大哀爲多呵竭所可說皆平等無量等與空等無處等所說等人中上所以者何我住於是三昧提惒竭佛時我已得佛道文殊師利白佛言設使提惒竭佛時佛道何復爲世間佛告文殊師利菩薩言用三事故在於世間何等爲三一者作佛事二者度十方人

非人三者不違本願我爾時已得佛道爲泥洹已佛爾時便說偈言

行是三昧　於無底念　疾得爲佛　一切十方
無央數佛　護持法者　便悉得聞　無量無底
諸經正教　持是經者　便得無極　陀隣尼門
欲知人聲　諸慧三昧　當於是經　四諦度脫
無所著慧　能休諸有　無起無滅　無有處所
能致清淨　便逮相好　一切功德　及十種力
欲解微妙　諸深慧法　當行是經　欲得解了
一切世人　墮於冥者　欲諦教人　除其婬怒
清淨行者　當於是經　晝夜勤力　作無上行
常樂精進　於三七日　奉行印經　莫持懈怠
及與安隱　欲求是法　常持柔耎　無嫉妬意
在於空閑　以法施與　持戒恭敬　便得其願
等意自守　示一切人　以三昧經　莫樂愛欲
譬如蓮華　不著於水　堅住精進　譬如飛鳥
在於虛空　行是以後　便得無極　陀隣尼門

說是經時三千刹土六返震動諸天億百華香妓樂及與幢旛繒蓋交露七寶瓔珞金數色華及摩尼寶水精瑠璃以供養佛一切尊天諸天玉女及龍鬼神阿須倫伽留羅比丘僧優婆塞諸優婆夷皆大歡喜悉棄捐家放捨所有妻子諸寶起菩薩意於一那術說行菩薩不能究竟其起菩薩意者皆得阿惟越致無央數恒邊沙人皆得阿羅漢十方諸飛來菩薩皆歡喜去佛說是法時阿僧祇人皆發菩薩意八十那術人皆得阿惟越致三億六萬菩薩得是三昧無央數人皆得阿羅漢道可從十方諸來菩薩皆得是三昧佛爾時說經已竟可意王菩薩文殊師利及六十賢

者洴沙王夫人跋陀斯利亘那臘諸天人民龍鬼神阿須倫聞經者皆大歡喜前為佛作禮而去

佛說慧印三昧經

音釋

瑱他見切　亘古鄧切　猗隱綺切依也　廿人汁切二十也　怯乞業切懦也　洴沙梵語也此云模實洴蒲明切　阿閦梵語也此云無動閦初六切　卌先闔切三十也　譴去戰切責也　幅方六切

佛說無極寶三昧經

西晉三藏法師竺法護譯

清刻龍藏佛說法變相圖

佛說無極寶三昧經卷上

西晉三藏法師竺法護譯

聞如是一時佛在羅閱祇竹園中與千二百五十比丘俱菩薩九十億人皆如文殊師利等是時竹園四面周帀地自然生文陀般華種種妙色非世所有華華各有百萬之葉華上各各有佛坐之佛上各有交露寶蓋蓋間各有妓樂之聲一佛之前各有菩薩皆如文殊而坐問事竹園之地如三彌佛剎皆悉平等大千剎土日月之光皆悉蔽没無復明耀百日之中恒見諸佛諸大泥犁皆得休息百鳥禽獸不飲不食皆得法味百日安寧見佛歡喜自忘畜心一切人民普得法味百日安隱無飲食想心意快然發無上意一切樹木皆有音聲竹園之中化有浴池池中生十萬

種華華有交露師子之座各有菩薩而處其上其邊各有天人立侍帳間各各萬種音樂千歳枯樹悉生華葉一切樹木皆傾相向竹園左右女人見佛者皆化作男子無復愛欲逮得法眼爾時佛作寶如來三昧遍悉感動無量佛刹四方四隅上下方面無極佛刹各遣菩薩賷持妙華來詣竹園禮事供養訖各却坐釋梵四王愛欲諸天各與眷屬於中以天華香妓樂供養諸大龍王阿須倫王迦樓羅眞陀羅摩休勤等各各自與無數官屬來詣佛所禮事供養舍利弗白佛言今所感動是何瑞應佛言無應之應是其應也舍利弗言無應之應其義云何佛言汝往問於寶來菩薩則當爲汝演説此義即時舍利弗問寶來曰今此感動爲何瑞應寶來菩薩答舍利

弗羅漢疑重故未解乎有想想者非盡之法無想無作是爲法寶昔者我始發意之時與三十六億人求菩薩道時釋迦文亦在其中一切所志皆有起滅諸法本空譬如野馬無想起作持是作法而滅行求願想願欲得是自言得道起想罪根壞滅諸慧求於三尊想取泥洹疑盡滅身而生死不斷羅漢得泥洹譬如寐人其身在床一時休息命不離身羅漢得禪故是大疑寶來又問舍利弗言譬如龍王興作雲雨四面合冥不知所從來菩薩從第九已下悉已逮得六萬三昧其所興爲固不可限亦何復疑所從來處舍利弗言我學不得善知識故令我疑根不斷絶耳今聞尊法無所復益譬若如人爲百鳥作樂樂雖和妙鳥不聽受今我如是不了是法一切新

學菩薩大士聞是三昧德尊無量譬如夜時暫見火明火滅之後故冥無見今我如是無益已矣願作八千里火以身投中如是億劫然後乃出復入三惡道爲一切所噉食數千億劫後生作人求善知識寧可得不寶來答曰火雖廣大心垢亘燒學無漚惒拘舍羅不得善知識者不得薩芸若也寶來菩薩白佛言諸法無主誰爲成薩芸若者誰成正覺弟子緣覺唯加大恩演示其義佛言善哉善哉所問深妙乃欲決斷生死之根今爲汝說諦聽受之若善男子善女人欲得阿耨多羅三藐三菩提當行九法寶一者見諸天無有處但有名耳二者見世間人民但有字耳三者見五道勤苦但有習耳四者地水火風亦本空耳五者當來過去現在如芭蕉無想六者現生死無本際七者觀諸三昧寂無往來八者當觀大千諸佛刹土了無得三昧者九者見大千刹土中一切蠕動悉欲度之令與佛等是爲九寶得是無作之想者可得決斷一切大想寶來又問諸法無想當作何住得無所住佛言諸法無住住得爲想無起之念非想非道亦復是想斷求無想得住無住寶來又問當作何緣度於衆欲佛言衆欲無垢無度無主無往無來如虛空觀與泥洹等與無名等寶來菩薩言善哉善哉深妙乃爾般施菩薩白佛言菩薩欲得坐佛樹下莊嚴刹土教導十方令諸佛土如今竹園普使逮得令無所從生修行何法而得致此佛言當行八直一者直無名之響二者直無名之聲三者直觀十方佛土等無有二四者直見大千刹

法等無異五者直觀十方一切欲令與佛等六者直於無形見一切無有起滅七者直見入諸三昧無有往來相之想八者直見十方諸佛般泥洹不般泥洹亦等無異是爲八法菩薩從是疾得無所從生法忍教授十方得如竹園寶來菩薩復白佛言令諸上人各從遠來覲見世尊歡喜忘食乃得值聞是尊三昧爲是宿福本願所致耶佛言亦非本願亦不離本願所行常精進不失諸三昧常隨善知識遠離於衆事寂然不數會但志在三昧今故以寶珠來雨衆會上寶來復問新發意菩薩欲行是三昧當云何行而得致是佛言當行八法寶得是三昧一者即於佛前得是三昧二者供養十方羅漢眞人行菩薩法億劫不懈一時聞是三昧尊法解說親近奉不遠離三者供養舍利起塔彌滿植福無鈌而於法無益一時轉意作行者即向慧門四者得四無畏於十方生死無所遠離五者菩薩見五道勤苦意欲度之沒命救濟不以爲劇又欲令彼得安至佛六者菩薩事人如奴事大夫貴欲度之不以勤苦所以者何如本無故七者菩薩親見九十六種外道於中覺知欲起法住八者奉行六波羅蜜供養比丘僧雖億萬劫不如一時聞是三昧十方其有當作佛者用何爲證聞是三昧即知是人爲得佛證也其有發意向是三昧歡喜信樂而解慧者即爲已解六萬三昧是爲八法寶行是三昧即得陀隣尼門佛於爾時欣然而笑光耀煒燁靡不遍照文殊師利稽首白佛佛不虛笑笑將有意佛語文殊審如所言是寶來

菩薩從寶如來佛刹來去是九億萬佛國其刹名曰諸法自然其有善男子善女人往生者不從胞胎不更苦痛無有恩愛皆於自然華香中生生即住立無乳哺者自然妓樂朝暮娛樂寂然清淨以爲法僧若善男子善女人聞是三昧即却六百四十萬劫之罪若命終時便得往生彼國寶如來刹無日月光雖有日月明蔽不現若人往生見日月星宿即爲出現其見日月星有光明者即知是人當往生也而諸聲聞不逮知此唯佛世尊及神通菩薩乃見知之是故我今而笑之耳賢者須菩提及舍利弗俱前稽首而白佛言願加大恩加我威神得至彼刹諸法自然國禮事供養須臾來還佛即聽往俱到彼國即至而見其中所有俱亦復有羅閱祇城亦有竹園釋迦文佛一切所有如此無異舍利弗問須菩提怛薩阿竭隨我來乎須菩提舍利弗禮事畢訖從彼來還至靚衆會續自如故佛問舍利弗向至彼國皆何等見對曰我見彼國悉如此間諸佛之功德甚尊甚尊饒哉會者得遇見此也三彌菩薩從座起正衣服稽首佛足願欲所問無生之法爲有想無未起之想有識無泥洹寂然有定無泥曰不起有形無設無形而在彼間教生死五道誰是主者佛言諸法本無一切清淨因緣起滅故生諸法以空造空本無是主三彌菩薩聞佛所說諸天及人八萬六千皆得無所從生法忍昇住空中去地百六十丈從上來下稽首佛足是時三千大千刹土地大震動彌勒菩薩白佛言向者地動是何瑞應佛告彌勒今地之

動非獨此也十方諸刹地亦普動諸刹亦復各有八萬六千天與人得無所從生住在空中皆如此也彌勒復問菩薩云何得致無所從生法忍佛言有六法得致之一者知天及人當得佛者未得莂者我當往莂之不與十方天下人共知之二者大千刹中若善男子善女人當得佛未得莂者我往莂之不與十方天下人共知之三者諸地獄中人當得佛者我悉當往莂之不與十方天下人共知之四者十方人絶命所生處我悉知之不與十方天下人共知之五者十方天人壽命盡我悉知之不與十方天下人共知之六者十方諸佛取泥洹不取泥洹我悉知之不與十方天下人共知之是爲六法疾得無所從生法忍彌勒菩薩白佛言是三昧者爲極大尊欲

令衆會普共逮得當行何法而令得之佛言當行九法一者視諸法悉清淨無邊二者視諸天亦清淨無邊三者視諸生死清淨無邊四者視五道悉清淨五者於欲無所求悉清淨六者視三界色悉清淨無有邊七者視泥洹悉清淨無有邊八者觀泥犁悉清淨無有邊九者見十方無有舉名者是爲九法菩薩行如是者疾得是三昧彌勒白佛言菩薩得六萬三昧三昧寧有邊幅無耶而得六萬三昧是爲無邊幅乎佛言雖得六萬三昧但有名耳不可極盡三昧悉具足又三昧者非但一品有無念三昧有離欲三昧有坐聽十方佛三昧有莊嚴諸佛國土華香自然來三昧有所説法一切人悉還本三昧有出諸法無還想三昧有説經時化爲百種音聲三昧有

說法億千萬佛國華香自然三昧有伏諸羣生三昧有發師子意獨行獨步三昧有所處莫不發阿耨多羅三耶三菩提三昧有所在處莫不供養三昧有亂風一起時如佛說經聲三昧有所向門莫不開三昧有所在處師子爲現三昧有飛到十方三昧有向門莫不開十方菩薩往來無極二昧有坐知十方人意三昧有壞滅諸想三昧有壞滅諸識三昧有合十方諸刹土合爲一刹三昧有發意不盡三昧有視三界了無一人三昧有住一佛國到一佛國三昧有所有處令法不斷絕三昧有所在常與佛相遇三昧有坐觀十方大兵大火大水大風於其中不恐怖悉往教導之三昧有所在處但以法作器三昧有善男子善女人聞是三昧即得往來無還之想三昧如是三昧不可極盡今爲會中粗說之耳有無名三昧有住諸法三昧有名諸慧三昧有教法三昧有滅壞羅漢辟支佛三昧有法寶三昧有總持無無名法三昧有知人意三昧有斷諸煩苛三昧有制力欲覺三昧有滅十方種力三昧有智慧光明所處三昧有不可計三昧有見法時如水影三昧有不可盡淨慧三昧有空諸惡三昧有無願想三昧有住禪乃至泥洹三昧有譬若金剛無穢三昧有極明三昧有過諸煩已盡三昧有廣大水法三昧有莊嚴大船三昧有入無名三昧有不盡喜意三昧有總持無所忘三昧有在冥悉令明三昧有所樂悉樂三昧有慈行三昧有淨大哀三昧有入等心三昧有出等心三昧有名已脫未脫三昧有光明所從來處三

昧有曉無所曉三昧有脱慧脱教三昧有色蓮華爲現三昧有離無常三昧有尊智慧無主三昧有勇猛無所不伏三昧有開闢諸刹三昧有清淨無形三昧有無名寶三昧有如海無所不受三昧有神足廣大三昧有如彈指無所不及三昧曇摩菩薩語舍利弗言所問慧住故曰不可極是應時聞所聞如意不自貢高所作不忘常敬意如所教習慧用意無所受故不失禮節所作法不忘不亂意如珍寶除諸老病以意爲法器是爲樂忍辱所思但想諦言所樂但法意慧不用足時所施無所惜所與無適莫所聞諦意觀歡喜無所得其意已悦身體爲輕意不在外道但欲聞法味及比羅經但欲聞漚惒拘舍羅但欲聞四等心欲聞無底法如意不異念欲意受漚惒拘舍羅欲聞無所從生法不貪觀但欲意受慈度之欲知無常聲欲知寂然之意欲知空復是空欲知無想生死及布施一切不欲聞但欲聞音樂隨樂十方忠信以作正降伏諸欲根曇摩菩薩白佛言菩薩已得寶如來三昧自在所爲衆意已具便得三寶一者譬如水中影影亦不在水中亦不在水外菩薩於是間坐其身悉在十方其身亦不在十方二者菩薩於是間坐分身悉現十方佛前坐其身亦不在十方佛前坐三者譬如山中呼響音聲還報音響亦不在内亦不在外菩薩於是間坐悉遥説十方佛諸菩薩事十方諸菩薩亦無往來到彼者彼亦無往者如是也佛語曇摩菩薩已得陀隣尼門譬如持弓弩布矢在欲所射無所不到菩薩持一慧入萬

億慧靡所不至如是也佛告曇摩菩薩汝見阿須倫欲與兵時彈指之頃兵到六天中間無空缺菩薩已從第九以下欲說法時如是也寶來菩薩語舍利弗言淨者貪欲消伏其意無貪欲者是不可盡其諸惡意者不能伏復亂其意護於惡意是故不可盡其意瞋恚有形欲貢高諸所不可索可欲作菩薩常欲護是意知不可盡去諸垢當知意不可盡護者不令懈怠當知其意不可盡其狂亂者轉以法護之當知意不可極無智慧者欲護之知意不可及一切以法施與法脫之當知意不可盡欲教一切人皆令爲功德當知是意不可盡寶來菩薩語舍利弗言菩薩有四法一者意作陀隣尼行不可盡二者陀隣尼所入行不可盡三者以陀隣尼教一切是不可盡四者愽學問故陀隣尼不可盡是爲四復有四事不可盡一者上脫中脫不可盡二者四馬之路不可盡三者可意之王不可盡四者十二因緣無有主不可盡是爲四復有九法不可盡一者無我之語不可盡二者無作之想不可盡三者寂寞泥洹之語不可盡四者所度不可盡五者大海流水無有懈倦不可盡六者諸惡無垢不可盡七者苦痛之聲不可盡八者去來之想不可盡九者所度無主不可盡是爲九復有九法不可極一者諸佛剎土不可極二者諸菩薩所從來處不可極三者發阿耨多羅三耶三菩提心者不可極四者失願取羅漢辟支佛不可極五者十方菩薩從一佛剎飛到一佛剎不可極六者六波羅蜜不可極七者三三昧不可極八者

過於泥洹亦如化不可極九者三昧不可極是爲九寶來菩薩語舍利弗言菩薩有三十二寶一者其心不著愛欲是即忍辱不可極二者不起我非我亦無所造是故忍辱不可極三者不念一切善惡是爲忍辱不可極四者不恨心意於一切是爲忍辱不可極五者不瞋怒向一切人是爲忍辱不可極六者不懷念他人惡是爲忍辱不可極七者亦不妄嬈人有所繫是爲忍辱不可極八者於大會不調戲於座中是爲忍辱不可極九者自護護他人身是爲忍辱不可極十者有貧窮者給與護之從後無所希望是爲忍辱不可極十一者自制不隨惡知識是爲忍辱不可極十二者無有愛欲意於身及他人身是爲忍辱不可極十三者不起諸想無念善惡如彈指頃是爲忍辱不可極十四者護於功德莊嚴身相是爲忍辱不可極十五者信作善不離於三昧是爲忍辱不可極十六者常護口不妄言是爲忍辱不可極十七者心意清淨是爲忍辱不可極十八者堅住善知識世世與相隨不於他處說其過惡是爲忍辱不可極十九者自較計他人有惡者我亦有惡是爲忍辱不可極二十者所念無有邪邪即覺是爲忍辱不可極二十一者輭心和意是爲忍辱不可極二十二者護惡人令心不起是爲忍辱不可極二十三者生天者教導諸天是爲忍辱不可極二十四者生天上世間教兩道中不更三道是爲忍辱不可極二十五者具足諸種好是爲忍辱不可極二十六者得音如梵天聲是爲忍辱不可極二十七者

脫婬怒癡是爲忍辱不可極二十八者不於諸色及名有想是爲忍辱不可極二十九者所作功德不著但欲起衆法取是爲忍辱不可極三十者降伏諸外道是爲忍辱不可極三十一者已出諸病中是爲忍辱不可極三十二者具足諸佛法使不傷誤是則爲寶不可極三十二事復次舍利弗復有三十三事爲所入寶一者欲入響欲入觀觀無所觀是即爲寶二者欲入心離心是即爲寶三者於心無主是即爲寶四者欲入身求脫本無脫者是即爲寶五者欲入十二因緣無有住者是即爲寶六者欲入不斷離於不斷是即爲寶七者欲入無常視之無形是即爲寶八者欲入無名主離於無名是即爲寶九者欲入寂不離於起是即爲寶十者欲入三界不離三界是即爲寶十一者受無所受是即爲寶十二者欲入當來過去亦出當來過去是即爲寶十三者欲入功德觀本無主是即爲寶十四者欲入空空中空是即爲寶十五者欲入無想不起無想是即爲寶十六者欲入願離願是即爲寶十七者欲入空離空想是即爲寶十八者欲入三昧無有合所以者何法無二故是即爲寶十九者不以三昧有所願生處是即爲寶二十者三昧不爲一切諸法作證是即爲寶二十一者欲入無生之道無有度者是即爲寶二十二者欲入無生處是即爲寶二十三者欲入不動搖處是即爲寶二十四者欲入一切無我不離無我是即爲寶二十五者欲與生死初無相知者是即爲寶二十六者欲與三昧初無相識者是即爲

寶二十七者欲入相初無相知者是即爲寶二十八者欲入欲猒欲意是即爲寶二十九者欲入不念無有念是即爲寶三十者欲入陀隣尼門無所不總是即爲寶三十一者欲入者所作惡欲不爲惡是即爲寶三十二者欲入漚惒拘舍羅以意作法器是即爲寶三十三者欲與萬事相應不相遠是即爲寶三十三事佛語文殊師利譬如欲入城當從其門欲知因緣無所諍欲知諍者不如自守欲知不欲語言者不如莫在中不欲動者勿得轉欲無希望者當無所想不欲色者當正住不欲有異者當寂自守能自守者不稱説不自高自下者其人已具足故欲有所便者所作無所失得道亦如是無有疑無有疑者知本無故知本無者無所失故三世等無有異

三世無增減者不住色已不住色爲不住衆法也眼見色者但是眼精住非是色也耳聞聲無所住鼻識香香亦無所住口識味味亦無所住意亦不知識識亦不知意意無所住如本行無有想慧行諦諦如是無有我是我所諸法見但見無我慧不知所有所有亦不知慧慧不知習習不知慧菩薩心不離心曇摩菩薩白佛言道不與想合者爲有合者無佛言諸法不以想爲證但以音響爲法譬如人吹笛聲音悲快與歌相入音均合同諸三昧者亦如是諸化亦如是念亦如是覺亦如是生死無名離於無名念化覺亦如是諸名無處我不想之無作之想爲離無離無作之作以爲作想想行寂然都無所有諸法非欲一切皆然寶來菩薩白佛言諸寂不起欲決

斷大疑各還本處佛言諸法處無有處化亦無處念亦無處又問生生處有生生無化化處有化化無念念處有念念無覺覺處有覺覺無佛言生生復生泥洹生是爲合怛薩阿竭意生生復生不生泥洹生是爲不合怛薩阿竭意化化復化泥洹化是爲合怛薩阿竭意化化復化不化泥洹化是爲不合怛薩阿竭意念念復念泥洹念是爲合怛薩阿竭意念念復念不念泥洹念是爲不合怛薩阿竭意覺覺復覺泥洹覺是爲合怛薩阿竭意覺覺復覺不覺泥洹覺是爲不合怛薩阿竭意

文殊師利菩薩說頌言

法法無有生　合爲一淨耳　生生不復生
泥洹皆如是　化者從本無　化化無脫者
化與泥洹等　寂然無處所　念者本無識
發念因空耳　泥洹與念等　所念諦如是
覺覺平等行　所覺無所到　所覺無常住
是怛薩阿竭　化處無有處　所覺無所到
若化無處所　諸法皆如是　生處有本無
無生是其處　化處無名處　一切爲三昧
念處有念無　從空到其處　非本無所諦
其慧已如是　覺行不相連　覺不離其處
行從覺見識　離覺無有脫　所生法不絕
所在常如是　三千日月中　所明無有上
法者悲思想　所當還行者　於欲不起垢
悲空亦悲想　如來意常淨　亦不處法名
所脫非常住　一切如本處　華香自然來
所出無處所　清淨竟無處　所有皆悉爾
千歲枯樹生　皆從發意起　皆見大光明
世明最無有　虛空無音樂　晝夜光明見

是時大會者　悉發菩薩意　人民大歡喜
皆得聞是經　即動三千刹　得受不動身
寂然法爲見　無名是其應　何況世所有
一切皆如是　清淨不爲定　癡慧本無是
淨癡合同本　慧本無脫者　三昧無所起
一切皆如是　菩薩住道地　在意所從生
五事不可親　令墮三道中　遠離如是行
得佛達十方　百日得法味　奉行是三昧
皆從諸刹來　飛來至佛前　諸天及國王
悉得見佛身　志意大歡喜　身體爲悉輕
不當以色相　觀法有三尊　般若比羅經
所處無三千　如來本發意　願不離十方
常作大法園　所處無三千　三界之中人
及上忉利天　悉荷陀那佛　其號天中天
發意到其國　須臾復來還　摩提那菩薩
飛還到竹園

佛說無極寶三昧經卷上

音釋

叵（普火切不可也）漚惒拘舍羅（梵語也此云方便漚烏侯切惒音和）
莂（必列切記莂也）苛（寒歌切苛細也）適莫（適都歷切適莫猶可不可也）

佛說無極寶三昧經卷下

西晉三藏法師竺法護譯

舍利弗白寶來菩薩言仁所來處剎土何類本願何如無極國土寶來答曰無極國土爲何如耶舍利弗言無極國中悉皆菩薩無有羅漢異種雜人也一切所有皆是七寶寶來言我發願以來所度不逮不願無極國土所有也法無起處豈有思想一切剎土有起願者今復逮是無極想願舍利弗言仁者來時賫持妙華貴其珍奇不亦想乎答曰是華無形但以爲主而於竹園以法授之耳又舍利弗見佛像者爲作禮佛道威神豈在像中雖不在像中亦不離於像但有想者謂有威神觀之了無所有也願者譬如忉利天上有華名拘耆諸天莫不愛樂者菩薩以法爲一切導眼目道本所有但以意作法器耳舍利弗言意者獨有主耶寶來曰意者與諸法合諸法與意合道者無主以無起作主是故爲法器也又謂舍利弗汝見化未曰見之寶來曰化道在何所從何所來去至何所舍利弗言化無處所寶來言何知爲化舍利弗言但見化成時不見本末故名爲化寶來曰是故無所有也舍利弗言見者爲倒見乎無所見何等爲見寶來曰諸想如化是爲見未起法如化未來法無名是爲見無造法未作法是爲見無有造化者但作無名之想是爲見怛薩阿竭作無造之作是爲見舍利弗言於是見中有往來無寶來言無往來者以故爲見設有往來者是不爲見是爲倒見也舍利弗問寶來言乃有斷輪門者無寶來曰薩芸若者

已見無形之門是爲已斷輪門已空可致脫無脫者可致於空譬如空無所不入何以故都無有處用是故無所不入用脫於本故其輪不轉曇摩菩薩語寶來言諸新學者我欲皆使逮得是法寶來曰欲得空定者當行九法一者當定十方人悉令作菩薩二者見諸惡意令心不起是爲定三者視五道勤苦悉欲脫之是爲定四者於癡徑中不起吾我是爲定五者視諸不明悉欲令明是爲定六者所作功德悉令不失是爲定七者視十方人皆等是爲定八者觀當來過去諸可意生勿復作識是爲定九者使諸佛刹人悉志菩薩意不動轉從是疾得三昧是爲定彌勒菩薩白佛言今在會者誰不發阿耨多羅三藐三菩提心佛語彌勒昔沙呵樓陀佛時我初發意爲垢所蓋不得大慧但聞菩薩謂發意當得其處也但想空不得蓋師不得漚惒拘舍羅遠離善知識爲欲王所欺音著不斷失波羅蜜没六十二劫後與法自然佛會斷我諸疑逮得本無立於空中諸根即斷見於慧門得無動之形從是轉行便斷法輪便從正覺受是三昧雖六十二劫發意於法無益後與法自然佛會便得大樹乃更發意發意時有九十億人俱共發心求阿耨多羅三耶三菩提彌勒菩薩白佛言初發意者有幾法佛言有九法一者遠離衆會常志寂靜二者得善知識從受法不失三者遠惡知識不與從事四者當遠離五事一者惡沙門二者惡婆羅門三者惡黃門四者惡牛惡馬五者蛇虺毒蟲此五者不當與從事未得道須令人入泥

梨以故當遠之五者初發意求羅漢辟支佛心者當遠之當覺諸魔事不當與共事也六者但夢中見佛說深法七者但爲法發意不在飲食八者不當數聚會有所希望九者當等心於十方等心於三昧志欲坐佛座不恐怖是爲九法佛說是時六萬愛欲天子皆得是三昧諸天飛在空中悉言善哉善哉得聞是法福德無量彌勒菩薩白佛言是諸天子得聞是法自持功德持佛威神耶佛言是諸天子今聞是者宿命以事二萬佛供養舍利如須彌山雖有是福無益於泥洹今聞是三昧起壞前福所以者何前世所植福皆有生滅今是三昧以空壞有彌勒又言聞是三昧者後得無復壞滅耶佛言是三昧終不可壞所以者何三昧無名處無想處無念處無形處無識處無威神處無有結行求脫處三昧清淨是不到彼彼不到是無有願想非想處無有造作於化無有形處無生死斷無斷處但有名但有響但有聞慧之處慧無所到無作器是故不可壞不可滅無色處於欲無作識處無起行處不受衆味無有形無出無入無生處無應處寂然無動無邊幅不可壞敗欲敗壞者是大癡根生死之門也又舍利弗有五不直不當與從事一者不當處法有二二者不當於法有所起三者不當現諸法是非無有名者四者不當於當來過去有所見五者諸法不可斷是爲五菩薩得是無去來之法者疾得阿耨多羅三耶三菩提須菩提白佛言若有念苦樂者則不離於苦樂是則爲二法菩薩者不中離不上離不脫離不中

無所離於所作遠無作是爲作所起如幻以
幻脫幻幻中無幻幻中無名如是亦不從法
得度亦不離法得度於脫中復脫是爲無有
主但有名耳於字無知名者是爲法輪斷舍
利弗言法輪本清淨無所有誰有斷輪者寶
來曰不知輪有處者是即爲斷佛言貪可法
者是爲生死根滅法亦爲無結之作也無作
之作是爲不離作離貪諸可即爲無有斷者
無貪不起是即道無可不可無生不生無識
不識無死不死無斷不斷無遠不遠諸可不
可所住無想離於無想所念無念所説無所
説泥洹無滅離於無滅泥洹無形離於無形
泥洹滅盡無所盡諸法寂然離於寂然諸法
無可不有所失於慧離本非名無想所明無
所明於明冥無相知者癡慧無相入者於道
無有得道者若苦若樂無相識者所起無所
想於清淨無難易所度無有主所至無相離
者諸法非名離於非名所度如流水於名無
轉者如是者皆即道也佛以三昧度如人意
以萬物自莊嚴但莊嚴無形莊嚴倒見莊嚴
諸可意王莊嚴是想非想耳文殊師利菩薩
白佛言此諸天人來在會者有幾所人得是
三昧佛語文殊今是會者諸天及人一切普
悉得是三昧逮是功德悉當作佛當受尊決
斷於五道爾時會者聞佛所語八千億諸天
及人悉得無所從生法忍即昇虛空去地三
百丈其身上各有萬億華香却乃來下稽首
佛足阿樓菩薩呵提菩薩從座起白佛言是
諸上人飛在空中身上華香從何所出佛言
譬如淨帛本自淨潔在所染之五色鮮好帛

本自淨色本亦淨二物因緣故得明好色亦不入帛帛亦不入色以淨因緣而得發明菩薩清淨故致華香其所因緣亦復如是菩薩亦不在華香中華香亦不著菩薩諸天及人得斷念想逮明慧法便有華見用華淨故因緣與耳法亦如是無住者成諸功德住想行者開生死門羅漢辟支佛所以由遠五道者但用十倒見故一者見諸功德悉言脫者悉爲倒見二者見五道勤苦欲取泥洹是爲倒見三者見萬物無常欲疾離之是爲倒見四者求安本自無本是爲倒見五者知出無間入無處世自無出求之不止是爲倒見六者羅漢取泥洹時身中自火出火亦無處便起想出身中火自燒者故知生死不斷是爲倒見七者本末不可盡而自求盡是爲倒見八者欲於泥洹滅盡諸惡不知無主及欲滅之是爲倒見九者所施與不發一切人意但欲法不斷是爲倒見十者於苦於樂不等淨行言有二法是爲倒見行菩薩道當知是事而疾離之佛語阿樓菩薩摩提菩薩等今是諸天及在會人皆是往昔阿呵耨佛時人也今於我前悉剃之者宿命已於六萬佛所受是三昧今故於此而剃之耳却後我法欲斷絶時是等當有四十萬人當持法住令不斷絶然後久久有惡沙門若壞戒人當壞我法須菩提白佛言何所菩薩護法令不斷絶佛語須菩提是四十萬菩薩悉住第八已下於法無煩苛之想是爲護持法令不斷絶也須菩提白佛言何等爲壞法者願佛説之佛告須菩提若有得羅漢辟支佛若沙門及天與人

起想煩苛於法求名壞亂本慧妄增減法枝掖解説以僞錯眞以辯亂道不惟空慧而務嚴飾聞佛可得志存超獲不知漚惒拘舍羅而不勤植德行爲是法賊破我道者也阿須夷天潘那提天提天樓尼天拘屬提天施那利天俱白佛言願持形壽歸持法者千億萬劫無休息時常令我等得是三昧佛言其有德人奉行三昧如法不失則得佛疾其有發意行是三昧者譬如泥洹天上有寶諸寶中王天上天下寶中最尊有佛在世寶乃現耳名日精摩尼珠有得是珠持著器中若著手中視之四面空中在欲得幾日雨珠寶所向莫不如願是尊寶珠不當貪惜當雨三界普令獲寶是三昧者德亦如是也羅閱祇王白佛言佛者尊祐世之大道常有大慈救濟十方願以寶珠雨我國界得令人民普得福利佛則時笑神光暐曄阿難正服前白佛言佛不妄笑願聞其意佛語阿難見是王不欲得泥洹天上寶珠雨羅閱祇使普富饒不知寶來三昧已得是寶也佛語王言寧見人民百日不食普得安隱以法爲味又諸女人化爲男子是法之利不亦大乎王心歡悦即脱珠寶以散佛上及菩薩上化成華蓋列在空中其間悉有百千音樂王倍踴躍忘食之想王白佛言是華蓋者從何而出佛言從無處出又問無處從何出佛言從無起來又問無所起從何所來佛言從無所生來又問無所生從何來佛言從不動來又問不動從何所來答曰從無造來又問無造從何所來曰從無名來又問無名從何所來曰從無生來又問

無生從何所來曰從無音來又問無音從何所來曰從無二來又問無二從何所來曰從無形來又問無形從何所來曰從自然來又問自然從何所來曰從化來又問化從何所來曰離於化來又問離化從何所來曰離於不化無無相知處來又問無相知處從何所來佛言以是故爲諸法也王聞佛語倍大歡喜白佛言此諸菩薩從遠方來願悉請之明日到宮佛即許之皆受其請王即還宮莊嚴供具夾道施帳幢播粲麗宮中皆以珍寶作座夫人婇女齋戒盡敬明日文殊及寶來等與諸菩薩俱詣王宮寶來菩薩讓文殊曰今諸上人宜於前入諸菩薩言於慧無處於意無形於念無想於法無所施不離道已斷於法輪於法無念想無多少如是者故爲尊多入於權於薩芸若無相知者已被法鎧於三昧無增減是則爲尊故宜處前寶來菩薩答曰今諸上人年耆德高以故爲尊宜在前入諸菩薩言我等之年亦如枯樹根本已死無有華葉尠於蔭覆於世爲薄仁者雖幼入慧甚深譬如寶樹益世弘多以故爲尊故宜在前既皆入宮就座而坐諸天在上以樂之王使夫人及諸婇女燒衆名香進奉供具飯食畢訖王問寶來我今欲得見十方佛我當行何法而得見之寶來曰欲見諸佛當行九法一者視十方佛與是無異二者當視道無有徑三者視一切無有脫者四者當視飯食如化所見五者當知五陰無有識想六者當知六情觀之如幻七者當知所觀但是倒見八者於法中大施與九者當知所施無所施是

爲九也空其意等所視無彼此志寂然得淨定無所見則普見佛爾時讚寶來曰快哉快哉審如所說佛說頌曰

常當願是劫　所生常遇尊　從受大智慧
常除愛欲根　不貪亦不疾　惡意不復生
乃於無數佛　得聞是三昧　入於三千剎
當行尊三昧　不於一切人　所有諸珍寶
法不從五陰　亦不離其處　從觀得脫名
一切皆如是　從觀得歡喜　發意無所至
其處已如是　是爲天中天　若在三界中
不生亦不死　泥洹及泥曰　一切無有是
意不當邪念　所行作非法　若在三界中
持心令不起　音響有還答　内外悉相應
不起悉寂然　諸法亦如是　三千諸佛剎
名字悉如是　無聞亦無見　非法所當議

三昧不校計　以數持作多　慧者解是言
得佛無常處　法者悉清淨　曠大無有雙
常作無邊水　所載蔽三千　意願陀憐尼
發意無有前　法者已如是　一切常奉行
我念求法時　從來若千劫　志意常棄家
於欲無所求　常依善知識　得立正法住
是時於大會　得聞尊三昧　志意大歡喜
即住虛空中　去地百四十丈　叉手在佛前
令坐諸菩薩　受莂亦如是　其意增歡喜
得聞諸三昧　便從一佛剎　飛到諸佛前
不動亦不搖　震動諸剎中　龍王大歡喜
即雨萬種香　化爲諸水池　上到三千中
華香自然來　亂風自然生　百種諸音樂
悉住於空中

於是寶來菩薩問文殊師利言今此香華從

他剎來及諸音樂來在會中爲佛威神將菩薩力耶文殊答曰佛及菩薩得力神變皆不可見知是樂者無名之樂有所在處法音無名處若樂是樂處所有如化是樂無二法是樂於羅漢辟支佛悉欲受之是樂所見異道悉欲令得佛是樂所度無有主是樂一切處無處所無起於三昧無煩苛是樂一切處無有名是樂諸所有皆如化是樂非音處無所生處是樂法所施無所施是樂大千剎中無常處是即樂一切人令得信無所得是其樂當來過去現在三處盡無所盡是樂令還本無所見是樂見法輪是爲無所見是樂三千剎中一切等是樂十方三千樹法之藏是樂十方剎但有名是樂色欲合是樂於名字無有主是樂無邊幅一切寂是樂一切明與冥合是樂諸所行不失戒是樂諸所合不離三昧是樂虛空寶度無極是樂諸慧覺無有處是樂諸所可是樂一切決無受者是樂三界中無與等是樂貪於法不惜命是樂一切明令復明是樂諸所有但倒見見正者是樂布施無所希望是樂意無極作大船師是樂無邊園脫無極是樂意寂靜是樂無所定是樂諸三昧門無倒者是樂亦無聽亦無聞是樂諸所念非正意是樂一切人無脫者是樂諸所度譬若幻是樂初發意三昧俱是樂諸菩薩所從來無有處是樂諸菩薩在意生到十方是樂非青黃白黑無道徑是樂如是寶來欲知佛及菩薩威神音樂所樂如是寶來菩薩說頌言

文殊師利意　慧尊無有前　所施蔽三千

其智莫不尊　威神所施行　悉除三千中
諸樂無所欲　但爲不脱施　法樂爲最大
於化無度者　所施樂法與　若空無度者
法與樂俱行　無有過是寶　所樂不有主
若空無處所　深入諸微妙　曉了一切人
使之得大法　斷滅勤苦根　一切世間人
悉有意不解　以法爲覺意　以慧救一切

佛爾時遥爲寶來菩薩説頌曰

離空非想　是想非空　於法不起　即爲是起
常當輭意　淨無所有　色欲同合　無相入者
所説無形　不離有形　同法如夢　所可無底
是寂離寂　無離不造　衆法無主　所可如化
都無所受　法無所捨　所作倒見　一切皆然
非色離色　是色不離　其法如色　其處如是
非音是響　無聞不見　不聽不觀　所有如是
於化無名　自言爲是　法無是計　所度如是
於幻無見　所見離見　離貪諸欲　非法所儀
於欲無垢　不著無離　如是諦見　無有見者
於淨離淨　十方無造　所可若寶　如化無主

寶來菩薩知佛所説便於宮中説頌曰

疑本不解　謂法皆然　本無常住　疑慧如是
於想無勞　識念無苦　舉名住字　非求法者
於本不爾　不還不是　所可無可　遠離無可
脱生無滅　是即爲滅　於滅無想　是爲非滅
於法無生　亦不想成　所以者何　諸法皆空
亦不求言　我離泥洹　所以者何　本末淨故
不盡十方　舉之爲證　有言是我　是即爲證
不當遠念　念於十方　法無二法　即得無名
法非思想　可當逮者　起行如是　不見尊法
要當解慧　於妙不恐　涂行不生　可謂慧門

寶來菩薩問文殊師利今在會中新發意者我欲使得無極法當何以致之文殊答曰於想無作即得無極法又問何謂無想作者文殊言當逮九法寶一者意無處所是即寶二者觀法無主是即寶三者不見有當來過去是即寶四者於法無有造作者是即寶五者所施但施經法是即寶六者見五道勤苦於其中不轉是即寶七者所覺不遠漚惒拘舍羅是即寶八者直見諸法不處法有二是即寶九者到於泥洹亦如化是即寶是爲九法寶於是文殊師利說偈曰

於可無所欲　所住無常名　若空無有垢
佛笑無不可　笑空不離末　如本無笑者
已住諸法名　一切皆如笑　法者皆是一
已笑便有二　於二無名字　是故爲是尊
所笑無所著　但爲衆法施　所動無所動
是故無上尊　笑者無還報　一切無有主
其笑不離本　是故天中天　笑者無所起
但爲倒見耳　於法悉寂然　寂者本無故
笑者不離化　以化大施與　於化無舉名
是故乃爲法　於法無有是　但爲不脫施
所脫不爲脫　佛者亦如是　故於大會中
議度無度者　於法作施與　無有與比者

舍利弗問寶來曰欲使十方一切學者皆得總持諸陀鄰尼修行何法當得致之寶來曰當行三十二法寶一者欲使一切未發意者皆當度之如化無礙二者未發無上正真道意者皆令住正法三者視三千大千剎土等無異四者若住限者令遠離衆欲在於慧門無動無轉得至泥洹五者人說有天無天志

不動還六者志道堅固意不怯弱七者一切無來受生者視當來過去無有二八者觀諸三昧禪寂然無處所九者諸所度無有主一切從空致空十者三千大千諸佛我悉從受法十一者他方刹土敢有來聽經者悉令得決十二者諸佛刹土所有華香來者亦不喜不來者亦不求十三者諸發意者使得法住十四者當來過去意無增減所以者何知本無二故十五者悉欲令十方蜎飛蠕動奉持禁戒終無毀犯十六者無有邪念在於十方轉意還本則向慧門十七者無所不忍常無恥恨十八者從觀至觀無有度者十九者如本無住無常住處二十者所度無有主如空無念想二十一者於慧作施與無有舉名者於欲無所著便從是得脱二十二者所説不離對因作施與故於大國衆中度無脱者二十三者於無數刹飛到他刹在諸佛前無所罣礙二十四者視諸刹等無得脱者二十五者淨癡同合本淨無異二十六者住大千中主作橋梁勸進未覺令冥見明二十七者於大海中作大船師度諸羣生無有猒極二十八者作無邊蓋閉塞衆垢二十九者作無極慧不離十方三十者作大慈哀包潤一切諸未度者悉當度之故號之曰天中之天三十一者常行等心無有偏適救濟無雙故號無上尊祐三十二者菩薩所説不離經法遍大千刹中莫不等聞是故空中自然生華是爲菩薩三十二法寶於是寶來菩薩説頌曰

十方普如化　一切皆無常　眞法正諦寂

演説度衆生　有想不離想　一切寶本空

若華未施業 其色不可當 一切所衆欲
立之可意王 諸寶無上尊 號爲天中天
故於大會中 議度無脫者 其本無常住
故字十力尊 一切爲倒見 世間謂之冥
所可若能化 能脫十方中 虛空無常處
佛藏悉在中 以脫無脫者 故教十方人
十方諸佛刹 合之爲一國 自然衆大會
悉滿十方中 佛者一切覺 笑不離其容
不離黃金色 以示未脫人 十方爲作導
意不離法王 所施無所施 華布於十方
金色大蓮華 遍滿諸空中 起想而作行
不住諸天中 文殊師利意 曠大無有雙
使得道別者 住在虛空中 寶來慧意尊
光明遍宮中 可意諸天人 悉得到法門
十方諸菩薩 感動諸刹中 今會諸天子
得聞是尊經 徹見諸一切 乃到可意宮
化爲交露座 萬種天華香 聽受諸三昧
坐觀大衆中 諸來宿功德 發意供養尊
尊者不見有 所有皆如是 諸脫無有數
三界不可極

文殊師利菩薩問寶來曰衆音如化所作法無想亦不可盡故有自然當以何脫之寶來答曰有九法寶一者自然無處亦如化二者諸法無處亦如化三者當來無處亦如化四者諸所有世處亦如化五者觀過去處亦如化六者觀見諸法如幻耳亦無有處亦如化七者所可無處亦如化八者得道無脫處亦如化九者得於泥洹本無住處亦如化是爲九法可得脫慧文殊又問過於泥洹皆亦自然誰爲是化本者誰是化主者化爲有本無

化有所起處無道爲有處無寶來答曰有九法知化無處一者非道無處是則化二者化非處無想是則化三者化者無起化處無處是則化四者常名所有無盡時是則化五者化處無處是則化六者於道無想是則化七者化者於起無起是則化八者化者於諸欲無有處是則化九者化者於所度無所處是則化是爲九法知化本於是文殊師利又說頌答曰

十方無化者　化化無有形　一切無常寶
是故爲化主　道者不化得　亦不離其處
所說無常形　自然在其處　諸寶從化得
本離從無有　其本因化生　是故人中尊
欲者從化起　法本無有是　化而住五道
無有見化主　生死及五道　與化不相連
以世貪不斷　故現正覺耳　如來及化生
十方尊無極　持化大其世　世間無知者
法輪無色轉　於化無轉者　繫色有思想
深法無轉者　想色化十方　莫不受法者
所施大智慧　世間無說者　諸欲及羅漢
不逮覺是寶　故於衆會中　廣說無二寶
智慧不可極　光明最無有　十方作橋梁
所說無有二　十方諸佛刹　悉令爲平等
亦不使其人　發意有異心　十方諸法園
一切法度垢　亦不從世間　於法無脫者
於慧無有脫　不見往來者　於寂復見寂
明中復見明　法者悲慧得　自然本無是
慧冥俱同合　故無相識者　癡慧不同合
其慧衆冥明　所施但爲法　如華在高山
諸惡不可極　色欲不可盡　泥洹及生死

一切皆如是　十方諸佛慧　無知無覺者
所以見淨法　故言世無有
曇摩菩薩復問寶來菩薩言於化無起離誰
爲成主者泥洹不生滅不遠五道當來發意
轉住法輪淨無諸垢一切衆生誰爲度者寶
來答曰快哉所問欲決一切生死之根乃如
是乎菩薩有九法寶一者於化化生無主二
者於泥洹與生死初無相知者三者於生死
於滅無滅四者一切天上使不還生無生處
五者當起意未起意如處住六者三千大千
佛刹觀了無得度者七者於念無起處八者
悉使三千佛刹皆取泥洹意亦不喜不取泥
洹意亦不瞋所以者何諸法無處故九者隨
願取羅漢我悉令發意若有發意求願者不
令復還不起諸生無有還願是爲九法又說

偈言
於可無不可　於欲無所欲　所度無見者
法輪無常處　慧者無所說　因度無往者
故見大正法　世之最無有　道者無常名
故爲十方寶　以得無得者　生死無有道
四馬不可盡　可意無有足　世間悉樂之
不捨不得道　畏生無有脫　不畏無脫者
生死當舉名　立之爲五道　有報無答者
可謂爲是法　法者本無二　所有諦以覺
無邊亦無幅　無極不可計　本際如影響
無有往來者　於起無所起　法無諸欲者
生死本無處　生死化如是　於淨無有淨
於垢無有垢　悉爲十方人　斷絕諸五道
淨意若如水　一切無瑕垢　青黄及白黒
悉得見其形　諸法不可呵　即得無上寶

吾我及與人　世間無得者　不住無住諦
所有諦如是　所覺無所見　世間諦如是
不度無不度　世時誰不有　十方立正覺
悉得無上寶

曇摩菩薩問寶來菩薩言欲使十方諸天人民自然皆令得如其處當得何等法得致之乎寶來答曰有六事得逮是法一者聞如是會時是即爲寶二者得聞是經是即爲寶三者還本功德是即爲寶四者得聞是經法者悉得六萬三昧是即爲寶五者已得六萬三昧欲十方人發無上意是即爲寶六者皆使十方悉得會於佛樹是即爲寶說是經時九十億菩薩六十七億諸天人民皆得無所從生法處九億菩薩得是三昧三千大千佛剎六反震動諸天於空中大作妓樂諸龍阿須倫皆得聞見是深三昧阿難正衣服長跪白佛言是名何經云何奉持佛語阿難是名爲無極寶當奉持之佛說經已諸天人阿須倫人非人皆歡喜各前爲佛作禮而去

佛說無極寶三昧經卷下

音釋

虺（許偉切蝮也似蛇而小）暐曄（暐于鬼切曄弋輒切暐曄光明盛貌）鎧（可亥切甲也）輭（乳兖切柔也）

寶如來三昧經

東晋西域三藏祇多蜜譯

清刻龍藏佛說法變相圖

寶如來三昧經卷上

東晉西域三藏祇多蜜譯

聞如是一時佛在羅閱祇竹園中時與千二百五十比丘僧菩薩有九十億人悉皆如文殊師利是時羅閱國及竹園四面廣縱上到三十六天下到無極佛刹地悉生文陀敗華悉有九十萬億種色色色各異非世之明一華有百萬葉葉上悉有一怛薩阿竭悉有珓珞萬寶之蓋一蓋之上各各有萬種之音樂聲相娛樂一佛前各各有一菩薩如文殊師利菩薩等問事是時竹園地悉平等如三彌佛刹是三千日月諸佛境界光明悉蔽隱無有明一時諸佛境界諸大泥犁毒痛勤苦悉爲不行皆得安隱百日悉得見十方佛當是時禽獸飛鳥悉百日不飯食但聽法味耳不

自知是畜生亦復見佛爾時羅閱國中人民悉百日無復食五味者悉以法作味皆發阿耨多羅三耶三菩心三千大千佛境界樹木自有音樂自復相娛樂是時竹園化作水池池中有十萬種蓮華大如小山一華有四十萬葉葉上悉有交露師子座一座上各各有一菩薩如文殊師利一座前各各有天侍菩薩交露帳閒各各有萬種音樂相娛樂千歲枯死樹悉爲生華三千大千佛刹諸樹悉爲屈枝四面相向是時竹園佛教導處女人悉化爲男子無有愛欲悉得法眼佛爾時爲廣大現寶如來三昧即動九億萬佛刹土爾時三昧都無所捨有東方無極佛刹土遣無數菩薩悉如如來等各各自持無形之華十萬種異色之華來到竹園爲正覺作禮以華散

正覺上却就坐復有南方無極佛國土復遣無數菩薩悉如如來各各持二十萬種華來到竹園中爲正覺作禮以華散正覺上却坐復有西方無極佛刹復各各遣無數菩薩悉如如來等各各復持三十萬種異色華來到竹園爲正覺作禮以華散衆會上却坐復有北方無極佛刹亦復遣無數菩薩悉如如來等各各復持異色四十萬種之華來到竹園爲正覺作禮以華散衆會上却坐復有東角佛刹復遣無數菩薩悉如如來等各各持無形華來到竹園爲正覺作禮以華散佛及衆會上却坐復有南角佛刹亦復遣無數菩薩悉如如來等各各持無想欲之華來到竹園爲正覺作禮以華散正覺及大會却坐復有西角無數佛刹復遣無數菩薩悉如如來等

各各持無響之華來到竹園爲正覺作禮以華散佛及大會却坐復有壮角無極佛刹遣無數菩薩悉如如來等各各持文尼之華來到竹園爲佛作禮以華散佛上及衆會却坐復有上方無極佛刹各各復遣無數菩薩悉如如來等各各持亂色之華來到竹園爲正覺作禮以華散正覺及大會却坐下方無數佛刹各各遣無數菩薩悉如如來等各各持諸妙華來到竹園爲正覺作禮以華散正覺及大會却坐上方諸天宿命功德甚尊遇佛大會曠大寶如來三昧各各自莊嚴天上諸天子皆令初發意梵天將無數天各各持天香天華梵多會天復將無數天各各持天上雜華香徧淨天持非世間名華諸尊天盡持天上妓樂在虛空中立樂之三千大千悉以法音晝夜百日如是受之來到竹園爲佛作禮愛欲天子復將無數天子各各持天妓樂來到竹園爲佛作禮於虛空中娛樂諸天迦翼天上諸天持千萬種雜香以散佛上及諸菩薩上爲佛作禮盡天上諸天悉來會竹園中上到三十六天中間無缺悉諸天子諸大龍王各各復將無數官屬持世間人所不能得華以雨竹園諸阿須倫王各各復將無數官屬各各持雜華以雨佛上及諸菩薩上諸迦樓羅各復將無數官屬來到竹園諸真陀羅各各復將無數官屬來到竹園諸摩睺勒復將官屬來到竹園佛爾時現寶如來三昧即動九億萬佛刹舍利弗見地大動舍利弗白佛言今諸遠方菩薩諸天人民悉會上到三十六天地爲大動是何等應佛告舍利弗

無應之應是其應舍利弗復白天中天言無應之應是何應是何等佛告舍利弗若疑不斷若往到寶如來菩薩所舍利弗正衣服禮如來若干過叉手白如來言今日諸十方上到三十六天百千億佛刹菩薩悉會何等之應願如來說之如來謂舍利弗言若阿羅漢本疑大重故來解耶如來菩薩言舍利弗若常有想想者非盡之作無想無作是故寶法如來告舍利弗我初發意時與三十六億人求菩薩道正覺時亦在其中一切悉起我不作諸悉作我不念空法悉無我無求生生死死無道無有斷者虛空無主我非所有現法譬若野馬無相起作持是作法滅行求願想欲得是爲壞重者罪之明自言得道起想罪想壞滅諸慧求得三尊從是作想取泥洹疑盡滅身然生死不斷言得泥洹羅漢譬如命盡之人其身在牀一時得聞須臾休息命盡猶不離於身羅漢辟支佛自得禪是非大積疑耶如來謂舍利弗佛所問乃爾如來謂舍利弗言若當見龍欲作雨起雲時不舍利弗言見之四面不知雲所從來何況菩薩從第九以下悉得逮六萬三昧何道菩薩所從來處舍利弗白如來言解慧如是心意疑結今悉破壞都無復有疑根但學本不得善知識相得今故斷滅我意今我不脫法輪令我疑根不絕耳今我聞尊法無所益譬如爲百鳥作音樂會無有聽受知者如是但當爲座中新發意諸摩訶薩故令大會諸天及人得聞是尊三昧何一巍巍乃爾但當親近尊但我前世不與善知識相得故今我不得見是三

昧如來慧如是心意所疑今散解譬如冥處須臾以火明之火滅冥復在處今我聞之如是舍利弗叉手白如來言今乞得作八千里大火上到三十六天持我身置其中億萬劫後出復入三惡道爲天下人所噉食數千億劫後生作人如奴事大夫求善知識相得求我心中所願可得不寶如來言大火上至三十六天尚可澆滅若本發意微薄功德無厚覺本不得薩芸若不得漚恕拘舍羅不得善知識故不致是耳舍利弗問事竟還坐如來正衣服爲正覺作禮願欲有所問佛言善哉善哉當問如來白佛言諸法無主誰爲成薩芸若者誰爲成正覺者誰爲成阿羅漢辟支佛者顧怛薩阿竭當爲座中諸摩訶薩分別其決佛言善哉善哉如來乃欲決斷十方大生死根若有善男子善女人欲使發阿耨多羅三耶三菩心當行九法寶何等爲九法寶一者見諸天無有處但有名耳二寶者世間人民但有字耳三寶者五道勤苦但有苦習耳四寶者水火風地但有虧耳五者當來過去現在如芭蕉無想六者現生死無本際也七者觀諸三昧寂然無有往來者也八者當觀三千大千日月諸佛剎土見之了無得三昧者九者見三千大千日月中人民蠕動悉欲度之令與佛等佛告如來得是無作之想者即可決斷十方之大想如來復白正覺言諸法不以想見知之當作何等住得無所住法佛言諸法無住是即爲想無起之念是亦復爲想非想非道亦復爲想斷求之作如來白天中天言當作何緣度衆欲佛言善哉善

哉如來所問乃爾故非羅漢辟支佛所及者衆欲無垢衆欲無過度衆欲無主衆欲無往來者衆欲如虛空無有能蔽隱者與泥洹等與無名等如來問事竟爲天中天作禮却坐般施白佛言今日大會菩薩欲於佛樹欲得無所從生處立欲得莊嚴千億佛刹土欲得教授十方悉使十方諸佛刹土各如今日會竹園中時佛言善哉善哉般施菩薩所問甚深甚深佛語般施菩薩言欲得使十方大會欲坐於佛樹欲得無所從生處立欲得莊嚴諸佛刹土欲得教授十方悉使諸佛刹土各自會如今日會竹園中時者當行八直一者直無名之響二者直無名之聲三者直觀十方佛刹土無有二四者直見三千大千刹土之法皆同無相離者五者直觀十方一切欲令與佛等六者直於法無作形見一切不生死者七者所見直悉入諸三昧藏於無住相報之想八者直見十方佛泥洹不泥洹亦復悉等是爲八直法行菩薩從是疾得無所從生法從是得教授諸佛刹土從是疾得大會竹園如今日會時如來復白正覺言今日遠方悉來會竹園悉得見佛如其處是歡喜不食若干日各各自是諸菩薩諸天及人民皆得見佛皆見諸三昧是其本願所致耶佛當爲新發意摩訶薩解說如是佛言善哉善哉如來所問甚深悉欲爲諸來會菩薩新發意諸天人民作橋梁如是佛語如來是今日諸菩薩摩訶薩諸天人民大龍王諸鬼神王悉來會竹園者皆聞見是三昧亦非本願亦不離於本願所行常精進不失諸三昧不失善

知識世世遠衆事寂然不數會但願是三昧令故以寶精泥洹珠以雨大會耳如來白正覺言今會有新發意摩訶薩欲行是三昧當何以致之佛言如來所問甚快若新發意摩訶薩欲行是三昧當行八法寶何等爲八法寶一者即於佛前是三昧是爲一法寶二法寶者供養十方諸羅漢從其相隨億億萬劫一時聞是即解親近尊三昧不遠是爲二法寶三者供養舍利從上至二十六天中無空鈌無益一時也轉意作行即向慧門是爲三法寶四法寶者得四無所畏不與十方於生死無所遠離是爲四法寶五法寶者菩薩見五道勤苦心意欲悉正度之以其身救之命不用作勤劇趣令得佛耳是爲五法寶六法寶者菩薩事十方天下人當如奴事大夫不用作苦貴度之所以者何知本求無故本無所起故是爲六法寶七法寶者菩薩觀見九十六種道於其中覺知之欲起想取法住是爲七法寶八法寶者奉行六波羅蜜供養比丘僧供養億萬劫不如一時聞是寶如來三昧十方當作佛者用何爲證聞是寶如來三昧者即十方人得佛證若新發意向是三昧歡喜解是三昧者即爲已解六萬三昧爲已得如來三昧是爲八法寶令行是三昧即可得陀隣尼門如來問事竟還坐佛便笑文殊師利正衣服頭面著地叉手爲佛作禮白佛言佛不妄笑既笑當有意願佛說之佛語文殊師利言寶如來所從來佛剎過是九億萬佛國土其剎名曰諸法自然無猒敢有善男子善女人往者無有胞生者無有苦痛生者

無恩愛生者悉於百億萬雜華香中生即立
住悉有辭音樂聲朝暮相娛樂但以無作法
但以寂然法爲唱樂若善男子善女人聞是
三昧即却六百四十劫罪盡絶命即得往生
往生者但以諸三昧爲樂寶如來刹無有日
月光明雖有爲不現若有善男子善女人往
生者日月光明星宿明即爲現應是三昧當
往生者星宿日月光明悉爲見十方佛言今
日復往生寶如來刹十方諸菩薩問十方佛
何以爲證十方佛言以星宿日月明見作證
羅漢辟支佛其數如是非諸羅漢辟支佛所
及知以往生其國中善男子善女人菩薩自
知之耳我故笑也須菩提及舍利弗二第一
賢者起頭面著地爲正覺作禮願佛加大恩
廣大哀我等以佛威神神足與我我等欲到
寶如來刹土諸法自然國觀須臾復還佛言
善哉善哉舍利弗尊羅漢須菩提乘佛威神
須臾即到寶如來菩薩刹便復見寶如來國
中亦復羅閱竹園如釋迦文佛會時也見東
方遣無央數菩薩見南方無數菩薩十方上
至三十六天會如是舍利弗問須菩提怛薩
阿竭隨我人來到是刹也須菩提舍利弗須
臾便還到竹園衆會如故佛問舍利弗向觀
寶如來國土人民何類教授幾人須菩提舍
利弗白佛言觀彼國悉如今日會竹園中時
也舍利弗爲佛作禮佛功德甚尊今大會諸
天人民得見明乃如是三彌勒菩薩從座起
正衣服頭面著地爲佛作禮願欲所問佛言
善哉善哉當問三彌勒菩薩白佛言無生之
法有想無未起之想有識無泥洹寂然有無

泥日不起有形無無者在彼聞教生死立處誰是主者以空造空是爲主三彌勒聞佛解說是事如是即時諸天及人八萬六千人即得無所從生法忍即住虛空中去地百六十丈來下爲佛作禮是時三千大千日月即復大動彌勒菩薩從座起爲佛作禮問佛言向者地大動是何之應佛語彌勒菩薩言所以地大動者非但此刹動十方諸佛刹悉復動亦復各各八萬六千諸天及人得無所從生法住即住虛空中如是以故地大動耳彌勒白佛言何從致若有發意常當六法何等爲六一者知三十六天當得佛者未得莂者我當往莂之不與十方天下人共知之二法者三千大千日月中善男子善女人當得佛我悉當往莂之不與十方天下人共知之三法者百千泥犁中人當得佛者我悉當往莂之不與十方天下人共知之四法者十方人絕命當所生處我悉知之不與十方天下人共知之五法者十方天下人命盡我悉知之不與十方天下人共知之六法者十方諸佛當取泥洹不取泥洹者不與十方天下人共知之也是爲六法住從是疾得無所從生法忍彌勒菩薩復白佛言是三昧甚尊甚尊今我欲使來會者悉得是三昧當行何等法佛言當行九法何等爲九一法者視諸法悉清淨無邊二法者視天悉清淨三法者視諸生死亦清淨無邊四法者視五道悉清淨五法者於欲無所求悉清淨六法者視三界色悉清淨無有邊七法者見諸泥犁悉清淨無邊八法者觀視泥洹悉無邊九法者十方無有舉

名者是爲九法作是行者疾得是三昧彌勒白佛言說是如來時即得六萬三昧三昧乃有邊信福無如得六萬三昧是爲有邊福耶佛言惟得六萬三昧但有名耳不可極盡三昧悉具足佛言三昧非但一輩有無念三昧有離欲三昧有坐聽十方佛三昧有莊嚴諸佛國土華香三昧有所說法一切人悉還本三昧有出諸欲無還想三昧有說經時化爲百種音樂聲三昧有說法億千萬佛國華香自然來三昧有伏諸魔三昧有發師子意獨行獨步三昧有所向處莫不發阿耨多羅三耶三菩三昧有所在處莫不供養者三昧有亂風一起時如佛說經聲三昧有所向門莫不開三昧有所處悉師子座爲現三昧有飛到十方三昧有所向門十方菩薩往來無極三昧有生知十方人意三昧有壞滅諸想三昧有壞滅諸識三昧有合十方諸刹土合爲一刹三昧有發意不盡三昧有視三界中了不有一人三昧有從一佛國到一佛國三昧有所在處令法不斷絶三昧有所在處常與佛相遇三昧有坐觀十方大兵大火大水大風於其中不恐怖悉住教導之三昧有所在處但以法作器三昧有善男子善女人聞是三昧即得住無還之想三昧是三昧大多不可極盡故住大會說之有無名三昧有住諸法三昧有名諸慧三昧有教法三昧有滅壞羅漢辟支佛三昧有法寶三昧有總持無名法三昧有知人意三昧有斷諸煩苛三昧有制力欲覺三昧有十種力三昧有智慧三昧光明所行處三昧有不可計三昧有見法時

如水中影三昧有不可盡淨慧三昧有人空衆惡無有無願想三昧有住禪乃到泥洹三昧有譬若金剛無穢三昧有無極明三昧有度諸煩苛已盡三昧有廣大水法三昧有莊嚴大船三昧有入無名三昧有不可盡喜意三昧有總持無忘三昧有在冥悉令明三昧有所樂悉樂三昧有慈行三昧有淨大哀三昧有入等心三昧有出等心三昧有名已脫未脫三昧有光明所從來處三昧有曉無所不曉三昧有脫慧脫教三昧有金色蓮華爲現三昧有無離無常三昧有尊智慧無生三昧有勇猛無所不伏三昧有開闢諸刹三昧有清淨於無形三昧有無名珍寶三昧有如海無所不受三昧有神足廣大三昧有彈指頃無所不及三昧曇摩竭菩薩語舍利弗言

所問慧住故曰不可極應時聞所聞如意不自貢高所作不妄常敬意如所教習慧用意無所受故不失禮節所作法不妄不亂意意如珍寶除諸老病以意爲法器也是爲樂忍辱所思但想諸所樂但法意慧不有足時所施無所惜與無適莫所問諦意觀歡喜無所得其意已悅身體悉爲輕意不在外道但欲聞法味及毗羅經但欲聞漚惒拘舍羅但欲聞四平等心但欲聞無底法如意無異念欲意受漚惒拘舍羅欲聞無所從生法不貪觀但欲慈度之欲知無常聲欲知寂然之意欲知空復空欲知無想生死及布施一切不欲聞但欲聞音樂隨樂十方中忠信以作正降伏諸欲根曇摩竭菩薩從座起正衣服白佛言菩薩已得寶如來三昧自在所爲衆慧已

具便得三寶何等爲三寶一者譬如水中影影亦不在水中亦不在水外菩薩於是間坐其身悉在十方其身亦不在十方二者菩薩於是間坐分身悉現十方佛前坐其身亦不在十方佛前坐三者譬如山中呼響音聲還報音響亦不在中亦不在外菩薩於是坐悉遥說十方諸菩薩事十方諸菩薩亦無來到彼者彼亦無往者如是佛語曇摩竭菩薩已得陀憐尼門譬如持弓弩布矢在所欲射無所不到菩薩持一慧入萬慧靡所不至如是佛言曇摩竭菩薩若乃見阿須倫欲與兵時彈指頃兵便到二十八天中間無空缺菩薩以次第九以下說法時如是如來菩薩語舍利弗言淨者貪欲消伏其意無貪欲者是不可盡其諸惡意者不能復亂其意護於惡意是故不可盡其意瞋恚有形欲貪高諸所不可索可作者菩薩常欲護是意知不可盡去無瞻諸垢當知是意不可盡護者不令懈怠當知其意不可盡其狂亂者輙以法護之當知是意不可極無智慧者欲護之當知其意不可極一切以法施與以法脫之當知其意不可盡欲教一切人皆令爲功德當知是意不可盡極如來語舍利弗言菩薩有四法何等爲四一者意作陀憐尼行不可盡二者陀憐尼行不可盡三者教一切人是不可盡四者不猒學問故陀憐尼不可盡如來菩薩復語舍利弗復有四事不可極一者上脫中脫不可盡二者四馬之路不可極三者可意之王不可極四者十二因緣無有主不可盡極如是爲不可極如來菩薩語舍利弗復有八

法不可盡何等爲八一者無我之語不可極二者無作之想不可極三者寂寞泥洹之語不可極四者菩薩所度不可極五者大海流水無有懈倦不可極六者衆惡無垢不可極七者苦痛之聲不可極八者去來之想不可極是爲八法所度無主不可極如來菩薩語舍利弗復有九法不可極何等爲九法一者諸佛刹土不可極二者諸菩薩所從來處不可極三者發阿耨多羅三耶三菩提者不可極四者失願取羅漢辟支佛不可極五者十方菩薩從一佛刹土飛到一佛刹土不可極六者六波羅蜜不可極七者三昧不可極八者過於泥洹亦如化視之無極九者三界不可極是爲九法不可極如來語舍利弗言菩薩有三十二寶何謂三十二寶一者其心不著愛欲是忍辱不可極是即爲寶二者不起是我非我亦無所造是故忍辱不可極是即爲寶三者不念一切善惡是爲忍辱不可極是即爲寶四者不恒心意於一切是爲忍辱不可極是即爲寶五者不瞋怒向於一切人是爲忍辱不可極是即爲寶六者不懷念他人亂惡是爲忍辱不可極是即爲寶七者亦不妄嬈人有所繫是爲忍辱不可極是即爲寶八者不調戲於大會中是爲忍辱不可極是即爲寶九者自護護他人身是爲忍辱不可極是即爲寶十者若貧窮者給護之後不從有所希望是爲忍辱不可極是即爲寶十一者自護不隨惡知識不隨衆會是爲忍辱不可極是即爲寶十二者無愛欲意於身於他人身是爲忍辱不可極是即爲寶十三者

不起諸想無念於菩薩如彈指頃是爲忍辱不可極是即爲寶十四者護功德莊嚴身相是爲忍辱不可極是即爲寶十五者信作善不離於三昧是爲忍辱不可極是即爲寶十六者口不妄語是爲忍辱不可極是即爲寶十七者心淨是爲忍辱不可極是即爲寶十八者堅住善知識世世與相隨不捨不於他處説其過失不説其惡是爲忍辱不可極是即爲寶十九者自校計他人有惡者我亦有惡是爲忍辱不可極是即爲寶二十者所念無有邪即覺是爲忍辱不可極是即爲寶二十一者輭心和意是爲忍辱不可極是即爲寶二十二者護惡人令心不起是爲忍辱不可極是即爲寶二十三者生於諸天教導諸天是爲忍辱不可極是即爲寶二十四者生天上世間教兩道中不更三惡道是爲忍辱不可極是即爲寶二十五者具足諸種好是爲忍辱不可極是即爲寶二十六者得音如梵天聲是爲忍辱不可極是即爲寶二十七者脱婬怒癡是爲忍辱不可極是即爲寶二十八者不於諸色與名是爲忍辱不可極是即爲寶二十九者所作功德不著但欲起衆法耳是爲忍辱不可極是即爲寶三十者降伏諸外道是爲忍辱不可極是即爲寶三十一者已出衆病中是爲忍辱不可極是即爲寶三十二者具足諸佛法使不傷毁是爲忍辱不可極是即爲寶如來菩薩語舍利弗菩薩有三十二事爲寶如所入何謂三十二事一者欲入響欲入觀無所觀是即寶二者欲入心離心於心無主是即寶三者欲入身求

脱本無脱者是即寶四者不入十二因緣無有住者是即寶五者欲入斷離於不斷是即寶六者欲入無常視之無形是即寶七者欲入無名主離於無名是即寶八者欲入寂不離於起是即寶九者欲入三界不離三界是即寶十者欲入受無所受是即寶十一者欲入當來過去亦出當來過去是即寶十二者欲入功德觀本末無主是即寶十三者欲入空空中空是即寶十四者欲入無相不起無相是即寶十五者欲入願不起願是即寶十六者欲入空離想空是即寶十七者欲入三昧無有合者所以者何法無二法是即寶十八者不以三昧有所願生處是即寶十九者三昧不爲一切諸法作證是即寶二十者欲入無生之道有度者是即寶二十一者欲入無生處是即寶二十二者欲入不動搖處是即寶二十三者欲入一切無我不離無我是即寶二十四者欲與生死初無相知者是即寶二十五者欲與三昧初無所識者是即寶二十六者欲入相初相知者是即寶二十七者欲猒欲意是即寶二十八者欲入不念無有是即寶二十九者欲入諸陀隣尼門無所不總是即寶三十者欲入諸所作惡欲不爲惡是即寶三十一者欲入漚惒拘舍羅以意作法器是即寶三十二者欲與萬事相應不相遠是即寶佛語如來譬如若欲入城會從其門欲知因緣無所諍欲知諍者不如自守欲知不欲語言者不如莫那中居不動者匆得轉欲無希望者無所想是故等不欲危者當正位謂至故欲有不異者當自守其家能

自守者不稱説不自高不自下者其人已具足故不欲咸者無而譴之者欲有所使者所作無所失得道亦如是無癡無癡者知本無故耳知本無者無所失故三世等無異三世無增減者不住色已不住色爲不住衆法也眼見色者但是眼眼精住是色也耳聞聲聲識無所住鼻聞香香識無所住舌所識味味識無所住身知細滑識亦無所住意不知識識不知意無所住如本行無有想慧行諦諦如我無有我是我所非諸法見我但見無我名者慧不知諸所有亦不知慧欲不知習習不知慧慧不知身身不知慧菩薩其心不離其心是非耶曇摩竭菩薩白佛言天中天道不與想合爲有合者無佛語菩薩諸法不以爲證但以音響爲法譬若人吹長笛音聲悲快與歌相入如歌氣笛氣合同一意出菩薩諸三昧亦如是諸法無生壞者亦離於壞戒諸化亦如是諸念亦如是諸覺亦如是諸生無名離於無名諸念無名離於無名諸化無名離於無名覺無諸名離於無名無處我不想之但無作之想爲離但以無作之作已爲作想想行寂然都教無所有法非欲一切皆然如來正衣服白正覺言諸法不起今復欲問如來曇摩竭菩薩向者所問欲決斷大疑各還本處佛語如來諸法若生處無有處若化處無有處諸法若覺處無覺處諸法若念處無念處如來菩薩白天中天言生生處有生處無化化處有化無無念處有念無無覺處有覺無如來言生生復生泥洹生是爲合怛薩阿竭意非合生生復生不生泥洹生是

不合怛薩阿竭意是合化化復化泥洹化是爲合怛薩阿竭意非合化復化不化化泥洹化是爲不合怛薩阿竭意是合念念復念泥洹念是爲合怛薩阿竭意非合念念不念泥洹念是不合怛薩阿竭意是念覺覺復覺泥洹覺是爲合怛薩阿竭意不念覺覺復覺不覺泥洹覺是爲不合怛薩阿竭意是合文殊菩薩說偈言

法者無有生　合爲一刹耳　生生不復生
泥洹皆如是　化者從本無　化化無脫者
化與泥洹等　寂然無處所　念者本無識
發念因空耳　泥洹與念等　所念諦如是
覺覺平等等　所覺無所到　所覺無常住
是故怛薩竭　化處無有處　所覺無所到
若化無處所　諸法皆如是　生處有本無
無生是其處　化處無名處　一切爲三昧
念處有念無　從空到是處　非本無所諦
其慧已如是　覺不行相連　覺不離其處
行從覺見識　離覺無有脫　所生法不絕
所在常如是　三千日月中　所明無有上
法有非思想　可得還行者　於欲不起垢
非空亦非想　如來意常淨　亦不處法名
所脫非常住　一切如本處　華香自然來
所出無處所　清淨意無處　所有皆悉爾
千歲枯樹生　皆從發意起　皆見大光明
世間最無有　虛空爲音樂　晝夜光明現
是時及大會　悉發菩薩意　人民大歡欣
皆得聞是經　即動三千刹　得受不動身
寂然法爲現　無名是其應　何況世所有
一切皆如是　清淨不爲定　癡慧本無現

清癡合用本　慧本無脫者　三昧無所造
一切皆如是　菩薩住道地　在意所從生
五事不可親　今墮五道中　遠離如是行
得佛達十方　百日法爲時　奉行是三昧
皆從諸刹來　飛到恒薩前　諸天及國王
悉得見佛身　悉意大歡喜　身體爲悉輕
不當以色想　觀法有三千　般若毗羅經
所處無三千　如來本發意　願不離十方
常作大法國　所處無三千　三界及已上
乃到忉利天　悉阿陀那佛　其號天中天
發意到其國　須臾復來還　摩提那菩薩
飛到竹園中

舍利弗白如來言願復有所問如來所從來處刹土何類厚薄何如本願何如無極國土如來語舍利弗言本願無極無極國中悉菩薩無阿羅漢之名無女人之聲宮殿皆水精黄金爲樹白銀爲葉珊瑚碼碯爲寶銚鑛銚鑛非世所明諸菩薩皆生蓮華中如來語舍利弗言舍利弗我發願已來所度不還無願不極所願也珍寶金銀樹木我欲想不欲耶法者無起之處起願珍寶是非思想耶百千億佛刹土有起願者今復還是無極之想願也舍利弗白如來言寶如來時持億萬種華來各各異色豈非想耶如來語舍利弗是無形之華但以華作法器授之耳諸菩薩以華所竹園中者悉以法授之不於中願生持華爲主不於華中生也如來語舍利弗若初見佛形像不舍利弗言見之人悉爲佛像作禮其佛威神無有不歸之者其中有道威神無舍利弗言威神在何所如來言亦不在像中

亦不離於像但有想者言有威神耳觀之了無威神願者譬如忉利天上有樹名拘耆而華熾盛諸天莫不愛樂者菩薩以法爲一切諸可意王作眼目耳道者俱無但以意作器耳舍利弗言意者獨有主耶如來言意者與諸法合諸法與意合道者無主但以無起作主耳是故爲法器如來語舍利弗若見化未舍利弗言見之如來言化道徑在何所去來到何許從何所來有道路無舍利弗言化無有道徑何知爲化舍利弗言但見化成時了不見本末故呼之爲化耳如來化無所有舍利弗言見者不見到見耶舍利弗白如來言無所見何等爲見者如來答言諸想如化是爲未起法如化是爲見未來法無有名是爲見無造法是爲見未作法是爲見無有造化者是故見但作無名之想是爲見但作無造之化是爲見舍利弗當云何於是見中爲有往來無如來答言故無往來者故爲是見設使有往來者是不爲是見是爲到見耳如來見事

寶如來三昧經卷上

音釋

珓珞（珓古孝切珞力各切珓珞猶瓔珞也）翼（與職切）銚鐄（銚餘招切燒器也鐄戶萌切大鐘也）

寶如來三昧經卷下

東晉西域三藏祇多蜜譯

舍利弗問如來言乃有斷法輪者無如來答舍利弗言菩薩若已見無形之門是爲已斷輪門已空可缺其脱無脱者可致於空譬若空無所不入何以故都無有處用是故無所不入用脱於本故其輪不轉故曇摩竭菩薩白如來菩薩言諸新學者摩訶薩我欲令得是法定如來答曇摩竭菩薩言欲得是三昧者當行九法何等九法一者當定十方天下人悉令作菩薩二者見諸惡意令心了不起是爲定三者視五道勤苦悉欲得脱之是爲定四者癡塗於其中不起吾我是爲定意五者視諸冥悉令明是爲定意六者所作功德悉令不失是爲定七者視十方天下人皆令爲等是爲定意八者觀當來過去諸可意王勿令復使有作之識是爲定九者悉使千億佛刹土人悉不動轉者是爲定意菩薩從是疾得三昧彌勒菩薩問如來言今日敢來在會者何所菩薩不發阿耨多羅三耶三菩心佛語彌勒往昔沙樓陀佛時我初發意學悉爲衆垢所蓋不得大慧但聞菩薩謂發意當至其處起想識空不得善知識不逮漚惒拘舍羅遠離善知識爲欲王所欺可意王斷如是令我失波羅蜜失意從六十二劫後與法自然佛會斷我諸可便得還本即得樂於空中住斷諸可根即見慧門使得無動之形從是轉行便斷法輪是時從正覺受是三昧雖六十二劫發意於法無益復後與自然法佛會便得大樹更初發意我發意時有九十億

人善男子善女人亦初發意如是爲阿耨多羅三耶三菩心彌勒自謂如來發意有幾事如來言有九法何等爲九一者遠離衆會寂然二者得善知識從受法不失三者遠惡知識四者當遠離五事一者惡沙門二者婆羅門三者黄門四者惡牛惡馬惡虵多毒不當與從事未得道頃令人入泥犂中當遠離之五者初發意求羅漢辟支佛心者當遠之五者當覺衆魔事不當與共事也六者但當於夢見說深法七者但爲法發意不在飯八者不當數聚會有所希望人飯食九者當等心於十方當等心於三昧於佛坐不恐怖是爲菩薩九法發意佛現寶如來三昧時有六萬諸愛欲天子皆得是三昧是時空中飛天悉共善之快哉愛欲天子得聞是三昧彌勒白佛言是諸天子得是三昧巍巍尊自是其主發意持佛威神耶佛言是諸天子前後供養舍利大須彌山無益於泥洹令得是三昧前功德悉滅壞所以者何三昧無名處三昧無想處三昧無念處三昧無形處三昧無識處三昧無威神處三昧無有結行求脫處三昧清淨處三昧是不到彼彼至是處三昧無有是想非想處三昧無有造作處三昧於化無形處三昧無生死不斷無處但有名耳三昧但有響耳三昧但有音耳三昧但有開慧之處慧無所生處三昧無作器處是故三昧不可壞滅如是處三昧無出入治處三昧亦無作識處三昧無有起行處三昧不受衆味受處三昧無形處三昧無出入欲處三昧不定諸法處三昧無生處三昧無應處三昧寂然

處三昧無動處三昧無邊幅處是三昧不可壞敗若有壞敗三昧是大癡根生之門也故不壞敗如來語舍利弗言有五不直不當與從事何等爲五一者不當處法有二二者不當於所起三者不當視諸法是作非作無有名之者四者不當於當來過去有所見五者諸法不可斷是爲五法菩薩摩訶薩得無去來之作者疾可發阿耨多羅三耶三菩心須菩提白佛言若有於苦於樂者不言離苦樂是即爲三法不字爲菩薩菩薩者不中離不止離不脫離中無所離於所作遠無作之爲作所起如幻耳以幻說幻之中無名如是亦不從法得度者亦不離法得度脫者於脫中復脫是爲無有主者但有佳名耳於字無知名者是爲法輪斷舍利弗法輪自本清淨無所有誰有斷法輪者如來語舍利弗言不知輪有處者是即爲斷佛語如來言貪可法者是生死根滅法者亦爲無結之作也無作之作是爲不離作離貪諸可即爲無有斷者無貪不起即道無可無不可是即道無生不生是即道無識不識是即道無死不死是即道無斷不斷是即道無遠不遠是即道諸可不可是即道所住無想離於無想是即道所念無念是即道所說無所說是即道泥洹無滅離於無滅是即道泥洹無形離於無形是即道泥曰滅盡無所盡是即道法自寂然離於寂然諸法無可不有所失是即道於慧離本是即道非名非想是即道所明無所明是即道於明冥無相知者是即道癡慧無相入者是即道於道無有得道者是即道若苦若樂

無想識者是即道所起無所想想是即道於清無難易是即道所度無有主是即道所至無想者是即道諸法非名離於非名是即道菩薩所度如流水是即道於名無轉者是即道佛已三昧成度如入意已萬物自莊嚴但莊嚴無形耳但莊嚴倒見耳但莊嚴諸可意王但莊嚴是想非想耳如來問事竟文殊師利菩薩白佛言三十六天人悉會者乃有幾人持受是三昧佛語文殊師利菩薩言諸會者非但天人敢來會者悉得是三昧悉當作佛悉當受十方悉當斷五道勤苦如今日會時諸菩薩聞佛授與莂八十億諸天及人悉得無所從生法住虛空中去地三百丈觀身上萬千億香華下爲正覺作禮阿樓菩薩阿提菩薩從座起白佛是諸授莂菩薩即住虛空中去地三百丈觀身上華好妙是華從何所來佛言菩薩譬青本青本自白以雜色著之隨青黃赤黑悉見其色如是所已諸色悉現者但用帛本淨故但用青黃赤黑本亦復淨故現於色亦不入帛帛亦不入色但用本俱淨故現之色耳諸得莂菩薩觀身上雜種華者亦如是菩薩亦不在華華亦不在菩薩許但諸天及人得斷無念法慧作明淨故便有華現耳用華淨故便現耳如是無住者而成諸功德有住想行者開生死之門阿羅漢辟支佛所以由遠五道者但有十見何等十見一者見諸功德悉言脫者是爲倒見二者見五道勤苦欲取泥洹是爲倒見三者見猒萬物無主欲疾離之是爲倒見四者求安本自無本是爲倒見五者欲出無間入無處世

自無出求之不止是爲倒見六者羅漢不取泥洹時身中火自出火無處起想出身中火自燒者故知生死不斷是爲倒見七者未自無盡是故爲倒見八者但欲時欲於泥洹盡之成惡亦無主反欲滅之是故倒見九者所施與不發十方人意但欲法不斷是倒見十者於苦於樂不等淨行言有二法是故倒見十事倒見佛語阿惟阿樓菩薩摩提菩薩今諸天及人皆是阿呵耨佛時人也令我悉莂之者亦於六萬佛所受是三昧令故復於我記莂之耳却後若干億萬歲我法斷絶是令日會發意當有四十萬人持住於法轉不退輪令法不斷絶當護持法至使各得佛故法不斷如今日會時是諸發意者若干千歲我弟子當共壞我法若惡沙門若男子女人須菩提白正覺言何所菩薩以何等行護法令不斷絶佛語賢者須菩提諸四十萬菩薩悉住第八已下於法無煩苛之想是即爲已護持法令十方不斷須菩提白佛言何等爲壞法者願天中天解之佛言須菩提若有諸羅漢辟支佛若有沙門諸天及人起想煩苛於慧求名壞滅本末增減尊法祇夜經言但好飯食爲是道遂不知空何所是空但欲莊嚴刹土非尊法者聞佛可得求佛亦不知法言有二法是爲壞敗我法天上尊天阿須夷天潘那天子樓尼天拘屬提天施天那利天諸天白天中天言乞持形壽歸是持法法者千萬劫億萬劫無有休息時但令我等得是三昧佛言奉行是三昧如其未者便是佛語如來言後有發意行是三昧者得是三昧者譬

如精泥洹天上有寶諸寶中王天上天下寶中最尊有佛在世時乃現耳名精泥洹珠有得是一寶珠持是珠著竹上若著手中見之四面空中在欲得幾日雨珠寶向莫不得如其願者有得精泥洹珠者不當貪有亦持雨三界各令得寶如是行是三昧亦如是羅閱國王從諸群臣到佛所爲佛作禮白佛言是天上之大尊儻加大恩已度脫十方儻持天上精泥洹珠寶儻已雨於羅閱令我國中人民悉得是寶佛便笑阿難正衣服爲佛作禮白佛言佛不妄笑既笑當有意佛語阿難羅閱國王從諸群臣欲乞得泥洹天上珠寶精泥洹珠欲使雨之於羅閱國國中亦樂是寶不知如來時悉已得是寶佛語羅閱王言見人民悉百日不食五味但以法爲味女人悉化爲男子王見之不王言見之悉得是三昧王大歡喜悉以身上珠寶以散佛上及諸菩薩上珠寶悉化成華香虛空中住皆成行其間悉有百千種音樂相娛樂王見衣服如是王便歡喜王若千百日復不食王白佛言是諸華乃從無處出生佛答從無處出復問無處從何出生佛言從無所起來王復問無所起從何所來佛言從無所生來王復問無所生從何所來從不動來王復問不動從何所來從無造來王復問無造從何所來佛言從無名來無名從何所來從無生來無生從何所來從無音來王復問無音從何所來從無二來王復問無二從何所來從無形來王復問無形從何所來佛言從自然來王復問自然從何所來從化來王復問化從何來佛言

離於不化來王復問離於不化從何來佛言離於不化從無相知處來王復問無相知處從何來佛言以故爲諸法王問佛事大歡喜晝夜百日但樂是三昧王爲佛作禮而還坐白佛言如來菩薩及遠方諸菩薩尊賢者皆從遠來今恐與佛相見則去我今願乞請文殊如來菩薩等到舍飯食願如來許之佛默然無應者即可意王爲佛作禮還宮即勑臣下疾使國中莊嚴挾道華香皆結好名華挾道悉華爲帳王宮中掃除世間極好華香悉作百種座皆瑠璃金銀皆使宮中掃除諸夫人婇女悉齋戒文殊師利如來等悉詣羅閱國入城未到宮門王出迎諸菩薩是時菩薩如來文殊師利等六十億萬人如來讓使在前入宮諸尊菩薩不於前入宮如來言諸尊菩薩何以故不於前入宮諸菩薩致尊當於前入如來言我不於前入宮諸尊菩薩當入諸菩薩言何所爲尊者於慧無處是即尊於意無形是故尊於念不想是故尊於法無所施是故尊所作不離於道是故尊已斷法輪是故尊無念法不想是故尊於法無有多少是故尊欲漚惒拘舍羅甚多是故尊於薩芸若無相知者是故尊已被法鎧是故尊於三昧無有多少是故尊如是者如來故當於前入宮也如來諸菩薩故尊何等爲尊年故尊故諸菩薩言我今年雖長尊者譬如萬歲之枯死樹根本以永盡無復有華實可蔭覆蓋世者今如來雖年少者入慧甚深譬如寶樹間人得之華實莫不得度者以故當於前入宮如來於前入諸尊天持萬種音樂隨如樂

之文殊師利及如來等各坐王使夫人刹修諸菩薩所食金噐悉有八種味出宫中燒萬種雜香飯食竟王白文殊師利及如來言我今欲得見十方佛大會時當以何致之如來言欲得見十方佛會者悉欲見衆慧者但行九法何等爲九一者當視十方佛與是無異二者當視我所道無有道徑三者當觀一切人無有脫者四者當視飯食如化所見五者當知五陰無有識想六者當知六情觀之如幻耳七者當知觀但是倒見八者當於法中大施與九者當知所施非施王聞如來解之大歡喜却坐佛爾時便在彼歎言快哉快哉如來爲說偈言

常當願是劫　所生常遇尊　從受大智慧
常除愛欲根　不貪亦不疾　惡意不復生
乃從無數佛　得聞是三昧　及於三千刹
常行尊三昧　不於一切人　所有諸珍寶
法不從五陰　亦不離是處　從觀得脫名
一切皆如是　從觀得歡喜　發意無所至
其處巳如是　故爲天中天　若在三界中
不生亦不死　泥洹及泥曰　一切無有是
意不當邪念　所行作非法　若在三界中
持心令不起　音響有還答　内外悉相應
不起悉寂然　諸法亦如是　三千諸佛刹
名字悉如是　無聞亦無見　非法所當議
三昧不校計　巳數持作多　慧者解是言
得佛無常處　法者悉清淨　廣大無有雙
常作無邊水　所載蔽三千　意願陀隣尼
發慧無有前　法者巳如是　一切當奉行
我念求意時　從來若干劫　志意常棄家

於欲無所求　常依善知識　得立正法住
是時於大會　得聞尊三昧　志意大歡喜
即住虛空中　去地百四十丈　叉手在佛邊
令坐諸菩薩　受莂亦如是　其意增歡喜
得聞諸三昧　便從一佛刹　飛到諸佛前
不動亦不搖　驚動諸刹中　華香自然來
亂風自然生　百種諸音樂　悉住於座中
龍王大歡喜　即雨萬種香　化爲諸水池
上到三千中

如來謂文殊師利菩薩言今自然華香從三千刹土來到是會音樂悉具足是爲佛威神如來之神足文殊師利菩薩語如來言卿欲知佛之威神及諸菩薩威神者不可見知是樂者所處無名之樂有所在處法音無名處若苦若樂是樂處所見如化耳是其樂法無二法是其樂於羅漢辟支佛悉欲度之是其樂所見五道悉欲令得佛是其樂諸所度無有生是其樂一切無處無所起是其樂於三昧無煩苛是其樂一切處無有名是其樂諸所有皆如化是其樂非音處無所生處是其樂法所施無所施無所有是其樂三千中無常處是其樂一切人令得信無所得是其樂當來過去現在三處盡無有盡是其樂令還本無所見是其樂見法輪是爲無所見是其樂三千刹一切等是其樂十方三千樹法之藏是其樂十方諸刹但有名是其樂色欲合是其樂於名字無有生是其樂無邊幅一切寂是其樂一切明與冥合是其樂諸所行不失戒是其樂諸所念不離三昧是其樂虛空寶度無極是其樂諸慧覺無有處是其樂諸

所可是其樂一切決無受者是其樂三界中無與等是其樂貪於法不惜命是其樂一切明合復明是其樂諸所有但倒見是其樂若布施無所望是其樂意無極作大船師是其樂無邊園脫無極是其樂意寂是其樂無所定是其樂諸三昧門無到者是其樂亦無聽亦無聞是其樂諸所念非正道是其樂一切人無極者是其樂諸所度譬如幻是其樂初發意三昧具是其樂諸菩薩所從來無有處是其樂諸菩薩在意生到十方是其樂非青黃及白黑無道徑是其樂文殊師利菩薩謂如來欲知佛及諸菩薩威神及所樂其諸所樂如是文殊師利答如來菩薩所問樂五事如來便說偈言

文殊師利意　慧尊無有前　所施蔽三千
其智莫不尊　威神所施行　悉除三千中
諸樂無所欲　但爲不奪施　樂法最爲大
於化無度者　所施樂法與　若空無惡者
法與樂俱行　無有過是寶　所樂不有主
若空無處所　深入諸微妙　曉了一切人
使之得大法　斷滅勤苦根　一切世間人
悉有意不解　以法爲覺意　以慧救一切

佛是時說偈言

離空非想　是想非空　於法不起　即爲是起
常當輭意　淨無所有　色欲同合　無相入者
所說無形　不離形有　同法如夢　所欲無底
是寂離寂　無離不造　衆法無主　所可如化
都無所受　法無所捨　所作倒見　一切皆然
非色離色　是色不離　其法如色　其處如是
非音是響　無聞不見　不聽不觀　所有如是

於化無名　自言爲是　法無是計　所度如是
於幻無見　所見離見　離貪者欲　非法所議
於欲無垢　不著無離　如是諦見　無有見者

如來菩薩知佛笑便於宮中說偈言

疑本不解　謂法自然　本無常住　疑慧無是
於想無勞　識念無苦　舉名住字　非求法者
於本不爾　不還不是　所可無可　遠離無可
於生無滅　是即爲滅　於義無想　是爲非滅
於法無生　亦非想滅　所以者何　衆法皆空
亦不求言　我離泥洹　所以者何　本末淨故
不盡十方　舉之爲證　有言是我　是即是證
不當遠念　念於十方　眞法不煩　是受無名
法非思念　可當還者　起行如是　不見尊法
要當解慧　於眇不恐　漫行不至　可謂慧門

如來問文殊師利菩薩言今日來會新發意者我欲使得無極法何以致之文殊師利語如來言於念無作即可得無極法如來復問何等爲無念作者文殊師利告如來當建九法寶何等爲九法寶一者意無處所是即寶二者觀法無主是即寶三者不見有當來過去是即寶四者於法無有造作者是即寶五者所施但施法音是即寶六者見五道勤苦於中意不轉是即寶七者所覺不遠漚惒拘舍羅是即寶八者直見諸法不處有二法是即寶九者到於泥洹亦如化是即寶如來語舍利弗言是爲九法寶文殊師利菩薩說偈言

於可無所笑　所作無常名　若空無有垢
佛笑無不可　笑空不離末　如本無所笑
已住諸法名　一切皆如笑　本末皆自然

無有往來者　笑者有還報　不還亦不笑
法者皆是一　已笑便有二　於二無名字
是故爲是尊　所笑無所可　但爲衆法施
所動無所動　是故無上尊
文殊師利報如來偈
笑者無還報　一切無有主　其笑不離本
是故天中天　笑者無所起　但爲倒見耳
於法悉寂然　寂然本無是　笑者不離化
以化大施與　於化無舉名　是故乃爲法
於法無有是　但爲不脫施　已脫不爲脫
佛者皆如是　故於大會中　議度無度者
於法作施與　無有與比者
是寂離寂　無離不造　衆法無主　所向如化

舍利弗復問如來言欲使十方發意陀隣尼行者當行何等法當行三十二法寶何等爲三十二寶者文殊師利言一法寶者欲使十方未發意皆度之如化二法寶者未發阿耨多羅三耶三菩者皆令住正法三法寶者欲使三千大千日月視之一切等四法寶者若在住意者皆令遠離衆欲在慧門無動無揺至於泥洹五法寶者人說有天無天志不動還六法寶者意不動還七法寶者一切無來受生者觀當來過去無有二八法寶者觀諸三昧禪寂然無處所九法寶者諸所度無有主一切從空引空十法寶者三千日月諸佛者我從得決十一法寶者十方諸佛三千日月敢有來聽經者悉得佛莂即住虛空中亦如是十二法寶者諸佛剎土華香自然來繒蓋來者亦不喜不來者亦不求十三法寶者皆使敢有發意使得法住如其處十四法寶

者當來過去無增減所以者何知本無二故十五法寶者悉欲使十方蜎飛蠕動持佛經戒令不毀傷十六法寶者無有邪念在於十方轉意還本則向慧門十七法寶者常行忍辱十八法寶者從觀至觀無有度者十九法寶者本住無常住處如是無常住處二十法寶者所度無有主名空爲衆欲施於欲無常處是故爲道二十一法寶者施慧作施與無有舉名者於欲無所可但爲脱耳二十二法寶者所説不離對因作施與故因大法故獲度無脱者二十三法寶者常於無數佛刹飛到一佛前二十四法寶者十方諸刹等無得脱者二十五法寶者淨癡同合本淨無異二十六法寶者住於三千住作橋梁故是進學如冥見光明二十七法寶者常於無邊水廣作大船師所度無有極二十八法寶者常作無邊蓋閉塞三千垢二十九法寶者常作無極慧不離十方三十法寶者常作大慈動於十方未度悉度之未脱悉脱之故無字爲天中天三十一法寶者等行無有雙於無有及與人字爲無上尊發意平等是故爲佛三十二法寶者如來爲是尊所説不離法遍聞三千刹中虛空爲自然王故立華香中菩薩三十二法寶如是

十方都大化　一切名無常　眞法不煩苛
即説度十方　有想不離想　一切諸寶空
若華及於葉　其色不可當　一切衆欲所
立之可意王　諸寶無上尊　號爲天中天
故於大會中　議度無脱者　其本無常住
故字十方尊　一切爲倒見　世間謂之眞

所可若如化　能服十方中　處空無常處
佛藏悉在中　已脫無脫者　故教十方中
十方諸佛刹　合之爲一國　自然衆大會
悉滿十方中　佛者一切覺　笑不離其容
不離黃金色　已示不脫人　十方爲作導
意不離法王　所施無所施　華布於十方
金色大蓮華　周遍滿刹中　起想起作行
不住諸天中　文殊師利意　曠大無有雙
譬如初得剃　住在虛空中　如來慧意尊
光明遍宮中　可意諸天人　悉得到法門
十方諸菩薩　驚動諸刹中　今會諸天子
得聞是尊經　徹見諸一切　乃到可意宮
化爲交露座　萬種天華香　聽受諸三昧
坐觀大衆中　諸來宿功德　發意供養尊
尊者不眞見　所有皆如是　諸脫無有數
三界不可極

文殊師利菩薩問如來菩薩言衆音如化所作於法無想亦不可盡極故有自然當以何脫之如來菩薩語文殊師利菩薩言復有九法寶何等爲九法寶一法寶者自然無處亦如化二法寶者諸法無處亦如化三法寶者當來無處亦如化四法寶者諸所有皆世直處亦如化五法寶者觀過去處亦如化六法寶者觀見諸法如幻耳亦無有處亦如化七法寶者所可無處亦如化八法寶者得道無脫處亦如化九法寶者得於泥洹本無住處亦如化文殊師利復問如來過於泥洹皆自然誰爲是化本者誰是化主者化爲有本無化爲所起處無非道無處如來菩薩謂文殊師利復有九法一者化無處化者非道無處

是即化二者非處無想是即化三法寶者非起化爲作處是即化四法寶者非常名所有無盡時是即化五法寶者化處無處是即化六法寶者於道無想是即化七法寶者於起無起是即化八法寶者於諸欲無諸欲處是即化九法寶者於所度無所度是即化文殊師利菩薩說偈答如來

十方無化者　化化無有形　一切無常寶
是故爲化生　道者不化得　亦不離其處
所說無常形　自然在其處　諸法從化得
本離從無有　其本因化生　是故人中尊
欲者從化起　法本無有是　化而住五道
無有見化生　死生及五道　與化不相連
以世貪不斷　故現正覺身　如來及化主
十方尊無極　持化大施世　世間無知者
法輪無色轉　於世無轉者　繫色有思想
深法無轉者　想色化十方　莫不受法者
所施大智慧　世間無聽者　諸欲及羅漢
不還與是寶　故於衆會中　度脫無上寶
智慧不可極　光明最無有　十方作橋梁
所說無有二　十方諸佛刹　悉令爲平等
亦不使其人　發意有異心　十方諸法國
一切住脫垢　亦不從世間　於法無奪者
於慧無有脫　不見往來者　於寂復是寂
明中復見明　法者非慧得　自然無本是
慧冥俱同合　都無相識者　癡慧不同合
其慧衆冥明　所施但爲法　若華在高山
諸惡不可極　色欲不可盡　泥洹及生死
一切皆如是　十方諸佛慧　無知無覺者
所已見淨法　故言世無有

曇摩竭菩薩復問如來菩薩言於化無起離於誰成主者泥洹不生滅不遠五道當使來發意轉住法輪無諸垢令悉不生誰爲度者如來言曇摩竭所問欲決斷十方生死根乃如是當行九法寶何等爲九法寶一者於無主是即寶二法寶者於泥洹與生死初無相知者是即寶三法寶者於生無生於滅無滅是即寶四法寶者上到三十六天使不還生無生處是即寶五法寶者當起意未起意如處住是即寶六法寶者三千大千佛剎觀了無得度者是即寶七法寶者於念無起處是即寶八法寶者悉使三千佛剎悉取泥洹意亦不喜不取泥洹者意亦不怒所以者何諸法無處故是即寶九法寶者隨願取羅漢我悉令發意求願者不令復還是願是即爲寶不起諸生無有還願是爲菩薩法寶如來答曇摩竭菩薩說偈言

於可無所可　於欲無所欲　所度無見者
法輪無常處　慧者無所說　因度無往者
故見大正法　世之最無有　道者無常名
故爲十方寶　已得無得者　生死無有道
四馬不可盡　可意無有足　世間悉樂者
不捨不得道　畏生無有脫　不畏無脫者
生死當舉名　立之爲五道　有報無答者
可謂爲是法　法者本無二　所謂諦已覺
無邊亦無幅　無極不可計　本際如影響
無有往來者　於起無所起　法無諸欲者
生死本無處　生死化如是　於淨無有淨
於垢無有垢　悉爲十方人　斷絕諸五道
淨意若如水　一切無瑕垢　青黃及白黑

悉得見其形　諸法不可荷　即得無上寶
吾我及與人　世間無得者　無住無住諦
所有諦如是　所覺無所見　世間諦如是
無度無不度　世時誰不有　十方立正覺
悉得無上寶

曇摩竭菩薩問如來言欲使十方自然諸天人民皆令得如其處當行六法寶何等六法寶一者聞知是會時是即寶二法寶者諸來會者得聞是經是即寶三法寶者非今功德是即寶四法寶者敢問是經法已得六萬三昧但欲使十方人發無上意是即寶五法寶者皆使十方會於佛樹下是即寶六法寶者佛所說經法使十方人悉令得之是即寶說是三昧時會中有九十億萬菩薩諸天人民有六十七億萬人皆得無所從生法處當是時九億萬菩薩皆得是三昧三千大千佛剎土復即九反大動三十六天諸天王在虛空中亂風音樂樂佛諸大龍王諸阿須倫皆得見是法阿難正衣服頭面著地叉手爲佛作禮曰佛言是經名爲何等經我當云何奉行之佛言阿難是名爲諸剎無極園自然華香自然號爲會無極寶說是經時無數諸天人民阿須倫人非人聞經皆大歡喜各前爲佛作禮而去

寶如來三昧經卷下

音釋

惒音和　幅方六切　莂彼別切　耨乃豆切　煩苛昔寒歉切頇苛繄細也　儻他曩切或然之辭　鎧可亥切甲也　輭而兖切與軟同　蜎許緣切小飛也　蠕而兖切蟲動貌　瑕何加切玷也

無上依經

梁天竺三藏法師眞諦譯

清刻龍藏佛說法變相圖

無上依經卷上

梁天竺三藏法師眞諦譯

校量造佛功德品第一

如是我聞一時佛婆伽婆住王舍城迦蘭陀竹林與大比丘衆千二百五十人俱悉是羅漢諸漏已盡所作已辦捨諸重擔獲得已利盡諸有結其心善得解脫善得自在善通奢摩他毗婆舍那其名曰淨命阿若憍陳如淨命馬勝淨命賢勝淨命婆沙波淨命摩訶那摩淨命漚樓頻螺迦葉淨命伽耶迦葉淨命那提迦葉淨命耶輸陀淨命摩訶迦葉淨命舍利弗淨命摩訶目揵連淨命須菩提淨命須婆睺淨命摩訶拘絺羅淨命優波離淨命富樓那彌多羅尼子淨命摩訶純陀淨命摩訶劫賓那淨命離波多淨命畢陵伽婆蹉淨

命阿尼樓馱淨命孫陀羅難陀淨命羅睺羅唯除阿難在學地如是等千二百五十人俱復有大比丘尼衆五百人俱其名曰摩訶波闍波提比丘尼青蓮華色比丘尼綺摩比丘尼跋陀比丘尼難陀比丘尼耶輸陀羅比丘尼如是等各有眷屬復有菩薩摩訶薩無量百千是賢劫中諸菩薩衆皆悉通達大深法性從調易化善行平等修菩薩道一切衆生眞善知識得無礙陀羅尼轉不退法輪已經供養無量諸佛皆從他方世界來集一生補處聖者彌勒菩薩以爲上首復有優婆塞百千萬衆頻婆娑羅王以爲上首復有無量百千優婆夷衆毗提希夫人以爲上首爾時世尊爲諸天人恭敬尊重隨從供養於是淨命阿難在大衆中承佛神力即從座起偏袒右肩右膝著地頂禮佛足向佛合掌而作是言世尊我於今日著衣持鉢入王舍城次第乞食我見一處大高重閣莊嚴新成雕飾裝畫內外究竟見此事已即生心念若清信善男子善女人造此大高重閣布施四方衆僧并具四事若如來滅後取佛舍利如芥子大安立塔中起塔如阿摩羅子大戴剎如針大露盤如棗葉大造佛如麥子大此二功德何者爲勝今問世尊唯願解說佛言善哉善哉阿難能問如來如此大事汝能修行衆多利益憐愍世間作歸依處能令人天得道安樂能拔衆生不住苦地是故阿難汝今諦聽專思念之敬心信受善哉世尊願樂欲聞佛言阿難此閻浮提世界縱廣七千由旬其洲北邊廣大南方如車人面亦爾其中悉滿須陀洹

斯陀舍阿那舍阿羅漢辟支佛等譬如蕉林竹林荻林若麻田若稻田稠密不空無間缺處如是阿難此閻浮提滿須陀洹乃至辟支佛若有一人盡形壽供養衣服飲食湯藥卧具入涅槃後悉起大塔供養然燈燒香塗香粖香華鬘衣服傘蓋幢旛等阿難於意云何是人以是因緣生功德多不阿難言甚多世尊甚多修伽陀是人以是因緣生功德多佛言阿難且置閻浮提洲西瞿耶尼縱廣八千由旬其洲作半月形人面亦爾其中滿須陀洹乃至辟支佛等譬如蕉林竹林荻林若麻田若稻田稠密不空如是阿難此瞿耶尼悉滿須陀洹乃至辟支佛等若有一人盡形壽供養衣服飲食湯藥卧具入涅槃後悉起大塔供養然燈燒香塗香末香華鬘衣服傘蓋幢旛等阿難於意云何是人以是因緣生功德多不阿難言甚多世尊甚多修伽陀阿難且置瞿耶尼洲東弗于逮縱廣九千由旬其洲圓如滿月人面亦爾滿中須陀洹乃至辟支佛譬如蕉林竹林荻林若麻田若稻田稠密不空如是阿難此弗于逮滿須陀洹乃至辟支佛等若有一人盡形壽供養衣服飲食湯藥卧具入涅槃後悉起大塔供養然燈燒香塗香末香華鬘衣服傘蓋幢旛等阿難於意云何是人以是因緣生功德多不阿難言甚多世尊甚多修伽陀阿難且置東弗于逮洲北鬱單越縱廣十千由旬其洲方人面亦爾滿中須陀洹乃至辟支佛譬如蕉林竹林荻林若麻田若稻田稠密不空如是阿難北鬱單越滿中須陀洹乃至辟支佛等若有一

人盡形壽供養衣服飲食湯藥卧具入涅槃
後悉起大塔供養然燈燒香塗香末香華鬘
衣服傘蓋幢旛等阿難於意云何是人以是
因縁生功德多不阿難言甚多世尊甚多修
伽陀阿難且置北鬱單越洲天帝釋天宫住
處有大飛閣名常勝殿八萬四千高樓圍遶
八萬四千青瑠璃柱眞金寶網羅覆其上金
繩鈴網四面張施金銀寶沙栴檀香水雜種
天華灑布其地八萬四千綺飾窻牖毗瑠璃
寶因陀尼寶羅頗梨寶蓮華色寶等間廁莊
嚴八萬四千扶欄階道純青瑠璃之所合成
阿難若有清信善男子善女人造作如帝釋
天宫飛閣高樓常勝寶殿百千拘胝施與四
方衆僧若復有人如來般涅槃後取舍利如
芥子大造塔如阿摩羅子大戴刹如針大露
盤如棗葉大造佛形像如麥子大此功德前
所説百分不及一千萬億分乃至僧祇數分
所不及一分分不相及譬喻所不及何以故
如來無量故阿難且置如是功德此閻浮提
西瞿耶尼東弗于逮北鬱單越大海須彌及
鐵圍山并娑婆世界碎爲微塵以此次第數
悉是須陀洹斯陀含阿那含阿羅漢辟支佛
若有清信善男子善女人盡形壽供養若滅
度後起塔供養於意云何是善男子善女人
得福多不甚多世尊甚多修伽陀佛告阿難
若善男子善女人佛涅槃後取舍利如芥子
大造塔如阿摩羅子大戴刹如針大露盤如
棗葉大造佛如麥子大此功德於前所説百
分不及一千萬億分不及一乃至筭數譬喻
所不能及阿難若此功德不迴向阿耨多羅

三藐三菩提此功德聚所獲福報盡娑婆世界微塵數作他化自在天王化樂天王兜率陀天王夜摩天王三十三天王況復轉輪聖王

如來界品第二

佛告阿難佛婆伽婆般涅槃後起刹立塔造像供養功德福報不可稱量微塵筭數所不能知云何如此阿難如來希有如來不可思議所以者何爲界爲性不可思議爲菩提爲證得不可思議爲功德爲法不可思議爲利益爲作事不可思議阿難何者是如來界云何如來爲界不可思議阿難一切衆生有陰界入勝相種類内外所現無始時節相續流來法爾所得至明妙善此處若心意識不能緣起覺觀分别不能緣起不正思惟不能緣起若與不正思惟相離是法不起無明若不起無明是法非十二有分起緣若非十二有分起緣是法無相若無相者是法非所作無生無滅無滅無盡是常是恒是寂是住本性清淨無所染著遠離無垢從煩惱㲉超出解脱與如來法正順相應過恒沙數不相離不捨智不思量阿難譬如無價如意寶珠莊嚴瑩治可愛明淨其體圓潔無有垢汙糞之穢泥經百千劫過是已後有人拾取取已洗淨守護保持不令墮墜是如意寶既被洗持還得清淨不捨寶種如是阿難一切如來昔在因地知衆生界自性清淨客塵煩惱之所汙濁諸佛如來作是思惟客塵煩惱不入衆生清淨界中此煩惱垢爲外障覆虚妄思惟之所構起我等能爲一切衆生説深妙法除煩

惱障不應生下劣心以大量故於諸衆生生
尊重心起大師敬起般若起闍那起大悲依
此五法菩薩得入阿鞞跋致位是諸菩薩復
更思惟此煩惱垢無力無能與根本不相應
無眞實本無依處本最清淨本是故無本虛
妄思惟顛倒習起如地水風依本得住是本
者無所依煩惱亦如是無眞實依若如實知
正思惟觀是諸煩惱不起違逆我今應觀令
諸煩惱不染著我若有煩惱不能染著是名
善哉若使我等著煩惱染云何能爲衆生說
法解煩惱縛是故我今應捨煩惱應說正法
解衆生縛若有煩惱令生死相續與善根相
應如此煩惱我應攝受爲成熟衆生成熟佛
法如是阿難如來在因地中依如實知依如
量修達如來界無染無著能入生死輪轉生
死非煩惱縛證大方便住無住處寂靜涅槃
速得阿耨多羅三藐三菩提阿難是如來界
無量無邊諸煩惱㲉之所隱蔽隨生死流漂
沒六道無始輪轉我說名衆生界阿難是衆
生界於生死苦而起猒離除六塵欲依八萬
四千法門十波羅蜜所攝修菩提道我說名
菩薩阿難是衆生界已得出離諸煩惱㲉過
一切苦洗除垢穢究竟淡然清淨澄潔爲諸
衆生之所願見微妙上地一切智地一切無
礙入此中住至無比能已得法王大自在力
我說名多陀阿伽度阿羅呵三藐三佛陀阿
難是如來界於三位中一切處等悉無罣礙
本來寂靜譬如虛空一切色種不能覆不能
滿不能塞若土器若銀器若金器虛空處等
悉無罣礙如來界者亦復如是於三位中一

切處等悉無罣礙阿難一切如來在因地時依如實知依如量修觀如來界五種功德不可說無二相過覺觀境界過一異一切處一味菩薩見已除衆生相除法異相除大結相依無礙智於衆生相續中觀如來界與奇異意咄哉衆生如來即在衆生身內如理不見如來是故我說具分聖道開解無始相結覆障令諸衆生因聖道力破除相結自能證見如理如來眞實平等何因如此一切衆生執相所縛不識如來不得如來不見如來阿難如來昔在因地觀如來界通達明了正覺衆法悉平等如正轉無上微妙法輪正直成熟聖弟子衆無量無邊恭敬圍遶住於無餘清涼涅槃乃至世界窮盡不捨衆生爲利益事阿難是如來界自性淨故於衆生處無異相故無差別故極隨平等清亮潤滑最妙柔賢與其相應阿難譬如水界自性清潤能攝能潤能長一切藥草樹木如是阿難一切諸佛在因地中依如來界修行善根利益衆生爲此事故來入三界現生老病死是諸菩薩生老等苦非眞實有何以故已如實見如來界故阿難譬如豪富長者唯有一男端正聰黠保念愛惜瞻視養護情無暫捨是兒稚小貪樂舞戲不悟脚跌墮大深坑糞穢死屍膖爛臭處其兒母親及餘眷屬見子墮坑驚喚大叫嗚呼痛哉煩寃懊惱是諸親屬雖復悲號而身無力怯弱不能入此深坑救拔子苦是時長者速疾馳還念子心重不猒臭穢自入坑中捉子牽出如是阿難我作此喻以顯實義所言死屍糞坑譬於三界其一子者譬凡

夫衆生母及眷屬譬聲聞緣覺是二乘人見諸衆生漂沒有流沉溺生死雖復憂念傷歎慈愍無力無能濟拔令出豪富長者即是菩薩清淨無垢無穢濁心已能證見未曾習法來入生死臭惡之處而現受身濟拔衆生阿難當知如是菩薩大悲希有不可言說超出三界脫諸累縛更入三界受三有生因漚和拘舍羅攝持般若波羅蜜雖有煩惱不能點汙演說正法滅衆生苦阿難是如來界大威神無變異柔潤故汝應知阿難是衆生界是諸聖性無修無不修無行無不行無心無心法無業無果報無苦無樂得入是處是性平等是性無異相是性遠離是性隨從是性廣大是性無我所是性無高下是性眞實是性無盡是性常住是性明淨阿難云何是性是諸聖性一切聖法緣此得成一切聖人依因此性而得顯現故我說之爲諸聖性阿難我今說如來性過恒沙數一切如來不共眞實從此法出而得顯現名如來界信樂正說深味愛重一切賢聖人戒定慧身即得成就是故此法名爲法身是法者相攝不相離不捨智非有解是依是持是處若法不相攝相離捨智有解亦是依是持是處是故我說一切法藏無變異故名爲如如無顛倒故名爲實際過一切相名爲寂滅聖人行處無分別智之境界故名第一義阿難是如來界非有非無不染不淨自性無垢清淨相應汝當知阿難云何如來爲界不可思議阿難是如來界在有垢地淨不淨法俱在一時是處不可思惟依甚深理而得解脫成阿羅漢成辟支佛

非其境界阿難有二種法不可通達一者自性清淨法界不可通達二者煩惱垢障不可通達唯阿鞞跋致菩薩與大法相應能聽能受能持諸菩薩聲聞緣覺信佛語故得知此法阿難如來爲此界性不可思議

菩提品第三

佛告阿難何者如來阿耨多羅三藐三菩提諸佛婆伽婆在無漏界一切種障永盡轉依寂靜明淨是無上菩提與十種分相應汝當知何等爲十一者自性二者因緣三者惑障四者至果五者作事六者相攝七者行處八者常住九者不共十者不可思惟阿難何者名爲菩提自性十地六波羅蜜如理如量修出離道所得轉依寂靜明淨聲聞緣覺非其境界是即名爲菩提自性阿難是界未除煩惱㲉我說名如來藏至極清淨是名轉依法有四種相一者生起緣故二者滅盡緣故三者正熟思量所知法果故四者最清淨法界體故何者名生起緣出一切世如來相續是菩提道生起緣處何者名滅盡緣三品煩惱根本種類依因此法永滅盡故何者所知法果已正通達所知眞如證得果故何者名法界體滅諸相結最淨法界所顯現故阿難是轉依相是轉依者則佛婆伽婆無上菩提故名菩提性阿難有四種法爲得無上菩提作因何者爲四一者願樂修習摩訶衍法二者修習般若波羅蜜三者修習破虛空三昧門四者修習如來大悲阿難有四種惑障菩提果何者爲四一者棄背大乘法二者邪執我見三者畏生死苦四者不行利益他衆生事

阿難有四種菩提無上勝果何者爲四一者最淨二者眞我三者妙樂四者常住是時阿難聞佛語已於衆會中即從座起偏袒右肩右膝著地曲躬恭敬頂禮佛足合掌向佛而說偈言

能說能行甚深理　永度有流不退沒
已過怨結諸怖畏　故我稽首問瞿曇
云何法是菩提因　云何名障名爲果
唯願慈善大悲尊　憐愍我等分別說

是時世尊唱言善哉善哉阿難能問如來甚深大義汝行利益多衆生故爲令人天得道安樂汝今諦聽深心渴仰恭敬信受善哉世尊願樂欲聞佛告阿難世間中有三品衆生一者著有二者著無三者不著有無著有者復有二種一者背涅槃道無涅槃性不求涅槃願樂生死二者於我法中不生渴仰誹謗大乘阿難是等衆生非佛弟子佛非大師非歸依處如是人等已住愚盲必墮險怖大闇之中於曠野地更入黑穢棘刺稠林以生死縛作於後際落闡提網不能自出著斷無者亦有二種一者行無方便二者行有方便行無方便復有二人一者在佛法外九十六種異學外道如支羅歌波育婆等二者在佛法中能生信心堅著我見不愛正理我說此人同彼外道復有增上慢人在正法中觀空生於有無二見是眞空者直向無上菩提一道淨解脫門如來顯了開示正說於中生空見我說不可治阿難若有人執我見如須彌山大我不驚怪亦不毀呰增上慢人執著空見如一髦髮作十六分我不許可行有方便亦

有二人一聲聞乘唯修自利而不能爲利益他事二緣覺乘少能利他少事而住少得云足不著有無者最上利根修行大乘是人不著生死如闡提不行無方便如外道不行有方便如二乘云何而行觀於生死及涅槃界平等一相至得正道其心安止住無住處清涼涅槃遊行生死不被染汙修大悲心以爲根本志力高强堅住不動佛言阿難若人貪著三有誹謗大乘名一闡提墮邪定聚若人著無行無方便墮不定聚復有著無行有方便不著有無行平等道名正定聚阿難不著有無修行平等唯除此人餘有四人一者一闡提二者外道三者聲聞四者緣覺有四惑障不能證得如來法身無上菩提何者爲四棄捨大乘是闡提障爲除此障我說菩薩修行信樂大乘眞法於一切處謬執我見是外道障爲除此障我說菩薩修行般若波羅蜜法於生死中猒畏疲極是聲聞障爲除此障我說菩薩修行破虚空三昧門背利益他小事爲足是緣覺障爲除此障我說菩薩修行大悲是四種人有四種惑爲除此惑說四聖道因此勝道治四顛倒能證如來無上最妙法身四德波羅蜜果阿難色等諸法悉皆無常而生常想諸法皆苦而生樂想諸法無我而生我想諸法不淨而生淨想是名顛倒觀色等法是無常苦無我不淨不名顛倒是不顛倒若觀如來妙德法身即成顛倒治此顛倒我說如來法身四德何者爲四一者常住波羅蜜二者安樂波羅蜜三者眞我波羅蜜四者清淨波羅蜜阿難一切凡夫執内五陰

起顛倒見於無常中而生常見於實苦中而生樂見於無我中而生我見於不淨中而生淨見阿難如來法身是一切智一切種智之境界故聲聞緣覺不能觀察如來法身顛倒修習不可拔斷云何如此如來法身最勝常住應當修習背常住修住無常修如來法身最上妙樂應當修習背妙樂修住於苦修如來法身最勝眞我應當修習背眞我修住無我修如來法身最極清淨應當修習背清淨修住不清淨修因此倒修聲聞緣覺所住之道非是如來法身四德道所至處是故法身常樂我淨非其境界阿難若有衆生信如來語能見法身常樂我淨是衆生者無顛倒心生眞正見云何如此阿難如來法身是眞常樂我淨波羅蜜若有衆生因勝妙道觀如來身是等衆生從明入明從安隱處至勝樂處是佛眞子佛心愛念從佛口生得佛成就從法化生得法財分阿難一闡提人棄背正法生死臭穢深心貪樂爲除此惑我說修行願樂大乘依因此法得最淨果阿難一切外道邪執我見而生取著色等諸法是無我相無諍故三世佛一切處及我說乃名眞我是諸外道執内五陰而起我見心安快樂爲破此惑是故我說修習般若波羅蜜依因此法得眞我果阿難聲聞人者怖畏生死於苦滅處而生欣樂爲除此執我說修習破虛空三昧門依因此法得具足分世出世樂波羅蜜果阿難緣覺人者不能觀察利益他事與諸衆生不和合住獨處思惟心安快樂爲除此執我說修習菩薩大悲依因此法恒遍十方爲

諸衆生作利益事所留住故得於常住波羅蜜果阿難因此四德一切如來實稱法界不著有無如大虛空修空界最究竟過三際永安住阿難一切阿羅漢辟支佛大地菩薩爲四種障不得如來法身四德波羅蜜何者爲四一者生緣惑二者生因惑三者有有四者無有何者生緣惑即是無明住地生一切行如無明生業何者是生因惑是無明住地所生諸行譬如無明所生諸業何者有有緣無明住地因無明住地所起無漏行三種意生身譬如四取爲緣三有漏業爲因起三種有何者無有緣三種意生身不可覺知微細墮滅譬如緣三有中生念念老死無明住地一切煩惱是其依處未斷除故諸阿羅漢及辟支佛自在菩薩不得至見煩惱垢濁習氣臭穢究竟滅盡大淨波羅蜜因無明住地起輕相惑有虛妄行未滅除故不得至見無作無行極寂大我波羅蜜緣無明住地因微細虛妄起無漏業意生諸陰未除盡故不得至見極滅遠離大樂波羅蜜若未能得一切煩惱諸業生難未盡無餘是諸如來爲甘露界則變易死斷流滅無量不得至見極無變異大常波羅蜜阿難於三界中有四種難一者煩惱難二者業難三者生報難四者過失難無明住地所起方便生死如三界內煩惱難無明住地所起因緣生死如三界內業難無明住地所起有有生死如三界內生難無明住地所起無有生死如三界內過失難應如是知阿難四種生死未除滅故三種意生身無有常樂我淨波羅蜜果唯佛法身是常是樂

是我是淨波羅蜜汝應知阿難如來法身大淨波羅蜜應知有二種自性清淨是其通相無垢清淨是其別相大我波羅蜜應知有二種遠離一切外道邪執出過我見虛妄故遠離二乘計理謬執出過無我虛妄故大樂波羅蜜應知有二種斷苦集本解習氣縛則能證得一切苦滅意生諸陰拔除盡故大常波羅蜜應知有二種旣不損減無常諸行出過斷見故亦不增益常住涅槃出過常見故若計諸行無常是名斷見若計涅槃常住是名常見治四惑障翻四顛倒常樂我淨爲其眞果阿難何者是菩提利益事有二種智一者無分別智二者無分別後智是二種智有二種事一者爲成就自利二者爲成就利他何者自利圓滿解脫身持淨法身滅煩惱障一切智障是名自利無分別智能成此法何者爲利他從無分別智後乃至盡生死際不作思量顯二種身說法無窮無間無量爲脫生死三惡道苦爲欲安立一切衆生置於善道住三乘處是名利他復次自利與三功德分不相離一者無漏二者遍滿三者無爲復次利他與四功德分不相離拔濟衆生不墮四處一者妄見癡迷疑惑二者苦道惡道墮道三者以嫉妬心以怨結心破壞正教四者以下劣心貪樂小乘阿難與此二事自利利他是菩提事阿難何者名菩提相應法無上菩提是眞實相十九種法與其相應一者不可思量二者微細三者眞實四者道理甚深五者不可見六者難通達七者常八者在九者寂十者恒十一清涼十二遍滿十三無分別

十四無著十五無礙十六隨順十七不可執十八大淨十九澄清此十九法與無上菩提恒不相離故名菩提相應之法阿難何者是菩提行處三種道理顯現三身一者甚深道理二者廣大道理三者萬德道理阿難第一身者與五種相五種功德相應何者五種相一者無爲二者不相離三者離二邊四者脫一切障五者自性清淨何者五種功德一者不可量二者不可數三者難思四者不共五者究竟清淨第二身者法身淨流之所顯現一切無量如來功德摩訶般若大悲爲體與五種功德相應一者無分別相二者無功用心三者稱衆生意作利益四者與法身不相離五者恒遍一時不捨衆生第三身者般若大悲淨流所顯色種爲體與四分功德相應一者三十二相二者八十種好三者威德四者力能於諸衆生根欲性行相攝相應於穢佛土示現種種本生之事或復示現昇兜率天或復示現從彼天下或復示現降神母胎或現初生出胎或現俱摩羅位或現受學十八明處或現諸戲遊於後園或現出家或現苦行或詣道場或成佛道或波羅柰轉妙法輪或堅固林般涅槃示現如是種種之事乃至盡于生死後際阿難無上菩提攝三身盡是故名爲菩提行處阿難何者無上菩提常住法而此常住有二種法爲作因緣一者不生不滅二者無窮無盡是名菩提常住法阿難何者是無上菩提不共相不共有二種一者不可知若諸凡夫聲聞緣覺不能通達非其境界二者不可得除佛一人餘無得者

是不共法有五種一者如如理甚深故二者自在不可動故三者清淨無漏界所攝故四者一切所知處無礙故五者爲衆生利益事圓滿故是名菩提不共相阿難何者是無上菩提不可思惟有六種因故不可思惟一者過語言境界二者第一義諦所攝三者已過覺觀分別思惟四者譬類所不能得五者於一切法最上品故六者生死涅槃處不可安立故是名無上菩提不可思惟阿難云何如來爲無上菩提不可思議阿難一切如來住無上菩提處有五種因緣不可思議何者爲五一者自性二者處三者住四者爲一異五者爲利益阿難云何如來爲菩提自性不可思議即色是如來不可得離色是如來不可得受想行識亦如是即地界是如來不可得

離地界是如來不可得水火風界亦如是即眼入是如來不可得離眼入是如來不可得耳鼻舌身意亦如是即有法是如來不可得無法亦如是是名菩提性不可思議阿難云何如來爲菩提處不可思議如來在欲界不可思議離欲界亦不可思議色無色界亦如是如來在人中不可思議離人中亦不可思議六道亦如是如來在東方不可思議離東方亦不可思議十方亦如是是名爲處不可思議阿難何者是如來爲菩提住不可思議阿難安樂住如來住不可思議寂靜住如來住不可思議有心住如來住不可思議無心住如來住不可思議如是梵住聖住如來住不可思議是名爲住不可思議阿難云何如來爲一異不可思議三世如來在一處住何

者一處自性清淨無漏法界是諸如來若一若異不可思議是名一異不可思議阿難云何如來爲利益事不可思議如是如來等一法界智慧神力正勤威德悉皆平等住於無漏清淨法界諸如來等因此轉依能爲衆生無量利益是名利益不可思議復次不可思議有二種一者不可言說過語言境界故二者出一切世於世間中無譬類故是名不可思議復次眞如本不被染本無垢汙不可思議阿難是名菩提不可思議

無上依經卷上

音釋

漚烏侯切　締丑知切　蹉七何切　雕飾雕都聊切雕刻也飾賞職切糚飾也　稠直由切密也　粖莫割切糜也　厠初吏切間錯也　拘胝梵語也此云百億胝陟離切　阿鞞跋致梵語也此云不退轉鞞駢迷切跋蒲末切　鷇苦角切　咄當沒切嗟咨語也　黠胡八切慧也　跌徒結切失足也　膖爛膖匹絳切脹也爛落旰切腐也　髦莫高切髮也　闍提梵語具云一闍提此云信不具闍昌演切　謬靡幼切妄也

無上依經卷下

梁天竺三藏法師真諦譯

如來功德品第四

佛告阿難有百八十不共之法此是如來勝妙功德一者三十二相二者八十種好三者六十八法何者三十二相菩薩修四因緣一持戒二禪定三者忍辱四者捨財捨諸煩惱修此四因堅固不動以此業緣得二種相一者足下平滿所履踐地悉皆平夷稱菩薩脚無有坑坎二者行步平正無有斜戾若菩薩種種供養父母師長種種給濟苦難衆生去來往返勤行此事以此業緣得足下輪相轂輞成就千輻莊嚴若菩薩不逼惱他不行竊盜見他所愛不生貪奪不自矜高除却憍慢於師尊長起迎問訊侍立瞻奉合掌恭敬以此業緣得二種相一者手指纖長傭直没節二者其身方大端正莊嚴具前三種業因緣故得足跟長行前三業更修四攝利益他事以此業緣手足十指悉皆網密猶如鵝王若菩薩於師父母扶持侍養自手塗傅酥油膏藥按摩洗浴衣食瞻視得手足柔軟潤澤細滑掌色赤好如紅蓮華若菩薩修諸善法心無猒倦增長上上得足踝傭滿若菩薩修學正法爲他演說往來宣化不生疲極以是業緣得鹿王蹲若菩薩未得之法勤求欲知已得之法利他轉化三種惡業斷塞不起六塵惡法不染身心於身病者施其湯藥於心病者爲作良醫以此業緣得身端直若菩薩見怖畏者爲作救護於貧躶者施與衣食恒懷慚愧遮惡不起以此業緣得陰馬藏若菩薩

護身口意恒令清淨受施知足用亦知量施病者藥施貧者財若有衆生不平等業乃至受用亦不平等勸其修行平等之事以此業緣得身方滿縱横量等如尼拘類樹若菩薩方便巧修諸勝善法無中下品恒令增上以此業緣得身毛上靡右旋宛轉若菩薩自性利根多思惟義親近智者值善知識於尊長處灑掃清淨於尊長身洗持按摩於支提處除屏草穢客塵煩惱不令汙心以此業緣得一孔一毛皮膚細滑不受塵水若菩薩衣服飲食車乘卧具諸莊嚴物歡喜施與心無悔悋以此業緣得身金色圓光一丈若菩薩輭美飲食廣施無限令多衆生悉得飽足以此業緣得七處滿若菩薩見善衆生欲與善法同其正業爲其尊導安立善中除斷惡事以此業緣得師子臆若菩薩於衆生中爲利益事修四正勤如師子王心無所畏以此業緣得二種相一者兩肩平整兩腋下滿二者兩臂圓直如象王鼻立過于膝若菩薩離兩舌業於怨憎中作和合語行四攝法攝取衆生思惟深義修平等慈以此業緣得二種相一者口四十齒齊密不疎白猶珂雪二者得四牙相如月初生若菩薩見諸衆生有所須欲稱心施與若財若法以此業緣得二種相一者師子頤二者頸圓淨若菩薩守護衆生如視一子多生信心慈念無量廣施醫藥無穢濁心以此業緣得二種相一者咽喉具足千脉以受美味津液流潤二者身鉤鎖骨如那羅延若菩薩自行十善教他修行見修行者歡喜讚歎大悲無量憐愍衆生發弘誓心攝

受正法以此業緣得二種相一者有鬱尼沙頂骨涌起自然成髻二者舌廣薄長如蓮華葉若菩薩恒說實語愛語美語數演正法不使顛倒以此業緣得梵音聲如迦陵頻伽妙響深遠如天鼓震若菩薩起慈敬心觀諸世間如父如母不起三毒視諸衆生以此業緣得二種相一者眼瞼青好如優鉢羅華二者眼睫紺睒猶如牛王若菩薩見善衆生修三學法稱讚其美不起毀呰見有謗者遮制守護以此業緣得白毫相當於眉間右旋上靡復次阿難菩薩修行四種正業得三十二相一者決定無雜二者諦觀微密三者常修無間四者不顛倒行第一業緣得足下平滿第二業緣得九種相一者足下輪相二者足踝牖滿三者手足十指網密四者皮膚細軟五者得七處滿六者兩肩平正兩腋下滿七者臂牖圓八者舌廣長九者師子臆第三業緣得五種相一者指纖長二者脚跟長三者身端不曲四者横竪量等五者頸圓淨第四業緣得餘諸相復次阿難若十方一切衆生俱行十善如此功德更百倍增長以此業緣唯得菩薩一毛之相入一切毛功德更百倍增然後能得菩薩一好入一切好功德更百倍增然後能得菩薩一相入一切相功德離白毫相離鬱尼沙如是功德更增百倍得白毫相又增百倍得鬱尼沙相入鬱尼沙功德千倍增長得如來商珂不共之法相好所攝因此相好如來一聲遍滿十方無量世界阿難是三十二相有三因緣不可思議一者時節不可思議修行數滿三阿僧祇劫二者心樂

不可思議爲安樂利益一切衆生故三者品類不可思議修一切善離一切惡是種類無窮故是故如來身具相好不可思議阿難何者如來八十種好一者無見頂二者頂骨無胲脉三者額廣平正四者眉高而長形如初月紺瑠璃色五者廣長眼六者鼻高圓直孔不現七者耳廣厚長輪埵成就八者身堅實如那羅延九者身分不可壞十者身節堅密十一者身一時迴如象王十二者身柔輭十三者身不曲十四者身常少十五者身潤澤十六者身自持不逶迤十七者身分滿足十八者識滿足十九者容儀備足二十者威神遠震二十一者一切處不背他二十二者住處安無能動者二十三者面部如量不大不長二十四者廣姝二十五者面淨如滿月二十六者面具足滿二十七者正容貌不壞色二十八者儀容如師子二十九者進止如象王三十者行法如鵝王三十一者頭如摩陀那果三十二者足趺厚四指行時印文現三十三者爪如赤銅色高薄圓潤三十四者膝骨堅著圓好三十五者指文莊嚴三十六者脉理深三十七者手文明直三十八者手文長三十九者手文不斷四十者手足如意四十一者手足赤白如蓮華色四十二者孔門相具四十三者步無廣狹四十四者腰圓大四十五者腹不垷四十六者齊文如蟠蛇右轉圓深四十七者毛色青紅如孔雀項四十八者毛潔淨四十九者毛右旋五十者口出無上香身毛皆香氣五十一者脣色赤潤如頻婆果五十二者舌色赤五十三者舌形薄

五十四者一切樂觀五十五者隨衆生意和悅與語五十六者於一切處無非善語五十七者先與語五十八者隨衆音聲不過不減五十九者隨衆語言而爲說法六十者說法不著六十一者等視衆生六十二者先見後作六十三者發一音報衆聲六十四者次第有因緣說法六十五者一切衆生眼不能盡觀相六十六者觀無猒足六十七者一切聲分具足六十八者善事顯現六十九者剛强衆生見即調善怖畏衆生便得安樂七十者音聲明淨七十一者身不傾動七十二者身分大七十三者其身長七十四者身不染著七十五者遍身光各一丈七十六者光照身而行七十七者其身淨潔七十八者髮螺不亂其髮長好髮色光潤猶如青珠七十九者

手足滿八十者手足有德相阿難是名如來八十種好莊嚴佛身阿難如來有十力何者爲十一者處非處智力二者隨業智力三者定類智力四者根品智力五者欲樂智力六者性類智力七者一切處智力八者宿生智力九者無生智力十者漏盡智力因此智力如來顯說最大勝處轉於無上清淨梵輪於大衆中正師子吼阿難如來有四種無畏一一切智無畏二漏盡無畏三說障道無畏四說盡苦道無畏阿難如來有三種念處一者正行正念二者邪行正念三者雜行正念阿難如來又有大悲之法阿難如來有十八不共法一身無過二口無過三意無過四無不定心五無異想執六無非圓智捨七無欲樂無減失八無正精進無減失九無念無減失

十無智無減失十一無解脫無減失十二無解脫知見無減失十三身隨智慧行十四口隨智慧行十五意隨智慧行十六窮過去智圓滿十七窮現在智圓滿十八窮未來智圓滿阿難如來獨得如意自在捷疾神通如來獨得無有邊際變化神通如來獨得無量無盡聖神通處如來獨得心自在法如來獨得自在無邊知他心通如來獨得自在無礙天耳神通如來獨得知無色界衆生種別如來獨得通達聖衆般涅槃後如來獨得智慧明了有不定答如來獨得大波羅蜜善能答問如來獨得分別說法無有過失如來獨得開化衆生無有空過如來獨得第一導首如來獨得不可害滅如來獨得金剛三昧如來獨得一切諸法非色非心心不相應如來至知如來獨得無礙解脫如來獨得三不護法如來獨得斷滅習氣如來獨得一切種智如來獨得金剛聚身如來獨得未曾作意一切事成如來獨得一切諸相與處相應明淨具足如來獨得所授記莂無有不定如來獨得於勝負心佛不許可不得見佛如來獨得轉一切種勝妙法輪如來獨得荷負衆生能捨重擔如來獨得入般涅槃復更起心如來獨得修因圓滿無餘如來獨得至果圓滿無餘如來獨得利益他事圓滿無餘如來獨得辯才無盡如來獨得說一切法悉皆如理阿難如來功德略說有六種一者具足二者無垢三者不動四者無等五者利他六者自在巧能阿難云何如來爲功德不可思議一切如來恒河沙劫無邊功德在於惑地及於淨地相

攝相應未曾相離無垢無淨不可思議

如來事品第五

阿難如來事有十八如來無比最妙最上無有及者令諸衆生起奇特心恭敬供養此第一事因三十二相八十種好而得成就如來如理通達因果若沙門婆羅門說無因果說不平等因果之法我即制伏令墮負處此第二事因是處非處智力得成如來知見自業自受無有自作他受果者若沙門婆羅門邪說邪教度業度受便能制伏令墮負處此第三事因業類智力得成如來教化顯三種輪一者神通輪二者記心輪三者示教輪訓導弟子以成聖衆若沙門婆羅門有勝負心說違逆法對治正典便能制伏令墮負處此第四事因禪定智力得成如來了達上中下根如理爲說令其下種成熟解脫此第五事因根種智力得成如來知見三品衆生邪正欲樂如實見已拔斷惡欲增長善欲此第六事因欲樂智力得成如來觀知衆生三種一者麤二者中三者妙令此三人如理得入種種法門此第七事因性界智力得成如來明見出離道法得解脫果障礙道法得生死果令滅障礙道修出離道此第八事因至一切處智力得成如來明了見宿命事說過去事爲令衆生起猒畏心若執常見沙門婆羅門便能制伏令墮負處此第九事因宿生智力得成如來明見一切衆生死此生彼如理受記若執斷見沙門婆羅門便能制伏令墮負處此第十事因生死智力得成如來自知解脫通達無礙若增上慢沙門婆羅門未得羅漢

謂言已得即能制伏令墮負處此第十一事因漏盡智力得成如來爲利益事最上善巧若有人問如來十力如實答難除決彼疑能立自正說能破他邪說此第十二事因四無畏得成如來正教有能修者有不修者亦修不修者如來於此三人無染濁心此第十三事因三念處得成如來佛眼晝夜恒觀一切衆生在勝負處救護濟拔此第十四事因大悲得成如來如說而行能行能說此第十五事因三不護法得成如來於諸衆生爲利益事悉皆圓滿無有損減此第十六事因念無忘失得成如來四威儀中隨從於理無有失誤此第十七事因滅除習氣得成如來觀三種法一者行法得利二者行法減損三者行法亦利亦損離餘二法如來宣說得利益行此第十八事因一切種智及諸不共法得成如來阿難如是等如來事汝應知阿難云何如來爲事不可思議阿難諸如來事無數無量世間衆生不能覺知雖依語言不能顯現不可示人令他悟解一切佛土處所無礙一切如來隨順平等過作意境無分別相猶如虛空無有分別與法界相稱故諸善男子是故佛說如來之事不可思議行遍一切處一切處無失隨行三世處不滅三寶性如來住是事中如來身相不捨虛空性一切佛土顯現自身如來言說非音聲性同其類音而說正法如來不取心爲境界諸衆生心根性欲樂皆悉通達阿難是名如來爲事不可思議佛說此經已此大會中七萬五千菩薩摩訶薩即得證見圓滿法身復有七萬五千菩薩

摩訶薩即得大乘妙光三昧復有七萬五千菩薩摩訶薩於一切法得無生忍無數阿僧祇衆生於無上菩提起不退心無量阿僧祇衆生遠塵離垢得法眼淨復有無量衆生證上上果

讃歎品第六

爾時阿難於衆會中聞佛說已歡喜踊躍得未曾有從座而起偏袒右肩右膝著地頂禮佛足恭敬合掌瞻仰尊顏以清淨心說偈讃歎

於諸三世衆生中　如來最尊無譬類
於人法處無等等　是故平等等一切
所應伏滅悉永除　所應知法悉通達
爲智爲勝極第一　唯佛世尊更非餘
有力不怖是實語　如來有力無畏故
世尊大能不損他　即是難思希有事
善巧方便化衆生　非是險惡心迷醉
衆生邪慢自矜高　世尊折伏令除捨
若人有力能勝他　謂是世間成口過
若指如來最極尊　此語至眞無虛失
若人依理正問難　無有能使如來屈
如來難伏無闕短　將導衆生至樂處
四種清淨無過失　此四清淨故不護
具足四辯無窮說　法味充溢飽衆生
一切法處智無礙　一切念處無減失
於諸衆生等大悲　於諸世法心不染
通達一切根欲性　已度一切教化法
煩惱品品差別類　敷演種種對治門
世尊說法最第一　凡夫值佛不開解
無明惑闇所覆蓋　是等極難不可度

世尊名聞令渴仰　見佛令人喜無窮
佛語能使心清淨　大師正教脫生死
歎佛能除不吉祥　憶佛令心恒喜樂
見佛即生大般若　解佛便得成種智
如來因戒淨無垢　如來因定意澄清
如來因智不可動　如來法海滿甘露
衆生惛睡佛獨寤　遍視衆生根性欲
衆生放逸如來不　一切衆生平等視
破結賊法佛已說　魔王幻化佛已除
已示生死是過失　已明彼方無畏處
若法可度令他得　猶如世尊行大悲
提婆達多爲最上　一切衆生施菩提
我今不能見正行　修此持報世尊恩
若人已到無餘滅　此人猶未報佛恩
若人能行佛正行　是人唯修自利法
世尊疲極爲衆生　無上深恩云何報
世尊宣說真白法　令人自行教化他
若使如來不出世　唯有苦受逼其身
一切世間唯惡道　但聞呌喚大音聲
六道受苦悉無異　皆因煩惱所纏裹
世尊爲解衆生結　久受大悲之繫縛
世尊無上大福田　能依佛行正行者
如我不見善寶窮　若行惡行亦如是
於佛若起悠悠心　此等衆生墮貧地
忽於世尊起怨諍　永處黑闇復何疑
猶如大師識自身　相似大師亦能識
餘人不能如此識　我今遍禮十方尊
一切功德智力等　世尊示現及法身
大悲欲使衆生識　是故我今頭面禮
妙色好香視無猒　衆相圓滿超諸色

三時開敷甚可愛　如是佛華我頂禮
世尊善識無上處　一切險難皆出離
無跡無聚無虚假　我今頂禮兩足尊
世尊洗濯諸垢汙　住於正法功德水
從本已來内外淨　我今頂禮眞淨身
世尊善法自具足　常能爲衆作益友
廣雨甘露飽衆生　我今頂禮能利他
世間所敬最勝人　此人猶故恭敬佛
衆惡斷盡善圓滿　我今頂禮最勝尊
無一方便不修學　爲愍衆生欲拔濟
令度生死險難坑　我今頂禮世歸依
頂禮無喻妙色身　頂禮能說甘露法
頂禮清淨離垢智　頂禮一切功德林
付囑品第七
佛告阿難汝可受持此正法門爾時阿難長跪白佛我今從佛聞此深法得未曾有頂戴奉持世尊當何名此經云何受持佛言阿難此經名無上依亦名未曾有亦名攝善法亦名清淨行亦名行究竟阿難有十種法受持此經何等爲十一者書寫二者供養三者傳流四者諦聽五者自讀六者憶持七者廣說八者自誦九者思惟十者修行阿難此十種法能持此經眞功德聚無量無盡阿難譬如如意珠王所在之處一切衆寶悉皆出現持此經人亦復如是一切善法皆悉得成阿難譬如一切樹林藥草悉依於地而得生長善法亦爾皆因此經而得增長阿難譬如一切善法已生現生當生是不放逸之所攝持不放逸行最爲第一若經說聲聞法若經說緣覺法若經說菩薩法此經所攝最爲第一阿

難譬如轉輪聖王若王在世七寶常隨此經亦爾若住於世佛寶法寶僧寶種性相續不絶阿難汝可展轉廣爲比丘比丘尼優婆塞優婆夷天龍夜叉乾闥婆阿脩羅迦樓羅緊那羅摩睺羅伽人非人等演說此經何以故欲令一切諸衆生類於如來處深種善根佛說此經巳阿難及大會菩薩摩訶薩帝釋梵衆護世天等聞佛所說希有法門歡喜踊躍信受奉行

無上依經卷下

音釋

轂輞（轂古祿切輞文紡切）輻（方六切）臃（丑凶切圓直也）跟（古痕切足踵也）踝（胡瓦切腿兩旁也）蹲（時充切腓腸也）躶（郎果切赤體也）臆（於力切胷也）腋（羊益切肘胷間也）頤（盈之切頷也）頸（居郢切頭莖也）液（羊益切涎也）瞼（居奄切）睫（子葉切）呰（將几切譏毀也）胲（柯開切）

逶迤（逶於爲切迤余支切逶迤委曲貌）趺（方無切足也）齊（祖奚切與臍同）蟠（蒲官切屈蟠也）剃（并列切）寤（五故切寐覺也）裹（古火切包裹也）

佛說未曾有經

佛說甚希有經

佛說如來師子吼經

佛說大方廣師子吼經

後漢失譯師名譯

唐三藏法師玄奘奉詔譯

元魏天竺三藏法師佛陀扇多譯

唐中天竺沙門地婆訶等奉勑譯

清刻龍藏佛說法變相圖

四經同卷

佛說未曾有經

佛說甚希有經

佛說如來師子吼經

佛說大方廣師子吼經

佛說未曾有經

後漢失譯師名

如是我聞一時佛在王舍城耆闍崛山與大比丘衆千二百五十人俱爾時尊者阿難晨朝著衣持鉢入王舍城正念乞食見有一處新作大舍重閣高顯户牖彫飾牆壁嚴整無有風塵障隔寒暑尊者阿難見已即作是念若有善男子善女人作如是嚴麗之舍布施四方衆僧若如來般涅槃後若有善男子善女人以如芥子舍利起塔大如菴摩勒果其

剎如針上施槃蓋如酸棗葉若作佛像乃至如麫麥是二功德何者爲多爾時尊者阿難乞食訖還本處飯食竟舉衣鉢洗足已往詣佛所一心恭敬頭面作禮於一面坐坐已白佛言世尊我於彼處晨朝著衣持鉢入王舍城乞食見有一處新作大舍重閣高顯户牖彫飾牆壁嚴整無有風塵障隔寒暑便作是念若有善男子善女人能作如是妙麗之舍布施四方衆僧若佛般涅槃後復有善男子善女人以如芥子舍利起塔大如菴摩勒果其剎如針上施槃蓋如酸棗葉若作佛像乃至如麫麥是二功德何者爲多爾時世尊告阿難言善哉善哉阿難汝爲多人故爲安樂衆生故爲哀愍世間故爲大衆故爲多饒益天人故乃以是義問於如來阿難諦聽善思念之閻浮提地廣七千由延北闊南狹其中人面似如車形如是地上滿中甘蔗竹葦稻麻叢林無空缺處猶如一體阿難是諸草木皆悉爲人得須陀洹斯陀含阿那含阿羅漢辟支佛若有一人盡壽供養衣鉢飲食牀坐醫藥房舍所須具足供給至滅度後一一起塔各起塔已供養恭敬香華妓樂燒香塗香末香幢旛寶蓋如是具足於汝意云何如此功德寧爲多不阿難白佛言甚多世尊甚多善逝是善男子善女人得大功德佛告阿難置是閻浮提復有瞿耶尼廣八千由延人面如半月於彼中人亦復如是作大功德復次阿難置是瞿耶尼復有弗于逮廣九千由延人面圓滿於彼中人悉亦如是作大功德復次阿難置是弗于逮復有鬱單越廣萬由延

人面正方於彼中人悉亦如是作大功德佛告阿難釋提桓因大莊嚴殿彫文刻鏤微妙奇特有八萬四千寶柱以天青瑠璃間廁黄金以爲羅網彌覆其上金沙布地奇妙栴檀以爲欄楯復次阿難是天帝釋大莊嚴殿復有八萬四千寶窻亦以天青瑠璃間廁黄金以爲羅網彌覆其上布以金沙栴檀欄楯復次阿難是天帝釋大莊嚴殿復有八萬四千天紺寶窻微妙嚴麗校飾如上復次阿難是天帝釋大莊嚴殿有八萬四千樓櫓館閣四出園遶衆寶校飾亦復如上佛告阿難若有善男子善女人作是天帝釋大莊嚴殿施四方衆僧於汝意云何是善男子善女人以此因緣得大功德不阿難白佛言甚多世尊甚多善逝此善男子善女人得大功德佛告阿

難置此四天下功德復置釋提桓因大莊嚴殿功德若有善男子善女人作百千億釋提桓因大莊嚴殿施四方僧復有善男子善女人於佛般涅槃後以如芥子舍利起塔大如菴摩勒果其刹如針上施槃蓋如酸棗葉若造佛形像乃至如麵麥此功德滿足百倍不及千倍萬倍百千萬億倍所不能及不可稱量阿難當知是如來無量功德戒分定分智慧分解脫分知見解脫分復次阿難如來無量功德有大神足變化及檀波羅蜜尸波羅蜜羼提波羅蜜毗梨耶波羅蜜禪波羅蜜般若波羅蜜如是等無量功德爾時佛告尊者阿難汝諦受持此法阿難白佛言受教世尊此名何法我等如來法中當云何受持佛告阿難此名未曾有法是一切清淨妙法方便

我以是故殷勤囑汝此法當數數廣爲諸天人阿脩羅龍夜叉乾闥婆迦留羅緊那羅摩睺羅伽人非人等分别說之當作如來善根功德種子一切衆生聞者得入如來善根功德以是因緣故離諸煩惱悉皆成佛諸比丘聞已歡喜作禮

佛說未曾有經

佛説甚希有經

唐三藏法師玄奘奉　詔譯

如是我聞一時薄伽梵在王舍城住鷲峯山與大苾芻衆千二百五十人俱及無量菩薩諸天人等爾時尊者阿難於日初分爲乞食故著衣持鉢入王舍城次第行乞遥見一所有大層閣營構初成嚴麗綺飾甚可愛樂既見是已內自思惟若有諸善男子或善女人能造如是高廣層閣嚴麗綺飾甚可愛樂奉施四方大德僧衆復有諸善男子或善女人於諸如來般涅槃後起窣堵波其量下如阿摩洛果以佛馱都如芥子許安置其中樹以表刹量如大針上安相輪如小棗葉或造佛像下如麰麥如是二種所生福聚何者爲多爾時尊者阿難既作是念於王舍城次第乞已出還本處飯食訖收衣鉢洗足已於食後時往如來所到已頂禮世尊雙足却住一面白佛言世尊惟我向者於日初分爲乞食故著衣持鉢入王舍城次第行乞遥見一所有大層閣營構初成嚴麗綺飾甚可愛樂既見是已內自思惟若有諸善男子或善女人能造如是高廣層閣嚴麗綺飾奉施四方大德僧衆復有諸善男子或善女人於諸如來般涅槃後起窣堵波其量下如阿摩洛果以佛馱都如芥子許安置其中樹以表刹量如大針上安相輪如小棗葉或造佛像下如麰麥如是二種所生福聚何者爲多故我今者請問世尊惟願如來哀愍爲說爾時世尊以妙梵語告阿難曰善哉善哉汝今爲欲利益安樂無量衆生哀愍世間諸天人等令得大義

利益安樂請問如來如是大義汝今諦聽極善思惟吾當爲汝分别解說阿難白佛唯然世尊願樂欲聞爾時世尊告阿難曰即於此方南贍部洲縱廣周帀七千踰繕那北闊南狹形如車廂人面亦爾假使於中合爲一段或甘蔗林或蘆葦林或竹林等或復稻田胡麻田等叢塞充滿無有間隙如是假使徧贍部洲或預流果或一來果或不還果或阿羅漢或諸獨覺叢塞充滿亦無間隙如甘蔗等若有一家於彼聖衆盡形恭敬承事供養奉施上妙衣服飲食卧具醫藥及諸資緣於彼一一般涅槃後如法焚身收其遺骨起窣堵波高廣嚴飾塗香末香熏香華鬘上妙旛蓋寶幢音樂燈炬光明讚歎供養汝意云何由是因緣彼所生福寧爲多不阿難白佛甚多世尊甚多善逝爾時世尊復告阿難且置此方南贍部洲於此東方毗提訶洲縱廣周帀八千踰繕那形如半月人面亦爾假使於中合爲一段或甘蔗林或蘆葦林或竹林等或復稻田胡麻田等叢塞充滿無有間隙如是假使徧彼東方毗提訶洲或預流果或一來果或不還果或阿羅漢或諸獨覺叢塞充滿亦無間隙如甘蔗等若有一家於彼聖衆盡形恭敬承事供養奉施上妙衣服飲食卧具醫藥及諸資緣於彼一一般涅槃後如法焚身收其遺骨起窣堵波高廣嚴飾塗香末香熏香華鬘上妙旛蓋寶幢音樂燈炬光明讚歎供養汝意云何由是因緣彼所生福寧爲多不阿難白佛甚多世尊甚多善逝爾時世尊告阿難且置東方毗提訶洲於此西方瞿

陀尼洲縱廣周帀九千踰繕那形如日輪人面亦爾假使於中合成一段或甘蔗林或蘆葦林或竹林等或復稻田胡麻田等叜塞充滿無有間隙如是假使偏彼西方瞿陀尼洲或預流果或一來果或不還果或阿羅漢或諸獨覺叜塞充滿亦無間隙如甘蔗等若有一家於彼聖衆盡形恭敬承事供養奉施上妙衣服飲食卧具醫藥及諸資緣於彼一一般涅槃後如法焚身收其遺骨起窣堵波高廣嚴飾塗香抹香熏香華鬘上妙旛蓋寳幢音樂燈炬光明讃歎供養汝意云何由是因緣彼所生福寧爲多不阿難白佛甚多世尊甚多善逝爾時世尊復告阿難且置西方瞿陀尼洲於此北方大俱盧洲縱廣周帀十千踰繕那地形四方人面亦爾假使於中合成一段或甘蔗林或蘆葦林或竹林等或復稻田胡麻田等叜塞充滿無有間隙如是假使偏彼北方大俱盧洲或預流果或一來果或不還果或阿羅漢或諸獨覺叜塞充滿亦無間隙如甘蔗等若有一家於彼聖衆盡形恭敬承事供養奉施上妙衣服飲食卧具醫藥及諸資緣於彼一一般涅槃後如法焚身收其遺骨起窣堵波高廣嚴飾塗香抹香熏香華鬘上妙旛蓋寳幢音樂燈炬光明讃歎供養汝意云何由是因緣彼所生福寧爲多不阿難白佛甚多世尊甚多善逝爾時世尊復告阿難且置北方大俱盧洲天主帝釋有大層臺其臺依止八萬四千衆妙寳柱一一寳柱簉以種種天青瑠璃妙寳珠網布以金砂灑以香水此臺復有周帀八萬四千衆妙寳

窻牖一一窻牖垂以種種天青瑠璃妙寶珠簾布以金砂灑以香水此臺復有八萬四千衆妙寶㡧一一寶㡧覆以種種天青瑠璃妙寶珠網布以金砂灑以香水假使若有諸善男子或善女人造妙層閣高廣嚴麗以天帝釋妙寶層臺奉施四方大德僧衆汝意云何是善男子或善女人由此因緣彼所生福寧爲多不阿難白佛甚多世尊甚多善逝爾時世尊告阿難曰且置四洲及天帝釋大寶層臺假使若有諸善男子或善女人能造百千俱胝層閣高廣嚴麗皆如帝釋妙寶層臺奉施四方大德僧衆復有諸善男子或善女人於諸如來般涅槃後起窣堵波其量下如阿摩洛果以佛馱都如芥子許安置其中樹以表刹量如大針上安相輪如小棗葉或造佛像下如麵麥以前福聚比此福聚於百分中不及其一於千分中亦不及一於百千分數分筭分計分喻分乃至鄔波尼殺曇分亦不及一何以故阿難如前福聚其量雖多然不及者爲諸如來於三大劫阿僧企耶修習無量勝戒定慧及以解脫解脫知見皆圓滿故如來無量慈悲喜捨十方六趣教化神通皆圓滿故如來無量布施持戒忍辱精進靜慮智慧及餘功德皆圓滿故以是當知造佛形像及窣堵波所獲福聚不可思議不可比喻爾時世尊告阿難曰汝當敬受如是法門阿難白佛我已敬受未審如是所說法門其名何等我當奉持佛告阿難今此法門名甚希有能令衆生種植一切圓淨白法以是名字汝當奉持阿難當知我自昔來數數曾爲天

龍藥叉廣説乃至人非人等宣説開示如是法門何以故世尊欲令如是種類諸衆生等於如來所無倒恭敬種諸善根長夜獲得利益安樂速成無上佛菩提故時薄伽梵説是經已尊者阿難大苾芻衆無量菩薩及諸天人阿素洛等聞佛所説皆大歡喜信受奉行

佛説甚希有經

佛説如來師子吼經

元魏天竺三藏法師佛陀扇多譯

如是我聞一時婆伽婆住日月宫中勝藏殿上與大比丘衆九萬九千億人衆俱菩薩摩訶薩八萬四千億那由他百千萬人爾時世尊告勝積菩薩言汝往北方去此世界六千億恒河沙等諸佛世界復過百千萬億筭數世界之外有佛世界名曰歡喜彼中有佛號曰法上如來應正遍知於今現命現住爲衆生説法彼佛世尊於今欲説大師子吼方廣法門汝可往聽善男子彼勝法門甚難得聞勝積菩薩即受佛教如説修行往彼世界頂禮法上如來足已右遶七帀却坐一面勝積菩薩坐一面已法上如來知而問曰汝善男子從何所來勝積菩薩默然不答時彼衆中天龍夜叉乾闥婆阿脩羅迦樓羅緊那羅摩睺羅伽人非人等皆作是念有何義故此勝積菩薩三界大將問已不答默然而住爾時世尊目如廣長青蓮華形師子遊戲遍觀十方知諸大衆有疑念故即放光明放光明故法上如來出金色光遍照十方無量百千萬種雜色於是世界六種震動十方世界有諸菩薩集彼世界現諸色像種種妙狀見彼如來所放光明種種事已集彼國土皆共頂禮彼如來足禮佛足已各隨已分善根功德坐蓮華座爾時會中電焰菩薩即從座起整服左肩前至佛所右膝著地合掌向佛歡喜踊躍白言世尊如我今見世尊所放無量光明我從昔來初未曾見此大光明善哉世尊願説此事何故大悲放此光明願説其意爾時

電焰菩薩以偈問曰

諸無上大士　非無因無緣　而放此光明
願爲我等說　實說是憐愍　爲利益衆生
而放大光明　是何因緣說

爾時電焰菩薩見如來身閻浮檀色所放無量百千億光猶如金幢自在顯現見已即問法上如來而作是言世尊我亦曾見無量光明初未曾見如是光明諸勝妙事彼佛答言如是電焰如汝所說少有地分彼地分中諸佛如來放如是光非無因緣現如是相汝今電焰諦聽諦聽善思念之我爲汝說諸佛如來有所爲故放光明事善男子汝若聞已勿生驚疑勿生怖畏何以故諸佛境界不可思議無量勝願不可思議莊嚴之事不可思議善男子汝見此事勿生驚疑電焰當知勝積菩薩是釋迦佛遣到我所歡喜世界汝爲見不電焰菩薩答彼佛言已見世尊已見善逝佛言善男子此勝積菩薩我向已問言善男子汝從何來彼即不答默然而住善男子我見此事故放光明善男子以何義故我問不答大衆聞已即生驚疑默然而住佛言善男子此族姓子云何如來問而不答勝積菩薩白佛言世尊云何世尊於未來世諸法性中而問我言善男子汝從何來佛所證法是不可說一切法性皆不可說我無辯才可能說言從其處來爾時如來告大衆言諸善男子此善男子略說一切法示眞實道處是勝積菩薩於無等法中不可說不可演離文字離上離下離來離去一切道斷不可見阿那棃耶處離心意意識離因緣處無名無言不可

演不可說不可見離諸眼道非積聚處非言說處非曾有處離相處離於一字所謂字不可演說云何答我爾時光音菩薩以佛神力而白佛言世尊若無可說一切諸法而有說者一切癡人所有言說亦是說法佛言善男子如是所說非但一切愚癡說法非愚癡者亦有說法雖如是說而不覺知爾時光音菩薩白佛言世尊願世尊說云何一切衆生說法而不覺知爾時世尊告光音菩薩言善男子譬如世間生盲之人日光所照依日光住而不能知日輪何相日光何色若有餘人語盲人言日之光明有如是相而日光明離諸名字非是衆生所可言說因緣事故聞是音聲善男子譬如世間深山谷中有諸音響因緣故生善男子山谷是空音響是空因緣故

生善男子衆生言說悉入辯中若未說時未起心時名爲法辯若已起心未言說時名爲義辯若至行法演說之時名爲辭辯若以無障無礙說時名樂說辯是故善男子一切衆生所有言說皆悉不離四法門義而不離實際如彼生盲以教示時則知日輪及日光明捨彼慢心善男子欲求義者彼人當於自身中求善男子若欲求菩提者應於自身五陰中求說是眞實語義法時於彼三千大千世界六種震動有大光明遍照世界法上如來出廣長舌遍覆三千大千世界彼光明中復出無量百千萬光以彼光明照於地獄餓鬼畜生上至有頂皆悉遍照爾時彼佛還攝光明告大衆言諸善男子終無如是舌相光明而有虚說汝等應當善信善念我說眞實爾

時住十地菩薩以爲衆首彼衆一切天龍夜叉乾闥婆阿修羅迦樓羅緊那羅摩睺羅伽人非人等從座而起合掌同聲作如是言願世尊說願善逝說如實法義我等大衆以佛神力是故終無疑惑之心爾時世尊告大衆言諸善男子此乃是大師子吼我今欲說安樂利益諸衆生故乃至天人善男子娑婆世界彼有世尊號曰釋迦牟尼如來應正徧知於今現在現命現住爲衆說法善男子今我身是法上如來爲利衆生是故於彼娑婆世界亦種種相而爲說法爾時大衆聞是說已甚大歡喜踊躍無量歎如來言善哉善哉世尊願一切衆生皆作如是大師子吼如今世尊在此衆中大師子吼世尊若有聞此師子吼者彼諸衆生不得名爲種少善根若復有人得聞如來大師子吼聞已信受何況復有讀誦受持爲他廣說供養此經香華塗香粖香燒香種種衣服寶幢寶蓋世尊當知是諸衆生是佛所加若有聞此大師子吼修多羅句一經於耳者彼諸衆生非種微少善根功德爾時世尊讚彼菩薩作如是言善哉善哉善男子如汝所說彼諸衆生非種微少善根功德而得聞此若能聞此如來所說大師子吼修多羅句生歡喜心乃至微言唱一善哉善男子是我所護及是彌勒菩薩所護彼悉以肩持我菩提若於五濁惡世之中而能信受此修多羅是我過去已曾化者亦阿逸多菩薩所護彼人已竭生死大海已降魔衆除滅煩惱已震法雷已擊法鼓已離女身已降諸怨已能滅除諸煩惱衆善男子若有善男

子善女人滿十阿僧祇三千大千世界諸佛如來一切所有供養之具而供養之若復有聞此真實義修多羅句能信受者以信心故唱言善哉得福過前供養三千大千世界諸佛如來以是義故諸善男子汝等若有信我語者應當書寫受持此經善男子隨何方處書寫供養此經典者當知其家則有如來爾時勝積菩薩電焰菩薩光常菩薩靜眼菩薩無畏菩薩觀世自在菩薩得大勢菩薩文殊師利菩薩辯積菩薩蓋一切障菩薩作光明菩薩及普賢菩薩如是等八萬四千億百千菩薩白佛言世尊我等於未來世當廣宣説此法門句世尊有諸衆生聞此經者是人亦名得涅槃者世尊若有能信此修多羅彼諸衆生非是始種微少善根世尊若聞此經一經於耳何況具足讀誦受持彼諸衆生所得功德百千億劫説不可盡爾時世尊告諸菩薩摩訶薩言善哉善哉諸善男子汝等應當如是護持如來正法佛説此法門時勝積菩薩及彼大衆皆大歡喜

佛説如來師子吼經

佛說大方廣師子吼經

唐中天竺沙門地婆訶羅等奉　勑譯

如是我聞一時薄伽梵在日月宮中勝藏殿上與大比丘衆九十百千俱胝及無量菩薩摩訶薩俱爾時佛告勝積菩薩北方去此六十恒河沙佛上俱胝那由他百千微塵等刹有世界名曰歡樂佛號法起如來應正等覺現在說法以立持安普利一切今欲說大方廣名師子吼難遇難聞汝可詣彼聽受法要爾時勝積菩薩受佛教已即往歡樂世界見法起佛頂禮雙足右遶七帀却住一面時法起佛見勝積菩薩知而故問作如是言善男子汝從何來時勝積菩薩居心而住默無言說天龍夜叉乾闥婆阿脩羅迦樓羅緊那羅摩睺羅伽人非人等普大會衆咸作是念勝積菩薩三界尊問如何默然不答居心而住爾時佛以脩廣明朗青蓮華目師子嚬申普視十方知大衆疑便現微笑放大金光其光間錯無量百千種種異色普照十方一切國土地大震動是時十方諸菩薩衆見此神變種種形色種種儀服來詣佛所頂禮佛足各以已福莊嚴蓮藏坐蓮華座爾時電鬘菩薩從座而起偏袒右肩右膝著地合掌向佛歡喜奇特得未曾有白佛言世尊我昔曾見無量神變未有光明地震如今所覩善哉世尊願說因緣何故微笑惟垂悲愍決此衆疑爾時電鬘菩薩以偈請曰

大悲大導師　微笑非無因　願佛利衆生
垂哀決定說

爾時法起如來端嚴赫弈閻浮檀金暉煥照

朗散注無量百千俱胝那由他微妙光明如大金柱雷髪菩薩白佛言世尊我見無量神通光明未若今日昔所不覩佛告雷髪如是如是此大光明神通如來希現非大因緣不示此相諦聽諦聽善思念之當爲汝説微笑因緣汝勿驚怖勿餘怖望堅固汝心勿生疑惑所以者何諸佛境界不可思議願力神通不可思議汝深思此愼無疑惑雷髪汝見勝積菩薩釋迦牟尼佛使來者不雷髪言見善男子此勝積菩薩我問汝從何來居心默然而不答我我見此事故現微笑如來問而不答今此會衆咸生疑怪善男子勝積菩薩作如是解一切諸法無來無去云何世尊而問我言汝從何來彼知諸法無有言説處不可得云何而得言所從來善男子此已略説諸法實相善男子勝積菩薩於一切法中無字無説字性離故諸法無出出性離故諸法無趣趣正斷故諸法無現無所依故超心意識離諸因緣無名無言無作無示過眼等路無所積聚無生離想無有處所離諸處所法唯一字所謂無字本無言説何所言説善男子當知無説是爲眞説爾時淨身菩薩承佛神力白佛言世尊若無所説是眞説者瘂默不言皆應説法佛言如是善男子如汝所言非唯瘂默説法不瘂默者亦皆説法而不知法淨身菩薩白佛言世尊惟願顯説云何一切衆生説法而不知法佛告淨身菩薩善男子如生盲人處日光中而不見日傍人爲説以他聲故乃知有日如是諸法悉入入法界法界無字離諸字性非諸衆生所能宣辯以因

緣故而有言說如幽谷響谷空無聲以因緣故有響聲起如是善男子因緣和合字聲顯現而衆生界空無有字善男子衆生所有音聲語言當知皆入四無礙智以言說者斯入法無礙智非言說者斯入義無礙智以言分剖斯入辭無礙智與事相應決了無滯斯入善說無礙智衆生所有言說當知皆悉入此四法句中眞實義句本來不動如彼生盲隨他言執非眞實見是故善男子欲求法者於自身求欲求菩提以五蘊求說此實義句時三千大千世界普六震動大光徧照佛出廣長舌相徧覆三千大千世界從其舌相放無量俱胝那由他百千光明從大地獄上至有頂一切世界光明徧照還攝舌相普告大會汝等當知如來廣長舌相由實語得如來所說應當敬受起眞實信勿懷猶豫而生疑惑爾時十地菩薩等衆并天龍夜叉乾闥婆阿脩羅迦樓羅緊那羅摩睺羅伽人非人等一切大會俱從座起合掌同聲而白佛言惟願世尊說如實義唯願善逝說如實義我等今者惟悕如來所證之法不悕餘法我等大衆咸無疑惑爾時世尊再三觀覽一切大會作如是言我爲悲愍一切世間利益安樂多衆生故以法財利安諸天人是以今說大師子吼善男子汝等當知娑婆世界釋迦牟尼如來應正等覺現在說法以立持安度衆生者彼即是我法起如來我於娑婆世界作種種形饒益衆生隨其所宜如應度脫是時大會聞說此語咸生奇特歡喜踊躍得未曾有同聲唱言善哉善哉世尊欲令一切衆生吼師

子吼故爲大會說師子吼真實之法若得聞者當知是人善根不少況復受持讀誦廣宣流布種種華鬘種種衣物幢旛幰蓋燒塗粖香恭敬供養斯人則爲一切諸佛之所攝護爾時佛讃諸菩薩言善哉善哉善男子如汝所言是善男子善女人等功德不少此佛真實師子吼法若聞淨心乃至一稱善哉者我皆攝護亦爲彌勒之所顧召斯人兩肩擔我菩提於五濁中信受此經生生之處我當成熟亦爲彌勒之所攝護此人當能乾竭生死海降伏衆魔銷諸煩惱擊大法鼓永離女身摧諸怨障息衆結聚若有善男子善女人經十阿僧祇三千大千世界微塵等劫以一切樂具供養供給一切如來若聞此經真實神通懷疑不信斯人則於佛所有過不名真實供養諸佛若有善男子聞說如來此真實德淨信稱歎比前功德過百千倍斯人則爲真實供養善男子汝等若於我所心淨信者當好書寫受持此經此經所在之處諸佛遊止爾時勝積菩薩雷鬘菩薩常光菩薩淨眼菩薩彌勒菩薩作無畏菩薩觀自在菩薩大勢至菩薩文殊師利菩薩辯積菩薩辯勇菩薩除一切障菩薩作光菩薩普賢菩薩如是上首八十四俱胝那由他百千菩薩摩訶薩俱白佛言世尊我等於後末時當廣流布如是經典令諸衆生悟大涅槃世尊若不久植善根如是之經不入其耳若有受持此經廣流布者歎其功德於百千俱胝那由他劫不可窮盡爾時世尊告諸菩薩言善哉善哉汝等應當如是尊重佛教受持正法佛說此經已

勝積菩薩幷諸天人阿脩羅乾闥婆等普大會衆歡喜奉行

佛說大方廣師子吼經

音釋

䵃古猛切麥也 鏤落候切雕刻也 楯食尹切欄檻也 窣堵波梵語也此云方墳窣蘇沒切堵音覩 畟正作則察色切遮也 隙綺戟切鑄也 踰繕那梵語也此云限量踰音俞繕時戰切 廠昌兩切 剖普后切析也 幰虛偃切車上張繒曰幰

五經同卷

清刻龍藏佛說法變相圖

五經同卷

佛說大乘百福相經

佛說大乘百福莊嚴相經

佛說大乘四法經

佛說菩薩修行四法經

佛說希有校量功德經

佛說大乘百福相經

唐中天竺三藏地婆訶羅奉　勑譯

如是我聞一時佛在舍衛國普妙宮中坐寶莊嚴師子之座與大比丘僧千二百五十人俱菩薩摩訶薩無央數衆恭敬圍遶瞻仰尊

顏身心不動爾時文殊師利菩薩於大衆中承佛威神從座而起偏袒右肩右膝著地合掌向佛而作是言世尊一切衆生根性差别欲樂不同如來一音隨類演説種種無量咸蒙利益如是所説大法言音皆以如來福德成就何等名爲如來福德所言福德其量云何惟願爲我解説其義饒益無數百千衆生爾時世尊告文殊師利菩薩言善男子汝已超過聲聞及辟支佛能以大慧大悲請問如來如是之義諦聽諦聽善思念之吾當爲汝分別解説文殊師利假使閻浮提一切衆生行十善道所有福德總爲一聚如是積數滿百千倍成一轉輪聖王福德之量文殊師利轉輪聖王成就七寶具足千子何謂七寶一者金輪寶二者象寶三者馬寶四者珠寶五者女寶六者主藏寶七者主兵寶千子皆悉端正勇健能伏怨敵如是名爲轉輪聖王所有福德文殊師利假使四天下一切衆生皆悉成就轉輪聖王所有福德如是積數滿百千倍成一帝釋福德之量文殊師利假使四天下一切衆生皆悉成就帝釋所有福德如是積數滿百千倍成一第六他化自在天王福德之量文殊師利假使四天下一切衆生皆悉成就魔王福德如是積數滿百千倍成一小千世界主初禪梵王福德之量文殊師利假使小千世界一切衆生皆悉成就初禪梵王所有福德如是積數滿百千倍成一中千世界主二禪梵王福德之量文殊師利假使中千世界一切衆生皆悉成就二禪梵王所有福德如是積數滿百千倍成一三千大

千世界主第四禪梵王魔醯首羅福德之量文殊師利魔醯首羅有大福德有大智慧有大威神非少善根而得成就何以故如劫燒已將更成立於第四禪降注大雨經五中劫其水積滿三千大千上至梵世一一雨滴魔醯首羅悉能知之文殊師利假使三千大千世界一切衆生皆悉成就魔醯首羅所有福德如是積數滿百千倍成一獨出辟支福德之量文殊師利且置如是三千世界假使十方諸佛國土一切衆生皆悉成就辟支所有福德如是積數乃至無量無邊億百千倍成一最後身菩薩福德之量文殊師利如是最後身菩薩及十方盡虛空界一切衆生卵生胎生濕生化生有色無色有想無想非有想非無想如是等衆生皆悉成就最後身菩薩

所有福德如是積數乃至無量無邊億百千倍成如來身一毛孔中福德之量文殊師利當知如來身諸毛孔其數正有九十九億一一皆具無量福德如上所說文殊師利諸佛如來一一毛孔所有福德乃至積數無量無邊億百千倍以是福德成如來身一隨好福文殊師利如是佛身所有隨好略說其數有八十種一者肉髻高顯無能見頂二者鼻高脩直孔不外見三者眉如初月又紺青色四者耳輪埵成五者身堅如那羅延六者骨節相連如鉤鎖七者行時去地四寸印文成就八者身迴如象王九者甲如赤銅薄而光澤十者膝骨圓好十一者身常鮮潔十二者膚體柔輭十三者身體端直十四者手指纖長十五者指文嚴麗十六者筋脉潛隱十七者

身色潤好十八者踝不露現十九者身不逶迤二十者身相圓滿二十一者識清淨二十二者威儀備足二十三者住處安隱無能動搖二十四者威振一切二十五者衆生樂見二十六者面不狹長二十七者容色不撓二十八者面相姝廣二十九者唇色如頻婆果三十者音聲深遠三十一者臍深圓好三十二者臍分右旋三十三者手足圓滿三十四者手足從心所作三十五者手足文明徹三十六者手足文不斷三十七者手足光有五彩三十八者衆生見皆喜悅三十九者面如滿月四十者先意與語四十一者毛孔出無上香四十二者足下平滿四十三者威容如師子王四十四者進止如象王四十五者行步如鵝王四十六者首如摩陀那四十七者身極端正四十八者一切聲相具足四十九者牙利鮮白五十者舌色如赤銅五十一者舌薄而長五十二者諸根清淨五十三者身色光潔五十四者手足潤澤五十五者手足有德相五十六者面門相具五十七者手足掌如紅蓮五十八者腹不現五十九者臍不出六十者腰細稱形六十一者身毛上靡六十二者身持重六十三者臆前有室利娑瑳像六十四者身相洪大六十五者手足柔輭六十六者圓光一尋六十七者常光照身六十八者等視衆生六十九者不輕衆生七十者應衆生音聲不增不減七十一者說法不著七十二者一音普徧同衆生語七十三者說法有因緣七十四者一切衆生無能盡觀七十五者行順於右七十六者無瞋狀七十

七者髮長好七十八者髮不亂七十九者髮右旋八十者髮青紺文殊師利如上所說名爲如來隨好福德積數滿足無量無邊億百千倍成如來身隨相一文福德之量如是隨相復有八十一者梵王像二者帝釋像三者提頭賴吒像四者毗樓勒叉像五者毗樓博叉像六者毗沙門像七者水天像八者日天像九者月天像十者火天像十一者風天像十二者龍王像十三者仙人像十四者童男像十五者童女像十六者賢座像十七者寶幢像十八者牛王像十九者功德天女像二十者山王像二十一者摩竭大魚像二十二者金翅鳥王像二十三者彪王像二十四者馬王像二十五者孔雀王像二十六者共命鳥像二十七者迦陵頻伽像二十八者翡翠像二十九者鸚鵡像三十者蹠俱羅鳥像三十一者鵝王像三十二者鳩鴿像三十三者象正像三十四者宮殿像三十五者摩尼珠像三十六者瓔珞像三十七者大海像三十八者蓮華像三十九者難陀跋多像四十者浴池像四十一者靈茅像四十二者薩底迦像四十三者華鬘像四十四者寶冠像四十五者尸利婆蹉像四十六者傘蓋像四十七者江河像四十八者雲天像四十九者寶劒像五十者長鉤像五十一者頻婆果樹像五十二者指環像五十三者耳璫像五十四者金剛杵像五十五者戈戟像五十六者矛矟像五十七者長刀像五十八者鬪輪像五十九者弓矢像六十者鉞斧像六十一者罥索像六十二者耒耜像六十三者藥草像六十

四者乳牛像六十五者野牛像六十六者羖羊像六十七者白拂像六十八者天鼓像六十九者金椎像七十者啇佉像七十一者寶鏡像七十二者大龜像七十三者穜刃像七十四者華瓶像七十五者粉米像七十六者華樹像七十七者果樹像七十八者鴈王像七十九者輪中師子像八十者鹿王像文殊師利如上所説名爲如來隨相福德積數滿足無量無邊億百千倍合成如來身之一相如來身相有三十二一者足下安平二者手足千輻輪網三者手足指纖長四者手足柔輭如兜羅綿五者足跟滿好六者手足指縵七者足趺高平與跟相稱八者踌膞長如伊尼鹿王九者平身端立垂手過膝十者陰藏不現十一者身縱廣等如尼拘陀樹十二者一毛孔有一毛生十三者身毛上靡青色柔輭而右旋十四者身色微妙勝閻浮金十五者身光一丈十六者皮薄細滑不受塵垢十七者兩肩圓好十八者身廣端正十九者臆如師子王二十者兩腋下滿二十一者牙白而大二十二者四十齒二十三者齒白齊密而根深二十四者七處滿足二十五者方頰如師子王二十六者味中得上味咽中二處津液流出二十七者舌輭薄能覆面至髮際二十八者梵音深遠如迦陵伽二十九者眼如優鉢羅華三十者眼睫如牛王三十一者眉間白毫色如珂雪三十二者頂肉骨成文殊師利如是所説名爲如來三十二相所有福德積數滿足無量無邊阿僧祇不可度量不可思議不可説倍合成如來大法言音

文殊師利如是諸佛大法言音能被無量無邊阿僧祇世界一切衆生意樂差别隨其類解說法教化文殊師利諸佛如來所有言音具足如是無量功德普徧世界利益衆生亦復如是文殊師利如上所說福德之量不可思議不與聲聞辟支佛共何以故如是福德從施戒修大悲大慧方便力等諸功德生是故不與聲聞辟支佛共文殊師利有二種法生如來身何等爲二一者勝願力二者方便力以此二法生如來身乃至音聲相好說法所行皆從二因而得成就文殊師利如來爲欲憐愍利益安樂諸衆生故出現於世而諸衆生若干種性欲樂不同隨其差别現種種相說法教化示其所行得入佛法爾時文殊師利菩薩聞佛所說諸功德已白佛言世尊我於今者得大善利能知如來爲無等等爲無上上爲諸衆生作大依止清淨無染猶如虛空我今得值甚爲希有佛說是經已文殊師利菩薩等幷諸比丘合掌信受歡喜奉行

佛說大乘百福相經

佛說大乘百福莊嚴相經

唐中天竺三藏法師地婆訶羅等奉 詔 譯

如是我聞一時婆伽婆在舍衛大城普妙宮殿爲欲化導無量衆生坐寶莊嚴師子之座與大比丘等千二百五十人俱菩薩摩訶薩無央數衆皆共恭敬周帀圍遶瞻仰世尊身心不動時彼衆中有大菩薩名文殊師利承佛威神從座而起偏袒右肩右膝著地合掌向佛而作是言世尊我聞如來有大福聚大福聚者其量云何唯願世尊爲我解說利益無量百千衆生令其意樂咸得滿足爾時世尊告文殊師利言善男子汝已超過一切聲聞及辟支佛能以智慧大悲之心爲諸衆生請問如來如是之義諦聽諦聽善思念之吾當爲汝分別解說文殊師利如一閻浮提所有衆生十善福聚如是福聚校計籌量數滿百倍成一轉輪聖王王四天下自在福聚七寶成就千子具足何謂七寶一者金輪寶二者白象寶三者紺馬寶四者神珠寶五者玉女寶六者主藏寶七者主兵寶彼之千子各各威猛端正勇健能破怨敵文殊師利如是名爲轉輪聖王所有福聚文殊師利如是轉輪聖王及四天下一切衆生所有福聚如是福聚校計籌量復滿百倍成一忉利天王帝釋福聚文殊師利如是忉利天王及四天下一切衆生所有福聚如是福聚校計籌量復滿百倍成一欲界最第六天教授護持魔王福聚文殊師利如是第六自在天魔及四天下一切衆生所有福聚如是福聚校計籌量滿百千倍成一慈心照察小千世界初禪梵

王所有福聚文殊師利如是慈心照察小千世界初禪梵王及彼世界一切衆生所有福聚如是福聚校計籌量復百千倍成一中千世界二禪梵王所有福聚文殊師利如是中千世界二禪梵王及彼世界一切衆生所有福聚如是福聚校計籌量復百千倍成一大千世界慈心照察第四禪内摩醯首羅所有福聚文殊師利是大千主摩醯首羅非少善根之所成就何以故摩醯首羅有大智慧大威神故如器世間災火焚巳將更成立於第四禪天降大雨經五中劫不斷不絶其水遍彼大千世界上至梵世無缺無減如是雨滴彼大千主摩醯首羅悉能得知文殊師利如是摩醯首羅所有福聚如是福聚名爲梵福文殊師利如是三千大千世界主摩醯首羅及彼世界一切衆生所有福聚如是福聚校計籌量無量無邊億百千倍成一獨出大辟支佛所有福聚文殊師利且置如是一大千界假使十方諸佛世界一切衆生及辟支佛所有福聚如是福聚校計籌量至於無量億百千倍成一最後生身菩薩福聚文殊師利如是最後生身菩薩福聚及彼十方盡虚空際所有世界一切衆生若卵生若胎生若濕生若化生若有色若無色若有想若無想若非有想非無想彼諸衆生所有福聚如是福聚校計籌量至於無量億百千倍成彼如來身一毛孔所有福聚文殊師利如是如來身諸毛孔其數乃有九萬九千如是毛孔一一皆具如上所說無量福聚文殊師利如是如來一切毛孔所有福聚如是福聚校計籌量

復至無量億百千倍成如來身隨好之中一好福聚文殊師利如是如來身諸隨好略說其數有八十種何謂八十一者首分圓滿二者髮際嚴好三者髮色青紺四者髮香芬馥五者髮甚柔輭六者髮不紛亂七者髮不稀穊八者髮常增長九者髮本波委十者髮端螺旋十一者髮狀華輪十二者髮如德字十三者面部平正十四者毫分充足十五者眉色青紺十六者眉不雜亂十七者兩目美好十八者兩目脩廣十九者兩目清淨二十者兩目明朗二十一者目色紺艷如青蓮葉二十二者耳甚長好二十三者耳無缺減二十四者耳無過惡二十五者鼻脩高直二十六者兩頰滿足二十七者頰無缺減二十八者頰無過惡二十九者牙甚圓正三十者其牙均等三十一者脣色赤好如頻婆果三十二者舌赤柔輭三十三者聲如雷震三十四者其音朗徹三十五者身普滿足三十六者身肉豐好三十七者身肉平正三十八者身肉柔輭三十九者身漸臃直四十者身分相稱四十一者身極圓好四十二者身無缺減四十三者其身柔輭四十四者其身清淨四十五者其身輕妙四十六者身不動搖四十七者身極嚴好四十八者身無疵穢四十九者身光破闇五十者其腹美好五十一者其腹圓滿五十二者其腹不現五十三者其齊深密五十四者其齊不曲五十五者齊稱其位五十六者腋下平滿五十七者臂肘纖長五十八者手指圓滿五十九者手指纖美六十者手文深好六十一者手文徑徹六十二者

手文不亂六十三者手文潤澤六十四者文無麤細六十五者文端纖銳六十六者膝輪圓廣六十七者足跟牖滿六十八者足善按地六十九者行順於右七十者行如象王七十一者行如牛王七十二者行如鵝王七十三者行步威猛如師子王七十四者手足甲端微悉高起七十五者手足等甲如赤銅色七十六者手足等甲並皆潤澤七十七者筋脉不現七十八者支節密緻七十九者諸根無染八十者見者歡喜文殊師利如向所說此八十種是名如來隨好福聚文殊師利如是如來八十隨好所有福聚如是福聚校計籌量復滿無量億百千倍成如來身手足等中隨相之文一文福聚文殊師利如是如來手足等中隨相之文有八十種何謂八十一

者梵王像二者天帝像三者提頭賴吒像四者毗樓勒叉像五者毗樓博叉像六者毗沙門像七者功德天女像八者日天子像九者月天子像十者水天像十一者火天像十二者風天像十三者雲天像十四者大仙像十五者山王像十六者童男像十七者童女像十八者寶幢像十九者傘蓋像二十者寶冠像二十一者花鬘像二十二者珠瓔像二十三者耳璫像二十四者臂印像二十五者寶釧像二十六者指環像二十七者寶鏡像二十八者勻拂像二十九者德字像三十者華瓶像三十一者摩尼像三十二者寶劒像三十三者金剛杵像三十四者弓弧像三十五者箭矢像三十六者戈戟像三十七者矛矟像三十八者鉞斧像三十九者罥索像四十

者長鉤像四十一者穫刃像四十二者金鉅像四十三者天棒像四十四者天鼓像四十五者天螺像四十六者腰鼓像四十七者華輪像四十八者宮殿像四十九者寶座像五十者浴池像五十一者蓮華像五十二者粉米像五十三者麪麥像五十四者藥草像五十五者靈茅像五十六者華樹像五十七者果樹像五十八者金翅鳥像五十九者迦陵頻伽像六十者共命鳥像六十一者孔雀像六十二者鳩鴿像六十三者鴈王像六十四者青雀像六十五者鸚鵡像六十六者翠鳥像六十七者輪中師子像六十八者雪山白象像六十九者龍王像七十者象王像七十一者馬王像七十二者鹿王像七十三者牛王像七十四者野牛像七十五者牸牛像七十六者羖羊像七十七者大鼇龜像七十八者大龜像七十九者魚王像八十者螺王像文殊師利如是所說此八十種是名如來隨相福聚文殊師利如是如來八十隨相所有福聚如是福聚校計籌量復滿無量億百千倍成如來身三十二種大人相中一相福聚文殊師利如是如來大人之相其數乃有三十二種何謂三十二種大人之相一者頂有肉髻圓好高勝二者髮紺青色其毛右旋三者其額廣大平正嚴好四者眉間毫相白逾珂雪五者目睫青緻猶如牛王六者口四十齒無有增減七者其齒齊密無有踈缺八者其齒白淨無有垢黑九者口有四牙其色鮮潔十者頷頰圓滿如師子王十一者其舌柔薄廣大紅赤十二者於諸味中而得上味十三

者其語雷震得梵音聲十四者缺骨不現其處平滿十五者兩肩圓正無有缺減十六者垂伸兩臂手摩其膝十七者其身上分如師子王十八者身所有毛皆悉上靡十九者身相圓滿如尼拘陀樹二十者其身高妙滿足七肘二十一者身體皮膚皆作金色二十二者一一毛孔有一毛生二十三者勢峯藏匿隱密不現二十四者兩髀圓正其肉滿足二十五者𨄔相嚴好如伊尼鹿王二十六者兩足豐滿無有缺減二十七者兩足掌下皆悉平滿二十八者足膚骨肉皆悉隆起二十九者兩手兩足皆悉柔輭三十者兩手兩足皆有網縵三十一者兩手兩足皆悉纖長三十二者兩手兩足皆有輪相文殊師利如是所說三十二種大人之相是名如來正相福聚

文殊師利如是如來三十二種大人福聚如是福聚校計籌量復滿無量阿僧祇倍不可量倍不思議倍始成如來大法圓螺隨類教化一切衆生音聲福聚文殊師利如是如來大法圓螺能隨彼彼無量無邊阿僧祇等無量世界一切衆生所有意樂如其意樂能悉遍滿隨其類音說法教化利益安樂如是衆生文殊師利如彼如來所有音聲能有如是無量勢力如來威光亦復如是等彼音聲能有如是無量勢力文殊師利如彼如來所有威光能有如是無量勢力如來之身亦復如是等彼威光能有如是無量勢力文殊師利如上所說如是福聚不可思議不可筭數非諸聲聞辟支佛等之所能得何以故如是福聚從大智慧及大慈悲普遍一切無量上願

力所生起故是故聲聞辟支等所不能得文殊師利如來如是妙色之身悉是一切最勝清淨施戒修等及二因緣之所成立何等爲二一者如來最勝願力二者如來化導善巧何謂如來化導善巧謂諸衆生未種善根令種善根已種善根令彼成熟已成熟者令得解脫由是二種因緣力故是故獲得妙色之身文殊師利如是如來妙色之身由二因緣之所成就如來音聲亦復如是以二因緣而得成就文殊師利如是如來所有音聲以二因緣之所成就如來威光亦復如是以二因緣而得成就文殊師利如是如來所有威光以二因緣之所成就如來說法亦復如是以二因緣而得成就文殊師利如是如來所有說法以二因緣之所成就如來之行亦復如是以二因緣而得成就文殊師利如來如是爲欲哀愍諸衆生故出現於世爲欲利益諸衆生故出現於世爲欲安樂諸衆生故出現於世以諸衆生若干種性願樂差別各各不同是故如來隨其意樂爲現種種相好之身說法教化令彼調伏入佛法中使得成就爾時文殊師利菩薩摩訶薩聞佛所說如上福聚利益一切諸天世人便作是言世尊我於今者得大善利我於今者得大最勝我於今者得無等等我於今者得大吉祥我思如來於世間中爲諸衆生作大依止清淨不動猶如虛空難遇難遭我今得見佛說是經已彼諸比丘及諸菩薩摩訶薩等歡喜合掌信受奉行

佛說大乘百福莊嚴相經

佛說大乘四法經

唐中天竺三藏地婆訶羅奉　勑初譯

如是我聞一時薄伽梵在室羅筏住誓多林給孤獨園與大苾芻衆千二百五十人俱復有無量菩薩摩訶薩衆爾時世尊告諸苾芻有四種法菩薩摩訶薩盡其壽量常應修行乃至雖遇喪命因緣亦不得捨何者爲四諸苾芻菩薩盡壽乃至逢遇喪命因緣必定不得捨菩提心諸苾芻菩薩盡壽乃至逢遇喪命因緣必定不得捨善知識諸苾芻菩薩盡壽乃至逢遇喪命因緣不得棄捨堪忍愛樂諸苾芻菩薩盡壽乃至逢遇喪命因緣必定不得捨阿練若諸苾芻如是四法菩薩盡壽常應堅持寧喪身命而不棄捨爾時世尊重演其義說伽他曰

世間明慧者　應發菩提心　常思一切智
恒近善知識　住堪忍愛樂　依止阿練若
猶如師子王　遠離諸驚怖
諸明慧者修行此法速能超出衆魔羂網疾證無上正等菩提時薄伽梵說此經已諸苾芻等歡喜奉行

佛說大乘四法經

佛説菩薩修行四法經

唐中天竺三藏地婆訶羅奉　詔譯

如是我聞一時佛在舍衛國祇樹給孤獨園與大比丘衆千二百五十人俱爾時世尊告諸比丘汝等已得無量善利當求無上佛大菩提何以故佛菩提者世出世間無等等故若未來世諸衆生等發意欲求佛菩提者當修四法何等爲四一者當發大菩提心寧失身命不應退轉二者應當親近善友寧失身命不應遠離三者應忍辱柔和寧失身命不生瞋恚四者當依寂靜之處寧失身命不思憒閙諸善男子如是四法菩薩摩訶薩應當修學爾時世尊即説偈言

諸欲求勝果　當發菩提心　策勤精進行
須依善知識　忍辱佛所讚　稱爲有力人
空閑聖所居　無畏猶師子

爾時世尊説此偈已復作是言諸有智慧大慈悲者能修如上四種之法其人則能解脱生死出離魔網成等正覺得大涅槃爾時世尊説此經已彼諸比丘及諸菩薩聞佛所説皆大歡喜信受奉行作禮而去

佛説菩薩修行四法經

佛說希有校量功德經

隋北天竺三藏法師闍那崛多譯

如是我聞一時佛在舍衛國祇樹給孤獨園爾時長老阿難比丘在蘭若處獨坐思惟作如是念諸善男子及善女人若能受持三歸依處作如是言我今歸依佛歸依法歸依僧得幾所功德生是念已長老阿難日初出時於其住處即從座起齊整衣裳安庠而出往詣佛所到佛所已頂禮佛足偏袒右肩右膝著地合掌向佛而作是言世尊我於向者在空閑處如是思惟若善男子及善女人能如是言我今歸依佛歸依法歸依僧得幾所功德我實未解惟願如來分別演說令諸衆生得正知見爾時世尊告阿難言善哉善哉汝善男子眞實智慧微妙能善思量能問如來如斯之義如汝思量彼善男子及善女人若能清淨發如是心我今歸依佛歸依法歸依僧得幾所功德者諦聽諦聽善思念之吾當爲汝分別解說阿難白佛唯然世尊願樂欲聞爾時世尊告阿難言此閻浮提地縱廣七千由旬形如車廂南陿北廣假使滿中須陀洹人譬如竹葦甘蔗稻麻如是一切須陀洹人其有善男子善女人滿一百年持於世間一切所有娛樂之具盡給施與復以四事具足供養恭敬禮拜乃至滅度之後收其舍利起七寶塔一一塔廟皆以香華酥油燈燭作倡妓樂繒綵旛蓋種種供養於汝意云何彼善男子善女人得福多不阿難白佛甚多世尊佛言阿難不如是善男子善女人以淳淨心作如是言我今歸依佛歸依法歸依僧所

得功德於彼福德百分不及一千分不及一
百千萬分不及一乃至筭數譬喻所不能及
爾時世尊復告阿難且置閻浮提假使西瞿
陀尼縱廣八千由旬其地形狀猶如半月皆
悉滿中斯陀含人譬如竹葦甘蔗稻麻若有
善男子善女人滿二百年復以世間種種四
事供養如前乃至滅度之後收其舍利起七
寶塔一一寶塔亦以華香燈燭妓樂繒蓋幢
旛種種供養於汝意云何彼善男子善女人
得福多不阿難白佛甚多世尊佛言阿難不
如是善男子善女人以淳淨心作如是言我
今歸依佛歸依法歸依僧所得功德於彼福
德百分不及一千分不及一億分不及一百
千億分不及一乃至筭數譬喻所不能及爾
時世尊復告阿難且置一閻浮提一瞿陀尼

假使東弗婆提縱廣九千由旬其地形狀猶
如滿月皆悉滿中阿那含人譬如竹葦甘蔗
稻麻若有善男子善女人滿三百年復以四
事一切樂具供養如前乃至滅度之後收其
舍利起七寶塔一一寶塔皆以華香妓樂旛
蓋種種供養於意云何彼善男子善女人得
福多不阿難白佛甚多世尊佛言阿難不如
是善男子善女人以淳淨心作如是言我今
歸依佛歸依法歸依僧所得功德於彼福德
百分不及一千分不及一百千分不及一億
分不及一百億分不及一百千億分不及一
乃至筭數譬喻所不能及爾時世尊復告阿
難且置一閻浮提一瞿陀尼一弗婆提假使
北方鬱單羅越縱廣十千由旬其地形狀四
方端直周帀齊整滿中阿羅漢諸漏已盡無

復煩惱心得自在具正解脫正智得解脫其心調伏人中大龍所作已辦捨棄重擔逮得自利不受後有梵行已立身心無礙達衆生意得六神通具八解脫譬如竹葦甘蔗稻麻若有善男子善女人滿四百年復以四事供養恭敬一切樂具給足如前乃至滅度之後起七寶塔一一寶塔皆以華香妓樂燈燭繒蓋幢旛種種供養於意云何彼善男子善女人得福多不阿難白佛甚多世尊佛言阿難不如是善男子善女人以淳淨心作如是言我今歸依佛歸依法歸依僧所得功德於前福德百分不及一千分不及一百千分不及一百千億分不及一乃至筭數譬喻所不能及爾時世尊復告阿難且置閻浮提瞿陁尼弗婆提欝單羅越假使徧四天下滿中辟支佛獨覺譬如竹葦甘蔗稻麻若有善男子善女人滿十千年復以四事供養恭敬一切樂具給足如前乃至滅度之後收其舍利起七寶塔一一寶塔皆以華香妓樂燈燭繒蓋幢旛種種供養於意云何彼善男子善女人得福多不阿難白佛甚多世尊佛言阿難不如是善男子善女人以淳淨心作如是言我今歸依佛歸依法歸依僧所得功德於前福德百分不及一千分不及一百千分不及一百千億分不及一乃至筭數譬喻所不能及爾時世尊復告阿難且置一四天下一日月光所照之處設復一千世界所謂一千日月一千四大海水一千須彌山王一千閻浮提一千瞿陀尼一千弗婆提一千欝單羅越一千四天王天一千三十三天一千夜摩天一千

珊兜率陀天一千化自樂天一千他化自在天一千梵天不相繫屬各於千世界中得大自在阿難是名一小千世界阿難從一小千世界一一數之滿一千已是名中千世界阿難從中千世界復一一數還滿一千是名大千世界阿難如是合數總名三千大千世界假使滿三千大千世界中諸佛如來譬如竹葦甘蔗稻麻彼等諸佛世尊至真等正覺若有善男子善女人二萬歲中常以一切娱樂之具衣服飲食牀卧湯藥種種奉施乃至滅度之後收其舍利起七寶塔一一寶塔皆以華香妓樂繒蓋幢旛香燭油燈如是供養於意云何彼善男子及善女人得福多不阿難白佛甚多世尊佛告阿難若復有人直能供養一佛世尊供滿二萬歲四事具足供養恭敬乃至滅度收其舍利起七寶塔一一寶塔皆以華香妓樂旛蓋香油燈燭一切奉施其福尚多無量無邊不可稱數何況滿三千大千世界諸佛如來二萬歲中常以四事供養供給乃至滅度收其舍利起七寶塔一一寶塔各以華香妓樂旛蓋及香油燈種種所須悉皆供養實得無量無邊不可筭不可數福德之聚佛言阿難猶不如是善男子善女人以淳淨心作如是言我今歸依佛歸依法歸依僧所得功德勝前福德百倍千倍萬倍不可筭數言辭譬類所能知及爾時世尊復告阿難若有人能歸依佛竟歸依法竟歸依僧竟乃至一彈指頃能受十善受已修行以是因緣得無量無邊功德阿難若復有人能一日一夜受八戒齋已如説修行所得功德勝

前福德千倍萬倍百千萬倍乃至筭數譬喻所不能及阿難若能受持五戒盡其形壽如說修行所得功德勝前福德百倍千倍萬倍千億萬倍非筭數譬喻所能知及阿難若復有人受沙彌戒沙彌尼戒復勝於前百倍千倍萬倍千億萬倍非筭數譬喻所能知及阿難若復有人能受持式叉摩那戒又復所得功德勝前福德百倍千倍百千萬倍乃至筭數譬喻所不能及何況受持比丘尼戒依波羅提木叉如說修行況復有人盡形受持大比丘戒依波羅提木叉戒如說修行不缺不犯無有穢濁清淨梵行得無量無邊功德勝前百倍千倍萬倍百千萬倍乃至筭數譬喻所不能及爾時長老阿難聞佛說此三歸依處乃至盡壽護大比丘波羅提木叉功德無量歎未曾有白佛言甚奇世尊是經微妙不可思議明甚深義功德廣大難可格量當何名此經我等云何奉持佛告阿難此經名爲希有希有經汝當奉持所以者何是經中說希有之法所演勝法一切世間難聞故名希有佛說是經已長老阿難聞佛所說歡喜奉行

佛說希有校量功德經

音釋

醯呼鷄切　彪悲幽切小虎也　翡翠翡扶畏切翠鳥名　蹠之石切　瑳七何切　璫都郎切耳珠也　戟紀逆切枝兵也　稍所角切　鉞王伐切大斧也　罥古泫切繫也　耒耜耒盧對切曲木曰耒耜詳以切耒端曰耜　羖公户切牡羊也　穜昌容切短矛也　頰古協切面旁也　穊居致切稠

也疵才支切黑類也肘陟柳切臂節也銳以芮切利也緻直利切密

也弧洪孤切木弓也麰莫浮切大麥也粰疾置切鼇五高切頷

胡感切下曰頷匿昵力切隱也陿轄夾切隘也

佛說最無比經

唐三藏法師玄奘奉詔譯

佛說前世三轉經

西晉沙門釋法炬初譯

清刻龍藏佛說法變相圖

二經同卷
佛說最無比經
佛說前世三轉經

佛說最無比經

唐三藏法師玄奘奉　詔譯

如是我聞一時薄伽梵在室羅筏住誓多林給孤獨園與其無量大苾芻衆無量菩薩天人等俱爾時尊者阿難在空閑處獨坐思惟生如是念若善男子或善女人以淨信心受三皈依作如是言今我某名歸依於佛兩足中尊歸依於法離欲中尊歸依於僧諸衆中尊如是歸依得幾許福作是念已日初出時於本住處從座而起整理衣服安詳而出往

如來所到已頂禮世尊雙足偏袒一肩右膝著地合掌恭敬而白佛言惟我向者在空閑處獨坐思惟作如是念若善男子或善女人以淨信心受三歸依作如是言今我某名歸依於佛兩足中尊歸依於法離欲中尊歸依於僧諸衆中尊如是歸依得幾所福我未能了惟願世尊哀愍爲說令諸衆生得正智見爾時世尊告阿難曰善哉善哉汝具妙慧能善思惟能善請問如來斯義汝今諦聽極善思惟吾當爲汝分別解說阿難白佛唯然世尊願樂欲聞爾時世尊告阿難曰汝今當知此贍部洲縱廣周帀七千踰繕那北廣南狹形如車廂人面亦爾假使於中合爲一段或甘蔗林或蘆葦林或竹林等或復稻田胡麻田等叚塞充滿無有間隙如是假使偏贍部洲諸預流果叚塞充滿亦無間隙如甘蔗等如是一切預流果人若善男子或善女人滿一百歲以諸世間上妙樂具衣服飲食卧具醫藥奉施供養恭敬禮拜於彼一一預流果人般涅槃後如法焚身收其遺骨起窣堵波高廣嚴麗皆以種種塗香末香熏香華鬘上妙旛蓋寶幢音樂燈燭光明讚歎供養汝意云何由是因緣彼所生福寧爲多不阿難白佛甚多世尊甚多善逝佛告阿難若善男子或善女人以淨信心作如是言今我某名歸依於佛兩足中尊歸依於法離欲中尊歸依於僧諸衆中尊是善男子或善女人獲福無量阿難當知如前所說供養福德比此三歸所生福德於百分中不及其一於千分中亦不及一於百千分數分筭分計分喻分乃至

鄔波尼殺曇分亦不及一爾時世尊復告阿難且置此方南贍部洲於此東方毗提訶洲縱廣周帀八千踰繕那形如半月人面亦爾假使於中合爲一段或甘蔗林或蘆葦林或竹林等或復稻田胡麻田等叜塞充滿無有間隙如是假使徧彼東方毗提訶洲一來果人叜塞充滿亦無間隙如甘蔗等如是一切一來果人若善男子或善女人滿二百歲以諸世間上妙樂具衣服飲食卧具醫藥奉施供養恭敬禮拜於彼一一一來果人般涅槃後如法焚身收其遺骨起窣堵波高廣嚴麗皆以種種塗香末香熏香華鬘上妙旛蓋寶幢音樂燈燭光明讚歎供養汝意云何由是因緣彼所生福寧爲多不阿難白佛甚多世尊甚多善逝佛告阿難若善男子或善女人以淨信心作如是言今我某名歸依於佛兩足中尊歸依於法離欲中尊歸依於僧諸衆中尊是善男子或善女人獲福轉勝阿難當知如前所說供養福德比此三歸所生福德復於百分不及其一於千分中亦不及一於百千分數分筭分計分喻分乃至鄔波尼殺曇分亦不及一爾時世尊復告阿難且置東方毗提訶洲於此西方瞿陀尼洲縱廣周帀九千踰繕那形如日輪人面亦爾假使於中合爲一段或甘蔗林或蘆葦林或竹林等或復稻田胡麻田等叜塞充滿無有間隙如是假使徧彼西方瞿陀尼洲不還果人叜塞充滿亦無間隙如甘蔗等如是一切不還果人若善男子或善女人滿三百歲以諸世間上妙樂具衣服飲食卧具醫藥奉施供養恭敬

禮拜於彼一一不還果人般涅槃後如法焚身收其遺骨起窣堵波高廣嚴麗皆以種種塗香末香熏香華鬘上妙旛蓋寶幢音樂燈燭光明讚歎供養汝意云何由是因緣彼所生福寧為多不阿難白佛甚多世尊甚多善逝佛告阿難若善男子或善女人以淨信心作如是言今我某名歸依於佛兩足中尊歸依於法離欲中尊歸依於僧諸衆中尊是善男子或善女人獲福轉勝阿難當知如前所説供養福德比此三歸所生福德復於百分不及其一於千分中亦不及一於百千分數分筭分計分喻分乃至鄔波尼殺曇分亦不及一爾時世尊復告阿難且置西方瞿陀尼洲於此北方大俱盧洲縱廣周帀十千踰繕那地形四方人面亦爾假使於中合為一段或甘蔗林或蘆葦林或竹林等或復稻田胡麻田等叒塞充滿無有間隙如是假使徧彼北方大俱盧洲阿羅漢人諸漏已盡無復煩惱心得自在具正解脱正智解脱其心調順如大龍象所作已辦捨諸重擔逮得已利不受後有梵行已成身心無礙知衆生性具六神通證八解脱叒塞充滿亦無間隙如甘蔗等如是一切阿羅漢人若善男子或善女人滿四百歲以諸世間上妙樂具衣服飲食卧具醫藥奉施供養恭敬禮拜於彼一一阿羅漢人般涅槃後如法焚身收其遺骨起窣堵波高廣嚴麗皆以種種塗香末香熏香華鬘上妙旛蓋寶幢音樂燈燭光明讚歎供養汝意云何由是因緣彼所生福寧為多不阿難白佛甚多世尊甚多善逝佛告阿難若善男

子或善女人以淨信心作如是言今我其名歸依於佛兩足中尊歸依於法離欲中尊歸依於僧諸衆中尊是善男子或善女人獲福轉勝阿難當知如前所說供養福德比此三歸所生福德復於百分不及其一於千分中亦不及一於百千分數分筭分計分喻分乃至鄔波尼殺曇分亦不及一爾時世尊復告阿難且置北方大俱盧洲總四大洲有鐵輪山周帀圍遶一日一月之所照臨假使於中所有一切諸山大海悉皆除屏合爲一段或甘蔗林或蘆葦林或竹林等或復稻田胡麻田等畟塞充滿無有間隙如是假使徧輪圍中諸獨覺人成就種種勝阿羅漢所有功德畟塞充滿亦無間隙如甘蔗等如是一切諸獨覺人若善男子或善女人滿十千歲以諸世間上妙樂具衣服飲食卧具醫藥奉施供養恭敬禮拜於彼一一諸獨覺人般涅槃後起窣堵波高廣嚴麗皆以種種塗香末香熏香華鬘上妙旛蓋寶幢音樂燈燭光明讚歎供養汝意云何由是因緣彼所生福寧爲多不阿難白佛甚多世尊甚多善逝佛告阿難若善男子或善女人以淨信心作如是言今我其名歸依於佛兩足中尊歸依於法離欲中尊歸依於僧諸衆中尊是善男子或善女人獲福轉勝阿難當知如前所說供養福德比此三歸所生福德復於百分不及其一於千分中亦不及一於百千分數分筭分計分喻分乃至鄔波尼殺曇分亦不及一爾時世尊復告阿難且置如是一四大洲一日一月所照臨處乘此復有小千世界有鐵輪山周

帀圍遶其中具有千日千月千四大海千蘇迷盧大寶山王千七金山輪圍山等千贍部洲千毗提訶千瞿陁尼千俱盧洲千四天王天千三十三天千夜摩天千覩史多天千化樂天千他化自在天千梵衆天一大梵王於中自在如是名爲一小千界乘此復有中千世界有鐵輪山周帀圍遶其中具有千小千界如是名爲一中千界乘此復有大千世界有鐵輪山周帀圍遶其中具有千中千界是名三千大千世界假使於中所有一切諸山大海悉皆除屏合爲一段或甘蔗林或蘆葦林或竹林等或復稻田胡麻田等叜塞充滿無有間隙如是假使徧滿其中諸佛如來應正等覺叜塞充滿亦無間隙如甘蔗等如是一切諸佛如來若善男子或善女人滿二萬歲以諸世間所有一切上妙樂具衣服飲食卧具醫藥奉施供養恭敬禮拜於是一一諸佛如來般涅槃後如法焚身收佛馱都起窣堵波高廣嚴麗皆以種種塗香末香熏香華鬘上妙旛蓋寶幢音樂燈燭光明讚歎供養汝意云何由是因緣彼所生福寧爲多不阿難白佛甚多世尊甚多善逝佛告阿難若善男子或善女人於一佛所二萬歲中以諸世間所有一切上妙樂具衣服飲食卧具醫藥奉施供養恭敬禮拜般涅槃後如法焚身收佛馱都起窣堵波高廣嚴麗亦以種種塗香末香熏香華鬘上妙旛蓋寶幢音樂燈燭光明讚歎供養其福尚多無量無邊不可稱計況滿三千大千世界諸佛如來應正等覺經二萬歲如前供養所生福德而不彌多無量

無邊不可稱計佛告阿難若有善男子或善女人以淨信心作如是言今我某名歸依於佛兩足中尊歸依於法離欲中尊歸依於僧諸衆中尊是善男子或善女人獲福轉勝阿難當知如前所說供養福德比此三歸所生福德復於百分不及其一於千分中亦不及一於百千分數分筭分計分喻分乃至鄔波尼殺曇分亦不及一爾時世尊復告阿難若善男子或善女人歸依佛竟歸依法竟歸依僧竟乃至復能一彈指頃受持十善由是因緣獲福轉勝阿難當知如前所說惟受三歸所生福德比此兼修一彈指頃十善福德復於百分不及其一於千分中亦不及一於百千分數分筭分計分喻分乃至鄔波尼殺曇分亦不及一爾時世尊復告阿難若善男子或善女人歸依佛竟歸依法竟歸依僧竟乃至復能一日一夜受持八戒獲福轉勝阿難當知如前所說一彈指頃十善福德比一日夜八戒福德復於百分不及其一於千分中亦不及一於百千分數分筭分計分喻分乃至鄔波尼殺曇分亦不及一爾時世尊復告阿難若善男子或善女人歸依佛竟歸依法竟歸依僧竟乃至復能盡其形壽受持五戒獲福轉勝阿難當知如前所說一日一夜八戒福德比盡形受五戒福德復於百分不及其一於千分中亦不及一於百千分數分筭分計分喻分乃至鄔波尼殺曇分亦不及一爾時世尊復告阿難若善男子或善女人歸依佛竟歸依法竟歸依僧竟乃至復能盡其形壽受持勤策勤策尼戒獲福轉勝阿難當

知如前福德比此福德復於百分不及其一於千分中亦不及一於百千分數分筭分計分喻分乃至鄔波尼殺曇分亦不及一爾時世尊復告阿難若復有能盡形受持尼正學戒獲福轉勝阿難當知如前福德比此福德復於百分不及其一於千分中亦不及一於百千分數分筭分計分喻分乃至鄔波尼殺曇分亦不及一爾時世尊復告阿難若復有能盡形受持苾芻尼戒獲福轉勝阿難當知如前福德比此福德復於百分不及其一於千分中亦不及一於百千分數分筭分計分喻分乃至鄔波尼殺曇分亦不及一爾時世尊復告阿難若復有能盡形受持大苾芻戒獲福轉勝阿難當知如前福德比此福德復於百分不及其一於千分中亦不及一於百千分數分筭分計分喻分乃至鄔波尼殺曇分亦不及一爾時世尊復告阿難若善男子或善女人能發阿耨多羅三藐三菩提心盡未來際受持菩薩三聚淨戒無缺無犯所獲福德無量無邊不可思議不可比喻最勝最尊最上最妙速證無上正等菩提爾時尊者阿難聞佛所說受持三歸乃至菩薩三聚淨戒所獲福德無量無邊歡喜踊躍歎未曾有而白佛言甚奇世尊如是法門最勝希有不可思議明甚深義功德廣大難可校量其名何等我當奉持佛告阿難今此法門名最無比校量種種真實功德以是名字汝當奉持所以者何此經中說最無比法一切世間甚難聞故時薄伽梵說是經已尊者阿難大苾芻衆無量菩薩及諸天人阿素洛等聞佛所

說皆大歡喜歎未曾有信受奉行

佛說最無比經

佛說前世三轉經

西晉沙門釋法炬初譯

聞如是一時佛遊於舍衛國祇樹給孤獨園與大比丘衆五百人皆阿羅漢也一切大聖皆其上尊悉知他人心所念獨阿難未也爾時佛出精舍坐於虛空爲無央數百千衆會圍遶而爲說法及七萬菩薩俱皆得諸總持彼時佛面色光明勝常時光明從面出往照徧諸世界時佛便笑五色光從口中出上至梵天諸佛天中天授諸弟子決時光往照四天王還遶佛三帀從足心入諸佛天中天授辟支佛道決時光從口出往照波羅尼蜜天還遶佛三帀從齎中入諸佛天中天授佛道決時光往照梵天還遶佛三帀從頂上入是時地神皆同時舉聲如是佛現三事若過去當來今現在說種種決虛空神天四天王忉利天上至梵天皆舉作聲如是說三事說種種決過去當來今現在是爲授弟子地決爲授辟支佛地決爲授佛地決時梵天皆來下上至三十三天人皆來下爾時無央數百千人會皆比丘比丘尼優婆塞優婆夷賢者阿難時知七法事何等爲七一者知法二者知時三者知義四者知節五者知巳身六者知衆會事七者知他人事賢者阿難從座起整衣服長跪叉手以偈讚佛言

得清淨智眼明好　尊根寂定度無極
光明照遠而金色　神照誰德願說之
誰令發意於佛道　誰坐樹下降伏魔
誰受取佛上道利　月面願說何故笑
若佛世尊笑之時　面出光笑勝於人

應時百千人民會　今佛以緣當說之
阿難問佛唯天中天諸有婬怒癡者以色聲香味細滑法故笑天中天已斷婬怒癡用何故笑天中天不用舍利弗所問亦不是摩訶目揵連摩訶迦葉優為迦葉迦翼迦葉那翼迦葉葉施羅比利迦私所問諸佛天中天有六法不共何等為六一者諸佛天中天知過去無所罣礙慧二者有當來無所罣礙慧三者諸佛天中天今現在亦有無所罣礙慧四者諸佛天中天身所行智慧五者諸佛天中天口所說智慧六者諸佛天中天心所念智慧是為六諸佛天中天非有不見聞願佛說道慧佛告阿難過去世時有國名優波羅越其國富樂熾盛五穀豐熟人民安隱衆多不可復計阿難爾時優波羅越國中有王名波羅先於諸國中獨尊所施行教勑使人以正法治國鞭杖不行爾時人命長壽二萬歲時其王命過其國中有一婬泆女人名為上色面貌端正姝好其女人行徃至他人舍其主人適生男子便以手牽子臂婬女人便問之言牽子欲作何等兒母報言我飢餓欲噉之又問言寧無有飯可食之耶報言無有也婬女人言且待須我為汝持食來報言卿未出門頃我當餓死耶豈能須卿持食來耶婬女人念言若我持兒去其母便當餓死若置去者便當取子噉之將當奈何令母子各得安隱婬女人即取利刀自割兩乳與之其母便食之婬女人問曰卿為飽未報言已飽矣婬女人兩乳血出流離便還其家時有一男子至其婬女人舍欲與共作非法是人便念言

誰取此上色女乳割如是耶便有悲哀之意以姊弟心待之不復起婬意男子即問言姊誰取卿如是耶報言無有嬈我如是者也我自至他舍其主人適産生便牽其子我問言欲作何等報我言我飢餓欲取子肉噉之我問言卿無有飯可食之耶報我言無有也我言且待須我爲汝持飯來報我言卿未及出門頃我便餓死我心念言取兒持去者母便當餓死若捨去者則當取子噉之我便割乳與使噉之其男子聞其言即躃地奄絶婬女人便取水灑其上甚久乃得穌息男子問言姊當爲我現至誠婬女人言諾男子言我初不見此難實至誠如汝言不虚者姊乳當平復如故應時其女人乳平復如故亦無瘡瘢也釋提桓因以天眼見之妬嫉之言此上色婬女人布施爲福德乃如是恐來奪我座即化作婆羅門持三寶杖澡豆瓶著金錫行匃自至此上色婬女家言與我分衛其女人便以金鉢盛飯出與婆羅門婆羅門即却不肯受上色女人問婆羅門言何爲却行不肯受食報言我不用食我聞汝布施乳爲審爾不乎報言實如是婆羅門以偈問曰

汝爲索何願事　云何釋爲梵耶
若爲求多寶玉　所願難乃如是

上色女人以偈報之言

所可作無爲者　無生老及病死
無憂愁清淨處　婆羅門我求彼

婆羅門問言汝持乳布施時意寧轉異不女人報言婆羅門我當爲汝現至誠報言現之女人言若使我至誠持乳布施意無有異者

令我轉女人身得作男子所言適竟即轉成男子時優波羅越王治國五千歲已後終亡傍臣左右聞婬女人轉身作男子念言正當立此作國王爲王者當以正法治國便共立作王鞭杖不行以正法治國好布施金銀珍寶著四城門及諸街里欲得飯者與飯欲得財者與財欲得衣者與衣欲得香熏華者與香熏華欲得房室座席者與房室座席欲得舍宅者與舍宅欲得金銀珍寶明月珠玉瑠璃水精珊瑚碼碯隨所欲與之教天下人持八關齋如是治國五百歲不耕種自然生稻米清潔香美無有麤獷今日截旦續自然生即取米莖應時沒不現取共食其味一切味食是以後齒不落亦不老亦不病亦不傴顔色無異長短適等祿相亦等譬如鬱單越天下人國王自念言我布施與人何可怪我布施與禽獸者爾乃爲難時王以蘇香自塗身便入山空閑處卧巖石上諸百鳥皆來生噉其身便命過生於婆羅門家其家大富金銀珍寶無央數十月已滿便生端正好無比適生四侍女共養育第一女主莊飾其身第二女主沐浴第三女主乳哺第四女主抱之兒即長大四夫人共侍護不得使有見者五百婇女共侍相娛樂便竊出過向市觀見販賣貧窮乞匃者有悲哀之意言此人民若使富樂者不復賈作販賣爾時自說偈言

我之身心云何　其堅而不破碎
吾自在安樂處　見勤苦諸人民

便還白父母我欲除鬚髮行入山於空閑樹下父母不聽所以者何適有汝一子甚愛重

之我禱祠山川日月諸天適得汝一子耳我不見汝者便愁憂死不肯聽使去子便委卧地一日二日至五日不食飲諸親厚知識聞此兒欲學道除鬚髮父母不聽委卧空地不飲食五日諸親厚知識皆共到其所諫曉言童子何以不起沐浴飲食莊嚴用爲除鬚髮在樹間樂學道乎童子亦不應如是言至三反諸親厚共到父母所言聽使去學道若樂者可數往來相見不樂者便當來歸父母言諾子見聽已便自養視六七日遶父母三帀爲作禮便入山空樹下坐行道已後則往至餘大叢樹間中有兩道人坐得五神通精誠求道離於婬欲童子便至其所問此間作何等報言我在此閒露坐禪念道用人民故作勤苦行童子言我亦當用人民故露坐禪念道二道人言善童子即於大叢樹下坐禪於其中用人民故勤苦行道即得五神通精進踰於兩道人其人大神聖上尊其樹間有虎妊身諸道人法樹果自墮落者乃取食之不從樹摘取也諸道人共行求果蓏便見妊身虎童子道人語兩道人言此虎今不久當生飢餓經日恐自噉其子誰能持身餧之者彌勒菩薩言我當持身餧之採果還已見虎已乳飢餓欲取其子其一道人語兩道人言虎已乳飢餓欲還取其子食之誰能持身飼者彌勒菩薩言我當持身飼之便共俱至餓虎所虎因張口向之兩道人俱畏懼便飛上虛空中其一道人言云何卿之至誠如是耶屬者言當持身飼餓虎今者何故飛上虛空耶其一道人哀之淚出左右顧無所有童子道

人取利刀刺右臂放流血如是七處自刺放血入虎口中虎因飲之便復自投身飼餓虎童子道人即死佛語阿難欲知爾時上色婬女人者不正是我身時立爲王者亦是我身時婆羅門子自投身飼餓虎者亦是我身兩道人者是迦葉菩薩彌勒菩薩佛告阿難我精進行道故超越九劫出彌勒菩薩前如是阿難勤苦行道六十劫布施手足鼻耳頭目肌肉婦子男女好衣被飲食故降伏六十億魔三十四億得佛道佛語阿難若使一切人知布施之福如我所知者窮之餬口得一食自飯繼命若不食此便餓死者則當不自食與善人令受阿難我念昔世時所布施用是故面色明好照曜笑光從口出徧三千大千世界佛說是經時四千二百比丘起無餘意得解脫八十那術諸天人發無上正眞道意七萬菩薩得無所從生法忍佛說如是賢者阿難及一切衆會諸天龍鬼神世間人皆歡喜前爲佛作禮而去

佛說前世三轉經

音釋

嬈（而沼切亂也）　躃（房益切倒也）　瘢（步官切瘡痕也）　匃（古太切乞也）

獷（古猛切惡也）　傴（於武切傴僂也）　販（方願切買賣也）　蓏（郎果切蔓實也）

餧（於僞切飤也）　飼（祥吏切餧也）　餬（洪孤切寄食也）

佛說銀色女經

元魏天竺三藏法師佛陀扇多譯

佛說阿闍世王受決經

西晉三藏沙門釋法炬譯

採華違王上佛授決經

東晉西域沙門竺曇無蘭譯

佛說正恭敬經

元魏天竺三藏佛陀扇多譯

清刻龍藏佛說法變相圖

四經同卷

佛說銀色女經

佛說阿闍世王受決經

採華違王上佛授決經

佛說正恭敬經

佛說銀色女經

元魏天竺三藏法師佛陀扇多譯

如是我聞一時婆伽婆住舍衛國祇陀樹林給孤獨園與大比丘衆千二百五十人俱爾時世尊告諸比丘言諸比丘若有衆生能知布施所有功德及施果報如我所知於食食時若初食摶若後食摶若不捨施不應自食

爾時世尊而說偈言

若有諸衆生　如佛之所說　減食分而施

成就大果報　或以初食摶　或以後食摶

若不用布施　則不應自食

爾時世尊説是偈已告諸比丘言諸比丘乃往過去過無量劫時有王都王號蓮華彼城有女名曰銀色端正姝妙容相具足成就最上勝妙色身彼銀色女有所須故從自家出往至他舍入他舍已見彼家内新産婦女生一童子端正姝妙身色成就時産婦女以手擎子而欲食之時銀色女即問之曰妹何所作彼即答言我今甚飢無有氣力不知何食故欲噉子時銀色女即語之言妹今且止此事不可妹此舍中豈更無食人所食者即答言姊我久積集慳貪妬悋是故於今無物可食銀色女言妹今且止待我向家與妹取食彼復言姊我今二脇皆欲破壞背復欲裂心顫不安諸方皆暗姊適出舍我命即斷時銀色女作如是念若將子去彼婦命終若不將去必食此子以何方便救此二命即語之言妹此室中有利刀不我今須之彼答言有即便取刀授與銀色銀色取刀自割二乳與彼令食而語之言食我此乳即令妹身離飢渴苦彼取食已復問之言妹爲飽不彼答言飽銀色女言妹今當知此子乃是我自身肉之所贖得今且寄妹我須向家取諸飲食作是語已流血徧身曳地而去往至家中銀色眷屬諸親見已皆共問言是誰所作銀色答言是我自作彼復問言何以故爾時銀色答言我已起心不捨大悲爲求成就阿耨多羅三藐三菩提故諸親皆言雖行布施而心悔者乃可是檀非波羅蜜作是語已復問之言當割捨時爲歡喜不勿以苦痛至生悔惱時銀

色女即發誓言我割二乳不生悔心心無異想以是誓願令我二乳還復如本作是誓已即時二乳還復如本爾時蓮華城中諸夜叉等發大聲言銀色女今自捨二乳爾時地天聞已復唱虛空中天聞已傳唱如是傳聲乃至梵天時帝釋王作如是念是事希有此銀色女愍衆生故自捨二乳我今當往至彼試之作是念已即自變身作婆羅門於左手中執金澡罐及捉金鉢於右手中捉一金杖而便往詣蓮華王都到已漸漸至銀色女所居舍宅在門外立唱言乞食時銀色既聞門外乞食聲已即便隨時以器盛食出在門外時婆羅門而語之言妹今且停我不須食女言何故婆羅門言我是帝釋我於汝所甚生疑心故來到此如我所問必當答我女語之言大婆羅門今者但問隨意所問我當答之必令稱汝婆羅門心時婆羅門即問言妹實割二乳施他以不答言實爾大婆羅門婆羅門言何以故爾銀色女言大悲之心爲取阿耨多羅三藐三菩提故婆羅門言此事甚難甚難事者所謂阿耨多羅三藐三菩提若布施已而生悔心彼乃是檀非波羅蜜汝當施時歡喜以不當割時苦生異念不銀色即答言憍尸迦我今立誓我以求於一切智心爲求一切世間勝心求救一切衆生之心割此二乳實不生悔若不悔者令我女身變成男子時銀色女作是誓已即成男子彼見女身成男子已心生歡喜踊躍無量至於餘處樹下睡眠時蓮華王忽然崩亡其王無子時甚大熱當於是時諸大臣等從樹至樹從村至村

從城至城從都至都處處求覓有相之人應爲王者諸臣皆言我等今者云何而得如法治王當爾之時有一大臣以熱困故入華池中時彼大臣見樹下人色貌殊勝具足衆相睡卧不覺日雖移去然其樹影不捨彼人時彼大臣彈指令覺彼既覺已將至王舍即與剃髮鬚令被王服首著寶冠而語之言當治王事彼即答言我實不能治於王事復語之言今者必須治於王事彼復答言我若爲王如法治國汝等諸人若當悉受十善業道我即爲王彼皆答言臣等順行即時皆受十善業道彼人如是十善業道勸衆生已即治王事名銀色王爾時國內諸人民等壽命七萬那由他歲彼王於是無量百歲無量千歲治王事已爾乃命終臨命終時作如是言

一切皆無常　必有敗壞事　合會必有離
有命皆必死　隨所作事業　若善若不善
一切有生者　命皆不久住

彼王命終還生彼處蓮華王都於長者妻而便託生可八九月便生童子端正姝妙具足衆色然彼童子過八歲後五百童子而圍遶之將詣學堂彼學堂處先有五百童子學書時彼童子問舊者言汝等於此爲何所作舊者答言我等學書又云學書得何義利汝等何須學此書爲汝等但應發阿耨多羅三藐三菩提心舊童子言發阿耨多羅三藐三菩提心爲何所作童子答言必須修行六波羅蜜何等爲六所謂檀波羅蜜尸波羅蜜羼提波羅蜜毗梨耶波羅蜜禪波羅蜜般若波羅蜜彼既聞已即言我發阿耨多羅三藐三菩

提心時彼童子既令諸人發阿耨多羅三藐三菩提心已作如是念我今欲以微少物施我今當爲二足四足禽獸鹿等而行布施作是念已而便往至尸陁林中即以利刀刺身出血塗身令徧復以油塗卧彼林中而自唱言諸有近遠二足四足鹿等禽獸須食之者願來至此食我身肉于時彼處飛鳥衆中有一鳥來名曰有手坐其頟上挽其右眼挽已還放彼問鳥言汝今何故挽我右眼而復放耶彼鳥答言我於人身餘分肉中一切無有美於眼者彼語鳥言假使千徧挽我右眼而復放之而我不生嫌恨之心彼鳥於是啄其二眼無量鳥衆集彼林中彼鳥悉共食其肉盡惟白骨在彼捨身已即復還生蓮華王都託生彼處婆羅門婦足滿十月生一童子端正姝妙最上無比身色具足年二十後于時父母而語之言摩那婆當須造舍時彼童子報父母言爲我造舍爲有何義我心今者不在於舍惟願放我入於深山父母即聽彼出自舍往詣山林既往到已見山林中於前先有二婆羅門舊住仙人在彼林中時摩那婆至婆羅門二仙人所問婆羅門二仙人言梵仙在此山林之中爲何所作二仙報言摩那婆我等皆爲利益衆生故在此林行於苦行作種種事彼復語言我於今者亦爲利益一切衆生故來至此欲作苦行彼摩那婆即至餘處樹林之中量地作屋彼摩那婆以修善業福德力故忽得天眼即時遥見於其住處相去不遠有一母虎住在彼處而彼母虎懷妊將産時摩那婆見已念言而此母虎將産

不久此虎産已或容餓死或時飢餓極受困苦或食自子念已即問彼婆羅門二仙人言誰能割身與此虎者彼即答曰我等不能自割身施作是語已復過七日母虎便産虎既産已口銜諸子復置於地而復還取時摩那婆見是事已即便往到二仙人所語言大仙母虎已産若爲利益諸衆生故行苦行者今正是時可割身肉與此母虎時彼仙人二婆羅門即便往至母虎左已作是思惟誰能忍受如是苦事而行大施誰能自割所愛身肉與此餓虎作是念已彼産母虎即遠逐之彼二仙人惜身命故飛空而去時摩那婆即便遥語彼婆羅門二仙人言此是汝等誓願事耶作是語已即發誓言我今捨身以濟餓虎願令我身以此因緣必得阿耨多羅三藐三菩提作是願已於彼地處得一利刀自壞其身以施餓虎諸比丘我愍汝等生於疑心諸比丘勿生異疑莫作餘觀何以故汝等當知爾時於彼蓮華王都銀色女人割二乳者豈異人乎今我身是諸比丘勿生異疑莫作餘觀何以故汝等當知我是爾時蓮華王都銀色女也諸比丘勿生異疑莫作餘觀何以故汝等當知我是爾時名銀色女捨於二乳濟彼子者諸比丘勿生異疑莫作餘觀何以故汝等當知羅睺羅者豈異人乎即是爾時彼童子也諸比丘勿生異疑莫作餘觀何以故汝等當知爾時於彼蓮華王都尸陀林中爲諸鳥衆割捨身者豈異人乎我身是也諸比丘勿生異疑莫作餘觀何以故汝等當知爾時二仙婆羅門者豈異人乎即是汝等諸比

丘也諸比丘勿生異疑莫作餘觀何以故汝等當知我是爾時婆羅門子摩那婆也諸比丘是故我今爲比丘説若諸比丘知施功德及施果報應施初摶若施後摶如是而食佛説此時彼諸比丘皆大歡喜

佛説銀色女經

佛說阿闍世王受決經

西晉三藏沙門釋法炬譯

聞如是一時佛在羅閱祇國耆闍崛山中時阿闍世王請佛飯食已訖佛還祇洹王與祇婆議曰今日請佛佛飯已竟更復所宜祇婆言唯多然燈也於是王乃勑具百斛麻油膏從宮門至祇洹精舍時有貧窮老母常有至心欲供養佛而無資財見王作此功德乃更感激行乞得兩錢以至麻油家買膏膏主曰母人大貧窮乞得兩錢何不買食以自連繼用此膏爲母曰我聞佛生難值百劫一遇我幸逢佛世而無供養今日見王作功德巍巍無量激起我意雖實貧窮故欲然一燈爲後世根本者也於是膏主嘉其至意與兩錢膏應得二合特益三合凡得五合母則往當佛前然之心計此膏不足半夕乃自誓言若我後世得道如佛膏當通夕光明不消作禮而去王所然燈或滅或盡雖有人侍恒不周帀老母所然一燈光明特朗殊勝諸燈通夕不滅膏又不盡至明朝旦母復來前頭面作禮叉手却住佛告目連天今已曉可滅諸燈目連承教以次滅諸燈燈皆已滅唯此母一燈三滅不滅便舉袈裟以扇之燈光益明乃以威神引隨藍風以次吹燈老母燈更盛猛乃上照梵天傍照三千世界悉見其光佛告目連止止此當來佛之光明功德非汝威神所毀滅此母宿命供養百八十億佛已從前佛受決務以經法教授開化人民未暇修檀故今貧窮無有財寶却後三十劫功德成滿當得作佛號曰須彌燈光如來至眞世界無有

日月人民身中皆大光明宮室衆寶光明相照如忉利天上老母聞決歡喜即時輕舉身昇虚空去地百八十丈來下頭面作禮而去三聞之問祇婆曰我作功德巍巍如此而佛不與我決此毋然一燈便受決何以爾也祇婆曰王所作雖多心不專一不如此毋注心於佛也乃更往請佛宿勑諸園監各令晨採好華早送入宮室中佛便晨出祇洹徐徐緩行隨道爲人民說法投日中至宮有一園監持華適出園巷正與佛會於大道之衢聞佛說經一心歡喜即以所持華悉散佛上華皆住於空中當佛頭上佛即授決曰汝已供養九十億佛却後百四十劫汝當爲佛號曰覺華如來其人歡喜即時輕舉身昇虚空來下作禮畢即更自念我王爲人性大嚴急故宿勑我齋戒將華當以供佛而我悉自以上佛空手而往必當殺我便徑歸家置空華箱於户外入告婦言我朝來未食王今當殺我急爲具食婦聞大惶懅曰王何故相殺便爲婦本末說之婦即出至竈下具食天帝釋便以天華滿空箱中婦持食還見户外箱中華滿如故光色非凡即以告夫夫出户視知是天華心大歡喜止不復食便持華入王適出迎佛道與王相逢王見華大好世間希有即問監曰我園中大有此好華乃爾而汝前後不送上汝罪應死寧知之不監曰大王園中無有此華臣朝早將園華道路逢佛不勝歡喜盡以上佛即授與我決知當殺故過家索食此其頂出視空箱中復見此華必是天華非園所有今我生既卑賤爲王守園拘制縣官

不得行道一已受決止爾而死必生天上十方佛前無所拘制可得恣意行道王若相殺我無所怪也王聞受決便大慚怖肅然毛豎即起作禮長跪懺悔佛至宮飯食已説呪願而去王復問祇婆曰我前請佛而老母受決今日設福而園監受決我獨何故初無所獲心甚於悒當復宜作何等功德耶祇婆曰王雖頻日設福但用國藏之財使人民之力心或貢高意或瞋恚故未得決今宜割損身中自供之具并脱瓔珞七寶珠環以作寶華當與夫人太子併力合手自就功勤一心上佛佛照王至誠必得決也於是王減撤廚膳晝夜齋戒脱身上諸寶合聚諸師日前作華王及夫人太子皆自著手至九十日所作悉成勑外嚴駕當往上佛傍臣白言聞佛前到鳩夷那竭間已般泥洹也王聞心大悲號涕淚哽咽曰我故至心手作此華佛雖般泥洹我故當賷詣耆闍崛山以上佛坐處展馳我意也祇婆曰佛者無身亦無泥洹亦不常住無滅無在唯至心者爲得見佛佛雖在世間無至心者爲不見佛大王至誠乃爾佛雖般泥洹往必見佛便至耆闍崛山中見佛且悲且喜垂淚而進頭面作禮以七寶華前散佛上華皆住空中化成寶蓋正當佛上佛便授與王決曰却後八萬劫劫名喜觀王當爲佛佛號淨其所部如來刹土名華王時人民壽四十小劫阿闍世王太子名旃陀和利時年八歲見父受決甚大歡喜即脱身上衆寶以散佛上曰願淨其所部作佛時我作金輪聖王得供養佛佛般泥洹後我當承續爲佛其所

散寶化爲交絡帳正覆佛上佛言必如汝願王爲佛時汝當作金輪聖王壽終便上生兜術天上壽盡便下作佛在藥王刹土教授佛號栴檀人民壽命國土所有皆如淨其所部佛時授决適竟王及旃陀和利前爲佛作禮便爗然不見佛所在

佛說阿闍世王受决經

採華違王上佛授決經

東晉西域沙門竺曇無蘭譯

昔者世尊遊羅閱祇說經散慧初語亦善中語亦善竟語亦善其義微妙淨修梵行所講廣普時王便給使數十餘人常採好華以給王家後宮貴人婇女大小一日俱出城外採華欲還入城路經遇佛遥見世尊相好威光巍巍無量猶星中月若日初出照于天下與聖衆俱弟子菩薩前後圍遶往詣佛所稽首爲禮心自念言人命難保佛世難遇經法難值今遭大聖猶病者得良醫身既貧賤加屬縣官羈役之患恒不自從國王嚴急主給採華常以早進設失時節或能見誅日不再中聖衆難遇億世時有寧棄身命以華上佛并散聖衆因受經戒聽省深法無窮之慧我於無數劫爲人所害不可稱載未曾爲法而惜身命今供世尊三寶之業縱使見害不墮苦痛必生安處便以華散佛及聖衆上却自歸命一心重禮佛知其念發大道意甚慈愍之具爲散講大乘之法六度無極四等四恩三脫菩薩法時諸採華人皆發無上正真道意心解佛慧至不退轉無所從生佛即授決後當得佛號曰妙華如來至真等正覺明行成爲善逝世間解無上士道法御天人師號佛世尊其邊人聞莫不怡悅咨受大法供奉三寶時採華人供養受決稽首佛足還歸家中與家二親妻子辭別我今命盡爲王見殺父母愕然問何罪咎諸子答曰爲王所使行採諸華中途見佛以華貢上王大嚴急既違失時復無有華必見危命故辭別耳二親聞之

益以愁慼當奈之何發篋視之滿中好華須曼雜香香熏鬱鬱遠徹四面父母告曰可以進王諸子各曰衆人見之必傳至王又復違時恐不得安時王大瞋見不時來復散衆華遣邊大臣多將人兵收取將來則受王教反縛入宫罪當棄市諸人不恐面色不變王怪問之汝等罪過命在不測縛來當殺何故不懅面色不改即白王曰人生有死物成有敗我從無數劫每以非法不惜身命朝早採華值遇世尊以華供上稽首歸命爾時已知違令當死寧以有德而死不以無德而存還視華篋續滿如故皆是如來恩仁所覆王甚怪之心不信然故往詣佛稽首足下却坐一面叉手問佛有是意不佛言然王此人至心欲度十方不惜身命故取衆華以散上佛意無想報已得受決將來成佛號曰妙華至眞等正覺用發大意受決之故慈心之香華滿篋器莫不聞知王大歡喜疾解衆縛悔過自責愚意不及繫縛菩薩唯原其罪佛言善哉善哉能自改者與無過同佛說如是王及臣民莫不悅豫作禮而去

採華違王上佛授決經

佛說正恭敬經

元魏天竺三藏佛陀扇多譯

如是我聞一時佛在舍衛國祇樹給孤獨園與聲聞比丘二百五十人俱菩薩五百人皆是如來種子權行六道助佛揚化知衆生根威德自在顯發如來方便密教其名曰生疑菩薩寶德菩薩光明王菩薩慧鐙菩薩德臻菩薩悉達菩薩無畏菩薩覺首菩薩財首菩薩寶首菩薩德首菩薩目首菩薩進首菩薩法首菩薩智首菩薩賢首菩薩如是等菩薩摩訶薩五百人俱爾時尊者阿難白佛言世尊樂法善男子善女人當云何敬法及敬法師爾時世尊告阿難言止止阿難今時衆生不能恭敬及有敬法阿難白佛言世尊我今樂法及以敬法已敬當敬世尊自我親近如來以來未曾得聞如此法門以不聞故恭敬如來必失儀則今若聞者故得如法修行是事世尊復有樂法善男子善女人聞此法門即得修行世尊復有如是法中出家比丘貧窮下賤但求衣食不樂求法及敬法師雖復親近佛法而行下賤不能隱覆必當示現世尊是故我今現在自爲并及未來一切比丘諮請如來如是敬法世尊我等云何得修正行惟願如來爲我解說佛告阿難樂敬法善男子善女人若欲讀誦請問往至經法應當和尚阿闍梨所至其所已應問和尚阿闍梨如來正法隨心所樂當知和尚阿闍梨心所知法先應諮請聽問以不師若聽者然後乃問雖復歲數若十二十爲樂法故應往諮請及受依止何以故如來法中雖聽五歲比丘

得離依止然彼人以初敬爲法求樂法故何以故是人爲欲成就自德行故阿難彼阿闍棃者應如是與依止或言可或言如是或言爾或言利或言教誨或言謹慎行莫放逸如法端正修行作如是與依止比丘成就如是等法可與依止彼得名爲成就依止假使百歲比丘不能通達如是等句彼人應受依止況能與他作依止師若使無歲比丘成就如是等法沙門客語即得名爲已受依止假使百歲不達如是等法諸句律者彼應受依止是中誦經比丘應於阿闍棃所作敬重心及正恭敬彼讀誦受經者在阿闍棃前不得露齒不得瞻足不得動足不得疊足不得踔足不得弄足不得高座處坐師不借問亦不得語不得違師語不得一向瞻相師面住在師前三肘而立師聽坐即坐坐已於師所起慈悲心彼誦經者應先誦熟熟者誦已從師受經任意多少隨諸法門中若有疑者先應諮請聽問以不師若聽可然後當問彼受經已右膝著地兩手接禮師足若地處惡者隨所有道却退而行當至平處若地處先平彼應禮師足然後當行行至十肘復更作禮然後隨道而行彼應作如是念阿闍棃常逐我後我不能遠離阿闍棃彼應知時日三時到阿闍棃所若不到者應如法治若到而不見阿闍棃者彼應若草若木若杖若土塊若石令作記識若阿闍棃在房宴坐者彼應旋房禮敬然後當行若有所作不問師亦不得作除大小便不得向師作麤獷惡語不得重循師語隨師所坐之處若繩牀若木牀皆不得坐

彼牀若壞即應治之彼應晨朝時往知時往不得非時往彼往已應問阿闍棃當何所須及何所作爲入聚落不若言入阿闍棃所有衣被應洗手自衣拭手兩手捉師衣已著淨處先與師淨水洗手然後授衣與師於後安多會拂塵與之或覆身衣或兩衣或所須餘衣資用之者彼應如是敬不得阿闍棃前洟唾若寺內若寺東西不得左右反抄衣不得纏頭隨師所居有經行處掃灑令淨日三時拂扇三時洗浴三時諮問取水爲師乞食若師有所作者彼應用力作之若食竟應從師索鉢洗之若與先洗師鉢然後自洗已鉢師若不與不得重索何以故阿難未來有如是比丘作是念言如來等正覺鉢無有洗者彼學我故自欲洗之如來聽如是等人夏取清涼冬取溫暖隨所須者皆應得取不得師前嚼楊枝不得說師若好若惡若遥見師應起迎接阿難若從讀誦諮請一四句偈是名阿闍棃是故彼應恭敬阿闍棃阿難若不如是敬阿闍棃者以不敬故住不正行說師過惡者彼不說我以爲世尊何以故阿難彼人不重佛不敬法不在僧數何以故阿難如是癡人不得名爲住正行中阿難住正行者我爲彼人說佛法耳爾時尊者阿難涕泣流淚作如是言世尊未來世中若有衆生能住能行如是等行甚爲希有世尊我能行住如是等行世尊若有比丘不能恭敬和尚阿闍棃及說過者彼人得何等報佛告阿難若有比丘不敬和尚阿闍棃及說過者我說彼人愚癡凡夫何以故阿難不得說阿闍棃實惡何況

說虛是中阿難若不恭敬和尚阿闍梨者有辟支地獄名之爲滅彼人命終生彼地獄彼人生已即有四頭身上火然如熱鐵丸是中有諸蟲名爲鐵狗常所食噉彼人舌根是處命終生畜生中作虎狼野干衆生見者皆唱言是虎狼野干有所見者無能喜樂以本口過故常食糞穢受報已盡復生人中常在邊地無佛法處雖生人中具足衆惡遠離功德身形色力不類人狀稟受身形不似父母不爲父母之所憐愛常被惡謗遠離諸佛生生愚癡闇鈍無智速墮地獄何以故以不恭敬教授施法濟拔難者故阿難如是等人數得苦法阿難假使讀誦受持一四句偈及以經卷書寫供養隨彼字等劫若頂若肩若背荷負彼師及一切樂具而供養之阿難如是供養已猶不能報阿闍梨恩佛告阿難未來世中有如是等諸惡比丘得是經已而不恭敬阿闍梨和尚者以無行故說阿闍梨和尚過我今當記如是比丘愚癡人等墮諸地獄受大苦惱阿難我今告汝及以正勅如來已說善惡道行隨彼衆生所行善惡得報如是是故阿難汝等今當應善恭敬應善思量阿難善恭敬善男子善女人得此法門者讚歎出離訶欲不淨諸塵垢盡得法眼淨爾時阿難更整衣服白佛言世尊此法之要當名何經比丘比丘尼優婆塞優婆夷云何受持修行於未來世紹三寶種使不斷絕佛告阿難此經名爲正恭敬如是受持所謂愛佛愛法愛僧佛說是經已尊者阿難及諸比丘并諸菩薩聞佛所說皆大踊躍歡喜奉行

佛説正恭敬經

音釋

擎渠京切舉也
顫之膳切掉也
贖神六切貿也
澡鑵澡子皎切洗也鑵古玩切瓶也
羼提梵語也此云忍辱羼初限切
銜胡讒切口含也
懅其據切懼也
悒乙及切憂也
哽咽哽古杏切咽於結切哽咽悲塞也
㸌虛郭切與霩同雲消貌
羈居宜切制也
愕五各切驚遽也
篋苦協切箱篋也
踔敕教切跳也
洟唾洟他計切唾湯臥切
嚼在樂切噬也

佛說善恭敬經

隋天竺三藏法師闍那崛多譯

稱讚大乘功德經

唐三藏法師玄奘奉詔譯

妙法決定業障經

唐至相寺沙門智嚴譯

清刻龍藏佛說法變相圖

三經同卷

佛說善恭敬經

稱讚大乘功德經

妙法決定業障經

佛說善恭敬經

隋天竺三藏法師闍那崛多譯

如是我聞一時婆伽婆住在如來本所行處寶莊嚴殿爾時世尊與大比丘及諸菩薩摩訶薩等幷餘無量百千萬億四部大衆左右圍遶共會說法爾時長老阿難從座而起整理衣服右膝著地以十指爪合掌向佛身心恭敬而白佛言世尊如來常說有多聞者有大功德若復教他立多聞處世尊彼善男子得幾所功德作是語已黙然而住爾時世尊

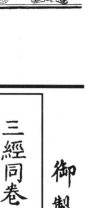

告長老阿難言阿難汝既問我以是義故我當爲汝譬喻解釋所以者何智者於義譬喻得解阿難譬如三千大千世界所有樹木百卉藥草若小若大乃至似於如横一指從地生者彼等樹木並著枝葉華果子實皆悉備具阿難而彼所有樹木之中如横一指最小之者所生華果多少之數如一恒沙如向一指所生華葉果實枝等如横二指所生草木還有若干華果子實多少之數如二恒沙如是次第乃至從地更有出生如横三指還有若干枝葉華果多少之數如三恒沙阿難於意云何頗復有人能數彼樹多少以不阿難言不也世尊爾時佛復告阿難言彼之一指以上所有華果子實有人尚能數知多少而彼善男子善女人教他乃至一四句偈爲他顯示不求果報發慈哀心憐愍之心乃至教他令得阿羅漢果復作是念以何方便令多衆生以此法施因緣力故令得須陀洹果乃至令得阿羅漢果乃至令發菩提之心以慈愍故教他乃至一四句偈爲他解釋分别顯示以此功德欲比於前譬喻功德多少之數於此功德百分不及一千分不及一百千分不及一億千分不及一歌羅數分不及一譬喻分不及一憂波尼沙陀分不及一彼等福德不可稱量阿難彼之男女多得善根乃至令他住多聞中復能向他乃至宣説一四句偈爾時世尊作是語已長老阿難復白佛言希有世尊世尊乃能作如是説希有婆伽婆如來乃能作如是説世尊彼之受法善男子善女人於是法中及法師所應作何等恭敬

之心作是語已佛告阿難阿難汝莫問我如是之事何以故今者衆生無敬法心阿難復更重白佛言善哉世尊我渴仰法於是法中深生敬心如法學法我作世尊侍者已來未曾聞此如是之法世尊我從今已當作是恭敬之心如世尊勑不違聖教爾時阿難復白佛言世尊於後末世有善男子善女人等於諸法中或有渴仰敬重心相唯有口言爲衣食故爲利養故從貧賤中剃髮出家而作是言我能爲法雖復彼等求諸佛法世尊然彼衆生無行法心示下賤相是人還起下賤之心世尊我爲自身故發是問我等云何應住云何應行作是語已爾時佛告長老阿難作如是言阿難若有善男子善女人樂於法者欲得讀誦彼等衆生欲向和尚阿闍梨所至已應問諸佛法言隨心所樂所堪說處應說依止彼或十臘或十二臘爲重法故應乞依止何以故如來往昔雖復說言五夏比丘不須依止而彼學者於前敬心乃能爲法以是義故應當依止何以故彼人欲學於佛法故阿難而彼和尚阿闍梨等爲彼應作如是依止當如是耶我許汝耶汝得利耶我教汝耶汝當謹慎莫放逸耶應練行耶如是與耶若有比丘得具足法彼則堪能與他依止若能如是分別法句與他依止名依止師若有比丘雖復百夏不能閑解如是法句彼亦應當從他依止所以者何自尚不解況欲與他作依止師假令耆舊百夏比丘而不能解沙門釋種祕密之事彼人爲法應說依止雖有百夏上座比丘不解律法彼等亦應說於依止

若有比丘從他受法彼等比丘於彼師邊應起尊貴敬重之心欲受法時當在師前不得輕笑不得露齒不得交足不得視足不得動足不得踔脚足踝齊整勿令高下於彼師前勿昇高座師不發問不得輙言凡有所使勿得違命勿視師面離師三肘令坐即坐勿得違教安坐已訖於彼師所應起慈心若有弟子欲受法時長跪師前先誦所得誦已有疑先應諮白若見聽許然後請決是時學者既受法已右膝著地兩手捧足一心頂禮師所住處地若平正即應設敬若地褊隘即還却立乃至師過至彼平所即便請法若至平處禮師足已却縮而行至十肘地遥禮師已隨意歸還又復弟子應作是念師在我後觀我是非不應放逸我若即來尋至師前請決所疑是即爲善儻不得來應當知時一日三時應參進止若三時間不參進止是師應當如法治之又復弟子若參師時至彼師所若不見師應持土塊或木或草以爲記驗若當見師在房室内是時學者應起至心遶房三帀向師頂禮爾乃方還若不見師衆務皆止不得爲也除大小便又復弟子於其師所不得麤言師所呵責不應反報師坐卧牀應先敷拭令無塵汙蟲蟻之屬若師坐卧乃至師起應修誦業時彼學者日出東方便別師所善知時已數往師邊諮問所須我作何事當白師言入聚落不若師欲得入聚落時師所袈裟當須前奉先應洗手若洗手訖應持巳衣還拭巳手至彼師所身心安住兩手捧衣長跪而授如法敬奉處所安住然後奉水令洗

手面先奉内衣著身體者爾乃更當奉餘衣服常所用者向於師所應作如是恭敬之心又復弟子在於師前不得洟唾若行寺内恭敬師故勿以袈裟覆於肩髆不得籠頭師經行處應常掃拭天時若熱日别三時以扇扇師三度授水授令洗浴又復三時應獻冷飲應當知時爲師乞食師所營事應盡身力而營助之取師應器洗治令淨若師與洗先洗師器乃及已鉢若與應洗如不與者不應再索何以故有因縁故阿難有諸比丘當作是念如來往昔鉢無人洗彼等學佛應當自役雖然如來許彼天若熱時應具冷水天若寒者應備暖水凡所須者皆應盡備親在師前勿嚼楊枝於他人處勿説師過若遥見師尋起迎接阿難凡有師者隨在誰邊學四句偈或聽或讀或問或諮一四句等是即爲師時彼學者於其師所常起恭敬尊重之心若不如是名不敬者亦名不住正行之者若於他邊説師過者彼人不得取我爲師何以故阿難彼無敬心不愛佛故彼無行人况愛法者彼無敬人當不愛法彼大惡人亦不愛僧不入僧數何以故彼愚癡人不行正行阿難佛所言説皆爲行者爾時長老阿難聞佛説已悲泣流淚以手捫拭作是白言世尊於將來世少有衆生住是行者世尊我等當行如是之行我今當住如是之行世尊若有比丘於彼師所或和尚邊不生敬心道説長短於將來世得何等報佛告阿難若將來世有諸比丘或於師所或和尚邊不起恭敬説於師僧長短之者彼人則非是須陀洹亦非凡夫彼

愚癡人應如是治何以故阿難師實有過尚不得說況當無也阿難若有比丘於其師邊不恭敬者我說別有一小地獄名爲磓撲當墮是中墮彼處已一身四頭身體俱然狀如火聚出大猛燄熾然不息然已復然於彼獄處復有諸蟲名曰鉤觜彼諸毒蟲常噉舌根時彼癡人從彼捨身生畜生中受野獸形或野干身或受狼身彼諸人等見者大喚或唱言狼或唱野干阿難彼癡人輩皆由往昔罵辱於師及與和尚是故見者皆悉不喜以彼往昔舌根過故恒食屎尿捨彼身已雖生人間常生邊地生邊地已捨於一切功德之事具足惡法離衆善法雖得人身皮不似人不能具足人之形色不似父母父母憎惡得人身已常被輕賤誹謗凌辱離佛世尊恒無智慧從彼死已還速墜墮地獄之中何以故阿難若有人等於教授師所施自在師所教法行師所教眞行師所起不恭敬受是重殃阿難彼癡人輩自餘更得無量無邊苦患之法阿難若從他聞一四句偈或抄或寫書之竹帛所有名字於若干劫取彼和尚阿闍梨等荷擔肩上或時背負或以頂戴常負行者復將一切音樂之具供養是師阿難作如是事尚自不能具報師恩亦復不名深敬於師況敬法耶作是敬者是名敬師阿難若有無量無邊供養之具爾乃堪能供養師耶阿難當來之世多諸比丘得是經已於師和尚起不敬心無有正行於師和尚恒說於過阿難我說彼等愚癡人輩極受多苦於當來世必墮惡道阿難我向汝說我向語汝如來在世於

汝等邊已爲說訖此是正道此非正道於當來世彼諸比丘隨行何行還生是處得是果報是故阿難我教汝等常行恭敬阿難若有善男子善女人能生恭敬尊重之心當得如是勝上之法所謂愛敬諸佛世尊敬重經法深愛敬僧當入是次佛說是經已長老阿難等及諸大衆聞佛所說歡喜奉行

佛說善恭敬經

稱讚大乘功德經

唐三藏法師玄奘奉　詔譯

如是我聞一時薄伽梵住法界藏諸佛所行衆寶莊嚴大功德殿與無央數大聲聞衆大菩薩俱及諸天人阿素洛等無量大衆前後圍遶爾時會中有一菩薩示爲女相名德嚴華承佛威神從座而起稽首作禮而白佛言何等名爲菩薩惡友新學菩薩知已遠離爾時佛告德嚴華言我觀世間無有天魔梵釋沙門婆羅門等與新學菩薩於無上菩提爲惡知識如樂聲聞獨覺乘者所以者何夫爲菩薩必爲利樂諸有情故勤求無上正等菩提樂二乘人志意下劣惟求自證般涅槃樂以是因緣新學菩薩不應與彼同住一寺同止一房同處經行同路遊適若諸菩薩已於大乘具足多聞得不壞信我別開許與彼同居爲引發心趣菩提故若彼種類善根未熟未應爲說大乘法教令生誹謗獲罪無邊新學菩薩但應親近久學大乘多聞菩薩爲於無上正等菩提所種善根速成熟故不應親近樂二乘者所以者何彼障菩薩菩提心故彼令棄捨菩提心故彼令虧損菩提心故彼令毀犯菩薩行故菩薩寧當棄捨身命不應棄捨大菩提心發起趣求二乘作意若諸菩薩勸諸有情捨菩提心趣二乘地若諸菩薩勸諸有情捨菩提心造諸惡業俱墮地獄受諸劇苦菩薩寧守大菩提心造五無間受地獄苦終不棄捨大菩提心而欲趣求預流果證菩薩寧守大菩提心百千大劫受地獄苦終不棄捨大菩提心而欲趣求一來果證菩

薩寧守大菩提心受傍生身或作餓鬼終不棄捨大菩提心而欲趣求不還果證菩薩寧守大菩提心造十惡業墮諸惡趣終不棄捨大菩提心而欲趣求無生果證菩薩寧守大菩提心入大火坑救諸含識終不棄捨大菩提心而同怯賊投涅槃界菩薩哀愍一切有情於生死中輪轉無救初發無上菩提心時一切天人阿素洛等皆應供養已能映奪一切聲聞獨覺乘果已能摧伏一切魔軍諸惡魔王皆大驚怖時德嚴華聞佛語已重諸佛言何謂魔軍惟願世尊哀愍爲說佛告德嚴華若有聞說大乘法教不生隨喜不樂聽聞不求悟入不能信受反加輕笑毀呰凌懱離間謗讟捶打驅擯應知此等皆是魔軍是則名爲樂非法者性鄙劣者求外道者行邪行者壞正見者應知此等謗毀大乘當墮地獄受諸劇苦從彼出已生餓鬼中經百千劫常食糞穢後生人中盲聾瘖瘂肢體不具其鼻匾匳愚鈍無知形貌矬陋如是漸次罪障消除流轉十方或遇諸佛親近供養復聞大乘聞已或能隨喜信受因此便發大菩提心勇猛精勤修菩薩行漸次增進乃至菩提諸佛世尊無別作意爲有情類說五乘法由本願力依法界身於一切時從諸毛孔任運流出無量法光以一妙音等澍法雨於一衆會無量有情昔來信樂聲聞乘者聞佛爲說聲聞乘法昔來信樂獨覺乘者聞佛爲說獨覺乘法昔來信樂無上乘者聞佛爲說無上乘法昔來信樂種種乘者聞佛爲說種種乘法昔來信樂人天乘者聞佛爲說人天乘法傍生

鬼等亦聞如來以隨類音而爲說法若有昔來未聞法者彼唯見佛處衆默然曾聞大乘而誹謗者經無量劫墮大地獄傍生餓鬼及天人中備受苦巳聞大乘法即能隨喜深生淨信便發阿耨多羅三藐三菩提心時德嚴華聞佛說巳重請佛言何謂大乘此大乘名爲目何義世尊告曰善哉善哉汝能樂聞大乘功德諦聽諦聽善思念之吾當爲汝分別解說此大乘名所目諸義此乘綜攝籠駕弘遠無所遺漏故曰大乘此乘功德甚深微妙過諸數量故曰大乘此乘堅固虛妄分別不能傾動故曰大乘此乘眞實窮未來際無有斷盡故曰大乘此乘寥廓該羅法界邈無邊際故曰大乘此乘如海吞納蘊積功德寶聚故曰大乘此乘如山作鎭區域邪徒不擾故曰大乘此乘如空包含一切情非情類故曰大乘此乘如地普能生長世出世善故曰大乘此乘如水等潤一切令無枯槁故曰大乘此乘如火焚滅諸障令無餘習故曰大乘此乘如風掃除一切生死雲霧故曰大乘此乘如日開照羣品成熟一切故曰大乘此乘如月能除熱惱破諸邪暗故曰大乘此乘尊貴天龍八部咸所敬奉故曰大乘此乘恒爲諸健達縛歌詠讃美故曰大乘此乘恒爲四王梵釋禮敬尊重故曰大乘此乘恒爲諸龍神等敬事防守故曰大乘此乘恒爲一切菩薩精勤修學故曰大乘此乘任持諸佛聖種展轉增盛故曰大乘此乘圓滿具大威德映奪一切故曰大乘此乘周給一切有情令無匱乏故曰大乘此乘威力猶如藥樹救療衆病

故曰大乘此乘能害一切有情諸煩惱賊故曰大乘此乘能轉無上法輪饒益一切故曰大乘此乘微妙甚深祕密不可宣說故曰大乘此乘神用紹三寶種能使不絶故曰大乘此乘能顯世俗勝義理趣究竟故曰大乘此乘能顯諸菩薩行無不具足故曰大乘此乘能顯佛地功德無不備悉故曰大乘此乘利樂一切有情盡未來際故曰大乘此乘至功能建大義妙用無盡故曰大乘此乘幽玄下劣意樂不能信受故曰大乘此乘平等增上意樂方能信受故曰大乘此乘廣大下愚不測而爲輕笑故曰大乘此乘尊高上智能達常所寶玩故曰大乘此乘超過獨覺乘等最上無比故曰大乘佛說如是大乘名義體用殊勝諸功德時於此三千大千世界六種震動空中天樂百千萬類不鼓自鳴諸妙天華繽紛亂墜無量天子無數聲聞聞此法音覩斯瑞應皆發阿耨多羅三藐三菩提心百千俱胝新學菩薩同時證得無生法忍爾時阿難即從座起合掌恭敬而白佛言今此法門甚爲希有能普利樂一切有情當以何名奉持流布佛告阿難此經名爲稱讚大乘功德亦名顯說謗法業障以是名字汝當奉持時薄伽梵說此經已阿難陀等無量聲聞德嚴華等無數菩薩及諸天人阿素洛等一切大衆聞佛所說皆大歡喜信受奉行

稱讚大乘功德經

妙法決定業障經

唐至相寺沙門智嚴譯

如是我聞一時佛在法界藏殿諸佛所會無邊道場與大比丘衆菩薩摩訶薩俱時此道場有一夫人名曰功德莊嚴開敷華合掌向佛退坐一面爾時夫人白佛言若有初修行菩薩何等之人非善知識不應共住佛告夫人若三界中梵釋四王沙門婆羅門皆與修行菩薩爲善知識唯除聲聞非善知識恐聲聞退修行菩薩大乘道行何以故聲聞緣覺爲已利故勸引初修行菩薩迴入小乘是以聲聞乘人非善知識夫人當知初修行菩薩不應與聲聞比丘同居房舍不同坐牀不同行路若初修行菩薩智慧彌廣無二分別悟大乘法而爲方便勸引聲聞令入大乘方許同住若聲聞比丘福智狹劣則修行菩薩不應爲說甚深大乘恐其誹謗復次修行菩薩不應數覧小乘經論何以故爲障佛道故夫人當知修行菩薩寧捨身命不棄菩提而入聲聞求羅漢道菩薩勸請一切衆生已爾時若捨菩提之心別起異道入於聲聞羅漢道果因惱亂故菩薩而退菩提二人俱墮無間地獄佛告夫人修行菩薩寧犯殺等五種大罪不學須陀洹果不退菩提修行菩薩寧於一劫百劫乃至千劫受地獄苦不學斯陀含果不退菩提修行菩薩寧墮畜生不學阿那含果不退菩提修行菩薩寧殺害衆生墮於地獄不修阿羅漢果不退菩提羅漢獨覺私入涅槃譬如小賊竊入他舍修行菩薩菩提心故攝諸衆生寧同火坑不住聲聞寂滅涅

槃不退菩提以是義故爲攝衆生令入佛道故如是修行菩薩一切世間天人阿脩羅之所尊重堪任供養超越聲聞則邪魔眷屬無能嬈惱爾時夫人白佛言何者邪魔眷屬佛告夫人敷演大乘經典之處若有衆生聞說大乘心不樂聞調弄誹謗當知則是邪魔眷屬誹謗大乘經典心故死墮阿鼻受苦無量復生餓鬼食大屎尿無量劫中受苦畢已後生人中盲聾瘖瘂病癩不具此等衆生命終之後經無量生方得值遇如來親承供養於諸佛所還復得聞大乘經典純一無雜爾時如來於諸毛孔普出言音一一毛孔出無量億百千法光復生無量法音偈讚時此會中若有聲聞乘人則聞聲聞乘法若有緣覺乘人則聞緣覺乘法若有大乘行人則聞大乘妙法鳥獸之類各隨其音而聞佛法於此會中所有衆生過去未曾耳聞佛法皆見如來默然不語其餘衆生過去曾謗大乘經故雖於多劫墮在地獄餓鬼受苦由謗法時大乘入耳是故佛所親聞大乘心生歡喜而發無上菩提之心究竟成就阿耨多羅三藐三菩提爾時夫人白佛言所說大乘何故名爲大乘何故說爲大乘佛告夫人善哉善哉夫人深樂大乘以是義故善思念之當爲汝說大乘名號所謂一者令人深樂是名大乘二者不動是名大乘三者無過是名大乘四者無邊是名大乘五者如四大海是名大乘六者金翅及緊那羅摩睺羅伽雜類所敬是名大乘七者乾闥婆所讚是名大乘八者諸天恭敬是名大乘九者梵天歸依是名大乘十者

天帝所敬是名大乘十一者四王所攝是名大乘十二者龍王供養是名大乘十三者菩薩奉持是名大乘十四者成就佛性是名大乘十五者賢聖歸依是名大乘十六者一切普堪所受是名大乘十七者如藥樹王是名大乘十八者斷諸煩惱是名大乘十九者能轉法輪是名大乘二十者無言無說是名大乘二十一者如虛空相是名大乘二十二者三寶種性無斷是名大乘二十三者鈍根衆生不信是名大乘二十四者超過一切是名大乘爾時佛說大乘威力名號之時此三千大千世界六種震動百千樂器不鼓自鳴則於空中諸天雨華無量百千天子皆發無上菩提之心無量百千聲聞皆發阿耨多羅三藐三菩提心復有初戒菩薩未悟法者皆已悟解爾時阿難白佛言世尊此法何名如何奉行佛言是經名爲大乘巨挐勝斯受持又名妙法決定業障受持如來說此經已阿難及功德莊嚴開敷華夫人及諸天龍八部皆大歡喜持受奉行

妙法決定業障經

音釋

卉（許偉切草之總名）褊隘（褊俾緬切隘於懈切褊隘陿陋也）儻（他朗切或然也）捫拭（捫莫奔切拭賞職切捫拭揩摸也）磓撲（磓都回切以石投下也撲普木切擊也）劇（其逆切甚也）訾（將几切譏也）懱（莫結切輕易也）讟（徒谷切誹謗也）捶（之累切擊也）匾㔸（匾俾緬切㔸吐鷄切薄也）矬（昨和切短也）綜（子宋切織理也）邈（莫角切渺也）槁（苦老切木枯也）匱（求位切乏也）

佛說貝多樹下思惟十二因緣經 亦名聞城十二因緣

呉月支國優婆塞支謙譯

佛說緣起聖道經

唐三藏法師玄奘奉詔譯

佛說稻稈經

失譯人名附東晉錄譯

清刻龍藏佛說法變相圖

三經同卷

佛說貝多樹下思惟十二因緣經

佛說緣起聖道經

佛說稻稈經

佛說貝多樹下思惟十二因緣經 亦名聞城十二因緣

吳月支國優婆塞支謙譯

聞如是一時佛在舍衛國止祇樹給孤獨園是時佛告比丘比丘便應唯然比丘從佛聽佛便說言諸比丘我本未得佛道爲菩薩時爲念是咄是世間極劇爲生老死爲往受但苦當何時從老死得要也諸比丘便自思惟得是意何以故有老死亦何因緣復老死比丘便念本得應意生故爲有老死亦生因緣復老死比丘便思惟念何以故爲生亦何因

緣復生比丘便自思惟案本念便得是應意爲有故生亦因緣有復生比丘便思惟生是意何以故爲有有亦何因緣復有比丘便思惟案本念便生應是意爲受故有有亦受因緣復有比丘便思惟是何以故受有亦何因緣復受比丘便案本念得是應意爲愛故受亦愛因緣復受比丘便思惟念何以故爲愛有亦何因緣復愛比丘便思惟案本念得要痛樂故愛亦痛樂因緣復愛比丘便思惟念何以痛樂有亦何因緣痛樂復有比丘便思惟案本念得是應意更故痛樂有亦更因緣痛樂復痛樂比丘便思惟念何以故有更亦何因緣復更比丘便思惟案本念便生應意六入故有更亦六入因緣復更比丘便思惟念何以故有六入亦何因緣復有六入比丘便思惟案本念得是應意名像故有六入亦名像因緣復有六入比丘便思惟念何以故名像有亦何因緣復有名像比丘便思惟案本念得是應意識故爲名像有亦識因緣復有名像比丘便思惟念何以故有識亦何因緣復識比丘便思惟案本念有是應意名像故爲有識亦名像因緣復識比丘便思惟生是意是何等咄是識還不復前在名像因緣識亦識因緣名像名像因緣六入六入因緣更更因緣痛痛因緣愛愛因緣受受因緣有有因緣生生因緣老死憂哭苦不可意愁從是致有如是但爲從五陰一切苦從習生比丘便自思惟念何以故無有老死亦何故老死滅盡比丘便案本念思惟得是應可意無有生亦不老死已生盡老死亦盡比丘便自

思惟念何以故不復生亦何因緣復生盡比丘便思惟案本念生是應意有無有是有者便不復生有盡復生盡比丘便思惟念何等無有爲有無有何等盡爲復有盡諸比丘便思惟案本念自生應意受無有便有無有受已盡便有盡諸比丘便思惟念何等無有令受無有亦何等盡令受盡諸比丘便思惟案本念得應意無有愛亦無有受愛已盡便受盡諸比丘便思惟念何等無有爲愛無有何盡復是愛盡諸比丘便思惟案本念意生如應痛痒無有便愛無有痛痒盡則愛盡諸比丘便思惟念何等無有則痛痒無有何等盡是痛痒盡便自思惟案本念得是應意更樂無有則痛痒無有更樂盡復痛痒盡便復思惟念何等無有更樂無有何等盡是更樂盡便復思惟念本得應意六入無有即更樂無有六入盡復更樂盡便復思惟念何等無有六入無有何等盡則六入盡便復思惟案本念有是應意名像無有則六入無有名像盡復六入盡便復思惟念何等無有爲名像無有何等盡復名像盡便復思惟案本念有是應意無有識亦無有名像識盡復名像盡便復思惟念是何等無有則識無有何等盡復識盡便復思惟案本念得是應意無有殃種識亦無有殃種已盡則識盡便復思惟念何等無有爲殃種無有何等盡爲殃種盡便復思惟念本得應意無有癡亦無有殃種癡已盡則殃種盡殃種已盡識盡識盡名像盡名像盡六入盡六入盡更盡更盡痛痒盡痛痒盡愛盡愛盡成就盡成就盡有盡有盡生盡

生盡老死盡憂愁苦不可意劇便盡如是最無有量苦陰便盡佛告諸比丘彼時念是以自得故道所佛從是往得便隨已隨便知老死亦知老死習亦知老死滅亦知老死行令度生亦爾有亦爾受亦爾愛亦爾痛痒亦爾更亦爾六入亦爾名像亦爾識亦爾殃種亦爾便知癡亦知癡習本亦知癡盡亦知受行令癡盡譬比丘若人在空澤閒閑處行便見故道故有行者迹人便隨迹已隨迹便見故城好足園好足饒樹好足池好足河好山壍亦好處熾饒園樂便念是若我今往當白王我爲行在空澤閒閑處便見故道故人行處便隨已隨見故城好足園好足饒樹好足池好足河好山壍亦好處熾饒園樂可王居王便取居却後稍嚴稍增熾多人饒佛告諸比丘我亦如是得故道所佛本從是行者我便隨已隨便知老死從所亦知老死從聚亦知老死何盡亦知老死何行得度世知生亦爾知有亦爾知受亦爾知愛亦爾知痛痒亦爾知更亦爾知六入亦爾知名像亦爾知識亦爾知作行亦爾知癡亦知癡從生亦知從何癡滅亦知何行除癡度世佛便告比丘比丘尼優婆塞優婆夷若比丘爲比丘如有應受行便得道不失道能巧道比丘尼亦爾優婆塞亦爾優婆夷亦爾若諦受正行便隨道得道能如應法行如是無爲行者增多方至天亦人已見佛說如是誼比丘取著意佛說行者受

佛說貝多樹下思惟十二因緣經

佛說緣起聖道經

唐三藏法師玄奘奉　詔譯

如是我聞一時薄伽梵在室羅筏國住誓多林給孤獨園與大苾芻衆千二百五十人俱及諸菩薩摩訶薩等無量大衆爾時世尊告諸大衆吾未證得三菩提時獨處空閑寂然宴坐發意思惟甚奇世間沉淪苦海都不覺知出離之法深可哀愍謂雖有生有老有死此沒彼生而諸有情不能如實知生老死出離之法我復思惟由誰有故而有老死如是老死復由何緣我於此事如理思時便生如是如實現觀由有生故便有老死如是老死由生爲緣我復思惟由誰有故而得有生如是生者復由何緣我於此事如理思時便生如是如實現觀由有有故便得有生如是生者由有爲緣我復思惟由誰有故而得有有如是有者復由何緣我於此事如理思時便生如是如實現觀由有取故便得有有如是有者由取爲緣我復思惟由誰有故而得有取如是取者復由何緣我於此事如理思時便生如是如實現觀由有愛故便得有取如是取者由愛爲緣我復思惟由誰有故而得有愛如是愛者復由何緣我於此事如理思時便生如是如實現觀由有受故便得有愛如是愛者由受爲緣我復思惟由誰有故而得有受如是受者復由何緣我於此事如理思時便生如是如實現觀由有觸故便得有受如是受者由觸爲緣我復思惟由誰有故而得有觸如是觸者復由何緣我於此事如理思時便生如是如實現觀由有六處便得

有觸如是觸者六處爲緣我復思惟由誰有故而有六處如是六處復由何緣我於此事如理思時便生如是如實現觀由有名色便有六處如是六處名色爲緣我復思惟由誰有故而有名色如是名色復有何緣我於此事如理思時便生如是如實現觀由有識故便有名色如是名色由識爲緣我齊此識意便退還不越度轉謂識爲緣而有名色名色爲緣而有六處六處爲緣而有其觸觸爲緣受受爲緣愛愛爲緣取取爲緣有有爲緣生生爲緣故便有老死愁歎憂苦擾惱生起如是積集純大苦聚我復思惟無有誰故而無老死由誰滅故老死隨滅我即於此如理思時便生如是如實現觀無有生故便無老死由生滅故老死隨滅我復思惟無有誰故而無有生由誰滅故此生隨滅我即於此如理思時便生如是如實現觀無有有故便無有生由有滅故生即隨滅我復思惟無有誰故而無有有由誰滅故此有隨滅我即於此如理思時便生如是如實現觀無有取故便無有有由取滅故有即隨滅我復思惟無有誰故而無有取由誰滅故此取隨滅我即於此如理思時便生如是如實現觀無有愛故便無有取由愛滅故取即隨滅我復思惟無有誰故而無有愛由誰滅故此愛隨滅我即於此如理思時便生如是如實現觀無有受故便無有愛由受滅故愛即隨滅我復思惟無有誰故而無有受由誰滅故此受隨滅我即於此如理思時便生如是如實現觀無有觸故便無有受由觸滅故受即隨滅我復思惟

無有誰故而無有觸由誰滅故此觸隨滅我即於此如理思時便生如是如實現觀無六處故便無有觸六處滅故觸即隨滅我復思惟無有誰故而無六處由誰滅故六處隨滅我即於此如理思時便生如是如實現觀無名色故便無六處名色滅故六處隨滅我復思惟無有誰故而無名色由誰滅故名色隨滅我即於此如理思時便生如是如實現觀無有識故便無名色由識滅故名色隨滅我復思惟無有誰故而無有識由誰滅故此識隨滅我即於此如理思時便生如是如實現觀無有行故便無有識由行滅故識即隨滅我復思惟無有誰故而無有行由誰滅故此行隨滅我即於此如理思時便生如是如實現觀無無明故便無有行無明滅故行即隨滅由行滅故識亦隨滅由識滅故名色隨滅名色滅故六處隨滅六處滅故觸亦隨滅由觸滅故受亦隨滅由受滅故愛亦隨滅由愛滅故取亦隨滅由取滅故有亦隨滅由有滅故生亦隨滅由生滅故老死愁歎憂苦擾惱皆亦隨滅如是永滅純大苦聚我復思惟我今證得舊道舊徑舊所行跡古昔諸仙之所遊履譬如有人遊行曠野嶮穢稠林欻然值遇舊道舊徑舊所行跡古昔諸人甞所遊履彼即尋行既尋行已見舊城郭古昔王都園林池沼無不具足淨妙街衢甚可愛樂其人見已如是思惟我今宜應速詣王所啓白斯事爾時彼人便到王所啓白王言大王當知我有因緣遊行曠野嶮穢稠林欻然值遇舊道舊徑舊所行跡古昔諸人甞所遊履我即

尋行旣尋行已見舊城郭古昔王都園林池沼無不具足淨妙街衢甚可愛樂大王今者若都彼城定使大王昌隆廣大安隱豐樂人民熾盛爾時其王便都彼城後時王都昌隆廣大安隱豐樂人民熾盛我亦如是今已證得舊道舊徑舊所行跡古昔諸仙嘗所遊履何等名爲舊道舊徑舊所行跡古昔諸仙嘗所遊履當知即是八支聖道謂初正見次正思惟正語正業正命正勤正念正定唯至第八如是名爲舊道舊徑舊所行跡古昔諸仙嘗所遊履我昔尋行旣尋行已曾見老死見老死集見老死滅見於老死趣滅行跡如是曾見生有取愛受觸六處名色識行曾見行集曾見行滅曾見於行趣滅行跡我於此法自然通達現等覺已告諸苾芻諸苾芻尼鄔波索迦鄔波斯迦及告種種外道沙門諸婆羅門雜出家類無量大衆是諸苾芻若於此中能修正行成能證者便能證得正理法善諸苾芻尼鄔波索迦鄔波斯迦無量大衆若於此中能正修行成能證者便能證得正理法善如是乃能增廣梵行亦當饒益無量衆生爲諸天人正善開示時諸苾芻及諸菩薩摩訶薩等無量大衆聞佛所說歎未曾有皆大歡喜信受奉行

佛說緣起聖道經

佛說稻稈經

失譯人名附東晉録

如是我聞一時佛住王舍城耆闍崛山中與大比丘衆千二百五十人俱及大菩薩摩訶薩衆爾時尊者舍利弗往至彌勒經行處其彌勒舍利弗俱坐石上爾時尊者舍利弗問彌勒言今日世尊覩見稻稈而作是說汝等比丘見十二因緣即是見法見法即是見佛爾時世尊作是說已嘿然而住舍利弗言彌勒世尊何故說是修多羅復以何義說見十二因緣即是見法見法即是見佛皆以何義作如是說云何是十二因緣云何見因緣即是見法云何見法即是見佛爾時彌勒語舍利弗言佛世尊常說見十二因緣即是見法見法即是見佛十二因緣者無明緣行行緣識識緣名色名色緣六入六入緣觸觸緣受受緣愛愛緣取取緣有有緣生生緣老死憂悲苦惱衆苦聚集爲大苦陰作因緣是故佛說十二因緣云何是法八正道分及涅槃果如來略說是法云何是佛能覺一切法故名爲佛若以慧眼見眞法身能成菩提所學之法云何見十二因緣即是見法云何見法即是見佛佛作是說十二因緣常相續起無生如實見不顛倒無生無作非有爲無住無爲非心境界寂滅無相以是故見十二因緣即是見法常相續起無生如實見不顛倒無生無作非有爲無住無爲非心境界寂滅無相以是故見十二因緣即是見無上道具足法身尊者舍利弗問彌勒言云何名十二因緣彌勒答言有因有緣是名因緣法此是佛略

說因緣相以此因能生是果如來出世因緣生法如來不出世亦因緣生法性相常住無諸煩惱究竟如實非不如實是眞實法離顛倒法復次十二因緣法從二種生云何爲二一者因二者果因緣生法復有二種有內因緣有外因緣外因緣法從何而生如似種子能生於芽從芽生葉從葉生節從節生莖從莖生穗從穗生華從華生實無種子故無芽乃至無有華實有種子故芽生乃至有華故果生而種子不作念我能生芽芽亦不作是念我從種子生乃至華亦不作念我能生實實亦不作念我從華生而實種子能生於芽如是名爲外因生法云何名外緣生法所謂地水火風空時地種堅持水種濕潤火種成熟風種發起空種不作障礙又假於時節氣和變如是六緣具足便生若六緣不具物則不生地水火風空時六緣調和不增減故物則得生地亦不言我能持水亦不言我能潤火亦不言我能成熟風亦不言我能發起空亦不言我能不作障礙時亦不言我能令生種亦不言我從六緣而得生芽芽亦不言我從爾數緣生雖不作念從爾數緣生而實從衆緣和合得生芽亦不從自生亦不從他生亦不從自他合生亦不從自在天生亦不從時方生亦不從本性生亦不從無因生是名生法次第如是外緣生法以五事故當知不斷亦非常亦不從此至彼如芽種少果則衆多相似相續不生異物云何不斷從種芽根莖次第相續故不斷云何非常芽莖華果各自別故非常亦不從種滅而後芽生亦非不

滅而芽便生而因緣法芽起種謝次第生故非常種芽名相各異故不從此至彼種少果多故當知不一是名種少果多如種子不生異果故名相似相續以此五種外緣諸法得生内因緣法從二種生云何爲因從無明乃至老死無明滅即行滅乃至生滅故則老死滅因無明故有行乃至因有生故則有老死無明不言我能生行行亦不言我從無明生乃至老病死亦不言我從生生而實有無明則有行有生則有老死是名内因次第生法云何名内緣生法所謂六界地界水界火界風界空界識界何謂爲地能堅持者名爲地界何謂爲水能潤漬者名爲水界何謂爲火能成熟者名爲火界何謂爲風能出入息者名爲風界何謂爲空能無障礙者名爲空界

何謂爲識四陰五識亦言爲名亦名爲識如是衆法和合名爲身有漏心名爲識如是四陰爲五情根名爲色如是等六緣名爲身若六緣具足無損減者則便成身是緣若減身則不成地亦不念我能堅持水亦不念我能濕潤火亦不念我能成熟風亦不念我能出入息空亦不念我能無障礙識亦不念我能生長身亦不念我從爾數緣生若無此六緣身亦不生地亦無我無人無衆生無壽命非男非女亦非非男非非女非此非彼水火風乃至識等亦皆無我無衆生無壽命乃至亦非此非彼云何名無明無明者於六界中生一想聚想常想不動想不壞想内生樂想衆生想壽命想人想我想我所想生如是種種衆多想是名無明如是五情中生貪欲瞋恚

想行亦如是隨著一切假名法名爲識四陰爲名色陰爲色是名名色名色增長生六入六入增長生觸觸增長生受受增長生愛愛增長生取取增長生有有增長故能生後陰爲生生增長變名爲老受陰敗壞故名爲死能生嫉熱故名憂悲苦惱五情違害名爲身苦意不和適名爲心苦如是等衆苦聚集常在闇冥名爲無明造集諸業名爲行分別諸法名爲識有所建立名爲名色六根開張名爲六入對緣取塵故名爲觸受覺苦樂故名爲受如渴求飲故名爲愛能有所取故名爲取起造諸業故名爲有後陰始起故名爲生住世衰變故名爲老最後敗壞故名爲死追感往事言聲哀感名爲憂苦事來逼身名爲苦惱追思相續故名爲悲煩惱纏縛故名爲惱邪見妄解名爲無明以此邪解起於三業故名爲行善惡等業能受果報故名爲識從汙穢無記業生汙穢無記識不動業生不動識從識生名色從名色生六入從六入生觸從觸生受從受生愛從愛生取從取生有從有生生從生有老死憂悲苦惱彌勒語尊者舍利弗十二因緣各各有果非常非斷非有爲不離有爲非盡法非離欲法非滅法有佛無佛相續不斷如河駛流間無絶時爾時彌勒重語尊者舍利弗十二因緣各各有因各各有緣非常非斷非有爲不離有爲非盡法非離欲法非滅法有佛無佛相續不斷如河駛流間則無絶能以四緣增長十二緣何等爲四無明愛業識識爲種體業爲田體無明愛是煩惱體能生長識業爲識田愛爲潤漬

無明覆植識種子業不作念我能生識種愛亦不作念我能潤漬無明亦不作念我能覆植識種識亦不作念我從爾數因緣生復次業爲識田無明爲糞愛水爲潤便生名色等芽而名色芽亦不從自生亦不從他生亦不從自他合生亦不從自在天生亦不從時方生亦不從體生亦不無因緣生復次欲樂父母精氣衆緣和合故生名色芽無主無我無造無壽者猶如虛空如幻從衆因緣和合而生復次尊者舍利弗眼識從五因緣生云何爲五眼色明空作意識便得生眼識依眼根以色爲境界緣明以爲照虛空不作障礙作意起發故生眼識如是衆緣若不和合眼識則不生而眼識亦不作念我能作體相色亦不作念我能作境界明亦不作念我能照了空亦不作念我能無礙作意亦不作念我能發起眼識眼識亦不作念我從爾數緣生如此眼識實假衆緣和合而生如是次第諸根生識亦如是說復次舍利弗無有法從此世至他世但業果莊嚴衆緣和合便生又復舍利弗譬如明鏡能現面像鏡面各在異所而無徃來物見同處又復舍利弗如月麗天去地四萬二千由旬水流在下月曜於上玄象雖一影現衆水月體不降水質不昇如是舍利弗衆生不從此世至於後世不從後世復至於此世然有業果因緣報應不可損減復次尊者舍利弗如火得薪便然薪盡則止如是業結生識周遍諸趣能起名色果無我無主亦無受者如虛空如熱時焰如幻如夢無有實法而其善惡因緣果報隨業不亡又復

尊者舍利弗内十二因緣亦從五因緣生非常非斷不來不去因少果多亦相似相續次第而生云何非常一陰滅一陰生滅非即生生非即滅故名非常云何不斷如秤高下此滅彼生故名不斷如實知見云何不來不去無有子去而至於芽亦無芽來而趣子所以是緣故無有從此至彼然實以少種能生多果云何相似而生如不善因生不善果如善因生善果以是故名相似相續而生又復舍利弗如佛所說能觀十二因緣是名正見若正觀十二因緣者於過去身中不生有想於未來身中亦不生無想衆生爲從何來去何所至若沙門婆羅門及世間人成就諸見我見衆生見命見丈夫見吉不吉見如是十二因緣如多羅樹剪滅其首更不得生我見則除若人正見十二因緣若得如是思心尊者舍利弗若有衆生能思是法此多陀阿伽度阿羅呵三藐三佛陀善逝世間解調御丈夫天人師佛世尊必爲授阿耨多羅三藐三菩提記尊者舍利弗聞彌勒作是說已歡喜而去天龍夜叉乾闥婆阿脩羅及諸大衆頂禮彌勒歡喜奉行

佛說稻稈經

音釋

痒（余兩切）塹（七豔切坑也）欻（許勿切忽然也）穗（徐醉切禾穗也）漬（疾智切浸也）駛（踈士切疾也）秤（尺證切）

佛說了本生死經

吳月支國優婆塞 支謙譯

佛說自誓三昧經

後漢安息國沙門 安世高譯

如來獨證自誓三昧經

西晉三藏法師竺法護譯

清刻龍藏佛說法變相圖

三經同卷

佛說了本生死經

佛說自誓三昧經

如來獨證自誓三昧經

佛說了本生死經

吳月支國優婆塞支謙譯

佛說是若比丘見緣起爲見法已見法爲見我於是賢者舍利弗謂諸比丘言諸賢者佛說若諸比丘見緣起爲見法已見法爲見我此謂何義是說有緣若見緣起無命非命爲見法見法無命非命爲見佛當隨是慧彼有二事見外緣起有二事見內緣起合爲四何謂二事見外緣起爲因相縛緣相縛因相縛爲何等從種根從根葉從葉莖從莖節從節

懷華從華實是爲因相縛何謂緣相縛爲地種水種火種風種空種從是因緣有種生彼地爲持種水爲潤種火爲熱種風爲起種空爲令種無礙如是得時節會令種生彼種不知我生根根不知從種有根不知我生葉葉不知從根有葉不知我生莖莖不知從葉有節懷華實亦不自知轉相生有又地不知我生種種亦不知地持我水亦不知我潤種種亦不知水潤我至火風空皆不相知是諸賢者從因緣有得時會令種生爲非自作非彼作亦非無因生當以五事見外緣起何謂五一非常二不斷三不跓步四種不敗亡五相像非故彼種已壞爲非常有根出爲不斷種根分異爲不跓步少種多生實爲不敗亡實生如種根非故種爲相像非故當知是二事見內緣起因相縛緣相縛何謂因相縛緣不明行緣行識緣識名色緣名色六入緣六入更樂緣更樂痛緣痛愛緣愛受緣受有緣有生緣生老死憂悲苦憹心惱如是是但大苦性具成有彼不明不知我作行行不知從不明有行不知我作識識不知從行有識不知我作名色名色不知從識有六入更樂痛愛受有生至于老死亦轉不知是從不明有行從行有識從識有名色從名色有六入更樂痛愛受有生老死憂悲苦憹心惱如上說是但大苦性具成有彼若無生則無老死憂悲苦憹心惱是諸賢者因緣起故緣是生法有緣起不緣生法有緣生法不緣起有緣起緣生法有不緣起不緣生法何謂緣起不緣生法爲緣不明行緣行識緣識名色至于老死

大苦性具成有如上說是謂緣起非緣生法何謂緣生法非緣起爲如不明行識名色六入更樂痛愛受有生老死是謂緣生法非緣起也何謂緣起緣生法若出生住不斷老死之生是出生住因緣相近因有相近因微相近因諦相近因如相近無異相近不狂相近緣起相近以緣生如是法有受愛痛更樂六入名色識行是謂緣起緣生法何謂不緣起不緣生法謂得道者彼何謂不明爲如六種六種受若女若男何謂六爲地種水種火種風種空種識種彼身得住是爲地種如持不散是爲水種飲食甞啖臥得善消是爲火種身中出息入息是爲風種四大所不能持是爲空種隨轉如雙箭笮是爲識種如彼地種非女非男非人非士非身非身所非人生非少年非作無作者非住無住者非智無智者非衆生非吾非我非彼有無有主水火風空種亦如是識種非女非男非人非士非身非身所非人生非少年非作無作者非住無住者非智無智者非衆生非吾非我非我有無有主如是但從六種爲一想爲合想爲女想爲男想爲淨想爲身想爲自在想爲強自在作受若干種故爲不明時說曰性癡淨常想樂想身想疑嫌妄非上要佛說是不明亦爲染於物無慧生妄故爲不明妄故爲行知物故爲識五性故爲名色倚名色根故爲六入三會故爲更樂更樂行故爲痛痛而樂故爲愛愛彌廣故爲受受當復有行故爲有五性具成故爲生諸種熟故爲老命根噤閉故爲死熱中爲憂狂語爲悲臨五識身合爲五苦

心識身合爲懣心念勞爲惱有故生有如是見知彰顯是說具懣大苦性足從是受凶衰著故復生其始不可見知不可度量又冥爲不明義作成爲行義知爲識義縁住彼彼相倚爲名色義住亦不專爲六入義更亦合會爲更樂義從知爲痛義渴欲得物如火無猒爲愛義取爲受義當復有爲有義五性仰爲生義熟爲老義行虧爲死義如是義說亦爲十二縁起相又從不明近福德行作近罪賊行作是謂縁不明行有諸行故近福不福而有識是謂縁行識由識作性行名色具成生是謂縁識名色是縁生作作輙受是謂縁名色六入眼識會更樂是謂縁六入更樂如更樂痛知亦爾是謂縁更樂痛死不知痛者爲行別故從愛像轉取是謂縁痛愛從愛像更吞是謂縁愛受有受爲三行身口意是謂縁受有有行勞當復有具成生是謂縁有生五性已成故有老死是爲十二縁起隨轉宛轉造作田業識造種行不明造對行如地持種水令種不散火令種熟風令種起空令種無礙行造田業亦如是愛造潤行彼行不知我造田業愛不知我爲潤行識不知我爲種行不明不知我爲對行如地不知我持種水火風空如上說從有行勞當復有具成生此亦無有從是世跬步者但因縁相持譬如鏡淨明朗縁内外生面像面亦不死此生彼鏡中從有面因縁不虧是不死此而生彼爲有苦情因縁不虧從是有受如火以受不斷現晝夜然其炎不歩識亦如是不身相縛往來五道有縁故生是法無主譬如月圓四十九由

延而圓形現於下水有緣不虧非月死彼而於此生觀生死當如是是爲因相縛何謂緣相縛如佛告阿難眼緣色生眼識彼眼不知我作倚行色不知我爲識對明不知我爲識照空不知我令識無礙識不知我生此作有眼色明空念令眼識具成生耳鼻口身心緣法生心識彼眼不知我爲識作倚行法不知我爲識作行心不知我爲識作明空不知我令識無礙識不知我成此因緣是阿難緣心法明空念令心識具成生而此非自作非彼作非兩作非無因生非我故非彼故非無因有當以五事見內緣起何謂五非常不斷不步少行多報相像非故彼如死際身已壞爲非常出生有身分爲不斷或同去或異去分異故爲不步少行多報報謂行不敗亡如行報生非故像也若見此緣起無命非命爲見法見法無命非命爲見四諦苦集盡道譬如明人見師成畫歎其畫好師妙見四諦者亦如是佛一切知一切見從是得喜不離佛得法衆至眞戒喜不離

佛說了本生死經

佛說自誓三昧經

後漢安息國沙門　安世高　譯

獨證品（出比丘淨行中）

聞如是一時佛遊摩竭提界梵志精廬大叢樹間交露精舍所止道場名曰顯颰獨證初始得佛光影甚明自然寶零蓮華之座與大比丘衆比丘三萬二千皆阿羅漢諸漏巳盡意所總持總攝諸根三世自在神通無礙譬如大龍所作巳辦聖慧具足暢衆生原賢者舍利弗大目揵連等菩薩無數皆不思議權行普具遊諸佛藏過諸魔行等恒沙剎弘悲六度隨時拯濟衆生獲安遠捨名教光世音慈氏等皆如是上首者也於是如來便入神靜化證三昧普感恒沙諸佛世界於佛座前忽有蓮華座自然踊從地出其華清香明徹十方其華千葉一一葉上有化菩薩立侍庠序玄處虛空各從其位五體投地右遶七帀當前恭立俱發洪音歎未曾有唯然世尊我等自於本剎見有化靈瑞樹其樹初生光照恒沙諸佛世界樹出洪音其聲清淨哀雅慈和暢入衆心聞者踊躍具足平等興大乘行六度無極三十七品備悉佛事爾時恒沙世界一一如來各遣菩薩宣揚道教光顯大乘告其菩薩曰汝等從此佛土度如恒沙等剎有佛土名曰沙呵（此言忍界）其佛名能仁如來無所著至眞等正覺以法律神足言教作佛事一一如來手執千葉蓮華授其菩薩而告之曰汝持吾名致敬無量欣承正士功成志就道體備足降神五濁爲衆重任超次踔第在彌勒前弘慈六度普濟羣生興居輕利道教

勝常今致此華成法供養願使一切普會道場彼諸菩薩承佛威神各從其剎忽然不現潛定寂靜三昧入觀三昧須臾之頃俱到忍界各離其座端嚴恭立歸崇聖化五體投地退遶七帀却住本位神足玄處威儀肅然法服正齊俱發洪音前白佛言我等世尊本土如來致敬無量欣承功成志就道體備足降神五濁爲衆重任超次踔第在彌勒前弘慈六度普濟羣生興起輕利道教勝常今贈此華成法供養願使一切普會道場佛言正士欣承彼諸如來慧教不倦三昧通暢法身空淨智明弘備此彼等一欽歌所聞光慶無量爾時能仁如來手受此華欣然而笑光從口出普照十方恒沙無量諸佛世界便以此華等散恒沙無量諸佛亦以光明普洞通徹恒沙世界一一衆生蒙佛慈光皆得慧觀達識宿命展轉相照照下地獄三惡八難天堂人中盡蒙慈光皆得解脫百千衆生盡同一意普發無上正眞道心其光尋還遶身三帀滅於頂上爾時恒沙等諸佛盡通相見諸佛威神普使衆生並得見佛現變畢訖廓如常故於是座中有菩薩名曰賢儒即於佛前以偈讚曰

妙哉大聖化　愍哀羣萌類　從無央數劫
積累功德行　一一功德行　有若干百千
百福成一相　願禮三世尊　妙哉大聖化
慈慧無有邊　道教清且貴　釋師天中天
大智高無上　法船濟羣生　聖慧淨無量
願禮無上尊　妙哉大聖化　慈光潤恒沙
愚冥悉已除　迷悟及濁清　惠澤隨時宜

善權接羣生　法橋度一切　願禮三界尊於是聖師告賢儒曰諸佛法笑有三因緣何謂爲三薩云若智深遠微妙暢明三世達衆生源三乘趣向各有本行根信具足或有菩薩志存弘誓被大德鎧爲衆重任斷所趣向爲世橋梁專擢六度不捨一切道住漸著勇猛精進布施無相戒忍護行禪定不亂慧智清明向不退轉是等賢儒佛明悉見一一授決非但一佛授其人決十方現在諸佛皆授其決是一因緣復次賢儒若有菩薩向阿惟顏積植德本具足聖慧供養恒沙無量諸佛一一授決決決相明明淨佛土等潤衆生普同一行招來諸佛賢聖大仁於四駛流爲大法船竭六欲海枯十二門入五道淨五眼凝神玄寂處兜術宮集諸菩薩達士正士淨三界行講不退輪十方現在諸佛於四部衆皆共讃歎如此菩薩稱揚其德言當降神作佛不久十方衆生普得解脫是二因緣復次賢儒若有菩薩於兜術宮畢彼天壽當下降神便入究竟廣現三昧淨居諸天普觀三千大千之刹國邑寬大衆生輭和刹利梵志長者居士何城何邑百億之中有道有德清淨淳淑仁和慈惠轉輪聖王正處天竺議集降神諸天翼從現居宮中侍女宿衛現學盡俗觀四非常淨居天子勸進出家入山研精坐貝多樹去髮自誓作比丘像修先佛法以法爲師淨居爲證一夜三達降魔官屬具足佛事靈瑞之樹普出恒沙諸佛世界一一如來於其刹土八部衆中讃歎坐樹菩薩功德如此各各遣其土菩薩往贈華致敬讃揚大乘如

此賢儒十方現在諸佛皆共知之善慶衆生普會道場是三因緣是等菩薩來者皆是如來本因緣人因此說法皆當逮得無所從生或向童眞或向了生向阿惟顔故如來一一授決分明具足當知正士佛不妄笑說是語時七十億那術菩薩得童眞位六十億那術菩薩得了生位三十億那術菩薩得阿惟顔百千比丘得阿羅漢九十億那術人得踐道迹三界諸天普得法眼於是聖師而作頌曰

法界一切空　色身清淨眞　總持度無極
三昧無有因　佛界亦不空　慧淨亦不有
哀世表微笑　正士宜速受

於是座中有菩薩名曰明見光賢即從座起正衣服偏露右臂下右膝長跪叉手前白聖師欲有所問唯願聖師以無量慧照釋未聞世尊曰善哉恣汝所問今當爲汝具敷大要明見光賢菩薩曰何謂菩薩正士出家具足道證至薩云然於是聖師告曰正士善聽著意具思其要諸佛出家要有起發端坐閑思玄靜通微夫專精念道必有所感應感者淨居天子梵王自在便勑帝釋化四非常老病死像因此說證離欲苦難念道清淨當處山澤研精行禪此意方興四王已下給侍所當詣具多樹憶念先佛出家之法以法爲師天梵爲證信根內固宿習六度四等四恩四禪行五神通善權隨時三十七品具足佛事發意已來不捨一切忽然自悟帝釋便下剃刀授之於是菩薩左手執髮右手持刀心自念言刈習苦垢殖無著根斷不退流通泥洹源從始起意常得去家堅固之志心無懈倦深

不退轉信證具足意思分明刀未近髮忽便自墮肉髻自然明顯菩薩心念先佛出家去髮應有袈裟法服檢心方興此念淨居天子即取色界天劫波育自然袈裟以上菩薩惟願正士受是法服菩薩即受以被著身在體正齊威儀肅然於是恒沙無量世界諸佛盡通相見各送袈裟授與菩薩菩薩即受諸佛袈裟彼此諸佛普現威神盡令諸佛所送袈裟合成一服名曰薩波佛頭震越此衣今在梵天所以端坐六年以畢宿緣六年後夜戒證方現何謂戒證志在閑寂山澤受法神眞操遠持戒行道不惜壽命棄捐身體齊等萬物不求利養守空行寂常觀淨法行淨四等慈悲喜護宣暢四恩惠施仁愛利人等利具無蓋哀明釋四禪無瑕穢無黠念遠眼色捨耳聲止鼻香絶口味外更樂息意念滅六欲棄本習色止色聲止聲香止香味止味樂止樂念止念淨色性斷耳聲靜鼻根拔口力息樂定住覺意色非色無非色無滅色不色色捨諸大棄本習聲非聲無非聲不聲聲捨彼受止此起無緣對歸本斷香非香不非香不香香神空淨淨神足味非味不非味不味味寂微弱强根力樂非樂不非樂不樂樂四大淨淨本住心意識緣七法七法淨淨所向心無心不非心不心心意無意不非意不意意識無識不非識不識識非意識合爲一以知一而除一不於一而有動空本地淨本向棄名譽捨諸入無種性不羣從遠形法無吾我無人壽捨命求無三界想無識無吾無我無人無命無意無名無種無化無數無作無所

從來無所從去無起無滅無身無犯無口無言無心無念無世事無計想無事緣無所住亦無有戒亦無有我無成念無敗壞是名禁戒內外淨戒佛禁戒無瑕穢亦無著戒者亦無瞋無恚安定清淨就度世道菩薩正士初坐樹下始淨戒證棄欲苦本捨分散意無起想不動想不微想不我想不彼想不中想不彼此想不中外想無道想無俗想無滅想滅無想無無無想想無無無想盡無盡想如是正士坐樹菩薩立證淨本千八百戒此數始訖金剛之座忽然從地裂而出第六魔宮而大傾動三界諸天不安本位皆共俱下詣貝多樹供侍所當恒沙世界忽有洪音洪音之中云坐樹菩薩是夜啓證衆生各各皆聞皆見如是正士是爲菩薩具足戒證成薩云然三達六通三十七品十八不共十力神通四無所畏一切普具三千世界六反震動功德降魔光明普照恒沙世界衆生蒙此慈光一時得安普發無上正眞道意佛說是時八百比丘得阿羅漢三萬天人皆得法眼三千清信士得阿那含賢儒正士等皆逮了生一切衆會普發無上正眞道意於是聖師告賢儒曰昔吾一時遊句睒彌國爾時天魔部黨忽與部屬來入大衆作異被服與衆同處動共諍訟更相誹謗兩頭謳合生死比丘不閑道體恚心忿惱各自離羣馳散惟羅漢眞人各之山林爾時賢儒夏三月已過歲暮已至當鉢和蘭十四日夜明星出時惟勑阿難鳴揵椎布草褥唯與阿難共鉢和蘭爾時淨居天子於虛空中白佛世尊今比丘衆各共分散

今佛受歲何其獨自佛告天子昔吾出家以汝爲證諸貝多樹汝復爲證今我受歲汝復爲證於閻浮利周回三千無量世界多薩阿竭成薩云然凡從得佛至于泥曰汝爲三證明體具足當知天子多薩阿竭道慧神通獨步三界猶復須證而況一切凡爲道者可無師乎又告淨居末世多人志存清白道心貞明不樂世俗隱處山林審有去家堅固之志若無師長可宗法者當如摩訶迦葉出家之法遠欲欲捨爲證遠俗俗捨爲證遠名譽譽捨爲證遠形法忘形爲證遠内外求捨求爲證如是等天子摩訶迦葉以此五證便下鬚髮被袈裟師自然法淨感十方諸佛求哀自陳仰惟佛出家之法稱淨居爲證此三分證明便成比丘專行十二頭陀一一堅固無起想證爾時迦葉即於樹下具五神通末後見佛六通即備如是天子末世比丘善思此法莫自貢高求名毀衆以望供養亦不可以苟有此法背衆不師於師此法謂都無比丘衆可爲師者慕行此法若有僧者當求僧爲證佛法衆此三寶等於如來故多薩訶竭稱明律比丘僧衆以爲上頭當知天子比丘僧中必有三乘説是語時淨居天子及八部衆聞經歡喜作禮而去

佛説自誓三昧經

如來獨證自誓三昧經

西晉三藏法師竺法護譯

聞如是一時佛遊於句潭彌國大叢樹間交露精舍所止道場名曰獨證自誓三昧初始得佛光影甚明自然靈瑞寶蓮華座其華清香明徹十方華有千葉一一葉上有化菩薩接侍庠序玄處虛空各從其位五體投地各繞千帀當前恭立俱發洪音歎未曾有唯然世尊我等自於本剎見有化靈瑞之樹其樹初生光照恒沙諸佛國土樹出洪音其聲清淨哀雅慈和暢入衆心聞者踊躍具足平等與大乘行六度無極三十七品備悉佛事爾時恒沙世界一一如來各遣菩薩宣揚道教光顯大乘告其菩薩曰汝等從此佛土度如恒沙等剎有佛土名曰沙呵(此言忍界)其佛名能仁如來無所著至眞過四道不受平等覺以法律神足佛言教作佛事一一如來手執千葉蓮華授其菩薩而告之曰汝持吾名致敬無量欣承正士功成志就道體備足降神五濁爲衆重任超次趣第在彌勒前弘慈六度普濟羣生興居輕利道教勝常今致此華成法供養願使一切普會道場彼諸菩薩承佛威神各從其剎忽然不現潛定寂靜入觀三昧須臾之間俱到忍界各離其座端嚴恭立歸崇聖化五體投地退繞七帀却住本位神足玄處威儀肅然法服整齊俱發洪音前白佛言我等世尊本土如來致敬無量欣承正士功成志就道體備足降神五濁爲衆重任超次趣第在彌勒前弘慈六度普濟羣生興居輕利道教勝常今贈此華成法供養願使

一切普會道場佛言善哉正士欣承彼諸如來慧教不倦三昧通暢法身空淨智明弘備此彼等一敬歌所聞光慶無量爾時能仁如來手受此華欣然而笑光從口出普照十方恒沙無量諸佛世界便以此華等散恒沙無量諸佛恒沙無量諸佛亦以光明普洞通徹恒沙世界一一衆生蒙佛慈光皆得慧觀達識宿命展轉相照照下地獄三惡八難天堂人中盡蒙慈光皆得解脫百千衆生盡同一意普發無上正真道心其光尋還繞身三帀滅於頂上爾時恒沙等諸佛盡通相見諸佛威神普使衆生普得見佛現變畢竟廓如常故於時座中有菩薩名曰賢儒即於佛前以偈歎曰

妙哉大聖化　愍哀羣萌類　從無央劫數
積功累德行　一一功德行　有若干百千
百福成一相　願禮三界尊　妙哉大聖化
慈慧無有邊　道教清且貴　釋師天中天
大智高無上　法船濟羣生　聖慧淨無量
願禮無上尊　妙哉大聖化　慈光潤恒沙
愚冥永已除　迷悟及濁清　慧澤隨時宣
善權接羣黎　法橋度一切　願禮三界尊

於是聖師告賢儒曰諸佛法笑有三因緣何謂爲三薩云若智深遠微妙明暢三世達衆生原三乘趣向各有本行根信具足或有菩薩志存弘誓被大德鎧爲衆重任斷所趣向爲世橋梁專權六度不捨一切道住漸著勇猛精進布施無想戒忍護行禪定不亂慧智清明向不退轉是等賢儒佛眼悉見一一授決非但一佛授其人決十方現在諸佛皆授

其決是一因緣復次賢儒若有菩薩向阿惟顏積植德本具足聖慧供養恒沙無量諸佛一一授決決決相明明淨佛土等潤衆生普同一行招來諸佛賢聖大仁於四駛流爲大法船竭六欲海枯十二門入五道淨五眼凝神玄寂處兜術宫集諸菩薩達士正士淨三界行講不退輪十方現在諸佛於八部衆皆共嗟歎如此菩薩稱揚其德言當降神作佛不久十方衆生普得解脫是二因緣復次賢儒若有菩薩於兜術宫畢彼天壽當下降神便入究竟廣現三昧淨居諸天普觀三千大千之刹國邑寛大衆生輭和刹利梵志長者居士何城何邑百億之中有道有德清淨淳淑仁和慈慧轉輪聖王正處天竺議集降神諸天翼從現居宫中侍女宿衛現學盡俗觀四非常淨居天子勸進出家入山研精坐貝多樹去髮自誓作比丘像修先佛法以法爲師淨居爲證一夜三達降魔官屬具足佛事靈瑞之樹普出恒沙諸佛世界一一如來於其刹土八部衆中嗟歎坐樹菩薩功德如此各各遣其土菩薩往贈華致敬讃揚大乘如此賢儒十方現在諸佛皆共知之善慶衆生普會道場是三因緣是等菩薩來者皆是如來本因緣人因此說法皆當逮得無所從生或向童眞或向了生向阿惟顏者故如來一一授決分明具足當知正士佛不妄笑說是語時七十億那術菩薩得童眞位六十億那術菩薩得了生位三十億那術菩薩得阿惟顏百千億比丘得阿羅漢九十億那術人皆得道迹三界諸天普得法眼於是聖師而作

頌曰

法界一切空　色身清淨眞　總持度無極
三昧無有因　佛界亦不空　慧淨亦不有
哀世表微笑　正士宜速受

於是座中有明見光賢菩薩即從座起整衣服偏露右臂下右膝長跪叉手前白聖師願有所問唯聖師以無量慧照釋未聞答曰善哉恣汝所問今當爲汝具敷大要明見光賢菩薩曰何謂正士出家具足道證至薩云若於是聖師告曰正士善聽著意諸佛出家要有起發端坐思閑玄靜通微夫專精念道必有所感應感者淨居天子梵王自在便勑帝釋化四非常老病死像因此說證離欲苦難念道清淨當處山澤研精行禪此意方興四王已下給侍所當詣貝多樹憶念先佛出家之法以法爲師天梵爲證信根內固宿習六度三十七品具足佛事忽然自悟帝釋便下剃刀授手於是菩薩左手執髮右手持刀心自念言刈習苦垢植無著根斷不退流通泥洹源發意已來常得去家堅固之志心無懈倦深不退轉信證具足意思分明刀未近髮忽便自墮肉髻自然補處菩薩心念先佛出家去髮應有袈裟法服檢心方興此念淨居天子即授淨素天繒自然袈裟菩薩受已被之於體法服齊整於是恒沙無量世界諸佛盡通相見各送袈裟授與菩薩菩薩即受彼此諸佛普現威神盡令諸佛所送袈裟合成一服名曰薩波佛頭震越此衣今在梵天所以端坐六年以畢宿緣六年後夜戒證方現何謂戒證志在閑寂山澤受法神眞操遠持

戒行道不惜壽命棄捐身體齊等萬物不求利養守空行寂常觀淨法慈悲喜護四等四恩具無蓋哀明釋四禪無瑕無穢無黠念不從他人法於佛法中得泥洹道是爲眞戒沙門佛告正士禁戒無形不著三界無識無吾無我無人無命無意無名無種無化無數無作無所從來無所從去無形無識無身無犯無口無言無心無念無世事無計無事無所住亦無有戒無有我無所念無敗壞是名禁戒佛禁戒無瑕穢亦無著戒者無嗔無恚安定清淨就度世道如是爲持戒不受身形不受壽命亦不樂五道悉曉人於佛法中是爲持戒亦不在中亦不在邊亦不著亦不轉譬如虛空中風是爲持戒菩薩正士初坐樹下淨始戒證棄欲苦本捨分散意意無起想不動想不微想不我想不彼想不中想不彼此想不中外想無道想無俗想無滅想滅無想無無無想想無無無想盡無盡想如是正士樹下立證淨本千八百戒此數始訖金剛之座忽然從地裂而出第六魔宮而大傾動三界諸天不安本位皆共俱下詣貝多樹供侍所當恒沙世界忽有洪音洪音之中云坐樹菩薩是夜啓證衆生各各皆聞皆見如是正士是爲菩薩具足戒證成薩云若三達六通三十七品十八不共十力四無所畏一切普具三千世界六反震動功德降魔光明普照恒沙世界衆生蒙此慈光一時得安普發無上正眞道意佛說是時八百比丘得阿羅漢三萬天人皆得法眼三千人得阿那含賢儒正士等逮無所從生於是聖師告賢儒曰昔

吾一時遊句潭彌國爾時天魔部黨忽與眷屬來入大衆作異被服與衆同處動共諍訟更相誹謗兩頭謳合生死比丘不閑道體恚心忿惱各自離羣馳散羅漢眞人各之山林爾時賢儒夏三月已過歲暮已至當鉢和蘭十四日夜明星出時惟勑阿難鳴揵椎布草蓐唯與阿難共受歲爾時淨居天子於虛空中白佛世尊今比丘衆各共分散今佛受歲何其獨自佛告天子昔吾出家以汝爲證詣貝多樹汝復爲證今我受歲汝復爲證於閻浮利周回三千無量世界多薩阿竭成薩云若凡從得佛至于泥洹汝爲三證明體具足當知天子多薩阿竭道慧神通獨步三界由復須證而況一切凡爲道者可無師乎又告淨居末世多人志存清白道心眞明不樂世俗隱處山林審有去家堅固之志若無師友當如摩訶迦葉出家之法遠欲欲捨爲證遠俗俗捨爲證遠名譽譽捨爲證遠形法忘形爲證遠内外求捨求爲證如是等天子摩訶迦葉以此五證便下鬚髮被袈裟師自然法淨感十方諸佛求哀自陳仰惟三界諸天自陳如此此三證分明便成比丘專行十二頭陀一一堅固無起想證爾時迦葉即於樹下具五神通末後見佛六通即備如是天子末世比丘善思此法莫自貢高求名毀衆以望供養亦不可以苟有此法背衆不師於師此法謂都無比丘衆可爲師者慕行此法若有僧者當求僧爲證佛法衆此三寶等於如來故多薩阿竭稱明律比丘僧衆以爲上首當知天子比丘僧中畢有三乘說是語時淨居

天子及八部衆聞經歡喜作禮而去

如來獨證自誓三昧經

音釋

跬丘癸切半步也　懣莫困切煩悶也　啖徒感切食也　箭笮箭子賤切笮側格切箭笮矢箙也　噤渠禁切閉也　颺余良切與揚同　拯之慶切救也　櫂直教切行舟也　刈牛制切割也　睒失冉切　揵椎梵語也此云鐃或云磬隨有凡木銅鐵鳴者皆曰揵椎揵渠焉切椎音槌　趠敕教切越也

佛說轉有經

元魏三藏法師佛陀扇多譯

大方等修多羅王經

元魏天竺三藏菩提留支初譯

佛說文殊師利巡行經

元魏北天竺三藏法師菩提留支譯

佛說文殊尸利行經

隋天竺三藏法師闍那掘多譯

清刻龍藏佛說法變相圖

四經同卷

佛說轉有經

大方等修多羅王經

佛說文殊師利巡行經

佛說文殊尸利行經

佛說轉有經

元魏三藏法師佛陀扇多譯

如是我聞一時婆伽婆住王舍城迦蘭陀竹林大比丘衆之所圍遶一千二百五十人俱菩薩摩訶薩無量無邊爾時摩伽陀王頻婆娑羅出王舍城往至迦蘭陀竹林住處到佛所已頭面禮足遶佛三帀却坐一面爾時如來知頻婆娑羅王坐一面已告言大王譬如有人於睡夢中共彼女寶行於欲事彼人覺已憶彼女寶大王於意云何夢中女寶爲是

有不王即答言不也世尊復問王言大王於意云何彼人若執夢中女者是黠慧不王即答言不也世尊何以故彼夢中女畢竟無故云何而有境界欲事彼人徒勞佛言大王如是一切愚癡凡夫以不曾聞佛正法故眼見諸色悅豫於心即執爲實以執著故則有繫縛以繫縛故則有染著以染著故則生貪欲瞋癡等業若身若口若意等業染彼身業所作即滅滅已不依東方而住如是不依南西北方上下而住隨命終時轉彼有識而現後心大王彼識不壞隨業盡處彼業能現亦如睡夢覺時女實如是大王最後滅識而生後識或在地獄或在餓鬼或在畜生或阿脩羅或人或天彼最後識取最後生識順彼生如是心識隨業所受然無有法從此世間至彼世間而受生也大王滅後識心是名爲滅是初心識如託生者是彼後生大王轉後識時彼法實不從彼處來而至於此初識生已亦無所至何以故法性相故大王最初識心是後識空業是業空生是生空最初心識是初識空所生之處是生處空而於彼處不失業果大王最後生識於彼即滅後不斷心識心順行隨在何處所受業報即往受故爾時世尊而說偈言

善逝後說時　所有諸言語　皆是假名說
假名想住故　離於言語法　而無有可說
隨所有言說　而說彼諸法　彼不生於彼
法眼見無色　所言見色者　世間執著故
說世法爲實　無而和合見　是如來所說
是名方便地　若爲眞實說　眼則不見色

意不知諸法　此是最祕密　世間我慢說
名本空無名　一切法無名　而以假名說
說此法門時頻婆娑羅王及諸大衆人天龍
神乾闥婆等聞佛所說皆大歡喜信受奉行
佛說轉有經

大方等修多羅王經

元魏天竺三藏菩提留支初譯

如是我聞一時婆伽婆在王舍城迦蘭陀竹園與大比丘僧千二百五十人俱及大菩薩摩訶薩衆爾時摩伽陀國頻婆娑羅王出王舍城詣迦蘭陀竹園精舍至世尊所頭面禮足遶佛三帀退坐一面爾時世尊即告頻婆娑羅王言大王如人夢中見於衆人與諸婇女共相娱樂此人覺已憶念夢中衆人婇女大王於意云何如是夢中衆人婇女爲有實不頻婆娑羅王答言不也世尊佛告大王於意云何是人夢中見婇女與諸人等共相娱樂覺已憶念如是之人寧有智不大王答言不也世尊何以故世尊夢中畢竟無有衆人及衆婇女衆人婇女尚不可得何況當有共相娱樂佛告大王凡夫之人亦復如是眼見美色便生愛著既生愛著便起欲心既起欲心起瞋癡業或作身業或作口業或作意業彼所作業作已而滅滅已不依東方而住亦復不依南方而住亦復不依西方而住亦復不依北方而住四維上下亦復如是至臨終時行識將滅其意現前大王如是行識自作之業必盡受之大王如人夢覺不見婇女及諸人衆行識滅已初識次生或生天中或生人中或生地獄或生畜生或生餓鬼大王以初識不斷自心相續應受報處而生其中大王觀諸生滅頗有一法從於今世至未來世大王如是行識終時名之爲滅初識起時名之爲生大王行識滅時去無所至初識生時無所從來何以故識性離故大王行識行識

空滅時滅業空初識初識空生時生業空觀諸業果亦不失壞大王當知以初識心相續不斷而受果報爾時善逝說此語已而說頌曰

一切唯名字　唯住想分別　名字分別說
而說無所有　以種種名字　說於種種法
法中無如是　此法諸法相　名字名字空
名字離名字　諸法無名字　以名字而說
此法非實有　以分別而生　彼分別亦無
空以分別說　一切凡夫說　眼能見於色
世間妄分別　取之以爲實　佛之所說法
衆緣集故見　此是行次第　爲說第一義
非眼見於色　意不覺諸法　此是第一諦
非世間所覺

爾時世尊說此經已摩伽陀國頻婆娑羅王一切世間天人阿脩羅揵闥婆等聞佛所說皆大歡喜

大方等修多羅王經

佛說文殊師利巡行經

元魏北天竺三藏法師菩提留支譯

如是我聞一時婆伽婆住王舍城耆闍崛山中與大比丘衆五百人俱爾時世尊於日晡時從自房出在外寬處大衆圍遶恭敬供養而爲說法爾時文殊師利童子於彼一切五百比丘行住之處次第巡行遂到長老舍利弗所見長老舍利弗獨在一處端身而坐入禪思惟爾時文殊師利童子既見長老舍利弗已而語之言大德舍利弗汝入禪耶長老舍利弗言如是文殊師利文殊師利言大德舍利弗爲未寂靜欲令寂靜汝入禪耶爲先寂靜何所寂靜汝入禪耶大德舍利弗汝依何禪爲依過去爲依未來爲依現在爲依内外汝入禪耶又舍利弗爲依身禪爲依心禪長老舍利弗言文殊師利我此禪義諸有一切見法樂行諸有一切心不散亂如是正念文殊師利言大德舍利弗汝得彼法耶彼法是何法爲見法樂行不見法樂行長老舍利弗言文殊師利不得彼法爲有何者法若見法樂行不見法樂行復次文殊師利如來爲彼聲聞之人說離欲法我依彼法如是入禪文殊師利言大德舍利弗何者離欲法如來爲彼聲聞人說大德舍利弗依而行耶長老舍利弗言文殊師利比丘如是依過去行依未來行依現在行乃至依心行如是等應知我隨彼法依彼法行文殊師利言大德舍利弗若如是說依過去行依未來行依現在行乃至依心離欲而行如是等者大德舍利弗

若彼諸法過去如來無未來如來無現在如來無此法如是無大德舍利弗今者云何作如是說依過去行依未來行依現在行以無法故則亦無依復次大德舍利弗過去如來未來如來現在如來無人令住無處可住若無住者依不可得復次大德舍利弗若人說言過去未來現在如來有依不依如是之人則謗如來何以故眞如無念亦無所念眞如不退眞如無相復次大德舍利弗過去眞如不可得未來眞如不可得現在眞如不可得乃至心眞如不可得如是等應知復次大德舍利弗更無有法在眞如外而可顯說長老舍利弗言文殊師利諸佛如來住眞如已然後說法文殊師利言大德舍利弗眞如非有云何如來住眞如已而當說法大德舍利弗彼法亦無云何如來住眞如已而當說法如來亦無何處如來住眞如已而當說法一切諸法皆不可得諸佛如來亦不可得又此可得不可得法如是二種皆不可得如來非說亦非不說何以故大德舍利弗如來無說不可說言此是如來長老舍利弗言文殊師利當有何人受如是法 文殊師利言大德舍利弗若人不取有爲法界不悕涅槃如是之人能受此法若人不得過去之法不知彼法不得未來現在之法不知彼法如是之人能受此法若不見染若不見淨若無心取如是之人能受此法若非我行非無我行非取捨行如是之人能受此法如是之人則能知此所說之義長老舍利弗言文殊師利爲何所知文殊師利言大德舍利弗此無所說亦無所

問爲何所知長老舍利弗言文殊師利說法太深信此法人甚爲少耳文殊師利阿羅漢人學無學人尚非境界何況一切愚癡凡夫文殊師利言大德舍利弗如是如是阿羅漢人亦非境界何以故阿羅漢者無諸境界阿羅漢者無住無處名阿羅漢不可得說名阿羅漢以無說故名阿羅漢何以故無爲無住名阿羅漢彼阿羅漢何處境界阿羅漢者非名非色愚癡凡夫分別名色阿羅漢者於彼名色不分別知名阿羅漢阿羅漢者非名分別非色分別愚癡凡夫亦不可得凡夫之法亦不可得阿羅漢者亦不可得阿羅漢法亦不可得若不可得則不分別若不分別則無所行若無所行則無戲論若無戲論是則寂靜如是無行亦無戲論寂靜之人則不取有亦不取無非有非無如是不取若不取者則無所得如是之人離一切得無心離心住聲聞法如是應知爾時文殊師利童子說此法巳時彼五百諸比丘衆從坐而起捨離而去作如是言我不用見文殊師利童子之身我不用聞文殊師利童子名字隨何方處若有文殊師利童子住彼處者亦應捨離何以故如是文殊師利童子與我梵行是故應捨爾時長老舍利弗語文殊師利童子言文殊師利說此法義意豈不欲令諸衆生知法義乎文殊師利言如是如是大德舍利弗長老舍利弗言云何令此五百比丘從坐而起毀呰戲論誹謗而去文殊師利言大德舍利弗若此諸比丘如是說言我不用見文殊師利童子之身我不用聞文殊師利童子名字隨何

方處若有文殊師利童子住彼處者亦應捨離如是說者善哉善哉大德舍利弗此諸比丘善說此語何以故以無文殊師利童子故不可得如其是無不可得者則不可見亦不可聞隨何方處若有文殊師利童子住彼處者亦應捨離如是說者如是文殊師利童子住處亦無彼若無者則不可近亦不可捨爾時文殊師利童子既說此法五百比丘聞已迴面既迴面已復向文殊師利童子說如是言文殊師利說如是法非我能解文殊師利言善哉善哉汝諸比丘如來弟子聲聞之人應如是學諸比丘如是法者非識所知非智所知何以故法界法爾故法界如是無念無退如其彼法無念無退非識所知非智所知諸非識知非智所知則非所念汝諸比丘如來弟子聲聞之人應如是學若如是學佛說彼人得最勝法是世福田應受供養說此法時彼諸比丘五百人中四百比丘不受諸法盡諸結漏心得解脫一百比丘起於惡心自身將墮大地獄中爾時長老舍利弗語文殊師利童子言文殊師利仁者說法非護衆生而失如是一百比丘爾時世尊告長老舍利弗言汝舍利弗莫如是說何以故舍利弗此一百比丘墮大喚叫地獄受一觸已生兜率陀天同業之處以其得聞如是法故舍利弗此諸比丘若不得聞如是法門定墮地獄一劫盡已乃生人中以其得聞此法門故應墮地獄一劫受業得爲少受舍利弗此百比丘彌勒如來初會之中得作聲聞證阿羅漢得盡諸漏如是舍利弗聞此法門所得福勝非

修四禪非四無量非四無色三摩跋提何以故若不得聞此法門者則於生死不可得脫我說彼人生老病死悲苦憂愁號哭懊惱不可得脫爾時長老舍利弗語文殊師利童子言甚爲希有文殊師利乃能善說如是法門成就衆生文殊師利言大德舍利弗眞如不滅眞如不增法界不滅法界不增諸衆生界不滅不增何以故彼唯言語無人可依無處可依非依不依大德舍利弗如是不依即是菩提如是菩提即是解脫若依法者是則分別若知非作亦非非作即是涅槃爾時世尊告長老舍利弗言如是如是舍利弗如文殊師利童子所說眞如不滅眞如不增法界不滅法界不增諸衆生界不滅不增不染不淨爾時世尊爲顯此義偈重說言

說過去未來　現在世諸法　言說非是義
此非相無相　若相若無相　皆無所分別
隨分別故得　分別故無相　若分別有爲
則分別涅槃　彼此皆魔業　黠慧如是知
陰入界唯名　不生滅無相　若觀察分別
彼則不觀察　黠慧不分別　行境界如空
若分別則取　不分別不取　分別取則縛
不分別則脫　若知如是法　彼人名智者
如是人得盡　名不分別智　有智故說智
智說二皆空　若人如是知　彼人名智者
寶滿三千界　布施所得福　若人聞此法
其福過於彼　布施持戒忍　神通無障礙
億劫常修行　不及聞此經　若知此法門
正遍知所說　得聞此經已　一切得如來

如來旣說此法門已十千衆生遠塵離垢於

諸法中得法眼淨五百比丘發阿耨多羅三藐三菩提心爾時世尊即授五百比丘佛記作如是言汝諸比丘於星宿劫皆當得成阿耨多羅三藐三菩提盡同一號名曰法華如來正遍知世尊說已文殊師利童子長老舍利弗天人阿脩羅乾闥婆等聞佛說已歡喜奉行

佛說文殊師利巡行經

佛説文殊尸利行經

隋天竺三藏法師闍那掘多譯

我闍那掘多歸命大智海毗盧遮那如來

如是我聞一時婆伽婆住王舍城祇闍崛山中與大比丘衆五百人俱皆是大阿羅漢諸漏已盡無復煩惱三明六通具八解脱慧心無礙具足清淨如是等五百比丘各於自房結跏趺坐身心寂靜三昧正受爾時文殊尸利童眞菩薩爲欲發起自身行法令衆聞知獲大利故最於先起一一次第遍觀諸房即見尊者舍利弗獨處一房折伏其身結跏趺坐入於三昧爾時文殊尸利童眞菩薩見如是已亦不發覺更詣諸處觀察餘房如是展轉乃至晨朝日初出時當於是時舍利弗等五百比丘皆已出定是諸比丘及餘比丘諸方來者一切大衆皆悉雲集爾時世尊即於此時從座而起平身正直從容徐步安詳而行如師子王出於自房敷座而坐一切大衆左右圍遶敬念世尊不敢當前爾時世尊處大衆中爲無上首光顔巍巍猶若金山乘大悲雲雨諸法雨爾時文殊童眞菩薩於大衆中即問尊者舍利弗作如是言我於向者遍觀諸房我時見汝獨處一房結跏趺坐折伏其身汝時爲當坐禪耶不耶尊者舍利弗即答文殊尸利菩薩言我於是時實坐禪耳爾時文殊菩薩即復問於舍利弗言汝意云何爲當欲令有未斷者爲斷除故坐禪耶欲令有已斷者更除斷故坐禪耶爲依過現未來三世法故坐禪耶爲依色想受行識等五陰法故坐禪耶爲依眼耳鼻舌身意等諸根識

故坐禪耶爲依色聲香味觸法等六塵法故坐禪耶爲依欲色無色界等三有法故坐禪耶爲依若内若外内外差別法故坐禪耶爲依若身若心若身心名色法故坐禪耶如是等法我已問汝汝應速答依何等法而坐禪乎爾時尊者舍利弗即答文殊尸利言仁者我今現見諸法樂行念不忘故而坐禪也文殊尸利菩薩復更問於舍利弗言舍利弗實有諸法可得現見樂行者念不忘不舍利弗言仁者文殊如是樂行之法我實不見仁者文殊如是樂行之法我雖不見而佛世尊曾爲聲聞一切諸衆說寂定法如是法者我依行之文殊尸利菩薩復問尊者舍利弗言何等諸法如來曾爲諸聲聞衆說是寂定汝依行耶舍利弗言仁者文殊有一比丘依於過去未來現在諸法而行略說乃至依心意等諸法如行如彼行法是佛世尊爲聲聞一切諸衆說是寂定我依行也文殊尸利童眞菩薩復問尊者舍利弗汝言如來曾爲聲聞一切諸衆說彼三世乃至心意我依行者是事不然何以故即彼過去現無如來彼未來世現無如來現在世現無如來若如是者一切諸法求如來身皆不可得汝今云何作如是言我依過去未來現在諸法而行唯舍利弗過去際未來際現在際彼不爲此此不爲彼各各別異不相爲作無有處所亦無依住無所住者無有依處而可得也復次舍利弗若有人言過去未來現在於實際中說有依處說無依處者當知彼輩誹謗如來獲大重罪所以者何彼眞實際無憶無念亦無墮落無

有形色無相狀而可得者唯舍利弗眞實際中過去未來現在諸法實不可得略說乃至心意等法亦不可得離於實際外無一法而可得者是故說言名之爲空空故無法無可顯說爾時尊者舍利弗即問文殊尸利童眞菩薩言如來可不住於實際而說法耶文殊尸利菩薩即答尊者舍利弗言舍利弗眞實際中有何處所而使如來住於實際說諸法乎舍利弗法本自無云何如來住實際已說於諸法非但無法如來亦無既無如來云何而言如來住於眞實際已說諸法耶所以者何一切諸法皆不可得如來亦爾實不可得所說法體亦復如是時中不可得非時中不可得時非時中亦不可得如來復非在說時中不說時中可得顯現所以者何舍利弗如來一切言語道斷無爲無作無所安置爾時尊者舍利弗復問文殊尸利菩薩言文殊尸利如仁者所說誰於此處堪爲法器文殊尸利菩薩即答尊者舍利弗言舍利弗若有人能破壞世諦亦復不當入於涅槃彼人於此堪爲法器若復能於過去諸法不證不說未來諸法不證不說現在諸法不證不說彼人於此堪爲法器無煩惱見及清淨見無有爲無爲見者彼於此說堪爲法器若無有我亦無無我於作行中不取不捨彼於此說堪爲法器如是人者雖能聽受亦不於是所說法中取爲決定了義說也爾時尊者舍利弗復問文殊尸利菩薩言若如仁者所說於是義中云何修行云何教住文殊尸利菩薩即語尊者舍利弗言舍利弗若是義中可有言

說可得問言云何教住於是義中既無言說斷諸心行云何問言云何教住爾時尊者舍利弗即白文殊尸利菩薩言仁者文殊此義甚深於是義中少有證知者少有受持者何以故一切學人諸阿羅漢等於是地中猶尚迷沒況諸凡夫豈能於是甚深義中能知能了文殊尸利言舍利弗諸阿羅漢於是義中無有地分所以阿羅漢無有地分可得住者以無住故名阿羅漢無得故名阿羅漢言語道斷故名阿羅漢以言語道斷故所有阿羅漢地分行者無有證處以無有證處故所有阿羅漢地分行者以無爲法得名以不發故則名無爲無有作者亦無住處云何名阿羅漢有所得地諸阿羅漢者不以名故名爲阿羅漢不以色故名爲阿羅漢唯諸凡夫於名色中妄作分別如是名色實無分別諸阿羅漢皆如是知不生分別是故諸阿羅漢不以名不以色名爲阿羅漢無有凡夫無有凡夫法無有阿羅漢亦無阿羅漢法而可得者是故阿羅漢不作分別以無作行故無有行處無有作者即是寂定不作爲有者不作爲無者不作爲有無者不作爲非有非無者若無作無爲是中不可得彼得遠離一切有無心無行可得說言決定正住沙門果中爾時文殊尸利童眞菩薩如是說時於大衆中有五百比丘從座而起於世尊前高聲唱言從今已去更不須見文殊身亦復不須聞其名字如是方處速應捨離所有文殊一切住處更莫趣向所以者何云何文殊煩惱解脫一相說耶五百比丘一時高聲唱是言已皆各背

面出衆而去復作是念我等云何於佛世尊自説法中歡喜樂學修行梵行已云何今日忽聞如是弊惡法乎爾時尊者舍利弗見是事已即告文殊尸利童眞菩薩言文殊尸利汝説是法可不欲令諸衆生輩決定了知如是法耶文殊尸利菩薩言如是如是尊者舍利弗言文殊尸利汝若如是者何故此五百比丘從座而起毀呰誹謗仁者所説現於佛前高聲唱言不須見文殊尸利身亦不須聞文殊尸利名是方亦須捨所有文殊一切住處皆不須往唱是言已出衆而去爾時文殊尸利童眞菩薩即歎尊者舍利弗言善哉善哉汝舍利弗快能善説彼諸比丘唱告之言何以故實無文殊而可得故若實無文殊不可得者彼亦不可見不可得聞如是彼方亦

須捨離所以者何所有文殊一切住處是處及文殊皆無所有無所有者尚不可親近亦何須捨爾時文殊尸利菩薩如是説時五百比丘還來入衆白文殊尸利言如仁者所説非爲我等云何能知仁者所説爾時文殊尸利菩薩即歎諸比丘言善哉善哉如是如是如來世尊諸聲聞衆於是法中應如是作莫須知之諸比丘於是法中亦須如是作莫須知之亦非不須知所以者何如是法者即是常住亦名法界若常住法界者無憶無念無憶無念者一切無證無不證無不證者亦非不證不憶不念若如是知者即名如來眞實聲聞弟子名爲最上得言應供者爾時文殊尸利童眞菩薩説是語時於彼五百比丘衆中四百比丘於無漏法中心得解脱一百比

丘更增毀呰起誹謗心於現身中生陷入於大地獄中爾時尊者舍利弗即白文殊尸利童眞菩薩言文殊尸利仁者何故不順衆生而說法也令是一百比丘退失墮落爾時世尊即告尊者舍利弗言汝舍利弗莫作是言所以者何舍利弗是一百比丘若不聞是甚深法本者當知彼輩必定墮大地獄中一劫受苦從地獄出已然後方得人身人道以彼諸比丘輩聞是法本甚深義故所有惡業重罪應墮大地獄中一劫受苦今日入於大叫喚地獄之中一觸受已即得上生兜率天中受諸天樂汝舍利弗當知是諸比丘聞此法故速除多罪暫少輕受汝舍利弗當知是一百比丘於彌勒菩薩下生成道初會說法聲聞衆中得阿羅漢果盡諸有漏無復煩惱三明六通具八解脫身心煩惱二餘俱盡是故舍利弗寧於是法本修多羅中疑心聽受不用成就四禪定心及四無量心亦復不用具足成就四無色定心何以故雖復成就如是法者若不聞是甚深法本於煩惱中不得解脫生老病死憂悲苦惱我愍此輩說是法本爾時尊者舍利弗即白文殊尸利菩薩言希有希有文殊尸利乃能善說如是法本爲欲教化諸衆生故文殊尸利菩薩言舍利弗眞實際者不增不減法界不增不減衆生界者亦無增減所以者何如是等法但有言說無可得者彼不爲此此不爲彼即自無自有何依處是故舍利弗菩提者即是解脫也何以故所有法智無異處故非作非不作若如是知名爲已入涅槃者爾時世尊即告尊者舍

利弗言舍利弗如是如是如文殊尸利菩薩所說眞實際中無增無減法界衆生界亦無增減不受煩惱不受解脫爾時世尊說是語已爲欲重明眞實義故復以妙偈而說頌曰

過現未來法　唯語無眞實　彼若於實處
一相無差別　若無相分別　是即有眞相
無相無分別　分別亦無相　若不作分別
不了別涅槃　是二皆魔事　智者應當知
陰界諸入中　我雖名字說　無生名字者
彼二還一相　起心正分別　彼即成邪念
妙智無分別　以有空行故　分別有思量
無分別無思　了別即是相　不了得涅槃
若能如是知　名爲大智者　是故盡至者
得智無分別　智能說於智　智說還自空
是中能忍者　是名爲大智　假使滿三千
七寶持用施　忍信是法者　其福爲最上
假使億劫中　施戒忍精進　通辯成就福
不比持是經　若持是經者　至眞等即說
是經功德力　彼悉當成佛

爾時世尊說是法本修多羅偈時一萬雜類衆生遠塵離垢得清淨法眼五百比丘於無漏法中心得解脫八萬欲界天子未發心者皆得發於阿耨多羅三藐三菩提心世尊爾時即授彼記皆於星宿劫中得成阿耨多羅三藐三菩提皆同一號名曰法開華如來至眞等正覺佛說是經已文殊尸利童子尊者舍利弗等五百比丘天龍八部諸鬼神等聞佛所說歡喜奉行

佛說文殊尸利行經

音釋

闍（侍遮切）掘（其月切）

大乘造像功德經

唐于闐三藏法師提曇般若等奉制譯

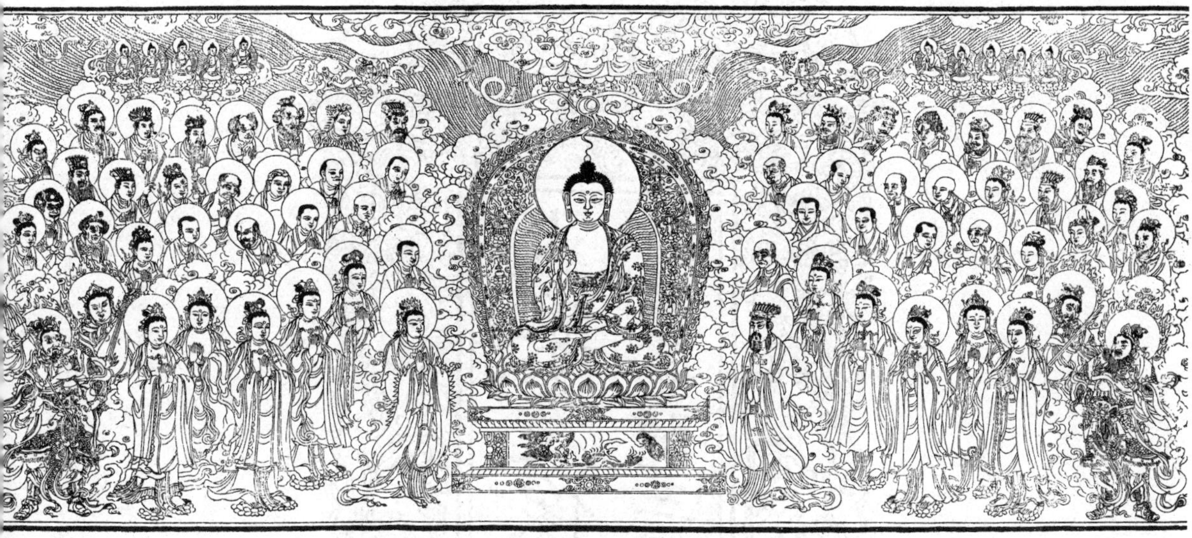

清刻龍藏佛說法變相圖

大乘造像功德經卷上 上下同卷

唐于闐三藏法師提雲般若等奉　制譯

如是我聞一時佛在三十三天波利質多羅樹下與無量大比丘衆及無量大菩薩衆俱彌勒菩薩摩訶薩而爲上首爾時世尊在彼天上三月安居爲母說法於諸天衆多所利益令無量諸天離苦解脱無量諸天皆蒙法利獲大福果時彼衆中有一天子壽將欲盡五衰相現以聞法力命終之後還生此天永離惡道爾時閻浮提中無有如來譬如暗夜星中無月如國無君如家無主歡娛戲樂一切都息是時衆生孤獨無依皆於如來心懷戀慕生大憂惱如喪父母如箭入心共往世尊曾所住處園林庭宇悉空無佛倍加悲戀不能自止爾時優陀延王住在宮中常懷悲

感渴仰於佛夫人婇女諸歡樂事皆不涉心作是念言我今憂悲不久當死云何令我未捨命間得見於佛尋復思惟譬若有人心有所愛而不得見見其住處及相似人或除憂惱復更思惟我今若詣佛先住處不見於佛哀號感切或致於死我觀世間無有一人能與如來色相福德智慧等者云何令我得見是人除其憂惱作是念已即更思惟我今應當造佛形像禮拜供養復生是念若我造像不似於佛恐當令我獲無量罪復作念言假使世間有智之人咸共稱揚如來功德猶不能盡若有一人隨分讚美獲福無量我今亦然當隨分造即時告勑國內所有工巧之人並令來集人既集已而語之言誰能爲我造佛形像當以珍寶重相酬賞諸工巧人共白王言王今所勑甚爲難事如來相好世間無匹我今何能造佛形像假使毗首羯磨天而有所作亦不能得似於如來我若受命造佛形像但可摸擬螺髻玉毫少分之相諸餘相好光明威德誰能作耶世尊會當從天下所造形像若有虧誤我等名稱普皆退失竊共籌量無能敢作其王爾時復告之曰我心決定勿有所辭如人患渴欲飲河水豈以飲不能盡而不飲耶是時諸人聞王此語皆前拜跪共白王言當依所勑然請大王垂許我等今夜思審明晨就作復白王言王今造像應用純紫栴檀之木文理體質堅密之者但其形相爲坐爲立高下若何王以此語問諸臣衆有一智臣前白王言大王當作如來坐像何以故一切諸佛得大菩提轉正法輪現大

神通降伏外道作大佛事皆悉坐故是以應作坐師子座結跏之像爾時毗首羯磨天遥見其事審知王意欲造佛像於其夜中作是思惟我身所解最爲巧妙世間之中無如我者我若爲作應少似佛即變其身而爲匠者持諸利器至明清旦住王門側令守門人具白王言我今欲爲大王造像我之工巧世中無匹惟願大王莫使餘人王聞此語心大欣慶命之令入觀其容止知是巧匠便生念言世間之中何有此人將非毗首羯磨天或其弟子而來此耶王於爾時即脱身上所著瓔珞手自捧持以挂其頸仍更許以種種無量諸珍寶物時王即與主藏大臣於内藏中選擇香木肩自荷負持與天匠而謂之言善哉仁者當用此木爲我造像令與如來形相相似爾時天匠即白王言我之工巧雖云第一然造佛形相終不能盡譬如有人以炭畫日言相似者無有是處設以真金而作佛像亦復如是有外道言梵王能作一切世間然亦不能造佛形像盡諸相好但我工巧世中爲上是故我今爲王作耳今晨即是月初八日弗沙宿合毗婆訶底出現之時佛初誕生還有此應此日祥慶宜應起作發是語已操斧斫木其聲上徹三十三天至佛會所以佛神力聲所及處衆生聞者罪垢煩惱皆得銷除爾時如來即便微笑種種歎美其王功德乃至遥授阿耨多羅三藐三菩提記爾時三十三天主白佛言世尊今在人間頗亦有人曾於曩生作佛像不佛言天主諸有曾經作佛像者皆於過去已得解脱在天衆中尚復無

有況於餘處唯有北方毗沙門子那履沙婆曾於徃昔造菩薩像以斯福故後得爲王名頻婆娑羅復因見我今得生天有大勢力永離惡道優樓頻螺迦葉伽耶迦葉那提迦葉並曾於徃世修故佛堂由此因緣永得解脫憍梵波提昔作牛身追求水草右遶精舍食諸草竹因見尊容發歡喜心乘茲福故今得解脫尸毗羅曾持寶蓋供養佛像阿㝹樓䭾然一支燈亦以供養輸鞞那曾掃佛堂阿婆麼那於佛像前然燈施明難陀比丘愛重尊儀香水洗沐有如是等無量諸阿羅漢皆悉曾於佛像之所薄申供養乃至極下如那伽波羅於像座前以少許黃丹畫一像身而爲供養由此福故皆永離苦而得解脫天主若復有人能於我法未滅盡來造佛像者於彌勒初會皆得解脫若有衆生非但爲已而求出離乃爲欲得無上菩提造佛像者當知此則爲三十二相之因能令其人速致成佛爾時優陀延王心自思惟云何令我所造之像速得成就作是念已語彼匠言汝可勤心令功速畢使我早得瞻仰禮敬是時天匠運其工巧專精匪懈不日而成其像加趺坐高七尺面及手足皆紫金色時優陀延王見像得成相好端嚴心生淨信獲柔順忍既得忍已益加欣慶所有業障及諸憂惱並得銷除譬如日出霧露皆盡唯除一業現身受者以曾於聖人起惡語故其王爾時即以種種珠珍異物賞彼天匠是時天匠敬白王言王今造像我心隨喜願與大王同修此福今王所賜非我敢受若要相與待餘吉日作是語已即

於其夜還昇本天爾時諸大國王阿闍世等並先於佛心懷渴慕聞王造像功已獲成皆生喜慶共至王所各以無量華香音樂供養佛像復以種種諸珍寶物贈奉於王咸作是言大王所作甚爲希有能拔我等愁憂毒箭爾時如來在彼天中爲母說法及諸天衆咸得利喜所應作事皆已作訖復告衆言諸天子諸佛世尊是常住身若諸衆生有可度者即爲出現教化說法若所作事畢更無有能受法化者如來於此即便不現無智之人謂佛實滅如來身者法身常身實不滅度諸天子一切諸佛法皆如是爲化衆生有現不現爾時如來復作是言汝等當知此諸天衆所應度者皆已度訖吾今將欲下閻浮提汝等諸天若念我者當勤精進勿復放逸所以者何放逸過失故令汝等不得阿耨多羅三藐三菩提然汝等以於往昔曾種善根今得在此受天快樂便著放逸不修福行此諸快樂無常所隨一從殞墜長淪惡道又汝等諸天煩惱尤重見有勝已便生嫉妬曾不念言彼天勝樂由多福業之所感致我若勤修必亦當得又令汝等身色光澤如日初輝若懷嫉妬心黯如死炭復當令墮大黑闇中乃至不能自見手掌後復當作食吐之鬼又汝等諸天受衆福報身相嚴潔威勢勇猛由嫉妬故當受女身永失丈夫威猛之力諸天子我念昔者有無量諸王皆爲汝等嫉妬之心非理所害諸天子昔有阿脩羅王名曰鄔羅修行苦行戒品清潔而汝諸天等遣一天女名鄔婆尸惑彼王心令虧淨行其王染著威德損

滅被那羅延天之所殺害并無量阿脩羅衆同時敗滅其那羅延天既殺此王又誅其衆因即收取鄔婆尸女而往天宫復有一王名曰那訶受汝等諸天誑惑之語助諸天衆伐阿脩羅脩羅破已汝等諸天反加其害又汝等諸天以舍支夫人故心生忿妬搆行讒毀令阿伽娑仙人無故被嫌而興惡願又汝等諸天曾爲誑惑謂噓荼王曰仙人之處多有眞金王信此言遍之令出仙人由是心生憤恚即時猛火燒殺其王昔復有王名曰提婆當設大會以爲供養以斯福業威力自在上此天中受天快樂汝諸天等心懷嫉妬令從忉利退墮閻浮所有威勢並皆喪失如月無光如河無水諸天子世中有人威德自在或得諸定或得神通或有成就四神足等若起一念嫉妬之心如是功德一時退失如提婆達多愚癡厚重乃於我所生嫉妬意即時自失五種神通爾時天帝釋白佛言世尊我今有疑欲有所問言嫉妬者云何是耶復作是言世尊若有衆生見他勝已生如是念云何令我獲彼所得如是之心是嫉妬不佛言不也此是貪心非爲嫉妬天主其嫉妬者自求名利不欲他有於有之人而生憎恚是爲嫉妬爾時諸天衆皆從座起右膝著地合掌向佛而作是言如佛所誨我諸天衆皆當奉行如來世尊爲父爲主爲尊重者爲最勝者能於我等起大慈悲而來至此令諸天衆皆得利益我等所願猶爲未滿欲於如來重請一事世尊世間之人於我等諸天多生輕慢何以故以諸佛如來人中生故復於人中成正

覺故人中多有諸阿羅漢而得果故諸大威德辟支佛復於人間而出現故如來今者若不住此下閻浮提世間之人謂我等諸天不知如來有大威德應受諸天如法供養復謂我等不能供養諸佛世尊惟願如來少住於此受我微供令彼人間知我等諸天供養於佛于時世尊默然許可爾時佛告大目揵連汝可先往閻浮提問訊四衆作如是言一切衆生憶念我者咸應集會僧伽尸國却後七日皆當見我爾時大目揵連頂禮佛足禮佛足已如一瞬頃到閻浮提以佛所勑告諸四衆時優陀延王等及一切衆生聞佛此言若身若心歡喜踊躍皆除憂惱普得清涼爾時四衆比丘比丘尼優婆塞優婆夷欲共往詣僧伽尸國並先來集王舍城中互相謂言如來世尊下閻浮提誰能先得恭敬禮拜法末盡來恒爲上首爾時摩訶迦旃延聞此語已心懷不悅恐比丘尼得爲上首何以故彼衆之中有優波難陀蓮華色二比丘尼善能通達諸佛法藏所得神通唯除目連更無等故作是念已種種訶責比丘尼衆時蓮華色比丘尼告諸尼言我等女人在於俗間常被尊貴縱使種族卑賤之者仍得丈夫恭敬禮重承事供養又佛法中諸比丘尼父母眷屬多是王種精進持戒不犯威儀具諸德業仍令禮敬初戒比丘又尊者迦旃延今復作此種種訶責我爲汝等設諸方便令比丘尼出過於彼作是語已與諸四衆即便往赴僧伽尸城爾時波斯匿王阿闍世王及毗舍離國嚴熾王等各將四兵前後導從有大勢力所乘

象馬皆以種種寶物莊嚴旛蓋香華并衆妓樂威容肅穆狀若諸天皆亦往詣僧伽城所爾時優陀延王嚴整四兵以爲侍從乘大白象珍寶綺飾躬自荷戴所造之像華旛音樂隨逐供養從其本國向僧伽尸城爾時毗首羯磨天并諸天衆知佛將欲下閻浮提作三道寶階從僧伽尸城至忉利天其階中道瑠璃所成兩邊階道悉用黄金足所踐處布以白銀諸天七寶而爲間飾爾時帝釋遣使往詣夜摩天兜率陀天化樂天他化自在天及于梵世而告之曰如來不久下閻浮提欲有供養願來至此復遣使往四大王天大海龍王揵闥婆緊那羅夜叉等衆而謂之言世尊今欲下閻浮提可持所有來此供養時彼諸天及龍神等聞此語已靡不雲集忉利天中

爾時世尊在須彌山頂與諸天衆將欲下時一切諸天前後翼從威德熾盛光明赫弈如滿月在空衆星共遶如旭日初出綵霞紛映時佛衆會其狀如是爾時閻浮提中以佛威神有五種希有之事一者令彼諸天不見人間不淨之物二者令諸女人見彼天男而無欲想三者亦令丈夫見諸天女不生染意四者令於人間遥見諸天種種供養五者諸天之身光潔細妙非人所覩以佛神力顯然明著皆可得見爾時世尊從天初下足蹈寶階梵王在右手執白蓋帝釋在左手持白拂其餘諸天皆乘虚空隨佛而下一時同奏種種音樂各自捧侍幢旛寶蓋散華供養淨居天衆畟塞虚空無量百千諸天婇女持寶珠瓔珞歌讚佛德復有諸天於虚空中雨種種香

及種種華諸龍雨於微細香雨于時空中淨無雲曀雷聲美妙聞者喜悅犍闥婆神緊那羅神奏提婆那伽微妙之曲歌讚如來本生之事于時閻浮提內王及臣人并四衆等周帀徧滿僧伽尸城或散香華或持旛蓋吹螺擊鼓種種音樂向空供養舉手合掌瞻仰於佛人天名華上下交散繽紛而下積至於膝諸外道衆見斯事者咸亦發心歸依禮敬爾時世尊足蹈寶階次第而下至於半路四天王天即於其所廣設供養此供殊妙劫初已來未曾有也爾時如來受天供畢復與大衆巡階而下至最下級欲踐地時其蓮華色比丘尼即變其身作轉輪王領四種兵七寶前導從空來下疾至佛所諸國王等各興是念此轉輪王從何所來于時尊者須菩提在自房中見佛下來即整衣服遥申禮敬時蓮華色比丘尼捨輪王身還復本形遽即頂禮佛世尊足爾時世尊種種訶責彼比丘尼而謂之曰汝今知不須菩提已先禮我汝得誰教變作輪王汝得預出家受具足戒已過其分汝智慧微少諂詐無邊慈悲報恩如露一滴豈能於我法中而爲上首時蓮華色比丘尼聞佛教誨深生愧恥即白佛言世尊我今自知爲過不少從今以往不敢復更變現神通爾時閻浮提內國王大臣并四部衆皆以所持種種供具供養於佛時優陀延王頂戴佛像并諸上供珍異之物至如來所而以奉獻佛身相好具足端嚴在諸天中殊特明顯譬如滿月離衆雲曀所造之像而對於佛猶如堆阜比須彌山不可爲喻但有螺髻及以玉

毫少似於佛而令四衆知是佛像爾時優陀延王白佛言世尊如來過去於生死中爲求菩提行無量無邊難行苦行獲是最上微妙之身無與等者我所造像不似於佛竊自思惟深爲過咎爾時世尊告彼王言非爲過咎汝今已作無量利益更無有人與汝等者汝今於我佛法之中初爲軌則以是因緣故令無量衆生得大信利汝今已獲無量福德廣大善根時天帝釋復告王言王今於此勿懷憂懼如來先在天上及此人間皆稱讚於王造像功德凡諸天衆悉亦隨喜未來世中有信之人皆因王故造佛形像而獲大福王今宜應歡喜自慶

大乘造像功德經卷上

大乘造像功德經卷下

唐于闐三藏法師提雲般若等奉　制譯

爾時世尊於僧伽尸道場坐師子座時諸四衆心各念言我等願聞如來演說造像功德若有衆生作佛形像設不相似得幾所福爾時彌勒菩薩摩訶薩知其念即從座起偏袒右肩長跪合掌白佛言世尊令優陀延王造佛形像若佛在世若已涅槃其有信心能隨造者所獲功德惟願世尊廣說其相佛告彌勒菩薩言彌勒諦聽諦聽善思念之當爲汝說若有淨信善男子善女人於佛功德專精繫念常觀如來威德自在具足十力四無所畏十八不共法大慈大悲一切智智三十二種大人之相八十隨形好一一毛孔皆有無量異色光明百千億種殊勝福德莊嚴成就無量智慧明了通達無量三昧無量法忍無量陀羅尼無量神通如是等一切功德皆無有量離衆過失無與等者此人如是諦念思惟深生信樂依諸相好而作佛像功德廣大無量無邊不可稱數彌勒若有人以衆雜綵而爲繢飾或復鎔鑄金銀銅鐵鉛錫等物或有雕刻栴檀香等或復雜以眞珠螺貝錦繡織成丹土白灰若泥若木如是等物隨其力分而作佛像乃至極小如一指大能令見者知是尊容其人福報我今當說彌勒如是之人於生死中雖復流轉終不生在貧窮之家亦不生於邊小國土下劣種姓孤獨之家又亦不生迷戾車等商估販貨屠膾等家乃至不生卑賤技巧不淨種族外道苦行邪見等家除因願力並不生彼是人常生轉輪聖王

有大勢力種姓之家或生淨行婆羅門富貴自在無過失家所生之處常遇諸佛承事供養或得爲王能持正法以法教化不行非道或作轉輪聖王七寶成就千子具足騰空而行化四天下盡其壽命自在豐樂或作帝釋夜摩天王兜率天王化樂天王他化自在天王人天快樂靡不皆受如是福報相續不絶所生之處常作丈夫不受女身亦復不受黃門二形卑賤之身所受之身無諸醜惡目不盲眇耳不聾聵鼻不曲戾口不喎斜脣不下垂亦不皴澀齒不踈缺不黑不黃舌不短急頂無瘤癭形不傴僂色不斑駮臂不短促足不癰跛不甚瘦不甚肥亦不太長亦不太短如是一切不可喜相悉皆無有其身端正面貌圓滿髮紺青色輭澤光淨脣如丹果目若青蓮舌相廣長齒白齊密發言巧妙能令聞者無不喜悅臂肘傭長掌平坦厚腰脛充實胷臆廣大手足柔輭如兜羅綿諸相具足無所缺減如那羅延天有大筋力彌勒譬如有人墮圊廁中從彼得出刮除糞穢淨水洗沐以香塗身著新潔衣如是此人比在廁中猶未得出淨穢香臭相去幾何此事懸隔無有等倍彌勒若有人於生死中能發信心造佛形像比未造時相去懸隔亦復如是當知此人在在所生淨除業障種種技術無師自解雖生人趣得天六根若生天中超越衆天所生之處無諸疾苦無疥癩無癰疽不爲鬼魅之所染著無有癲狂乾痟等病癘瘧癥瘕惡瘡隱疾吐痢無度飲食不消舉體痠疼半身痿躄如是等病曰百四種皆悉無有亦復不

爲毒藥兵仗虎狼師子水火怨賊如是橫緣之所傷害常得無畏不犯諸罪彌勒若有衆生宿造惡業當受種種諸苦惱事所謂枷鎖杻械打罵燒炙剥皮拔髮反繫高懸乃至或被分解支節若發信心造佛形像如是苦報皆悉不受若寇賊侵擾城邑破壞惡星變怪饑饉疾疫如是之處不生其中若言生者斯則妄說爾時彌勒菩薩摩訶薩復白佛言世尊如來常說善不善業皆不失壞若有衆生作諸重罪當生卑賤種姓之家貧窮疾苦壽命夭促後發信心造佛形像此衆罪報爲更當受爲不受耶佛告彌勒菩薩言彌勒汝今諦聽當爲汝說若彼衆生作諸罪已發心造像求哀懺悔決定自新誓不重犯先時所作皆得銷滅我今爲汝廣明此事彌勒譬若有人宿行慳悋以是緣故受貧窮苦無諸財寶資用匱乏忽遇比丘先入滅定從定初起即以飲食恭敬奉施此人施已永捨貧窮凡有所須悉如其意彌勒彼貧窮人先世惡業及所得報今何在耶彌勒菩薩言世尊由施食故先世惡業皆悉滅盡永離貧窮大富充足佛言彌勒如汝所言當知此人亦復如是由造像故彼諸惡業永盡無餘所應受報皆不復受彌勒業有三種一者現受二者生受三者後受此三種業中一一皆有定與不定若人信心造佛形像唯現定業少分容受餘皆不受爾時彌勒菩薩摩訶薩復白佛言世尊如來常說有五種業最爲深重決定墮於無間地獄所謂殺父害母殺阿羅漢以惡逆心出佛身血破和合僧若有衆生先作此罪後

於佛所生淨信心造佛形像此人爲更墮於地獄爲不墮耶佛告彌勒菩薩言彌勒我今爲汝重說譬喻如或有人手執强弓於樹林中向上射葉其箭徹往曾無所礙若有衆生犯斯逆罪後作佛像誠心懺悔得無根信我想微薄雖墮地獄還即出離如箭不停此亦如是又如比丘得神足通從海此岸到於彼岸周旋四洲無能礙者此人亦爾由先所犯暫墮地獄非彼宿業所能爲礙爾時彌勒菩薩摩訶薩復白佛言世尊諸佛如來是法性身非色相身若以色相爲佛身者難陀比丘與轉輪聖王皆應是佛以悉具有諸相好故或有衆生壞佛法身法說非法非法說法後發信心而造佛像此之重罪爲亦銷滅爲不得滅佛告彌勒菩薩言彌勒若彼衆生法說非法非法說法唯以口言而不壞見後生信樂造佛形像此先惡業但於現身而受輕報不墮惡道然於生死未即解脫爾時彌勒菩薩摩訶薩復白佛言世尊若有人盜佛塔物盜僧祇物四方僧物現前僧物自用與人如已物想世尊常說用佛塔物及僧物者其罪甚重然彼衆生作是罪已深自悔責起淨信心而造佛像如是等罪爲滅不耶佛告彌勒菩薩言彌勒若彼衆生曾用此物後自省察深懷愧悔依數酬倍誓更不犯我今爲汝說一譬喻如有貧人先多負債忽遇伏藏得無量寶還其債已長有餘財當知此人亦復如是酬倍彼物又造佛像免諸苦患永得安樂爾時彌勒菩薩摩訶薩復白佛言世尊如佛所說於佛法中犯波羅夷不名爲生或復有

人作斯罪已發心憶念諸佛功德而造佛像於佛法中得再生不又於今生第二第三第四生中獲證法不佛告彌勒菩薩言彌勒譬如有人身被五縛若得解脫如鳥出網至無礙處此人亦爾若發信心念佛功德而造佛像一切業障皆得銷除於生死中速出無礙彌勒當知乘有三種所謂聲聞乘獨覺乘及以佛乘此人隨於何乘而起願樂即於此乘而得解脫若但爲成佛不求餘報雖有重障而得速滅雖在生死而無苦難乃至當證無上菩提獲清淨土具諸相好所得壽命常無有盡爾時會中有未發大乘心者皆生疑念如來過去爲造佛像爲不作耶設若作者云何壽命而有限極有病有苦所居國土多諸穢濁不得清淨時波斯匿王承佛威神即從座起長跪合掌白佛言世尊我見如來諸根相好及以種族皆悉第一其心決定無有所疑然佛世尊曾於一時被佉陀羅木刺傷其足又於一時遇提婆達多推山迸石傷足出血昔復一時唱言有病命遣耆婆調下痢藥又一時中曾患背痛令摩訶迦葉誦七菩提分所苦得除復於一時曾有所患使阿難陀往婆羅門家乞求牛乳往復一時於婆羅村中三月安居唯食馬麥復曾一時乞食不得空鉢而還如世尊言若有人作佛像者所有業障皆得除滅離衆苦惱無諸疾病世尊往昔爲曾作像爲不曾作若於昔時作佛像者何因而有如是等事佛告波斯匿王言諦聽諦聽善思念之當爲大王分別解說大王我於往世爲求菩提以衆寶栴檀彩畫等事而

作佛像過此會中人天之數以斯福故雖在生死未盡諸惑然所受身堅如金剛不可損壞大王我念過去於無量劫生死之中造佛形像爾時尚有貪瞋等無量煩惱而共相應然未曾於一念之間以罪業故有四大不調及惡鬼神諸少病苦所須之物莫不充備況我於今已得阿耨多羅三藐三菩提而有如是不如意事大王若我昔時曾作佛像今有殘業受斯報者我復云何作無畏說言造佛像決定能盡諸惡業耶大王我於過去給施無量飲食財寶云何今時乞求不得而食馬麥儻令此事而有實者云何我於無量經中種種讚歎檀波羅蜜說其福業終不虛也大王我是真實語者不誑語者我若欺誑況餘人乎大王我已久斷一切惡業能捨難捨能行難行所捨身命過百千億已造無量諸佛形像已悔無量諸罪惡業豈得有斯毁傷病苦食噉馬麥饑渴等事若曾得勝果今還退失何假勸修此衆福善大王諸佛如來常身法身爲度衆生故現斯事非爲實也傷足患背乞乳服藥乃至涅槃以其舍利分布起塔皆是如來方便善巧令諸衆生見如是相大王我於世間現如是衆患事者欲示衆生業報不失令生怖畏斷一切罪修諸善行然後了知常身法身壽命無限國土清淨大王諸佛如來無有虛妄純一大悲智慧善巧故能如是種種示現是時波斯匿王聞此說已歡喜踊躍與無量百千衆生皆發阿耨多羅三藐三菩提心爾時彌勒菩薩摩訶薩復白佛言世尊有諸女人志意狹小多懷嫉恚輕薄

諂曲有恨不捨知恩不報設求菩提莫能堅守常欲誑惑一切衆生亦復爲他之所誑惑世尊若此女人造佛形像如是諸業得除滅不當來得作勇健丈夫求佛果不得作知恩報恩人不得具智慧大慈悲不於生死法能猒離不除因願力得更不受女人之身如瞿曇彌及佛母摩耶夫人不佛告彌勒菩薩言彌勒若有女人能造佛像永不復受女人之身設受其身則爲女寶尊勝第一然諸女人有五種德此女所得出過諸女何等爲五一者生孕子息二者種族尊貴三者稟性貞良四者質相殊絶五者姿容美正彌勒一切女人有八種因緣恒受女身云何爲八一者愛好女身二者貪著女欲三者口常讚美女人容質四者心不正直覆藏所作五者猒薄自夫六者念重他人七者知人有恩而已背逆八者邪僞莊飾欲他迷戀若能永斷如是八事而造佛像乃至成佛常作丈夫更受女身無有是處彌勒有四種因緣令諸男子受女人身何等爲四一者以女人聲輕笑喚佛及諸菩薩一切聖人二者於淨持戒人以誹謗心說言犯戒三者好行諂媚誑惑於人四者見他勝已心生嫉妬若有丈夫行此四事命終之後必受女身復經無量諸惡道苦若深發信心悔先所作而造佛像則其罪皆滅必更不受女人之報彌勒有四種因緣令諸男子受黄門身何等爲四一者殘害他形乃至畜生二者於持戒沙門瞋笑謗毀三者情多貪欲故心犯戒四者親犯戒人復勸他犯若有男子先行此事後起信心造佛形像乃至

成佛不受斯報常作丈夫諸根具足彌勒有四種業能令丈夫受二形身一切人中最爲其下何等爲四一者於尊敬所而有忝穢二者於男子身非處染著三者即於自己而行欲事四者衒賣女色而與他人若有衆生曾行此事深自咎責悔先所犯起淨信心造佛形像乃至成佛不受此身彌勒復有四緣令諸男子其心常生女人愛欲樂他於已行丈夫事何等爲四一者或嫌或戲謗毀於人二者樂作女人衣服莊飾三者於親族女行婬穢事四者實無勝德妄受其禮以此因緣令諸丈夫起於如是别異煩惱若悔先犯更不造新心生信樂作佛形像其罪既滅此心亦息彌勒有五種慳能壞衆生何等爲五一者慳惜所住隣邑由此當於曠野中生二者慳惜所居宅宇當作蟲身恒居糞穢三者慳惜端正好色當感醜惡不如意形四者慳惜所有資財當受貧窮衣食乏少五者慳惜所知之法當有頑鈍畜生等報若悔已先業造佛尊儀則永離慳心無前所受彌勒復有五緣令諸衆生生邊夷之處及無佛法時何者爲五一者於三寶良田不生淨信二者背實虧理妄行教誡三者不如理實而有教授四者破和合僧令成二部五者極少乃至破二比丘令不和合若永斷斯業造佛形像則常遇佛興恒聞法要彌勒衆生復有五種因緣常被於人之所猒逐乃至至親亦不喜見云何爲五一者兩舌二者惡口三者多諍四者多瞋五者巧説相似之言以行誹謗後若發心造佛形像悔先惡業誓不重作其所作罪並

得除滅爲一切人之所愛敬何以故諸佛有無量無邊勝福德故無量無邊大智慧故無量無邊三昧解脱等種種希有功德法故善男子假使有人以三千大千國土抹爲微塵復碎彼塵一一塵分等彼三千大千國土微塵之數有如是等碎微塵數三千大千國土設復有人取一碎塵以神通力往於東方一刹那頃過彼所碎微塵數三千大千國土第二第三後後刹那皆亦如是乃至終彼碎塵數劫彼諸劫中所有刹那一一刹那各爲一劫經爾許劫刹那刹那皆度如前碎微塵數三千大千國土如是畢已乃下此塵是人還來更取一塵復往東方過前一倍下塵而返至第三塵倍於第二如是次第轉倍於前乃至盡此碎微塵數如説東方南西北方皆亦如是是人四方所經之處一切國土盡末爲塵此諸微塵一切衆生共校計籌量容可知數於如來身一毛孔分所有功德不可知也何以故諸佛如來所有功德無有限量不思議故善男子假使如前微塵等數舍利弗等所有智慧不及如來一念之智何以故如來於念念中常能出現過前塵數三昧解脱陀羅尼等種種無量勝功德故諸佛功德一切聲聞辟支佛於其名字亦不能知是故若有淨信之心造佛形像一切業障莫不除滅所獲功德無量無邊乃至當成阿耨多羅三藐三菩提永拔衆生一切苦惱佛説此經已彌勒菩薩及三十三天優陀延王一切世間天人阿脩羅乾闥婆等聞佛所説皆大歡喜信受奉行

大乘造像功德經卷下

音釋

模蒙晡切規倣也　螺髻螺落戈切髻古詣切　頸居郢切頭莖也　斫之若切斬也　曩奴朗切曏也　殞羽斂切歿也　黯乙減切深慘色也　讒鋤銜切譖也　噎於計切　憤房吻切懣也　赫弈赫呼格切弈羊益切赫弈明盛貌　昃正作則切力切[illegible]　蹈徒到切履也　遽其據切迫也　適丁歷切消適也　繢黃外切畫也　鉛余專切錫屬　估果五切論價也　販方願切買賤賣貴曰販　屠膾屠同都切膾古外切屠膾謂宰殺者　眇弭沼切一目小也　聵五恠切聾也　喎苦淮切不正也　皴澀皴七倫切皮細起也澀所立切麤澀也　癭於郢切頸瘤也　傴僂傴於武切僂力主切傴僂背曲也　駮北角切色不純也　癵跛癵呂員切拘癵也跛布火切足偏廢也　肘陟柳切臂節也　臃丑凶切直也　腗部禮切股也　圊七情切廁初吏切圊廁溷也　刮古滑切削除也　疥癩疥古隘切癩落蓋切　癲都年切狂也　痟思燋切渴病也　癘瘧癘力制切疫也瘧逆約切痁病也　癥瘕癥知陵切瘕公遐切癥瘕並腹中病也　痠疼痠蘇官切疼徒冬切　痿躄痿於危切痿黃脾濕病也躄彼戟切足不能行也　杻械杻敕九切械胡解切杻械桎梏也　剝北角切割也　疫營隻切瘟疫也　匱求位切乏也　迸北諍切散也　儻他朗切或然之辭　諂丑琰切佞言也　誑古況切詐也　衒黃絹切鬻也

八經同卷

清刻龍藏佛說法變相圖

八經同卷

佛說作佛形像經

佛說造立形像福報經

佛說灌佛經

佛說灌洗佛經

佛說浴像功德經

浴像功德經

佛說校量數珠功德經

曼殊室利呪藏中校量數珠功德經

佛說作佛形像經

失譯師名附後漢録

佛至拘鹽惟國有諸樹園主名拘翼時國王名優塡年十四聞佛當來王即勑傍臣左右皆悉嚴駕王即行迎佛遥見佛心中踴躍歡

喜王即下車步罷傍臣左右持蓋者王趨迎佛前以頭面著佛足遶佛三帀長跪叉手白佛言天上天下人民無有能及佛者今佛面目身體行步光明巍巍好乃如是我視佛無有猒極時今佛是天上天下人之師也佛慈心所愛者多佛默然不應王復白佛言人作善者其得福祐當何趣向佛去後我恐不復見佛我欲作佛形像恭敬承事之後當得何等福願佛哀爲我說之我欲聞知佛言年少王汝所問大善聽我言聽已當置心中王言諾受教佛告王若作佛形像其得福祐我悉爲汝說之王言受恩佛言天下人作佛形像者其後世所生處眼目淨潔面貌端正身體手足常好生於天上亦淨潔與諸天絕異眼目面貌好作佛形像得福如是作佛形像所生處無有惡身體皆完好死後得生第七梵天上復勝餘天端正絕好無比爲諸天所敬作佛形像得福如是作佛形像後世當生豪貴家其實與世間人絕異所生處不在貧窮家作子作佛形像其得福如是作佛形像者後世身體常紫磨金色端正無比作佛形像後世所生處當生富家錢財珍寶不可勝數常爲父母兄弟宗親所重愛作佛形像其得福如是作佛形像後世生閻浮利地常生帝主王侯家或爲賢善家作子作佛形像其福如是作佛形像後世作帝王中復最尊勝於諸國王諸國王所歸仰作佛形像其得福如是作佛形像後世作遮迦越王飛行上天上後來下自恣在所作爲無所不至作佛形像其得福如是作佛形像後世生第七梵天上

壽一劫智慧無有能及者作佛形像死後不復在惡道中生生者常自守節心念常欲求佛道作佛形像其得福如是作佛形像後世生常敬佛慈心於經常持雜繒綵好華好香然燈火諸天下珍寶奇物持上佛舍利其後無數劫會當得泥洹道人有出意持珍寶上佛者皆非凡人皆是前世故作佛道作佛形像其得福如是作佛形像後世得福無有窮極盡時不可復稱數四天下江海水尚可斗量枯盡作佛形像其得福過於四天下江海水十倍後世所生爲人所敬護作佛形像譬若天雨水人有好舍無所畏作佛形像後世死不復更泥犂禽獸薜荔惡道中生其有人見佛形像以慈心叉手自歸於佛塔舍利者死後百劫不復入泥犂禽獸薜荔中死即生天上天上壽盡復來下生世間爲富家作子珍寶奇物不可勝數然後會當得佛泥洹道佛告王作善者作佛形像其福得祐如是不唐其王歡喜前爲佛作禮以頭面著佛足王羣臣皆爲佛作禮而去壽終皆生阿彌陀佛國

佛說作佛形像經

佛說造立形像福報經

失譯師名附東晋録

佛至拘羅瞿國有諸樹園王名拘翼時國王名優塡年始十四聞佛當來王即勑傍臣左右皆悉嚴駕王行迎佛遥見世尊心中踴躍極大歡喜止車下步罷却左右傍臣侍從及持蓋者即前迎趣便以頭面著地作禮起復前行如是至三佛言來前王復前到以頭面著佛足起遶三帀長跪叉手白佛言天上天下諸天人民無及佛者今佛面目身體行步光明巍巍好乃如是我今視佛無有猒極佛是天上天下諸天人民之大師佛所慈心哀救甚多佛默然不應王復白佛言人作善者此之福祐當何所獲佛去已後我恐不復見佛今欲作佛形像恭敬承事得何福報願佛哀愍爲我說之我欲聞知爾時佛告少年王汝所問大善諦聽吾說以著心中王即稽首言受教佛告王曰若有作佛形像所得福祐我今悉當爲汝說之王言諾受恩佛言天下人民能作佛形像者其後世世所生之處眼目淨潔面貌端正身體手足常好柔輭生於天上亦復淨潔諸天中勝眼目面貌甚好無比作佛形像其福如是作佛形像所生之處無有諸惡身體具足死後得生第七梵天上復於諸天中形貌端正絕好無比爲諸天所敬作佛形像其福如是作佛形像後世常生勢尊貴家受其氣力與世絕異在所生處不墮貧家作佛形像其福如是作佛形像後世所生身形殊妙紫磨金色端正無比常爲衆人所恭敬愛作佛形像其福如是作佛形像

後世生處常生富貴之家財產珍寶不可稱
數常爲父母兄弟宗族之所愛重作佛形像
其福如是作佛形像後世若生閻浮提中常
生帝王公侯賢善之家作佛形像其福如是
作佛形像後世得作帝王特尊勝諸國王當
爲諸王之所歸仰作佛形像其福如是作佛
形像後世得作遮迦越王四天下諸王皆臣
屬之作佛形像其福如是作佛形像後世得
作遮迦越王飛行天上復下自恣在所施爲
無所不至作佛形像其福如是作佛形像後
世生於第七梵天壽一劫餘智慧尊勝無上
無能及者作佛形像其福如是於梵天壽盡
當復下來生於孝順有道法家作佛形像其
福如是作佛形像後所生處常爲父母之所
愛重壽終復得生於天上作佛形像其福如
是作佛形像死後不復墮三惡道當自守意
常欲求佛作佛形像後世生處尊重於經意
欲常持雜好香華雜好繒綵燈火光明諸天
下中名好珍寶奉上佛塔後無數劫會當得
佛涅槃之道人有出意持好珍寶所愛重物
奉上佛者非餘凡人皆是前世作佛形像者
習菩薩道者作佛形像其福如是作佛形像
其福無量無窮盡時不可稱數如是四天下
江河海水尚可升量作佛形像其福甚多多
四天下江河海水過出十倍後世所生常求
佛道作佛形像譬如天雨人有好舍無所憂
畏作佛形像死後不復入於地獄畜生餓鬼
諸惡道中其有衆生見佛形像生恭敬心叉
手自歸佛塔舍利者死後百劫不復入於地
獄畜生餓鬼道中死即生天天上壽終復生

世間勢富之家如是受福不可稱數會當得佛涅槃之道佛告優填王人作善者作佛形像其福祐功德如是終不唐苦爾時優填王以偈讚佛

佛者大聖人　爲衆生說法　拘深瞿師園
優填叉手問　聞梵音審諦　不動百福成
作佛形像者　得何等福報

爾時世尊說偈答曰

王諦聽吾說　福地恢上士　福德無過者
作佛形像報　恒生大富家　尊貴無極珍
眷屬常恭敬　作佛形像報　世世身無患
常得天眼視　無比紺青色　作佛形像報
父母見歡忻　端正威德重　愛樂終無猒
作佛形像報　金色身皎光　猶如師子像
衆生見歡喜　作佛形像報　閻浮提大姓
剎利婆羅門　福人於中生　作佛形像報
不生邊地國　不盲不醜陋　六情常完具
作佛形像報　臨終識宿命　見佛在其前
不覺死時苦　作佛形像報　作大名聞王
金輪飛行帝　典主四天下　作佛形像報
作釋天名因　神足典第二　三十三天奉
作佛形像報　此過出欲界　作梵梵天王
迦夷衆梵恭　作佛形像報　受福正如是
若能刻畫作　天地尚可稱　此福不可量
是故供養佛　華香香汁塗　供養大士者
得漏盡無爲

佛說經竟王大歡喜即起前以頭面著佛足而起比丘比丘尼優婆塞優婆夷及其五百傍臣左右皆起歡喜爲佛作禮後皆往生阿彌陀佛國作大菩薩最尊第一優填王聞其

所說歡喜受解即得須陀洹道

佛說造立形像福報經

佛說灌佛經（一名灌洗佛形像經）

西晉沙門釋法炬譯

爾時佛告摩訶刹頭諸天人民皆一心聽佛言人身難得無爲道亦然佛世難值吾本從阿僧祇劫時身爲白衣累劫積德每生自尅展轉五道不貪財寶棄身施與無所愛惜自致爲王太子太子以四月八日夜半明星出時生墮地行七步舉右手而言天上天下惟吾爲尊當爲天人作無上師太子生時地爲大動第一四天王乃至梵天忉利天王其中諸天各持十二種香和湯雜種名華以浴太子太子得成佛道開現聖法濟度羣萌佛告諸天人民十方諸佛皆用四月八日夜半時生十方諸佛皆用四月八日夜半時去家入山學道十方諸佛皆用四月八日夜半時成佛十方諸佛皆用四月八日夜半時入般涅槃佛言所以用四月八日者以春夏之際殃罪悉畢萬物普生毒氣未行不寒不熱時氣和適正是佛生之日諸善男子善女人於佛滅後當至心念佛無量功德之力浴佛形像如佛在時得福無量不可稱數佛言我本行菩薩道時三十六返爲天王釋三十六返作轉輪聖王三十六返爲飛行皇帝諸有佛弟子信心善意者當念十方諸佛功德善業以香華雜物浴佛形像者所願皆得諸天龍神常隨擁護皆當證明佛告諸弟子夫人身難得經法難聞其有天人能自減損妻子之分五家財物用浴佛形像者如佛在時所願悉得欲求度世取無爲道生生不與死會者可得欲求精進勇猛如釋迦文佛者可得欲求

如文殊師利阿惟越致菩薩者可得欲求轉輪聖王飛行教化者可得欲求辟支佛阿羅漢者可得欲求離三惡道者可得欲求生天上人間富樂者可得欲求百子千孫者可得欲求長壽無病者可得世間人民貪欲如海寧割身上一臠肉不肯出一錢物與人人生時不持一錢來死亦不持一錢去財物故在世間人死當獨去憶如此者乃浴佛形像持是功德生死相隨無有斷期佛言若人有一善之心作是功德者諸天善神天龍八部四天王等僉然擁護浴佛形像福報所生常得清淨從是因緣得成佛道

佛説灌佛經

佛說灌洗佛經 一名摩訶剎頭經

乞伏秦沙門釋聖堅譯

摩訶剎頭諸天人民長老皆明聽夫得爲人難無上道亦然人命難得佛世難值釋迦文佛本出阿僧祇劫時佛身作白衣時累功積德每生自尅展轉五道不貪財寶出身施與自致爲王太子以四月八日夜半明星出時生墮地行七步舉右手而言天上天下我當爲人民作師太子生時天地皆爲大動第七梵天第二忉利天王釋及第一四天王皆來下持十二種香湯雜華用浴太子身太子立身作佛開現道法以示天下人佛告天下人民十方諸佛皆用四月八日夜半時生十方諸佛皆用四月八日夜半時去家入山行學道十方諸佛皆用四月八日夜半時得佛道十方諸佛皆用四月八日夜半時般泥洹佛言所以用四月八日者何春夏之際殃罪悉畢萬物普生毒氣未行不寒不熱時氣和適今是佛生日故諸天下人民共念佛功德浴佛形像如佛在時是故以示天下人佛言我爲菩薩在世時三十六反爲天王釋三十六反作金輪王三十六反作飛行皇帝今日諸賢者誰有好心善意念釋迦文佛恩德者以香華浴佛形像求第一福者諸天鬼神龍皆所證明佛言人身難得佛經難值若能自減省持五家財物用浴佛形像自在所願欲求度世無爲道長不欲與生死會者可得欲求精進勇猛立身如釋迦文佛者可得欲求文殊師利阿惟越致菩薩飛行教授人民具相可得欲求辟支佛阿羅漢可得欲求閉絕三

惡根本生天上人間可得欲求作第七梵天及第二忉利天王釋可得欲作飛行皇帝可得欲在世間豪貴可得欲求財富百億萬家生可得欲求百子千孫可得欲求長壽無病可得世間人寧亡身上一臠肉不欲亡一錢人生不持一錢來死亦不持一錢去財物故留世間坐財物死當受苦惱持用浴佛形像者生死與俱無有斷絶佛言閻浮利內外諸天梵釋鬼神龍皆當擁護浴佛形像者從是因緣令諸賢者疾得佛泥洹道佛言諸持好香華汁浴佛形像者自得其福在所從生常得清淨名聞十方持好華散上佛者自得其福在所從生常得端正好色無比持繒旛上佛者自得其福在所從生常得自然好衣無極佛言我累功積德行善至誠持戒忍辱精進一心智慧乃自致得作佛耳灌佛形像所得多少當作三分分之一者爲佛錢二者爲法錢三者爲比丘僧錢佛錢繕作佛形像若金若銅若木若泥若塑若畫以佛錢修治之法錢者架立樓塔精舍籬落墻壁內外屋是爲法錢比丘僧有萬錢千比丘當共分之若無衆比丘但一分作有以一分給與法錢數人亦三分分之出以一分持後法僧錢一文以上不可妄用私取一錢自私用以爲施惠見世貧極後長受苦寧以利刀割肉以施惠人不以灌佛一錢私作恩惠寧吞洋銅不以灌佛一錢以作恩分寧自投大火中不以灌佛一錢與妻子若共持治生飯食也令見世當受恐怖後世魂神當受是痛世人多有發意求所願者布施之日不計少多趣使充饒

事業畢竟者疲極衆家殘餚饌敢食不盡當持那置佛言少多皆當送以給與守嵩寺中持法沙門衆僧自共分以出物當望生云何春種食之福那得生耶不應各各竟分分歸與妻子是爲種於石上根株焦盡終無生時今以布施者餘福重以施衆僧是爲施一得萬倍四月八日浴佛法都梁藿香艾納合三種草挼而漬之此則青色水若香少可以紺黛秦皮權代之矣鬱金香手挼之漬之於水中挼之以作赤水若香少若乏無者可以面色權代之丘隆香擣而後漬之以作白色水香少可以胡粉足之若乏無者可以白粉權代之白附子擣而後漬之以作黄色水若乏無白附子者可以梔子權代之玄水爲黑色最後爲清淨今見井華水名玄水耳右五色水灌如上疏以水清淨灌像訖以白練若白綿拭之矣斷後自占更灌名曰清淨灌其福與第一福無異也

佛説灌洗佛經

佛説浴像功德經

唐天竺三藏法師寶思惟譯

如是我聞一時薄伽梵在王舍城鷲峯山中與大苾芻衆及與無量諸大菩薩摩訶薩俱爾時會中有一菩薩名清淨慧作是思惟以何因緣諸佛如來得清淨身又復念言若佛在世親近供養及滅度後供養舍利此二種人所獲福德功德齊不作是念巳承佛威神從座而起頂禮佛足白言世尊諸佛如來以何因緣得清淨身若佛在世親近供養及滅度後供養舍利此二種人所獲福德其功德等不爾時世尊告清淨慧菩薩言善哉善哉汝今乃能爲未來世諸衆生故發如是問汝當善聽我今爲汝分別解説爾時清淨慧菩薩白佛言唯然世尊願樂欲聞佛告清淨慧菩薩言諸佛如來爲求菩提於往昔時所修三昧戒定忍辱智慧慈悲喜捨解脱解脱知見力無所畏一切佛法一切種智悉皆清淨是故如來得清淨身又以華香旛蓋而以供養復以香水浴如來身復以寶蓋彌覆其上以諸飲食鼓樂弦歌讃詠如來以此功德迴向一切種智所得功德無量無邊乃至得成無上菩提何以故如來智慧無量無邊不可思議所有功德亦復如是清淨智慧我滅度後有二種舍利一者法身二者化身若善男子善女人等供養舍利造佛形像如大麥等造塔如菴羅果表刹如針蓋如浮萍持佛舍利如芥子大安置其中所得功德如我在世等無差別如是之人得十五種功德一者得清淨念心二者得順法心三者得慚愧心四

者得見如來五者發淨信心六者能持正法七者如說修行八者得親近諸佛九者諸佛國土隨意受生十者若生人中生大姓家其心柔輭人所敬重十一者纔生人中得念佛心十二者諸魔軍衆不能惱亂十三者於末法時能護正法十四者常得十方諸佛如來恒加覆護十五者速得成就五分法身爾時世尊而說頌曰

若以清淨心　於如來滅後　供養舍利者
或造於塔廟　及如來形像　於彼塔像前
掃塗曼荼羅　以種種華香　散布於其上
以諸妙香水　而浴於佛像　上妙諸飲食
淨持以供養　讚禮佛功德　無量難思議
智慧及神通　諸善巧方便　悉皆到彼岸

爾時清淨慧菩薩聞佛世尊說是頌已而白佛言世尊若佛在世及滅度後未來世中諸衆生等云何浴像惟願如來爲衆生故開示演說佛言清淨慧如佛在世諸衆生等發起淨心於佛滅後亦應如是不作執空有想於諸善品心懷渴仰不生疲猒何以故爲成就如來法報身故我已曾爲汝說四眞諦法十二因緣六波羅蜜我今爲汝說浴像法諸供養中最爲殊勝善男子若欲沐像應以牛頭栴檀紫檀多摩羅香甘松芎藭白檀鬱金龍腦沉香麝香丁香以如是等種種妙香隨所得者以爲湯水置淨器中先作方壇敷妙牀座於上置佛以諸香水次第浴之用諸香水周徧訖已復以淨水於上淋洗其浴像者各取少許洗像之水置自頭上燒種種香以爲供養初於像上下水之時應誦以偈

我今灌沐諸如來　淨智功德莊嚴聚
五濁衆生令離垢　願證如來淨法身
燒香之時當誦斯偈
戒定慧解知見香　徧十方刹常芬馥
願此香烟亦如是　迴作自他五種身
爾時世尊說是法已衆中有無量菩薩摩訶薩獲得清淨無垢三昧無量天人得不退轉無上菩提爾時阿難即從座而起白佛言世尊當何名此經我等云何奉持佛言此經名爲洗浴諸佛得身清淨應如是持說是經已一切衆會皆大歡喜信受奉行

佛說浴像功德經

浴像功德經

唐三藏法師義淨奉　詔譯

如是我聞一時薄伽梵在王舍城鷲峯山頂與大苾芻衆千二百五十人俱復有無量無邊大菩薩衆天龍八部悉皆雲集爾時清淨慧菩薩在衆中坐爲欲愍念諸有情故作是思惟諸佛如來以何因緣得清淨身相好具足復作是念諸衆生類得值如來親近供養所獲福報無量無邊未知如來般涅槃後所有衆生作何供養修何功德令彼善根速能究竟無上菩提作是念已即從座起偏袒右肩頂禮佛足長跪合掌白佛言世尊我欲請問願垂聽許佛言善男子隨汝所問我當爲說爾時清淨慧菩薩白佛言諸佛如來應正等覺以何因緣得清淨身相好具足又諸衆生得值如來親近供養所獲福報無量無邊未審如來般涅槃後所有衆生作何供養修何功德令彼善根速能究竟無上菩提爾時世尊告清淨慧菩薩言善哉善哉汝能爲彼未來衆生發如是問汝今諦聽善思念之如說修行吾當爲汝分別解說清淨慧菩薩言唯然世尊願樂欲聞佛告清淨慧菩薩言善男子應知布施持戒忍辱精進靜慮智慧慈悲喜捨解脫解脫知見力無所畏一切佛法一切種智善清淨故如來清淨若於如是諸佛如來以清淨心種種供養香華瓔珞旛蓋敷具布在佛前種種嚴飾上妙香水澡浴尊儀燒香普熏運心法界復以飲食鼓樂弦歌讚詠如來不共功德發殊勝願迴向無上一切智海所生功德無量無邊乃至菩提常令

相續所以者何如來福智不可思議無數無等善男子諸佛世尊具有三身謂法身受用身化身我涅槃後若欲供養此三身者當供養舍利然有二種一者身骨舍利二者法頌舍利即說頌曰

諸法從緣起　如來說是因　彼法因緣盡
是大沙門說

若男子女人苾芻五衆應造佛像若無力者下至大如纊麥造窣覩波形如棗許刹竿如針蓋如麩片舍利如芥子或寫法頌安置其中如上珍奇而爲供養隨已力能至誠殷重如我現身等無有異善男子若有衆生能作如是勝供養者成就十五殊勝功德而自莊嚴一者常有慚愧二者發淨信心三者其心質直四者親近善友五者入無漏慧六者常見諸佛七者恒持正法八者能如說行九者隨意當生淨佛國土十者若生人中大姓尊貴人所敬奉生歡喜心十一者生在人中自然念佛十二者諸魔軍衆不能損惱十三者能於末世護持正法十四者十方諸佛之所加護十五者速得成就五分法身爾時世尊即說頌曰

我般涅槃後　能供養舍利　或造窣覩波
及以如來像　於彼像塔處　塗拭曼茶羅
以種種香華　散布於其上　以淨妙香水
灌沐於像身　上味諸飲食　盡持以供養
讚歎如來德　無量難思議　方便智神通
速至於彼岸　獲得金剛身　具三十二相
八十隨形好　濟度諸羣生

爾時清淨慧菩薩聞是頌已白佛言未來衆

生云何浴像佛告清淨慧菩薩言汝等當於如來起正念心勿著二邊迷於空有於諸善品渴仰無猒三解脫門善修智慧常求出離勿住生死於諸衆生起大慈悲願得速成三種身故善男子我已爲汝說四眞諦十二緣生六波羅蜜今更爲汝及諸國王王子大臣後宮妃后天龍人鬼說浴像法諸供養中最爲第一勝以恒河沙等七寶布施若浴像時應以牛頭栴檀白檀紫檀沉水熏陸鬱金香龍腦香零陵藿香等於淨石上磨作香泥用爲香水置淨器中於清淨處以好土作壇或方或圓隨時大小上置浴牀中安佛像灌以香湯淨潔洗沐重澆清水所用之水皆須淨濾勿使損蟲其浴像水兩指瀝取安自頂上名吉祥水瀉於淨地莫令足蹋以細軟巾拭像令淨燒諸名香周徧熏馥安置本處善男子由作如是浴佛像故能令汝等人天大衆現受富樂無病延年於所願求無不遂意親友眷屬悉皆安隱長辭八難永出苦源不受女身速成正覺旣安置已更燒諸香親對像前虔誠合掌而說讚曰

我今灌沐諸如來　淨智功德莊嚴聚
願彼五濁衆生類　速證如來淨法身
戒定慧解知見香　徧十方刹常芬馥
願此香烟亦如是　無量無邊作佛事
亦願三塗苦輪息　悉令除熱得清涼
皆發無上菩提心　永出愛河登彼岸

佛說此經已是時衆中有無量無邊菩薩得無垢三昧無量諸天得不退智諸聲聞衆願求佛果八萬四千衆生皆發阿耨多羅三藐

三菩提心爾時清淨慧菩薩白佛言世尊幸
蒙大師哀愍我等教浴像法我今勸化國王
大臣一切信心樂功德者於日日中澡沐尊
儀獲大利益常當頂受歡喜奉行
浴像功德經

佛說校量數珠功德經

出天息災新譯文殊根本儀軌經中

唐迦濕蜜羅國三藏寶思惟譯

爾時文殊師利法王子菩薩摩訶薩爲欲利益諸有情故以大悲心告諸大衆言汝等善聽我今演說受持數珠校量功德獲益差別若有誦念諸陀羅尼及佛名者爲欲自利及護他人速求諸法得成驗者其數珠法應有如是須當受持若用鐵爲數珠者誦掐一徧得福五倍若用赤銅爲數珠者誦掐一徧得福十倍若用眞珠珊瑚等爲數珠者誦掐一徧得福百倍若用木槵子爲數珠者誦掐一徧得福千倍若求往生諸佛淨土及天宮者應受此珠若用蓮子爲數珠者誦掐一徧得福萬倍若用因陀羅佉叉爲數珠者誦掐一徧得福百萬倍若用烏嚧陀囉佉叉爲數珠者誦掐一徧得福千萬倍若用水精爲數珠者誦掐一徧得福萬萬倍若用菩提子爲數珠者或用掐念或但手持數誦一徧其福無量不可筭數難可校量諸善男子其菩提子者若復有人手持此珠不能依法念誦佛名及陀羅尼此善男子但能手持隨身行住坐卧所出言語若善若惡斯由此人以持菩提子故得福等同如念諸佛誦呪無異獲福無量其數珠者要當須滿一百八顆如其難得或爲五十四或二十七或十四亦皆得用此即數珠法相差別諸善男子以何因緣我今獨讚用菩提子獲益最勝諸人善聽我爲汝等重說昔因過去有佛出現於世在此樹下成等正覺時一外道信邪倒見毀謗三寶彼有一男忽被非人打殺外道念言我今邪盛

未審諸佛有何神力如來旣是在此樹下成等正覺若佛是聖樹應有感即將亡子卧著菩提樹下作如是言佛樹若聖我子必甦以經七日誦念佛名其子乃得重甦外道讚言諸佛神力我未曾見佛成道樹現此希奇甚大威德難可思議諸外道等悉捨邪歸正發菩提心信知佛力不可思議諸人咸號爲延命樹以此因緣有其二名應當知之我爲汝等示其所要說此語已佛言善哉善哉文殊師利法王子如汝所說一無有異一切大衆聞此持珠校量功德皆大歡喜信受奉行

佛說校量數珠功德經

曼殊室利咒藏中校量數珠功德經

唐三藏法師義淨奉　詔譯

爾時曼殊室利法王子菩薩摩訶薩於大衆中從座而起整理衣服偏袒右肩合掌恭敬白佛言世尊我今爲欲利益諸有情故説受持數珠功德校量福分利益差別惟願世尊哀愍聽許佛告曼殊室利善哉善哉聽汝爲説曼殊室利菩薩摩訶薩言若善男子善女人有能誦持諸陀羅尼及佛名者爲欲自利及護他人速成諸法而得驗者其數珠法應當如是作意受持然其珠體種種不同若以鐵爲數珠者誦掐一徧得福五倍若用赤銅爲數珠者誦掐一徧得福十倍若用眞珠珊瑚等寶爲數珠者誦掐一徧得福百倍若用櫁子爲數珠者誦掐一徧得福千倍若用蓮子爲數珠者誦掐一徧得福萬倍若用因陀囉佉叉爲數珠者誦掐一徧得福百萬倍若用烏嚧陀囉佉叉爲數珠者誦掐一徧得福百億倍若用水精爲數珠者誦掐一徧得福千億倍若用菩提子爲數珠者或用掐念或但手持誦數一徧其福無量不可筭計難可校量若欲願生諸佛淨土者應當依法受持此珠曼殊室利菩薩言菩提子者若復有人手持此菩提珠不能依法念誦佛名及陀羅尼但能手持隨身行住坐卧所出言説若善若惡斯由此人以持菩提子故所得功德如念諸佛誦咒無異獲福無量其數珠者要當須滿一百八顆如其難得或五十四或二十七或但十四此乃數珠功德差別以何因緣我今偏讚用菩提子獲益最勝曼殊室利菩

薩言乃往過去有佛出世在此樹下成等正覺時一外道邪見懷心毀謗三寶彼有一男忽被非人之所打殺外道念言我今邪見未審諸佛有何神力如來今既在此樹下成等正覺若其實聖樹應有感即將亡子卧菩提樹下作如是言佛樹若聖我子應甦以經七日誦念佛名子乃重甦外道歡喜讚言諸佛有大神力我未曾見佛成道樹現此希奇甚大威德難可思議時諸外道聞此事已捨邪歸正發菩提心信佛神力不可思議以此因緣世人皆號為延命樹其菩提樹遂有二名一名菩提樹二名延命樹爾時曼殊室利菩薩摩訶薩說是語已佛言善哉善哉曼殊室利如汝所說爾時大衆聞說持珠功德經已皆大歡喜信受奉行

曼殊室利咒藏中校量數珠功德經

音釋

諾（奴各切應聲也）薜荔（梵語具云薜荔多此云餓鬼薜蒲計切荔力計切）忻（許斤切喜也）臠（力兖切塊肉也）僉（七廉切皆也）塑（桑故切埏土像物也）餚饌（餚胡交切葅醢也饌雛綰切具食也）藿（虛郭切香草也）捼（奴禾切以手相切靡也）漬（疾智切浸漬也）紺黛（紺古暗切深青色也黛徒耐切青黛也）芎藭（芎丘弓切藭渠弓切芎藭香草也）麝（神夜切獸名臍有香因曰麝香）穬（古猛切麥也）窣覩波（梵語也此云方墳窣蘇骨切）澆（古堯切沃也）濾（良倨切漉也）瀝（郎擊切漉也）蹋（徒洽切踐也）掐（苦洽切以爪刺也）槵（胡慣切）

八經同卷

清刻龍藏佛說法變相圖

佛說龍施女經

吳月支國優婆塞支謙譯

聞如是一時佛遊於維耶離奈氏樹園與大比丘衆千二百五十人俱及五百衆菩薩佛以晨旦著衣持鉢入城分衛衆會皆從諸天

龍神香華妓樂倍於常時佛到長者須福門外須福有女名曰龍施厥年十四時在浴室澡浴塗香著好衣爲佛眉間毫相之光照七重樓上東向見佛在門外住容貌端正如星中有月奇相衆好金色從容諸根寂定女大歡喜則自念言今得見佛及衆弟子當以發意作菩薩行願令我得道如佛魔見女發大意心爲不樂念言是女今與大福及欲求佛必過我界多度人民今我當往壞其道意魔便下化作女父形像被服謂龍施言今所念者大重佛道難得億百千劫勤勞不懈然後乃成今世幸有佛不如求羅漢既要易得且俱度世泥洹無異何爲貪佛久負勤苦汝是我女故語汝耳龍施對曰不如父言羅漢與佛雖俱度世功德不同佛智大度如十方空度人無極羅漢智少若一時耳何有高才樂於小者魔復言未曾聞女人得作轉輪聖王況乃欲得作佛佛道長久不如求羅漢早取泥洹龍施報言我亦聞女人不得作轉輪聖王不得作帝釋不得作梵王不得作佛我當精進轉此女身意念作男子身蓋聞天下遵行菩薩道億劫不懈者後皆得作佛魔見女意不轉益用愁毒更作惡教言作菩薩行者當不貪於世間不惜於壽命今汝精進能從樓上自投於地者後可得佛龍施念言今我見佛乃自愛欲菩薩道父有教以精進棄身可得佛道我何惜此危脆之命女即於欄邊叉手向佛言我今自歸天中之天以一切懸念知我所求請棄軀命不捨菩薩以身施佛願而散華以便縱身自投樓下於空中未及

至地女身則化成男子時佛乃笑五色光從口出照一佛刹還從頂入賢者阿難長跪問言佛不妄笑願聞其意佛言阿難汝見此女自投空中化成男子不對曰見佛言此女乃前世時以事萬佛後當供養恒沙如來却至七億六千萬劫當得作佛號名龍盛其壽一劫般泥洹後經道與盛半劫乃滅時佛說法當度九十七億萬人令得菩薩及阿羅漢道是時人民飲食當如第二忉利天上於是龍施身住佛前報父母言願放捨我得作沙門父母即聽諸家親屬合五百人及八百天神見女人龍施化成男子皆發無上正眞道意魔王見衆人求佛更多憂愁不樂慙愧而歸佛說是時莫不歡喜

佛說龍施女經

佛說龍施菩薩本起經

西晉三藏法師竺法護譯

聞如是一時佛遊維耶離奈女樹園與大比丘衆千二百五十五千菩薩及無央數天人時佛說經衆會皆定龍施菩薩立於佛前作師子吼嗟歎大乘說前世行積功累德不惜身命不計吾我無所希求白佛言過去世時有一般遮旬在叢樹下精進行道心無所著常愍十方人及蠕動之類行四等心慈悲喜護常食果蓏而飲泉水不慕世榮無所貪惜得五神通以自娛樂何等為五眼能徹視耳能徹聽身能飛行了衆人根自知本末在其山中誦習經義晝夜不懈時有毒蛇見般遮旬晝夜誦經心大歡悅前詣般遮旬所稽首作禮取草用掃含水灑地供事道人不敢懈慢常在左側聽經不離般遮旬所說經毒蛇輒悉諷誦如是數月之中轉向冬寒樹木華果遂復欲盡般遮旬心念言冬寒已至華果已盡無所依怙我今當還止於人間便取衣鉢即欲發去毒蛇時見悲泣淚出白道人言欲何至乎道人答曰寒冷且至亦無屋舍華果復盡無以自活故相捨去欲入郡國毒蛇聞之益甚悲哀白道人言道人在此如依太山晝夜樂法其心不傾今捨我去無所恃怙願見愍傷我身可憐道人答曰吾有四大常當衣食以自住立今此山中亦無供具雖有慈心不能自在毒蛇白曰今此山中樹木參天泉水流行百鳥嚶嚶甚可娛樂何為捨焉唯願道人勿見棄捐今雖當去欲從其後奉侍道人不敢住留在此愁思但有死憂道人

答曰卿爲毒蛇衆人所憎見者欲害無有愛樂或於道中虎狼毒蟲飛鳥走獸共害汝身令實悢悢無有已已雖有是心不得自在願卿住此思道念德精進自守忍諸困厄若前强健後年復會道人悲泣抆淚而去毒蛇涕零不能自止貪見道人無有極已便即上樹遥望道人觀視若行察其所避道人不現轉復上行適復不現上盡樹頭遥望道人遂遠不現毒蛇益悲自責悔言身罪所致失善道人前世愚癡多犯衆惡淫泆瞋恚闇冥放逸懈怠無知不奉精進迷亂不止其心不一不值佛世遠離正法失大智慧違遠至明從苦入苦離波羅蜜墮於五道蟲蛾蚤虱令受蛇身爲人所憎皆是身過不由他人天上世間豪貴無常何況我此含毒之身展轉生死譬如車輪爾時毒蛇自說瑕惡身意靜然但還自責令此危身不足貪惜不顧軀命此無所著便從樹上自投於下未及至地墮樹枝閒身絕兩分便即命過生兜術天得見光明即自思惟便識宿命我在世時身爲毒蛇奉侍道人行正遠邪精進不懈伏惡心魔視其身命譬如土沙知命非常自投樹下於彼壽終來生此處便於天上從諸玉女及與天子各持香華散毒蛇上便自說言令此蛇身雖爲毒害於我大厚終不爲薄精進行法心無所著絕其壽命得上爲天今故來下欲報其恩便復行詣般遮旬所稽首作禮供養華香嗟歎功德皆共稱譽令此道人無有等侶行大慈悲無有親踈教授一切令離三塗本爲毒蛇視如赤子憂念一切此功德大欲報其恩

何時能達適説是已便還去上兜術天
皆從諸天人　行詣彌勒前　俱稽首作禮
其心悉等平　見彌勒歡喜　禮畢住一面
彌勒爲説法　皆得無從生　天上壽終後
來生於世間　長者須福家　作女意甚明
號名曰龍施　除去諸欲情　時佛來詣舍
眉間放光明　時女在浴室　志意用愕驚
便即上樓觀　見佛功德正　諸根悉寂定
三十二相明　女心即歡喜　今逮得安寧
當供養佛法　便發菩薩心　時魔聞知之
心中爲愁思　此女發道意　盡我境界人
已下變爲父　具説艱惱事　佛今現在世
功德甚尊特　菩薩多勤苦　羅漢疾易得
時女即對曰　父言無義理　佛智譬虛空
羅漢如芥子　猶是以觀之　小道無高士
佛德如巨海　度人無極已　時魔謂女言
汝今何愚癡　菩薩甚勤苦　得道無有期
假使欲得佛　當不惜軀命　從樓自投地
乃知女妙英　精進無所著　可得無上正
時女住欄邊　向佛叉手言　我用一切故
願佛知我誠　便自投樓下　逮得無從生
變爲男子形　阿難乃驚怖　叉手正衣服
白佛天中天　今我意甚怪　此爲何等焉
一切皆愚癡　願佛現大明　時佛告阿難
汝見此女不　自投於虛空　轉作男子身
不獨今棄軀　前世亦復爾　已更事萬佛
精進無懈止　却後當來世　供養如恒沙
便當得作佛　號名曰龍上　在第一大會
度脱諸天人　其數難屢陳　譬之如浮雲
爾時佛治世　快樂無有極　飲食皆自然

譬如忉利天　於是龍施身　住立在佛前
報其父母言　聽我作沙門　父母即聽之
侍從五百人　及八百天神　皆發無上心
爾時魔愁毒　悔恨無所陳　龍施白佛言
願愍一切人　爲斷十二海　除去諸苦辛
用衆愚癡故　多說大珍寶　時佛便講法
五百侍從人　皆得無從生　及八百諸天
得不起法忍　彼時龍施身　便住於佛前
自說過世行　求道甚苦勤　不用己身故
但爲一切人　如來之功德　不可具說陳
爾時般遮旬　今則是世尊　其毒蛇之軀
今是龍施身　時五百玉女　今是五百人
八百諸天子　共志無等倫　菩薩所示現
猶爲有所因　欲歎其功德　終無能盡焉
彼龍施菩薩　作師子吼時　無數諸天人
皆發無上眞　一切皆歡喜　作禮於佛前

佛說龍施菩薩本起經

佛説八吉祥神咒經

吳月支國優婆塞支謙譯

聞如是一時佛在羅閲祇耆闍崛山中與千二百五十比丘俱菩薩千人皆彌勒等佛告賢者舍利弗及諸比丘皆一心聽佛告賢者舍利弗東方去是一恒沙有佛名安隱囑累滿具足王如來至眞無所著最正覺今現在説法其世界名曰滿所願聚去是二恒沙有佛名紺瑠璃具足王如來無所著最正覺今現在説法其世界名曰慈哀光明去是三恒沙有佛名勸助衆善具足王如來無所著最正覺今現在説法其世界名曰歡喜快樂去是四恒沙有佛名曰無憂德具足王如來無所著最正覺今現在説法其世界名曰一切樂入去是五恒沙有佛名藥師具足王如來無所著最正覺今現在説法其世界名曰滿一切珍寶去是六恒沙有佛名曰蓮華具足王如來無所著最正覺今現在説法其世界名曰滿香名聞去是七恒沙有佛名筭擇合會具足王如來無所著最正覺今現在説法其世界名曰一切解説音聲遠聞去是八恒沙有佛名解散一切縛具足王如來無所著最正覺今現在説法其世界名曰一切解脱佛告賢者舍利弗此諸佛如來無所著過四道不受最正覺其國土清淨無五濁無愛欲無意垢若有善男子善女人聞此八佛及國土名受持奉行諷誦讀誦廣爲他人解説其義者終不愚癡口之所言無有失誤相好具足無所缺減無央數年不爲乏少是人終不墮太山地獄餓鬼畜生中也是人終不望取

羅漢辟支佛道而般泥洹必當逮得無上平等之道常遇陀憐尼常行菩薩法得功德無量第一四天王常擁護之不爲縣官所拘録不爲盗賊所中傷不爲天龍鬼神所觸嬈閱叉鬼神蠱道鬼神若人若非人皆不能害殺得其便也除其宿命不請之罪若有疾病水火鳥鳴惡夢諸魔所嬈恐怖衣毛竪時常當讀是八吉祥神呪經呪之即得除愈是時佛説偈言

若有持是經　八佛國土名　不墮三惡處
疾得無上道　自覺發道意　見佛即開解
中外常歡喜　供養心恭敬　億劫阿僧祇
行惡悉消除　持是八吉祥　速得明解教
供事是經者　千葉華中生　珍寶爲其出
色像好無上　人聞是尊經　尊敬信樂者
奉持諷誦讀　清淨無放逸　女人信是經
敬慎無諛諂　棄女爲男子　聰明常黠慧
奉持八佛名　出入賊不害　刀兵水火毒
諸邪不能干　愛樂奉是經　諸魔不得便
鬼神諸官屬　無能嬈亂者　飛行到諸刹
所在大豐樂　心意正無邪　見佛大歡喜
所生常遇佛　等心奉事之　一切衆惡除
疾得泥洹道　精進無懈怠　去離諸魔著
爲人朴直儒　奉持八佛名　勇猛降衆魔
其力如金剛　端正相好具　一切莫能當
布施無慳貪　巨億萬家生　盗賊及怨家
自然皆消除　疾病縣官事　鳥鳴諸惡夢
持是八佛名　呪之即除愈　奉持是經者
彌勒菩薩等　第一四天王　常共擁護之
所願皆可得　踊躍大歡喜　一心信樂者

福德亦如是

爾時諸菩薩颰陀和菩薩羅憐那竭菩薩憍目兜菩薩那羅達菩薩須深彌菩薩摩訶薩須薩和菩薩因坻達菩薩和輪調菩薩是八人求道已來無央數劫於今未取佛願言使十方天下人民皆得佛道若有急疾皆當呼我八人名字即得解脱壽命欲終時我八人便當飛往迎逆之諸菩薩彌勒等第一四天王皆白佛言吾當擁護持八吉祥神呪經者與我并力令諸疾病皆得除愈佛説經已舍利弗彌勒菩薩及諸比丘天龍鬼神阿須倫王皆大歡喜樂聞

佛説八吉祥神呪經

佛說八陽神呪經

西晉三藏竺法護譯

聞如是一時佛在王舍城靈鷲山中時與大比丘衆千二百五十人菩薩千人俱皆如彌勒菩薩等佛告舍利弗東方去是過一恒沙有佛刹佛號快樂如來無所著等正覺今現在說法國土名不可勝舍利弗東方去是過二恒沙有佛刹佛號月英幢王如來無所著等正覺今現在說法國土名歡樂舍利弗東方去是過三恒沙有佛刹佛號等徧明如來無所著等正覺今現在說法國土名喜愛舍利弗東方去是過四恒沙有佛刹佛號分別過出清淨如來無所著等正覺今現在說法國土名内噲舍利弗東方去是過五恒沙有佛刹佛號等功德明首如來無所著等正覺今現在說法國土名無狐疑舍利弗東方去是過六恒沙有佛刹佛號本草樹首如來無所著等正覺今現在說法國土名無毒螫舍利弗東方去是過七恒沙有佛刹佛號過寶蓮華如來無所著等正覺今現在說法國土名蓮華香舍利弗東方去是過八恒沙有佛刹佛號寶樂蓮華快住樹王如來無所著等正覺今現在說法國土名甘音聲稱說復次舍利弗諸佛如來清淨國土彼方無五濁無愛欲無女人無意垢無呪詛無相擇復次舍利弗諸佛如來若有善男子善女人聞是八佛名者受持諷誦讀奉行者終不墮三惡道除五不中止罪復次舍利弗是善男子善女人若有持是八佛名及國土名者受持諷讀奉行之者以是功德若發菩薩心所生處常

遇陀隣尼常遇相好常遇相音常遇右轉福是善男子善女人奉行是八佛教令如其正行者女人所生處轉爲男子復次舍利弗諸佛如來是善男子善女人以平旦淨澡漱整衣服晝夜各三時奉讀是經得功德無量第一四天王常擁護是善男子善女人若在縣官中當讀是經若在怨家中當讀是經若在盜賊中當讀是經若在水火中當讀是經若在海水中逢風浪恐怖當讀是經若在軍兵對鬪中當讀是經若爲蠱毒所中當讀是經若聞惡鳥鳴若惡夢當讀是經若爲龍神所中當讀是經若爲諸魔所中恐怖毛起者當讀是經若有急恐病疫疾痛者持是八陽呪經呪之立得除愈是時佛說要偈

是土無如來　持是國土名　一切衆惡除
疾得登正道　所生常遇佛　見覺大歡喜
照是世上尊　等心供事之　百劫以無數
著常當離之　疾逮泥洹道　奉是諸佛名
今現諸如來　奉行明教名　爲人朴直輭
在在見所生　端正相好具　巨億萬家生
勇猛好布施　爲人不慳貪　女人聞是要
踊躍大歡喜　去離女人身　所生爲男子
諸兵不敢害　蠱道亦不逢　縣官及盜賊
終不害是人　五魔不能嬈　將帥及官屬
奉行是經者　不能中得便

爾時第一四天王彌勒菩薩等白佛言我曹當共擁護持是八陽呪經一切學者我曹當并力擁護病者令愈佛說如是第一四天王彌勒菩薩等比丘衆及諸天龍鬼神人民阿須倫聞經歡喜爲佛作禮而去呪曰

唵啊伽唎 曼哩曼哩 曼哆哩 莎訶

佛說八陽神呪經

佛説八吉祥經

梁扶南三藏僧伽婆羅譯

如是我聞一時佛住舍衛國祇樹給孤獨園與大比丘衆一千二百五十人俱菩薩摩訶薩八萬人及諸天龍鬼神等爾時世尊告舍利弗從此佛世界向東方過一恒河沙世界有世界名曰天勝彼土有佛名善説吉如來應供正徧知今現在説法舍利弗從彼佛世界向東方過二恒河沙等世界有世界名念意彼土有佛名普光明如來應供正徧知今現在説法舍利弗從彼佛世界向東方過三恒河沙等世界有世界名可愛遊戲彼土有佛名戰鬪勝吉如來應供正徧知今現在説法舍利弗從彼世界向東方過四恒河沙等世界有世界名善清淨聚彼土有佛名自在幢王如來應供正徧知今現在説法舍利弗從彼佛世界向東方過五恒河沙等世界有世界名無塵聚彼土有佛名無邊功德光明吉如來應供正徧知今現在説法舍利弗從彼佛世界向東方過六恒河沙等世界有世界名無妨礙遊戲彼土有佛名無障礙業柱吉如來應供正徧知今現在説法舍利弗從彼佛世界向東方過七恒河沙等世界有世界名金聚彼土有佛名妙華勇猛如來應供正徧知今現在説法舍利弗從彼佛世界向東方過八恒河沙等世界有世界名美聲彼土有佛名寶蓮華安住王如來應供正徧知今現在説法舍利弗此八佛土皆悉清淨無有女人亦無五濁舍利弗若善男子善女人住大乘者聞此八佛名號受持不忘并爲他

說若生三塗八難處者無有是處若有女人聞八佛名號自能憶持兼爲他說若更受女身無有是處舍利弗若善男子善女人住於大乘聞此八佛名號聞已受持爲他人說今世後世常有神通得樂說辯深修禪定具陀羅尼六根清淨恒值聖人無天龍夜叉人及非人盜賊水火毒藥等畏一切怖畏皆悉除滅卧覺常安無諸惡夢常爲諸天之所守護

爾時世尊說此祇夜

若有善男子　及以諸女人　聞八佛號名
憶持爲人說　身心常安隱　無有諸恐怖
繫念不忘失　滅無量劫罪　後生天人中
遠離諸惡趣　六根常清淨　端正有威德
八部諸善神　日夜常守護　人天所恭敬
供養生忻喜　夜叉及非人　盜賊與刀杖
水火毒藥等　此畏皆悉無　卧覺恒安隱
無有諸惡夢　利根有智慧　常聞說正法
聞已生信心　得深妙法者　口氣無臭穢
精進爲他說　衆魔及外道　無有敢干亂
女人聞佛名　憶持爲他說　盡此女人報
後生不復受　誦持爲人說　八佛之名號
得諸功德果　如上之所說　是故有智者
唯當念受持　一心懷忻喜　不應起放逸

佛說此經已長老舍利弗等諸大比丘并諸菩薩摩訶薩衆天龍夜叉乾闥婆阿修羅迦樓羅緊那羅摩睺羅伽人非人等聞佛所說歡喜奉行

佛說八吉祥經

佛說八佛名號經

隋北天竺三藏法師闍那崛多譯

如是我聞一時佛在舍衞國祇樹給孤獨園與大比丘僧千二百五十人俱復有大乘衆菩薩摩訶薩十千人俱爾時世尊與無量無數百千萬衆前後圍繞而爲說法爾時尊者舍利弗於大衆中即從座起偏袒右肩右膝著地向佛合掌而白佛言世尊我有疑心今欲發問惟願如來憐愍衆生爲我解說爾時世尊告舍利弗言善男子隨汝所問若有疑心吾當爲汝分別解說時舍利弗蒙佛印可許決疑網歡喜踊躍即白佛言世尊頗有現在十方世界諸佛世尊往昔願力常爲衆生現在說法彼諸如來所有名號若善男子及善女人欲得誦持此諸佛名若讀若聞及以書寫緣是功德便於阿耨多羅三藐三菩提得不退轉無所缺減至於無上正眞之道速得成於阿耨多羅三藐三菩提者不爾時世尊告舍利弗言善哉善哉善男子汝所諮問眞妙辯才爲於來世無量衆生廣作利益慈悲哀愍一切天人能問如來如斯奧義是故汝今諦聽諦受善思念之吾當爲汝分別解說舍利弗言唯然世尊願樂欲聞爾時世尊告舍利弗言善男子東方去此過一恒河沙世界有一佛刹名難降伏於彼國土有佛世尊號善說稱功德如來至眞等正覺於今現在爲諸大衆說微妙法復次舍利弗從此東方過二恒河沙世界有一佛刹名無障礙於彼國土有佛世尊號因陀羅相幢星王如來至眞等正覺於今現在亦爲大衆說微妙法

復次舍利弗從此東方過三恒河沙世界有一佛刹名曰愛樂於彼國土有佛世尊號普光明功德莊嚴如來至眞等正覺於今現在亦爲大衆說微妙法復次舍利弗從此東方過四恒河沙世界有一佛刹名曰普入於彼國土有佛世尊號善鬪戰難降伏超越如來至眞等正覺於今現在亦爲大衆說微妙法復次舍利弗從此東方過五恒河沙世界有一佛刹名曰淨聚於彼國土有佛世尊號普功德明莊嚴如來至眞等正覺於今現在亦爲大衆說微妙法復次舍利弗從此東方過六恒河沙世界有一佛刹名無毒主於彼國土有佛世尊號無礙藥樹功德稱如來至眞等正覺於今現在亦爲大衆說微妙法復次舍利弗從此東方過七恒河沙世界有一佛刹名畏塞香滿於彼國土有佛世尊號步寶蓮華如來至眞等正覺於今現在亦爲大衆說微妙法復次舍利弗從此東方過八恒河沙世界有一佛刹名妙音明於彼國土有佛世尊號寶華善住娑羅樹王如來至眞等正覺於今現在亦爲大衆說微妙法舍利弗是等諸佛如來至眞等正覺如是佛刹清淨無穢無有五濁復無五欲其中衆生無有諂曲虛僞之心亦無欲行及以女人復次舍利弗若善男子及善女人得聞彼等諸佛世尊如是名號既得聞已能自受持讀誦修行復爲他人宣揚顯說彼善男子及善女人若墮三惡道者無有是處唯除五逆誹謗正法及謗聖人復次舍利弗若善男子善女人得聞彼等諸佛世尊如是名號既得聞已能自受持

讀誦修行復爲他人宣揚顯說如是之人乃至菩提於其中間生生之處常具五通兼復速得諸陀羅尼六根完具無諸殘缺常得歡喜身毛右旋復次舍利弗若善男子及善女人得聞彼等諸佛世尊如是名號既得聞已能自受持讀誦修行復爲他人宣揚顯說彼等衆生所在之處縣官惡賊不能得便火不能焚水不能漂惡龍惡蛇不能毒害若行若住師子虎狼熊羆豺豹夜叉羅刹諸惡鬼神鵂鶹荼等及人非人能作驚惶無有是處唯除宿殃復次舍利弗若有女人能猒其身繫念專心受持讀誦如是世尊諸佛名號復爲他人分別顯說壽終之後更復受於女人身者無有是處復次舍利弗若有善男子善女人於靜夜中能誦如是諸佛名號是等衆生於現世間所作功業皆速成就日日增長無諸障礙爾時世尊欲重明此義而說偈言

若有諸衆生　能持是佛名　悉捨諸惡道
速生於善處　常在諸佛前　恒聞說妙法
既覲無上尊　隨心而供養　誦持佛名故
超億千萬劫　一切諸煩惱　疾速得菩提
若人滿十日　能誦是佛名　即得清淨眼
便能見諸佛　若有聞佛名　即能誦持者
隨其所生處　常爲他所敬　相好形端正
常生福樂家　喜心行大捨　聰明不放逸
若有諸女人　聞此佛名故　自誦爲他說
其福不可量　於此壽終已　必捨女人報
得受丈夫身　生生常利根　誦持佛名故
多百億劫中　口氣常芬馥　恒如栴檀香
彼等諸大仙　如是諸名字　若能誦持者

細心不放逸　誦持佛名故　父母及兄弟
并餘諸眷屬　終無異苦惱　誦持佛名故
一切魔波旬　黑闇衆眷屬　終不能障礙
惡毒不能害　刀杖水火等　縣官惡賊盜
一切不能傷　誦持佛名故　千億諸劫中
常生寶蓮華　威相神通具　常在虛空中
徧不思議剎　觀諸異佛土　剎中清淨者
證無上道已　普爲諸雜類　諸天及世人
能作歸依處
佛說是經已長老舍利弗及天龍夜叉乾闥
婆阿脩羅迦樓羅緊那羅摩睺羅伽人非人
等一切大衆聞佛所說歡喜奉行

佛說八佛名號經

佛說盂蘭盆經

西晉三藏法師竺法護譯

聞如是一時佛在舍衞國祇樹給孤獨園大目揵連始得六通欲度父母報乳哺之恩即以道眼觀視世間見其亡母生餓鬼中不見飲食皮骨連立目連悲哀即以鉢盛飯往餉其母母得鉢飯便以左手障鉢右手摶食食未入口化成火炭遂不得食目連大叫悲號涕泣馳還白佛具陳如此佛言汝母罪根深結非汝一人力所奈何汝雖孝順聲動天地天地神祇邪魔外道道士四天王神亦不能奈何當須十方衆僧威神之力乃得解脫吾今當說救濟之法令一切難皆離憂苦佛告目連十方衆僧七月十五日僧自恣時當爲七世父母及現在父母厄難中者具飯百味五果汲灌盆器香油錠燭牀敷卧具盡世甘美以著盆中供養十方大德衆僧當此之日一切聖衆或在山間禪定或得四道果或在樹下經行或六通自在教化聲聞緣覺或十地菩薩大人權現比丘在大衆中皆同一心受鉢和羅飯具清淨戒聖衆之道其德汪洋其有供養此等自恣僧者現世父母六親眷屬得出三塗之苦應時解脫衣食自然若父母現在者福樂百年若七世父母生天自在化生入天華光時佛勑十方衆僧皆先爲施主家呪願願七世父母行禪定意然後受食初受食時先安在佛前塔寺中佛前衆僧呪願竟便自受食時目連比丘及大菩薩衆皆大歡喜目連悲啼泣聲釋然除滅是時目連母即於是日得脫一劫餓鬼之苦目連復曰

佛言弟子所生母得蒙三寶功德之力衆僧威神之力故若未來世一切佛弟子亦應奉盂蘭盆救度現在父母乃至七世父母爲可爾否佛言大善快問我正欲説汝今復問善男子若比丘比丘尼國王太子大臣宰相三公百官萬民庶人行慈孝者皆應先爲所生現在父母過去七世父母於七月十五日佛歡喜日僧自恣日以百味飲食安盂蘭盆中施十方自恣僧願使現在父母壽命百年無病無一切苦惱之患乃至七世父母離餓鬼苦生人天中福樂無極是佛弟子修孝順者應念念中常憶父母乃至七世父母年年七月十五日當以孝慈憶所生父母爲作盂蘭盆施佛及僧以報父母長養慈愛之恩若一切佛弟子應當奉持是法時目連比丘四輩弟子歡喜奉行

佛説盂蘭盆經

佛說報恩奉盆經（亦云報像功德經）

失譯人名附東晉錄

聞如是一時佛在舍衛國祇樹給孤獨園大目揵連始得六通欲度父母報乳哺之恩即以道眼觀視世界見亡母生餓鬼中不見飲食皮骨相連拄目連悲哀即鉢盛飯往餉其母母得鉢飯便以左手障飯右手摶食食未入口化成火炭遂不得食目連馳還白佛具陳如此佛告目連汝母罪根深結非汝一人力所奈何當須衆僧威神之力乃得解脫吾今當說救濟之法令一切難皆離憂苦佛告目連七月十五日當爲七世父母在厄難中者具麨飯五果汲灌瓫器香油鋌燭牀臥衆具盡世甘美以供養衆僧當此之日一切聖衆或在山間禪定或得四道果或樹下經行或得六通飛行教化聲聞緣覺菩薩大人權示比丘在大衆中皆共同心受鉢和羅飯具清淨戒聖衆之道其德汪洋其有供養此等之衆七世父母五種親屬得出三塗應時解脫衣食自然佛勑衆僧當爲施主家七世父母行禪定意然後食此供目連比丘及一切衆歡喜奉行

佛說報恩奉盆經

音釋

蠕（而兖切蟲動貌）蓏（郎果切蔓生曰蓏）嚶（於耕切鳥聲也）悢悢（並力讓切猶眷眷也）抆（武粉切拭也）瑕（胡加切過也）愕（五各切驚愕也）觸嬈（觸尺玉切搪突也嬈而沼切擾亂也）黠（胡八切慧也）噲（苦夬切）螫（施隻切蟲毒也）諮（即移切訪問也）奧（於到切深也）熊羆（熊胡弓切羆波

爲切熊羆並獸名豺豹豺士皆切狼屬豹北教切似虎而小哺薄故切口飼也餉式亮切饋也摶度官切手捖也鋌徒鼎切麨尺沼切乾粮也甕烏貢切甖也

佛說觀藥王藥上二菩薩經

劉宋西域三藏畺良耶舍譯

清刻龍藏佛說法變相圖

佛說觀藥王藥上二菩薩經

劉宋西域三藏畺良耶舍譯

如是我聞一時佛在毗耶離國獼猴林中青蓮華池精舍與大比丘衆千二百五十人俱尊者摩訶迦葉尊者舍利弗尊者大目揵連尊者摩訶迦旃延如是等衆所知識復有菩薩摩訶薩一萬人俱其名曰妙臂菩薩善音菩薩寂音菩薩寶德菩薩慧德菩薩文殊師利菩薩彌勒菩薩如是等上首者也復有十億菩薩摩訶薩從十方來賢首菩薩才首菩薩觀世音菩薩大勢至菩薩藥王菩薩藥上菩薩普賢菩薩賢護菩薩梵天菩薩梵幢菩薩等復有毗耶離諸離車子五百人俱長者主月蓋長者子寶積等皆悉集會爾時世尊入普光三昧身諸毛孔放雜色光照獼猴林

作七寶色光出林上化成七寶蓋十方世界諸希有事悉現蓋中爾時長者子寶積即從座起詣阿難所白言大德世尊今日入于三昧舉身放光必說妙法唯願大德宜知此時阿難答曰長者子佛入三昧吾不敢請說是語時佛眼放光照藥王藥上二菩薩頂住其頂上如金剛山十方一切無量諸佛映現此山是諸世尊亦放眼光普照一切諸菩薩頂在其頂上如瑠璃山十方世界諸得首楞嚴三昧菩薩摩訶薩映現此山此相現時獼猴池中生寶蓮華作百寶色其色鮮白不可爲譬有諸化佛坐蓮華上身相微妙亦入三昧各放眼光照藥王藥上二菩薩頂及照一切諸菩薩頂爾時世尊從三昧起㷀怡微笑有五色光從佛口出照滿月面時佛面相倍更光顯勝於常儀百千萬倍長者子寶積覩佛威相歎未曾有即從座起整衣服偏袒右肩繞佛七帀長跪合掌瞻仰尊顏目不暫捨白佛言世尊如來今日放大光明照十方諸佛及諸菩薩皆已雲集我於佛法海中欲少諮問唯願天尊爲我說之佛告寶積恣汝所問爾時寶積白佛言世尊如來今者雙目放光如金剛山住藥王藥上二菩薩頂十方諸佛及諸菩薩映現光山此二菩薩威德光明猶如意珠倍更明顯勝餘菩薩百千萬倍佛滅度後正法滅時若有衆生聞此二菩薩名者得幾所福若善男子善女人欲斷罪業障者當云何觀藥王藥上身相光明佛告寶積諦聽諦聽善思念之吾當爲汝分別解說說是語時五百長者子同時俱起爲佛作禮各以

青蓮華供散佛上願樂欲聞時會大衆及諸菩薩異口同音讚歎寶積而唱是言善哉善哉寶積乃能為於未來世中盲冥衆生問於如來甘露妙藥灌頂之法說是語已咸皆默然佛語寶積未來衆生具五因緣得聞藥王藥上二菩薩名何謂為五一者慈心不殺具佛禁戒威儀不缺二者孝養父母行世十善三者身心安寂繫念不亂四者聞方等經心不驚疑不沒不退五者信佛不滅於第一義心如流水念念不絕佛告寶積若有衆生具此五緣生生之處常得聞此二菩薩名及聞十方諸佛諸菩薩名聞方等經心無疑慮以得聞此二菩薩名威神力故生生之處五百阿僧祇劫不墮惡道佛說是語時藥王菩薩承佛威神即說呪曰

阿目佉一摩訶目佉二痤隸三摩訶痤隸四抧翅五摩訶抧翅六常求利七摩訶常求利八烏摩致九摩訶烏摩致十抧翅抧翅十一摩訶抧翅十二兜帝兜帝十三摩訶兜帝十四阿揄阿揄十五摩訶阿揄十六樓遮迦十七摩訶樓遮迦十八陀賒寐陀賒寐十九摩訶陀賒寐二十多兜多兜二十一摩訶多兜二十二迦留尼迦二十三陀奢羅莎呵二十四阿竹丘阿竹丘二十五摩瞪祇二十六波登雌二十七遮梯二十八遮樓羅梯二十九佛馱遮犁三十迦留尼迦三十一莎訶

爾時藥王菩薩摩訶薩說是呪已白佛言世尊如此神呪過去八十億佛之所宣說於今現在釋迦牟尼佛及未來賢劫千佛亦說是呪佛滅度後若比丘比丘尼優婆塞優婆夷聞此呪者誦此呪者持此呪者淨諸業障報

障煩惱障速得除滅於現在身修諸三昧念念之中見佛色身終不忘失阿耨多羅三藐三菩提心若夜叉若富單那若羅剎若鳩槃荼若吉遮若毗舍闍噉人精氣一切惡鬼能侵害者無有是處命欲終時十方諸佛皆悉來迎隨意往生他方淨國爾時世尊讚藥王菩薩言善哉善哉善男子快說此呪三世諸佛亦說此呪我於此呪深生隨喜爾時藥上菩薩亦於佛前而說呪曰

難那牟一浮浮乎切䟦浮二留浮丘留浮丘三迦留尼迦四螺牟螺牟迦留尼迦五鞞梯鞞梯六迦留尼迦七阿毗梯他八阿便他阿便他九迦留尼迦十珊遮羅十一莎訶

藥上菩薩說是呪已白佛言世尊我今於如來前說是降煩惱海灌頂陀羅尼此陀羅尼呪三世諸佛之所宣說若有比丘比丘尼優婆塞優婆夷聞此呪者誦此呪者持此呪者得十功德利何等爲十一者此呪功德威神力故殺生之罪疾得清淨二者毀禁惡名皆悉除滅三者人若非人不得其便四者凡所誦念憶持不忘猶如阿難五者釋梵護世諸天所敬六者國王大臣之所敬重七者九十五種諸邪論師不能屈伏八者心遊禪定不樂世樂九者十方諸佛及諸菩薩之所護念及諸聲聞皆來諮受十者臨命終時淨除業障十方諸佛放金色光皆來迎接爲說妙法隨意往生清淨佛國藥上菩薩說是呪已合掌恭敬頂禮佛足却住一面爾時世尊讚藥上菩薩言善哉善哉善男子快說此呪十方三世諸佛亦說是呪我今深心隨汝歡喜時

二菩薩說是呪已各脫寶瓔以供養佛藥王菩薩所散瓔珞如須彌山住佛右肩上藥上菩薩所散瓔珞如須彌山住佛左肩上二山頂上有梵王宮百千萬億諸梵天王恭敬合掌侍立宮內有寶蓮華如摩尼珠徧覆三千大千世界在宮墻上忽然來下合而爲一如千葉金華住宮墻內有十方佛坐金華上東方佛名須彌燈光明東南方佛名寶藏莊嚴南方佛名栴檀摩尼光西南方佛名金海自在王西方佛名大悲光明王西北方佛名優鉢羅蓮華勝北方佛名蓮華鬚莊嚴王東北方佛名金剛堅强自在王上方佛名殊勝月王下方佛名日月光王如是十方諸佛異口同音讚歎藥王藥上二菩薩言汝所說呪十方三世諸佛之所宣說我等往昔行菩薩道時得聞此呪深心隨喜以是隨喜善根因緣力故即得超越五百九十六億劫生死之罪於今現在得成爲佛若有衆生得聞汝等二菩薩名及聞我等十方佛名即得除滅百千萬劫生死之罪何況受持讀誦禮拜供養爾時十方諸佛說是語已如入禪定默然而坐

爾時釋迦牟尼佛告大衆言汝等今者見是藥王藥上二菩薩寶瓔供養合掌住立在我前不是時大衆彌勒爲首白佛言世尊唯然已見佛告彌勒阿逸多是藥王菩薩久修梵行諸願已滿於未來世過筭數劫當得作佛號淨眼如來應供正徧知明行足善逝世間解無上士調御丈夫天人師佛世尊國名常安樂光劫名勝滿彼佛出時其地金剛色如白寶至金剛際空中自然雨白寶華團圓正

等五十由旬徧滿其國彼土衆生無身心病天雨甘露不以爲食純服無上大乘法味彼佛壽命五百萬億阿僧祇劫正法住世四百萬阿僧祇劫像法住世百千萬億阿僧祇劫生彼國者皆悉住於陀羅尼門念定不忘藥王菩薩得受記已即從座起踊身虛空作十八變從上來下華散佛上所散之華如金華杯列住空中爾時世尊復告彌勒是藥上菩薩次藥王後當得作佛號曰淨藏如來應供正徧知明行足善逝世間解無上士調御丈夫天人師佛世尊淨藏如來出現世時此白寶地變爲金色金華金光充徧世界其國衆生悉皆具足無生法忍淨藏如來壽命六十二小劫正法住世百二十小劫像法住世五百六十小劫爾時藥上菩薩聞受記已即入三昧化身爲華如瞻蔔林七寶莊嚴化成華雲以此華雲持供養佛時華雲巾放金色光金色光中出瑠璃雲瑠璃雲中演說偈頌曰

正徧知世尊　無染釋師子　十方無等侶
慧光照法界　普慈於一切　出現於世間
我今頭面禮　大悲三念處

爾時藥上菩薩說是偈已還復本座佛告大衆佛滅度後若有衆生繫念思惟觀藥王菩薩者當作五想一者繫念數息想二者安定心想三者不出息想四者念實相想五者安住三昧想佛告彌勒若善男子及善女人修此五想者於一念中即便得見藥王菩薩是藥王菩薩身長十二由旬隨應衆生或十八丈或現八尺身紫金色三十二相八十隨形好如佛無異頂上肉髻有十四摩尼珠其一

一珠有十四楞一一楞間有十四華以嚴天冠其天冠内有十方佛及諸菩薩皆悉影現如衆寶鈿眉間毫相白瑠璃色繞身七帀如白寶帳身諸毛孔流出光明如摩尼珠數滿八萬四千其一一珠宛轉右旋如七寶城優鉢羅華一一華上有一化佛方身丈六如釋迦牟尼一一如來有五百菩薩以爲侍者是藥王菩薩其兩脩臂如百寶色手十指端雨諸七寶若有衆生觀此菩薩十指端者四百四病自然除滅身諸煩惱皆悉不起其兩足下雨金剛寶一一寶珠化成寶雲臺其寶雲臺中有化菩薩無數諸天以爲侍者時化菩薩演説四諦苦空無常無我亦説甚深諸菩薩行此想成時是名初觀藥王菩薩功德相貌第二觀者心漸廣大得見藥王菩薩具足身相時藥王菩薩心如栴檀摩尼珠開敷清淨有百十億光明此諸光明繞身百帀如百億寶山其一一山有五百億寶窟一一窟中有十億化佛身色相好皆悉莊嚴是諸化佛異口同音皆共稱説藥王菩薩本行因緣此相現時念念之中見十方佛爲諸行者隨宜説法時藥王菩薩一一毛孔放百億摩尼珠光照諸行者行者見已得淨六根尋時即見十方世界五百萬億那由他佛及諸菩薩爲説除罪甘露妙藥服此藥已即時皆得五百萬億旋陀羅尼門因此藥王菩薩本願力故緣念藥王菩薩自莊嚴故十方諸佛與諸菩薩至行者前爲説甚深六波羅蜜是時行者因見諸佛故即得百千萬億觀佛三昧海門佛告彌勒我滅度後若天若神若龍若比丘

比丘尼若優婆塞若優婆夷若欲見藥王菩薩欲念藥王菩薩者當修四種清淨之行一者發菩提心具菩薩戒威儀不缺以得具足菩薩戒故十方世界諸菩薩伴一時來集住其人前藥上菩薩爲其和尚藥王菩薩爲於行者即說百千萬億旋陀羅尼門以得聞此陀羅尼故超越九十億劫生死之罪應時即得無生法忍二者佛滅度後一切凡夫具煩惱縛若有欲見藥王菩薩當修四法一者慈心不殺不犯十惡常念大乘心不忘失勤修精進如救頭然二者於師長父母四事供養酥燈油燈須曼那華油燈及竹木火以爲照明復以酥燈油燈須曼那華油燈及諸照明以供養佛及法僧寶并說法者三者深修禪定樂遠離行常樂塚間樹下阿練若處獨處閑靜勤修甚深十二頭陀四者於身命財一切放捨不生戀著行此行者念念之中得見藥王菩薩爲其說法或於夢中夢見藥王菩薩授其法藥寤已尋自憶識過去無量百生千生宿命之事心大歡喜即應入塔觀像禮拜即於像前得觀佛三昧海及見無量諸菩薩衆唯見藥王菩薩爲其說法佛告阿難佛滅度後若有四衆能如是觀藥王菩薩者能持藥王菩薩名者除却八十萬劫生死之罪若能稱是藥王菩薩名字一心禮拜不遇禍對終不横死若有衆生於佛滅後能如是觀者是名正觀若異觀者名爲邪觀佛告彌勒佛滅度後若有四衆云何觀是藥上菩薩清淨色身若欲觀者當修七法何等爲七一者常樂持戒終不親近聲聞緣覺二者常修世

間善法及出世善法三者其心如地不起憍慢普慈一切四者心無貪著猶若金剛不可沮壞五者住平等法不捨威儀六者常修毗婆舍那修舍摩他心無懈倦七者於大解脱般若波羅蜜心不驚疑佛告彌勒若有善男子善女人具此七法者疾得見藥上菩薩是藥上菩薩身長十六由旬如紫金色身諸光明如閻浮檀那金色於圓光中有十六億化佛方身八尺結跏趺坐坐寶蓮華一一化佛有十六菩薩以爲侍者各執白華隨光右旋通身光内有十方世界諸佛菩薩及諸淨土皆於中現頂上肉髻如釋迦毗楞伽摩尼寶珠肉髻四面顯發金光一一光中有四寶華具百寶色一一華上化佛菩薩或顯或隱數不可知是藥上菩薩三十二相八十隨形好

一一相中有五色光一一好中有百千光眉間毫相如閻浮檀那金色百千白寶珠以爲瓔珞其一一珠放百寶光莊校金毫如玻瓈幢盛眞金像世間珍妙諸莊嚴具悉於中現若有四衆聞是藥上菩薩名者持是藥上菩薩名者稱是藥上菩薩名者觀是藥上菩薩身者是藥上菩薩放身光明攝受彼人此菩薩光或爲自在天像或爲梵天像或爲魔天像或爲帝釋像或爲四天王像或爲阿脩羅像或爲乹闥婆像或爲緊那羅像或爲摩睺羅伽像或爲迦樓羅像或爲人非人像或爲龍像或爲帝王像或爲大臣像或爲長者像或爲居士像或爲沙門像或爲婆羅門像或爲仙人像或爲祖父母像或爲父母像或爲兄弟姊妹所愛妻子及諸親像或爲良醫像

或爲善友像爾時行者即於夢中見上諸像隨現爲說藥王藥上所說神呪即得滅除如上所說劫數之罪覺已憶持終不忘失繫念三昧即於定中得見藥上菩薩淨妙色身即爲行者稱說過去五十三佛名告言法子過去有佛名曰普光次名普明次名普淨次名多摩羅跋栴檀香次名栴檀光次名摩尼幢次名歡喜藏摩尼寶積次名一切世間樂見上大精進次名摩尼幢燈光次名慧炬照次名海德光明次名金剛牢强普散金光次名大强精進勇猛次名大悲光次名慈力王次名慈藏次名栴檀窟莊嚴勝次名賢善首次名善意次名廣莊嚴王次名金剛華次名寶蓋照空自在力王次名虛空寶華光次名瑠璃莊嚴王次名普現色身光次名不動智光次名降伏諸魔王次名才光明次名智慧勝次名彌勒仙光次名世靜光次名善寂月音妙尊智王次名龍種上尊王次名日月光次名日月珠光次名慧幢勝王次名師子吼自在力王次名妙音勝次名常光幢次名觀世燈次名慧威燈王次名法勝王次名須彌光次名須曼那華光次名優曇鉢羅華殊勝王次名大慧力王次名阿閦毗歡喜光次名無量音聲王次名才光次名金海光次名山海慧自在通王次名大通光次名一切法常滿王佛爾時藥上菩薩說是過去五十三佛名已默然而住爾時行者即於定中得見過去七佛世尊毗婆尸佛而讚歎言善哉善哉善男子汝所宣說五十三佛乃是過去久遠舊住娑婆世界成熟衆生而般涅槃若有善男

子善女人及餘一切衆生得聞是五十三佛名者是人於百千萬億阿僧祇劫不墮惡道若復有人能稱是五十三佛名者生生之處常得值遇十方諸佛若復有人能至心敬禮五十三佛者除滅四重五逆及謗方等皆悉清淨以是諸佛本誓願故於念念中即得除滅如上諸罪尸棄如來毗舍浮如來拘留孫如來拘那鋡牟尼如來迦葉如來亦讚是五十三佛名亦復讚歎善男子善女人能聞是五十三佛名者能稱名者能敬禮者除滅罪障如上所說爾時釋迦牟尼佛告大衆言我曾往昔無數劫時於妙光佛末法之中出家學道聞是五十三佛名聞已合掌心生歡喜復教他人令得聞持他人聞已展轉相教乃至三千人此三千人異口同音稱諸佛名一心敬禮如是敬禮諸佛因緣功德力故即得超越無數億劫生死之罪其千人者華光佛爲首下至毗舍佛於莊嚴劫得成爲佛過去千佛是也此中千佛者拘留孫佛爲首下至樓至如來於賢劫中次第成佛後千佛者日光如來爲首下至須彌相於星宿劫中當得成佛佛告寶積十方現在諸佛善德如來等亦曾得聞是五十三佛名故於十方面各皆成佛若有衆生欲得除滅四重禁罪欲得懺悔五逆十惡欲得除滅無根謗法極重之罪當勤誦上藥王藥上二菩薩呪亦當敬禮上十方佛復當敬禮過去七佛復當敬禮五十三佛亦當敬禮賢劫千佛復當敬禮三十五佛然後徧禮十方無量一切諸佛晝夜六時心想明利猶如流水行懺悔法然後繫念念

藥王藥上二菩薩清淨色身若有念是藥王藥上二菩薩者當知此人已於過去無量劫中於諸佛所種諸善根以本善根力莊嚴故於一念中得見東方無數諸佛是時東方一切諸佛即皆同入普現色身三昧南西北方四維上下亦復如是皆悉同入普現色身三昧即時十方一切諸佛皆悉現身住行者前爲說甚深六波羅蜜是時行者見諸佛已心生歡喜於諸佛前即得甚深觀佛三昧海見無數佛一一世尊異口同音授行者記而作是言汝今念是二菩薩故於未來世當得作佛是時行者聞授記已身心歡喜即得三昧此三昧名惟無莊嚴因是三昧力故倍更增進普見十方無數諸佛時十方諸佛或爲行者說檀波羅蜜或爲行者說尸波羅蜜或爲行者說羼提波羅蜜或爲行者說毗黎耶波羅蜜或爲行者說禪那波羅蜜或爲行者說般若波羅蜜或爲行者說方便波羅蜜或爲行者說願波羅蜜或爲行者說力波羅蜜或爲行者說智波羅蜜或爲行者說慈悲喜捨行或爲行者說四念處或爲行者說四正勤或爲行者說四如意足或爲行者說五根或爲行者說五力或爲行者說七覺分或爲行者說八正道分或爲行者說苦聖諦或爲行者說集聖諦或爲行者說滅聖諦或爲行者說道聖諦或爲行者說六和敬法或爲行者說六念法如是種種分別廣說無量法門復因此惟無三昧海莊嚴力故廣爲行者分別解說甚深十二因緣法因是藥王藥上二菩薩威神力故復見東方無量諸佛及諸菩薩

身紫金色相好無比南西北方四維上下亦悉覩見一一如來身相衆好廣說如觀佛三昧海若有行者稱是藥王藥上二菩薩名者若有念是二菩薩名者若有持是二菩薩名者若有觀是二菩薩者若誦是二菩薩所說陀羅尼神呪者捨身來世得淨六根恒得生於大菩薩家面貌端嚴猶如帝釋無可惡相身力强壯如那羅延威伏一切其所生處恒得值遇諸佛菩薩聞甚深法聞已歡喜即得無量妙三昧門及陀羅尼佛告阿難若有衆生但聞是二菩薩名者得福無量不可窮盡何況具足如說修行爾時阿難聞佛世尊讚歎是二菩薩甚深智慧無量德行即從座起繞佛七帀長跪合掌白佛言世尊此藥王藥上二菩薩過去世時修何道行種何功德今於此衆猶如梵幢佛所讚歎亦爲大衆之所稱譽如來今者雙目放光如摩尼珠現在其頂此妙瑞相昔所未覩唯願世尊爲我解說此二菩薩往昔因緣爾時世尊告阿難言諦聽諦聽善思念之吾當爲汝分別解說此二菩薩往昔因緣佛告阿難乃往過去無量無邊阿僧祇劫復倍是數數不可說彼時有佛號瑠璃光照如來應供正徧知明行足善逝世間解無上士調御丈夫天人師佛世尊劫名正法安隱國名懸勝旛生彼佛國衆生壽命八大劫彼佛世尊出現世間經十六大劫然後乃於蓮華講堂入般涅槃佛般涅槃後正法住世滿八大劫像法住世亦八大劫於像法中有千比丘發菩提心求受菩薩戒普爲衆生遊行教化爾時衆中有一比丘號名

日藏聰明多智遊歷聚落村營城邑僧坊堂閣阿練若處乃至論議常爲諸大衆廣讚大乘菩薩本緣亦說如來無上清淨平等大慧爾時衆中有一長者名星宿光聞說大乘平等大慧心生歡喜即從座起持訶棃勒果及諸雜藥至日藏所白言大德我聞仁者說甘露妙藥如仁所說服此藥者不老不死作此語已頭面著地禮比丘足復持此藥奉上比丘白言仁者今以此藥奉上仁者及大德僧爾時日藏即爲呪願受訶棃勒長者聞法復聞呪願心大歡喜徧禮十方無量諸佛於日藏前發弘誓願而作是言我聞仁者說佛慧藥如仁所說眞實不虛今持雪山良藥奉上仁者并及衆僧以此功德願我生生不求人天三界福報正心迴向阿耨多羅三藐三菩提我今至誠發無上道心於未來世必當成佛此願不虛必如尊者所說佛慧我得菩提清淨力時雖未成佛若有衆生聞我名者願得除滅衆生三種病苦一者衆生身中四百四病但稱我名即得除愈二者邪見愚癡及惡道苦願永不受我作佛時生我國土諸衆生等悉皆悟解平等大乘更無異趣三者閻浮提中及餘他方有三惡趣名聞我名者永更不受三惡趣身設墮惡趣我終不成阿耨多羅三藐三菩提若有禮拜繫念觀我身相者願此衆生消除三障如淨瑠璃內外映徹見佛色身亦復如是若有衆生見佛清淨色身者願此衆生於平等慧永不退失發此願已五體投地徧禮十方無量諸佛禮諸佛已持眞珠華散日藏上白言和尚因和尚故得

聞無上清淨佛慧我聞是已於和尚前已發甚深阿耨多羅三藐三菩提心此願不虛必成佛者令我所散妙眞珠華化爲華蓋住和尚上作此語已所散寶珠如寶蓮華行列空中變成華蓋其蓋有光金色具足一切大衆覩見此事異口同音讚歎大長者星宿光言善哉善哉大長者汝能於此大衆之中已能深發大弘誓願乃現如此微妙瑞相我等今者觀此瑞相必得成佛無有疑也爾時星宿光長者有弟名電光明見兄長者發菩提心身心隨喜白言大兄我今家中大有醍醐及諸良藥願兄聽我普施一切不限衆僧其兄報言聽隨汝意爾時電光明長者白其兄言我今亦復隨從大兄欲發甚深阿耨多羅三藐三菩提心其兄答言若欲發心汝今應禮十方諸佛於大和尚日藏比丘前宜發甚深無上道意弟白兄言我今以此醍醐良藥以施一切復以妙華上十方佛迴向以此功德願如大兄所發誓願等無有異若我所願誠實不虛令我所散上妙蓮華住虛空中猶如華樹時會大衆見電光長者所散蓮華列住空中其一一華如菩提樹列住空中華果具足爾時大衆異口同音亦皆讚歎電光長者而作是言汝今瑞應如兄長者等無有異於未來世必得成佛無有疑也佛告阿難汝今當知時大長者以訶梨勒雪山勝藥以施衆僧衆僧服已得聞妙法以藥力故除二種病一者四大增損二者煩惱瞋恚因此藥故時諸大衆皆發阿耨多羅三藐三菩提心而唱是言我等於未來世悉當成佛時諸大衆各

相謂言我等今者因此大士施二種藥得發無上法王之心當王三千大千世界爲報恩故當爲立號因行立名故名藥王佛告阿難汝今當知此藥王菩薩聞諸大衆爲立號時敬禮大衆而作是言大德衆僧爲我立號名曰藥王我今應當依名定實若我所施迴向佛道必得成就願我兩手雨一切藥摩洗衆生除一切病若有衆生聞我名者禮拜我者觀我身相者當令此等皆服甚深妙陀羅尼無礙法藥當令此等現在身上除去諸惡無願不從我成佛時願諸衆生具大乘行作是語時時虛空中雨七寶蓋覆藥王上蓋光明中而說偈言

大士妙善願　施藥濟一切　未來當成佛
號名曰淨眼　廣度諸天人　慈心無邊際
慧眼照一切　未來當成佛

爾時藥王聞此偈已身心歡喜即入三昧其三昧名曰惟無莊嚴三昧力故見佛無數淨除業障即得超越九百萬億阿僧祇劫生死之罪爾時衆中爲立號者今此藥王菩薩摩訶薩是佛告阿難汝今當知時弟長者藥施人者因藥施故世人稱讚此長者藥用施衆僧及施一切服此藥者得上氣力得妙上藥亦聞上妙大乘法藥爾時世人因行立名名曰藥上爾時藥上菩薩聞諸世人稱讚已德名曰藥上因發誓願今此世間一切大衆爲我立號名曰藥上願我後世得成十種清淨力時以上法藥普施一切願諸衆生聞我名者煩惱盛火速得消滅若有衆生禮拜我者稱我名者觀我身相者當令此等得服上妙

不死解脫甘露上藥爾時大衆聞是語已各脫瓔珞共散藥上菩薩上所散瓔珞如七寶臺停住空中臺中有光純黃金色聲如梵音而說偈言

善哉勝大士　顯發弘誓願　必度苦衆生
心無有疑慮　未來當成佛　號名曰淨藏
救護諸世間　没於苦海者

佛告阿難汝今好當諦聽佛語愼勿忘失此藥王藥上二菩薩者乃是過去現在未來諸佛世尊灌頂法子若有衆生聞此二菩薩名者永度苦海不墮生死恒得值遇諸佛菩薩何況具足如說修行若有善男子善女人聞二菩薩所說神呪若觀此二菩薩身相者於現在世必得見藥王藥上及見於我賢劫千佛於未來世見無數佛一一世尊爲其說法生淨佛土其心堅固終不退轉阿耨多羅三藐三菩提心爾時阿難即從座起爲佛作禮繞佛七帀白佛言世尊當云何名此經云何奉持之佛告阿難諦聽諦聽善思念之此法之要名滅諸罪障亦名懺悔惡業神呪亦名治煩惱病甘露妙藥亦名觀藥王藥上清淨色身佛告阿難此法之要有如是等殊勝妙名我滅度後若有比丘及比丘尼聞此經者至心隨喜經須臾間四重惡業皆悉清淨若有優婆塞優婆夷聞此經者至心隨喜經須臾間若犯五戒破八支齋疾得清淨若國王大臣刹利居士毗舍首陀婆羅門等及餘一切聞此經者經須臾間至心隨喜五逆十惡悉得清淨佛告阿難此藥王藥上本行因緣是閻浮提人病之良藥爾時世尊說是語已

默然而住如入三昧爾時長者子寶積及尊者阿難無數大衆聞佛所説皆大歡喜以歡喜故長者衆中五千人得無生法忍他方來諸菩薩等有十千人住首楞嚴三昧舍利弗弟子五百比丘不受諸漏成阿羅漢天龍八部其數無量皆發無上正真道意爾時諸比丘及諸大衆聞佛所説歡喜奉行作禮而退

佛説觀藥王藥上二菩薩經

音釋

痤昨禾切 挓陟加切 瞪澄應切 噉徒感切食也 瞻蔔梵語也此云黄華瞻陟廉切蔔蒲北切 鈿堂線切以寶飾器曰鈿 寤五故切覺也 沮壞沮在呂切止也壞古䃺切毀之也 鋡胡男切 羼提梵語也此云忍辱羼初限切

佛說大孔雀呪王經

唐三藏法師義淨奉　詔譯

清刻龍藏佛說法變相圖

佛說大孔雀呪王經卷上

唐三藏法師義淨奉　詔譯

讀誦大孔雀呪王經前方便法

爾時佛告阿難陀若有苾芻苾芻尼國王大臣善男子善女人等有所願求發心歸命摩訶摩瑜利呪王者應當先作如是啓請命召法式爲前方便然後讀誦無不遂心

南謨佛陀也南謨達摩也南謨僧伽也南謨過去七佛正徧知者南謨慈氏菩薩等一切菩薩摩訶薩南謨獨覺聲聞四果四向我今敬禮如是聖衆我當讀誦大孔雀呪王經諸所求請願皆遂意又復一切諸天神衆或居地上或在虛空或住於水咸聽我言所謂

諸天及龍　阿蘇羅　摩嘍多　揭路荼

健達婆　緊那羅　莫呼洛伽　藥叉　曷

洛刹婆　畢麗多　畢舍遮　步多　俱槃
荼　布單那　羯吒布單那　塞健陀　嗢
摩陀　車夜　阿波三摩羅　烏悉多咯迦
及餘所有一切鬼神亦當善聽所謂食精氣
者食胎者食血者食肉者食脂膏者食髓者
食支節者食生者食命者食祭者食氣者食
香者食鬘者食華者食果者食五穀者食火
燒者食膿者食大便者食小便者食唾者食
涎者食洟者食殘食者食吐者食不淨物者
食漏水者諸如是等有毒害心伺斷他命作
無利益者皆來聽我讀誦此大孔雀呪王經
捨除所有暴惡之念咸當發起慈悲善心於
佛法僧生清淨信我今施設香華飲食願生
歡喜當聽我言
怛姪他　柯里割羅里　俱槃雉　商枳你

劒末羅綺你　訶利底丁里切下皆同　訶利雞始
渴哩冰揭麗　濫薛鉢喇濫薛　歌羅波
世　羯喇輸達里　琰摩度底　琰摩曷咯
刹死　步多揭喇薩你
如是等神咸當受此香華飲食皆發歡喜心
擁護我某甲若爲國家或爲餘人而讀誦者即須稱說彼人名字下皆准此
并諸眷屬於一切時恐怖之處一切戹難一
切疾病一切憂惱一切饑饉獄囚繫縛等處
悉得解脫壽命百歲得見百秋呪力成就莎
訶

此一部經須知大例若是尋常字體傍加口者即須彈舌道之但爲此方無字故借音耳自餘唯可依字直說不得漫爲聲勢致失本音又但是底字皆作丁里音道不待依字即與便乖梵韻又讀呪時聲含長短字有重輕看注四聲而讀終須師授方能愜當又須粗識字義呼名始可隨情若至我某甲處咸須具述所求之事然此呪經有大神力求者皆驗五天之地南海十洲及北方土貨羅等二十餘國無間道俗大乘小乘皆共尊敬讀誦求請咸蒙福利交報不虛

但爲舊經譯文有關致使神州不多流布雖遺厄難讀者尚希故令綜尋諸部梵本勘令委的重更詳審譯成三卷并畫像壇場軌式利益無邊傳之永代

如是我聞一時薄伽梵在室羅伐城逝多林給孤獨園與大苾芻衆千二百五十人俱於此住處有一苾芻名曰莎底年少出家新受圓具學毗奈耶教爲衆破樵營澡浴事有大黑蛇從朽木孔忽然而出螫彼苾芻右足拇指毒氣徧身悶絶于地口中吐沫兩目翻上時具壽阿難陀見彼苾芻形狀如是極受苦痛即便疾疾往詣佛所禮雙足已在一面立而白佛言世尊莎底苾芻受大苦惱如上具說如來大悲云何救療作是語已佛告阿難陀汝宜持我所說大孔雀呪王爲莎底苾芻而作擁護攝受覆育爲其結界結地令得安隱所有痛苦皆悉消除或被刀杖之所侵傷或爲諸毒之所惱害作不饒益事

或爲天龍 阿蘇羅 摩嘍多 揭路茶 健達婆 緊那羅 莫呼洛伽 藥叉 曷喀刹娑 畢麗多 畢舍遮 步多 俱槃茶 布單那 羯吒布單那 塞建陀 嗢摩柁 車夜 阿波三摩羅 烏悉多路迦 諾刹怛羅 黎波 爲如是等所執録時擁護我某甲并諸眷屬

復有諸神食精氣者食胎者食血者食肉者食脂膏者食髓者食支節者食生者食命者食祭者食氣者食香者食鬘者食華者食果者食五穀者食火燒者食膿者食大便者食小便者食唾者食涎者食洟者食殘食者食吐者食不淨物者食漏水者此等惱時皆護我某甲并諸眷屬令離憂苦壽命百歲得見

百秋若復有人作諸蠱魅厭禱呪術飛行空中　訖栗底　羯摩拏　哥孤嗢柁　枳喇拏　鞞多荼　頞柁鞞多荼　質者　畢麗索迦　飲他血髓變人驅役呼召鬼神造諸惡業惡食變吐惡影惡視作惡書符或惡超度有如是等諸惡現時皆護我某甲令離憂惱又復所有諸驚怖事王賊水火他兵來怖遭饑饉怖非時死怖地震動怖惡獸來怖惡知識怖欲死時怖如是等怖皆護我某甲又復諸病疥癩瘡癬痔漏癰疽身皮黑澁頭痛半痛飲食不消眼耳鼻舌口脣牙齒咽胷背脅腰腹脞腨手足支節隱密之處心悶痃癖乾痟瘦病徧身疾苦悉皆除殄又復瘧病一日二日三日四日乃至七日半月一月或復頻日或復片時或常熱病偏邪瘦病鬼神壯熱風熱痰癊或總集病或被鬼持或被諸毒人及非人之所中害如是過惡諸病生時皆護我某甲并諸眷屬我今爲其結界結地誦持此呪悉令安隱莎訶并說此頌（頌中汝字若爲自身應云令我）

令汝夜安隱　晝日亦復然　於一切時中
諸佛常護念

即說呪曰

怛姪他　一峙鼻峙　枳峙呬峙　蜜峙你峙　痾滯那滯　伽滯獨伽滯　嚟峙薄具峙　謗蘇必舍只你　痾嚧漢你　烏嚧漢你　醫麗迷麗　羝麗底里底里　迷麗迷麗　點謎點謎　杜謎杜謎　一擻蜜擻（眞里切）婢瑟吒（丁甲切）睇　禰鉢麗　毗末麗　毗末麗　忽魯忽魯　頞說目棄　哥里哥里　莫訶哥里　鉢喇枳嘌拏　雞施　矩魯

矩魯　之怖魯　孤魯孤魯　呼魯婆　呼
魯婆　頞颯磨　覃婆覃婆上聲　度覃婆　度
麼覃婆　瞿羅也　薩羅也　閉入聲輸閉輸
呬里呬里　蜜里蜜里　底里底里　呬
里呬里　娌里娌里　主魯主魯　毋呼毋
呼　毋呼毋呼毋呼　毋魯毋魯　毋魯毋
魯毋魯　呼魯呼魯　呼魯呼魯呼魯五　呼
呼呼呼　呼呼呼　呼呼呼十　婆婆婆婆
婆婆婆　婆婆婆十　闍去聲攞闍攞　闍攞闍
攞　闍攞闍攞　闍攞闍攞　闍攞闍攞
曇摩曇末你去聲下同　答跛答鉢你　篅入聲攞篅
喇你　鉢者鉢者你　肶杜避　揭膳你
勃里山你　颯怖吒入聲你　多鉢你　波折
你　訶喇你　哥喇你　劒鉢你　末達你
曼池滴計　歆忙羯哩　忙羯哩　畬羯

哩　鑠羯哩　鑠羯哩　商羯哩　商羯哩
篅入聲喇你　度麼度末你　薩度謎　瞿
羅也　鞞羅也　鉢利鞞羅也　一里枳死
莎訶若讀誦經者至此處時隨所願求皆須稱說其事若大旱時云願天降雨若大澇時云願天止雨若有兵戈盜賊疫病流行饑饉惡時及餘厄難隨事陳說一心求請無不遂意

阿難陀又諸龍王名字當起慈心稱說其名
請求加護

持國天王我慈念　醫羅畔拏常起慈
毗盧愽叉亦起慈　黑喬答摩我慈念
末尼龍王我慈愍　婆素枳龍常起慈
杖足龍王亦起慈　滿賢龍王我慈念
無熱惱池婆婁拏　曼陀洛雞得叉迦
難陀鄔波難陀龍　我常於彼興慈意
阿難得迦諸龍王　婆蘇目佉龍王衆

阿波羅市多亦起慈　侵波龍王我慈愛
大末那斯我慈念　小末那斯亦起慈
同鉢羅羅哥洛迦　室羅末尼蒲伽畔
達弟目佉及末尼　奔陀利迦苦鉢底
劏孤得迦及蠡足　毛緂馬勝二常慈
娑雞得迦君鞞羅　針毛臆行諸龍王
頡利沙婆及哥羅　滿耳車面常慈念
孤洛哥龍我慈念　婆雌弗多蘇難陀
醫羅鉢多大龍王　濫部洛迦我慈愍
非人龍王我慈念　上人龍王亦復然
蔑栗祇龍常起慈　目真鄰陀我慈念
諸有龍王行地上　或在水中作依止
或復常於空裏行　或有恒依妙高住
一首龍王我慈念　及以二頭亦復然
如是乃至有多頭　此等龍王我慈念

或復諸龍無有足　二足四足諸龍王
或有多足龍王身　皆起慈心相護念
此等龍王具威德　色力豐美有名聞
天與修羅共戰時　有大神通無退怯
勿使無足欺輕我　二足亦莫見侵陵
四足多足諸衆生　常於我身無惱觸
諸龍及神我慈愛　或在地上或居空
常令一切諸衆生　各起慈心相護念
復願一切含生類　所有一切諸大神
常見一切善徵祥　勿覩違情罪惡事
我常發起於慈念　令彼滅除諸惡毒
饒益攝受離災危　隨在何時常擁護
南謨窣覩佛陀也　南謨窣覩菩大囊
南謨窣覩木多也　南謨窣覩木帶囊
南謨窣覩扇多也　南謨窣覩扇帶囊

諸有寂靜人　能除滅惡法　敬禮如是等
於我常衛護
於一切恐怖一切惱亂一切災害一切疾病
一切變怪一切惡毒不利益處悉皆擁護我
某甲并諸眷屬壽命百年自說己名說所爲事
佛告阿難陀於往昔時雪山南面有孔雀王
名金光明在彼而住每於晨朝常讀誦此大
孔雀呪王晝必安隱暮時讀誦夜必安隱呪
曰
南謨佛陀也　南謨達摩也　南謨僧伽也
怛姪他　呼呼呼呼呼呼六　那伽麗麗麗
覃婆麗麗麗　毘摩麗麗麗　呼也呼也
毗逝也毗逝也　土蘇上聲土蘇　窶魯窶魯
翳邏迷邏引　一里迷邏　窒里迷邏
伊里蜜帝　底里蜜帝　伊里底里蜜帝

曇薜蘇曇薜　覩窣多　瞿邏薜邏　禰鉢
邏　毗末邏　一窒里苾窒里　婢窒里
南謨窣覩　佛陀喃去聲引道　質里枳死　瞿
杜呬迦　南謨阿羅漢多喃　訶攞馱攞
所求願滿我名某甲并諸眷屬說所求事願天
雨等　南謨佛陀喃引　莎訶
阿難陀彼孔雀王曾於一時忘不誦此大孔
雀呪王而爲擁護遂與衆多孔雀婇女從林
至林從山至山而爲遊戲耽婬愛著放逸昏
迷入山穴中以自安處捕獵怨家伺求其便
遂以鳥羂縛孔雀王被怨繫時憶本正念如
前詞句誦大孔雀呪王於所繫縛自然解脫
眷屬安隱至先住處復更說此陀羅尼呪曰
南謨佛陀也　南謨達摩也　南謨僧伽也
南謨蘇跋拏　婆薩寫摩瑜利　曷囉愼

若　南謨莫訶　摩瑜利囊　仳地(亭夜切)囉
慎若(而囊切)　怛姪他　悉睇蘇悉睇　謨折你
木察你　木帝毗木底　阿末麗毗末麗
涅末麗班達(亭點切)麗　忙揭勵　四闌若揭
鞞　曷喇怛娜揭鞞　跋姪囇　蘇跋姪囇
三曼頞跋姪囇　薩婆頞他(二)娑但你
鉢囉摩頞他　娑但你　薩婆捺他　娑但
你　薩婆忙揭羅　娑但你　末捺(死)　摩
捺死　莫訶摩捺死　頞步羝　頞窒步帝
頞卒(子律切)帝　頞喇逝　毗喇逝　毗末
麗　阿蜜嘌帝　阿末麗　阿末喇你　跋
囉蚶(火含切)謎　跋囉蚶摩　莎(入聲)麗　哺嵂
泥(去聲)哺嵂拏　曼奴喇剎　阿蜜嘌頞　僧
侍伐你　室喇跋姪囇　旃姪囇　旃達鉢
喇媲　蘇利囊　蘇利耶干帝　鼻多婆囊

蘇伐泥(去聲)　跋囉蚶摩　瞿屣(生跂切)　跋
囉蚶摩　樹率帝　薩跋怛囉　阿鉢底㗚
帝　莎訶　南謨薩婆　佛陀喃　莎悉底
我名某甲并諸眷屬所求願滿常爲擁護壽
命百歲得見百秋
忽正輸正　具正母正　莎訶
復次阿難陀往時金光明孔雀王者勿爲異
見即我身是我今復說大孔雀咒王心咒即
說咒曰
怛姪他　一底蜜底　底里蜜底　底里蜜
里　蜜底底里　蜜里蜜里　底里底里
蜜麗窒窒里　點弭蘇躭婆　躭婆蘇跋者
正里枳死也　頻娜迷峙　南謨佛陀喃
質栗羯死　斑嚩多暮麗　伊底訶囉
盧呬多暮麗　躭婆菴婆　矩擻矩捺擻

矩矩捺擻　底攞君社捺底　我名某甲并諸眷屬所求願滿常爲擁護壽命百年

一里蜜里　枳里蜜里　雞里迷里　雞覩暮麗　杜覃薜　蘇達羅迷滯　達利謎三覩伐帝　部娑伐帝　部薩羅　部薩羅豎娜　伐薩怛洛雞　捺羯羅　捺羯里迷佉入聲里　末囉詰麗　一擻薩折麗　躭薜覩躭薜　頞捺帝貞厲切　鉢喇捺帝　頞娜捺帝　頞娜謨嘞麗　我名某甲并諸眷屬所求願滿　那引囉演泥去聲　波囉演泥　嘞唎多里　君多里　伊里蜜底　枳里蜜悉底　吉底里蜜底　伊謎悉甸覩　達囉弭囉　曼怛羅鉢杙杙字從木一部皆然　莎訶

阿難陀此大孔雀呪王心呪若復有人欲入聚落應存念誦或至阿蘭若寂靜之處或在正道或行非道或入王宮劫賊鬪諍水火怨家及對大衆或蛇蠍等螫爲毒所中諸有怖畏風熱痰癊或三膲病或四百四病若一一病生即應念誦若苦惱至咸可憶持何以故阿難陀若復有人應合死罪以罰物得脱應合被罰輕杖得脱應合輕杖罵而得脱應合被罵訶責得脱應合訶責戰悚得脱應合戰悚自然得脱一切憂惱悉皆消散

復次阿難陀復有明呪汝當受持即說呪曰

怛姪他　只里弭里　吉里弭里　雞覩暮麗　部薩帝　部娑頡利你　部陀泥去聲部陀曷喇你　雞伐帝　雞伐吒暮麗　伊擻攝伐麗　躭薜躭薜　必棃羊羯囉　痾伐帝　鉢利伐帝　我名某甲并諸眷屬呪力成就所求願滿

南謨薄伽伐都　一擻擻迦耶　因達羅瞿死迦耶　痾扇泥去聲波扇泥　波散你矩麗　劫必羅窬帝　一里窬帝　南謨薄伽伐都　佛陀也　悉甸覩謎　我名某甲并諸眷屬呪力成就莎訶

阿難陀此大孔雀呪王是諸佛所說常當受持自稱己名以求救護願相攝受除諸怖畏刀杖枷鎖如是等苦皆蒙解脫常逢利益不見衰惱壽命百年阿難陀我不見有人天魔梵沙門婆羅門一切世間若能讀誦此大孔雀呪王以自擁護求哀攝受願得安樂結界結地一心受持者無有輒來能為惱害所謂若天天婦天男天女及天父母并諸朋屬若龍龍婦龍男龍女及龍父母并諸朋屬若阿蘇羅及婦男女父母朋屬若摩嘍多及婦男女父母朋屬若揭嚕荼及婦男女父母朋屬若健達婆及婦男女父母朋屬若緊那羅及婦男女父母朋屬若莫呼洛伽及婦男女父母朋屬若藥叉及婦男女父母朋屬若羅剎及婦男女父母朋屬若畢麗多及婦男女父母朋屬若畢舍遮及婦男女父母朋屬若部多及婦男女父母朋屬若俱槃荼及婦男女父母朋屬若布單那及婦男女父母朋屬若羯吒布單那及婦男女父母朋屬若塞建陀及婦男女父母朋屬若嗢摩陀及婦男女父母朋屬若車夜及婦男女父母朋屬若阿波三摩羅及婦男女父母朋屬若烏悉多咯迦及婦男女父母朋屬如是等天龍藥叉及諸神鬼所有親眷知友朋屬常求人便伺覓過失發起惡病此天龍等雖有惡心不能為害

惱觸於人何以故由常誦持此明呪故是等天龍及餘神鬼爲惱害者若還本處不容入衆若有違此大明神呪越界法者頭破作七分猶如蘭香葙（梵云頞曼杜迦折利頞社迦蘭香也曼折利葙頭也舊云阿梨樹枝者旣不善本音復不識其事故致乆迷然聞西方元無阿梨樹也）

復次阿難陀復有明呪當受持之即說呪曰

怛姪他 伊里弭里 枳里弭里 堅枳獨帝 目帝蘇目帝 頞荼那荼（引）窣那荼悉甸覩 我某甲并諸眷屬說所求事願病瘥等

痾邏波邏 瞿杜呬迦（引）伊里弭里 頻市里迦 嗢獨迦 嗢肶獨迦 迦達覩 迦達覩迦 伊里弭里 底里弭里 三曼頞多 訖栗埵 呼魯呼魯 呬里呬里 弭里弭里 比里比里 枳里枳里（二合）尸利師弩暮釤 主魯主魯 主魯主魯 折攞折攞 正里正里 主魯主魯 婢擻婢擻 識企識企 一擻婢擻 企企企企 忽豎忽豎 忽豎忽豎 忽豎忽豎 忽豎忽豎 忽豎忽豎 摩羅（上聲）摩羅 嗷羅（上聲）嗷刺膩 瞻鞞鉢喇瞻鞞 窔瑟吒 鉢羅窔瑟吒 瞻鞞弭 我名某甲并諸眷屬悉皆擁護令得安隱結界結地壽命百年成就呪法莎訶 復說呪曰

怛姪他 質室囇 質室囇暮隸 嗷麗 嗷羅摩麗 癹麗 癹羅摩麗 嘔嚕嚕 嘔嚕嘔嚕 嘔嚕嘔嚕 度嚕嘔嚕 怯（入聲）囉（上聲）伐嚕弩 呲囇呲囇 馱衰馱衰 痾嚕末嚕 窣嚕窣嚕 滅除諸毒及起惡心者牙齒毒根毒飲食中毒願佛慈光滅除毒

害　窣嚕窣鹿雞　跋囉跋洛雞　跋唎雞
毗哩四哩　滅除諸毒無一切毒能爲侵
害
七佛諸世尊　正徧知覺者　及以聲聞衆
威光滅諸毒
瞖羅迷羅　伊里迷羅　底里底里迷羅
底訶(上聲)度訶　婢摩度摩　底羅末體(天里切)
摩　度摩　摩窣劔婆　遜婆躭婆　三麽
躭婆　痾滯那滯　底攞君闍那滯　我其
甲成就所有事業於一切時我常慈念一切
衆生
伊里吉四　部薩滯　部陀頡利你　雞伐
㝵(丁格切)雞　雞伐㝵迦　暮麗　一底攝伐
囉麗　躭鞞躭鞞　必利咩羯囉麗　痾伐智(貞勵切下同)
鉢利伐智

南謨薄伽伐都所求願滿即可殷勤稱說其
事　因達羅　一底吒也　瞿社四迦也
苾陵伽里迦也　頞麗怛麗　君怛麗　頞
智捺智　矩捺智　痾設泥(大聲)　波設泥　波
跛尼　拘麗　南謨佛陀喃(引)　薄伽伐擔(引)
我其甲成就所求願滿莎訶
南謨毗鉢尸　無憂樹下坐　敬禮尸棄佛
依止奔陀利　毗舍浮如來　住在娑羅樹
拘留孫馱佛　尸利沙樹下　羯諾迦大師
烏曇跋羅樹　迦攝波善逝　依溺寠路陀
釋迦牟尼佛　聖種喬答摩　坐於菩提樹
證無上正覺　是等諸世尊　皆具大威德
諸天衆於彼　咸生敬信心　此等諸天神
皆生歡喜念　令我常安隱　遠離於衰厄
七佛世尊所說呪曰

怛姪他 伊里弭里 雞里質里 雞里苦
里 烏陀邏 窣杜謨睇 度薩囉(上聲)呼呼
羯嚩逝 羯嚩逝暮麗 伊撽攝伐多 矩
覩里 那囉演你 鉢設你 鉢設鉢設你
劫必羅婆窣覩 伊里婆 願我成就
達羅弭荼(上聲)曼怛攞 鉢柁莎訶
復次阿難陀有大藥叉名是索訶世界主梵天王天帝釋四大天王二十八種藥叉大將共所宣說若有男子女人受持如是大藥叉名時諸有惡心欲相惱者令彼惡人頭破作七分猶如蘭香梢即說呪曰
怛姪他 雞嘌底暮麗 嚳嘍暮麗 三曼
多暮麗 捺荼捺滯 痾滯那滯 矩捨那
滯 一帝窒帝 波嚕 頞嘽宅迦 末囉
宅迦 伊里吉只里 瞿杜漢那 烏肬杜
磨 頻那薛荼(去聲)
南謨勃陀喃 大覺諸如來 汝二足安隱
四足亦復安 行路去時安 還迴得安樂
於夜常安隱 晝日亦復然 恒無觸惱時
勿逢諸罪惡 一切日皆善 衆星並吉祥
諸佛大威神 羅漢除衆漏 以斯眞實語
願我常安樂
阿難陀若有讀誦呪時作如是語此大孔雀呪王是佛所說願以神力常擁護我饒益攝受爲作歸依安隱寂靜無諸災患刀杖毒藥勿相侵損我今依法結界結地除諸憂惱壽命百歲得見百秋(應知此言通一切處)
復次阿難陀諸有藥叉及大藥叉王住大海中或在妙高山及餘山處或居曠野或住江河川瀆陂池屍林坎窟村巷四衢園苑林樹

或住餘處有大藥叉在阿宅迦伐多大王都處如是等衆咸願以此大孔雀呪王來擁護我其甲并諸眷屬長壽無病復說呪曰

怛姪他　嚈哩訶哩你　折里遮里你　跋喇末你　跋囉引末你　謨漢你　悉虓跋你　瞻跋你鎖闍步　莎訶

復次阿難陀於此東方有大天王名曰持國是揵達婆主以無量百千揵達婆而爲眷屬守護東方彼有子孫兄弟軍將大臣雜使如是等衆彼亦以此大孔雀呪王來擁護我某甲并諸眷屬爲除憂惱壽命百歲得見百秋

怛姪他　樹樹嚕　樹樹嚕　樹樹嚕　樹樹嚕　樹嚕樹　嚕樹嚕　謎莎訶

復次阿難陀於此南方有大天王名曰增長是俱槃茶主以無量百千俱槃茶而爲眷屬守護南方彼有子孫兄弟軍將大臣雜使如是等衆彼亦以此大孔雀呪王來擁護我其甲并諸眷屬爲除憂惱壽命百歲得見百秋

怛姪他　鞞六雞　鞞六雞　頞蜜怛囉伽怛你　跋嚕拏鉢底　薜怒摩利你薜里你　補窒哩雞　朱主質主　莎訶

復次阿難陀於此西方有大天王名曰廣目是那伽主以無量百千諸龍而爲眷屬守護西方彼有子孫兄弟軍將大臣雜使如是等衆彼亦以此大孔雀呪王來擁護我某甲并諸眷屬爲除憂惱壽命百歲得見百秋

怛姪他　鞞杜哩鞞杜哩　鞞杜喇鞞杜喇　末擻帝末擻帝　孤擻孤擻　苾杜亭愈切末底　苾杜末底　呼上聲呼呼呼　呼呼呼呼　乎入聲嚕乎嚕　乎嚕乎嚕　乎嚕乎乎

乎嚕乎嚕（入聲） 主主主主 主主主主

者者者者 者者者者 樹莎訶

復次阿難陀於此北方有大天王名曰薜室羅末拏是藥叉主以無量百千藥叉而爲眷屬守護北方彼有子孫兄弟軍將大臣雜使如是等衆彼亦以此大孔雀呪王來擁護我某甲并諸眷屬爲除憂惱壽命百歲得見百秋

怛姪他 蘇哩蘇哩 室哩室哩末底 呬哩呬哩末底 吉哩哩呬哩哩 篳嚕篳嚕 冰揭麗 主魯主魯 槃杜末底 嗷檐婢鈐 槃杜末底莎訶

東方持國天 南方號增長 西方名廣目

北方多聞天 此四大天王 護世有名稱

四方常擁衛 大軍具威德 外怨悉降伏

不被他所欺 神力有光明 常無諸恐怖

天與阿蘇羅 有時共鬬戰 此等亦相助

令天勝安隱 如是諸天衆 亦以此呪王

護我并眷屬 無病壽百歲

怛姪他 醫麗迷麗 呬麗呬麗 底（丁里切）麗密麗 室麗婆世 曇薜杜曇薜（者爲某湧引符）（失度及諸病苦兵戈病疫所有願求讀至此處皆須隨意稱說其事） 呬里弭里 躭薜覩躭薜 頞智 伐智 鉢喇麼杜伐智 願所求事成 頞宅迦畔多也 安滯難滯 敦滯覩敦滯 祝計主祝計 僕計僕計目計 一哩雉弭哩雉你雉你 畢哩雉雉呬哩 呬里呬里 忽魯忽魯 呬弭里底麗 怛怛麗 莎訶

佛說大孔雀呪王經卷上

音釋

嗢烏沒切 涎夕連切口液也 洟他計切鼻液也 枳諸氏切 喇盧達切 羯居竭切 琰以冉切 呴沫呴火羽切吹也沫莫曷切涎沫也

痔丈里切後病也 胜臑胜傍禮切股也臑市兖切腓腸也 痃胡堅切癖病也

峙丈里切 篅市緣切 肫徒渾切 鑠式灼切 澇郎到切霖雨也

翳於題切 蠡落戈切 緂吐敢切 頡胡結切 襵陟葉切

窒陟栗切 羂古泫切繫也 羝都兮切 媲匹計切 悚息拱切懼也

窶其吕切

佛說大孔雀呪王經卷中

唐三藏法師義淨奉　詔譯

復次阿難陀汝當受持所有諸大藥叉軍主名字差別如是應知所謂

俱鞞羅長子　名曰珊逝耶　常乘御於人
住弭癡羅國　多有諸人衆　來從乞實語

彼亦以此大孔雀呪王來擁護我某甲說所求事并諸眷屬爲除憂惱壽命百歲得見百秋

怛姪他　跋麗跋割麗　摩登祇旃荼里　補嚕山你　毗只里你　瞿哩健陀哩　旃荼里摩登祇上摩里你　呬里弭里　痾揭多揭底　健陀哩　孤瑟恥　迦跋哩毗訶你　呬里呬里　劒閉莎訶

俱留孫馱神　住波吒梨子　阿鉢羅市多
在窣吐奴邑　世羅藥叉主　住於賢善城
摩納婆大神　常居於北界　大神金剛手
住於王舍城　常在鷲峯山　以爲依止處
揭路荼藥叉　住在毗富羅　質多羅岌多
止底目佉處　薄俱羅藥叉　住在王城內
哥羅小哥羅　住劫比羅城　此藥叉守護
牟尼所生處　謂釋迦大師　具足神通力
藥叉班豆足　住在鞞囉耶　大自在藥叉
咨羅吒處住　苾利訶鉢底　住在室羅伐
藥叉娑揭羅　依止娑雞覩　藥叉金剛杵
住在薛舍離　訶利冰揭羅　住在力士國
大黑藥叉王　婆羅痆斯住　藥叉名善現
住在占波城　藥叉吠率怒　住在婆洛迦
陀羅尼藥叉　住在護門國　可畏形藥叉
住在赤銅邑　未達那藥叉　烏洛伽依止

曠野藥叉王　住在曠野國　劫比羅藥叉
依止多財國　護世大藥叉　嗢逝尼國住
跋蘇步弭神　曷喇曼低國　跋洛迦藥叉
跋盧羯車國　歡喜藥叉神　住在歡喜國
持鬘藥叉神　住在勝水國　阿難陀藥叉
末羅鉢鉢知　白牙齒藥叉　住在勝妙處
堅固名藥叉　住在阿槃底　大山藥叉主
住在山城處　婆颯婆藥叉　住在鞞地世
迦嘌雞藥叉　住嚕呬得國　童子藥叉神
住在名稱國　百臂大藥叉　住在頻陀山
廣車藥叉主　羯陵伽國住　能征戰藥叉
窣鹿近那國　過樹那藥叉　住在雄猛國
曼荼布藥叉　住末達泥國　山峯藥叉神
住在摩臘婆　曷嚕達羅神　曷嚕達羅國
一切賢善神　住在奢羯智　波離得迦神
燒智洛迦住　商主及豐財　皆住難勝國
峯牙及世賢　跋娑底耶國　尸婆藥叉主
住食尸婆城　寂靜賢藥叉　住在可畏國
因陀羅藥叉　住因陀羅國　華幢藥叉主
住在寂靜城　陀六迦藥叉　陀六迦城住
頭黃色藥叉　住在跋怒國　寶賢及滿賢
住梵摩伐底　降伏他藥叉　住在健陀羅
能摧他藥叉　得叉尸羅住　揭羅晡窣姤
住掣陀世羅　三護大藥叉　阿怒波河岸
發光明藥叉　盧鹿迦城住　難提跋達那
共住難提國　婆以盧藥叉　住居婆以地
愛鬪諍藥叉　住在濫波國　揭沓婆藥叉
末度羅國住　瓶腹藥叉主　住在楞迦城
日光明藥叉　住在蘇那國　平頭山藥叉
住在憍薩羅　勝及大勝神　住在般池國

晡律拏藥叉　末羅耶山住　緊那羅藥叉
住在雞羅國　護雲藥叉主　住在般荼國
褰達迦藥叉　鉢底瑟侘住　僧歌羅藥叉
住必登揭里　能引樂藥叉　住在大波國
藥叉孫陀羅　在那私迦住　阿僧伽藥叉
婆嚧羯車住　畢多難提神　住在難提國
鼻羅藥叉王　劄羅訶雞住　大腹藥叉神
羯陵伽國住　大臂藥叉神　住在憍薩羅
莎悉底迦神　莎底羯吒國　波洛迦藥叉
常在林中住　賢耳大藥叉　住塞建陀國
受財藥叉神　住在常滿國　有力藥叉神
鞞羅莫迦國　喜見藥叉神　住阿槃底國
尸褰治藥叉　住在牛喜國　愛合掌藥叉
住在方維處　陛瑟掇得迦　住在蓋形國
莫羯蘭談麼　住在三層國　廣目藥叉神

住在一腋國　食安荼藥叉　烏曇跋羅住
無相分藥叉　住憍閃毗國　鞞盧折那神
住在寂靜意　作樂藥叉神　住在虵蓋國
黃色藥叉神　劒必洛迦住　薄俱羅藥叉
嗢逝訶那住　晡律拏藥叉　住在曼宅娌
泥迦迷沙神　於般遮羅住　鉢喇薩菩神
住揭社娑國　堅只藥叉神　住在娑嘍拏
晡闌逝也神　住在搖陀國　怛洛迦大神
及矩怛洛迦　二藥叉王住　骨鹿差怛羅
有二藥叉女　皆具大名稱　大烏盧佉羅
及以迷渴羅　亦常居住此　骨鹿差怛羅
娌底波底神　及成就衆事　此二藥叉神
住在阿曳底　悉陀耶怛羅　住窣鹿近那
窣吐那藥叉　住窣吐那國　師子力彪力
俱知勃里沙　莫訶西那神　晡闌逝也國

華齒藥叉神　住在占波國　摩揭陀藥叉
住在山行處　鉢跋多藥叉　住在瞿瑜伽
蘇師奴藥叉　於那揭羅住　毗羅婆虎神
住在娑雞多　能引樂藥叉　住在哥羯底
無勞倦藥叉　住在憍閃毗　賢善藥叉神
住於賢善國　步多面藥叉　住波吒離國
無憂藥叉神　住在迦尸國　羯丁都更羯吒神
菴婆瑟佗住　成就義藥叉　醫迦羯車住
歡喜藥叉神　住在難勝國　芒髮藥叉神
住在勝水國　寶林藥叉神　住先陀婆國
常謹護藥叉　劫比羅國住　多形相藥叉
住在健陀羅　突路婆藥叉　住在社和羅
處中藥叉神　住在賢善國　大名稱藥叉
住陛度利地　鞞剌吒藥叉　住在娑羅城
瞻薄迦藥叉　住在末嚕地　頻鄰陀羯吒

及以毗羯吒　鞞摩尼迦神　住在陛摩尼
提婆設麼神　住達剌陀國　曼陀羅作光
羯濕彌羅國　占愽迦藥叉　住在羯吒城
半支迦女神　羯濕彌羅際　現有五百子
大軍有大力　長子名肩目　住在大唐地
及餘諸兄弟　住在憍尸迦　牙足藥叉神
住羯陵伽國　曼荼羅藥叉　住曼荼羅處
楞迦自在神　住在迦畢試　摩利支藥叉
住曷囉麼林　達摩波羅神　住在於跡勤
大肩藥叉神　住薄渴羅國　毗沙門王子
具衆德名為　勝頡里沙婆　有一億藥叉
而為其眷屬　住在覩火羅　娑多山藥叉
及以雪山神　此二大藥叉　住在信度國
執三股叉神　住在三層殿　能摧大藥叉
亦住羯陵伽　半者羅健荼　住達彌羅國

財自在藥叉　住在私訶羅　鸚鵡面藥叉
住在曠野處　經羯娑藥叉　住在波多羅
有光明藥叉　住在分陁利　設弭羅藥叉
住在大城中　能破他藥叉　住在達羅陁
冰伽羅大神　住在菴跋離　跋跋荼藥叉
住跋跋荼國　麼怛里藥叉　住在迦末睇
妙覺藥叉神　布底伐低國　奈羅俱跋羅
住在迦畢試　波囉設囉神　住波羅羝國
商羯羅藥叉　住在鑠迦處　鞞摩質怛羅
跋朧鞞國住　滿面藥叉神　分荼跋達那
羯羅羅藥叉　住在烏長國　甕腹藥叉神
孤訶羅國住　摩竭旗藥叉　住居沙磧處
質怛羅西那　住僕迦那國　曷羅伐那神
住在曷末梯　黃赤色藥叉　住曷羅跂國
樂見藥叉神　住在鉢尼耶　金毗羅藥叉

住在王舍城　常居毗富羅　具足大神力
萬億藥叉神　而爲其眷屬　瞿波羅藥叉
住在蛇蓋國　頞樂迦藥叉　住頞樂迦城
難提藥叉神　住在難提國　跋里悉體多
住在村聲國　毗沙門藥叉　從天下處住
河宅畔多城　億神爲眷屬　如是等藥叉
有大軍大力　降伏他怨敵　無有能勝者
神通光明具　名稱滿諸方　天及阿蘇羅
戰時相助力

此等諸神亦皆以此大孔雀呪王常擁護我攝受饒益我令得安隱所有病苦皆悉消除或被刀杖之所侵傷或爲諸毒王賊水火之所惱害或爲天龍所持神主藥叉及諸鬼等乃至畢黎索迦及行惡病者令我解脫此等福德藥叉神主徧贍部洲護持佛法咸起慈

心衛護於我我今結界結地離諸災惱壽命
百歲得見百秋即說呪曰
怛姪他　阿羯智　毗羯智　噭哩你　訶
哩你　達喇你　陀剌你　呼入聲計呼計
僕計僕計
我某甲所有病苦訶娜訶娜十遍
我某甲所有恐怖鐸訶鐸訶十遍
我某甲所有怨家鉢者鉢者十遍
我某甲所有不饒益事杜杜杜杜十遍
我某甲所遭毒藥訶訶十遍
我某甲所有他人厭禱事氐擻氐擻十遍
我某甲所有罪業皆願消滅主魯主魯十遍
呬里呬里十遍弭里弭里十遍弭呬弭呬十遍普嚕
普嚕十遍止擻止擻十遍呬計弭計　祝計僕計
室利跋姪麗　忙揭勵　三曼多跋姪麗

呬闌啱揭鞞　薩婆頞　他娑憚　你阿
末麗　毗末麗　旃達羅鉢喇毗　蘇利耶
達帝　突婢愼爾寞　曇鞞杜曇鞞　畢黎
羊羯曬　常擁護我某甲并諸眷屬壽命百
歲得見百秋
佛告阿難陀汝當受持二十八藥叉大將所
有名號皆應稱說此等能於十方世界覆護
一切衆生爲除衰患厄難之事有四藥叉大
將住在東面擁護東方所有衆生令離憂苦
其名曰
地喋伽長大蘇泥怛攞妙目哺嗶弩圓滿劫畢羅黃色
彼亦以此大孔雀呪王擁護我某甲并諸眷
屬壽命百年說所求事
阿難陀有四藥叉大將住在南面擁護南方
所有衆生令離憂苦其名曰

偺訶胥陵師子鄔波偺訶小師子商企羅螺栴惲那栴檀彼亦以此大孔雀呪王擁護我其甲并諸眷屬壽命百年

阿難陀有四藥叉大將住在西面擁護西方所有衆生令離憂苦其名曰

嘜里師子嘜里雞舍師子髮鉢喇部自在水伽羅青色彼亦以此大孔雀呪王擁護我其甲并諸眷屬壽命百年

阿難陀有四藥叉大將住在北面擁護北方所有衆生令離憂苦其名曰

達喇拏能持達喇難陀持喜温獨亭喻伽勇進波羅勤護吠率怒天名彼亦以此大孔雀呪王擁護我其甲并諸眷屬壽命百年

阿難陀有四藥叉大將各住四維擁護四維所有衆生令離憂苦其名曰

半支迦有五般遮羅健荼五處娑多祇利平山醯摩跋多雪山彼亦以此大孔雀呪王擁護我其甲并諸眷屬壽命百年

阿難陀有四藥叉大將住在地上擁護所有地居衆生令離憂苦其名曰

部摩地蘇部摩妙地哥羅里鄔波哥羅小里彼亦以此大孔雀呪王擁護我其甲并諸眷屬壽命百年

阿難陀有四藥叉大將住在空中擁護所有空居衆生令離憂苦其名曰

蘇利耶日神蘇摩月神惡祁尼火神婆庚風神彼亦以此大孔雀呪王擁護我其甲并諸眷屬壽命百年

復次阿難陀汝復受持薜室羅末拏天王并諸法弟軍將名號此常守護諸衆生類爲除災患一切憂苦遊行世間作大利益其名曰

因達羅(帝釋)蘇麼(月)跋婁拏(龍)鉢嚩闍鉢底(世主)頗羅墮社(姓)伊舍那(自在天)㭊憚那(香)迦摩施瑟侘(欲勝)俱你建侘(鈴咽)尼建侘迦(無咽)跋雉末你(力珠)摩尼折囉(寶行)鉢囉拏拕(大聲)鄔波半止迦(小五)莎多祇利(平山)醯摩跋多(雪山)晡嵂拏(圓滿)漫地洛迦(樹名)苾吒瞿波羅(護兒)阿吒薄迦(林野)捺囉曷囉闍(人王)市那頡里沙婆(人勝)半遮羅健茶(五處)蘇目可(善面)地㮚伽(長)質怛羅西那(巧軍)健達婆(樂神)室里癹里(三果)室里建㮚迦(三剌)地㮚伽鑠底(長㮚)摩怛里(母)

此大藥叉是大軍主統領諸神有大神力具大光明形色圓滿名稱周徧是薜室羅末拏

天王兄弟常勑此等藥叉神曰彼其甲藥叉時惱亂我汝勿放捨諸神聞已依教奉行此諸藥叉亦以大孔雀呪王守護於我并諸眷屬壽命百年若有鬬諍觸惱之事現在前時願藥叉神常攝衛我其甲令離憂感

或爲天龍　阿蘇羅　摩嘍多　揭路茶　健達婆　緊那羅　莫呼洛伽　藥叉所執　曷洛剎娑　畢麗多　畢舍遮　步多所執　俱般茶　布單那　羯吒布單那　塞建陀　嗢摩枕　車夜　阿波三摩羅　烏悉多咯迦　諾剎怛羅　黎波　爲如是等所執録時

擁護我其甲并諸眷屬復有諸神食精氣者食胎者食血者食肉者食脂膏者食髓者食支節者食生者食命者食祭者食氣者食香

者食鬘者食華者食果者食五穀者食火燒
者食膿者食大便者食小便者食唾者食涎
者食洟者食殘食者食吐者食不淨物者食
漏水者被如是等諸惡鬼神所惱亂時此孔
雀呪王皆擁護我某甲并諸眷屬令離憂苦
壽命百歲得見百秋常受安樂若復有人作
諸蠱魅厭禱呪術飛行空中
訖栗底　羯摩拏　哥孤嗢柁　枳剌拏
鞞多荼　頞柁鞞多荼　質者　畢麗索迦
飲他血髓變人驅役呼召神鬼造諸惡業惡
食變吐惡影惡視作惡書符或惡超度有如
是等諸惡現時皆護我某甲令離憂苦又復
所有諸驚怖事王賊水火他兵來怖遭饑饉
怖非時死怖地震動怖惡獸來怖惡知識怖
欲死時怖如是等怖皆護我某甲又復諸病

疥癩瘡癬痔漏癰疽身皮黑澁頭痛半痛飲
食不消眼耳鼻舌口脣牙齒咽胷背脇腰腹
脞腨手足支節隱密之處心悶痃癖乾痟瘦
病徧身疾苦悉皆除殄又復瘧病一日二日
三日四日乃至七日半月一月或復頻日或
復片時或常熱病偏邪癭病鬼神壯熱風熱
痰癊或總集病或被鬼持或被諸毒人及非
人之所中害如是過惡諸病生時皆護我某
甲并諸眷屬我今爲其結界結地誦持此呪
悉令安隱莎訶并說此頌
令汝夜安隱　晝日亦復然　於一切時中
諸佛常護念
復次阿難陀復有十二大鬼神女於大菩薩
創入胎時初誕生時及生已後此等諸神常
爲守護其名曰

濫婆　毗濫婆　鉢嚩濫婆　烏濫婆　訶
利底　訶里計始　訶利冰揭羅　哥利
羯羅利　甘部　近利婆哥至　割羅輸達利
此等神女有大神力具大光明形色圓滿名
稱周徧天阿蘇羅共戰之時現大威力彼亦
以此大孔雀呪王守護我其甲幷諸眷屬壽
命百年呪曰（下有九呪並悉相似）
怛姪他　嘝囇渴囇　區囇末麗　弭麗毋
麗　末但底末帝　曼雉底計　呼嚕呼嚕
呼嚕呼嚕　呼嚕呼嚕　呼嚕呼嚕　迷
雉迷雉　揭邏迷雉　迷地悉地　悉地悉
地　我其甲幷諸眷屬莎訶　酸（入聲）悉底
我其甲幷諸眷屬莎訶
阿難陀復有八大女鬼於大菩薩創入胎時
初誕生時及生已後此等諸神常爲守護其

名曰
末杝（引）末達那（引）末度嗢羯吒　鄔波末杝
邊（入聲）黎底（丁利切）烏社訶利膩　頞設膩　揭
嚩散膩
此等鬼女有大神力具大光明形色圓滿名
稱周徧天阿蘇羅共戰之時現大威力彼亦
以此大孔雀呪王守護我其甲幷諸眷屬壽
命百年呪曰
怛姪他　嘝囇渴囇　區囇末麗　弭麗毋
麗　末但底末帝　曼雉底計　呼嚕呼嚕
呼嚕呼嚕　呼嚕呼嚕　呼嚕呼嚕　迷
雉迷雉　揭邏迷雉　迷地悉地　悉地悉
地　我其甲幷諸眷屬莎訶　酸（入聲）悉底
我其甲幷諸眷屬莎訶
阿難陀復有七大女鬼於大菩薩創入胎時

初誕生時及生巳後此等諸神常爲守護其
名曰
惡窶嚕地迦　曷嚕利底迦　質怛羅畢舍
止迦　晡㗶拏跋姪哩迦　惡祇你曷咯綺
底迦　嗇怛羅迦利迦　頡利使曷咯綺底
迦
此等鬼女有大神力具大光明形色圓滿名
稱周徧天阿蘇羅共戰之時現大威力常噉
血肉惱觸於人彼亦以此大孔雀咒王守護
我某甲并諸眷屬壽命百年咒曰
怛姪他　嚹囇渴囉　謳囇末麗　弭麗毋
麗　末但底末帝　曼雉底計　呼嚕呼嚕
呼嚕呼嚕　呼嚕呼嚕　呼嚕呼嚕　迷
雉迷雉　揭邏迷雉　迷地悉地　悉地悉
地　我某甲并諸眷屬莎訶　酸入聲悉底

我某甲并諸眷屬莎訶
阿難陀復有五大女鬼於大菩薩創入胎時
初誕生時及生巳後此等諸神常爲守護其
名曰
君侘引你君侘　難馱去聲娌率怒邏劫畢邏
此等鬼女有大神力具大光明形色圓滿名
稱周徧天阿蘇羅共戰之時現大威力彼亦
以此大孔雀咒王守護我某甲并諸眷屬壽
命百年咒曰
怛姪他　嚹囇渴囉　謳囇末麗　弭麗毋
麗　末但底末帝　曼雉底計　呼嚕呼嚕
呼嚕呼嚕　呼嚕呼嚕　呼嚕呼嚕　迷
雉迷雉　揭邏迷雉　迷地悉地　悉地悉
地　我某甲并諸眷屬莎訶　酸入聲悉底
我某甲并諸眷屬莎訶

阿難陀復有八大羅刹女於大菩薩創入胎時初誕生時及生已後此等諸神常爲衛護其名曰

謨訶引蘇四磨　矩舍惡器　雞施膩　甘蒲侍　蘇蜜怛羅　盧呬多惡器　迦折羅

此等羅刹女有大神力具大光明形色圓滿名稱周徧天阿蘇羅共戰之時現大威力常取男女童男童女血肉充食入新産家及空宅處隨光而行喚人名字吸人精氣甚可怖畏驚恐於人無慈愍心彼亦以大孔雀呪王守護我某甲并諸眷屬壽命百年呪曰

怛姪他　嗢囉麗渴囉麗　區囉麗末麗　弭麗母麗　末但底末帝　曼雉底計　呼魯呼魯　呼魯呼魯　呼魯呼魯　呼魯呼魯　迷雉迷雉　揭邏迷雉　迷地悉地　悉地悉地　我某甲并諸眷屬莎訶　酸入聲悉底　我某甲并諸眷屬莎訶

阿難陀復有十大羅刹女於大菩薩創入胎時初誕生時及生已後此等諸神常爲衛護其名曰

訶利底羅刹女　難陀羅刹女　冰揭羅羅刹女　商企你羅刹女　哥夷迦羅刹女　提婆蜜怛羅羅刹女　君多羅刹女　槊牙羅刹女　藍毗迦羅刹女　頞捺羅羅刹女

此等羅刹女有大神力具大光明形色圓滿名稱周徧天阿蘇羅共鬭戰時現大威力彼亦以此大孔雀呪王守護我某甲并諸眷屬壽命百年呪曰

怛姪他　嗢囉麗渴囉麗　區囉麗末麗　弭麗母麗　末但底末帝　曼雉底計　呼魯呼魯

呼魯呼魯　呼魯呼魯　呼魯呼魯　迷
雉迷雉　揭邏迷雉　迷地悉地　悉地悉
地　我某甲并諸眷屬莎訶　酸入聲悉底
我某甲并諸眷屬莎訶
阿難陀復有十二大羅刹女此亦如前於下
生菩薩常爲衛護其名曰
無主羅刹女　大海羅刹女　毒害羅刹女
斷他命羅刹女　明智羅刹女　持弓羅刹
女　持箭羅刹女　持犂羅刹女　持刀羅
刹女　持輪羅刹女　圍輪羅刹女　可畏
羅刹女
此等羅刹女有大神力具大光明形色圓滿
名稱周徧天阿蘇羅共鬪戰時現大威力彼
亦以此大孔雀呪王守護我某甲并諸眷屬
壽命百年呪曰
怛姪他　嘁囇渴囇　區囇末麗　弭麗母
麗　末但底末帝　曼雉底計　呼魯呼魯
呼魯呼魯　呼魯呼魯　呼魯呼魯　迷
雉迷雉　揭邏迷雉　迷地悉地　悉地悉
地　我某甲并諸眷屬莎訶　酸入聲悉底
我某甲并諸眷屬莎訶
阿難陀復有十二鬼母於諸有情常爲觸惱
驚怖欺誑此亦如前於下生菩薩常爲衛護
其名曰
跋邏寐　曷嘍姪唎　高摩利　鞞瑟納鼻
燕涅囇　婆羅呬高　鞞唎婆　嘍膩
耶弭也　婆葉鼻　阿祇膩異　莫訶哥利
此等鬼母亦以大孔雀呪王守護我某甲并
諸眷屬壽命百年呪曰
怛姪他　嘁囇渴囇　區囇末麗　弭麗母

麗 末但底末帝 曼雉底計 呼魯呼魯
呼魯呼魯 呼魯呼魯 呼魯呼魯 迷
雉迷雉 揭邏迷雉 迷地悉地 悉地悉
地 我其甲并諸眷屬莎訶 酸(入聲)悉底
我其甲并諸眷屬莎訶
阿難陀復有一大畢舍旨名曰一髻是大羅
刹婦住大海邊聞血香氣於一夜中行八萬
踰繕那此亦如前於下生菩薩常爲衛護彼
亦以此大孔雀呪王守護我其甲并諸眷屬
壽命百年呪曰
怛姪他 歌囉麗渴囉麗 區囉麗末麗 弭麗母
麗 末但底末帝 曼雉底計 呼魯呼魯
呼魯呼魯 呼魯呼魯 呼魯呼魯 迷
雉迷雉 揭邏迷雉 迷地悉地 悉地悉
地 我其甲并諸眷屬莎訶 酸(入聲)悉底

我其甲并諸眷屬莎訶
阿難陀復有七十二大羅刹女其名曰
劫畢羅刹女 鉢豆磨羅刹女 莫呬史羅
刹女 謨利迦羅刹女 那利迦羅刹女
篅(入聲)剌你(去聲)羅刹女 羯剌施羅刹女 吡
末羅羅刹女 達剌你(去聲下同)羅刹女 訶利
旃達羅刹女 胡盧呬你羅刹女 末咧支
羅刹女 呼多扇你羅刹女 婆嘍你羅刹
女 哥利羅刹女 高渾折咧羅刹女 跋
邏羅刹女 揭剌散你羅刹女 羯囉智羅
刹女 冰揭邏羅刹女 末登祇羅刹女
頻度囉羅刹女 瞿利羅刹女 揵陀利羅
刹女 俱槃值羅刹女 迦楞祇(去聲)羅刹女
曷羅末你羅刹女 末達你羅刹女 頞
扇你羅刹女 食胎羅刹女 食血羅刹女

憚姤邏羅刹女　驚怖羅刹女　跋剌寐羅刹女　怛荼筏波利羅刹女　執金剛羅刹女　肩持羅刹女　答磨羅刹女　行雨羅刹女　震雷羅刹女　開發羅刹女　擊電羅刹女　足行羅刹女　鵂鶹口羅刹女　持地羅刹女　黑夜羅刹女　鬼王使羅刹女　菴末羅刹女　蘇跋邏羅刹女　高髻羅刹女　百頭羅刹女　百臂羅刹女　百目羅刹女　常害羅刹女　摧破羅刹女　末折唎羅刹女　跋折羅羅刹女　夜行羅刹女　晝行羅刹女　愛莊羅刹女　羯刹炭那去聲羅刹女　輕欺羅刹女　持斧鉞羅刹女　持三叉羅刹女　牙出羅刹女　意喜羅刹女　蘇磨羅刹女　旃荼去聲羅刹女　憚多羅刹女　呬林婆去聲羅刹女　尼邏羅刹女　質怛邏羅刹女

此等七十二諸羅刹女如前神力彼亦以此大孔雀咒王守護我某甲并諸眷屬壽命百年咒曰

怛姪他　呬里呬里　弭里弭里　怛荼答伐　滯薄計薄計　呼囇呼囇　達囉達囉　嗷攞嗷攞　折攞折羅　主魯主魯　莎訶

南謨薩婆佛陀南去聲引　莎訶　般喇羝迦佛陀南莎訶　阿羅漢多南莎訶　慈氏菩薩莎訶　一切菩薩衆莎訶　不還果莎訶　一來果莎訶　預流果莎訶　諸正行者莎訶　向正行者莎訶　大梵王莎訶　因陀羅莎訶　小因陀羅莎訶　大世主莎訶　伊商那也莎訶　惡近那也莎訶　婆葉薜

莎訶 跋嘍拏也莎訶 琰摩也莎訶 多聞天王藥叉主莎訶 持國天王健達婆主莎訶 增長天王俱槃荼主莎訶 廣目天王龍主莎訶 提婆南(去聲長引下同)莎訶 那伽南莎訶 阿蘇羅南莎訶 摩嘍多南莎訶 伽嘍荼南莎訶 健達婆南莎訶 緊捺羅南莎訶 莫呼洛伽南莎訶 藥叉南莎訶 曷洛刹娑南莎訶 必麗多南莎訶 必舍遮南莎訶 步多南莎訶 俱槃荼南莎訶 布單那南莎訶 羯吒布單那南莎訶 塞建陀南莎訶 嗢摩陀南莎訶 車夜南莎訶 阿波三摩囉南莎訶 嗢悉多咯迦南莎訶 旃陀羅蘇里耶南莎訶 諾刹怛羅南莎訶 揭喇訶南莎訶 樹底沙南莎訶 頡利師南莎訶 悉陀跋多南莎訶 明呪就成者莎訶 喬里囊莎訶 健陀里囊莎訶 尚具里囊莎訶 阿蜜里多也莎訶 瞻跋尼囊莎訶 摩登祇也莎訶 占箄致囊莎訶 達喇毗遲囊莎訶 奢跋里囊莎訶 阿闥婆膩囊莎訶 旃荼里囊莎訶 摩登祇囊莎訶 那伽頓里陀耶也莎訶 揭嘍荼頡里陀耶也莎訶 摩那斯囊莎訶 摩訶摩那斯囊莎訶 殺荼惡刹利囊莎訶 摩尼跋達羅也莎訶 三曼多跋達羅也莎訶 大三曼多跋達羅也莎訶 大波羅底薩羅也莎訶 摩訶蘇摩也莎訶 尸多畔那也莎訶 大尸多畔那也莎訶 憚荼陀羅尼囊莎訶 大憚荼陀羅尼囊莎訶 目眞鄰陀也莎訶 大目眞鄰陀也莎訶 逝延底囊莎訶 扇底囊莎訶

訶説訖利荼也莎訶　阿鉢囉市多也莎訶　大阿鉢囉市多也莎訶　大孔雀呪王也莎訶

如是等大神大明呪大行大擁護者令我其甲并諸眷屬壽命百年消滅難事除衆惡業所有一切蠱魅呪術起屍惡使諸惡鬼神求人便者行惡病者皆得解脱無復憂苦莎訶

復次阿難陀汝當更持諸龍王名字獲大利益其名曰

佛世尊龍王　跋羅蚶欽摩龍王　因陀羅龍王　海龍王　海子龍王　娑揭羅龍王　娑揭羅子龍王　摩竭龍王　難陀龍王　小難陀龍王　那羅龍王　小那羅龍王　善見龍王　婆蘇枳龍王　得叉加龍王　阿嚕拏龍王　跋嚕拏龍王　娑楞伽龍王

有吉祥龍王　吉祥胭龍王　吉祥增長龍王　吉祥賢龍王　無畏龍王　無力龍王　雜色龍王　設臘婆龍王　妙臂龍王　妙高龍王　日光龍王　月光龍王　大吼龍王　震聲龍王　雷電龍王　擊發龍王　降雨龍王　離垢龍王　無垢光龍王　頞洛迦頭龍王　跋洛迦頭龍王　馬頭龍王　牛頭龍王　鹿頭龍王　象頭龍王　濕力龍王　歡喜龍王　人聲龍王　奇妙龍王　奇妙眼龍王　奇妙軍龍王　乎魯荼龍王　南毋止龍王　毋止龍王　毋止鄰陀龍王　曷羅伐拏龍王　曷羅笈婆龍王　室哩龍王　室哩孤龍王　藍部魯龍王　有蠱龍王　無邊龍王　羯諾迦龍王　象腋龍王　黄色龍王　赤色龍王

白色龍王　瑿羅葉龍王　螺目龍王　阿
鉢邏羅龍王　黒龍王　小黒龍王　天力
龍王　那羅延龍王　毛緂龍王　可畏龍
王　羅刹龍王　石肩龍王　殑伽龍王
信杜龍王　縛芻龍王　私多龍王　吉祥
龍王　無熱惱池龍王　善住龍王　瑿羅
跋拏龍王　持地龍王　持山龍王　持光
明龍王　賢善龍王　極賢善龍王　世賢
龍王　力賢龍王　寶珠龍王　珠胭龍王
二黒龍王　二黄龍王　二赤色龍王
二白色龍王　華鬘龍王　赤華鬘龍王
犢子龍王　賢處龍王　鼓音龍王　小鼓
音龍王　菴末羅道龍王　寶子龍王　持
國龍王　增長龍王　廣目龍王　多聞龍
王　車面龍王　占箄也迦龍王　喬答摩

龍王　半遮羅龍王　五頂龍王　光明龍
王　頻度龍王　小頻度龍王　阿力迦龍
王　哥利迦龍王　跋里迦龍王　曠野龍
王　緊折里龍王　緊折諾迦龍王　鏡面
龍王　濤愽迦龍王　黒喬答彌龍王　上
人龍王　人龍王　人本龍王　勝人龍王
末登伽龍王　槃荼洛迦龍王　非人龍
王　鉢頭摩龍王　殊勝龍王　嗢怛洛迦
龍王　跋洛迦龍王　阿鹿迦龍王　瑿羅
龍王　瑿羅耳龍王　瑿羅色龍王　金色
龍王　阿羅婆龍王　大香龍王　末羅婆
羅龍王　香色龍王　末那斯龍王　葛句
吒迦龍王　劫比羅龍王　冰揭羅龍王
青黄龍王　大山龍王　小山龍王　嗢鉢
羅龍王　有爪龍王　增盛龍王　解脫龍

王　有意龍王　極木叉龍王　甘跋羅龍王　阿説迦龍王　翳羅迷羅龍王　頞齒羅龍王　大善現龍王　擁護龍王　鉢利枳都龍王　好面龍王　出生龍王　健陀羅龍王　師子龍王　達羅彌羅龍王　一首龍王　三首龍王　多首龍王

如是等一百八十大龍王而爲上首及餘龍輩於此大地或時震響或放光明或時降雨成熟穀稼時來見佛受三歸依并受學處除金翅鳥怖除火沙怖及王事怖常持大地住大寶宮壽命長遠有大威勢富貴自在大朋大屬能摧怨敵有大神力具大光明形色圓滿名稱周徧天阿蘇羅共闘戰時現大威力彼諸龍王所有子孫兄弟軍將大臣雜使皆亦以孔雀呪王守護於我并諸眷屬壽命百年然我眷屬若身清淨若觸不淨若迷醉不迷醉行住坐卧睡覺去來願皆擁護

或爲天龍　阿蘇羅　摩嘍多　揭路茶　健達婆　緊那羅　莫呼洛伽　藥叉所執　邑洛刹娑　畢麗多　畢舍遮　步多所執　俱槃茶　布單那　羯吒布單那　塞建陀　嗢摩柁　車夜　阿波三摩羅　烏悉多咯迦　諾刹怛羅　黎波　爲如是等所執録時擁護我其甲并諸眷屬

復有諸神食精氣者食胎者食血者食肉者食脂膏者食髓者食支節者食生者食命者食祭者食氣者食香者食鬘者食華者食果者食五穀者食火燒者食膿者食大便者食小便者食唾者食涎者食洟者食殘食者食吐者食不淨物者食漏水者被如是等諸惡

鬼神所惱亂時此孔雀呪王皆擁護我某甲
并諸眷屬令離憂苦壽命百歲得見百秋常
受安樂若復有人作諸蠱魅厭禱呪術飛行
空中
訖栗底　羯摩拏　哥孤嗢柁　枳剌拏
鞞多茶　頞陀鞞多茶　質者　畢麗索迦
飲他血髓變人驅役呼召鬼神造諸惡業惡
食變吐惡影惡視作惡書符或惡超度有如
是等諸惡現時皆護我某甲令離憂苦又復
所有諸驚怖事王賊水火他兵來怖遭饑饉
怖非時死怖地震動怖惡獸來怖惡知識怖
欲死時怖如是等怖皆護我某甲又復諸病
疥癩瘡癬痔漏癰疽身皮黑澁頭痛半痛飲
食不消眼耳鼻舌口脣牙齒咽胷背脅腰腹
髀腨手足支節隱密之處心悶痃癖乾痟瘦

病徧身疾苦悉皆除殄又復瘧病一日二日
三日四日乃至七日半月一月或復頻日或
復片時或常熱病偏邪癭病鬼神壯熱風熱
痰癊或總集病或被鬼持或被諸毒人及非
人之所中害如是過惡諸病生時皆護我其
甲并諸眷屬我今爲其結界結地誦持此呪
悉令安隱莎訶并說頌曰

令我夜安隱　晝日亦復然　於一切時中
諸佛常護念

南謨窣覩佛陀也　南謨窣覩菩大衰
南謨窣覩毗木多也　南謨窣覩毗木帶褰
南謨窣覩扇多也　南謨窣覩扇帶褰
南謨窣覩木多也　南謨窣覩木帶褰
諸有清淨婆羅門　能除一切諸惡業
如是等衆我歸禮　願擁護我并眷屬

佛說大孔雀呪王經卷中

音釋

弭綿婢切 朅丘謁切 掣昌列切 褰去乾切 侘丑駕切 ⿰口聿吕聿切 彪悲幽切 鐸徒落切 企去利切 踰繕那梵語也此云限量 繕市戰切 寐彌二切 笈極燁切 殑其陵切 箄邊迷切 瀋昌枕切 癬息淺切

佛說大孔雀呪王經卷下 壇場畫像法式附

唐三藏法師義淨奉 詔譯

阿難陀此孔雀王是毗鉢尸如來正徧知者隨喜宣說即說呪曰

怛姪他 頞喇滯 羯喇滯 末睇末柁跋達泥去聲 阿伐麗 攝伐麗 覩囉覩囉部囉部囉 攝伐囉 鉢拏攝伐囉 呼主呼主 呼止呼止 母止母止 莎訶

阿難陀此大孔雀呪王是尸棄如來正徧知者隨喜宣說即說呪曰

怛姪他 一智貞勵切下同 銮智 區囉毗區囉 呬里呬里 弭里弭里 雞覩慕麗 菴末麗 菴跋羅伐底 曇薛徒曇薛 呬里呬里 古止古止 母止母止莎訶

阿難陀此孔雀呪王是毗舍浮如來正徧知者隨喜宣說即說呪曰

怛姪他 慕哩慕哩 雞伐擻 曼睇曼持擻計 噉囉噉囉噉囉 揭囉揭去聲引囉 癹囉癹囉 癹利你 憚帝憚底你 憚底麗捨羯擻 莫羯擻 捺睇捺地你 室里室里 室里莎訶

阿難陀此大孔雀呪王是俱留孫如來正徧知者隨喜宣說即說呪曰

怛姪他 呬雉呬雉 矩雉怛雉 覩雉頞滯 憚帝憚底里 鑠羯哩斫 羯哩託揭哩 干折泥干折那伐底 伐囉伐囉 伐囉伐囉 折囉折囉 憚帝悉地 莎訶

阿難陀此大孔雀呪王是羯諾迦牟尼如來正徧知者隨喜宣說即說呪曰

怛姪他 怛怛麗怛怛麗 怛怛麗 怛攞

都怛麗　毗囇毗逝曳　婢社達囇　頞喇
逝頞喇逝　毗喇逝　毗喇闍末囇末底摩
利你　摩利你悉地　文睇失里文睇樹麗
樹麗　樹麗樹麗　跋達羅伐底悉地　莎
訶
阿難陀此孔雀呪王是迦攝波如來正徧知
者隨喜宣說即說呪曰
怛姪他　安達麗　般達麗　曼達麗　褰
達麗瞻部　瞻部捺地亭里切　瞻部伐底末帝
曼治底計　菴末麗僧祇去聲　嗽囉嗽囉
嗽囉嗽囉　鉢戍鉢戍　鉢戍鉢戍　鉢
底悉地莎訶
阿難陀此孔雀呪王是我釋迦牟尼如來正
徧知者隨喜宣說爲欲利益諸衆生故即說
呪曰

怛姪他　呬里呬里　雞里弭里　伊里麗
羯怛麗　雞覩慕麗　頞荼鉢里　鐸醯
達喋大甲切　娓部嚕　雞部索帝捺嚕建睇迦
引末你　甘部達嚕枳　怛嚕怛嚕　伐喇
你鉢喇訖栗底　室瑟室麗　蜜麗怛麗
一底訶細　頞折麗　覩跋麗薄吉麗　跋
擻跋擻　雞伐擻跋擻　折吒躭薜　頞荼
躭薜讀至此時隨所願事咸須稱說如前廣知若祈雨時應云頞天降雨周徧十方
普潤一切
南謨薄伽伐多　俱謨徒鐸劔　跋跋覩
南謨薄伽伐多　伊哩逝褰　瞿杜呬迦褰
苾陵伽哩迦褰　痾嚕正那嚕正　頞喇逝
謨喇市捺喇市　捺智貞勵切　捺智捺智跋
折囇捺吒跋折囇　烏陀演那必利褰　頞
攞多麗　俱攞多麗　那羅演你　波羅演

你鉢扇你　颯鉢哩扇你　悉句覩達羅弭
攞曼怛囉鉢柁　莎訶
阿難陀如我教汝受持呪法救莎底苾芻蛇
毒之難今此所說孔雀呪王亦復如是令一
切衆生若讀誦者受持者書寫者皆得安樂
所求遂願如前廣說乃至自身及諸眷屬壽
命百年
復次阿難陀此大孔雀呪王是慈氏菩薩隨
喜宣說饒益衆生即說呪曰
怛姪他　室哩室哩　室哩跋姪麗　樹底
樹底　樹底跋姪麗　嘞麗嘞麗　嘞麗嘞
利你　憚底攝伐麗　式佉上聲　輸攞波膩
你　菩地菩地菩地　菩地薩埵丁惠切　菩地
鉢哩　遮哩　尸襄　莎訶
阿難陀此大孔雀呪王是索訶世界主梵天
王隨喜宣說即說呪曰
怛姪他　呬里呬里　弭里弭里　摩里你
傍句利　枳哩枳哩　枳哩枳哩　枳里枳
里　跋羅蚶摩襄　俱嚂宅計　毗度訶
毗摩訶普細　達囉達囉　訶囉訶囉　訶
羅訶羅　普嚕普嚕　普嚕普嚕　莎訶
此呪能除惡毒能滅惡毒佛力除毒獨覺力
除毒阿羅漢力除毒三果四向聖力除毒實
語者力除毒梵王杖力帝釋金剛杵力吠率
怒飛輪力火燒力龍王羂索力阿蘇羅幻力
龍王電力胡嚕達羅三股叉力塞建陀槊力
大孔雀呪王力能除一切毒令毒入地令我
某甲及諸眷屬皆得安隱又諸龍毒蠱魅毒
人非人毒齒齧毒雷雨毒蛇鼠毒蜂蠅蜈蚣
蝦蟇等毒疥癩癰疽漏痤諸毒藥毒呪毒人

毒非人毒如是等毒願皆除滅我某甲及諸
眷屬悉除毒苦銷散入地莎訶
阿難陀此大孔雀呪王是帝釋天王隨喜宣
說即說呪曰
怛姪他　社攞善姤邏　摩羅善姤麗　遮
箄底　善姤麗　末炭你伽旦你　揭喇散
你　訶哩失哩　度亭喻切底失哩　怛嚕怛
嚕　怛嚕納伐底　呵呵呵呵呵　僧呼姪
地底　姪地底　矩嚕矩嚕　吠喇逝　都
吒都吒死　伐吒伐吒伐　死里死里　劫
畢麗　劫畢羅慕麗　呵呬呼　薩婆突瑟
吒鉢喇突瑟吒南引瞻跋南　羯嚧弭　噉
悉頞波柁　鴦伽鉢喇丁伽　昵揭喇訶
羯嚧弭索訶　窒里達世呬上聲提鞞呬　嗢
徵祇哩　蘇羅鉢底　跋底跋折羅　跋折
囉跋折羅　跋折鉢帶襄　莎訶
阿難陀此大孔雀呪王是四天王隨喜宣說
即說呪曰
樹攞樹剌娜　答跛答跛娜　曇摩曇摩娜
薩喇薩喇拏　矩撒矩撒　母撒母撒
弭撒弭撒　薩囉薩囉　訶囉訶囉　怛囉
怛哩　陀陀陀陀陀　婆婆婆婆婆　訶囉
訶囉　訶囉訶囉訶囉　悉地悉地　悉地
悉地悉地　莎入聲悉底莎悉底莎悉底莎悉
底莎悉底　我名某甲并諸眷屬一切使者
琰摩使者闇夜使者持黑繩者死王所罰梵
天所罰帝釋所罰仙人所罰諸天所罰龍所
罰阿蘇囉罰摩嘍多罰揭路荼罰健達婆罰
緊那羅罰莫呼洛伽罰藥叉所罰羅剎所罰
畢麗多罰畢舍遮所罰步多罰俱槃荼罰布

單那罰羯吒布單那罰塞建陀罰嗢摩枪罰車夜所罰阿波三摩囉罰烏悉多咯迦罰薜多囉罰王賊所罰水火所罰於一切處所有謫罰及輕小治罰皆得遠離於我某甲并諸眷屬常見擁護壽命百年得見百秋

阿難陀汝當受持三十五諸江河王所有名字若識知者於一切處所有江河淮海越渡之時無諸厄難其名曰

殑伽河王　信度河王　縛芻河王　私多河王　設多杜魯河王　阿市多伐底河王　琰母那河王　句訶河王　毗怛娑河王　設多突嚕河王　毗波奢河王　醫羅伐底河王　旃達羅婆伽河王　薩罰莎(入聲)底河王　葛車比你河王　孟瑜瑟你河王　迦鞞哩河王　赤銅色河王　薩羅庾河河王　末度末底河王　鞞怛羅伐底河王　伊芻伐底河王　瞿末底河王　折磨訥底河王　捺末柁河王　騷蜜怛攞河王　毗輸蜜怛羅河王　多末邏河王　半遮邏河王　蘇婆窣覩河王　答布柁河王　毗末邏河王　泥連繕那河王　呬嚩若伐底河王　瞿陀伐哩河王

如是等從無熱惱池出四大河流贍部洲及餘江河淮濟之屬諸河神王於此大地依河而住種種形狀種種顔色隨樂變身成就明呪作吉凶事斯等諸神并諸眷屬亦皆以此大孔雀呪王擁護我其甲并諸眷屬壽命百年離諸憂惱莎訶

阿難陀汝當受持五十二諸大山王所有名字若識知者或在山谷曠野之處除諸恐怖

隨意安樂其名曰
妙高山王　雪山王　香醉山王　百峯山王　朅地洛迦山王　金脅山王　持光山王　尼民達羅小山王　輪圍山王　大輪圍山王　因陀羅山王　梵住山王　有吉祥山王　善見山王　廣大山王　出寶山王　多蟲山王　寶頂山王　毗摩妙巧山王　出金剛山王　阿蘇羅崩山王　漢怒妙巧山王　雹光山王　阿說他山王　月光山王　日光山王　賢石山王　諦寶山王　妙巧峯山王　摩羅耶山王　金峯山王　頻陀山王　波離耶怛羅山王　妙臂山王　珠瓔山王　都尼柁山王　蘇師那山王　梵口山王　知淨山王　坎海山王　妙鬘山王　刀形山王　大風山王　浴林山王　眼藥山王　放捨山王　獸身山王　達達山王　雞羅婆山王　雪峯山王　大天主山王　婆羅軍山王

如是等諸山王衆居此大地於彼所有天龍阿蘇羅摩嘍多揭嚕荼健達婆緊那羅莫呼洛伽藥叉羅刹畢麗多畢舍遮步多鳩槃茶布單那羯吒布單那塞建陀嗢摩柁車夜阿波三摩羅烏悉多嗒迦成就明呪并諸眷屬住彼山者彼亦以此大孔雀呪王擁護於我并諸眷屬壽命百年除衆惡事常覩吉祥離諸憂惱莎訶

阿難陀汝當識持有星辰天神名號彼諸星宿有大威力常行虛空現吉凶相若識知者離諸憂患亦當隨時以妙香華而爲供養其名曰

訖嘌底迦 户嚧呬你 茂嘌伽尸囉 頞
達囉補捺伐蘇布灑 阿失麗灑
此七星神住於東門守護東方彼亦以此大
孔雀呪王常擁護我某甲并諸眷屬壽命百
年離諸憂惱
莫伽 前癹魯窶拏 後癹魯窶拏 訶悉
頞質怛囉 莎底 毗舍佉
此七星神住於南門守護南方彼亦以此大
孔雀呪王常擁護我某甲并諸眷屬壽命百
年離諸憂惱
阿奴囉柁 豉瑟侘 暮攞 前阿沙荼
後阿沙荼 阿苾哩社 室囉末拏
此七星神住於西門守護西方彼亦以此大
孔雀呪王常擁護我某甲并諸眷屬壽命百
年離諸憂惱

但你瑟侘 設多婢灑 前跋達羅鉢柁
後跋達羅鉢柁 頡婁離伐底 阿說你
跋喇你
此七星神住於北門守護北方彼亦以此大
孔雀呪王常擁護我某甲并諸眷屬壽命百
年離諸憂惱
阿難陀汝當憶識有九種執持天神名號此
諸天神於二十八宿巡行之時能令晝夜時
有增減亦令世間豐儉苦樂預表其相其名
曰
阿姪底 蘇摩 苾栗訶 颯鉢底 束羯
攞 珊尼折攞 鴦伽迦 部陀 曷邏虎
雞覩
此九執持天神有大威力彼亦以此大孔雀
呪王常擁護我某甲并諸眷屬壽命百年
年離諸憂惱

星有二十八　七各居四方　執星復有七
加日月成九　總有三十七　勇猛大威神
出沒照世間　示其善惡相　與世爲增減
有勢大光明　各以清淨心　於此呪隨喜
此等星宿皆亦以此大孔雀呪王常擁護我
某甲并諸眷屬壽命百年
阿難陀汝當憶持六十八諸大仙人所有名
號此諸仙人皆持禁戒常修苦行有大光明
或住江河山林池沼欲作善惡呪願吉凶隨
言成就具大威力五通自在飛行虛空無有
障礙我今說彼名字其名曰
頞瑟吒(入聲)迦大仙　婆莫迦大仙　婆摩提
婆大仙　摩利支大仙　鉢利拏摩大仙
末建提也大仙　安隱知識大仙　婆斯瑟
佉大仙　跋彌迦大仙　迦攝波大仙　老
迦攝波大仙　毗栗咎大仙　鴦祇羅大仙
鴦祇洛迦大仙　鴦祇剌四大仙　有相分
大仙　有慈大仙　布剌須大仙　鹿頂大
仙　琰摩火大仙　洲渚大仙　黑洲渚大
仙　訶利底大仙　訶利多也那大仙　甚
深大仙　三忙祇羅大仙　嗢揭多大仙
三沒揭多大仙　說忍大仙　名稱大仙
善名稱大仙　尊重大仙　阿說羅也那大
仙　劫布得迦大仙　香山大仙　住雪山
大仙　護相大仙　難住大仙　末達那大
仙　設臘婆大仙　調伏大仙　尊者大仙
鸚鵡大仙　毗訶鉢底大仙　網輪大仙
珊尼折羅大仙　覺悟大仙　上具里大
仙　健陀羅大仙　獨角大仙　仙角大仙
揭伽大仙　單荼也那大仙　干陀也那

大仙　摩登伽大仙　可畏摩登伽大仙
喬答摩大仙　黃色大仙　白色大仙　赤
馬大仙　白馬大仙　持馬大仙　妙眼大
仙　朱目大仙　婆羅器攞大仙　那剌祂
大仙　山居大仙　訖栗彌羅大仙
此等諸仙皆是古舊大仙造四明論善閑呪
術衆行備成自他俱利彼亦以此大孔雀呪
王擁護我某甲并諸眷屬壽命百年離諸憂
惱即說呪曰
怛姪他　訶哩訶哩　訶哩揭哩　鉢哩
呼哩弭哩　窣哩嗽哩　呬里弭里　蹋普
蹋普　達嗵普　揭喇散你　末炭你　鐸
漢你　伽旦你　波折你　波折你　波怛
你　波怛你　漢捺你　漢捺你　鐸訶上聲
鐸訶鐸訶　達囉達囉　陀剌你　波乇入聲
你　謨漢你　悉䟤跋你　瞻䟤你　莎訶
阿難陀汝當憶持此大地中有大毒藥名字
若有知者不被毒藥之所中害其名曰
安達羅　般達羅　羯羅荼　雞瑜攞　步
登笈摩　步多鉢底　頻度鉢底　室利鉢
底　帝社鉢底　帝社惡揭羅　鉢底　耶
舍鉢底　耶舍惡揭羅　鉢底　阿羅　邏
怛　羅邏　怛羅突怛邏　達多鐸訶　逝
羅娑邏　瞿嚕至囉　憚姤羅　伊里枳里
設擔覩羅　毗布里諾句里　雞栗比　怛
郎伽　頡栗瑟乇上聲　阿沒羅末底　瞻部
末底　末社末底　阿末麗　毗末麗　君
荼入聲麗頞雉捺雉　簿計　簿多步帝　伐
瑳那辟　莫訶揭囉　濫辟　覩濫辟莎訶
阿難陀此大毒藥名及藥神亦以大孔雀呪

王守護我某甲并諸眷屬壽命百年
復次阿難陀此大孔雀呪王是七正徧知之
所宣說所謂毗鉢尸正徧知尸棄毗舍浮拘
留孫羯諾迦牟尼迦攝波今我釋迦牟尼正
徧知者亦復隨喜說此大孔雀呪王慈氏菩
薩亦復宣說索訶世界主梵天王天帝釋持
國天王與健達婆主二十八將增長天王與
俱槃荼主二十八將廣目天王與龍主二十
八將多聞天王與藥叉主二十八將皆說此
大孔雀呪王般支迦大藥叉主訶利底及五
百子并諸眷屬悉皆隨喜亦復說此大孔雀
呪王阿難陀此大孔雀呪王不可違越不應
輕慢
若有天龍　阿蘇羅　摩嘍多　揭路荼
健達婆　緊那羅　莫呼洛伽　藥叉　喝
洛刹娑　畢麗多　畢舍遮　步多　俱槃
荼　布單那　羯吒布單那　塞建陀　嗢
摩柁　車夜　阿波三摩羅　烏悉多咯迦
諸刹怛羅　黎波　此天神等不能違越
此孔雀呪王
又復所有諸惡鬼神所謂食精氣者食胎者
食血者食肉者食脂膏者食髓者食支節者
食生者食命者食祭者食氣者食香者食鬘
者食華者食果者食五穀者食火燒者食膿
者食大便者食小便者食唾者食涎者食洟
者食殘食者食吐者食不淨物者食漏水者
有如是等諸惡食者亦不能違越此孔雀呪
王又復有人作諸蠱魅厭禱呪術飛行空中
訖栗底　羯摩拏　哥孤嗢柁　枳刺拏
韗多荼　頞柁韗多荼　質者　畢麗索迦

飲他血髓變人驅役呼召鬼神造諸惡業惡
食變吐惡影惡視作惡書符或惡超度有如
是等諸惡現時皆護我某甲令離憂苦又復
所有諸驚怖事王賊水火他兵來怖遭饑饉
怖非時死怖地震動怖惡獸來怖惡知識怖
欲死時怖如是等怖皆護我某甲又復諸病
疥癩瘡癬痔漏癰疽身皮黑澁頭痛半痛飲
食不消眼耳鼻舌口脣牙齒咽胷背脅腰腹
胜腨手足支節隱密之處心悶痃癖乾消瘦
病徧身疾苦悉皆除殄又復瘧病一日二日
三日四日乃至七日半月一月或復頻日或
復片時或常熱病偏邪癭病鬼神壯熱風熱
痰癊或總集病或被鬼持或被諸毒人及非
人之所中害如是過惡諸病生時若有讀誦
此大孔雀呪王不能違越所求隨願皆護我

某甲并諸眷屬我今爲其結界結地誦持此
呪悉令安隱莎訶并說此頌

令我夜安隱　晝日亦復然　於一切時中
諸佛常護念

復次阿難陀若復有人稱此大孔雀呪王名
字擁護他人或復自護或結索線身上帶持
如其此人應合死罪以罰物得脫應合被罰
輕杖得脫應合輕杖被罵得脫應合被罵訶
責得脫應合訶責自然得脫一切病苦悉皆
消散無敢違越此人亦無王賊水火惡毒切
仗之所侵害睡覺安隱常見善夢行住坐卧
無違害事得延壽命除先世中作短命業及
正報合受者阿難陀若時遭雨澇或時大旱
若讀誦此孔雀呪王諸龍歡喜若雨即晴若
旱即雨若有男子女人隨所願者速得成就

阿難陀此大孔雀呪王但憶念時即能除滅一切恐怖疾病憂惱何況具足讀誦受持汝當受持此大孔雀呪王爲欲饒益守護四衆苾芻苾芻尼鄔波索迦鄔波斯迦離諸怖畏故復說呪曰

怛姪他　葉盤底　陀底　鐸割哩　覩魯魯魯　莎訶

貪欲瞋恚癡　是世間三毒　佛陀皆已斷
實語毒消除　貪欲瞋恚癡　是世間三毒
達摩皆已斷　實語毒消除　貪欲瞋恚癡
是世間三毒　僧伽皆已斷　實語毒消除
一切諸世尊　有大威神力　羅漢具名稱
除毒令安隱

爾時具壽阿難陀聞佛說已禮佛雙足右繞三帀辭佛而去往莎底苾芻所至已便即以此孔雀呪王爲彼苾芻而作擁護結界結地攝受饒益除其苦惱莎底苾芻身得安隱苦毒消散從地而起遂與具壽阿難陀俱詣佛所至禮雙足具以上事白世尊知在一面立

佛告阿難陀由是因緣汝可以此大孔雀呪王告彼七衆苾芻苾芻尼正學女求寂男求寂女鄔波索迦鄔波斯迦國王大臣勸一心受持讀誦令使通利爲他解說明曉其事書寫經卷在處流通香華飲食隨分供養令一切衆生皆離憂苦常受安樂得福無量難可思議作是語已時阿難陀及諸大衆天龍藥叉揵達婆阿蘇羅摩嘍多揭路荼緊那羅莫呼洛伽人非人等聞佛所說皆大歡喜信受奉行

佛說大孔雀呪王經卷下

天阿蘇羅藥叉等　來聽法者應至心
擁護佛法使長存　各各勤行世尊教
諸有聽徒來至此　或在地上或居空
常於人世起慈心　日夜自身依法住
願諸世界常安隱　無邊福智益羣生
所有罪業並消除　遠離衆苦歸圓寂
恒用戒香塗瑩體　常持定服以資身
菩提妙華徧莊嚴　隨所住處常安樂

次明壇場畫像法式

佛告阿難陀若有男子女人情所祈願或爲大雨或爲大旱災橫兵戈衆病疫癘凡是一切不如意事欲讀誦此大孔雀呪王冀求消滅者應如是作法可於靜處平治地已作小壇場可高四五指方三四肘或時更大應取未墮地黃牛糞淨塗壇上於此壇中安佛形像面向西出於像左邊置大孔雀王像或素或畫莊飾如法或以孔雀尾三四莖豎於淨塼跗上亦以牛糞塗拭此之三事有一皆得以白遏迦華（此方所無可以棃柰華等替上）或白羯羅毗羅華（嶺南有北地無可以白杏柰華或蜀葵華等替上）或以尸利沙樹華（即夜合是也）或頻螺樹葉（此方亦無可以棗桑荷葉替之）散布壇上先於佛前隨其所有設諸飲食種種供養次於大孔雀王菩薩前安蜜水沙糖水牛乳及酪餅飯一盤盡心奉獻已手執香鑪燒安悉香東面供養如前啓請佛及聖衆四天王衆一一稱名至心請召來擁護我某甲并諸眷屬皆得安隱壽命百年

次於壇東面安沙糖餅及乳粥沙糖水餅飯一盤供養持國天王健達婆等神

次於壇南面安油麻粥并司杜水一瓶餅飯

一槃供養增長天王俱槃茶等神
次於壇西面安乳粥并乳一瓶餅飯一槃供養廣目天王諸龍等神
次於壇北面安酪和飯并司杜水一瓶餅飯一槃供養毗沙門天王藥叉等神然便隨時布諸華果燒沉水香蘇合香熏陸香普爲供養其疫病人安佛右邊西面而坐呪師東面可將孔雀羽一二莖或以茅草拂病者身誦前心呪二十一徧稱病者名日别三時爲供養巳所有供食置於水中或埋於地勿令得食亦勿足蹈所有壇場以泥薄拭或以牛糞塗壞此是孔雀王呪尋常供養法式凡有所求皆可依法作此壇場若貧無者隨其現有而設供養
次明畫像法取新白氎彩色和以木膠不用皮膠置新盞中其畫像人當於晨朝清淨澡浴著新衣受八戒然後執作佛像應作金色著桃華色袈裟坐金師子座左邊畫摩訶摩瑜利天神赤白色著白色裙帔白線絡髆身有四臂諸莊嚴具皆以金作於蓮華上立或於金座上立右邊一手持柚子一手執蓮華左邊一手持吉祥果（大如栝蔞黄赤色此方所無也）一手執孔雀尾三莖佛菩薩中間畫金色孔雀王像於寶裝蓮華上立胸前以牛黄畫作萬字於佛邊畫聖者阿難陀胡跪合掌於此中間畫金剛手神王右手執白拂左手把金剛叉於佛四邊畫種種華果供養東邊畫毗提訶洲形如半月於中畫持國健達婆天王以衆健達婆神而共圍繞於佛南邊畫贍部洲其形如車北廣南狹於中畫俱槃茶增長天王以

衆俱槃荼神而共圍繞於佛西邊畫瞿陀尼洲形如滿月於中畫廣目龍天王以諸龍衆而共圍繞於佛北邊畫北俱盧洲其形正方於中畫多聞藥叉天王以諸藥叉神而共圍繞既畫像已於壇中安置同前面向西出可取白月一日於畫像前廣設供養應誦心呪或誦經中餘呪次令清淨童女挼線於畫像前誦呪結之作一百八結其呪人繫自肘後是護身法於伴助人同斯護法若欲作法時皆須修習預前方便應誦此呪滿一萬徧或十萬徧

南謨薄伽跋帝　阿末麗毗末麗　悉地亭也切我某甲并諸眷屬至十五日於畫像前取黃牛糞更作四肘方壇於其壇上以白粳米布作四洲形勢各於其處施設如前所陳供養又於東方持國天王燒白膠香南方燒紫鑛芥子以鹽相和西方燒酥和安悉香北方燒熏陸香如前供養於佛及摩訶摩瑜利天神前燒衆名香及以種種飲食種種華果廣陳供養復以金銀銅錫及鐵打作五九如酸棗核安在七重菩提葉上若無以桑葉替之安在像前次於壇前穿地作火鑪方一肘深一尺於中然火令著次以烏曇跋羅木鉢羅奢木此方所無宜以桑棗木替之亦得也及牛膝草莖三中隨一截長五寸破之麤如指許須八百片每誦呪呪之一徧投於火中并酥芥子若於其方有尸婆嗚叫者是野干鳴如前所說隨方供養之物而陳設之及諸同伴皆不應恐怖此則是其呪成就相若無好相事不成者取葉上五九呪八百徧即得隨願事皆成就自取金九置於口

中同伴人隨情與一皆不須咽隨處舉之若更有餘人可於供養食中取如酸棗許令各食之除一切病所求隨願

更有別法應往置死屍處或向四衢道中作前壇法勿安畫像但置四方天神共相擁護飲食供養香華等物并燒鑪火及以呪線法若得成所作隨意夜見好夢夢見好車及上妙牛象或見高山果樹或自身昇上及勝堂殿并見父母及餘貴人自著上衣遇善知識或見少女及童男童女具妙莊嚴得上牀褥種種華果吉祥之事或見天神報其實語或見乳酪種種苗稼生肉鮮魚或見好馬及孔雀等此即皆是吉祥之相若異此者即非善瑞謂若夢見驢騾駱駝猨猴猪犬蛇蠍猫鼠鵄梟鵰鷲露形無衣及惡槃器乾樵空舍停屍林藪江河涸竭毗那也迦(是為障礙神頭如象頭身如人體西方俗人皆多供養也)此等皆是不吉利相凡於一切作呪法時應作如前擁護之法若於一切恐怖之處或於一切病苦之時如前作法所有疫癘災厄枉死皆得消散若小兒病或被鬼持以孔雀尾拂拭呪之即得離苦或以呪索繫持皆蒙除愈若作共餘壇場呪法事未成就由作如是孔雀王法所餘諸事亦皆成辦如世尊說假令人造五逆重罪若能七度作此壇法事亦得成或令心定能除衆病此據本意有淨信心事皆得成非不信者阿難陀更有心呪汝當受持呪曰

南謨佛陀也　南謨達摩也　南謨僧伽也　南謨金光明孔雀王　南謨摩訶摩瑜利明呪王　怛姪他　頞智(貞厲切)　伐智　侘(他華)

切計闔喇侘計　惡羯死莫羯死　一里弭麗祇麗　户嚧臘薛　莫訶户嚧臘薛　步登笈謎　底寘祇西　莫訶鶱揭西　莎訶

阿難陀此摩訶摩瑜利心呪是一切諸佛之所宣說此是略法若欲受持讀誦者皆作如前壇場法式有所願者皆得成就若事不遂心者更多誦心呪爲上供養於畫像前誦呪坐睡如其夢見丈夫來者即是誦呪有驗若見女人來者即是所求天神哀愍感應有此差別若有信心欲常受持求擁護者應當畫此摩訶摩瑜利菩薩天神如前形像前安孔雀置在室中清淨之處常爲供養一切恐怖一切病苦不如意事悉皆消殄若欲受持求成就者當於白月一日起手作壇法不得在夏內法即不成凡誦呪時可於初夜澡浴清淨著鮮潔衣於十方面燒香普熏誦前經中呪或誦心呪滿七徧已作如是語願薄伽伐底哀愍我故來受香華及諸飲食所求願者爲我成辦如前所說所有天龍八部及諸神等可略稱名亦願來此受我香華所有飲食成我事業供養了時燒香呪願諸來天神并眷屬等皆願歡喜各還本處供養之物同前屏棄在心常念成就無疑時尊者阿難陀合掌頂受

次明壇場畫像法式竟

音釋

槊 所角切 矛屬　頞 丁可切　跗 風無切 趺同 足也　膠 居肴切 黏膏也　帔 披偽切 裠屬　絡髆 絡盧各切 聯絡也 髆補各切 肩甲也　柚 仲六切 與軸同　苽葽 苽古華切 葽洛侯切　鑛 古猛切 紫鑛 叔迦樹汁也　甏 鵄梟 鵄赤脂切 梟古堯切　鵰鷲 鵰都聊切 鷲疾救切　藪 蘇后切　涸 下各切 竭也　臘 盧盍切　殄 徒典切 滅也　挼 乃回切 以手摩物也 又奴禾切

佛母大孔雀明王經

唐特進試鴻臚卿開府儀同三司肅國公贈司空謚

大辯正廣智大興善寺三藏沙門　不空奉　詔譯

清刻龍藏佛說法變相圖

讀誦佛母大孔雀明王經前啓請法

唐特進試鴻臚卿開府儀同三司肅國公贈司空謚
大辯正廣智大興善寺三藏沙門　不空奉　詔譯

南謨母䭾野　南謨達磨野　南謨僧伽野
南謨七佛正徧知者
南謨慈氏菩薩等一切菩薩摩訶薩南無獨覺聲聞四果四向我皆敬禮如是等聖衆我今讀誦摩訶摩瑜利佛母明王經我所求請願皆如意所有一切諸天靈祇或居地上或處虛空或住於水異類鬼神所謂諸天及龍阿蘇羅摩嚕多蘖嚕拏彥達嚩緊那羅摩護囉誐藥叉囉剎娑畢㗚多比舍遮部多矩畔拏布單那羯吒布單那塞建那嗢摩那車耶阿鉢娑麼囉塢娑怛囉迦及餘所有一切鬼神及諸蠱魅人非人等諸惡毒害一切不祥

一切惡病一切鬼神一切使者一切怨敵一切恐怖一切諸毒及諸呪術一切厭禱伺斷佗命起毒害心行不饒益者皆來聽我讀誦佛母大孔雀明王經捨除暴惡咸起慈心於佛法僧生清淨信我今施設香華飲食願生歡喜咸聽我言

怛你也二合佗引去聲一迦哩迦囉引哩二矩畔引膩三餉棄顭四迦麽囉引囉乞史二合賀引哩引底五賀哩計引施室哩二合引麽底丁以切六賀哩冰卑孕切誐黎七攬迷鉢羅二合攬迷八迦攞播引勢九迦攞戍引娜哩十焰摩努引底十一麽賀囉引乞灑二合枲十二部多蘗囉二合薩顭十三鉢囉二合底引砌引韐十四補澀嗁二合度引嗁十五巘淡末隣十六左娜引濕弭十七囉乞灑二合佗麽麽其甲十八颯跛哩嚩覽十九薩嚩婆去聲喻引鉢捺囉二合吠引毗藥二合二十餌嚩覩韈囉灑二合捨躭二十一鉢設都二十二捨囉喃引捨單二十三悉鈿觀二十四滿怛囉二合鉢娜娑嚩二合引賀引二十五

諸如是等一切天神咸來集會受此香華飲食發歡喜心擁護於我某甲若為國家或為餘人而讀誦者即須稱說彼人名字下皆准此并諸眷屬我等眷屬所有厄難一切憂惱一切疾病一切饑饉獄囚繫縛恐怖之處悉皆解脫壽命百歲願見百秋明力成就所求願滿此經須知大例若是尋常字體傍加口者即須彈舌呼之但為此方無字故借音耳自餘唯可依字直說不得漫為聲勢致失本音即喚便乖梵韻又讀誦時聲含長短字有重輕看注四聲而讀終須師授方能愜當又須粗識字義呼召始可隨情若至我某甲處咸須具述所求之事然此經有大神力求者皆驗五天之地南海十洲及北方土貨羅等二十餘國無問道俗大乘小乘皆共尊敬讀誦求請咸蒙福利交報不虛但為舊經譯文有闕致使神州不多流布雖遭厄難讀者尚希故今綜尋諸部梵本勘令委的重更審詳譯成三卷并畫像壇場軌式利益無邊傳之永代耳

佛母大孔雀明王經卷上

如是我聞一時薄伽梵在室羅伐城住逝多林給孤獨園時有一苾芻名曰莎底出家未久受具近圓學毗奈耶教爲衆破薪營澡浴事有大黑蛇從朽木孔出螫彼苾芻右足拇指毒氣徧身悶絶于地口中吐沫兩目翻上爾時具壽阿難陀見彼苾芻爲毒所中極受苦痛疾往佛所禮雙足已而白佛言世尊莎底苾芻爲毒所中受大苦惱具如上說如來大悲云何救護作是語已爾時佛告阿難陀我有摩訶摩瑜利佛母明王大陀羅尼有大威力能滅一切諸毒怖畏災惱攝受覆育一切有情獲得安樂汝持我此佛母明王陀羅尼爲莎底苾芻而作救護爲結地界結方隅界令得安隱所有苦惱皆得消除彼等或爲天龍所持阿蘇羅所持摩嚕多所持誐嚕拏所持彥達嚩所持緊那囉所持摩護囉誐所持藥叉所持囉刹娑所持畢𡃤多所持毗舍遮所魅步多所魅矩畔拏所魅布單那所魅羯吒布單那所魅塞建那所魅嗢麽那所魅車耶所魅阿鉢娑麽囉所魅塢娑跢囉迦所魅爲如是等所執所魅之時佛母明王悉能加護令無憂怖壽命百年或被他人厭禱呪術蠱魅惡法之類所謂訖哩底迦羯摩拏迦具囉那枳囉拏吠哆拏質者飲他血髓變人驅役呼召鬼神造諸惡業惡食惡吐惡影惡視惡跳惡驀或造厭書或惡冐逆作如是惡事欲相惱亂者此佛母明王擁護彼人并諸眷屬如是諸惡不能爲害又復瘧病一日二日三日四日乃至七日半月一月或復頻日

或復須臾一切瘧病四百四病或常熱病偏邪癭病鬼神壯熱風黃痰癊或三集病飲食不消頭痛半頭痛眼耳鼻痛脣口頰痛牙齒舌痛及咽喉痛胷脅背痛心痛肚痛腰痛腹痛胜痛膝痛或四肢痛隱密處痛徧身疼痛如是過患悉皆除滅願護於我某甲并諸眷屬我結地界結方隅界讀誦此經悉令安隱即說伽佗曰

令我夜安　晝日亦安　一切時中　諸佛護念

即說陀羅尼曰

怛你也(二合)佗(引一)伊(上聲)賦(二)尾賦(三)枳賦(四)呬賦(五)弭賦(六)顊賦(七)頞嬭(八)伽(上聲引)嬭(九)努誐嬭(十)賀哩抳(十一)嚩麌賦(十二)牓(引)蘇比舍止顊(十三)阿(去聲)嚧(引)賀抳(十四)汙嚧賀抳(十五)曀嚓(十六)謎嚟(十七)帝嚟帝嚟(十八)底哩底哩(十九)謎嚟謎嚟(二十)底謎底謎(二十一)努謎努謎(二十二)伊(上聲)置弭置(二十三)尾瑟吒(二合)(二十四)左跛嚟(二十五)尾麼嚟(二十六)尾麼嚓(二十七)護嚕護嚕(二十八)阿濕嚩(二合)目棄(引二十九)迦(引)哩(三十)麼賀(引)迦哩(三十一)鉢囉(二合)枳(引)囉拏(二合)計施(三十二)矩嚕矩嚕(引三十三)嚩(引)普嚕(三十四)句(引)嚕句(引)嚕(三十五)護嚕護嚕(三十六)嚩譜嚕(三十七)度(引)娑(上聲引)努(鼻)嚩(三十八)努(鼻)努嚩(引三十九)怒(引)麼努(鼻)嚩(引四十)遇(引)攞夜(四十一)吠攞夜(四十二)比輸比輸(四十三)呬哩呬哩(四十四)弭哩弭哩(四十五)底哩底哩(四十六)鼻哩鼻哩(四十七)祖嚕祖嚕(四十八)母護母護母護(四十九)母護母護(五十)母嚕母嚕(五十一)母嚕母嚕(引五十二)護嚕護嚕護嚕護嚕護護護護護護護護護(五十三)嚩(引下同)嚩嚩嚩嚩嚩嚩嚩嚩(引五十四)惹攞(引)惹攞(引)惹攞(引)惹攞

引惹攞引惹攞引惹攞引惹攞引惹攞引惹攞引惹攞引五十五娜麼娜麼額五十六多跛多跛額五十七入嚩二合攞入嚩二合攞額五十八鉢左跛左額五十九嬾努鼻六十龒惹額六十一韈囉灑二合抳六十二颯音二合咤額六十三跢引跛額六十四播引左額六十五賀哩抳六十六馱引哩抳迦引哩抳六十七劒跛額六十八沫那額六十九曼膩底計七十麼迦哩七十一設迦哩七十二羯迦哩七十三爍迦哩七十四餉迦哩七十五入嚩二合攞額七十六努麼七十七努鼻嚩哩七十八努銘努銘七十九遇引攞引野八十鉢哩吠攞引野八十一韈囉灑覩祢嚩無博切三滿帝曩八十二伊上聲哩枳枲八十三娑嚩二合引賀引八十四

若讀誦經者至此處時隨所願求皆須稱說其事若大旱時云願天降雨若大澇時云願天止雨若有兵戈盜賊疫病流行饑饉變異及餘厄難隨事陳說一心求請無不隨意

阿難陀有諸龍王名字當起慈心稱念其名攝除諸毒所謂

持國龍王我慈念　愛囉嚩拏常起慈
尾嚕愽叉亦起慈　黑驕答麼我慈念
麼抳龍王我慈愍　娑蘇枳龍常起慈
杖足龍王亦起慈　滿賢龍王我慈念
無熱惱池嚩嚕拏　曼娜洛迦德叉迦
難陀鄔波難陀龍　我常於彼興慈意
無邊龍王我慈念　嚩蘇目佉亦起慈
無能勝龍常起慈　[口+絹]嚩龍王我慈念
大麼娜斯我慈念　小麼娜斯亦起慈
阿鉢囉迦鉢洛迦　有財沙彌龍王等
捺地穆佉及麼抳　白蓮華龍及方主
羯句吒迦及蠡足　毛毯馬勝等皆慈
娑雞得迦供鼻羅　針毛臆行龍王等

哩使迦龍我慈念　滿耳車面亦常慈
句洛迦龍我慈念　婆雌補多蘇難陀
愛囉鉢多大龍王　濫蔛洛迦我慈愍
非人龍王我慈念　上人龍王亦復然
蔑蘖囉龍常起慈　毋呰隣那我慈念
或有龍王行地上　或有龍王常居空
或有恒依妙高山　或在水中作依止
一首龍王我慈念　及以二頭亦復然
如是乃至有多頭　此等龍王我慈念
或復無足龍王類　二足四足等龍王
或復多足諸龍王　各起慈心相護念
此等龍王具威德　色力豐美有名聞
天與脩羅共戰時　有大神通皆勇猛
勿使無足欺輕我　二足四足勿相侵
及與多足諸龍王　常於我身無觸惱
諸龍及神我慈念　或在地上或居空
常令一切諸衆生　各起慈心相護念
復願一切含生類　及以靈祇諸大神
常見一切善徵祥　勿覩違情罪惡事
我常發大慈悲念　令彼滅除諸惡毒
饒益攝受離災危　隨在時方常擁護
曩謨窣覩(二合)没馱野(一)曩謨窣覩(二合)没馱曳(二)曩謨窣覩(二合)目訖多(二合)野(三)曩謨窣覩(二合)目訖多(二合)曳(四)曩謨窣覩(二合)扇多野(五)曩謨窣覩(二合)扇多曳(六)曩謨窣覩(二合)尾目訖路(二合)野(七)曩謨窣覩(二合)尾目訖路(二合)曳(八)
諸有淨行者　能伏諸惡業　敬禮如是等
於我常衛護　若逢諸恐怖　一切惱亂時
并及災害時　疾病變怪等　及被毒所中
不利益之時　護我并眷屬　無病壽百歲

佛告阿難陀往昔之時雪山南面有金曜孔雀王於彼而住每於晨朝常讀誦佛母大孔雀明王陀羅尼晝必安隱暮時讀誦夜必安隱即說陀羅尼曰

曩謨沒馱野一曩謨達磨野二曩謨僧去聲伽去聲野三怛你也二合佗去聲引四護護護護護五曩誐嚩嚩六努鼻聲上麼嚩嚩七護野護野八尾惹野尾惹野九度蘇度蘇十麌嚕麌嚕十一噎攞謎攞十二底哩謎攞十三伊上聲哩蜜怛嚩二合引十四底里蜜怛嚩二合十五伊上聲哩底哩蜜怛嚩二合十六努鼻謎十七蘇努鼻謎十八妬引蘇帝十九遇引攞吠攞二十左跛攞二十一尾麼攞二十二伊置哩二十三呲置哩二十四哩置哩二十五尾置哩二十六曩謨窣覩二合沒馱南二十七唧哩枳枲二十八遇努呬迦引二十九曩謨囉曷二合耽三十護引囉娜引囉三十一嚩囉灑二合覩祢嚩三十二三滿帝曩三十三捺拾蘇儞舍引蘇三十四曩謨母馱引南三十五娑嚩二合引賀引三十六

阿難陀彼金曜孔雀王忽於一時忘誦此佛母大孔雀明王陀羅尼遂與衆多孔雀婇女從林至林從山至山而爲遊戲貪欲愛著放逸昏迷入山穴中捕獵怨家伺求其便遂以烏羂縛孔雀王被縛之時憶本正念即誦如前佛母大孔雀明王陀羅尼於所繫縛自然解脫眷屬安隱至本住處復說此明王陀羅尼曰

曩謨母馱引野一曩謨達磨野二曩謨僧去聲伽去聲引野三曩謨蘇上聲嚩囉拏二合引四嚩娑引薩寫五麼庚引囉囉引枳孃二合六曩謨孥賀麼引庚引哩曳二合七尾你也二合囉枳惹二合八

怛你也二合佗引九悉第悉第十蘇悉第十一謨左額十二謨剎抳十三目訖帝二合十四尾目訖帝二合十五阿麼黎十六尾麼黎十七額寧逸切麼黎十八曹誐黎十九呬嬾孃蘖陛二十囉怛曩二合蘖陛二十一跛捺嚇二合二十二蘇跛捺嚇二合二十三三滿多跛捺嚇二合二十四薩嚩引囉佗二合娑引馱額二十五跛囉沫引佗娑引馱額二十六薩嚩囉佗二合鉢囉二合嚩引馱額二十七薩嚩曹誐囉娑去聲引馱額二十八麼曩枲二十九麼曩枲三十摩賀麼引曩枲三十一曷步帝三十二頞底也納部二合帝三十三頞卒子律切帝三十四阿上聲惹嚇二合三十五尾惹嚇三十六尾麼黎三十七阿上聲蜜哩二合帝三十八阿上聲麼嚇三十九阿上聲麼囉抳四十沒囉二合憾謎二合四十一沒囉二合憾麼二合娑嚩嚇四十二布囉儜二合四十三布囉拏二合麼努鼻引囉剃四十四蜜哩二合多散[口尔]引嚩額四十五室哩二合引跛捺嚇二合戰捺嚇二合四十六戰捺囉二合鉢囉二合陛四十七素哩曳二合四十八素哩也二合建帝四十九味多婆曳五十蘇轗額五十一沒囉二合憾麼二合具引矖五十二沒囉二合憾麼二合乳入聲瑟蹜二合五十三薩嚩怛囉二合五十四鉢囉二合底賀帝五十五娑嚩二合引賀引五十六那莫薩嚩沒馱喃五十七娑嚩二合娑底二合麼麼曩五十八誐寫額颯跛哩嚩囉寫五十九囉乞產二合引屈挽引覩六十[口尔]嚩覩六十一轗囉灑二合設單鉢扇覩六十二設囉難引設單六十三護呰六十四麌呰具呰畝呰六十五娑嚩二合引賀引六十六

佛告阿難陀往昔金曜孔雀王者豈異人乎即我身是我今復說佛母大孔雀明王心陀羅尼曰

怛你也二合佗去聲引一伊底蜜底二底哩蜜底三

底哩弭里蜜底(四)底黎比(五)弭哩(六)弭哩底
弭(七)底哩弭哩(八)蘇(上)頓嚩(引)頓嚩(引九)蘇(上聲)
嚩左(十)唧哩枳梟野(十一)牝那謎膩(十二)曩謨没
馱南(十三)唧羯梟鉢閑(二合)多慕黎(十四)壹底賀嚧
(十五)路(引)呬多慕黎(十六)膽嚩(十七)暗嚩(十八)俱置(十九)
矩曩置(二十)底囉君(去聲)左曩置(二十一)阿拏嚩多
(上聲引)野(二十二)轙囉灑(二合)覩祢務(二十三)曩嚩麼
(引)娑(去聲二十四)娜捨麼(引)細底(二十五)壹底弭哩
(二十六)枳哩弭哩(二十七)計攞弭哩(二十八)計覩母
黎(二十九)努努(鼻)迷蘇努謎嬭(三十)娜哩謎(三十一)
散覩轙𪘂(三十二)母娑轙𪘂(三十三)母薩嚟母薩
嚟(三十四)曀拏嚩(無博切)窣多(二合)囉計捺迦攞(三十
五)曩迦哩謎(三十六)佉(上聲)囉麼囉(三十七)企黎壹
底(三十八)薩惹黎(三十九)頓吠(四十)覩頓(鼻)吠(四十一)
頞曩𪘂(四十二)鉢囉(二合)曩𪘂(二合四十三)頞拏捺𪘂

(四十四)轙囉灑(二合)覩你務曩謨娜計曩(四十五)散
怛齵姤(引四十六)三滿帝曩(四十七)曩囉(引)野抳(四十
八)播(引)囉野抳(四十九)賀哩多(上聲引)哩(五十)君(上聲)
多(上聲引)哩(五十一)伊(上聲)哩蜜窣底(二合五十二)吉底
哩蜜窣底(二合五十三)伊(上聲)哩謎(引)悉鈿覩(五十四)
捺囉(二合引)弭拏(引五十五)曼怛囉(二合)跛諾(引)娑嚩
(二合引)賀(引五十六)
阿難陀此佛母大孔雀明王心陀羅尼若復
有人欲入聚落應當憶念於曠野中亦應憶
念在道路中亦常憶念或在非道路中亦應
憶念入王宮時憶念逢劫賊時憶念鬬諍時
憶念水火難時憶念怨敵會時憶念大衆中
時憶念或蛇蠍等螫時憶念爲毒所中時憶
念及諸怖畏時憶念風黃痰癊時憶念或三
賸病時憶念或四百四病一一病生時憶念

若苦惱至時皆當憶念何以故若復有人應合死罪以罰物得脫應合被罰以輕杖得脫應合輕杖被罵得脫應合被罵訶責得脫應合訶責戰悚得脫應合戰悚自然解脫一切憂惱悉皆消散阿難陀此佛母大孔雀明王眞言一切如來同共宣說常當受持自稱已名請求加護願攝受我(其甲并諸眷屬)除諸怖畏刀杖枷鎖苦難之時願皆解脫常逢利益不值災危壽命百歲得見百秋

阿難陀若有人天魔梵沙門婆羅門等讀誦受持此佛母大孔雀明王陀羅尼結其地界結方隅界請求加護一心受持者我不見有天龍鬼神能爲惱害所謂天及天婦天男天女及天父母并諸朋屬如是等類無能爲害若龍龍婦龍男龍女及龍父母并諸朋屬等不能爲害若阿蘇羅及婦男女父母朋屬等不能爲害若麼嚕多及婦男女父母朋屬等亦不能爲害若誐嚕拏及婦男女父母朋屬等不能爲害若彥達嚩及婦男女父母朋屬等亦不能爲害若緊那囉及婦男女父母朋屬等不能爲害若摩護囉誐及婦男女父母朋屬等亦不能爲害若藥叉及婦男女父母朋屬等不能爲害若囉刹娑及婦男女父母朋屬等亦不能爲害若畢𨽻多及婦男女父母朋屬等不能爲害若比舍遮及婦男女父母朋屬等亦不能爲害若步多及婦男女父母朋屬等不能爲害若矩畔拏及婦男女父母朋屬等亦不能爲害若布單那及婦男女父母朋屬等不能爲害若羯吒布單那及婦男女父母朋屬等亦不能爲害若塞建那及

婦男女父母朋屬等不能爲害若嗢麽那及婦男女父母朋屬等亦不能爲害若車耶及婦男女父母朋屬等不能爲害若阿鉢娑麽囉及婦男女父母朋屬等亦不能爲害若塢娑跢囉迦及婦男女父母朋屬等皆不能爲害如是等天龍藥叉及諸鬼神所有親眷朋屬等發起惡心伺求人便作諸障難者此等天龍鬼神雖起惡心不能惱亂持此經者何以故由常受持佛母明王陀羅尼故此等天龍鬼神爲惱害者若還本處彼類不容入衆若有違此佛母明王眞言越界法者頭破作七分猶如蘭香蕱(梵云遏爾迦曼折哩是蘭香蕱頭舊云阿梨樹枝者訛也西方元無阿梨樹)

復次阿難陀又有明王陀羅尼汝當受持即說明曰

怛你也(合一)侘(去聲引一)伊(上聲)哩弭哩(二)緊耨契目訖帝(二合三)蘇目訖帝(二合四)阿(去聲引)拏曩(引)拏(五)蘇曩(引)拏(六)孅囉灑(二合)覩祢舞(引七)跛囉摩拏孅跢(上聲引)焰(引八)阿(去聲引)囉(引)播囉(引九)遇(引)怒(引)呬迦(引十)伊(上聲)哩弭哩(十一)牝(頻逸切)爾哩迦(十二)嗢努迦(引十三)嗢嬾努迦(引十四)伊(上聲)哩弭哩(十五)底哩弭哩(十六)三滿怛多(入聲)訖㗚(二合)怛嚩(十七)護嚕護嚕(十八)呬哩呬哩(十九)弭哩弭哩(二十)枳哩枳哩(二十一)室哩(二合)孋(引)拏(二十二)沒哩(二合)衫(二十三)畝嚕畝嚕(二十四)左攞左攞(二十五)唧哩唧哩(二十六)祖嚕祖嚕(二十七)尾置尾置(二十八)式棄式棄(二十九)壹置尾置(三十)式棄式棄(三十一)護祖(去聲)護祖(三十二)護祖護祖(三十三)護祖護祖(三十四)護祖護祖(三十)護祖護祖(三十六)賀囉賀囉(三十七)賀囉抳(引二十八)染陛(引三十九)鉢囉(二合)染陛(引四十)薩

嚩訥瑟吒(二合四十一)麼努瑟鴿(二合引四十二)染陛(引)弭(四十三)麼麽(四十四)颯跛哩嚩(引)囉寫(四十五)囉乞創(引二合)屈挽覩迦嚕(引)弭(四十六)唅嚩都(四十七)韈囉灑(二合)設單(四十八)鉢捨都設囉腩(引)設單(四十九)麌底孕(二合)跛哩怛囉(二合)喃(五十)跛哩仡囉(二合)憾(五十一)跛哩播(引)攞腩(五十二)扇(引)底孕(二合五十三)娑嚩(二合)窣底也(二合)野南(五十四)難(上聲)拏跛哩賀(引)嚂(彈舌呼五十五)尾灑努灑喃(五十六)尾灑曩(引)捨難(五十七)臬(去聲引)麽(引)曼鄧(五十八)馱囉抳(引)曼蕩左迦嚕(引)弭(五十九)唧怛𨁈(二合六十)唧怛囉(二合)麽𡅏(六十一)賀黎(六十二)賀攞麽黎(六十三)頗黎(六十四)頗攞麽黎(六十五)齲嚕齲嚕(六十六)佉(上聲)囉嚩嚕抳(六十七)味(引)𡃤(引六十八)曀曳(引六十九)阿(上聲)嚕麽嚕(七十)滅除一切毒(七十一)及起惡心者(七十二)根毒牙齒毒(七十三)飲食中諸毒(七十四)願

佛以威光(七十五)滅除毒害苦(七十六)素嚕素嚕計(七十七)嚩囉嚩囉計(七十八)韈囉韈囉計(七十九)尾哩呬哩(八十)一切毒消滅(八十一)願勿相侵害(八十二)七佛諸世尊(八十三)正徧知覺者(八十四)及以聲聞眾(八十五)威光滅諸毒(八十六)曀攞(引)謎攞(八十七)壹哩謎攞(八十八)底哩底哩謎攞(八十九)底賀努賀(九十)尾麽(引)努麽(引九十一)曀蘇(上聲)努(鼻)嚩(引九十二)遜嚩(引九十三)頓嚩(引九十四)三麽頓嚩(引九十五)阿(去聲引)嬭曩(引)嬭(九十六)矩攞矩攞曩嬭(九十七)嚩囉灑(二合)覩祢嚩(無博切九十八)伊(上聲)哩枳臬(九十九)三曼帝曩(一百)曩嚩麽娑(一百一)娜娑麽(引)娑昧(引百二)怛哩(二合引)謎(一百三)薩嚩薩怛吠(二合引)數(一百四)畝薩嬭(一百五)畝娜(引)哩抳(一百六)計嚩摘計(一百七)嚩抳迦慕隸(一百八)伊(上聲)底攝嚩𡃤(一百九)頓(鼻)吠覩頓吠(引一百一)畢哩(二合)孕迦𡃤(一百十一)

阿(去聲引)嚩穌(一百十二)跛哩嚩穌(一百十三)那舞(引)那
計(引)曩(一百十四)嚩囉灑(二合)覩祢(引)舞(引一百十五)曩
謨(引)婆誐嚩姤(至此處所有求願應可殷勤稱說)印捺囉(二合)
遇(引)跛梟迦(引)野(一百十六)壹置吒(引)野(一百十七)遇
(引)怒(引)呬迦(引)野(一百十八)勃陵(二合)誐(引)哩迦野
(一百十九)阿黎多黎(一百二十)君(去聲)多黎(一百二十一)阿(去聲)
(引)捨頻(一百二十二)播捨頻(一百二十三)播(引)跛頻矩
黎(一百二十四)曩謨(引)婆(去聲)誐嚩蹊(引)喃(一百二十五)
悉鈿覩滿怛囉(二合)鉢娜(引)娑嚩(二合引)賀(引一百二十六)

毗鉢尸如來　無憂樹下坐　尸棄佛世尊
依止奔陀利　毗舍浮如來　住在娑羅林
拘留孫如來　尸利沙樹下　羯諾迦大師
烏曇跋羅樹　迦攝波善逝　尼俱陀樹下
釋迦牟尼佛　聖種憍答摩　坐於菩提樹
證無上正覺　是等諸世尊　皆具大威德
諸天廣供養　咸生敬信心　一切諸鬼神
皆生歡喜念　令我常安隱　遠離於衰厄

七佛世尊所說明曰

怛你也(二合)佗(去聲引一)壹哩弭哩(二)枳哩尾哩(三)
計(引)哩嚩哩(四)嗢努囉(引五)蘇努謨(引)祢(引六)慕
薩囉(七)護護(八)迦囉劑(九)迦囉惹母(引)隸(十)
壹底捨嚩蹊(引十一)矩覩哩(十二)曩(引)囉(引)野抳
(引十三)跛捨頻(十四)跛捨跛捨頻(十五)劫比囉嚩窣
覩(二合十六)伊(上聲)哩嚩(引)悉鈿覩(十七)捺囉(二合引)弭
拏(引十八)滿怛囉(二合)跛娜(引)娑嚩(二合引)賀(引十九)

復次阿難陀有大藥叉名是索訶世界主大
梵天王天帝釋四大天王二十八大藥叉將
共所宣說若有受持如是大藥叉名者設有
鬼神發起惡心欲相惱亂者頭破作七分猶

如蘭香稍即說藥叉名曰
怛你也(二合)佗(去聲引一)吉(引)氐(丁以切)慕隸嚧嚕慕
隸(二)三滿多慕隸(三)阿(去聲引)嬭曩嬭(四)矩薩
曩嬭(五)伊(上聲)帝弭帝(六)播嚕(七)阿嚕拏句(引八)
麽嚕拏句(九)伊(上聲)哩枳哩唧哩尾哩(十)遇(引)
努(引)呬迦(引十一)嗢鈍度麽(引十二)牝娜吠拏(引十
三)

願二足吉祥　四足亦吉祥　行路中吉祥
迴還亦吉祥　願夜中吉祥　晝日亦吉祥
一切處吉祥　勿值諸罪惡　一切日皆善
一切宿皆賢　諸佛皆威德　羅漢皆斷漏
以斯誠實言　願我常吉祥

阿難陀若讀誦此大明王經時作如是語此大孔雀明王佛所宣說願以神力常擁護我饒益攝受爲作歸依寂靜吉祥無諸災患刀杖毒藥勿相侵損我今依法結其地界結方隅界讀誦此經除諸憂惱壽命百歲願度百秋復次阿難陀有大藥叉王及諸藥叉將住大海邊或住妙高山及餘諸山或居曠野或住諸河川澤陂池屍林坎窟村巷四衢園苑林樹或居餘處有大藥叉住阿拏挽多大王都處如是等衆咸願以此佛母大孔雀明王陀羅尼擁護於我(某甲)并諸眷屬壽命百年願見百秋陀羅尼曰

怛你也(二合)佗(去聲一)賀哩賀哩抳(二)賀(引)哩抳(三)左哩佐(引)哩顊(四)怛囉(二合引)跛抳(五)謨(引)賀顊(六)娑擔(二合)婆(去聲)顊(七)染婆顊(八)娑嚩(二合)演僕(引九)娑嚩(二合引)賀(引十)

復次阿難陀於此東方有大天王名曰持國是彥達嚩主以無量百千彥達嚩而爲眷屬

守護東方彼有子孫兄弟軍將大臣雜使如
是等衆彼亦以此佛母大孔雀明王陀羅尼
擁護於我某甲并諸眷屬爲除憂惱壽命百歲
願見百秋陀羅尼曰
怛你也二合佗一粗粗嚕二粗粗嚕三粗粗嚕
四粗粗引嚕五粗粗引嚕六粗引嚕粗嚕粗
引嚕謎娑嚩引二合賀引七
復次阿難陀於此南方有大天王名曰增長
是矩畔拏主以無量百千矩畔拏而爲眷屬
守護南方彼有子孫兄弟軍將大臣雜使如
是等衆彼亦以此佛母大孔雀明王陀羅尼
擁護於我某甲并諸眷屬爲除憂惱壽命百歲
願見百秋陀羅尼曰
怛你也二合佗一吠嚕計吠嚕計二阿蜜怛囉
二合伽去聲引多上聲頞三嚩嚕拏嚩底四吠努鼻
麼引里頞五吠哩頞六補怛哩二合計七祖去聲
祖唧祖娑嚩引二合賀引八
復次阿難陀於此西方有大天王名曰廣目
是大龍主以無量百千諸龍而爲眷屬守護
西方彼有子孫兄弟軍將大臣雜使如是等
衆彼亦以此佛母大孔雀明王陀羅尼擁護
於我某甲并諸眷屬爲除憂惱壽命百歲願見
百秋陀羅尼曰
怛你也二合佗一吠努哩吠努哩二麼置帝麼
置帝三句引胝句引胝四尾作庾二合麼底五
護護護護護護護六護嚕護嚕護嚕護嚕
護嚕護嚕護嚕護嚕七祖祖祖祖祖祖祖
八左左左左左左左嚧謎娑嚩引二合賀引九
復次阿難陀於此北方有大天王名曰多聞
是藥叉王以無量百千藥叉而爲眷屬守護

北方彼有子孫兄弟軍將大臣雜使如是等
衆彼亦以此佛母大孔雀明王陀羅尼擁護
於我某甲并諸眷屬爲除憂惱壽命百歲願見
百秋陀羅尼曰
怛你也二合他一引素引哩素引哩二施哩施哩
三麽底賀哩四賀哩麽底五迦哩哩六賀哩
哩七閉嚕閉嚕八冰誐黎九祖嚕祖嚕十鈍
度麽底十一賀單尾衫十二鈍度引麽底娑嚩二合
引賀十三

東方名持國　南方號增長　西方名廣目
北方多聞天　此四大天王　護世有名稱
四方常擁護　大軍具威德　外怨悉降伏
他敵不能侵　神力有光明　常無諸恐怖
天與阿蘇羅　或時共鬪戰　此等亦相助
令天勝安隱　如是等大衆　亦以此明王
護我并眷屬　無病壽百歲　陀羅尼曰

怛你也令他一噎鍒謎鍒二底哩謎鍒三嚩
勢努鼻吠努鼻努吠四若祈雨時應云願天降雨嚩曬灑
二合覩袮嚩三滿帝曩若息災祈願時應云某甲并諸眷屬所求滿願
呬哩五弭哩六頓吠覩頓吠七頞蘇嚩蘇八
跛囉麽努嚩蘇九嚩囉灑二合覩袮務十誐嚕
彥跢引野十一頓孏覩頓孏十二鏃計穆計十三伊
哩膩十四弭哩膩十五呬哩呬黎十六護魯護黎十七
呬哩弭哩十八覩黎多嚕哩娑嚩二合引賀引十九

佛母大孔雀明王經卷上

音釋

蘖魚傑切 𩋙莫感切 喯普悶切 巘魚偃切 跳他弔切躍也
驀莫白切越也 頰古協切面旁也 嬭女蟹切 謎莫計切 𩕄乃挺切
颯蘇合切 咤陟駕切 㗱阻立切 呰蔣几切 麌魚矩切
孃女良切 陛傍禮切 憾胡紺切 曬所戒切 齒來竹皆切 枲胥里切
囒音闌 齲丘禹切 稍所交切 訛五禾切 牝毘忍切
鵮苦咸切 劑在詣切 鏃作木切

佛母大孔雀明王經卷中

唐特進試鴻臚卿開府儀同三司肅國公贈司空謚
大辯正廣智大興善寺三藏沙門　不空奉　詔譯

佛告阿難陀汝當稱念大藥叉王及諸大藥叉將名字所謂

矩吠囉長子　名曰珊逝耶　常乘御於人
住弭癡羅國　以天誠實威　衆皆從乞願

彼亦以此佛母大孔雀明王眞言擁護我(某甲)并諸眷屬爲除憂惱壽命百歲願見百秋即說眞言曰

怛你也(二合)他(一)嚩黎(二)嚩勒迦⿰口彔(三)摩(引)蹬倪(四)戰拏(上聲引)哩(五)補嚕灑抳(六)尾唧哩顊(七)遇(引)哩彥馱(引)哩(八)摩(引)蹬倪(九)戰拏(上聲)(引)哩(十)麼哩顊(十一)呬哩呬哩(十二)阿(去聲)蘖底蘖底(十三)彥馱(引)哩(十四)句(引)瑟恥(二合十五)迦(引)嚩(引)哩(十六)尾賀(引)顊呬哩劒謎(十七)娑嚩(引)(二合)賀(引)(十八)

羯句忖那神　波吒梨子處　阿跋囉⿰口尒多
住窣吐奴邑　賢善大藥叉　住於世羅城
摩那娑大神　常居於北界　大聖金剛手
住居王舍城　常在鷲峯山　以爲依止處
大神金翅鳥　毗富羅山住　質怛囉笈多
質底目溪住　薄俱羅藥叉　住於王舍城
營從并眷屬　有大威神力　大小黑藥叉
劫比羅城住　是釋族牟尼　大師所生處
斑足大藥叉　吠囉耶城住　摩醯首藥叉
止羅多國住　勿賀娑鉢底　住於舍衛城
娑蘖囉藥叉　娑雞多處住　金剛杖藥叉
毗舍離國住　訶里冰蘖囉　力士城中住
大黑藥叉王　娑羅拏斯國　藥叉名善現

住於占波城　吠史怒藥叉　住在墮羅國
馱羅抳藥叉　住於護門國　可畏形藥叉
住於銅色國　末達那藥叉　烏洛迦城住
阿吒薄俱將　曠野林中住　劫比羅藥叉
住於多稻城　護世大藥叉　嗢逝尼國住
韈蘇步底神　阿羅挽底國　水天藥叉神
婆盧羯泚國　歡喜大藥叉　住於歡喜城
持鬘藥叉神　住在勝水國　阿難陀藥叉
末囉鉢吒國　白牙齒藥叉　住於勝妙城
堅固名藥叉　末娑底國住　大山藥叉王
住在山城處　婆颯婆藥叉　住居吠你勢
羯底雞藥叉　住嚧呬多國　此藥叉童子
名聞於大城　百臂大藥叉　住於頻陀山
廣車藥叉神　羯陵伽國住　能征戰藥叉
窣鹿近那國　雄猛大藥叉　遏祖那林住

曼拏波藥叉　末達那國住　山峯藥叉神
住於摩臘婆　嚕捺囉藥叉　嚧呬多馬邑
一切食藥叉　住於奢羯羅　波唎得迦神
少智洛雞住　商主財自在　住在難勝國
峯牙及世賢　跋娑底耶國　尸婆藥叉王
住食尸婆城　寂靜賢藥叉　住在可畏國
因陀囉藥叉　因陀囉國住　華幢藥叉主
住於寂靜城　那嚕迦藥叉　那嚕迦城住
劫比囉藥叉　常在邑城住　寶賢及滿賢
住梵摩伐底　能摧他藥叉　住健陀囉國
能壞大藥叉　得叉尸羅住　驢皮藥叉神
在於吐山住　三密藥叉主　阿努波河側
發光明藥叉　嚧鹿迦城住　喜長藥叉神
呬隅摧國住　婆以盧藥叉　住居婆以地
愛鬪諍藥叉　住在濫波國　蘖踏婆藥叉

末土羅城住　餅腹藥叉王　住在楞伽城
日光明藥叉　住在蘇那國　屼頭山藥叉
住憍薩羅國　勝及大勝神　住在半尼國
圓滿大藥叉　末羅耶國住　緊那囉藥叉
計羅多國住　護雲藥叉王　住在伴拏國
謇拏迦藥叉　住在安立國　僧迦離藥叉
必登蘖哩住　引樂藥叉神　怛楞蘖底住
孫陀囉藥叉　那斯雞國住　阿僧伽藥叉
婆盧羯車住　難你大藥叉　及子難你迦
此二藥叉神　羯訶吒迦住　垂腹大藥叉
羯陵伽國住　大臂藥叉王　憍薩羅國住
娑悉底迦神　娑底羯吒國　波洛迦藥叉
常在林中住　賢耳大藥叉　怛胝肩國住
勝財藥叉神　住居陸滿國　氣力大藥叉
此囉莫迦住　喜見藥叉神　住阿般底國

尸謇馱藥叉　住在牛摧國　愛合掌藥叉
住居吠你勢　毗瑟致得迦　住在蓋形國
調摩竭藥叉　住在三層國　廣目藥叉神
住居一腋國　安拏婆藥叉　優曇跋囉國
無功用藥叉　憍閃彌國住　微嚧者那神
寂靜意城住　遮羅底迦神　住居蛇蓋國
赤黃色藥叉　劒畢離國住　薄俱囉藥叉
嗢逝訶那住　布喇拏藥叉　住曼拏比國
顉迦謎沙神　半遮離城住　難摧大藥叉
蘖度娑國住　堅頰藥叉神　住在水天國
脯闌逝野神　住在鬪戰國　怛洛迦藥叉
及俱怛洛迦　二大藥叉王　住在俱盧土
大烏嚧佉羅　及與迷佉羅　此二藥叉女
威德具名稱　并與諸眷屬　亦住俱盧土
微帝播底神　及以義成就　此二藥叉王

阿曳底林住　徃成就藥叉　窣鹿近那住
窣吐羅藥叉　住窣吐羅國　虎力師子力
并大師子力　俱胝年大將　佗勝宮中住
華齒藥叉神　住在占波城　摩竭陀藥叉
住在山行處　鉢跋多藥叉　瞿瑜伽處住
蘇曬那藥叉　那蘖羅國住　勇臂大藥叉
娑雞多邑住　能引樂藥叉　住在哥乾底
無勞倦藥叉　住憍閃彌國　賢善藥叉神
住於賢善國　步多面藥叉　波吒離子住
無憂大藥叉　住在迦遮國　羯徵羯吒神
菴婆瑟侘住　成就義藥叉　住在天腋國
曼那迦藥叉　住在難勝國　解髮藥叉神
住居勝水國　寶林藥叉神　住先陀婆國
常謹護藥叉　劫毗羅國住　羯吒微羯吒
迦毗羅衛國　慳悋藥叉神　住乾陀羅國

墮羅藥叉神　膩攞耶肩住　處中藥叉神
賢善名稱住　吠瑠璃藥叉　堅實城中住
染薄迦藥叉　住居沙磧地　舍多大藥叉
及以毗羯吒　此二藥叉神　物那擿迦住
毗摩尼迦神　提婆設摩住　曼陀羅藥叉
捺羅那國住　作光藥叉神　羯濕彌羅國
占博迦藥叉　在羯吒城住　半支迦藥叉
羯濕彌羅際　具足五百子　有大軍大力
長子名肩目　住在支那國　諸餘兄弟等
憍尸迦國住　牙足藥叉神　羯陵伽國住
曼荼羅藥叉　住曼荼羅處　楞伽自在神
住於迦畢試　摩利支藥叉　羅摩脚蹉住
達磨波羅神　住在於踈勒　大肩藥叉神
薄佉羅國住　毗沙門王子　具衆德威光
住在覩火羅　有大軍大力　一俱胝藥叉

而爲其眷屬　娑多山藥叉　及以雪山神
此二大藥叉　辛都河側住　執三戟藥叉
住在三層殿　能摧大藥叉　羯陵伽國住
半遮羅巘拏　達彌拏國住　財自在藥叉
住在師子國　鸚鵡口藥叉　住於曠野處
毓羯娑藥叉　常依地下住　有光明藥叉
白蓮華國住　設弭羅藥叉　於大城中住
能破佗藥叉　捺羅泥國住　冰蘖羅藥叉
菴末離國住　末末拏藥叉　末末拏藏國
摩怛哩藥叉　住於施欲國　極覺藥叉神
布底嚩乇國　那乇矩轗囉　住於迦畢試
鉢囉設囉神　鉢羅多國住　商羯囉藥叉
住於爍迦處　毗摩質多羅　莫里迦城住
冰羯囉藥叉　羯得迦國住　滿面藥叉王
奔拏轗達那　羯囉羅藥叉　住在烏長國

甕腹藥叉神　憍薩羅國住　摩竭幢大神
住居沙磧處　質怛囉細那　僕迦那國住
囉嚩拏藥叉　羅摩阤國住　赤黃色藥叉
羅尸那國住　樂見藥叉神　鉢尼耶國住
金毗囉藥叉　住於王舍城　常居毗富羅
有大軍大力　萬俱胝藥叉　而爲其眷屬
瞿波羅藥叉　住在虵蓋國　頞洛迦藥叉
頞洛迦城住　難提藥叉神　住在難提國
末里大天神　住在村巷處　毗沙門居住
佛下寶堦處　過拏挽多城　億衆神圍繞
如是等藥叉　有大軍大力　降伏他怨敵
無有能勝者　名稱滿諸方　具足大威德
天與阿脩羅　戰時相助力
此等福德諸神大藥叉將徧贍部洲護持佛
法咸起慈心彼亦以此佛母大孔雀明王眞

言常擁護我某甲攝受饒益令得安隱所有厄
難皆悉消除或爲刀杖損傷或被毒中王賊
水火之所逼惱或爲天龍藥叉所持及諸鬼
等乃至畢隸索迦行惡病者皆遠離於我某甲
并諸眷屬我結地界結方隅界讀誦此經除
諸憂惱壽命百歲願見百秋即說眞言曰
怛你也二合他一阿上聲迦齚二尾迦齚三訶哩
抳四賀引哩抳五馱囉抳馱引囉抳六護計
護計七母計母計八　我某甲所有病苦　賀
曩賀曩九賀曩賀曩十賀曩賀曩十一賀曩賀
曩十二賀曩賀曩十三　我某甲所有恐怖　娜賀
娜賀十四娜賀娜賀十五娜賀娜賀十六娜賀娜賀
十七娜賀娜賀十八　我某甲所有怨家　跛左跛
左十九跛左跛左二十跛左跛左二十一跛左跛左
二十二跛左跛左二十三　我某甲所有不饒益事

度度度度度度度度度度二十四　我某甲所
有遺毒藥　賀賀賀賀賀賀賀賀賀賀二十五
我某甲所有他人厭禱　尒皆以切　置尒置二十
六尒置尒置二十七尒置尒置二十八尒置尒置
二十九尒置尒置三十　我某甲所有罪業願皆消
滅　祖嚕祖嚕三十一祖嚕祖嚕三十二祖嚕祖
嚕三十三祖嚕祖嚕三十四祖嚕祖嚕三十五呬哩
呬哩三十六呬哩呬哩三十七呬哩呬哩三十八呬
哩呬哩三十九呬哩呬哩四十弭哩弭哩四十一弭
哩弭哩四十二弭哩弭哩四十三弭哩弭哩四十四
弭哩弭哩四十五普嚕普嚕四十六普嚕普嚕四十
十普嚕普嚕四十八普嚕普嚕四十九普嚕普嚕
五十唧置唧置五十一唧置唧置五十二唧置唧置
五十三唧置唧置五十四唧置唧置五十五呬計五十
六弭計五十七唧計五十八尾計五十九室哩二合引六

十跛捺𠰒二合瞢蘖嚟引六十一三去聲滿多跛捺𠰒二合引六十二薩嚩引囉佗二合娑引去聲馱顊六十三阿上聲歷𡂸六十四尾麽𡂸六十五賛捺囉二合鉢囉陛六十六素引哩野二合建引帝六十七努鼻吠六十八六怒引努鼻吠六十九畢哩二合孕迦𠰒七十娑嚩二合引賀引七十一

惟願諸神等常擁護我某甲并諸眷屬壽命百歲願見百秋

佛告阿難陀復有二十八藥叉大將名號汝當稱念此等藥叉大將能於十方世界覆護一切衆生為除衰患厄難之事有四藥叉大將住於東方擁護東方所有衆生令離憂苦其名曰

你你逸切伽去聲引一蘇寗怛㗚二合引二布囉拏二合迦三劫比囉四

彼亦以此佛母大孔雀明王擁護我某甲并諸眷屬壽命百年所說求事

阿難陀有四藥叉大將住於南方擁護南方所有衆生令離憂苦其名曰

僧骨孕切賀一塢跛僧准上賀二餉企囉三難上聲那四

彼亦以此佛母大孔雀明王擁護我某甲并諸眷屬壽命百年所說求事

阿難陀有四藥叉大將住於西方擁護西方所有衆生令離憂苦其名曰

賀囉入聲一賀哩計𤏙二鉢囉二合僕三劫比囉四

彼亦以此佛母大孔雀明王擁護我某甲并諸眷屬壽命百年所說求事

阿難陀有四藥叉大將住於北方擁護北方

所有衆生令離憂苦其名曰
馱囉拏(引一)馱囉難(上聲)拏(二)塭你庚(二合引)業播
嚕(三)尾瑟詧(二合四)
彼亦以此佛母大孔雀明王擁護我(某甲)并諸
眷屬壽命百年(說所求事)
阿難陀有四藥叉大將各住四維擁護四維
所有衆生令離憂苦其名曰
半止脚(一)半者羅𡅏拏(二)娑(去聲)跢儗哩(三)亥
麼嚩多(四)
彼亦以此佛母大孔雀明王擁護我(某甲)并諸
眷屬壽命百年(說所求事)
阿難陀有四藥叉大將常居於地擁護所有
地居衆生令離憂苦其名曰
步莫(一)蘇(上聲)步莫(二)迦(引)囉(入聲三)塢跛迦(引)
囉(四)

彼亦以此佛母大孔雀明王擁護我(某甲)并諸
眷屬壽命百年(說所求事)
阿難陀有四藥叉大將常在空居擁護所有
空居衆生令離憂苦其名曰
素(引)哩野(二合一)素謨(引二)阿儗顊(二合二)嚩(引)庚
(四)
彼亦以此佛母大孔雀明王擁護我(某甲)并諸
眷屬壽命百年(說所求事)
復次阿難陀汝當稱念多聞天王兄弟軍將
名號此等常護一切有情爲除災禍厄難憂
苦遊行世間作大利益其名曰
印捺囉(二合一)素摩(二)嚩嚕拏(三)鉢囉(二合)惹(引)
跛底(入聲四)娑(去聲引)囉納嚩(二合)惹(五)伊舍那(六)
室戰(二合)娜諾(七)迦(引)莫(入)室𡃤(二合)瑟姹(二合九)
矩顊建姹(十)顊建姹脚(十一)嚩膩麼抳(十二)麼抳

者喀十三鉢囉二合拏引那十四塢跛半止脚去聲十五娑去聲路去聲儗哩十六亥麼嚩多十七布囉拏二合十八佉上聲你囉十九句引尾諾二十遇引跛引囉藥叉二十一阿去聲乇嚩句二十二曩囉邏引闍二十三吤捺囉乞灑婆二十四半者囉囐拏二十五蘇母契二十六你你逸切伽藥叉二十七薩跛哩惹曩二十八唧怛囉二合細曩二十九濕嚩二合彥達嚩三十底哩二合頗哩引三十一左怛哩二合建乇迦三十二你伽爍底三十三室左二合麼引多哩三十四

此等藥叉是大軍主統領諸神有大威力皆具光明形色圓滿名稱周徧是多聞天王法兄弟多聞天王常勑此等藥叉兄弟若諸鬼神侵擾彼人者汝等為作擁護勿使惱亂令得安樂諸藥叉聞已依教奉行

此等藥叉大將亦以此佛母大孔雀明王守護於我并諸眷屬壽命百年若有鬪諍苦惱之事現我前時願藥叉大將常衛護我某甲并諸眷屬令離憂苦或為天龍所持阿蘇囉所持麼嚕多所持誐嚕拏所持彥達嚩所持緊那羅所持摩護囉誐所持藥叉所持羅剎娑所持畢㘑多所魅比舍遮所魅步多所魅矩伴拏所魅布單那所魅羯吒布單那所魅塞建那所魅嗢麼那所魅車耶所魅阿鉢娑麼羅所魅塢娑路囉迦所魅諾剎怛囉所魅隸跛所魅為如是等鬼神所持所魅之時皆擁護我某甲并諸眷屬令離憂苦壽命百年說所求事

復有諸鬼食精氣者食胎者食血者食肉者食脂膏者食髓者食生者食命者食祭祠者食氣者食香者食鬘者食華者食果者食苗稼者食火祠者食膿者食大便者食小便者

食涕唾者食涎者食洟者食殘食者食吐者
食不淨物者食漏水者如是鬼魅所惱亂時
願佛母明王擁護於我某甲并諸眷屬令離憂
苦壽命百年願見百秋常受安樂
若復有人造諸蠱魅厭禱呪術作諸惡法所
謂訖嘌二合底迦羯麼拏迦具嘌那枳囉拏吠
跢拏賀嚩娜多嗢度跢多飲他血髓變人驅
役呼召鬼神造諸惡業惡食惡吐惡影惡視
或造厭書或惡跳惡驀或惡冒逆作惡事時
皆擁護我某甲并諸眷屬令離憂苦又有諸怖
王怖賊怖水火等怖或他兵怖惡友劫殺怨
敵等怖遭饑饉怖夭壽死怖地震動怖諸惡
獸怖如是等怖皆護於我某甲并諸眷屬
又復諸病疥癩瘡癬痔漏癰疽身皮黑澀飲
食不消頭痛半頭痛眼耳鼻痛脣口頰痛牙
齒舌痛及咽喉痛胷脅背痛心痛腰痛肚痛
腹痛髀痛膝痛或四肢痛隱密處痛瘦病乾
消徧身疼痛如是等痛悉皆除滅又諸瘧病
一日二日三日四日乃至七日半月一月或
復頻日或復須臾或常熱病徧斜癭病鬼神
壯熱風黃痰癊或三集病四百四病一切瘧
病如是等病悉令殄滅我今結其地界結方
隅界讀誦此經悉令安隱娑嚩二合引賀引
復說伽佗曰
令我夜安　晝日亦安　一切時中　諸佛護念
復次阿難陀有十二大畢舍遮女亦應稱名
如是鬼女於菩薩處胎時初生時及生已此
等鬼女常為守護其名曰
覽麼一尾覽麼二鉢囉二合覽麼三塢覽麼賀
哩底四賀哩計試五賀哩冰蘗攞六迦哩七

迦囉里八劒母佗哩九二合嚩迦枳十迦攞戍
十一娜哩十二
此等鬼女有大神力具大光明形色圓滿名
稱周徧天阿蘇羅共戰之時現大威力彼亦
以此佛母大孔雀明王眞言守護於我某甲并諸
眷屬壽命百年眞言曰
怛你也二合佗一賀隸二佉隸三齲隸四麼黎
五弭黎六母黎七麼帝八曼膩底計九護嚕
護嚕十護嚕護嚕十一護嚕護嚕十二護嚕護嚕
十三弭膩弭膩十四弭膩弭膩十五娑嚩二合娑底二合
十六娑嚩二合娑底十七娑嚩二合娑底十八娑嚩
二合娑底十九娑嚩二合引賀引二十
阿難陀復有八大女鬼亦應稱名是諸女鬼
於菩薩處胎時初生時及生巳此等女鬼常
爲守護其名曰

末那引一麼娜曩引二麼怒得迦二合吒三塢跛末
娜四畢隸二合底五汗引惹賀引哩引六阿上聲捨
顭引七佗囉二合蘖寧引制底八
此等女鬼有大神力具大光明形色圓滿名
稱周徧天阿蘇羅共戰之時現大威力彼亦
以此佛母大孔雀明王眞言守護於我某甲并
諸眷屬壽命百年眞言曰
怛你也二合佗引一賀隸二佉上聲隸三齲隸四麼
黎五弭黎六母黎七麼帝八曼膩底計九護
嚕護嚕十護嚕護嚕十一護嚕護嚕十二護嚕護
嚕十三弭膩弭膩十四弭膩弭膩十五娑嚩二合娑底
二合十六娑嚩二合娑底十七娑嚩二合娑底十八娑
嚩二合娑底十九娑嚩二合引賀引二十
阿難陀復有七大女鬼亦應稱名此諸女鬼
於菩薩處胎時初生時及生巳此等女鬼常

爲守護其名曰
阿麌嚕(二合)你迦(引一)囉乞史(二合)底迦(引二)質怛哩(二合)比舍(引)止迦(引三)布囉拏(二合)跋捺囉(二合)迦(四)阿儗顊(二合)囉乞史(二合)底迦(引五)蜜怛囉(二合)迦(引)哩迦(引六)乙嘌(二合)史囉乞史(二合)底迦(引七)制底(八)
此等女鬼常噉血肉惱觸於人有大神力具大光明形色圓滿名稱周徧天阿蘇羅共戰之時現大威力彼亦以此佛母大孔雀明王眞言守護於我(某甲)并諸眷屬壽命百年眞言曰
怛你也(二合)佗(一)賀嚟(二)佉(上聲)嚟(三)齲嚟(四)麼黎(五)弭黎(六)母黎(七)麼帝(八)曼膩底計(九)護嚕護嚕(十)護嚕護嚕(十一)護嚕護嚕(十二)護嚕護嚕(十三)弭膩弭膩(十四)弭膩弭膩(十五)娑嚩(二合)娑底(二合十六)娑嚩(二合)娑底(二合十七)娑嚩(二合)娑底(二合十八)娑嚩(二合)娑麼(二合十九)娑嚩(二合引)賀(引二十)

阿難陀復有五大女鬼當稱彼名此女鬼等於菩薩處胎時初生時及生已此等女鬼常爲守護其名曰
君(上聲)姹(上聲引一)顊君(上聲)姹(引二)難(上聲)娜(引三)尾史努(二合)攞(引四)劫比攞(引五)
此等女鬼有大神力具大光明形色圓滿名稱周徧天阿蘇羅共戰之時現大威力彼亦以此佛母大孔雀明王眞言守護於我(某甲)并諸眷屬壽命百年眞言曰
怛你也(二合)佗(引一)賀嚟(二)佉(上聲)嚟(三)齲嚟(四)麼黎(五)弭黎(六)母黎(七)麼帝(八)曼膩底計(九)護嚕護嚕(十)護嚕護嚕(十一)護嚕護嚕(十二)護嚕護嚕(十三)弭膩弭膩(十四)弭膩弭膩(十五)娑嚩(二合)娑底(二合十六)娑嚩(二合)娑底(二合十七)娑嚩(二合)娑底(二合十八)娑

嚩二合娑底十九娑嚩引二合賀引二十

阿難陀復有八大羅刹女於菩薩處胎時初生時及生已此等羅刹女常爲衛護其名曰

謨引賀引一蘇上聲試引麼二鼻引矩舍乞史二合引三計矢顊引四錫冐引餌引蘇上聲五蜜怛囉二合六路引呬跢引乞史二合七迦引者囉引八

此等羅刹女有大神力具大光明形色圓滿名稱周徧天阿蘇羅共戰之時現大威力常取童男童女血肉充食入新產家及空宅處隨光而行喚人名字吸人精氣甚可怖畏驚恐於人無慈愍心彼亦以此佛母大孔雀明王眞言守護於我某甲并諸眷屬壽命百年眞言曰

怛你也二合佗一賀嚟二佉上聲嚟三齲嚟四麼黎五弭黎六毋黎七麼帝八曼膩底計九護嚕護嚕十護嚕護嚕十一護嚕護嚕十二護嚕護嚕十三弭膩弭膩十四弭膩弭膩十五娑嚩二合娑底十六娑嚩二合娑底十七娑嚩二合娑底十八娑嚩二合娑底十九娑嚩引二合賀引二十

阿難陀復有十大羅刹女於菩薩處胎時初生時及生已此等羅刹女常爲衛護其名曰

賀哩底羅刹女一難上聲娜羅刹女二冰必孕切蘖囉羅刹女三餉棄顊羅刹女四迦以迦羅刹女五禰嚩蜜怛囉羅刹女六禁婆囉羅刹女七君上聲娜牙羅刹女八覽尾迦羅刹女九阿曩囉羅刹女十

此等羅刹女有大神力具大光明形色圓滿名稱周徧天阿蘇羅共戰之時現大威力彼亦以此佛母大孔雀明王眞言守護於我某甲并諸眷屬壽命百年眞言曰

怛你也二合佗引一賀嚇二佉嚇三齲嚇四麼黎五弭黎六母黎七麼帝八曼膩底計九護嚕護嚕十護嚕護嚕十一護嚕護嚕十二護嚕護嚕十三弭膩弭膩十四弭膩弭膩十五娑嚩二合娑底二合十六娑嚩二合娑底二合十七娑嚩二合娑底二合十八娑嚩二合娑底二合十九娑嚩二合引賀引二十

阿難陀復有十二大羅刹女於諸有情常為觸惱驚怖欺誑此等羅刹女於菩薩處胎時初生時及生已此等十二大羅刹女常為衛護其名曰

無主羅刹女　大海羅刹女　毒害羅刹女

施命羅刹女　明智羅刹女　持弓羅刹女

持爍底羅刹女　持刀羅刹女　持犂羅刹女

持輪羅刹女　輪圍羅刹女　可畏羅刹女

此等羅刹女有大神力具大光明形色圓滿名稱周徧天阿蘇羅共戰之時現大威力彼亦以此佛母大孔雀明王真言守護於我某甲并諸眷屬壽命百年真言曰

怛你也二合佗引一賀嚇二佉嚇三齲嚇四麽黎五弭黎六母黎七麽帝、曼膩底計九護嚕護嚕十護嚕護嚕十一護嚕護嚕十二護嚕護嚕十三弭膩弭膩十四弭膩弭膩十五娑嚩二合娑底二合十六娑嚩二合娑底二合十七娑嚩二合娑底二合十八娑嚩二合娑底二合十九娑嚩二合引賀引二十

阿難陀復有十二大母於諸有情常為觸惱驚怖欺誑此諸天母於菩薩處胎時初生時及生已此天母等常為衛護其名曰

沒囉二合憾銘一嘮捺哩二合二矯麼哩引三吠瑟拏二合微四愛引捺哩五嚩囉呬六矯吠哩二合七嚩嚕抳八夜弭野九二合嚩葉尾野二合十阿

仡顊二合戉十一摩賀迦離十二
此等天母有大神力具大光明形色圓滿名
稱周徧天阿蘇羅共戰之時現大威力彼亦
以此佛母大孔雀明王眞言守護於我某甲并
諸眷屬壽命百年眞言曰
怛你也二合佗引一賀隸二佉上聲隸三齲隸四麼
黎五弭黎六母黎七麼帝八曼膩底計九護
嚕護嚕十護嚕護嚕十一護嚕護嚕十二護嚕護
嚕十三弭膩弭膩十四弭膩弭膩十五娑嚩二合娑底
二合十六娑嚩二合娑底二合十七娑嚩二合娑底二合十八娑
嚩二合娑底二合十九娑嚩二合引賀引二十
阿難陀復有一大畢舍支女名曰一髻是大
羅刹婦居大海岸聞血氣香於一夜中行八
萬踰繕那於菩薩處胎時初生時及生已此
羅刹婦常爲衛護彼亦以此佛母大孔雀明

王眞言守護於我某甲并諸眷屬壽命百年眞
言曰
怛你也二合佗一賀隸二佉上聲隸三齲隸四麼
黎五弭黎六母黎七麼帝八曼膩底計九護
嚕護嚕十護嚕護嚕十一護嚕護嚕十二護嚕護
嚕十三弭膩弭膩十四弭膩弭膩十五娑嚩二合娑底
二合十六娑嚩二合娑底二合十七娑嚩二合娑底二合十八娑
嚩二合娑底二合十九娑嚩二合引賀引二十
阿難陀復有七十三大羅刹女彼等於菩薩
處胎時初生時及生已此等羅刹女常爲守
護其名曰
劫比囉羅刹女　鉢努麼羅刹女　麼呬史
羅刹女　謨哩迦羅刹女　娜膩迦羅刹女
入嚩攞顊羅刹女　答跛顊羅刹女　羯
攞施羅刹女　尾麼囉羅刹女　馱囉捉羅

刹女 賀哩室戰二合引捺囉二合羅刹女 嚧
呬抳羅刹女 摩哩支羅刹女 護跢捨顊
羅刹女 嚩噜抳羅刹女 迦離羅刹女
君惹囉羅刹女 末囉羅刹女 蘗散寧羅
刹女 迦囉離羅刹女 麼蹬儗羅刹女
冰蘗囉羅刹女 頻拏囉羅刹女 具哩羅
刹女 巘馱哩羅刹女 矩伴膩羅刹女
迦朗儗羅刹女 婆囉顊羅刹女 末娜寧
羅刹女 阿捨寧羅刹女 食胎羅刹女
食血羅刹女 包齒羅刹女 驚怖羅刹女
没囉憾彌羅刹女 怛拏業播囉羅刹女
持金剛羅刹女 塞謇那羅刹女 答麼
羅刹女 行雨羅刹女 震雷羅刹女 擊
聲羅刹女 擊電羅刹女 足行羅刹女
炬口羅刹女 持地羅刹女 黑夜羅刹女

焰摩使羅刹女 無垢羅刹女 不動羅
刹女 高髻羅刹女 百頭羅刹女 百臂
羅刹女 百目羅刹女 常害羅刹女 摧
破羅刹女 猫兒羅刹女 末拏囉羅刹女
夜行羅刹女 晝行羅刹女 愛糊羅刹
女 忿怒羅刹女 留難羅刹女 持刀棒
羅刹女 持三戟羅刹女 才出羅刹女
意喜羅刹女 寂静羅刹女 躁暴羅刹女
難多囉羅刹女 呬林摩羅刹女 青色
羅刹女 質怛囉羅刹女
此等七十三諸羅刹女有大神力具大光明
形色圓滿名稱周徧天阿蘇羅共戰之時現
大神力彼亦以此佛母大孔雀明王眞言守
護於我其甲并諸眷屬壽命百年眞言曰
怛你也二合佗一呬哩呬哩二弭哩弭哩三怛

拏多嚩妳(四)嚩計嚩計(五)護𡀔護𡀔(六)駄囉
駄囉(七)賀囉賀囉(八)左攞左攞(九)祖嚕祖嚕
娑嚩(二合引)賀(引十)曩莫薩嚩母駄南(引)娑嚩(二合
引)賀(引十一)鉢囉(二合)底曳(二合)迦母駄南(引)娑嚩(二合
引)賀(引十二)過囉過(二合)擔(引)娑嚩(二合引)賀(引十三)
每(引)怛𡀔(二合引)野寫冐(引)地薩怛嚩(二合引)寫
娑嚩(二合)賀(十四)薩嚩冐(引)地薩怛嚩(二合)南(引)娑
嚩(二合引)賀(引十五)阿曩(引)誐(引)弭南娑嚩(二合引)
賀(引十六)塞訖哩(二合)娜(引)誐弭南娑嚩(二合引)賀
(十七)素嚕(二合)路半曩(引)南(引)娑嚩(二合引)賀(引十八)
三(去聲)藐蘖路(引)南(引)娑嚩(二合引)賀(引十九)三(去聲)
藐鉢囉(二合)底半曩(引)南(引)娑嚩(二合引)賀(引二十)
没羅(二合)憾麼(二合引)野娑嚩(二合引)賀(引二十一)印捺
囉(二合引)野娑嚩(二合引)賀(引二十二)鉢囉(二合)惹(引)跛
多(上聲)曳(引)娑嚩(二合引)賀(引二十三)伊(上聲)舍(引)曩(引)
野娑嚩(二合引)賀(引二十四)阿(上聲)仡曩(二合)曳(引)娑嚩
(二合引)賀(引二十五)嚩野吠(引)娑嚩(二合引)賀(引二十六)嚩
嚕拏(鼻引)野娑嚩(二合引)賀(引二十七)琰麼(鼻引)野娑嚩
(二合引)賀(引二十八)搗徧捺囉(二合引)野娑嚩(二合引)賀
(引二十九)吠(引)室囉(二合)摩拏(鼻引)野(三十)藥乞灑(二合)地
鉢多(上聲)曳(引)娑嚩(二合引)賀(引三十一)地哩(二合引)多
(上聲)囉(引)瑟吒囉(二合)野(三十二)彥達嚩(引)地鉢多
(上聲)曳娑嚩(二合引)賀(引三十三)尾嚕(二合)荼(去聲)迦(引)野
(三十四)禁伴(引)拏(上聲引)地鉢多(上聲)曳(引)娑嚩(二合
引)賀(引三十五)尾嚕(引)播(引)乞灑(二合)野(三十六)曩誐
地鉢多(上聲)曳(引)娑嚩(二合引)賀(引三十七)祢嚩(引)喃
(引)娑嚩(二合引)賀(引三十八)曩(引)誐南(引)娑嚩(二合引)
賀(引三十九)阿(上聲)蘇(上聲)囉(引)喃(引)娑嚩(二合引)賀(引四
十)麼嚕路(引)喃(引)娑嚩(二合引)賀(引四十一)誐嚕拏
(去聲引)喃(引)娑嚩(二合引)賀(引四十二)彥達嚩(引)喃(引)

娑嚩二合引賀引四十三緊那囉引喃引娑嚩二合引
賀引四十四摩護引囉誐引喃引娑嚩二合引賀引四
十五藥乞灑二合引喃引娑嚩二合引賀引四十六囉引
乞察二合娑引喃娑嚩二合引賀引四十七畢嚟二合引
跢引喃引娑嚩二合引賀引四十八比舍引左引喃
引娑嚩二合引賀引四十九部跢引喃引娑嚩二合引
賀引五十禁伴引拏上聲引喃引娑嚩二合引賀引五
十一布呾曩喃引娑嚩二合引賀引五十二羯吒布呾
曩引喃引娑嚩二合引賀引五十三塞建二合那引喃
引娑嚩二合引賀引五十四嗢麼鼻娜喃娑嚩二合引
賀引五十五車耶喃娑嚩二合引賀引五十六阿鉢娑麼
二合囉喃娑嚩二合引賀引五十七塢娑跢二合囉迦喃
娑嚩二合引賀引五十八贊捺囉二合素哩野二合喻娑
嚩二合引賀引五十九諾乞察二合怛囉二合喃娑嚩二合
引賀引六十仡囉二合賀喃娑嚩二合引賀引六十一乳

皆庚切底鈐娑嚩二合引賀引六十二乙嘌史喃娑嚩二合
二合引賀引六十三悉馱沒囉二合跢引喃引娑嚩二合
引賀引六十四悉地野二合尾你也二合喃娑嚩二合引
賀引六十五遇哩曳娑嚩二合引賀引六十六彥馱里曳
娑嚩二合引賀引六十七曩麌哩曳娑嚩二合引賀引六
十八阿寱嘌二合跢曳娑嚩二合引賀引六十九昝婆去聲
𩕳曳娑嚩二合引賀引七十佐引閉置引曳娑嚩
二合引賀引七十一捺囉二合弭膩曳娑嚩二合引賀七十
二捨嚩哩曳娑嚩二合引賀引七十三阿闍嚩捨嚩
囉曳娑嚩二合引賀引七十四贊拏上聲里曳娑嚩二合
引賀引七十五麼蹬擬研以切曳娑嚩二合引賀引七十六
曩誐紇哩二合乃夜引野娑嚩二合引賀引七十七誐
嚕拏紇哩二合乃夜引野娑嚩二合引賀引七十八麼
鼻曩枲曳娑嚩二合引賀引七十九摩賀麼曩枲曳
娑嚩二合引賀引八十灑拏乞灑二合哩曳娑嚩二合

引賀引八十一麼抳跋捺囉二合野娑嚩引二合賀引八
十二三去聲滿多跋捺囉二合野娑嚩引二合賀引八十三
麼賀引三去聲滿多跋捺囉二合野娑嚩引二合賀
八十四摩賀三去聲麼夜引野娑嚩引二合賀引八十五
摩賀鉢囉二合底薩囉引野娑嚩引二合賀引八十六
試多嚩曩野娑嚩引二合賀引八十七摩賀試多嚩
曩野娑嚩引二合賀引八十八難上聲拏女加切引馱囉抳
曳娑嚩二合賀引八十九摩賀難上聲拏馱囉抳曳娑
嚩引二合賀引九十母呰隣上聲娜野娑嚩引二合賀
引九十一摩賀母呰隣娜野娑嚩引二合賀引九十二惹
演底曳娑嚩引二合賀引九十三扇底曳娑嚩引一合
賀引九十四阿濕嚩二合訖哩二合跢引野娑嚩引二合
賀引九十五摩賀麼庚哩野二合尾你野二合囉惹野
娑嚩引二合賀引九十六
如是等大明大眞言大結界大護能除滅一

切諸惡願破一切呪術惡業願除滅蠱魅厭
禱願除滅訖嘌底迦羯摩拏迦具嘌那枳攞
拏吠多拏質遮畢鵽灑迦願除滅塞建那嗢
麼那車耶阿鉢娑麼囉塢娑跢囉迦願除滅
顛狂癇病消瘦疥癩願除滅種種鬼魅諸惡
食者願除滅飲佗血髓變人驅役呼召鬼神
造惡業者願除滅諸怖王怖賊怖水火等怖
惡友劫殺怨敵等怖佗兵饑饉夭壽死怖地
動惡獸及諸死怖願除滅惡食惡吐惡影惡
視作厭書者願除滅惡跳惡驀作惡冐逆者
願除滅一切瘧病一日二日三日四日乃至
七日半月一月或復頻日或復須臾或常熱
病等願除滅一切瘡癬痔漏癰疽偏邪瘿病
鬼神壯熱風黃痰癊或三集病四百四病願
除滅頭痛半頭痛飲食不消眼耳鼻痛脣口

頰痛願除滅牙齒舌痛及咽喉痛胷脅背痛
心痛肚痛願除滅腰痛腹痛脞痛膝痛及四
支痛隱密處痛及徧身疼痛願除滅龍毒蛇
毒藥毒蠱毒一切諸毒悉皆殄滅如是等一
切鬼魅惡病生時皆擁護我某甲并諸眷屬悉
令解脫壽命百年
復次阿難陀汝當稱念諸龍王名字此等福
德龍王若稱名者獲大利益其名曰
佛世尊龍王　梵天龍王　帝釋龍王　焰
摩龍王　大海龍王　海子龍王　娑蘖囉
龍王　娑蘖囉子龍王　摩竭龍王　難馱
龍王　塢波難馱龍王　那羅龍王　小那
羅龍王　善見龍王　娑蘇枳龍王　德叉
迦龍王　阿嚕拏龍王　婆嚕拏龍王　師
子龍王　有吉祥龍王　吉祥咽龍王　吉
祥增長龍王　吉祥賢龍王　無畏龍王
大力龍王　設臘婆龍王　妙臂龍王　妙
高龍王　日光龍王　月光龍王　大吼龍
王　震聲龍王　雷電龍王　擊發龍王
降雨龍王　無垢龍王　無垢光龍王　頻
洛迦頭龍王　跋洛迦頭龍王　馬頭龍王
牛頭龍王　鹿頭龍王　象頭龍王　濕
力龍王　歡喜龍王　奇妙龍王　妙眼龍
王　妙軍龍王　護嚕拏龍王　那毋止龍
王　毋止龍王　毋止隣陀龍王　囉婆拏
龍王　囉笈婆龍王　囉笈婆子龍王　室
哩龍王　山孤龍王　濫毋嚕龍王　有蠱
龍王　無邊龍王　羯諸迦龍王　象羯磋
龍王　黄色龍王　赤色龍王　白色龍王
翳囉葉龍王　商佉龍王　阿跋羅龍王

黑龍王 小黑龍王 力天龍王 那羅
延龍王 劒麽羅龍王 石髆龍王 弶伽
龍王 信度龍王 嚩芻龍王 枲多龍王
吉慶龍王 無熱惱池龍王 善住龍王
毉羅跋拏龍王 持地龍王 持山龍王
持光明龍王 賢善龍王 極賢善龍王
世賢龍王 力賢龍王 寶珠龍王 珠
咽龍王 二黑龍王 二黃龍王 二赤龍
王 二白龍王 華鬘龍王 赤華鬘龍王
犢子龍王 賢句龍王 鼓音龍王 小
鼓音龍王 菴末囉津龍王 寶子龍王
持國龍王 增長龍王 廣目龍王 多聞
龍王 車面龍王 占箄野迦龍王 驕答
摩龍王 半遮羅龍王 五髻龍王 光明
龍王 頻度龍王 小頻度龍王 阿力迦

龍王 羯力迦龍王 跋力迦龍王 曠野
龍王 緊質頞龍王 緊質頞迦龍王 緝
馱迦龍王 黑驕答摩龍王 蘇摩那龍王
人龍王 根人龍王 上人龍王 摩蹬
迦龍王 曼拏洛迦龍王 非人龍王 頞
拏迦龍王 最勝龍王 勝龍王 末攞迦
龍王 阿嚕迦龍王 毉囉龍王 毉囉鉢
拏龍王 阿羅婆路龍王 麽囉婆路龍王
摩那私龍王 羯句擿迦龍王 劫比羅
龍王 勢婆洛迦龍王 青蓮華龍王 有
爪龍王 增長龍王 解脫龍王 智慧龍
王 極解脫龍王 毛緂馬勝二龍王 毉
羅迷囉二龍王 難陀跋難陀二龍王 阿
齒羅龍王 大善現龍王 徧黑龍王 徧
蠱龍王 妙面龍王 鏡面龍王 承迎龍

王　巘馱囉龍王　師子龍王　師子洲龍王　達弭龍王　達弭拏龍王　二黑龍王　二白龍王　二小白龍王

如是等一百七十七諸大龍王而爲上首及種類眷屬於此大地或時震響或放光明或降甘雨成熟苗稼已曾見如來受三歸依并受學處脫金翅鳥怖離火沙怖免王役怖常持大地住大寶宮壽命長遠有大勢力富貴自在無量眷屬具大神通能摧怨敵有大光明形色圓滿名稱周徧天與脩羅共戰之時助威神力令天得勝彼諸龍王所有子孫兄弟軍將大臣雜使皆以此佛母大孔雀明王眞言守護於我某甲并諸眷屬令離憂苦壽命百年我及眷屬若清淨若不清淨若迷醉若放逸若行住坐卧若睡覺來去一切時中願皆擁護我等或爲天怖龍怖阿蘇羅怖麽嚕多怖誐嚕拏怖彥達嚩怖緊那羅怖摩護囉誐怖藥叉所怖羅刹娑怖畢隷多怖比舍遮怖步多所怖矩伴拏怖布單那怖羯吒布單那怖塞建那怖嗢麽那怖車那所怖阿鉢娑麽囉怖塢娑跢囉迦怖如是等怖悉皆遠離又有諸怖王怖賊怖水火等怖或惡友劫殺怨敵等怖或他兵怖遭饑饉怖夭壽死怖地震動怖諸惡獸怖所有一切恐怖之時令我某甲并諸眷屬悉皆解脫復說伽他曰

令我夜安隱　晝日亦安隱　於一切時中
諸佛常護念

南謨窣覩毋馱野　南謨窣覩毋馱曳
南謨窣覩目訖多野　南謨窣覩目訖多曳
南謨窣覩扇多野　南謨窣覩扇多曳

南謨尾目訖多野　南謨尾目訖多曳
諸有淨行婆羅門　能除一切諸惡業
如是等衆我歸依　擁護我身并眷屬

佛母大孔雀明王經卷中

音釋

呬火利切　泚此禮切　鉼蒲丁切　屼魚勿切　蹇九件切　磧七迹切　擿陟革切　蹉七何切　韈勿發切　挽無遠切　糚側羊切飾也　釤所鑑切　昝子感切　蹬唐亘切　磋七何切　緝七入切

佛母大孔雀明王經卷下

唐特進試鴻臚卿開府儀同三司肅國公贈司空謚
大辯正廣智大興善寺三藏沙門　不空奉　詔譯

佛告阿難陀過去七佛正徧知者亦復隨喜宣說此佛母明王真言汝當受持微鉢尸如來正徧知者亦隨喜宣說此佛母大孔雀明王真言曰

怛你也(二合)佗(去聲引一)阿(上聲)囉妳(二)迦囉妳(三)麼祢(四)麼娜轗馱寧(五)阿(上聲)嚩嚟(六)捨嚩嚟(七)覩嚟覩嚟(八)母嚟母嚟(九)捨嚩嚟(十)鉢囉拏(二合)捨嚩嚟(十一)户止(十二)户止(十三)户止(十四)户止(十五)户止(十六)娑嚩(二合引)賀(引十七)

復次阿難陀尸棄如來正徧知者亦隨喜宣說此佛母大孔雀明王真言曰

怛你也(二合)佗(去聲引一)壹[齒*來]弭[齒*來](二)齲嚟(三)尾齲嚟(四)呬哩(五)弭哩(六)計覩母(引)黎(七)暗嚩嚟(八)暗嚩嚟(引)嚩底(丁以切九)弩(鼻音)謎怒(引)弩(鼻音)謎(十)呬哩呬哩(十一)矩止矩止(十二)母止母止(十三)娑嚩(二合引)賀(引十四)

復次阿難陀毗舍浮如來正徧知者亦隨喜宣說此佛母大孔雀明王真言曰

怛你也(二合)佗(引一)慕(引)哩慕(引)哩(二)計跛知(入聲)(三)滿膩滿膩底計(四)賀嚟賀嚟(五)賀嚟(六)伽嚟(七)佉(上聲)嚟(八)頗黎(九)頗哩顭難(上聲引)帝(十)難底顭(十一)難(上聲)底黎(十二)捨迦知(入聲)麼迦知(入聲)(十三)曩妳(十四)曩膩顭(十五)試哩試哩(十六)試哩試哩(十七)娑嚩(二合引)賀(引十八)

復次阿難陀羯句忖那如來正徧知者亦隨喜宣說此佛母大孔雀明王真言曰

怛你也(二合)佗(引一)呬膩(二)弭膩(三)矩膩母膩(四)

覩臓五頞妳難上聲帝引六難底黎七爍迦哩八斫迦哩九佗上聲誐哩十多去聲誐哩十一建引左寧十二建引左曩引嚩底十三嚩隸嚩隸十四嚩隸嚩隸十五難帝悉地十六娑嚩二合引賀引十七

復次阿難陀羯諾迦牟尼如來正徧知者亦隨喜宣說此佛母大孔雀明王眞言曰

怛你也二合佗引一難上聲多黎二怛多黎三怛多上聲黎四多羅姤引多上聲黎五味引隸尾惹曳引六尾薦引馱隸七阿囉薺慈曳切尾囉薺八尾囉惹在娜切麼斯九麼底十麼引哩十一麼引哩顊十二門妳引試囉門上聲妳十三入嚩二合引黎十四入嚩二合黎十五入嚩二合黎十六入嚩二合黎十七跛捺囉二合嚩底十八悉地娑嚩二合引賀引十九

復次阿難陀迦攝波如來正徧知者亦隨喜宣說此佛母大孔雀明王眞言曰

怛你也二合佗引一頞拏上聲隸二建拏隸三曼拏隸四謇去聲拏隸五染謀染謀六染謀曩你七染謀嚩底八滿帝曼臓底計九阿上聲麼隸十僧思孕切係十一賀囉賀囉十二賀囉賀囉十三跛輸跛輸跛輸十四跛輸跛輸十五鉢底悉底十六娑嚩二合引賀引七

阿難陀我釋迦牟尼如來正徧知者亦隨喜宣說此佛母大孔雀明王眞言爲欲利益諸有情故眞言曰

怛你也二合佗引一呬哩弭哩二枳哩弭哩三伊上聲哩黎四羯怛黎五計覩嚩黎六阿拏麼哩七納脾膩脾八沒薩囉計九沒薩䶌十怛囉謇祢十一迦引麼哩十二蜜母捺哩十三怛嚕怛嚕十四嚩囉抳十五鉢囉二合訖哩二合底能上聲瑟䶌二合弭哩十六多黎十七伊上聲底賀引細十八阿左黎十九

咄多黎二十嚩枳黎二十一嚩致嚩致底計二十二
撥吒膽吠若祈雨時稱云嚩囉灑二合觀祢嚩若息災求願之時應云悉鈿覩滿怛囉二合鉢那二十三曩謨娑去聲
誐嚩娿引二十四伊上聲哩惹曳二十五遇引惄呬迦引曳二十六勃陵二合誐引哩迦曳二十七阿嚕止二十八曩引嚕止二十九捺蘇三十捺蘇嚩日𡃤二合三十一捺吒嚩日𡃤二合三十二嗢娜野納畢哩二合曳三十三阿攞路引黎三十四矩攞路夜引三十五那引囉野抳三十六鉢捨額三十七娑鉢二合捨額三十八悉鈿覩三十九捺囉二合弭拏引滿怛囉二合鉢娜引娑嚩引二合賀引四十

阿難陀我已教汝受持佛母大孔雀明王法救莎底苾芻蛇毒之難令彼苾芻獲得安隱亦令一切有情讀誦受持是經獲大安樂壽命百年所求遂願已如前說

復次阿難陀慈氏菩薩亦隨喜宣說此佛母大孔雀明王眞言曰

怛你也二合佗引一試哩試哩二試哩跛捺𡃤二合三禰底禰底四禰底跛捺𡃤二合五賀𡃤賀𡃤六賀哩抳七難上聲底捨嚩𡃤八試吠九戍囉播引抳額十冐引地冐引地十一冐引地冐引地十二冐引地薩怛吠二合十三冐引地鉢哩播引左抳引曳娑嚩引二合賀引十四

阿難陀索訶世界主大梵天王亦隨喜宣說此佛母大孔雀明王眞言曰

怛你也二合佗引一呬哩呬哩二弭哩弭哩三麼哩額葬迦哩四枳哩枳哩五枳哩枳哩六枳哩枳哩七底没囉二合賀麼二合曳八矩嚂擿計九尾拏訶普細十馱囉馱囉十一賀攞賀攞十二普嚕普嚕十三普嚕普嚕十四普嚕娑嚩引二合賀

(引)十五
阿難陀此眞言能滅一切惡毒能除一切毒
類佛力除毒菩薩摩訶薩力除毒獨覺力除
毒阿羅漢力除毒三果四向聖力除毒實語
者力除毒梵王杖力除毒帝釋金剛杵力除
毒吠率怒輪力除毒火天燒力除毒水天羂
索力除毒阿蘇羅幻士力除毒龍王明力除
毒嚕捺囉(二)戟叉力除毒塞謇那爍底力除
毒佛母大孔雀明王力能除一切諸毒令毒
入地令我(某甲)及諸眷屬皆得安隱
阿難陀復有一切毒類汝應稱彼名字所謂
跋礎那婆毒訶囉遏囉毒迦囉俱吒毒牙齒
毒螫毒根毒末毒疑毒眼毒電毒雲毒蛇毒
龍毒蠱毒魅毒一切鼠毒蜘蛛毒豸毒蝦蟆
毒蠅毒及諸蜂毒人毒非人毒藥毒呪毒如

是等一切諸毒願皆除滅令我(某甲)及諸眷屬
悉除諸毒獲得安隱壽命百年願見百秋
阿難陀帝釋天王亦隨喜宣說此佛母大孔
雀明王眞言曰
怛你也(二合)佗(一)惹邏(二)膳覩黎(三)磨(引)邏(引)
膳覩黎(四)佐閉胝(五)膳覩黎(六)末佗(上聲)𩕳(七)
伽(引)多𩕳(八)仡囉(二合)薩𩕳(九)賀哩(十)矢哩(十一)
(二合)你庚(二合)底矢哩(十二)怛嚕怛嚕拏(上聲)嚩底(十三)
賀(引)賀(引)賀(引)賀(引)賀(引)(十四)僧(胥孕切)係(十五)
地底(十六)地底(十七)矩嚕矩嚕(十八)尾囉惹(十九)
咄吒咄吒枲(二十)轞吒轞吒枲(二十一)悉哩悉哩
(二十二)劫比黎(二十三)劫比羅毋黎(二十四)賀(引)呬
護(二十五)薩縛訥瑟吒(二合)(二十六)鉢囉(二合)訥瑟吒
(二合)喃(二十七)染婆(去聲)能迦嚧弭(二十八)曷婆多(二合)
播(引)能(上聲)誐(二十九)鉢囉(二合)底孕(二合)誐(三十)𩕳蘖

囉二合怛上聲迦嚧弭三十一娑賀怛哩二合娜勢三十二
呬祢吠呬三十三嗢微儗抳三十四素囉跛底
戩底三十五嚩日囉二合嚩日囉二合三十六嚩日囉
二合嚩日囉二合三十七嚩日囉二合鉢多曳娑嚩二合
賀引三十八
阿難陀四大天王亦隨喜宣說此佛母大孔
雀明王真言曰
怛你也二合他引一入嚩二合攞入嚩二合攞曩二答
跛答跛曩三跛多跛多曩四馱麼馱麼曩五
薩囉薩囉拏六矩胝矩胝七母胝母胝八弭
胝弭胝九薩囉薩囉十賀囉賀囉十一怛囉怛
囉十二娜引娜引娜引娜引娜引十三嚩引嚩引
嚩引嚩嚩引十四賀攞賀攞賀攞賀攞賀攞十五
悉地悉地悉地悉地悉地悉地十六娑嚩二合娑底二合
十七娑嚩二合娑底二合十八娑嚩二合娑底二合十九娑嚩
二合娑底二合二十娑嚩二合娑底二合二十一娑嚩二合引
賀引二十二
令我某甲并諸眷屬皆得遠離一切鬼神使者
琰摩使者黑夜母天持黑索者及死王所罰
梵天所罰帝釋所罰仙人所罰諸天所罰龍
王所罰阿蘇羅罰麼嚕多罰誐嚕拏罰彥達
嚩罰緊那羅罰摩護囉誐罰藥叉所罰羅刹
娑罰畢隸多罰比舍遮罰步多所罰矩畔拏
罰布單那罰羯吒布單那罰塞建那罰嗢麼
那罰車耶所罰阿鉢娑麼囉罰塢娑跢囉迦
罰吠跢拏罰王所罰賊所罰水火所罰於一
切處所有謫罰及輕小治罰令我某甲并諸
眷屬皆得遠離常見擁護壽命百年願見百
秋
阿難陀汝當稱念諸大河王名字其名曰

殑伽河王　信度河王　嚩蒭河王　枲多河王　設臘部河王　阿吩囉伐底河王　琰母娜河王　句賀河王　尾怛娑多河王　設多訥嚕河王　微播捨河王　愛嚩伐底河王　戰捺囉婆誐河王　薩囉娑嚩底河王　羯縒比顊河王　孟兪史抳河王　迦尾哩河王　擔没囉鉢拏河王　末度末底河王　吠怛囉(二合)嚩底河王　益芻伐底河王　遇末底河王　捺末娜河王　爍蜜怛囉河王　尾濕嚩蜜怛囉河王　阿麼囉河王　跢麼囉河王　半者囉河王　素婆窣堵河王　鉢囉娑捺哩迦河王　荅布多河王　尾麼囉河王　遇娜嚩哩河王　泥連繕那河王　呬嚩孃襪底河王

如是等諸大河王依此大地而住彼諸河處若天若龍若阿蘇囉摩嚕多誐嚕拏彥達嚩緊娜囉摩護囉誐若藥叉羅刹娑畢隸多比舍遮若步多矩畔拏布單那羯吒布單那塞建那嗢麼那車耶阿鉢娑麼囉塢娑跢囉迦及食精氣者食胎者食血者食肉者食脂膏者食髓者食生者食命者食祭祠者食氣者食香者食鬘者食華者食果者食苗稼者食火祭者食膿者食大便者食小便者食涕唾者食涎者食洟者食殘食者食吐者食不淨物者食漏水者如是等種種形貌種種顏色隨樂變身諸鬼神等依彼河住彼等亦以此佛母大孔雀明王皆擁護我(某甲)并諸眷屬令離憂苦壽命百年常受安樂

阿難陀汝當稱念諸大山王名字其名曰

妙高山王　雪山王　香醉山王　百峯山

王　揭地洛迦山王　金脅山王　持光山王　頞泯達羅山王　輪圍山王　大輪圍山王　因陀羅石山王　梵宅山王　有吉祥山王　善現山王　廣大山王　出寶山王　多蟲山王　寶頂山王　出金剛山王　阿蘇囉巖山王　毗摩質多羅山王　電光山王　馬耳山王　月光山王　日光山王　摩羅耶山王　頻陀山王　賢石山王　質怛囉矩吒山王　金峯山王　播哩耶怛囉山王　妙臂山王　有摩尼山王　蘇矖那山王　梵觜山王　智淨山王　牛耳山王　摩羅質怛囉山王　劒形山王　炎熱山王　安繕那山王　積聚山王　鹿色山王　達達山王　罽羅娑山王　大帝山王

如是等諸大山王居此大地於彼等山所有天龍阿蘇囉麼嚕多誐嚕拏彥達嚩緊那囉摩護囉誐藥叉囉刹娑畢隸多比舍遮步多矩畔拏布單那羯吒布單那塞建那嗢摩那車耶阿鉢娑麼囉塢娑踏囉迦諸鬼神等及持明大仙并諸營從眷屬住彼山者亦皆以此佛母大孔雀明王擁護於我暵并諸眷屬壽命百年除滅惡事常覩吉祥離諸憂惱復說伽陀曰

令我夜安隱　晝日亦安隱　於一切時中
諸佛常護念

阿難陀汝當稱念諸星宿天名號彼星宿天有大威力常行虛空現吉凶相其名曰

昴星及畢星　觜星參及井　鬼宿能吉祥
柳星爲第七

此等七宿住於東門守護東方彼亦以此佛
母大孔雀明王常擁護我䚟并諸眷屬壽命
百年離諸憂惱
星宿能摧怨　張翼亦如是　軫星及角亢
氐星居第七
此等七宿住於南門守護南方彼亦以此佛
母大孔雀明王常擁護我䚟并諸眷屬壽命
百年離諸憂惱
房宿大威德　心尾亦復然　箕星及斗牛
女星爲第七
此等七宿住於西門守護西方彼亦以此佛
母大孔雀明王常擁護我䚟并諸眷屬壽命
百年離諸憂惱
虛星與危星　室星壁星等　奎星及婁星
胃星最居後

此等七宿住於北門守護北方彼亦以此佛
母大孔雀明王常擁護我䚟并諸眷屬壽命
百年離諸憂惱
阿難陀汝當稱念有九種執曜名號此執曜
天巡行二十八宿之時能令晝夜時分增減
世間所有豐儉苦樂皆先表其相其名曰
日月及熒惑　辰歲并太白　鎮及羅睺彗
此皆名執曜
此等九曜有大威力能示吉凶彼亦以此佛
母大孔雀明王常擁護我䚟并諸眷屬壽命
百年復以伽陀讚諸星宿
宿有二十八　四方各居七　執曜復有七
加日月爲九　總成三十七　勇猛大威神
出没照世間　示其善惡相　令晝夜增減
有勢大光明　皆以清淨心　於此明隨喜

此等星宿天皆亦以此佛母大孔雀明王常擁護我㗼并諸眷屬壽命百年

阿難陀汝當稱念諸大仙人名號此諸仙人皆持禁戒成就常修苦行皆具威德有大光明或住山河或居林藪欲作善惡呪願吉凶隨言成就五通自在遊行虛空一切所爲無有障礙汝當稱念其名曰

阿瑟吒迦大仙　嚩麼迦大仙　嚩麼禰囉大仙　摩利支大仙　末建妳耶大仙　種種友大仙　婆私瑟侘大仙　跋臘弭迦大仙　迦葉波大仙　老迦葉波大仙　勃陵隅大仙　勃哩囉婆大仙　鴦儗囉大仙　婆儗囉娑大仙　阿怛頼耶大仙　補攞悉底耶大仙　鹿頭大仙　焰摩火大仙　洲子大仙　黑洲子大仙　賀哩多大仙　賀哩多子大仙　等聲大仙　高勇大仙　等高勇大仙　說忍大仙　名稱大仙　善名稱大仙　尊重大仙　黄大仙　補怛洛迦大仙　阿濕嚩攞野那大仙　香山大仙　雪山大仙　赤目大仙　難住大仙　吠陜播野那大仙　嚩攬弭迦大仙　能施大仙　訥摩娑大仙　設臘婆大仙　麼努大仙　主宰大仙　帝釋大仙　歲星大仙　嬌大仙　光大仙　鸚鵡大仙　摩羅禰彌大仙　鎮星大仙　辰星大仙　持毒大仙　乾陀羅大仙　獨角大仙　仙角大仙　蘖誐大仙　單拏野那大仙　建姹野那大仙　烟頂大仙　可畏大仙　劫比羅大仙　喬答摩大仙　摩蹬伽大仙　朱眼大仙　妙眼大仙　娜囉那大仙　山居大仙　訖

哩弭囉大仙
此等諸仙皆是往古大仙造四明論善閑呪
術衆行備成自佗俱利彼亦以此佛母大孔
雀明王擁護我某甲并諸眷屬壽命百年離諸
憂惱復說真言曰
怛你也二合佗一呬哩呬哩二呬哩佉哩二麼
哩護哩四素哩賀哩五呬哩呬哩六弭哩弭
哩七囁普囁普八拏囁普九仡囉二合薩頟十
沫陀頟十一諸賀頟十二伽多頟十三跛左頟十四播
引左頟五播多頟十六跢引跛頟十七賀曩頟十八
娜賀頟十九娜賀娜賀娜賀娜賀二十娜囉娜囉娜囉
二十一娜囉頟二十二播吒頟二十三邏引賀頟二十
四謨賀頟二十五娑擔二合娑去聲頟二十六昝娑頟
引娑嚩二合引賀引二十七
阿難陀汝當稱念此大地中有大毒藥名字

其名曰
頻拏囉一引半拏囉二引迦囉引攞三引計庾引囉
四引部引蹬誐麼五部引多鉢底六泯努鉢底
七悉哩鉢底八帝惹鉢底九帝祖引仡囉二合
鉢底十拽戍引鉢底十一拽戍仡囉二合鉢底十二
阿囉拏十三多囉拏十四阿囉赦十五怛囉拏十六難
上聲跢引諾賀引十七濟賀引濟邏引十八發邏麌
邏引十九吤囉引難覩囉二十伊哩枳止迦二十一
捨旦覩囉二十二尾補哩二十三曩矩哩二十四枳
哩比二十五怛喇誐哩瑟吒二十六二合閣母麼底
二十七昝母麼底二十八麼度麼底二十九迦麼黎
三十尾麼黎三十一軍拏黎三十二阿呬覩呬三十三
嚩計三十四嚩迦努引帝三十五嚩攃曩陛三十六
摩賀誐黎三十七覩覽迷三十八蘇覽迷三十九
阿難陀此大毒藥及諸藥神亦以此佛母大

孔雀明王守護我𤘽并諸眷屬壽命百年離
諸毒害
復次阿難陀此佛母大孔雀明王教七佛正
徧知如來之所宣說所謂微鉢尸尸棄毗舍
浮羯句忖那羯諾迦牟尼迦葉波我釋迦牟
尼正徧知等皆隨喜宣說此佛母大孔雀明
王慈氏菩薩亦隨喜宣說索訶世界主大梵
天王并天帝釋四大天王持國天王與彥達
縛主增長天王與矩畔拏主廣目天王與龍
主多聞天王與藥叉主并二十八大藥叉將
皆隨喜宣說此佛母大孔雀明王真言散支
迦大將訶利底母及五百子并諸眷屬亦隨
喜宣說
阿難陀此佛母大孔雀明王真言無能違越
者若天若龍若阿蘇囉麽嚕多誐嚕拏彥達
縛緊那囉摩護囉誐等亦無能違越者若藥
叉若羅刹娑若畢𨽻多比舍遮步多矩畔拏
布單那羯吒布單那塞建那嗢麽那車耶阿
鉢娑麽囉塢娑路囉迦等一切鬼神亦無能
違越者及一切諸惡食者食精氣者食胎者
食血者食肉者食脂膏者食髓者食生者食
命者食祭祠者食氣者食香者食鬘者食華
者食果者食苗稼者食火祠者食膿者食大
便者食小便者食涕唾者食涎者食洟者食
殘食者食吐者食不淨物者食漏水者如是
等諸惡食者亦不能違越此佛母大孔雀明
王又諸蠱魅厭禱呪術諸惡法者訖嘌底迦
羯麽拏迦具嘌那枳刺拏吠路拏質者畢𨽻
灑迦亦不能違越又有飲佗血髓變人驅役
呼召鬼神造諸惡業惡食惡吐惡影惡視或

造厭書惡跳惡驀或惡冐逆作惡事者亦不能違越此佛母大孔雀明王又諸王賊水火佗兵饑饉非時夭壽地動惡獸怨敵惡友等亦不能違越悉皆遠離又諸惡病疥癩瘡癬痔漏癰疽身皮黑澀飲食不消頭痛半頭痛眼耳鼻痛脣口頰痛牙齒舌痛及咽喉痛胷脅背痛心痛肚痛腰痛胯痛及髀膝痛手足四支及隱密處痛瘦病乾消徧身疼痛如是等痛亦不能違越皆得遠離又諸瘧病一日二日三日四日乃至七日半月一月或復頻日或復須臾或常熱病偏邪癭病鬼神壯熱風黃痰癊或三集病四百四病皆不能違越此佛母大孔雀明王

阿難陀復有鬼魅人非人等諸惡毒害一切不祥及諸惡病一切鬼神并及使者怨敵恐怖種種諸毒及以呪術一切厭禱皆不能違越此摩訶摩瑜利佛母明王常得遠離一切不善之事獲大吉祥衆聖加持所求滿足

復次阿難陀若有人纔稱念此摩訶摩瑜利佛母明王名字者便護自身及護他人或結線索身上帶持如其此人應合死罪以罰物得脫應合被罰輕杖得脫應合輕杖被罵得脫應合被罵戰悚得脫應合戰悚自然解脫一切苦難悉皆消散此人亦不被王賊水火惡毒刀杖之所侵害人天鬼神無敢違越睡安覺安離諸恐怖福德增長壽命延長

阿難陀唯除宿世定業必受報者但讀此經必獲應効

阿難陀若天旱時及雨澇時讀誦此經諸龍歡喜若滞雨即晴若亢旱必雨令彼求者隨

意滿足
阿難陀此佛母大孔雀明王纔憶念者能除恐怖怨敵一切厄難何況具足讀誦受持必獲安樂
阿難陀此摩訶摩瑜利佛母明王能除災禍息怨敵者爲欲守護四衆苾芻苾芻尼鄔波索迦鄔波斯迦離諸怖畏故復說眞言曰
怛你也(二合)佗(一)野嚩底(二)馱(引)韥(三)馱囉枳(四)矩嚕覩嚕銘(五)娑嚩(二合引)賀(引六)

貪欲瞋恚癡　是世間三毒　諸佛皆已斷
實語毒消除　貪欲瞋恚癡　是世間三毒
達磨皆已斷　實語毒消除　貪欲瞋恚癡
是世間三毒　僧伽皆已斷　實語毒消除
一切諸世尊　有大威神力　羅漢具名稱
除毒令安隱　我等并眷屬　常得離災危
願佛母明王　令一切安隱

爾時具壽阿難陀聞佛世尊說是經已頂禮雙足右繞三帀承佛聖旨往莎底苾芻所便以此佛母大孔雀明王法爲彼苾芻而作救護結其地界結方隅界攝受饒益除其苦惱時莎底苾芻苦毒消散身得安隱從地而起與具壽阿難陀俱詣佛所禮雙足已在一面立爾時世尊告阿難陀由此因緣汝當普告四衆苾芻苾芻尼鄔波索迦鄔波斯迦及國王大臣世間人等勸令一心受持此法爲他人說書寫經卷在處流通當令嚴飾建立壇場香華飲食隨分供養令一切有情離諸憂惱得福無量常獲安樂壽命百年爾時世尊說是經已人天樂叉及諸鬼魅奉佛教勅不敢違越皆起慈心護持是經者時具壽阿難

陀及諸大衆天龍藥叉彥達嚩阿蘇囉摩嚕多蘗嚕拏緊那囉摩護囉誐人非人等聞佛所說皆大歡喜信受奉行

佛母大孔雀明王經卷下

天阿蘇羅藥叉等　來聽法者應至心
擁護佛法使長存　各各勤行世尊教
諸有聽徒來至此　或在地上或居空
常於人世起慈心　日夜自身依法住
願諸世界常安隱　無邊福智益羣生
所有罪業並消除　遠離衆苦歸圓寂
每用戒香塗瑩體　常持定服以資身
菩提妙華徧莊嚴　隨所住處常安樂

音釋

𦖻而涉切　揝子葛切　戟紀逆切　豸地爾切　縒千可切　厮居刈切　昴莫飽切　觜將支切　軫章忍切　氐都黎切　熒惑熒戶扃切惑胡國切　彗徐醉切　陝失冉切　攬盧敢切　姹陟駕切　囁日涉切　拽羊列切　㖫盧黨切　擦七曷切　胯苦化切

佛說孔雀王呪經

梁扶南三藏法師僧伽婆羅譯

清刻龍藏佛說法變相圖

佛說孔雀王呪經卷上

梁扶南三藏法師僧伽婆羅譯

禮佛法僧禮七正徧知及聲聞羅漢三果四向禮彌勒等菩薩及成就正行我當說此孔雀王呪願諸神衆聽我所言有地行虛空行水行天龍阿脩羅摩婁多伽婁婆乾闥婆緊那羅摩睺羅伽夜叉羅剎娑卑離多比舍遮部多鳩槃茶富多那柯吒富多那婆于陀鬱摩陀車耶阿鉢娑摩羅鬱多羅柯願聽我言鄔斜訶羅(梁言吸食)部多伽那(梁言神衆)伽破訶羅(梁言食孕)柰恥(湯復切)羅訶羅(梁言飲血)婆娑訶羅(梁言食脂膏)冈娑訶羅(梁言食肉)弭(七比切)陀訶羅(梁言食胞)社多訶羅(梁言食生)恃毗多訶羅(梁言食壽命)跋利訶羅(梁言食藤)摩邏訶羅(梁言食髻髮)乾他訶羅(梁言食香)弗婆訶羅(梁言食花)頗羅訶羅(梁言食果)薩瀉訶羅(梁言食種)阿欻底

訶羅(梁言食火所燒)

如是等諂惡可畏取他壽命我今説此大孔雀王呪願去諂惡諸可畏當與華香摩香鄔斜訶羅願聽我語當善愛慈悲信佛法僧願聽我言

柯里　柯羅里　鳩槃峙(唐履切後皆同)　傷已梶(奴履切後皆同)　柯摩羅起梶　訶利底　訶利枳試　訶棃氷伽離

以慈悲善心願聽我言如是信佛法僧

柯里　柯羅里　鳩槃峙　傷已梶　柯摩羅起梶　訶棃底　訶棃枳試　訶棃氷伽離　婁婢(拔俾切)　波羅婁婢　柯羅波豕夜摩頭底　夜摩洛叉死　部娑梶

願受香摩香華食飲願守護我某甲願呪法成就娑訶(許賀切)

如是我聞一時佛住舍衛國祇樹給孤獨園時有比丘名曰娑底年少新出家受具足未久始學毗尼爲衆破樵以營澡浴樵孔黒蛇嚙其右脚拇指毒攻其身躃地吐沫轉眼騰視阿難見其苦痛往至佛所具白佛言云何治救佛告阿難汝持我語以大孔雀王呪爲除惡毒往至於彼攝受守護令娑底比丘身得安樂汝當結界從天持龍阿脩羅伽樓多乾闥婆緊那羅摩睺羅伽夜叉羅刹甲離多毗舍闍部多鳩槃茶富多那婆于陀鬱摩駄車耶阿鉢摩羅鬱多羅以稚柯若陀憂已羅婢多羅不可使食不調適惡唾惡影惡見惡書惡渡惡嘖一日二日三日四日乃至七日半月一月或須臾或長恒作寒作熱風冷痰癊或備三病寒熱頭痛皆願除差或半頭痛

及不能食眼痛鼻痛耳痛口痛心痛頭頬痛
喉咽痛齒風心風胷脅風背腹風髀脛風手
足風骨節風以佛神力願除某甲身體病苦
日夜安隱快樂說呪如是
伊致　毗致　箕致　凞利　婆致　尼致
阿智　耶智　頭伽智　呵棃婆求致　榜
修比沙之尼　阿縷訶尼　波羅縷訶尼
軁縷訶尼　鬘離（盧翅切後皆同）智（貞標切下皆同）離　底
履底履　靡離靡離　底靡　頭靡　頭頭
靡一底　蜜底　馝誓婢　毗靡離　吼溜
吼溜　阿輸毋棄　咢棃　摩訶咢棃　婆
羅緊那枳試　茍漏茍漏　怛不漏棃　拘
訶漏　拘漏　杜娑䁥婆　杜䁥婆　頭摩
䁥婆　瞿羅夜　左羅夜　凞狩　凞利凞
利　弭（亡比切後皆同）利弭利　徵（張里切後皆同）底利底

利　州漏州漏　毋休毋休毋休毋休毋休
毋漏毋漏毋漏毋漏毋漏　休休休休休休
休休休休休　婆婆婆婆婆婆婆婆婆婆
蛇（常羅切後皆同）羅蛇羅蛇羅蛇羅蛇羅　馱摩
馱摩尼　多波　多波泥　馱訶　馱訶尼
座羅尼　牝（七音）頭婢（房妣切）桀社尼　婆里
沙尼　娑普多尼　多波尼　波遮尼　訶里
尼　廿波尼　末陀尼　曼雉尼　歌摩歌
里　傷歌里　薩柯里　薩柯里　薩柯里
座（徂戈切）羅尼　頭摩頭摩利　娑狗修彌
瞿羅叉　波利鞞　羅夜　婆里婆斗提
婆娑漫底那伊利　基利娑訶　慈我毗留
賴叉　慈我鬘羅婆那象　慈我毗留博叉
慈我及黒瞿曇　慈我摩尼龍王　慈我婆
修巳龍王　慈我杖足龍王　慈我満月龍

王　慈我難陀優波難陀龍王　皆有色有
稱譽與天阿脩羅共戰大神通　慈我阿覍
達多龍王　慈我婆樓那龍王　慈我曼蛇
（眥羅切後皆同）利柯龍王　慈我得叉多龍王　慈
我阿難多龍王　慈我如是婆修木珂龍王
慈我阿波羅視多龍王　慈我沉婆修多
龍王　慈我摩大訶摩祁雖龍王　慈我如
是摩那雖龍王　慈我柯多髙龍王　慈我
阿波羅羅龍王　慈我敷伽盤龍王　慈我
沙彌龍王　慈我馱地毋阿龍王　慈我摩
尼分陀利龍王　慈我毗衫波底龍王　慈
我葛矩多柯龍王　慈我傷珂波陀龍王
慈我甘婆羅龍王　慈我娑多羅龍王　慈
我於波龍王　慈我婆羈多鱣龍王　慈我
鈄毛龍王　慈我箯行主龍王　慈我主龍

王　慈我里婆柯龍王　慈我如是滿耳龍
王　慈我蝤蝶面龍王　慈我鼓羅柯龍王
慈我修難陀跋死弗多羅常龍王　慈我
倚羅具多羅龍王　慈我藍浮羅柯龍王
慈我非人龍王　慈我上人龍王　慈我弭
里祁羅大龍王　慈我毋之驎陀龍王　慈
我地行龍王　如是依水依虚空依須彌山
一頭二頭彼常慈我無足二足四足多足一
切龍神皆莫爲害慈我住地及一切衆生若
動不動皆願安樂一切無疾病一切見賢善
莫起惡心慈念於我滅毒攝受如是守護禮
佛菩薩禮寂滅解脱禮巳解脱婆羅門欲除
惡法皆當作禮願垂守護一切恐畏荒亂一
切災害疾病願斷一切惡毒一切不饒益常
現饒益先時阿難於雪山南名金光明孔雀

王住處朝起讀誦此大孔雀王呪晝必安樂
日入時讀誦夜必安樂說呪如是
吼吼吼吼吼吼　那伽離離離　淡婆離離
離　毗摩離離離　吼嘘(呼介切後皆同)吼嘘　毗
闍闍毗闍　修求樓　倚羅彌羅伊利弭羅
蹟利弭羅　蹟利弭羅　伊利蜜滴麗底
利蜜滴麗喜(許里切後皆同)利底利蜜滴麗醰婢(七俾切後皆同)叟醰婢覩叟多　瞿羅　支羅　遮波
羅　毗羅遮伊底利　謐底利　栗底利
南無佛陀南(奴擔切後皆同)止利已死瞿塗熈尼
南無阿羅漢多南訶羅陀羅願雨於十方
南無佛陀南彼孔雀王有時以此大孔雀明
王不作呪誦擁護安樂而與多林孔雀女從
園至園從苑至苑從山至山貪著於欲處憍
迷多癡悶提携遊行放逸自憍入一山穴於
彼長夜怨家怨友常伺其便以孔雀繩縛彼
孔雀王將至怨中心自作念惟此大孔雀明
王有呪如是
吼吼吼吼吼吼　那伽離離離　淡婆離離
離　毗摩離離離　吼冶吼冶　毗闍毗闍
偷修求嘍　倚羅彌羅　伊利彌離　蹟
利彌羅　伊利蜜滴麗　底利蜜滴麗　熈
利底利蜜滴麗　贉婢修贉婢　瞿修瞿羅
支羅遮波邏　毗羅遮　一徵(張里切)利謐
底利　栗底利
南無佛陀南(奴擔切後皆同)止利已死瞿塗熈那
南無阿羅漢多南訶利那利願處於十方雨
一切處
南無佛陀南是時從苦得脫安隱至其境界
說此呪句如是

悉提(途枳切)醯(呼枳切後皆同)藪悉提醯武　遮尼武
叉尼木柆(都紙切後皆同)毗木柆　阿摩離　毗摩
離(都止切)尼摩離　曼陀離　亡伽離　喜
耳　治跋婢　剌那伽婢醯　摩牗里　跋
陀離　修跋陀離　婆修跋陀離　婆滿多
跋陀離　薩婆陀娑陀尼　波羅末他娑
陀尼　摩那死　摩訶摩那死　鶡部柆(都止
切後皆同)鶡哲部柆　鶡篅柆　阿羅是　毗羅
是　阿摩里柆　阿摩隸　婆羅弭　婆羅
婆離　趺(方年切後皆同)羅耐(奴翅切)趺羅那　摩弩
胎　弭里多三恃婆底死里跋陀隸　旃(遮千
切後皆同)陀隸　旃隸　旃陀羅　波羅譬(敷俾切)
修離易(易移切)修羅那干諦(都敍切)毗多頗易修
跋柆　婆羅摩瞿㞜　婆羅摩迷柆　薩婆
波羅底　訶柆娑訶

禮一切諸佛願守護我令得安隱止咎止咎
昊止毋止娑訶
復次阿難餘彼先時金光明孔雀王已生非
餘可知何故唯我阿難先時名金光孔雀王
阿難此大孔雀明王今我當説其心其呪如
是
伊底　蜜底　底里　比里　蜜底　底里
蜜底　弭修醰婆醰波　修婆　止里
指死　谿賀羅弭里南無佛陀南(奴擔切)止
里　指死　波蘭多毋離　伊底訶羅　蘆
喜多　毋羅　躭婆　唵婆　茍底茍捺(正音
後皆同)底　鞠茍捺底　底羅　君社捺底
阿迮(張假切)伴侈鹽
九月十月願天降雨
伊里　弭里　指里　弭里　枳羅　弭里

弭斗毋離　枳斗毋里　頭頭摩　修頭
弭雉　陀里弭散（蘇干切後皆同）斗跋諦（當翅切後皆同）部
娑跋諦　部娑羅部娑羅　倚多　跋娑多
羅胷　詔胷羅　諾摩里弭　羅珂羅摩
起離　伊底薩闍離　躭鞞躭鞞　阿捺諦
婆羅捺諦　阿那邦捺諦　周徧周徧周徧
周徧周徧周徧周徧
願天降雨新水
那羅耶柅　波羅耶柅　訶里多里　君多
里　蜜死底　巳底里　蜜死底　伊里弭
悉陀牢斗　陀羅弭陀　曼多羅　我其
甲　娑訶
阿難此大孔雀王心以大孔雀王呪若入國
界至阿蘭若正路邪路詣王宮殿劫賊鬬諍
水火怨惡及處大衆蛇齧飲毒於一切怖畏
應當憶念此呪若風痰寒熱和合於四百四
病若爲一一病所觸亦應憶念若非意苦至
亦應憶念何以故阿難若人應遭囚繫但以
罰而得解脱若應鞭罰以杖捶解脱若應杖
捶搏耳解脱若應搏耳瞋罵解脱若應瞋罵
誡勗解脱若應誡勗不涉言解脱如是解脱
離一切病阿難我不見天人魔梵及沙門婆
羅門不以此大孔雀王呪所攝護者坦然安
隱消除罰毒結界結地無有敢往以作恐怖
或天或天父母天衆女衆若龍若龍父母子
女龍衆女衆若阿脩羅若修羅父母子女阿
脩羅衆及女衆若伽樓陀若伽樓陀父母子
女衆若乾闥婆若乾闥婆父母子女衆若魔
鬼若魔鬼父母子女衆若緊那羅若摩睺羅
伽若夜叉若落叉娑若波離多若毗舍闍部

多拘槃茶富多那柯多富多那沙于陀縕摩陀車耶阿鉢娑摩羅等皆亦如是常覓人方便誦念此呪終不能得若天等得人方便終不復得還彼天衆以是現故應當憶念其呪如是

熙利 熙利 基利眉利 禁讀弟(唐紙切)醯(呼是切)木渧(陽皷切後皆同)修木渧 阿多那多修那多 修那多 提扶娑里娑鬪 波羅摩阿槃多艷阿羅婆羅 瞿杜喜多 伊里弭里 馝悖里哿 梛頭柯梛頭柯 伊里 弭里 伊里 弭里 娑曼多姤 巳栗埵 吼漏吼漏 熙里熙里巳利巳利織綺那 毋芠 負漏負漏 遮羅遮羅止利止利 箒漏箒漏 毗底毗底 矢棄矢棄 伊致 伊致 棄棄棄棄 吼受吼受吼受吼受吼受吼受吼受吼受吼受吼受 訶羅訶羅 訶羅泥(奴檕切)烮埤(扶甲切)醯(呼致切)

一切諂惡我皆降伏我護某甲救濟攝受令得安隱快樂除罰毒結界結地

質多離 質多羅摩離 訶離 訶羅摩離頗離 頗羅摩離 叩漏叩漏 波羅波漏那毗棃 阿漏毋漏 伊移 訶擔毗芠

一切諂惡牙毒根毒飯毒以佛力一切消滅

修漏 修鹿枳 娑羅 娑落枳 婆朗枳毗(扶止切)利喜利

以七正覺及聲聞衆力滅牙毒根毒飯毒

倚離 弭離 伊里 弭離 底里 底里弭離 底摩頭摩頭(唐苟切)藪苟婆 粽婆躭婆 訶智 那智 斗羅君虵 那智

婆里　所斗提薄　伊利　巳死
一切九月十月慈我及於一切衆生
褒修智　褒陀羅尼　褒陀羅尼枳　婆陀
枳　婆陀嵜母離　伊底沓婆離　斗婢斗
婢　婆里颰嵜離　阿跋智　波里跋智
南無世尊願天雨新水　因陀羅　瞿弭死
柯耶　一躓多耶　瞿杜喜架耶　婆陵伽
李柯耶　阿離多離　君多離　阿沙泥奴翅切
波沙泥奴翅切婆多尼拘離
南無諸佛世尊毗具尸佛依無憂樹下尸棄
佛依分陀利樹下毗輸佛依娑羅樹下拘孫
牟尼佛依尸黎沙樹下柯那柯佛依憂曇婆
羅樹下迦葉佛依若伽樓馱樹下瞿曇釋迦
牟尼佛依菩提樹下得菩提於諸佛大神通
與諸天有信時彼諸天皆大歡喜常願安隱

其呪如是
伊里　弭里　巳里　毗里　枳里　蒲里
優頭羅　修頭牟第途施切　部娑羅　吼吼
嵜羅　嵜羅是　嵜羅是　嵜羅杜母離
伊底捨遮多　苟斗履　那羅耶尼鉢捨底
鉢本捨　鉢本捨底　柯俾羅末　沙斗　伊
里婆　悉陀　牢斗陀羅眉陀　曼多羅
婆多　莎訶
若阿難若有人誦此大藥名者設有惡心欲
相惱害頭破作七分如蘿毗扶説言如是
吉底母離　倚樓母離　娑曼多母離　阿
智那智　苟藪那智　一涕昌離切後皆同蜜涕波
漏　阿羅吒个　摩羅吒个　伊利巳止利
瞿頭當樓切後皆同訶檀陀　郊訓頭吼摩頻那
罷七俾切多

禮諸佛兩足尊願汝等安隱行路往還一切晝夜心無傷愍一切諸佛大神通一切無漏諸羅漢以此實語願皆安隱此大孔雀王呪如來所說願作救濟攝受守護寂樂安隱除諸罰毒結界結地願壽百歲見於百春阿難諸大藥叉或住海中或住須彌山或住高山寄林大林或住大小江河川渠陂池山塚四衢國村園苑大路小路遊戲之處阿難藥叉住於阿蘭盤多國王處以此大孔雀王呪願見守護壽於百春說如是

訶利訶利尼　遮利遮利尼　波羅摩尼

母訶尼　娑攙婆尼　剡婆尼　莎炎部

莎訶

阿難東方提頭賴吒領揵闥婆王衆數非一千萬前後圍遶守護東方天王復有兒孫兄弟及大臣軍主吏民大衆以此大孔雀王呪擁護守視令其安隱百歲歡樂說呪如是

受受漏　受受受漏　受受漏　受漏　受漏是莎訶

阿難南方毗樓略領鳩槃茶王衆數非一千萬前後圍遶擁護守視南方天王復有兒孫兄弟大臣軍主吏民大衆以此大孔雀王呪願擁護守視皆見百春說呪如是

鞞漏翅　鞞漏翅　阿蜜多羅　伽多尼

波樓那婆底　婢糅婆里尼　婢利那弗多

羅翅　主呪毗呪莎訶

阿難西方毗樓博叉領龍王衆數非一千萬前後圍遶守護西方天王復有兒孫兄弟大臣軍主吏民大衆以此大孔雀王呪擁護守衛令壽百春說呪如是

羅防俾切後皆同部利四　羅部利　末底智　末
底智　俱蹟　俱蹟　苾頭摩底　樓樓樓
樓樓樓樓樓　周周周周周周周　遮遮
遮遮遮遮遮　莎訶
阿難北方名毗沙門領藥叉王衆數非一千
萬前後圍遶守護北方天王復有兒孫兄弟
大臣軍主吏民大衆以此大孔雀王呪願擁
護守衛我某甲等令見百春說呪如是
蘇利蘇利　失利　失利摩底　熙利熙利
摩底　已里利　訶里利　彼漏彼漏
氷伽離　周漏周漏　圍頭摩底　訶多毗
芰　坦頭摩底　莎訶
東方提樓賴吒南方毗樓略西方毗樓博叉
北方鳩鞞羅此四大天王守護世間有大稱
譽有大神通力能降伏怨敵世無有抵無能
勝者阿脩羅戰以此大孔雀明王呪擁護我
等願見百春說呪如是
多婆離　摩婆離　遮離　彌離　底羅弭
離　伊施　鞞施　躭鞞　躭鞞
願天雨一切
喜利弭　躭鞞　斗斗鞞　遏智跋智　波
羅摩頭捺智
願天雨
咎漏伽蘭多安第途翅切皆同難第　斗斗難第
盤檀第　粖翅木翅　伊里底　尼里底
喜里喜里　吼漏吼漏　訶利弭里　斗離
多多離　莎訶
汝阿難當誦取大藥叉軍主名偈如是鳩鞞
羅大兒名先闍耶乘人住彌七之切伊羅國常
乞天實語以此大孔雀王呪擁護我願見百

春說呪如是
波離 具羅柯智 摩登者 旃陀利 富
樓娑臓 止止里尼 瞿利 乾陀利 旃
陀利 摩登者 摩里尼 喜利喜利 阿
伽底 伽底 乾陀利 倶聦柯羅 柯羅
衣智 訶底 𦻏利喜利 篋竹感切 莎訶
鉤留孫陀夜叉住弗波多利弗國阿羅波實
多梁言不稱夜叉住偷那國善賢夜叉住世羅跋陀國
那婆夜叉住欝單越國彼周羅波尼夜叉梁言
金剛手住耆闍崛山伽樓陀夜叉住毗富羅國
質多羅崛多夜叉住底李底末珂國薄拘羅
夜叉有大軍大力珂多夜叉優波珂多夜叉
皆住迦毗羅國釋迦生處柯摩履波陀班足
夜叉住毗羅國摩醯首羅夜叉住毗羅多國
魔醯鏃羅夜叉梁言太白止羅多國毗里害波底

夜叉住舍衛國娑伽羅夜叉住娑枳多國髮
闍羅牖他夜叉梁言金剛杖住毗娑羅國訶黎冰
伽羅夜叉梁言師子青色住末羅國摩訶竒羅夜叉
住娑羅那國修陀里舍那夜叉梁言善見住瞻波
國毗復紐夜叉住墮羅个國陀羅柰持夜叉
住墮羅波利國毗紕數比切舍那夜叉梁言可畏住
檐羅跋魔梁言熱銅色國末陀那夜叉住沙耶遮
國阿多婆夜叉住於林中迦毗羅夜叉住多
縠國婆修多羅夜叉住欝闍耶尼國婆部底
夜叉住婆蘭底國裘樓个夜叉住婆樓割車
國難陀夜叉住阿難陀富羅國末離他羅夜
叉梁言持華鬘阿瞿縷陀分夜叉皆住勝水國阿
難陀夜叉梁言白牙住波羅鉢多國叔柯羅盪屣
多羅夜叉住修跋斗難國梁言善處如是夜叉從
佛遊化地里那南手夜叉梁言堅名住末死底柯

國摩訶者利夜叉(梁言太山)住者利那伽羅山城婆娑婆夜叉住鞞持舍國柯底枳夜叉住魯喜多个國拘摩羅童子夜叉於世有稱譽(梁言百肩)沙多婆吼夜叉皆住闌陀咢羅國毗棃害(呼割切)羅陀夜叉住迦陵伽國頭漏庾陀那夜叉(梁言大車不可繫)住遏祁柰國遏受那夜叉住遏受羅林末陀柰夜叉住曼陀婆國山頂者利苟多夜叉住摩羅婆國蘋陀羅夜叉住縷喜多國薩婆跋陀羅夜叉住奢柯羅國波利多柯夜叉住輸底羅柯國薩陀婆訶夜叉陀尼莎羅夜叉皆住阿特單闍耶國苟多蕩娑多羅夜叉婆修跋陀羅夜叉皆住婆莎底國矢婆夜叉住矢婆富羅訶羅國矢婆跋陀羅夜叉住矢沙那國因陀羅夜叉住因陀羅婆馱國弗沙波支(僋音)斗夜叉住尸羅不羅國陀羅柯夜叉住陀羅不陀羅國柯毗羅夜叉住跋那國摩尼跋陀羅夜叉分尼跋陀夜叉此二兄弟皆住婆羅摩底野國波羅末陀那夜叉住乾陀羅國波羅盤闍那夜叉住卓叉尸羅國珂羅留摩夜叉住掣(昌蔦切)陀世(誤雞切)羅國底里崛多夜叉住阿尧訶底羅國波羅朋咢羅夜叉住魯樓个國難提及跋他那夜叉住輿咎跋他那國婆比羅夜叉住婆咎訶部弭國咢羅訶比里野夜叉住婆咢國竭(苦蔦切)施婆咢夜叉住摩倫羅國咢羅輸陀羅夜叉住朗柯國修里耶婆羅婆夜叉住修那國其棃刎陀夜叉住倫羅訶國毗闍耶及鞞闍延多夜叉住粁頭摩倫羅國分那柯夜叉住摩羅耶山緊那羅夜叉住雞羅咢國弭珂波膩夜叉住盤陀國看陀咢夜叉住波底施(湯咢切)那

國僧哿利夜叉住比等伽羅國遠可婆訶夜叉住多朗伽底國孫陀羅夜叉住那死柯國阿僧伽夜叉波樓割旦夜叉難提哿夜叉比多難提夜叉毗羅夜叉皆住哿羅訶多个國籃扶施羅夜叉住加陵伽國摩訶部闍夜叉住俱莎羅國薩(蘇括切下同)底个夜叉住薩夜个吒國波羅个夜叉住婆那婆死國跋陀羅干陀陀夜叉住多蹟莎干陀國施那訶羅夜叉住莎陀富羅國婆羅夜叉住鞞羅摩个國比里耶陀里舍那夜叉住阿盤底國矢看地夜叉住瞿竭(苦割切)陀那國安闍那比里耶夜叉住鞞雉舍國罷(亡俾切)矢體(惕底切)多个夜叉住掣(昌蔦切)多羅伽羅國摩柯藍陀摩夜叉住底里不羅國毗奢浴夜叉住倚哿覺叉國阿藍婆夜叉住遮漏睥婆羅國摩訶頗伽夜叉住

鳩娑利國毗縷遮羅夜叉住釋柯摩底國遮羅底哿夜叉住阿喜制掣(昌甚切)多羅國柯比羅夜叉住甘比利國薄鳩羅夜叉曼陀婆耶夜叉分那柯夜叉皆住蘋恃訶那國苨(奴枳切)伽弭娑夜叉住般遮利國婆羅娑夜叉住伽闍國陀里陀訶陀毚夜叉住波那國不藍闍耶夜叉住摇他國拘婆羅个二夜叉王住苟遮綺多羅國摩呼樓可弭可羅二夜叉女有大名稱亦住於彼罷(亡俾切)底訶尼柰夜叉悉達夜叉皆住阿耶底波耶國悉陀拽(揚結切)多羅夜叉住莎鹿珂那國莎偷那夜叉住莎偷那國僧(蘇極切)伽波羅二夜叉(梁言師子力虎力)住拘底波里沙國摩訶先那夜叉住阿摩羅不藍闍耶國弗波檀多夜叉住瞻波國摩伽多夜叉住五山瞿渝瞿夜叉具婆都夜叉修徒那

夜叉住那伽羅國(梁言那竭)毗羅婆訶夜叉住莎枳多國修可婆訶夜叉住哿底國阿那拽(楊結切)阿那耶莎夜叉住髙芰毗國跋陀利柯夜叉住跋陀利柯國部多木珂夜叉住波多利弗多羅國阿輸柯夜叉住倚哿者國柯檐柯多夜叉住菴婆叉國悉太夜叉住阿羅柯國弭(亡俾切)里頭个夜叉住恃單闍耶國刎闍枳舍夜叉住惡伽縷陀个國摩尼柯摩那夜叉住先頗婆國毗哿多哿多夜叉柯比羅夜叉皆住跋莎斗國乾陀羅个夜叉毗已里底个夜叉墮羅个夜叉尼羅那夜叉父樓婆夜叉朱荼摩夜叉巳耶檻夜叉跋陀羅治夜叉摩訶耶舍夜叉皆住鞞頭羅不羅國剡婆个夜叉住摩樓部弭國毗哿多夜叉住頻馱柯多國提婆芰摩夜叉住鞞摩尼个國曼陀羅夜叉住優陀羅陀國波羅朋哿羅夜叉住傲賔國瞻波柯夜叉住闍多修羅國般之个夜叉住傲賔國有五百子有大軍大力其最大者名般止个住止那地(止那即中夏地也)娑干杜夜叉(梁言無別頭姓髙式)住修多羅地欝多波陀(梁言駱駝足)住鳩陳陀國曼陀羅夜叉住曼陀羅娑那國朗枳莎羅夜叉(梁言堅自在)住迦毗尸國摩里止夜叉(梁言光明)住羅摩起羅國揵摩波摩(梁言守法)住迦舍國摩訶部社夜叉(梁言大有)住婆訶梨國毗沙門王子社那里娑婆(梁言有吉)一億夜叉圍遶住可羅國莎多祁棃夜叉醯摩婆多夜叉皆住辛頭莎伽離國底里守羅波梶(曩子切)住底里夫那國婆羅末陀那夜叉住訶陵伽國般遮羅旃陀夜叉住陀羅美陀國陀離奢羅夜叉(梁言財物自在)住師子國叔謌羅木珂夜叉(梁言白面)住

林中矜訶羅夜叉梁言何所作住波多羅國梁言地下
波羅頗菝羅夜叉梁言最光明住陀利國梁言即分陀利
華薩蘇葛切眉羅夜叉住遮摩羅國波羅蜯哿
羅梁言作光明夜叉住優羅舍國氷伽羅夜叉住
阿摩利摩國跋螺社夜叉住婆蘆墮林摩多
利夜叉住訶波陀國藪波羅佛陀夜叉梁言善見
住弗底利波智國那羅鳩婆羅夜叉住柯毗
尼國波羅設羅夜叉住波羅多國傷柯羅夜
叉住菝柯娑他那國毗摩質多羅夜叉住波
羅婆國氷伽羅夜叉住哿多柯國分那分那
木珂梁言滿面夜叉住分那跋陀那國哿羅多夜
叉住烏纏國曼頭陀羅夜叉住高菝羅國摩
柯羅嚧闍夜叉梁言鱨魚住摩婁國質多羅仙那
夜叉梁言種種軍住僕柯那國羅婆那夜叉梁言碧色
住羅摩他國氷伽羅夜叉住婆羅死耶國波

里耶持里舍那夜叉梁言愛見住畢底耶國金毗
羅夜叉億萬夜叉圍遶住王舍城瞿波羅夜
叉住阿喜掣昌葛切多羅國阿多个夜叉住阿
底柯不羅國難提夜叉梁言歡喜住難提國婆利
夜叉住伽籃瞿沙國毗沙門夜叉一億夜叉
軍以自圍遶住提婆婆多羅那國常在阿多
盤多城此諸神通軍主大力夜叉常能降伏
怨敵無能勝者大有稱譽常與諸天及阿脩
羅共戰以此大孔雀王呪常加守護願壽百
歲説呪如是

阿柯智　毗柯智　訶羅尼　訶羅尼　他
羅尼　他羅尼　勗翅勗翅　曝翅曝翅
訶那訶那訶那訶那訶那訶那訶那訶那訶
那訶那　我某甲怨家陀訶陀訶陀訶陀訶
陀訶陀訶陀訶陀訶陀訶陀訶陀訶

不饒益我波遮波遮波遮波遮波遮波遮波遮波遮波遮　我讎頭頭頭頭頭頭頭頭頭　不饒益我訶訶訶訶訶訶訶訶　闍智闍智闍智闍智　闍智闍智闍智闍智闍智　願除我怨家篅漏篅漏篅漏篅漏篅漏篅漏篅漏篅漏篅漏　熈利熈利熈利熈利熈利熈利熈利熈利熈利　弭利弭利弭利弭利弭利弭利弭利弭利弭利　剖漏剖漏剖漏剖漏剖漏剖漏剖漏剖漏　止底止底止底止底止底止底止底止底止底　奠翅蜜蒲逼切翅　織翅　簿翅　矢里跋　陀離　亡伽離　三曼陀跋陀離薩婆羅他莎他膩　柯摩離　毗摩離　旃陀羅　波羅譬敷臂切修利竿智　醰鞞浮臂切塗醰浮譬切波羅　養柯離

願護我某甲及我眷屬壽百歲

佛説孔雀王呪經卷上

音釋

欻許勿切　柅女几切　婪魯甘切　嚙王巧切齧也　躃必益切作也　痰癊痰徒含切癊於禁切　頸居郢切頭莖也　頰居協切面旁也　髀部禮切股也　脛下頂切脚脛也　軁力主切　鷖烏兮切　溜力救切　驔徒感切　狩舒救切　鱣常演切　蝤蜞蝤疾尤切蜞音牟　驎力珍切　嘍落侯切　躓職利切　鷃烏諫切　馝毗必切　捶之藥切　搏伯各切　魘於琰切　緼於問切　鏃作才切　刎武粉切　哿古我切　芟所咸切　搕美畢切　剡以冉切　蜯步項切　奠子西切　醰徒紺切

佛說孔雀王呪經卷下 結呪界法附

梁扶南三藏法師僧伽婆羅譯

阿難汝當取二十八夜叉大軍主名守護十方國土阿難東方四夜叉大軍主住東方常守護東方其名如是

地珂梁言長修涅多羅梁言善眼分那柯梁言滿迦毗羅梁言青色

以此大孔雀王呪擁護我某甲願壽百歲阿難南方四夜叉大軍主住南方常守護南方其名如是

僧桑極切後皆同伽梁言師子優波僧伽梁言師子子儐起羅梁言螺旃陀那梁言栴檀

以此大孔雀王呪常守護我願壽百歲阿難西方四夜叉大軍主住西方常守護西方其名如是

訶利梁言師子訶利枳舍梁言師子髮波羅起梁言自在氷伽羅梁言蒼色

以此大孔雀王呪常守護我願壽百歲阿難北方四夜叉大軍主住北方常守護北方其名如是

陀羅那梁言持陀羅難陀梁言歡喜欝庚伽波羅梁言勤守別伽那梁言圓

以此大孔雀王呪常守護我願壽百歲阿難四維有四夜叉大軍主住四維常守護四維其名如是

般止柯梁言五般遮羅旃陀梁言五可畏莎多祁梨梁言七山主醯摩婆多梁言雪山主

以此大孔雀王呪常守護我願壽百歲阿難下方有四夜叉大軍主住下方常守護下方其名如是

部摩(梁言地)修部摩(梁言善地)柯羅(梁言黑)優波柯羅(梁言小黑)以大孔雀王呪常守護我願壽百歲阿難上方有四夜叉大軍主住上方常守護上方其名如是

蘇摩(梁言月)修利(梁言日)惡祁尼(梁言火)婆牖(梁言風)以此大孔雀王呪常守護我願壽百歲阿難汝當取毗沙王諸兄弟千軍主名常守護衆生除世間災害一切惱亂爲攝受世間周行世間其名如是

因陀羅(梁言帝釋)蘇摩(梁言月)婆樓那(梁言龍)羅闍波底(梁言主世)頗羅墮蛇(是姓)伊奢那(梁言自在)旃陀那(梁言栴檀)柯摩施離沙多(梁言勝欲)巳尼延(胡丹切後皆同)叉(梁言鈴聲)尼延他柯(梁言無怨)婆利摩尼(梁言珠力)摩尼遮羅(梁言珠行)婆羅那馱(梁言大聲)優波般止哥(梁言小五)莎多祁梨(梁言七山)醯摩婆多(梁言雪山主)分那柯(梁言滿)珂陀羅鼓毗馱(梁言樹名)瞿波羅(梁言守地)阿多婆柯(梁言林)那羅羅闍社那里娑婆(梁言衆牛王)般遮羅旃陀(梁言五可畏)修木珂(梁言善意)持羅珂(梁言美)質多羅仙那乾闥婆(梁言種種妓樂)底梨頗里(梁言三果)底里干多柯(梁言三剌)持羅珂釋底摩多利(梁言調長髮)此大夜叉總領諸軍有神通力有光明稱譽皆毗沙王兄弟王常約勑此夜叉常惱惱他不放毗沙王兄弟以此大孔雀王呪常守護我願壽百歲願守護鬪諍相繫等願守護人非人所録天龍阿脩羅摩樓多伽樓多乾闥婆緊那羅摩睺羅伽藥叉羅刹莎波離多毗設遮部多鳩槃茶富多那柯多富多那莎干陀怨摩陀車耶阿貝莎摩羅鬱多羅諾器(吴音同)多羅鬲匕波等所録願常守護食氣食胎孕

食血髓食肉食壽命藤香華鬘種種華果及火所燒願守護事業珂辜羅陀魘鬼騎人鬼喚人鬼起風鬼使鬼起死鬼異聲鬼兵鬼惡食惡唾惡影惡見惡書惡渡從此驚恐劫賊水火軍飢死非時死地動虎狼怨家等如是怖畏願皆消除頭痛不能食耳眼鼻口牙齒項頰心胷頸脅腹背腓髀手脚身體一切支節如是處風願皆消除若一日二日三日四日乃至七日十五日月月日天時所作寒熱及鬼所作風冷痰癊和合所作一切病痛及惡毒怖畏是我諸怨一時願滅阿難此十二大女鬼常守護菩薩入胎時生時生後時云何十二其名如是

藍婆　毗藍婆　婆羅藍婆　優藍婆　訶梨底　訶梨枳矢　訶梨氷伽羅　柯梨柯羅梨　甘曝其梨婆柯巳　柯羅収陀利

此十二大女鬼有光譽神通有大力常與提婆阿脩羅戰以此大孔雀王呪常守護我願壽百歲阿難復有八大女鬼常守護菩薩入胎時生時生後時云何爲八其名如是

摩陀摩陀那　摩脫柯多　優波摩陀　波利底　優闍訶梨　優闍訶梨尼　阿舍尼　伽羅莎尼

以此大孔雀王呪常守護我願壽百歲阿難復有七大女鬼常噉血肉兼惱觸人守護菩薩入胎時生時生後時云何爲七其名如是

惡伽薦持柯　洛起底柯　質多羅毗設止柯　分那跋雉里柯　惡祁尼洛起底柯　蜜多羅柯　里个里史洛起底柯

此七大女鬼有光稱神通常與大力提婆阿

脩羅鬪以此大孔雀王呪常守護我願壽百歲阿難復有五大女鬼常守護菩薩入胎時生時及生後時云何爲五其名如是

軍叉　阿底軍恥　難陀　蘋紐羅　迦毗羅

此五大女鬼有光明神通以此大孔雀王呪常守護我願壽百歲阿難復有八大羅刹女飲血噉肉惱觸於人常守護菩薩入胎時生時及生後時云何爲八其名如是

牟訶　阿失摩　等鳩䆁棄　枳失尼　甘蒱侍　阿蜜多羅　虜喜多馱　柯羅邏

此鬼飲血噉肉常取童男童女及初産嫗家恒隨逐人或入空處或喚人名字恒吸人精氣無慈悲心大可怖畏此八大羅刹女有光明神通以此大孔雀明王呪常守護我願壽百歲阿難復有十大羅刹女常守護菩薩入胎時生時及生後時云何爲十其名如是

訶梨底羅刹女　難陀羅刹女　殺冰伽羅羅刹女　賞起尼羅刹女　柯里个羅刹女　提婆蜜多羅羅刹女　軍多羅刹女　軍多堂屣多羅羅刹女（梁言白牙）　藍略个羅刹女　阿那邏羅刹女

此十大羅刹女有光明神通以此大孔雀王呪常守護我願壽百歲阿難復有十二大羅刹女云何爲十二其名如是

阿那底里个羅刹女　三勿陀羅羅刹女　老持里羅刹女　波羅那陀羅刹女　苾陀施羅羅刹女　他菟施羅羅刹女　奢羅陀羅羅刹女　阿死陀羅羅刹女　灼柯羅陀羅羅刹女　灼柯羅婆陀羅刹女　毗毗屣

那羅刹女（此第十二一位遍檢諸藏並闕）
此十二大羅刹女以孔雀王呪常守護我願
壽百歲阿難復有十二鬼母常惱觸衆生云
何爲十二其名如是
婆羅靡（七至切） 留持利 髙摩利 鞞沙那毗
堅持利 婆羅喜 髙莎利 婆樓尼野
（胡賀切）摩 婆葉（楊闍切） 婆夜 惡邦尼夜摩訶
柯利
以此大孔雀王呪常守護我願壽百歲阿難
復有一大比沙止羅刹婦住於海邊閻八萬
里血香一夜周行常護菩薩入胎時生時及
生後時以此大孔雀王呪常守護我願壽百
歲其名如是
訶離 珂離 丘離 摩離 弭離 毋離
末智 曼持底翅 吼樓 吼樓 吼樓

吼樓 漏漏 漏漏 弭利 弭利 弭利
薩（蘇咄切後皆同）死底 薩死底 薩死底 護
我其甲及眷屬莎訶
阿難汝當取大羅刹女名其名如是
迦比羅 波頭羅 摩熈使 毛利个 多
底个 座羅那 毗摩羅 陀羅尼 訶里
旃陀邏 縷喜尼 摩梨止 吼多沙尼
婆樓尼 柯利 柯崘至 婆羅 伽羅莎
尼 柯羅利 摩登耆 冰伽羅 盤偷邏
瞿利 乾他利 鳩曼地 柯郎記 波
羅尼 摩陀尼 阿奢尼 揭婆訶梨尼
樓持羅 訶棃尼 檀兜羅 鬱多羅菝尼
訶莎里柯 婆羅靡（七至切） 多多 柯波利
跋闍羅 他邏莎千陀 多摩羅 婆利沙
尼 揭闍尼 莎附多尼 苾弟庚多尼

甞伽摩　鬱羅柯　毋起婆宣他羅　賀羅
賴底里　野摩頭底　阿婆羅　奢婆羅鬱
墮呵闍多　捨多婆吼　捨多涅多羅　伽
多尼　末陀尼　末羅闍尼　末闍利　屣
洛起尼捨遮棃　地婆婆遮利　曼地底賀
迦羅他那　毗醯(呼翅切)他尼　阿死毋婆
羅他邏　底里首羅　波尼多摩羅　賀羅
檀底　摩奴羅摩檀陀　熈沉婆　尼羅質
多羅

此七十一大羅刹女有稱譽光色神通常與大力提婆阿脩羅戰以此大孔雀王呪常守護我願壽百歲其名如是

熈利熈利　弭(亡比切)利　怛陀　多跋智
鐸翅鐸翅　吁離吁離　陀羅陀羅　訶羅
訶羅　遮羅遮羅　篅樓篅樓　莎訶　那
末薩婆佛陀南(奴擔切後皆同)莎訶　辟支佛陀南
莎訶　阿羅漢多南莎訶
米底(都遮切)徙過(呼葛切)死野(即彌勒也)菩陀薩怛縛
莎訶　薩婆菩地薩埵南(奴擔切)莎訶　阿那
鉗靡(亡比切)南(奴擔切下同)莎訶　娑巳棃多鉗弭
南莎訶　輸盧多半那南(奴擔切)莎訶　三藐
伽多南莎訶　三藐波羅底半那南莎訶
婆羅摩耶莎訶　波羅闍波多多易(以智切)莎
訶　伊沙那耶莎訶　惡伽那易莎訶　波
野婢莎訶　波樓那耶莎訶　野摩耶莎訶
優邊陀羅耶莎訶　鞞沙羅婆耶藥又地(途止切下同)
波多易(以智切)莎訶　陀里多賴多羅耶
乾闥婆地　波多易莎訶　毗樓他柯耶鳩
槃茶地波多易莎訶　毗樓博叉耶那伽地
波多易莎訶　提波南莎訶　那伽南莎訶

阿脩羅南莎訶　摩樓多南莎訶　伽樓
多南莎訶　乾闥婆南莎訶　緊那羅南莎
訶　摩睺羅伽南莎訶　藥叉南莎訶　洛
叉那南莎訶　彼離多南莎訶　比舍詐南
莎訶　部多南莎訶　鳩槃茶南莎訶　富
多那南莎訶　柯多富多那南莎訶　莎干
陀南莎訶　藴摩陀南莎訶　車耶南莎訶
阿貝莎摩羅南莎訶　鬱(烏突切)多羅柯那
南莎訶　旃陀羅修里喻南莎訶　諾察多
羅南娑訶　伽羅訶那南莎訶　豎底沙南
莎訶　毗沙南莎訶　里史南莎訶　里史
南莎訶　悉他南莎訶　悉他婆羅多南莎
訶　悉他苾陀耶南莎訶　瞿里易莎訶
乾他里易莎訶　眘求棃易莎訶　阿弭(七比
切)里多耶莎訶　遮波底易莎訶　陀羅弭
地易莎訶　奢婆里易莎訶　阿闥婆那耶
莎訶　旃陀里易莎訶　摩當祁易莎訶
那伽喜里陀耶野莎訶　伽樓陀喜里陀耶
野莎訶　摩柰雖尼易莎訶　摩訶摩柰雖
尼易莎訶　奢陀叉棃易莎訶　摩尼跋陀
羅耶莎訶　莎曼多羅跋陀羅耶莎訶　摩
訶莎摩陀耶野莎訶　摩訶波羅底莎羅那
耶莎訶　矢多婆那耶莎訶　摩訶矢多婆
那耶莎訶　檀陀陀羅尼易莎訶　摩訶檀
陀陀羅尼易莎訶　毋止離那羅耶莎訶
摩訶毋止鄰那羅耶莎訶　闍延底易莎訶
潸底易莎訶　阿舍(傷戈切)賀里多耶莎訶
摩訶摩誘利苾陀耶羅闍莎訶
以此大明大呪大行大護令我某甲滅惡事
業除魔鬼起屍鬼作聲鬼鬼兵鬼無頭鬼癲

癎鬼怖人鬼消毒吸氣惡食惡唾惡影惡見惡書惡渡辟縣官除寒熱一日二日三日四日乃至七日半月一月或天時所作鬼作風冷痰癊一切和合乍熱乍寒除頭痛不能食眼鼻頰齒頷車頸耳心脅背腹膀膝風手脚身體支節風痛除諸執録一切毒病願日夜安隱願佛垂施

那姹死斗佛陀耶　那姹死斗佛陀也　那姹死斗潜多耶　那姹死斗潜多也　那姹毗木多耶　那姹毗木多也　那姹死斗木多耶　那姹死斗木多也　婆羅摩　那婆喜多　波跊達摩低（都離切）芰那摩　那磨碁栗㮏　莎死底　莎死底

願護某甲入胎時

阿難汝當取諸龍王名其名如是

佛世尊龍王（龍取佛世尊爲名下多如是）　梵龍王　帝釋龍王　海龍王　海子龍王　莎伽羅龍王　鯨龍王　難陀龍王　優波難陀龍王　那羅伽龍王　優波那伽龍王　善見龍王　婆修巳龍王　得解脠龍王　阿樓那龍王　婆樓那龍王　六體龍王　有吉龍王　吉羊毛龍王　吉增長龍王　吉賢龍王　大力龍王　斑斕色龍王　善肩龍王　須彌山龍王　日光龍王　月光龍王　儛龍王　聲龍王　雷龍王　破龍王　降雨龍王　無垢龍王　阿力柯龍王（梁言蜂頭）阿矢沙龍王（梁言馬）婆里龍王　柯矢沙龍王　馬頭龍王　牛頭龍王　鹿頭龍王　象頭龍王　半白鷺龍王　人聲龍王　種種龍王　種種軍龍王　種種眼龍王　那母止龍王

母子龍王　母止鄰陀龍王　聲龍王　帝
釋龍王　山龍王　大山龍王　羅部羅龍
王　蟲龍王　無邊龍王　金龍王　葛旦
龍王　青色龍王　黃色龍王　倚羅貝多
羅龍王　螺龍王　無芉龍王　黑龍王
小黑龍王　天力龍王　毗覓龍王　毛被
龍王　可畏龍王　羅刹龍王　山肩龍王
恒龍王　辛頭龍王　薄丘龍王　死多龍
王　益吉龍王　阿覓達多龍王　善跡龍
王　毉羅龍王　持地龍王　持山龍王
持光明龍王　賢龍王　善賢龍王　寶賢
龍王　力賢龍王　珠龍王　珠頂龍王
雨黑龍王　雨黃龍王　雨赤龍王　雨白
龍王　曼華龍王　赤曼龍王　獨子龍王
賢衣龍王　鼓龍王　鼓聲龍王　阿落

渚龍王　戲鬼龍王　毗頭賴吒龍王　毗
頭略龍王　毗樓博叉龍王　毗沙門龍王
車面龍王　可畏龍王　瞿曇龍王　五
龍王　五髻起龍王　適龍王　小適龍王
阿脩哿龍王　柯羅哿龍王　婆里个龍
王　摩尼得阿羅龍王　金紙尼龍王　金
者那柯龍王　齒傍个龍王　黑瞿曇龍王
非人龍王　人龍王　根人龍王　上人
龍王　摩等伽羅龍王　般陀个龍王　上
龍王　藍扶羅龍王　勝龍王　香龍王
香色龍王　阿羅婆陀龍王　摩羅婆陀龍
王　有意龍王　大有意龍王　葛矩多哿
龍王　歡喜龍王　迦比邏世羅婆个龍王
鬱波羅龍王　那珂柯龍王　跋他摩那
龍王　木叉个龍王　涥地哿龍王　木叉

涥地龍王　波羅木叉那龍王　甘婆羅瑣多勞去聲呼一二龍王　倚陀弭逃二龍王　難土波難陀二龍王　譪帚多龍王　摩訶修陀里沙那龍王　波里咢多龍王　修木珂龍王　阿陀里沙那木珂龍王　乾陀羅柯龍王　師子龍王　陀羅尼陀龍王　雨黑龍王　雨白龍王　青白龍王　雨小白龍王

此諸龍王及諸龍王於此地上或時作聲或時放光或時降雨或時熟稻其常見佛受三歸五戒解脫金翅鳥怖畏解脫熱沙怖畏解脫王事怖畏常持於地住大寶宮壽命長久有大神通力富貴自在與諸眷屬常除怨嫉名譽遠流與天阿脩羅戰彼諸龍王及兒孫兄弟本臣軍主使吏羣衆以此大孔雀王呪願常擁護令我安隱若殘食不殘食若醉不醉行住坐卧睡覺去來若從於王寇亂荒餓非時節死大地震動師子虎狼一切怖畏皆得安隱從天龍阿脩羅摩睺多伽樓多乾闥婆緊那羅摩睺羅伽藥叉洛叉波離多比沙者部多鳩槃茶富多那柯多富多那娑于陀藴摩陀車耶阿貝摩羅鬱娑多羅羅咢等一切怖畏事業皆得安隱柯苦羅陀巳羅那起屍鬼作聲鬼使鬼惡食惡唾惡影惡見惡書惡渡執録怖畏皆得安隱癖疥疽癩瘻瘤等諸病皆悉除差日夜安隱願一切諸佛常施我安隱

那姹死斗佛陀耶　那姹死斗菩陀也　那姹莎斗潛多耶　那姹莎斗潛多也　那姹毗木多耶　那姹毗木多也　那姹死斗木

多耶　那姹死斗木多也　婆羅摩　那婆
喜多　波趾達摩離低(都離切)　芟那摩　那摩
基粟婭
願守護我及我眷屬阿難此大孔雀明王毗
婆尸佛正遍知覺所說所隨喜其呪如是
阿羅智　柯羅智　摩提(途斯切後皆同)摩陀　跋
羅提　阿婆離　沙婆離　斗離斗離　首
離首離　部離部離　沙婆離　波羅那離
吼止吼止吼止吼止吼止　毋止毋止毋
止　莎訶
阿難此大孔雀王尸棄正遍知佛所說所隨
喜其呪如是
一智　蜜智　口提　毗口提　喜利喜利
弭(七比切)利弭利　枳斗毋離　菴婆離
菴婆羅波底　醰鞞　土醰鞞　喜利喜利

苟止苟止　毋止毋止　莎訶
阿難此大孔雀王毗首撫佛正遍知所說所
隨喜其呪如是
武利　武利翅　摩地　曼地尼枳　訶離
訶離　伽離　珂離　頗離　頗里　尼
檀底　檀底檀底離　奢柯底　摩柯底
那智那底尼　矢利矢利矢利矢利　莎訶
阿難此大孔雀王呪哿拘孫正遍知所說所
隨喜其呪如是
喜底　婆底　鳩底　毋底　斗底　修智
檀諦(當離切後皆同)檀戴　檀底離　奢柯里
遮摩利　他伽利　遮伽利　干遮尼　干
遮那婆底　婆離婆離婆離婆離　檀
諦悉地　莎訶
阿難此大孔雀王呪柯那供正遍知所說所

隨喜其呪如是
檀多離　多多離　多羅離　多羅都多離
多離多離　毗離　毗闍易　苾受婆離
毗羅提毗羅提　毗羅闍毗羅闍　摩死
摩底　摩利　摩里尼　刎提　祁棃刎
提　座離座離座離座離座離　跋陀羅婆
底　悉地　莎訶
阿難此大孔雀王呪迦葉正遍知所説所隨
喜其呪如是
安陀離　干陀離　曼陀離　看陀離　刻
浮刻浮那地　刻浮婆底　末諦末底尼翅
阿摩離　僧戲（香致切）訶羅訶羅訶羅訶羅
波首波首波首波首　波底　悉地
莎訶
阿難此大孔雀王呪我今釋迦牟尼正遍知

所説所隨喜其呪如是
喜利　弭（七比切）利　已利弭利　伊里離
多羅武離　阿那喜　踏起　陀踏起　倚
他柯　賀莎提　那羅茍多　已底利　菩
地里翅　甘部　優陀里尼　婆娑婆　朗
祇　多羅頭義　婆羅泥（郎臂切）扶吁羅尼
波羅巳里致　達殺智　弭（士比切）利多利
伊致訶斯　阿婆隸　磨基隸　跋智　跋
多　跋知　婆羅　躭毗　婆婁沙斗提步
沙得柯羅斗　三曼底那　耶他修欸
施賒修　地賒修　多無陀紺　婆娑斗
南無頗婆渧（都皷切）伊利　底移　瞿杜喜
柯易　尸凌伽利　柯移　阿婁止　那婁
止　那智那智　跋視羅那　跋視羅　優
陀那　毗陵易　阿羅多易　婆羅多易

那羅那羅　鉢賖耶尼　波棃賖尼易　莎訶　死檀斗　曼多羅波䭾　陀羅尼䭾耶他

如汝嚙莎底比丘常安隱如是此大孔雀王呪願安隱護一切衆生願得安隱阿難此大孔雀王呪彌勒菩薩所説所隨喜其呪如是

尸利尸利尸利　跋陀　豎帝當利切後皆同豎帝跋陀離　呵隸呵　呵棃尼　檀底賖波離　尸弭七臂切守羅波尼　菩提菩提菩提菩提薩埵　菩提波利　遮棃尼易

願帝釋護我頭

金剛手及迦葉願大力護我頭　毗沙王護我腹　博叉王護我心　令我造一切善柯羅　毗舍遮　地喜波帝　勒叉洛叉梵摩監切薩婆部底　莎訶

阿難此大孔雀王呪梵一千世界主所説所隨喜其呪如是

喜利喜利　呵利呵利　弭七比切利弭利弭利弭利　摩棃尼朋拘利　机利机利机利机利机利　摩利机里底　婆羅摩移移徙之移久羅翅　毗杜訶毗杜訶赴徙　赴漏赴漏赴漏赴漏　莎訶

魘殺毒害佛力緣覺力阿羅漢力阿那含力須陀洹力實語梵杖帝釋金剛毗紉鐵輪火燒龍繩阿脩羅多龍電摩醯手叉娑干陀錫錫音徙大孔雀王呪等所殺諸毒願皆入地令我某甲等皆得安隱徙一切毒龍蠱毒之等及人所作嚙齒電雨蛇鼠癰疽蛷螋蚰蚿蝦蟆蠅蚉蜂蠆黷斂父个底履羅人非人疑藥等毒願度諸毒皆入地中阿難此大孔雀王

呪帝釋天王所説所隨喜其呪如是
陀羅禪兜隸 作畀致 禪兜隸 摩哆尼
珂多尼 伽羅娑尼 喜利矢利陀由底尸
利 多樓那 僧喜呵呵呵呵呵呵 僧醯
癡底 毗癡底 鉤漏鉤漏摩羅剌(昌致切)
兜陀兜陀死 婆陀婆陀死死利死利 迦
比隸 迦毗羅毋隸 呵喜吼薩婆頭使多
婆羅頭使多南剡婆南 迦酉(吳尚音)弭(亡比切)
莎訶 多里陀世喜提(徒規切) 鞞喜 鬱鄧(上拯切)
祁利 修羅波底 婆底跋闍羅跋闍羅
跋闍羅跋闍羅跋闍羅 波多易 莎呵
阿難此大孔雀王呪四天王所説所隨喜其
呪如是
座邏座羅柰 多波多波柰 陀磨陀磨柰
婆羅婆羅柰 巳底 巳底 比致比致

娑羅娑羅 訶羅訶羅 多羅底里 陀
陀陀陀陀 婆婆婆婆婆 訶羅訶羅訶羅
訶羅訶羅 悉地喜 悉地喜悉地喜悉地
喜悉地喜 薩(蘇割切)死底薩死底薩死底薩
死底薩死底
我其甲從一切捉人鬼兵闍冥夜死持繩所
縛鬼死罰下皆易有罰梵杖帝釋杖仙人杖
天杖龍杖阿脩羅杖緊那羅杖摩睺羅伽藥
叉罰羅剎
俾禮多(梁言餓鬼)毗舍闍(梁言顛鬼)部多 鳩槃茶
富單那 柯多富多那 娑千多 怨摩他
車耶 阿鉢莎摩羅 鬱多羅柯鞞多羅
羅闍
水火盜賊從一切謫罰願我及眷屬皆悉安
隱

阿難汝當取諸河王名其名如是
辛頭河王恒河王薄丘河王死多河王莎羅部河王阿特羅婆底河王閻毋那河王苟訶河王毗多莎多河王沙多陀勞河王毗波沙河王醫羅婆底河王栴陀波羅婆河王莎賴婆底河王葛車比河王婆樓沙嵬河王柯毗棃河王多摩羅般尼河王摩偷摩底河王别多羅婆底河王憶口摩底河王柰摩陀河王修蜜多羅河王苾沙蜜多羅河王多摩羅河王般遮羅河王修婆死斗河王波羅跋持利柯河王多逋陀河王毗摩羅河王此諸河王及餘川流乃至地上一切河諸天龍阿脩羅摩樓多伽樓陀乾闥婆緊那羅摩睺羅伽藥叉羅刹娑波離多比沙遮部多鳩槃茶富單那柯多富多那沙干陀怨摩陀車耶阿鉢莎摩羅欝多羅柯吸人精氣食肉食胎飲血髓脂膏生藤壽命乃至華鬘香華果種火所燒食臭爛屎尿唾洟涎痰歲吐不淨諸噉食鬼種種可惡以此大孔雀王呪願守護我令壽百歲

阿難汝當取諸山王名其名如是
須彌山王雪山王乾闥摩陀那山王百頂山王珂持羅柯山王金翅山王持光明山王尼旻陀羅山王灼賀羅婆陀山王摩訶灼賀羅婆陀山王婆羅摩山王抄梵摩山王有吉山王善見山王善翅山王大山王寶處山王巳里美沙山王珠頸山王帝釋山王罷（七偔切）摩質多羅山王金剛處山王曲隨阿脩羅山王訶嵬摩質多羅山王雷光山王莎多那山王月光山王日光山王毗頭山王頻他耶山王

賢石山王種種頂山王摩羅耶山王馬耳山王波里治多羅山王善肩山王珠迷山王修仙那山王梵喙山王皮樓葛車山王瞿訶那山王摩羅質多羅山王渴伽山王莎多婆那山王刹闍山王樓樓婆修山王達陀羅山王稽羅婆山王摩醯斗山王彼諸王於地上住於彼諸天龍　阿脩羅摩樓多　伽樓陀　乾闥婆　緊那羅　摩睺羅伽　藥叉　羅刹婆波離多　比沙遮部多　鳩槃茶　富單那　柯多富多那　婆干陀　怨摩陀車耶　阿鉢莎摩羅　鬱多羅　柯悉他苾陀他羅王等及其眷屬常住於彼彼復以此大孔雀王咒願守護我令壽百歲除一切惡納一切善諸佛護念日夜安隱莎訶

阿難汝當取諸星神名常行虛空其名如是

基栗底柯　虜喜尼　麋梨伽尸羅　阿陀羅　不柰那婆修　弗沙　阿沙離沙

此七星常於東門守護東方亦以此大孔雀王咒願守護我令壽百歲

訶可　兩頗　求尼　訶莎多　質多羅莎底　毗釋珂

此七星常於南門守護南方亦以此大孔雀王咒願守護我令壽百歲

阿㝹羅他　折沙他　牟藍　弗婆沙他鬱多羅莎陀　阿毗止　沙羅波那

此七星常於西門守護西方亦以此大孔雀王咒願守護我令壽百歲

陀荼他　捨多毗沙　弗婆跋陀羅　鬱多羅跋陀羅　離婆底　阿離尼　婆羅尼

此七星常於北門守護北方亦以此大孔雀

王呪願守護我令壽百歲二十八星方方有七如是七星及日月出沒增減常行於世間有大光明神通我以至心願亦隨喜此大孔雀王呪願守護我令壽百歲

阿難汝當取諸仙人名成就諸行光明苦行常住江河山林語言術藝爲仗有五神通飛行自在我今當説其名如是

藹沙多哿摩訶里史大仙人婆摩个大仙人婆摩提婆大仙人波里大仙人末干陀耶大仙人苾沙蜜多羅大仙人婆悉他大仙人迦葉波大仙人毗栗他迦葉波大仙人毗梨咎大仙人鴦其羅婆大仙人鴦其羅大仙人鴦其羅莎大仙人婆邏其羅他大仙人阿底離大仙人富賴沙他大仙人死偷羅尸羅大仙人閻摩度伽尼大仙人提携波耶那大仙人巳栗沙那提波耶那大仙人訶里底大仙人訶里多耶那大仙人娑菅其羅大仙人羼底婆持大仙人巳羅底大仙人阿巳羅底大仙人求樓大仙人補多柯大仙人柯補多柯大仙人藹娑羅耶那大仙人熙摩盤大仙人虜喜著敵大仙人奪婆娑大仙人鞞杉波耶那大仙人盤米柯大仙人摩陀那大仙人羅部大仙人斗姑盧陀那大仙人毗梨害婆波底大仙人阿羅年尼大仙人莎尼遮羅大仙人部他大仙人尚求棃大仙人寒那里大仙人倚个尸陵伽大仙人麖棃伽尸陵伽大仙人竭羅伽大仙人旦陀耶那大仙人于婆耶那大仙人毗摩摩登伽大仙人劫毗邏大仙人瞿曇大仙人虜喜多婆大仙人修涅多羅大仙人婆陀詰羅大仙人那羅陀大仙人貝婆

多大仙人阿巳里米虜大仙人阿難彼先仙
人造四阿韋陀常說呪術能使人善惡苦行
成就亦以此大孔雀王呪願守護我今壽百
歲其名如是
訶棃訶棃訶棃　欺棃　尼棃　修棃修棃
喜利喜利　眉利眉利　蹹副陀踏副
伽羅莎尼　摩他尼　陀訶尼　珂多尼
波遮尼　波多尼　訶那尼　陀羅　陀羅
尼　遮羅　遮羅尼　波多尼　牟訶尼
娑揞婆尼　剡婆尼　莎訶
阿難汝當取大毒名其名如是
安陀羅　般陀羅　柯羅邏　枳由邏　部
登伽摩　部多波底　頻頭波底　死里波
底　底闍波底　底闍伽羅波底　耶奢波
底　耶奢伽羅波底　阿羅羅　多羅邏

多邏奪多羅檀多陀訶是羅　是藍頗羅求
劉之羅　檀兜羅　伊棃巳遮　基棃巳遮
奢多斗羅　毗拘利　那拘利　伊利巳
力起　多朗伽栗沙他　阿羅摩底　剡浮
摩底　摩偷摩底　阿偷摩他底　柯摩離
毗摩離　軍陀離　阿底　那底　薄枳
薄晉頭底　跋娑那帗　摩訶伽離斗㶀
波
阿難此大毒名亦以此大孔雀王呪願守護
我今壽百歲
阿難此大孔雀王呪七正遍知所說如是
毗貝尸正遍知尸棄佛毖沙部柯羅拘散柯
那柯牟尼佛今我釋迦牟尼正遍知所說彌
勒菩薩所說三千梵世主所說帝釋四天王
二十八揵闥婆軍主二十八鳩槃茶軍主二

十八龍軍主二十八藥叉軍主般止柯大藥
叉軍主訶黎底洛叉女及五百子等所隨喜
阿難此大孔雀王呪天龍阿脩羅摩樓多伽
樓陀乾闥婆緊那羅摩睺羅伽藥叉羅刹娑
波離多毗設遮部多鳩槃茶富多那柯多富
多那莎于陀怨摩陀車耶阿貝羅摩鬱多那
等一切所録不可得度若吸人精氣乃至食
吐食不淨等不可度事及起尸鬼作聲鬼兵
鬼惡食唾影見書度等一日二日三日四日
乃至七日半月一月一時一歲常恒寒熱乍
寒乍熱鬼神寒熱風冷痰癊和合寒熱等疥
癩癰瘑瘤癭等病蠱毒怖畏災害惱亂瘟疫
等及一切病若難可度脫阿難以此大孔雀
王呪若人能以其名自守護者一切疾若不
得侵近若人應被執繫以罰得脫若應當鞭
罰以杖得脫若應得杖搏耸得脫若應搏耸
瞋罵得脫若應得瞋罵戒勗得脫若應戒勗
和然得脫無王怖畏無劫賊怖畏無水火怖
畏不溺水死毒不害身器杖不傷悟覺常安
夜見善夢無諸苦亂怨家惡友一切解脫無
復怖畏除初報業阿難此大孔雀王呪若時
多雨若時枯旱應當讀誦諸龍驚懼若雨即
晴若旱即雨善男子隨意所願阿難憶此大
孔雀王呪能滅一切怖畏何況悉能受持讀
誦若作百結等亦能滅除一切怖畏阿難汝
當受持取此大孔雀王呪爲守護四衆比丘
比丘尼優婆塞優婆夷離一切怖畏其呪如
是

耶婆檀底　耶盤底　他底　他落巳　斗
樓斗樓弭　莎訶

貪欲瞋癡　爲世三毒　如來已無　道諦所除
貪欲瞋癡　諸諦所滅　如此三毒　衆諦能殺
佛法僧力願守護我以大孔雀王呪之所除
滅願我安隱長老阿難聞佛所說恭敬頂禮
右遶三帀往至莎底比丘所結界結地以此
孔雀王呪爲莎底比丘亦說呪攝受守護離
諸毒苦寂然安隱阿難爲莎底比丘聞說呪
已即能行步時長老阿難及莎底比丘共往
詣佛頭面禮足却住一面具以白佛是時世
尊喚長老阿難是故阿難汝當語四衆比丘
比丘尼優婆塞優婆夷此大孔雀王呪阿難
白佛善哉世尊爾時長老阿難受佛教已即
語四衆及莎底比丘亦於天龍藥叉八部衆
等聞佛所說皆悉隨喜

佛說孔雀王呪經卷下

結呪界法　帛尸梨蜜前出

以石灰燥土散地爲三重規界
從東北角至東南角此是東方揵闥婆王所住處提頭賴將帥官屬鬼神大將軍守護東壁從東南角至西南角此是南方鳩槃茶王所住處毗樓勒將帥官屬鬼神大將軍守護南壁
從西南角至西北角此是西方龍王所住處毗樓博叉所將帥官屬鬼神大將軍守護西壁從西北角至東北角此是北方夜叉王所住處毗沙門天王所將帥官屬鬼神大將軍守護北壁呪竟解界
此中諸被繫縛鬼神我今解界聽汝隨意去

五尺刀五口　五色旛五枚
箭二十一枚　燈二十一盞

鏡五面　安息香　薰陸香
香湯泥地　外道呪牛屎泥地
芥子燒火中　惡鬼即身上火然
畫作鬼像　石榴枝鞭之
惡鬼口中血流

音釋

膋力彫切腸中脂也　脅虛業切腋下也　腓扶非切腨腸也　菟亡運切　鉗巨塩切　薀於粉切　癇戶間切癲病也　髂苦嫁切腰骨也　跦普患切　鯨渠京切魚名　癬息淺切乾瘍也　疽七余切癰也　癭於郢切頸瘤也　姥莫補切　潸所間切　跘步般切　蛷螋上巨鳩切下所鳩切蛷螋蟲名也　蠆丑犗切毒蟲也　斂良冉切收也　喙許穢切　曹莫中切　攲去奇切　蹹徒合切

佛說大孔雀王神呪經

東晉西域沙門帛尸黎蜜多羅譯

佛說大孔雀王雜神呪經

東晉西域沙門帛尸黎蜜多羅重譯

清刻龍藏佛說法變相圖

二經合卷

佛說大孔雀王神呪經

佛說大孔雀王雜神呪經

佛說大孔雀王神呪經

東晉西域沙門帛尸黎蜜多羅譯

佛告阿難往昔於雪山王南有一金色孔雀王佛住其中彼以此大孔雀王呪經朝說自護晝則平安暮說自護夜則安隱即說呪曰

吼吼吼吼吼吼吼吼吼吼那迦梨梨梨曇婆梨梨梨毗摩黎黎暉夜暉毗闍毗闍揄藪求漏　伊羅彌羅　伊利彌羅　知黎彌羅　伊梨彌帝梨　醯利知利　彌帝黎　曇德修曇德垢修垢　衢羅支羅　遮娑羅毗羅

遮伊知黎　毗知黎知黎
阿難我今爲汝說大孔雀王呪王心即說呪
曰
伊致　知利　畢利　彌利　彌利　知弭
藪曇柄　躭柄　脂利吉　脂利吉賜夜
毗羅那彌稚
南無一切諸佛指吉賜
波多牟黎　伊致　訶羅　盧醯帶　牟羅
帶牟羅兕㳂菴婆鳩致鳩那致　鳩鳩那知
羅鳩闍那致　阿荼婆多夜　那婆魔㳂陀
睮魔賜帝　伊利彌利　吉利彌利　翅羅
羅彌　離翅升牟鵌　頭頭摩薩頭彌緻
他離彌　薩升婆帝　牟薩帝　浮薩羅
浮薩羅　浮薩羅　浮薩羅　伊那婆悉哆
婆翅　那迦羅　那羅摩林彌　蝎羅佉羅

摩詰鵌　伊帝薩闍鵌躭億　阿那帝波那
帝阿那那那
天速降雨周帀結界七遍讀誦即說呪曰
那羅延波那延　阿棃多利　鳩多棃伊利
彌悉帝　吉帝利　彌悉帝　彌悉伊利彌
呪曰成就吉
阿難此大孔雀呪王彌勒菩薩隨順所說即
說呪曰
尸利　尸利　尸利　尸利　婆陀樹樹
知婆帝鵌　阿鵌阿鵌　訶利膩檀帝　菩
提　菩提　菩提　菩提　菩提　薩斗婆
菩提婆利　遮羅尼裔　悉波訶
阿難此大孔雀呪王㳂婆世界主梵天王隨
順所說呪曰
醯鵌醯鵌訶鵌　彌利摩利膩　波居利

吉利 吉利 吉利 吉利底 梵魔裔
鳩蘭荼翅 毗圖訶 浮睗 浮數 浮數
浮數 浮數 浮數 悉波訶
阿難是大孔雀呪王天帝釋隨順所説即説
呪曰
陀羅 禪頭録 摩羅 禪兜録 遮悒致
禪頭兜録 摩他膩 迦多膩 伽婆膩醯
利尸利稠底 尸利多柳那肆 訶訶訶訶
訶訶 私醯脂底毗絺帝鳩柳婆羅誓兜吒
兜吒肆波吒波吒肆 私利私利劫甲録劫
甲羅至録訶醯吼 令一切凶惡皆悉降伏
攝其手足支節莫令得動乃至三十三天
憂致者利 修羅波帝 波帝 波視羅
波視羅 波視羅 波視羅 波視羅 波
視羅 波帝 悉娑訶

阿難汝受是先出神仙名號終吉成就志念成就呪術成就常修苦行住止山林勢力自在感變速疾五通如意遊步虛空吾今説其名號所謂名八脱大仙名左大仙左天大仙波梨大仙白施大仙善及大仙覆仗大仙迦葉大仙老迦葉大仙皺眉大仙支山大仙爾樂大仙名是大仙名前大仙鹿頭大仙闍羅大仙二熟大仙黒二熟大仙採清大仙呼山大仙忍辱大仙名稱大仙名師子大仙名船大仙名鴿大仙名馬大仙名雪大仙赤目大仙難事大仙毗若波耶大仙名鎧大仙名秋大仙太白大仙名歲大仙無諍大仙夜步大仙名覺大仙縛指火大仙持香大仙一角大仙仙覺大仙揭瞿大仙單荼耶那大仙名頭大仙分界大仙劫畢羅大仙瞿曇大仙赤馬

大仙毛聚大仙無樂大仙名仙吉膩盧大仙
阿難斯等是先出大仙造四圍陀所爲如意
苦行嚴迅有大威勢所作悉辦斯等亦以此
大孔雀王咒經擁護某甲令壽百歲得見百
秋即說呪曰
訶利　訶利　訶利　絺利　彌利　修利
修利　醯利　醯利　彌利　彌利　陀覆
陀茶覆　伽婆膩　摩他膩　他訶膩　陀
訶膩伽多膩　簸遮膩　簸遮膩　簸多膩
阿那膩　他羅　遮羅遮羅膩　簸吒膩
摩訶膩　擔婆膩　閻婆膩　悉波訶
四天王及諸大鬼神王亦以孔雀呪王擁護
某甲令壽百歲得見百秋即說呪曰
何迦帝(都界切)毗迦帝　[口間]羅膩　[口間]羅膩
陀羅尼　吼翅吼翅　負翅負翅　訶茶

訶茶　訶茶　訶茶　訶茶　訶茶　訶茶
訶茶　訶茶　訶茶　除其怨家
陀訶(伐留切)陀訶陀訶陀訶　陀訶陀訶陀訶
陀訶　陀訶　陀訶
其有向某生惡念者皆悉治之
鉢柘　鉢柘　鉢柘　鉢柘　鉢柘　鉢柘
鉢柘　鉢柘　鉢柘　鉢柘
若有向某求便者皆悉治之
豆豆豆豆豆豆豆豆豆豆　滅其怨惡
訶訶訶訶訶訶訶訶訶訶　闍帝(都界切)闍帝
闍帝　闍帝　闍帝　闍帝　闍帝　闍帝
闍帝　滅其怨惡
周婁　周婁　周婁　周婁　周婁　周婁
周婁　周婁　周婁　周婁
醯利　醯利　醯利　醯利　醯利　醯利

醯利 醯利 醯利 醯利

彌利 彌利 彌利 彌利 彌利 彌利

彌利 彌利 彌利 彌利

睺漏 睺漏 睺漏 睺漏 睺漏 睺漏

睺漏 睺漏 睺漏 睺漏

脂致 脂致 脂致 脂致 脂致 脂致

脂致 脂致 脂致 脂致

醯翅 彌翅 支翅 魔翅 得賢吉祥

善賢成一切事

無垢 淨妙 月賢 日愛 曇備社

曇備 毗蠅(姚登切) 加[illegible]

擁護其甲令得壽百歲得見百秋摩尼羅亶經摩訶乾陀比丘救病苦厄孔雀王呪除其怨家

佛說大孔雀王神呪經

佛說大孔雀王雜神呪經

東晉西域沙門帛尸黎蜜多羅重譯

南無佛南無法南無比丘僧南無七佛等正覺南無辟支佛南無諸羅漢南無彌勒等一切菩薩南無諸阿那含南無斯陀含南無須陀洹南無世間正信向者我禮彼衆已欲說大孔雀王呪經願如意成就吉諸鬼神等明聽若空虛在地及水居者天龍阿脩羅摩樓多迦樓羅乾闥婆緊那羅摩睺羅伽夜叉羅刹餓鬼毗舍遮浮陀鳩槃茶富單那羯吒富單那乾陀溫摩陀車耶阿鉢摩羅鬱多羅伽等聽我所說鬼神所食吸氣鬼食石蜜鬼食血鬼食髓鬼食肉鬼食胎鬼食脂鬼食命鬼食力鬼食髮鬼食華鬼食督鬼食氣鬼食惡心鬼食陰謀心鬼害心鬼好奪他命諸鬼神等聽我欲說此大孔雀王呪經今與香華飲食汝等受之害汝惡心陰謀心害來食香若氣慈心善心信佛信法信比丘僧心者聽我所說十四羅刹女一名黒闇二名作黒闇三名鳩槃茶四名白具五名華眼六名取子七名取髮八名作黃九名垂下十名極垂下十一名伺便十二名閻羅使十三名閻羅羅刹十四名噉鬼汝等受我華香飲食擁護某甲及諸眷屬使我呪句如意成吉

爾時我聞一時佛住舍衛國祇樹給孤獨園爾時園中有一年少比丘名曰吉祥出家未久爲僧洗浴破薪時有異木下有一黒蛇來螫比丘足指悶絶躃地目翻吐沫爾時長老阿難見吉祥比丘所患極重見已惶怖往詣佛所頭面著地爲佛作禮前白佛言世尊此

舍衛國祇樹給孤獨園中有一新學比丘名曰吉祥爲僧洗浴破薪異木下有一黒蛇出螫比丘右足指悶絶躄地目翻吐沫云何治之爾時佛告阿難汝持如來大孔雀王呪經擁護吉祥比丘與結戒結呪使毒不能害刀杖不加衆患悉除若天所爲若龍所爲摩樓多所爲伽樓羅所爲乾闥婆所爲緊那羅所爲摩睺羅伽所爲夜叉所爲羅刹所爲餓鬼所爲毗舍遮所爲浮陀所爲鳩槃茶所爲富單那所爲黒富單那所爲乾陀所爲熅摩陀所爲車耶所爲阿鉢摩羅那數鬱名伽所爲吉遮所爲羯磨那所爲佉軀陀所爲翅蘭那所爲毗多茶所爲胎遮所爲卑沙迦所爲若非法食非法吐非法視非法擧非法越非法觸若有熱病一日二日三日四日五日六日七日半月一月一日一時發間發若鬼神熱病風火水作霍亂煩熱若半身痛頭眼痛面痛頷痛咽喉痛項痛耳痛齒痛口痛心痛背痛腹痛腰痛陰痛髀痛膞手痛脚痛肢節痛一切諸痛皆令除愈擁護某甲説偈呪曰

晝安夜安　中間常安　晝夜安隱　諸佛所護

即説呪曰

伊稚比稚　吉稚延稚　婆稚尼稚　阿稚伽稚　豆加稚　阿稚槃求稚　婆修卑舍指　膩阿婁阿膩　婆婁呵膩　烏婁呵膩伊⿰矢余彌⿰矢余帝　⿰矢余帝⿰矢余　彌⿰矢余帝　⿰矢余頭⿰矢余頭頭⿰矢余　伊緻彌緻　毗⿰月鳥地毗　摩利休婁　休婁　阿舍婆契伽稚　摩訶伽稚婆枳　那枳只句婁句婁　多破漏　鋸婁鋸婁　度沙曇婆　度曇婆　豆摩曇婆

瞿那耶　比羅耶　醯輸醯輸　醯利醯利
彌利彌利　底利底利　周漏周漏　茂吼
茂吼　茂吼茂吼　茂漏茂漏　茂漏茂漏
茂漏　吼吼吼吼吼吼吼　吼婆吼婆婆
婆婆婆婆婆婆　婆闍婆闍羅闍闍羅　闍
闍羅　摩陀摩陀禰　哆婆哆婆禰　座婆
座婆羅羅禰錢頭鼻伽闍禰　拔沙禰　怖
吒禰　婆遮禰　翎婆禰　摩陀禰　慢遅
緻　迦摩迦利　舍利迦加利　舍迦利
座婆羅禰　頭摩頭摩利　婆爾彌　具羅
夜婆　利毗羅夜　拔沙頭　提婆　沙滿
頭提婆　沙滿提那　伊只利　死悉波呵
此大孔雀王呪經朝說自護晝則安隱暮說
自護夜則安隱即說呪曰
吼吼吼吼吼吼　那伽利離　曇婆梨　梨

離　毗摩梨梨離　鞞夜暉夜　毗闍毗闍
兜備求備　伊羅彌羅　伊伽羅彌　伊
利彌羅　伊利彌帝利　知利彌利伊知利
醯利　帝利彌帝利　修利彌帝利姤修姤
衢羅支羅　遮婆羅　毗羅遮　尹知利毗
知利　知利　南無阿羅呵陀　阿羅陀羅
拔沙頭提波　三滿提那
阿難我今爲汝說大孔雀王心呪即說呪曰
伊緻彌緻　帝利畢利　彌緻彌利　帝彌
藪曇婆　兜婆　修婆至利　吉毗夜　毗
那彌稚　南無佛陀南　至利吉死　婆多
牟梨　伊緻訶羅　盧醯多　牟羅兜婆菴
婆　鳩致鳩鳩那致　鳩那致　知羅鳩闍
那致　阿荼拔多夜　那婆魔　沙陀舍魔
賜帝　伊利彌利　吉利彌利　翅羅彌羅

翅斗　牟鵌　頭頭摩薩頭　彌利陁利彌
薩浮婆帝　浮薩帝　浮薩帝　伊那婆悉
哆　婆翅那　迦羅那羅摩吉利　彌羅佉
羅　摩結鵌　伊帝薩闍　鵌兜備兜備
阿帝婆羅那帝　阿那那那帝　拔沙　頭
提婆　耶善陁　翅那那羅延稚　婆羅延
稚　訶利多利　鳩多利　伊利彌利　吉
帝利彌帝　伊利彌　悉譚豆陁羅
毗陀沙波訶呪句成就吉
阿難此名大孔雀王呪心阿難此大孔雀王
呪彌勒菩薩隨順所說即說呪曰
尸利棃　尸利尸利　婆地地樹樹　知婆
帝鵌　訶鵌訶鵌鵌　阿利膩　僤帝賒
婆鵌　尸備　救救羅羅　波波膩膩　菩
提菩提　菩提菩提　薩斗婆　菩提婆利

遮羅尸啇　悉波訶
阿難此大孔雀王呪娑婆世界主梵天王隨
順所說即說呪曰
醯鵌醯鵌　呵鵌鵌彌　摩利膩　婆居利
吉利吉利　吉利吉利　吉利底　梵魔啇
鳩蘭茶翅　毗啚呵　呼婁　呼婁　呼婁
呼婁　悉波訶
阿難是大孔雀王呪天帝釋隨順所說即說
呪曰
陁羅禪兜鵌　摩羅禪兜鵌　遮愧致禪兜
鵌　摩陁膩　伽婆膩　伽多膩　醯利尸
利稠帝尸利　多柳多柳　那肆醯呵呵呵
呵呵私　醯脂底　毗略帝　鳩柳鳩柳
婆羅誓兜吒兜肆婆　吒婆吒肆　私利私
利　劫畢鵌　劫畢羅牟鵌　訶醯吼

令一切凶惡皆悉降伏攝其手足支節莫令得動及至三十三天

憂致者利　修羅婆帝　婆視羅　婆視羅　婆視羅　波帝　悉波訶

阿難汝受是先出神仙名號終吉成就志念成就常修苦行呪術成就止住山林勢力自在威變速疾五通如意遊步虚空吾今説其名號所謂名八脱大仙名左大仙左天大仙波利大仙白施大仙善及大仙覆住大仙迦葉大仙老迦葉大仙皺眉大仙支山大仙爾樂大仙名是大仙名前大仙鹿頭大仙闍羅大仙二熟大仙黒二熟大仙採清大仙呼山大仙忍辱大仙名稱大仙名師子大仙名船大仙名鴿大仙名馬大仙名雪大仙赤目大仙難事大仙毗若沙耶大仙名鎧大仙名秋大仙太白大仙名歳大仙無諍大仙夜歩大仙名覺大仙縛指大仙持香大仙一角大仙角大仙揭瞿大仙單荼耶那大仙名頭大仙分界大仙劫畢羅大仙瞿曇大仙赤馬大仙毛聚大仙無樂大仙名仙吉膩盧大仙阿難斯等是先出大仙造四圍陀所爲汝意善行嚴迅有大威勢所作悉辦斯等亦以此大孔雀王呪經擁護某甲令壽百歳得見百秋即説呪曰

訶利訶利訶利　絺利彌利　修利修利　醯利醯利　彌利彌利　陀覆陀荼覆　伽波膩　摩陀膩　陀訶膩　伽多膩　波遮膩　波多膩　訶那膩　羅遮羅　遮羅膩　波吒膩　摩訶膩　擔波膩　闍婆膩　悉波訶

四天王及諸大鬼神王亦以孔雀王呪擁護
其甲令壽百歲得見百秋即説呪曰
阿迦帝 阿迦帝 聞羅膩 聞羅膩 訶
羅尼 吼翅吼翅 負翅負翅
訶荼 訶荼 訶荼 訶荼 訶荼 訶荼
訶荼 訶荼 訶荼 訶荼 訶荼 除其
怨家
陀訶 陀訶 陀訶 陀訶 陀訶 陀訶
陀訶 陀訶 陀訶 陀訶
其有向其生惡念者皆悉治之
鉢柘 鉢柘 鉢柘 鉢柘 鉢柘 鉢柘
鉢柘 鉢柘 鉢柘 鉢柘
其有向求便者皆悉治之
豆豆豆豆豆豆豆豆 滅其怨惡
訶訶 訶訶 訶訶 訶訶 訶訶

闍帝 闍帝 闍帝 闍帝 闍帝 闍帝
闍帝 闍帝 闍帝 闍帝 滅其怨家
周婁 周婁 周婁 周婁 周婁 周婁
周婁 周婁 周婁 周婁
醯利 醯利 醯利 醯利 醯利 醯利
醯利 醯利 醯利 醯利
彌利 彌利 彌利 彌利 彌利 彌利
彌利 彌利 彌利 彌利
睺漏 睺漏 睺漏 睺漏 睺漏 睺漏
睺漏 睺漏 睺漏 睺漏
脂致 脂致 脂致 脂致 脂致 脂致
脂致 脂致 脂致 脂致
醯翅 彌翅 支翅 魔翅 得賢 吉利
善賢成一切事 無垢 淨妙 月賢
日愛 曇備 社曇備 毗蝿 迦鍒

擁護某甲令壽百歲得見百秋即說呪曰
解說經下結呪語
阿迦螺　阿魯難律頭　阿尼難檀婁　如
此沙譚迦沙　尼遲婁螺　阿尼呵　阿尼
呵　冉流所屬　伊題無肆遲　東波頭
東波阿題嘻和遲比丘那　無無遲　南無
薩檀三耶僧陀南嘻　遲者遲絺金摩　多
牟羅優頭摩沙摩頭摩　阿利鳩棃題　多
鳩旃那波棃　不受戒嬈人者十天起大水
使汝不得止居某甲呵棃迦　南無薩禪三
耶三佛陀那嘻履棃比履棃俱陀嘻
南無薩禪三耶三佛浮陀　南無浮陀斯
南無檀摩斯　南無僧伽斯　南無阿棃耶
婆盧吉知　尸菩利利夷　菩提薩埵
摩訶薩埵　多陀提呵利伽羅　利伽比利
賔伽羅叉　薩復竇吒利立棃闍棃　耶棃
槃　南無質提　悉波呵　吉知尼吉知
繡婁那者　電醜　悉波訶
南無浮陀斯　南無檀摩斯　南無僧伽斯
因地　祇薩復　闍比丘　悉波訶

佛說呪賊經

南無佛　南無法　南無比丘僧　南無諸
過去七佛　南無諸佛弟子　南無利閉利
鬼神王禮是已說此呪經即從如願
北方有山名揵陀摩訶衍有鬼神名利閉利
居止彼有是四姊弟子
安陀尼　閉摩尼　攢呵尼　令賊忘閉尼
令賊急坐　抄多摩尼　令賊急生　立攢
呵尼　令賊愚癡　如是鳥不羅利　陀提
摩　閑迦利　當搭賊口齒噤

至解縷乃脫我其甲擁護辟除凶惡害賊者皆銷滅令其安隱說初是呪賊經時當以二十九日爲呵利提耶然燈燒膠香爲伊悕然七燈脫散華爲鬼子母然七燈鬼子母前讀是七遍乃吉合號利離鬼子王得福德爲然七燈及燒香散華

法華神呪經

安爾曼爾　摩禰摩摩禰旨㮈　遮棃第賒咩賒履多韋　羶帝目帝目多履娑履阿韋娑履　喪履娑履　叉裔阿叉裔　阿耆膩羶帝　賒履陀羅尼　阿盧伽婆娑簸遮毗叉膩禰毗剃　阿便哆羅禰利剃阿亶哆婆㮈輸地漚究㮈　阿羅㮈　婆羅棃　首迦差　阿三摩三履　佛馱毗吉利袟帝達摩波利差帝　僧伽涅瞿沙禰　婆舍婆舍輸地　曼多羅曼多羅　叉夜多　郵婁多　郵婁多　憍舍略　惡叉邏　惡叉冶多冶　阿婆盧　阿摩若　那多夜

世尊是陀羅尼呪六十二恒河沙諸佛所說若有侵毀是法師者則爲侵毀是諸佛巳

勇施所說呪

痤㮈　摩訶痤㮈　郁枳目枳　阿㮈阿羅婆第　涅㮈第　涅㮈多羅第　伊致抳韋致抳　涅㮈墀抳　涅㮈墀婆底

世尊是陀羅尼呪恒河沙諸佛所說

毗沙門天王所說呪

阿利那利　㝹那利　阿那盧那履拘那履

持國天王所說呪

阿迦禰伽禰　瞿利乾陀利　旃陀利　摩瞪耆　常求利　浮樓莎抳頞底

世尊是呪四十二億諸佛所説

羅刹女所説呪

伊提履 伊提泯 伊提履 阿提履 伊提履 泥履 泥履 泥履 泥履 泥履 婁醯 婁醯 婁醯 婁醯 多醯 多醯 多醯 兜醯 㲖醯

寧上我頭上莫惱於法師惱亂法師者頭破作七分如阿棃樹枝

大天槃經呪第六天魔王波旬所説呪

乾枳 吒羅乾枳 盧呵毿 魔訶 盧呵利阿羅 遮羅多羅沙呵

爾時世尊受其神呪不受供養

佛説大孔雀王雜神呪經

音釋

惃匹夷切 柘之夜切 螫施隻切蟲行毒也 㲖奴鉤切 亶當旱切 熅烏昆切

大金色孔雀王呪經

姚秦三藏法師鳩摩羅什譯

佛說不空羂索呪經

隋天竺三藏法師闍那崛多等譯

清刻龍藏佛說法變相圖

二經同卷

大金色孔雀王呪經

佛說不空羂索呪經

大金色孔雀王呪經

姚秦三藏法師鳩摩羅什譯

東方大神龍王七里結界金剛宅
南方大神龍王七里結界金剛宅
西方大神龍王七里結界金剛宅
北方大神龍王七里結界金剛宅
中央大神龍王七里結界金剛宅
如是三說

東方青帝大神龍王各領八萬四千鬼持於東方

南方赤帝大神龍王各領八萬四千鬼持於
南方
西方白帝大神龍王各領八萬四千鬼持於
西方
北方黑帝大神龍王各領八萬四千鬼持於
北方
中央黃帝大神龍王各領八萬四千鬼持於
中央
東方檀殿軍頭廣百步口開谷山十十五五
合依天
南方檀殿軍頭廣百步口開谷山十十五五
合依天
西方檀殿軍頭廣百步口開谷山十十五五
合依天
北方檀殿軍頭廣百步口開谷山十十五五
合依天
中央檀殿軍頭廣百步口開谷山十十五五
合依天
東方薄鳩深山沙羅佉収汝百鬼項著枷
南方薄鳩深山沙羅佉収汝百鬼項著枷
西方薄鳩深山沙羅佉収汝百鬼項著枷
北方薄鳩深山沙羅佉収汝百鬼項著枷
中央薄鳩深山沙羅佉収汝百鬼項著枷
東方大神龍王金剛容迹士普賢菩薩藥王
藥上救脱菩薩入
南方大神龍王金剛容迹士普賢菩薩藥王
藥上救脱菩薩入
西方大神龍王金剛容迹士普賢菩薩藥王
藥上救脱菩薩入
北方大神龍王金剛容迹士普賢菩薩藥王

藥上救脫菩薩入
中央大神龍王金剛密迹士普賢菩薩藥王
藥上救脫菩薩入
東方大神龍王名訶頭訶於佛大會時自言
我當護是汝摩訶般若波羅蜜神呪
南方大神龍王名訶摟勒叉提於佛大會時
自言我當護是汝摩訶般若波羅蜜神呪
西方大神龍王名那頭華於佛大會時自言
我當護是汝摩訶般若波羅蜜神呪
北方大神龍王名訶梨勒叉提於佛大會時
自言我當護是汝摩訶般若波羅蜜神呪
清修菩薩入身求魔淨藏菩薩折髓求魔火
光菩薩把火求魔月光菩薩放光求魔持地
菩薩掘土求魔普賢菩薩迎其精神觀世音
菩薩尋聲往救有八龍王難陀龍王跋難陀
龍王娑伽羅龍王和修吉龍王德叉迦龍王
阿那婆達多龍王摩那斯龍王優鉢羅龍王
各與若干百千眷屬俱來入此室使我呪句
如意成有四緊那羅王法緊那羅王妙法緊
那羅王大法緊那羅王持法緊那羅王各與
若干百千眷屬俱來入此室使我呪句如意
成有四乾闥婆王樂乾闥婆王樂音乾闥婆
王美乾闥婆王美音乾闥婆王各與若干百
千眷屬俱來入此室使我呪句如意成有四
阿脩羅王婆稚阿脩羅王佉羅騫馱阿脩羅
王毗摩質多羅阿脩羅王羅睺羅阿脩羅王
各與若干百千眷屬俱來入此室使我呪句
如意成有四迦樓羅王大威德迦樓羅王大
滿迦樓羅王大身迦樓羅王如意迦樓羅王
各與若干百千眷屬俱來入此室使我呪句

如意成南方定光佛北方七寶堂西方無量壽東方藥師瑠璃光上有八菩薩下有四天王南方大自在天王及諸眷屬夜叉大將鬼神王等聽我今欲説此呪章句使我呪句如意成告一切諸鬼神上方下方東西南北四維上下皆悉來集隨我使令南無大金色孔雀王神呪摩訶般若波羅蜜神呪觀世音菩薩陀羅尼神呪上至無色界諸天首陀會天遍淨天光音天化樂天他化自在天不憍樂天兜率陀天燄摩天忉利天釋提桓因天提頭賴吒天王毗樓勒叉天王毗樓博叉天王毗沙門天王及遍六王日月五星二十八宿鬼子母五羅官屬散脂鬼神大將軍摩醯首羅二十八部諸大龍王等擁護某甲之身大梵天王三十三天護世四天王娑婆世界主梵天王尸棄大梵光明大梵等金剛密迹魔醯首羅大金色孔雀王鳩槃茶王大辯神王那羅延王韋提希子阿闍世王山神王樹神王河神王海神王地神王水神王火神王風神王夜叉大將羅叉王滿善寶善車伽羅鉢羅曇摩羅鉢羅檀吒羅阿伽螺等八大神王吒翅等七大神王佉盧陀等諸大神王荼羅等六大神王識叉迦羅等十大神王仙人鬼大幻持呪王等皆當擁護某甲之身即説呪曰

南無佛南無法南無僧南無過去七佛等正覺南無辟支佛南無諸佛南無阿羅漢南無彌勒等一切菩薩南無諸阿那含南無斯陀含南無須陀洹南無世間正法者正向者我禮彼衆已欲行大金色孔雀王呪經願如意

成吉告諸鬼神等聽虛空在地及水居者天龍阿脩羅迦樓羅乾闥婆緊那羅摩睺羅伽夜叉羅刹餓鬼毗舍遮浮陀鳩槃茶富單那乾陀溫摩陀車耶阿鉢摩羅鬱多伽羅等聽我所說鬼神所食吸氣鬼食石蜜鬼食血鬼食胃鬼食肉鬼食脂鬼食命鬼食力鬼食髮鬼食華鬼食果鬼食穀鬼食氣鬼食惡心鬼食陰謀心鬼害心好奪他命鬼諸鬼神等聽我欲說大金色孔雀王呪經與汝香華飲食汝等受之若惡心陰謀心害心來食香氣若慈心善心信佛信法信比丘僧心者聽我所說十四羅刹女一名黒闇二名作黒闇三名鳩槃茶四名白居五名華眼六名取子七名取髮八名作黃九名垂下十名極垂下十一名同便十二名閻羅使十三名閻羅刹十四名噉鬼汝等受我香華飲食擁護其甲及諸眷屬使我呪句如意成吉爾時佛告阿難汝持如來大孔雀王呪擁護其甲吉祥比丘與結界呪使毒不能害刀杖不能加衆惡悉除愈若天所爲若龍所爲若摩樓多羅所爲若迦樓羅所爲若乾闥婆所爲若緊那羅所爲若摩睺羅伽所爲若夜叉羅刹所爲若餓鬼所爲若毗舍遮所爲若浮陀所爲若鳩槃茶所爲若富單那所爲若黒富單那所爲若乾陀所爲若溫摩羅所爲若車耶所爲若阿鉢摩羅所爲若鬱多羅伽所爲若吉遮所爲若羯摩那所爲若佉軀陀所爲若翅蘭那所爲若毗多茶所爲若脂摩所爲若毗沙迦所爲若非法食若非法吐非法影非法視非法舉非法越非法觸若有熱病一日二日三日四

日五日六日七日半月一月一時日發若有鬼神熱病風病火病水病作霍亂煩熱若半身外痛氣逆匈頞痛咽喉痛頭耳痛齒痛心痛脅痛背痛腹痛腰痛髖痛陰痛胃痛肝痛手脚痛一切支節皆痛令悉除愈擁護某甲即說呪曰

晝安夜安　中間常安　晝夜安隱　諸佛所護　伊致毗致　阿致加致　豆加致　阿棃呵棃　婆求致　婆修甲　舍脂膩　阿樓呵膩　烏樓　訶膩　伊致　彌絺　帝絺彌　知絺彌絺　彌知絺　頭彌絺　伊致彌致　毗膈地　毗摩棃　休樓休樓　阿舍目陵迦致　摩訶迦致　婆枳那枳只句樓吸破漏　度沙曇婆　摩曇婆　伊衛羅耶　毗羅耶　醯輸醯絺　彌絺　彌底絺　周漏周漏周漏　度星差吼差吼差漏吼吼吼吼吼吼吼吼吼吼吼　婆婆婆婆婆婆婆婆婆婆婆婆婆　闍羅闍羅闍羅　闍羅闍羅闍羅闍羅闍羅闍羅闍羅闍羅摩陀摩陀摩陀摩陀摩陀摩陀摩陀摩陀摩陀摩陀摩陀摩陀　彌多歎　波多彌　嗏羅彌　嗏羅彌　錢頭鼻羯　闍禰婆禰沙彌悕吒禰　多婆禰婆遮　禰致婆禰摩曇燭　暹致迦　摩迦禰　舍迦禰　迦迦禰　僧迦棃　嗏羅禰　頭末禰　婆究禰　求羅耶　毗羅耶　毗羅耶　沙訶

四天王及諸大鬼神王亦以孔雀王呪擁護某甲即說呪曰

阿迦帝　毗迦帝　闍羅膩　闍羅膩　陀羅尼　陀羅尼　陀羅尼　陀羅尼　陀羅

尼　陀羅尼　陀羅尼　陀羅尼　陀羅尼
陀羅尼　吼翅　吼翅　吼翅　阿夅　阿
夅　阿夅　阿荼　阿荼　阿荼　阿荼
阿荼　阿荼　阿荼　阿荼　阿荼　阿荼
除其田怨家
阿諸　阿諸　阿諸　阿諸　阿諸　阿諸
阿諸　陀訶　陀訶　陀訶　陀訶　陀訶
陀訶　陀訶　陀訶　陀訶　陀訶　陀訶
陀訶　陀訶　陀陀陀陀陀陀陀陀陀陀
其有向某甲惡念者皆悉治之
鉢柘　鉢柘　鉢柘　鉢柘　鉢柘　鉢柘
鉢柘　鉢柘　鉢柘　鉢柘　鉢柘　鉢柘
向某甲向求斷者皆悉治之
豆豆豆豆豆豆豆豆豆豆豆豆豆豆豆
滅其甲怨家

訶訶訶訶訶訶訶訶訶訶訶訶
闍帝　闍帝　闍帝　闍帝　闍帝　闍帝
闍帝　闍帝　闍帝　闍帝　闍帝
周漏　周漏　周漏　周漏　周漏　周漏
周漏　周漏　周漏　周漏　周漏　醯利
醯利　醯利　醯利　醯利　醯利　醯利
醯利　醯利　醯利　醯利
彌利　彌利　彌利　彌利　彌利　彌利
彌利　彌利　彌利　彌利
睺漏　睺漏　睺漏　睺漏　睺漏　睺漏
睺漏　睺漏　睺漏　睺漏
脂致　脂致　脂致　脂致　脂致　脂致
脂致　脂致　脂致　脂致
醯翅　醯翅　醯翅　醯翅　醯翅　醯翅
醯翅　醯翅　醯翅

彌翅　彌翅　彌翅　彌翅　彌翅　彌翅
摩翅　摩翅　摩翅　摩翅　得善賢吉祥
善賢成一切事　無垢　淨妙　月賢　日
愛　曇備　杜曇備　毗蠅迦隸
擁護某甲命受百歲得見百秋
爾時四天王白佛言世尊我口當說是陀羅
尼呪用持一切衆生疾病諸惡故而說呪曰
三咩三摩　三咩阿跋地　毗首提跋地
尼薩隸
佛說曠野鬼神阿吒婆拘呪經除衆生苦患
諸疾爾時鬼神即說呪曰
頭留彌　頭留彌　陀咩多陀咩　頭留彌
頭留咩吟　尼利尼利　那羅那羅　尼利
尼利　尼利　尼利　那羅兔　富尼利
豆荼濘　豆荼濘　摩訶豆荼濘　豆荼濘

究咤濘　摩訶究咤濘　多咤濘　摩訶多
咤濘　多咤濘　吒吒吒吒吒吒吒吒
摩訶吒吒　阿毗利　阿毗利　摩訶阿毗
利　阿毗利　阿毗利　摩訶阿毗利　阿
婆阿毗　阿婆阿毗　阿婆阿毗　阿婆阿
毗　陀徙陀徙陀徙陀徙陀徙陀徙陀
徙陀徙陀徙　摩訶陀徙陀徙陀徙陀
徙陀徙陀徙陀徙陀徙
尼利尼利尼　摩訶利尼利尼利尼利　尼
利　尼利尼利尼利尼利　首婁　首
婁　首婁　首婁　首婁　首婁　首婁
首婁　首婁　首婁　首婁　摩訶首婁
仇婁　摩訶　仇婁　仇婁　仇婁　仇婁
仇婁　仇婁　仇婁　仇婁　仇婁　仇婁
仇婁　茂留仇　牟優仇牟　婁仇牟仇摩

仇摩　仇摩
希利　希利　希利　希利　希利　希利
希利　希利　希利　希利
伊持　伊持　伊持　伊持　伊持　伊持
伊持　伊持　伊持　伊持　伊持
比持　比持　比持　比持　比持　比持
比持　比持　比持　比持　比持　呵羅
呵羅　呵羅　呵羅　呵羅　呵羅　可羅
呵羅　呵羅　呵羅
希尼　希尼　希尼　希尼　希尼　希尼
希尼　希尼　希尼　希尼
休尼　休尼　休尼　休尼　休尼　休尼
休尼　休尼　休尼　休尼
訶那　訶那　訶那　訶那　訶那　訶那
訶那　訶那　訶那　訶那

牟尼　牟尼　牟尼　牟尼　牟尼　牟尼
牟尼　牟尼　牟尼　牟尼　摩訶　牟尼
牟尼　婆羅婆　蘭尼師　知路迦
遮利耶　時那　時那　時那　時那
時那　時那　時那　時那　時那　時那
賴沙婆　時那　時那　時那　時那　時
那　時那　時那　時那　時那　時那
賴沙婆　時暮　修竭　多牟尼　那慕蛇
修竭多牟尼迦羅摩闍竭提多蛇　舍摩
陀摩　舍摩他摩　目多咩提　那比時多
彌　羅留師多彌牟尼　那比闍那彌　修
竭都　修竭都　多摩牟尼　那比闍那彌
世尊此陀羅尼句爲四部衆令得安隱離諸
惱患衆魔惡鬼盜賊水火旋嵐惡風羅刹惡
鬼熱病冷病風病等分諸病家業衰耗所向

不利惡獸卒暴急誦此呪一切解脱今當重
説陀羅尼呪
娑離婆離毗林婆沙呵　速去速去速還汝
本來處
孔雀王呪場用白牛糞塗地用散七色華旛四
十九枚刀四枚鏡四枚箭一百枚弓一張瓨
七枚盛漿黑羊毛繩十六尋薄餅二十五旛
然七油燈酪一器麨漿一器飯一器薄餅一
器安石蜜一器華一器
大金色孔雀王呪經

佛說不空羂索呪經

隋天竺三藏法師闍那崛多等譯

如是我聞一時婆伽婆在逋多羅山頂觀世音宮殿所居之處於彼山中多有娑羅波樹多摩羅樹瞻蔔華樹阿提目多迦華樹等更有種種無量無邊諸雜寶樹周帀莊嚴與大比丘衆八千人俱復有無量首陀會天無量百千左右圍遶其名曰自在天衆大自在天衆復有若干大梵天王及諸天子請佛說法爾時觀世音菩薩摩訶薩於是海會大衆之中即從座起整理衣服偏袒右肩右膝著地合掌向佛面目熙怡開顏含笑而白佛言婆伽婆我有心呪名曰不空羂索王我於往昔從發菩提心已來過九十一劫於是劫中有世界名曰觀視於彼剎中復有一佛名曰世界王如來應正徧知然彼如來憐愍我故說此心呪我時於彼受持不忘以是力故從是已來常爲無量無邊百千摩醯首羅諸大天衆淨居天王并諸天子無量無邊說法教化令向阿耨多羅三藐三菩提世尊我於彼佛所得是呪已即得不忘智勝莊嚴等一萬三昧世尊隨有此心呪處當知彼處有大天衆所謂自在天大自在天大梵天等一萬二千守攝防護世尊隨其所在有是呪處應如塔想世尊隨何方面有是心呪應當證知彼諸人輩已曾供養百千萬億那由他諸佛種諸善根世尊若復有人聞此不空心呪者當知彼人若於往昔於他人所行諸穢惡造諸非法毀謗諸師毀謗正法於未來世必墮阿鼻地獄一切諸佛菩薩聲聞辟支佛等皆悉捨

離彼人於後生悔恨心不復造惡彼人若能一日一夜斷食誦此心呪彼人重罪現世輕受或一日間得寒熱病或復二日或復三日或復四日或復七日得寒熱病或復眼痛或得耳痛或脣齒疼痛或舌齶疼痛或復心痛或復腹痛或膝痛或脇痛腰脊肋痛或患支節疼痛或得痔病或大小便利不通或下痢或患手足或頭痛或患瘡癬或患白癩大癩甘瘡疱瘡反華瘡惡毒瘡月食瘡或得羊癲諸鬼病等或值呪詛蠱道種種言説或爲他作而反著之或爲已作而更著之或被枷禁繫在牢獄或被他打或被他殺或他期剋罵詈毀辱或被誹謗世尊我今略説或值身口意業逼切或夜得惡夢以現受故彼等惡業悉得除滅況復清淨諸衆生輩正信正行不

滅罪者無有是處世尊若有四輩人民等以諂曲心聞此呪者或復讀誦或復受持或晝夜常誦或爲他解説已教令聽聞乃至在畜生前説此心呪令彼耳聞復能説是金剛句等自心念言金剛句者何等是也所謂一切不捨是也一切不分别是也一切無爲是也一切不遲至是也一切不作是也一切不染是也一切平等心是也一切無至是也一切不棄捨是也一切不離五陰是也如是方便當須念佛彼等諸人十方諸佛數滿一千在於現前彼等諸佛當教是人懺悔除罪世尊我今略説若復有人以竹帛書是心呪受持禮拜有如是等無量無邊功德之聚世尊我今略説聞此呪者不應起諍世尊若有人共他鬬諍聞此呪者或爲驚怖大家或護他意

或因調戲聞此呪者世尊彼等諸人應當思惟令我耳根聞此呪者以觀世音菩薩威神力故非我自力世尊譬如有人或取栴檀香或取龍腦香或取麝香等種種諸香誹謗毀辱罵詈言說誹謗毀辱罵詈言說已還以是香塗其身體然彼栴檀乃至麝香不作是念彼人誹謗我罵詈我毀辱我豈有是心我與彼香不與彼耶無有是處世尊但彼自有香性不捨本性如是如是世尊若有人於我此心呪或復毀辱或復道說誹謗乃至如上所說以諂曲之心恭敬尊重世尊彼諂曲衆生於未來世於諸善根能爲佛因生生處處不離戒定及勝智慧成就福聚之香於未來世能持戒香世尊若善男子善女人或比丘比丘尼優婆塞優婆夷或餘人輩爲此心呪故於月八日十四日十五日空腹一日一夜莫食身持禁戒心行精進一日七徧夜復七遍誦此心呪已莫念餘事莫共他語世尊彼人現世得二十種功德何等爲二十種功德一者一切病痛不惱其身雖有病痛以福業力故速得除差二者其身微妙柔輭光澤多人愛敬三者諸根調伏四者大得財寶所求隨稱不被劫奪五者火不能燒六者水不能漂七者王不能奪凡所造業常得吉利八者惡雹不傷惡龍攝毒九者不被災旱不畏惡風疾雨十者若人被蟲食於禾稼當取其沙灰水等任意呪之七遍八方結界上下諸方普遍結之一切驚怖一切蟲毒即得除滅十一者一切惡鬼吸人精氣或於夢中爲人夫婦欲相猒魅亦不能害十二者於一切衆生所

常得安樂心恒敬重無時蹔捨十三者若有諸怨生於惡意欲來讎對亦自消滅十四者但有惡人欲相害者不能爲害即自去離十五者一切呪詛一切蠱道速即自攝不能加害十六者若處於衆衆中最強十七者諸有煩惱不能纏遶十八者當在陣敵鋒刃相害一心誦呪一切刀杖箭矢即不著身十九者一切善神常隨擁護二十者生生處處常得不離慈悲喜捨世尊若人能受持如是心呪者當得如是二十種功德世尊更復有得八種法一者命終之日觀世音菩薩當作比丘像現其人前二者命終之時心不散亂四大安隱無諸苦惱紛繞其身三者病雖困篤亦無諸漏泄穢汙屎尿不淨四者命終之日得正憶念心不亂錯五者命終之日不覆面死

六者命終之日得無量辯才七者命終之日欲樂生何佛國土者隨意往生八者常得善知識不相捨離是爲八種福相現其人前若有人能一日三時誦念一時三遍受持此呪者當斷酒肉五辛則所得功德日夜增長菩薩不自爲已知諸衆生心性力故當爲説之勿爲慳法勿作憍嫉或云我能爲汝説汝不能耶所以者何菩薩捨嫉妬意爲諸衆生作大利益而取菩提入菩薩數言菩薩者即是大智言衆生者即是方便此二法者爲衆生故而有所得世尊願佛聽我説此心呪於如來前欲演説故亦爲四部諸衆生輩得安樂故得利益故更爲自餘罪惡衆生除滅罪故爾時世尊告觀世音菩薩言汝清淨衆生説是心呪應當知時如來隨喜此心呪者於未

來世行菩薩行善男子善女人於此心呪當作父母想爾時觀世音菩薩摩訶薩瞻覩尊顏目不蹔捨而白佛言世尊佛已聽我說此心呪一切菩薩所應禮拜恭敬尊重此解脫圓滿法門爲衆多人得利益故得安樂故爲欲憐愍衆多人故爲諸天人世間得世樂故我今頂禮三世一切諸佛及菩薩僧去來現在聲聞緣覺我今頂禮正行正向一切諸聖我今頂禮大智舍利弗我今頂禮彌勒世尊菩薩衆等我今頂禮本師阿彌陀如來我今頂禮常住三寶敬禮觀世音菩薩摩訶薩大慈悲者而說呪曰

多經他一唵二適囉適囉三支唎支唎四朱嚧朱嚧五摩訶迦嚕尼迦六悉唎悉唎七之唎之唎八毗唎毗唎九盎頭摩訶薩多十哥羅哥羅十一吉利吉利十二句盧句盧十三摩訶舒大薩多婆十四佛著耶佛著耶十五陀婆陀婆十六吉賦吉賦十七盎囉摩舒大薩多婆十八迦囉迦囉十九吉唎吉唎二十句嚧句嚧二十一摩訶薩他莫盎羅盎多二十二適邏適邏二十三毗遮囉二十四珊遮囉二十五盎囉遮囉二十六伊吒吒伊吒吒二十七婆囉婆囉二十八毗唎毗唎二十九呼嚧呼嚧三十伊醯夷醯三十一摩呵迦唬尼迦三十二摩呵盎遮盎帝鞞沙達囉三十三娑囉娑囉三十四柘囉柘囉三十五呵囉呵囉三十六呵呵三十七兮兮三十八咻咻三十九唵引迦娑婆囉訶去莫鞞沙達囉四十達囉達囉四十一地唎地唎四十二度嚧度嚧四十三多囉多囉四十四薩囉薩囉四十五皺囉皺囉四十六娑輕道羅婆囉輕道四十七阿囉濕迷室多薩呵薩囉四十八波羅帝曼地徒筆多

四十九舍喇囉五十十啝囉十啝囉五十一多波
多波五十二婆伽槃五十三蘇摩地底夜五十四頡
履屣伽拏五十五居鞞羅五十六婆囉醯眠達囉
五十七頡履屣伽拏五十八啼婆伽拏五十九嚩扶夜
利至多六十遮羅拏六十一蘇嚧蘇嚧六十二朱嚧
朱嚧六十三沒嚧沒嚧六十四散捺鳩摩囉六十五
侯唬達囉六十六婆長娑婆六十七比跣遬檀那
去大六十八頡履使那夜迦六十九蒱呼毗指多
鞞沙達羅七十達囉達囉七十一地唎地唎七十二
度嚧度嚧七十三他囉他囉七十四伽囉伽囉七十
五夜囉夜囉七十六羅囉羅囉七十七何囉何囉
七十八末囉末囉七十九拔囉拔囉八十拔囉陀夜
八十一薩曼多婆盧吉多八十二毗盧吉多八十
三盧雞攝啝囉八十四摩醯攝婆囉八十五慕呼
慕呼八十六沒路沒路八十七沒夜沒夜八十八門

柘門柘八十九何邏叉何邏叉摩蘇迦寫九十薩
婆拔夷嚩九十一薩婆烏皺達囉鞞嚩九十二薩
婆烏皺薩耆嚩九十三薩婆揭囉醯嚩九十四婆
去馱槃達那九十五曷囉社怛九十六多娑迦去
囉賊九十七何祇你火九十八憂馱迦水九十九鼻抄毒一百一
設薩多囉戎仗百一一皺利摹迦能解脫一百二迦拏迦
拏一百三吉你吉你一百四句遬句遬一百五遮囉
遮囉一百六因地唎夜一百七婆去邏蒱澄伽一百
八柘姤阿唎邪薩底夜一百九三盋囉迦釋迦
一百十多莫多莫一百十一三莫三莫一百十二莫
薩莫薩一百十三莫呵躭摹安馱迦囉比馱摩
那一百十四殺波羅蜜多盋唎哺囉迦一百十五
彌唎彌唎一百十六吒吒吒吒一百十七荼係嫁荼
荼荼一百十八知知知知一百十九伊尼夜折莫
吃唎多一百二十盋唎迦囉一百二十一伊醯夷醯一百

二十二伊濕婆囉一百二十三呼多槃適迦一百二十四句唬句唬一百二十五波囉波囉一百二十六迦囉迦囉一百二十七迦吒迦吒一百二十八莫吒莫吒一百二十九毗輸馱比沙耶婆利你一百三十摩訶迦流尼迦一百三十一輸毗多夜社儒波比多一百三十二何囉怛那去摩句吒摩囉達囉一百三十三薩婆臀若失囉思一百三十四吉唎多摩句吒一百三十五摩呵大蒱多一百三十六迦摩邏訖唎多一百三十七迦囉多邏一百三十八著那三摩著一百三十九毗木叉一百四十盋囉嗛必多一百四十一婆呼薩埵珊多帝一百四十二盋唎波柘迦一百四十三摩呵迦唬尼迦一百四十四薩婆羯摩拔囉那比舒馱迦一百四十五薩婆嚩地盋邏慕適迦一百四十六薩婆薩埵娑摩攝婆索迦一百四十七南摹素姤帝一百四十八蘇波呵一百四十九

此呪隨誦即成一日三時一一時中誦一百八遍能得除滅五逆重罪及諸業障燒沉水香欲結界時或呪水或呪灰或呪芥子或呪紫檀木四枚各七遍釘於四方一切瘧病寒熱病作呪索誦二十一遍繫其胭下即得除愈一切諸病或呪酥或呪油或呪水各二十一遍呪已服之若欲破他所作呪詛作其人形像或麵或泥或蠟當以鑌鐵爲刀段段割之若有人驚怖欲護身者當作呪索帶於身上若有人患腹痛呪鹹水服之若有人被蠱毒或被蛇螫當用泥呪塗之若有人患眼痛取白線爲呪索繫其耳上若人患齒取迦羅毗羅木呪之二十一遍然後嚼之揩磨其齒欲作大界取五色線呪二十一遍取紫檀木四枚爲橛繫索於橛上纏之釘著四角即成

大界一切怖處一切驚處欲護身者當作呪索帶行或呪水灑之或呪灰用散其上若有鬼著取五色線爲呪索帶之或繫身體一切寒熱病者取白線呪二十一遍作索帶行若有得一切種種惡瘡取華茇擣以爲末和蜜呪二十一遍塗其瘡上若有人患眼取香湯或甘草湯呪二十一遍洗兩眼若有人患耳蕡油呪二十一遍内著耳中一切鬭諍一切官府一切恐怖處取水呪二十一遍洗其面若國内有大疫病或城邑聚落乃至家内當作道場牛糞泥地香湯灑地於四角處安置新淨水瓶以種種華置其瓶裏復將種種華散道場處持種種飲食皆令香美復以種種淨草敷設道場以食置上并諸果蓏於四角處麵作燈盞淨布作炷燒諸妙香以最勝最大而作供養以香湯澡浴著鮮淨衣於其座上敷新淨褥而坐其上誦持此呪一切災變即得消滅若有遇重病者將彼瓶水呪已灑於彼人凡所灑者即得除滅一切疫病諸鬼祟者一切有怖畏處以水灑之皆得除愈若有人被他禁呪磨栴檀呪二十一遍塗其心上即得除愈若欲除滅一切業障及五逆四重常誦莫住若有家内遇惡疾病或復諸鬼撓亂其家當取一百八枚蓮華一一蓮華各呪一遍擲著火中即得除愈若欲取一切衆生心意當取栴檀一百八枚長二寸一枚一遍呪之擲著火中欲治一切鬼病恐怖之處當取闍耶草毗闍耶草那句利捷陀那句利草適隣尼草阿婆耶波你草因陀羅波尼草香附子多迦羅香斫迦羅香摩呵斫迦羅香

毗跣遬捷多香蘇摩囉多草蘇難陀草如是諸草皆擣之作末細羅之取水和爲丸如大棗呪一百八遍或頭戴或繫手而行一切鬼病一切疫病不能爲害若有小兒著鬼病及疫病所驚怖處將一丸繫於胭下若有女人薄相難嫁娶者或有諸病取此丸藥和水澡浴即除惡相最勝最妙隨意無難若有女人不生男者持藥一丸繫其項即得産男一切驚怖中皆作大護若有人被蠱者此藥亦能破之帶藥行者不被火燒諸難若被惡瘡持此藥塗者則得除瘥若有人爲諸惡事逼切帶此藥者即當除難若有人欲除惡風惡雨呪水二十一遍散於四方即得除止若遇大雹取一樹枝行呪遥打之此觀世音心呪雖不受持但誦能破一切業障能成一切事皆得成就若有人持此呪者彼人當織一端白氎闊五尺長一丈不得割斷綜縷彼氎當畫作一佛像采色中不得用膠當和香水及以乳汁而用畫之右邊畫作觀世音像狀如摩醯首羅天頭上髮毛悉如螺髻方作華冠肩上當畫作黒鹿皮覆左肩上自餘身分當畫作種種瓔珞其畫者教持八關齋勿得雜食日別香湯清淨澡浴著淨衣裳其持呪者當清淨處安像像前以牛糞塗地四方齊整縱廣丈六尺其壇場裏散純白華置八水瓶各受一斗皆令新淨盛以香湯復以種種華置其瓶内安其淨草立八草座座處安置八方作八分食置其草座上然後更以六十四分食各各種種雜美好者自餘雜食具皆廣大作之惟除五辛酒肉餘但使可得之者皆悉

具之若欲呪者當三日三夜斷食燒沉水香其持呪者以妙香湯三時澡洒大小便時皆須澡浴若不能三日三夜者但一日一夜斷食當食三種白食乳酪粇米在彼像前長跪設飲食已當誦呪一千八遍爾時在於像前即見自身出大光明猶如火燄既自見已生大歡欣乃至觀世音菩薩自來現身隨其心願皆悉與之若欲隱身當取雌黃或石黛擣令碎末精細羅之在於像前呪一千八遍塗於眼上即得隱身乃至騰空飛行復得三昧名不空智現在莊嚴作如是法已然後凡所作者皆得成就此是持呪法我今說竟爾時佛說此經已時觀世音菩薩摩訶薩及淨居諸天子娑婆世界主大梵天王及諸菩薩衆諸聲聞衆一切大衆人民聞觀世音菩薩對佛說此經皆大歡喜奉行

佛說不空羂索呪經

音釋

頞胡朿切順下也　齶五各切齒根肉也　癩落蓋切惡疾也　疱披教切　⿰口㐬力求切　呼縛謀切　頡胡結切　鑌必鄰切鑌鐵也　⿺辶㚢音奴　粇古行切稻之不黏者　黛徒耐切畫眉墨也　擣覩老切舂也